ANNA-MARIA AUREL

LOCKDOWN IN MARSEILLE

KRIMINALROMAN

Dieses Buch wurde vermittelt von der Literaturagentur
erzähl:perspektive, München
www.erzaehlperspektive.de

LUZIFER
VERLAG

Deutsche Erstausgabe

www.luzifer-verlag.de

Umschlag: Michael Schubert | Luzifer-Verlag
Printed in Germany

Dieses Buch wurde nach Dudenempfehlung (Stand 2021) lektoriert.

ISBN: 978-3-95835-595-8

Bibliografische Information der Deutschen Nationalbibliothek:
Die Deutsche Nationalbibliothek verzeichnet diese Publikation in der Deutschen Nationalbibliografie; detaillierte bibliografische Daten sind im Internet über http://dnb.d-nb.de abrufbar.

Figuren und Handlung dieses Romans sind meiner Fantasie entsprungen, eventuelle Ähnlichkeiten mit existierenden Personen sind rein zufällig. Der Skandal, der in meinem Buch die Polizei und das Gericht betrifft, ist keineswegs typisch für Südfrankreich, sondern könnte theoretisch überall stattfinden. Die politische Situation in Marseille und die Lockdown-Maßnahmen in Frankreich entsprechen allerdings der Wirklichkeit.

EMELINE

Lucie fuhr an diesem sonnigen Nachmittag Anfang März im Auto die Côte Bleue entlang, die Küste westlich von Marseille zwischen Carry-le-Rouet und Sausset-les-Pins. Das Meer leuchtete strahlend blau und die Kiefern an der Küstenstraße wiegten sich im Wind. Einige Boote waren unterwegs, ihre Segel flatterten wie weiße Fahnen auf dem Wasser. Lucie hatte soeben ihre neunjährigen Zwillinge beim Fußballtraining in Sausset-les-Pins abgesetzt, wo ihr Mann sie zwei Stunden später abholen würde. Das Gespräch mit Marc, dem Trainer ihrer Söhne, hatte Lucie in Unruhe versetzt. Marc hatte gemeint, es bestehe ein Risiko, dass die Spiele der kommenden Wochen wegen des Corona-Virus abgesagt werden müssten. Lucie, die zwar wusste, was in Norditalien geschah, hatte sich über Corona bisher trotz allem keine besonderen Gedanken gemacht. In Frankreich war das Virus nicht so präsent und sie hatten relativ gute Spitäler – einen Lockdown konnte sie sich nicht vorstellen. Doch der Trainer wusste anscheinend viel mehr als sie. Er hatte prophezeit, binnen weniger Tage würde Frankreich wie China und Teile Italiens in einen Lockdown gehen, die gesamte Bevölkerung würde unter Hausarrest stehen und die Schulen würden schließen. Es wurde vermutet, dass es in Frankreich wegen des Corona-Virus mehrere Tausende Tote geben würde. Das war tatsächlich nicht so abwegig, wenn man sich die Situation in Italien ansah! Marcs Kommentare hatten Lucie äußerst pessimistisch gestimmt.

Es war keine angenehme Zeit, die sie durchlebten. Ihr Mann hatte Sorgen im Büro. Er arbeitete in der Firma Eurocopter-Airbus und war dort als Exportverkäufer für Asien zuständig. Doch durch die Corona-Infektion und den chinesischen Lockdown hatte er in den vergangenen Monaten keine Verkäufe getätigt und war in den vorhergehenden Wochen nur untätig im Büro gesessen, was ihn sehr missmutig gestimmt hatte. Auch die Verkaufsprämien hatte er daher nicht erhalten, was sich auf das Budget der Familie negativ auswirkte. Die weltweite Gesundheits- und Wirtschaftssituation spitzte sich wegen der Corona-Erkrankung aufs Äußerste zu und Nicolas befürchtete sogar, seine Arbeit zu verlieren. Einige Schwarzmaler wie Lucies Nachbarin Madame Valmer meinten, es würde die größte weltweite Wirtschafts- und Gesundheitskrise seit dem Zweiten Weltkrieg vor der Tür stehen. Nicolas spottete zwar immer über Madame Valmer und meinte, sie sei chronisch depressiv, doch diesmal war er genauso beunruhigt wie sie, auch wenn er das vor Lucie zu verstecken suchte.

Zum Glück arbeitete Lucie als Bürokraft im Rathaus von Martigues und würde ihre Arbeit auf jeden Fall behalten. Trotzdem fühlte sie eine diffuse Angst. Da war die Sorge um Nicolas' Job, dann diejenige um ihrer aller Gesundheit und vor allem um das Überleben ihrer Eltern, die nicht mehr die Jüngsten waren und in Nordfrankreich wohnten. Und dann kam noch die Sorge um Emeline hinzu, die mit Corona nichts zu tun hatte. Lucie fand, dass Emeline seit einigen Wochen wirklich verschlossen wirkte. Ihre fünfzehnjährige Tochter schien unglücklich und verängstigt. Die Eltern schafften es nicht, in sie zu dringen und herauszufinden, was los war. Doch sie ahnten, dass es mit der Schule zu tun hatte. Emeline war immer eine gute Schülerin gewesen, deshalb glaubte Lucie nicht, dass es mit den Noten zusammenhing.

Lucie hatte ein gutes Gefühl gehabt, als Emeline und ihre Freundin Christine in dieses *Lycée* in Marseille aufgenommen worden waren, das als eines der besten Oberstufengymnasien der Region galt. Es handelte sich um eine katholische Privatschule, wie es sie in Frankreich sehr viele gab. Katholische Organisationen oder Orden führten diese Schulen, doch das Programm war dasselbe wie an staatlichen Schulen. Der einzige Unterschied bestand darin, dass diese Privatschulen ihre Schüler auswählten und ein wenig Schulgeld verlangten. Trotzdem galten diese katholischen Institutionen weder als Eliteschulen noch als Schulen für Reiche. Emeline und Christine waren stolz gewesen, in dieses Gymnasium gehen zu können, anstatt wie ihre ehemaligen Mitschüler das *Lycée du Secteur* in Martigues zu besuchen, die dem Wohnort zugeteilte öffentliche Schule.

Doch sehr bald war Lucie durch Bemerkungen der beiden Mädchen aufgefallen, dass sowohl Christine als auch Emeline sich in ihrer Klasse nicht wohlfühlten. Und seit den Weihnachtsferien war Emeline still und in sich gekehrt. Lucie hatte mit Christines Mutter darüber gesprochen, die sich genau dieselben Gedanken machte wie sie: Auch Christine schien zu leiden, erzählte aber zuhause nichts. Die Klassenlehrerin hatte beim Elternsprechtag Lucie gegenüber erwähnt, dass Emelines Klasse sehr schwierig sei, eine Gruppe von Mädchen tyrannisiere die Mitschüler und auch einige Lehrer. Wahrscheinlich waren Emeline und Christine Opfer dieser Gruppe geworden. Fälle von Mobbing an Schulen gab es ja zur Genüge, doch man musste die Situation vorzeitig in die Hand nehmen. Lucie beschloss, noch am selben Abend eine E-Mail an das Sekretariat zu schreiben, um ein Treffen mit der Direktorin zu erwirken.

Sie fuhr am Jachthafen von Carry-le-Rouet vorbei in ihr Stadtviertel, das ein wenig außerhalb des Zentrums auf einem Hügel lag. Überall blühten bereits Apfelbäume, Forsythien und Goldregen. Am selben Morgen hatte Lucie gehört, dass der vergangene Winter in Südfrankreich einer der mildesten seit hundert Jahren gewesen war. Das war nicht unbedingt eine gute Nachricht, denn die Klimaerwärmung war eine Realität – man erinnere sich nur an den vergangenen Sommer, als in Südfrankreich Ende Juni Temperaturen bis siebenundvierzig Grad geherrscht hatten!

Lucie war froh, nicht in der Stadt Marseille zu wohnen und auch nicht in Martigues, mitten im Industriegebiet, sondern an der Côte Bleue, am Rand des schmucken Hafenstädtchens Carry-le-Rouet, in einer alten Villa, die sie umgebaut und modernisiert hatten und von deren Balkon aus sie in der Ferne das Meer wahrnehmen konnten. Der Garten war voller schöner alter Bäume und sie hatten sich zehn Jahre zuvor, als sie das Haus renoviert hatten, ein Schwimmbad ausheben lassen. Für Lucie waren ihr Haus und ihr Garten eine Oase der Erholung. Sie liebte auch den Ort Carry-le-Rouet und die Côte Bleue, die Felsküste mit den malerischen Kalkbuchten und den kleinen Jachthäfen. Der Großstadt Marseille konnte sie allerdings nichts abgewinnen. Martigues, das sie relativ gern mochte, weil sie dort viele Freunde hatte und auch ihre Arbeitskollegen sehr schätzte, lag mitten im Industriegebiet und beunruhigte sie wegen der Schwerindustrie und der schlechten Luftqualität. Doch wenn sie in ihrem Haus oder an der Küste weilte, dachte sie weder an diese Zone, die sich zwanzig Kilometer weiter westlich befand, noch an die Großstadt, die östlich von ihrem Wohnort lag.

Lucie öffnete mit ihrer Fernsteuerung das Gartentor und stellte das Auto vor dem Haus ab. Sie ging in Richtung Haustür und erwartete, diese nicht abgesperrt zu finden, weil Emeline bereits von der Schule zurück war. Doch sie hatte sich geirrt. Sie kramte nach ihrem Schlüssel und sagte sich, dass der Bus wohl wieder einmal Verspätung gehabt oder dass Emeline ihn versäumt hatte. Nun, sie würde anrufen, wenn sie den Zug genommen hatte und vom Bahnhof abgeholt werden wollte, der ziemlich weit vom Haus entfernt war.

Lucie ging in die Küche und sah in den Kühlschrank. Sie beschloss, an diesem Abend Pizza zu machen. Vorher wollte sie jedoch Emeline anrufen, um zu wissen, wo ihre Tochter war. Sie wählte die Nummer, Emeline meldete sich aber nicht. Doch es schien Lucie, als höre sie im Obergeschoss Emelines Telefon läuten.

Verblüfft legte sie auf.

Es läutete nicht mehr.

Sie wählte erneut Emelines Nummer und stieg die Treppe hinauf.

Und da hörte sie das Telefon ganz deutlich aus Emelines Zimmer. Emeline war daheim! Warum hatte sie sich eingesperrt?

Lucie rief nach ihr und klopfte an die Zimmertür ihrer Tochter. Keine Antwort. Lucie öffnete die Tür. Stirnrunzelnd sah sie auf Emelines Telefon und auf die Schultasche, die am Boden stand. Auf dem Schreibtisch neben dem Telefon lagen der Zeichenblock und ein Stück Kohle. Emeline, die liebend gern zeichnete und ein besonderes Talent dafür bewies, hatte wohl sofort etwas skizziert, als sie von der Schule heimgekommen war.

Lucie öffnete den Block und sah sich die Zeichnung an. Sie runzelte voller Missfallen die Stirn, denn sie sah einen Baum mit ausladenden Ästen, auf dem ein totes Mädchen an einem Seil hing, das um ihren Hals geschlungen war. Ein Mädchen mit wuscheligen Haaren, wie Emeline. Das Bild war sehr gelungen, doch es jagte Lucie einen Schauer nach dem anderen über den Rücken. Bisher hatte Emeline immer fröhliche und harmonische Bilder gemalt. Um sich zu beruhigen, sagte Lucie sich, Kunst ist Kunst und Emeline wird erwachsen. Nun ändern sich ihr Stil und ihre Themen.

Im Haus herrschte Totenstille. Befand Emeline sich im Badezimmer oder im Keller? Aber Lucie konnte ihre Tochter nirgends finden. Nun, vielleicht saß sie ja im Garten und skizzierte die Bäume. Von ihrem eigenen Schlafzimmer trat Lucie auf den Balkon, der ihr einen Blick über das gesamte Grundstück gewährte. Die blühende Magnolie stand vor Lucie und streckte ihre kräftigen Zweige bis zum Balkon. Lucie erfreute sich an der zartrosaroten Farbe der wundervollen Blüten und nahm den Duft wahr.

Doch als sie an das Geländer trat und ihren Kopf ein wenig nach rechts drehte, zuckte sie zusammen und begann laut zu schreien. Zugleich wartete sie darauf, dass sie aus diesem Albtraum erwachen würde, dass plötzlich alles dunkel um sie werden und dieses schreckliche Bild verschwinden würde.

Vor ihr, nur wenige Meter vom Geländer entfernt, baumelte Emeline an einem Seil, das am dicksten Ast der Magnolie befestigt war. Es war um ihren Hals gewickelt, Emelines Gesicht war bläulich, die Augen geschlossen. Der Körper hing schlaff wie eine Stoffpuppe zwei Meter über dem Rasen. Lucie schien, als könne sie keine Luft mehr bekommen. Ihre Beine gaben nach und sie sank wimmernd zu Boden.

MADAME LE LIEUTENANT

Nadia und Florian saßen am Alten Hafen in einem Café, aßen einen Croque-Monsieur mit Salat und genossen die Sicht auf das Hafenbecken. Es war ein ziemlich geschäftiger Mittag in Marseille, der Fischmarkt boomte am Quai des Belges und viele Menschen flanierten am Hafen oder spazierten den Pier entlang. Mehrere Boote fädelten sich durch das Gewirr der Segelschiffe im Hafenbecken, um zwischen den beiden Festungen, dem *Fort Saint Jean* und dem *Fort Saint Nicolas*, die den Hafen auf der Westseite begrenzten, auf das offene Meer hinauszugelangen. Vor der Fähre, die zu den Frioul-Inseln übersetzte, wartete eine Riesentraube von Fahrgästen. Das moderne Sonnendach, das auf der Esplanade am Quai des Belges stand, glänzte im hellen Mittagslicht. Es war ein sehr warmer Tag für Anfang März. Sogar der Wind, der zwei Tage lang leicht vom Norden her wehte, hatte sich gelegt.

»Super Wetter«, meinte Florian, »schade nur, dass wir heute Nachmittag im Kommissariat bleiben.«

»Ich kann dich hinausschicken«, entgegnete Nadia. »Wo willst du hin? La Castellane, la Busserine, Saint Antoine?«

Abwehrend hob Florian die Hand. »Nein, bloß nicht! Ich habe eher an eine Küstenregion gedacht. Côte Bleue oder les Calanques.«

Nadia lachte. »Schön wär's. Aber leider findet unser Business meistens in den Vorstädten statt. Ermittlungen im Küstengebiet gibt es eher wenige – eine bis zwei pro Jahr! Wir sind eben nicht die Küstenwache!«

Nadia war seit zwei Monaten im Kommissariat von Marseille als Polizeiinspektorin tätig und trug den Titel *Lieutenant de Police*. Sie managte ihr eigenes Team und ermittelte selbstständig unter der Leitung ihres Vorgesetzten, des Kommissars Blachet. Sie war im

Moment der einzige weibliche Inspektor in der Kriminalabteilung und die Jüngste unter den Lieutenants des Kommissariats. Allerdings gab es seit kurzem eine neue Kommissarin, die jedoch in einer anderen Abteilung tätig war. Bei der *Police Judiciaire* – kurz PJ –, der Kriminalpolizei von Marseille, dominierten die Männer. Nadia war drei Jahre zuvor als *Brigadier* von Lyon nach Marseille gekommen und hatte dann sofort die interne Prüfung zur Inspektorin bestanden. Sie war nach Paris aufgebrochen, um dort die sechsmonatige theoretische Ausbildung zu absolvieren. Dann hatte sie verschiedene Praktika gemacht. Sie hatte alles getan, um die Beste bei der Promotion zu sein, viel gelernt und sich auch bei ihren Praktika in Paris und Lyon verausgabt. Denn die Anwärter mit den besten Noten hatten die größte Auswahl an vakanten Stellen. Und Nadia hatte es geschafft, zurück in ihr Kommissariat nach Marseille zu kommen. Das einzige Problem war, dass Nadia nun die Stelle ihres ehemaligen Vorgesetzten Mathieu einnahm, der Marseille verlassen hatte, um sich zum Kommissar ausbilden zu lassen. Nun befehligte sie ihre früheren Kollegen. Diese waren alle Männer und die meisten noch dazu Männer aus dem Süden, Machos. Die Kollegin, die damals als Letzte in die Abteilung gekommen war – und noch dazu eine Frau – sollte nun über sie bestimmen?

Nein danke, hatten drei von ihnen gemeint und angefragt, das Team oder die Abteilung zu wechseln. Doch Florian, Kenny und Stéphane waren bei Nadia geblieben. Sie kannten und mochten sie und fanden eine Versetzung ins Team eines anderen *Lieutenants* oder *Capitaines* weitaus unangenehmer als eine weibliche Vorgesetzte.

Florian und Nadia waren seit zwei Jahren beste Freunde. Beide waren homosexuell und verbrachten mit ihren jeweiligen Partnern viel Zeit miteinander. Nadia hatte im Moment drei Mitarbeiter, doch in der folgenden Woche sollte ein vierter Kollege aus dem Norden kommen, wieder eine Frau. Nadia war sehr glücklich darüber. Sie fand, dass es bei ihnen im Kommissariat an Frauen mangelte. Die meisten Damen waren Bürokräfte und nicht Ermittler, aber man bemerkte, dass die Zeiten dabei waren, sich zu ändern. Bei den Brigadiers, der unteren Dienststufe der Ermittler, war nun bereits die Hälfte der neuen Angestellten weiblichen Geschlechts.

»Fiona kommt nächste Woche«, erklärte Nadia. Sie zeigte Florian die Bewerbung der Polizistin, die bisher bei der PJ in Lille gearbeitet hatte.

»Sie ist hübsch«, meinte Florian, »soweit ich das beurteilen kann. Und in unserem Alter. Die Jungs werden mal wieder verrücktspielen.«

Nadia lachte. Stéphane und Kenny waren einige Jahre jünger als sie und noch nicht in einer festen Beziehung. Beide gingen abends viel aus und flirteten gern. Doch im Kommissariat hatten sie keine Möglichkeit, Frauen kennenzulernen. Die meisten Frauen, die dort arbeiteten, waren über vierzig.

»Die Arme! In Lille sind sicher viel mehr Mädchen bei der PJ als hier bei uns.«

»Na ja, sie bekommt zumindest einen weiblichen Chef. Und mich. Ich bin ja so ein Halb-Girl.« Florian machte eine übertrieben weibliche Handbewegung.

»Ach, Florian, übertreib es nicht!«

»Nun, ich habe absolut keinen männlichen Stolz, mir macht es auch nichts aus, dass du meine Vorgesetzte bist. Im Gegenteil, ich bin froh, mit dir zu arbeiten.«

Nadia zuckte mit den Schultern.

»Ich kann schon verstehen, dass das einige wurmt. Damien und André waren vor mir da, und nun hätten sie plötzlich von mir verwaltet werden sollen! Kein Wunder, dass sie lieber zu Luc und Franck gegangen sind. Die sind Männer über vierzig und gehören hier im Kommissariat schon zu den Antiquitäten.«

»Ja, aber André und Damien hätten ebenfalls die Aufnahmeprüfung zum Lieutenant versuchen können. Keiner von uns hat es gewagt. Nur du.«

»Sie wollen lieber ein ruhiges Leben in Marseille. Das Glück, weiterhin im selben Kommissariat zu arbeiten, hat ansonsten keiner. Mathieu ging weg und ich bekam die Stelle! Das kommt ja hier in Frankreich ansonsten nie vor.«

Florian grinste. »Vorher bekommt man erst mal die Bestrafung. Paris. Aber du hast es dir verdient, warst die Beste deiner Promotion!«

»Ja, ich habe hart gearbeitet. Es war kein lustiges Jahr. Aber es ist sehr schnell vergangen.«

Nadias Mobiltelefon läutete. Sie sah, dass ihr Freund Pierre, der Staatsanwalt, anrief.

»Hallo Pierre«, sagte Nadia, als sie den Anruf annahm. »Wenn du in der Gegend bist, dann komm am Alten Hafen vorbei. Wir sitzen gerade in der Sonne.«

»Nein, Nadia. Ich habe ziemlichen Stress, kann jetzt nicht raus. Ich muss später mit dir reden. In Ruhe. Es ist wichtig.«

»Ach, Pierre, geht es wieder um eine Frau?«

Pierre hatte kein Glück bei den Frauen. Er war ledig, wollte gern eine Beziehung, litt aber immer unter sehr verworrenen und komplizierten Frauengeschichten, in die Nadia und ihre Lebensgefährtin Laura helfend, aber ohne großen Erfolg eingriffen. Meistens bestand diese Hilfe darin, Pierre zu trösten und ihm gut zuzureden. Er würde eines Tages gewiss die Frau seines Lebens finden, das war das Leitmotiv, das sie ihm ständig wiederholten.

»Nein, Nadia, das gebe ich einstweilen auf. Es ist wirklich stressig. Die Prognosen stehen gar nicht gut, was das Virus betrifft. Wir riskieren einen Lockdown, wie Norditalien. Und dann bricht das Chaos aus, das kannst du mir glauben.«

»Ach, und darüber willst du mit mir sprechen?«

»Nein. Es geht um etwas anderes. Ich würde dich gern außerhalb des Büros treffen.«

»In Ordnung.« Nadias Neugier war angestachelt. »Treffen wir uns doch um sechs in einer der Bars im Einkaufszentrum *Les Terrasses du Port*, mit Blick auf das Meer! Dann kannst du mir sagen, was du auf dem Herzen hast, während ich die Sonne und die schöne Aussicht genieße. Die Terrasse der Bar im zweiten Stock, ganz rechts, ich weiß den Namen nicht mehr. «

»Gut. Machen wir es so! Bis dann!«

Nadia verabschiedete sich und legte auf.

»Pierre ist ziemlich geheimnisvoll«, teilte sie Florian mit. »Bisher hat er mich nie für die Arbeit außerhalb des Büros treffen wollen.«

Florian sah Nadia nachdenklich an. »Seltsam«, meinte er.

Pierre Frigeri, der *Substitut du Procureur*, ein junger Staatsanwalt, der dem *Procureur de la République* unterstand, war ein guter Freund von Nadia und Florian. Er war äußerst intelligent und arbeitsam, doch er genoss auch seine Freizeit in Marseille. Er ging zuweilen am

Abend mit ihnen weg und war genauso sportlich wie Nadia und Florian. Pierre hatte begonnen mit Nadia zu klettern und spielte häufig mit Florian und Jérémie Tennis oder Squash.

Alle miteinander waren sie im vorhergehenden Herbst den Marseille-Cassis gelaufen, einen schwierigen Halbmarathon, dessen Route über die Straße *La Gineste* südöstlich aus Marseille hinaus bis in den Strandort Cassis führt. Nadias Lebensgefährtin Laura hatte den Taxidienst versehen und die vier Sportler in Cassis erwartet und abgeholt. Nadia und Florian hatten Pierre zwei Jahre vorher kennengelernt, als sie noch für Mathieu gearbeitet hatten. Pierre war damals gerade erst nach Marseille gekommen. Nadias ehemaliger Vorgesetzter hatte sich ursprünglich nicht gut mit dem neuen Substitut verstanden, aber nach den anfänglichen Schwierigkeiten waren die beiden zu Freunden geworden. Der Staatsanwalt hatte begonnen, mit den Lieutenants und Brigadiers der PJ gute Beziehungen zu unterhalten, die Tatsache, dass er sich in Nadia verknallt hatte, hatte wohl auch dazu beigetragen. Nadia war von Anfang an ehrlich zu ihm gewesen und hatte ihm sofort mitgeteilt, dass sie eine Lesbe war, was Pierre sehr bedauert hatte. Doch er hatte damals Freunde gesucht, weil er in Marseille nicht viele Leute kannte, und hatte sich Nadias Freundeskreis angeschlossen. Die Tatsache, dass Nadia und Laura ein Paar waren, hinderte Pierre nicht daran, regelmäßig zu jammern, wie schade er es fände, dass sie Frauen bevorzugten. Sie beide seien seine Traumfrauen. Nadia lachte stets und meinte: »Dann bist du polygam, Pierre, wenn du gleich zwei Traumfrauen hast!«

Florian und Nadia spazierten zurück ins Kommissariat, das zu Fuß zehn Minuten vom Alten Hafen entfernt war. Sie durchquerten das Altstadtviertel *Le Panier*, das sich auf dem Hügel an der Nordseite des Hafens hinter dem schmucken alten Rathaus erhob. Stufen führten durch steile Gässchen nach oben, Florian und Nadia bezwangen sie ohne Schwierigkeiten. *Le Panier* war der älteste Teil von Marseille. Die Häuser standen eng zusammen, trugen etwas schmuddelige Fassaden zur Schau, doch es gab hier noch schöne alte Geschäfte und typische winzige Restaurants. Die griechische Hafenstadt Massalia war im sechsten Jahrhundert vor Christus an dieser Stelle von den Phokäern gegründet worden, aus Kleinasien stammenden griechischen Händlern, allerdings war von ihr außer ein paar Mauern in Kellern einiger Häuser nichts mehr übrig.

Nadia und Florian waren oben angekommen und durchquerten eine enge Straße mit sehr alten, renovierungsbedürftigen Gebäuden, die ein wenig abstieg, bevor sie auf den schönen Platz kamen, der sich vor der *Charité*, dem ehemaligen Armenhaus, auf der anderen Seite des Hügels befand. Dieses unter Ludwig XIV. erbaute Gebäude wirkte absolut nicht ärmlich. Es bestand aus vier mit Arkaden gesäumten Gebäudeflügeln und auf dem Platz in der Mitte erhob sich eine schöne barocke Kapelle. In diese Anlage hatte der König im siebzehnten Jahrhundert die Armen und Obdachlosen einsperren lassen, um ihnen Arbeit, Nahrung und ein Dach über dem Kopf zu gewähren. In Wahrheit aber wollte der König die Misere aus den Straßen Frankreichs vertreiben und die Menschen zum Arbeiten zwingen. Deshalb findet man heute in allen französischen Städten ehemalige Armenhäuser aus dem siebzehnten Jahrhundert. Nadia dachte an die vielen Bettler, die in den meisten Städten in den Straßen herumsaßen. Würden sie es heute akzeptieren, einfach eingesperrt zu werden? Auch wenn sie dafür Essen und ein Bett bekamen? Viele Leute sagten, gewiss nicht, diese Menschen betteln, weil sie zu faul zum Arbeiten sind. Doch Nadia, die nun bereits seit acht Jahren als Polizistin arbeitete und von der Misere in der Millionenstadt viel mitbekam, wusste, dass der Sachverhalt nicht so einfach war.

Vor der *Charité* standen etliche Touristengruppen, die von den Kreuzfahrtschiffen kamen. Fremdenführer mit Schildern, auf denen Nummern zu lesen waren, gaben Erklärungen. Die Anlage war vor kurzem renoviert worden und nun befanden sich im Gebäude drei Museen. Der lauschige Platz davor war voller Caféterrassen unter Platanen und bei den Touristen sowie den Einwohnern der Stadt äußerst beliebt.

»Es ist noch so früh in der Saison und schon sind so viele Touristen da«, bemerkte auch Florian.

Nadia nickte. »Die Kreuzfahrer. Kommen das ganze Jahr über.«

»Dieses Jahr wird eine sehr gute Saison erwartet«, erklärte Florian. »Michel ist zuversichtlich.«

Michel, ein Freund von Florian und Jérémie, arbeitete überall in der Provence als Fremdenführer. Er war ein wandelndes

Geschichtsbuch. Nadia liebte es, ihm zuzuhören, wenn er über Marseille in der Antike, im Mittelalter, im neunzehnten Jahrhundert oder im Zweiten Weltkrieg erzählte. Sie hoffte, dass Michels Prophezeiung eintreten würde. Wenn die Corona-Virus-Infektion sich ausbreitete, war seine Saison allerdings im Eimer.

»Hoffen wir es«, erwiderte Nadia. »Aber du weißt, was in Italien los ist. Und Pierre hat mir am Telefon gesagt, es wird befürchtet, dass wir auch hier binnen zwei Wochen einen Lockdown haben werden. Und dann kommt natürlich kein Tourist mehr!«

»Ja, schon etwas beunruhigend, das Ganze. Aber hier in Frankreich kommen wir nicht so weit. Wir haben ja in zehn Tagen die Gemeinderatswahlen. Lockdown und Wahl, das passt nicht zusammen! Und außerdem würde unsere Regierung niemals unsere Wirtschaft derart gefährden.«

Nadia zuckte beunruhigt mit den Schultern. In der Tat war in Frankreich kein Lockdown vorgesehen. Doch sie hatte in der Zeitung gelesen, dass in Europa Hunderttausende Tote befürchtet wurden, wenn man keine Maßnahmen ergriff, weil das Virus sich rasant verbreitete. Und anscheinend waren nicht nur alte und kranke Personen gefährdet, sondern auch junge, gesunde Leute. Daher hatte man in China und nun auch in Norditalien beschlossen, die Schulen zu schließen, es wurde in Italien auch die Schließung aller Restaurants und Bars ins Auge gefasst und die Touristen wurden heimgeschickt. So eine Situation wäre für Marseille und die gesamte Provence, die hauptsächlich vom Tourismus lebte, natürlich eine Katastrophe!

Bald kamen Nadia und Florian am nur zweihundert Meter von der Charité gelegenen Kommissariat an. Sie betraten das Gebäude, Nadias Vorgesetzter kam ihnen im Gang entgegen.

»Hallo Nadia«, sagte er. »Ich muss dich bitte sprechen. Kannst du in einer halben Stunde in mein Büro kommen?«

»Klar«, erwiderte Nadia. Wahrscheinlich bekam sie nun einen neuen Fall zugeteilt. Im Moment ermittelte sie mit ihrem Team bezüglich einer rumänischen Bande, die Raubüberfälle in der Stadt beging, aber auch in Reisebusse und Autos einbrach. Im Herbst war ein junger Mann bei einem Raubüberfall getötet worden, und man vermutete diese Bande, deshalb hatte die Kriminalabteilung den Fall bekommen. Der Kommissar wollte, dass die Sache bis zum Beginn der Tourismussaison geklärt war. Die Mörder dieses Burschen mussten gefasst und der Bande sollte das Handwerk gelegt werden. Doch er wusste, wie sie alle, dass es sich um ein riesiges Netzwerk handelte, das wahrscheinlich vom Ausland aus koordiniert wurde. Sie fassten vielleicht zehn Personen, doch dann würden sofort neue kommen und im Sommer weiter stehlen und in Fahrzeuge einbrechen. Von Neuem würden Leute überfallen und ausgeraubt werden. Das Einzige, was wirklich half, war eine verstärkte Polizeipräsenz auf den Busparkplätzen und in der Stadt. Doch das war nicht die Kompetenz der Kriminalpolizei, dafür war die *Police Municipale* zuständig, die Stadtpolizei. Wie viele Polizisten für die Überwachung der Stadt eingesetzt wurden, war ein politisches Thema.

Nadia und Florian gingen ins Büro, wo die beiden anderen schon vor den Aufnahmen der Überwachungskameras saßen, die sie sich an diesem Nachmittag vornehmen mussten. Der Vorteil war, dass die Mörder des jungen Mannes höchstwahrscheinlich diejenigen waren, die auch die Reisebusse auf den verschiedenen Parkplätzen der Stadt aufgebrochen hatten und dabei gefilmt worden waren. Bald würden Nadia und ihr Team mehrere Gesichter identifizieren können.

»Mensch, das sind ja Stunden und Stunden an Aufnahmen anzusehen«, stöhnte Kenny. »Das schaffen wir nie!«

»Nächste Woche kommt Verstärkung«, erklärte Nadia. »Eine neue Polizistin.«

»Ach, eine Frau!«, meinte Stefan. »Ich hoffe, sie ist hübsch und nicht zu alt.«

Nadia hob ein Foto einer fettleibigen Vierzigjährigen auf, das sie im Internet gefunden und ausgedruckt hatte. Sie wollte ihren beiden Kollegen einen Streich spielen.

»So sieht sie aus!«

Stéphane und Kenny sahen sie mit langen Gesichtern an.

»Das ist wirklich gemein! Wir haben ohnehin kaum Frauen hier und jetzt kommt so ein Trampel!«, seufzte Stéphane.

Nadia vermied es, zu Florian zu sehen, der sich das Lachen verbiss. Beinahe hätte sie losgeprustet.

Sie wandte sich ab und meinte: »Ich kann nichts dafür. Das entscheide nicht ich, wer bei uns arbeitet. Beschwert euch beim Kommissar!«

Als sie sich wieder gefangen hatte, sagte sie zu ihren drei Mitarbeitern: »Ich zähle auf euch, Fiona einen guten Empfang zu bereiten und sie richtig einzuschulen. Wir brauchen sie. Es ist wichtig, bei Zeugenvernehmungen auch eine Frau dabei zu haben. Wahrscheinlich wirst du, Stéphane, hauptsächlich mit ihr im Zweierteam arbeiten.«

Kenny sah Stéphane feixend an, der unwillig den Mund verzog.

»Und, Jungs«, fügte Nadia hinzu, »gewöhnt euch an, nicht nur auf das Äußere einer Frau zu achten. Es ist bei der Arbeit nicht wichtig, wie eine Kollegin aussieht.«

»Ja, aber, Nadia«, meinte Stéphane schmeichelnd. »Das ist nicht so einfach. Du bist so perfekt, hübsch, anmutig und intelligent, eine Augenweide. Du hast uns einfach verwöhnt!«

Florian verdrehte die Augen.

Nadia musste lachen. »Du bist ein wirklicher Charmebolzen, Stéphane! Aber, verwöhnt oder nicht, für mich zählt hauptsächlich, ob Fiona mutig, kooperativ und kommunikativ ist, und ob sie was weiterbringt.«

Die beiden jungen Männer zuckten mit den Schultern, Florian grinste vor sich hin. Die Ankunft der wirklichen Fiona würde den beiden Casanovas eine angenehme Überraschung bereiten!

Nadia legte ein paar Papiere ab und begab sich dann ins Büro des Kommissars.

»Alles in Ordnung, Nadia?«, fragte er. »Kommst du mit den Jungs zurecht?«

Nadia nickte. »Sie arbeiten unter meiner Führung sehr fleißig. Diejenigen, die mich nicht als Vorgesetzte wollten, durften mich ja verlassen!«

Nadia hatte mit dem Kommissar abgemacht, dass sie in den ersten Monaten ein kleineres Team managen und nach sechs Monaten erfolgreicher Arbeit weitere Mitarbeiter bekommen würde. So wurde es zumeist gehandhabt, wenn ein Lieutenant ganz neu war. Nun würde Nadia bis zum Herbst für ein vierköpfiges Team verantwortlich sein.

»Ich wollte dich ganz kurz über deine neue Mitarbeiterin auf dem Laufenden halten«, begann der Kommissar.

Nadia horchte auf. Anscheinend schien an dieser Kollegin irgendetwas Außergewöhnliches zu sein, weil ihr Vorgesetzter mit ihr darüber sprechen wollte.

»Fiona Brante ist eine sehr gewissenhafte und arbeitsame Polizistin«, begann Blachet. »Sie ist seit sieben Jahren in der PJ in Lille tätig und hat hervorragende Referenzen. Ihre Vorgesetzte lobt sie in den höchsten Tönen und bedauert es sehr, sie hergeben zu müssen.«

Der Kommissar brach ab und sah Nadia schweigend an. Er erwartete wohl, dass sie eine Frage stellte. Nadia machte ihm diese Freude.

»Und warum verlässt Fiona Brante die PJ Lille?«

»Tja, das ist eine andere Geschichte. Fionas Arbeit ist einwandfrei. Allerdings nicht ihr Privatleben. Fiona hatte große Probleme mit ihrem Lebensgefährten, der gewalttätig war. Vor ihrer Versetzung gab es eine Anzeige gegen sie. Sie hat zuhause ihre Dienstwaffe verwendet, um ihn und seinen Freund zu bedrohen und hat sogar geschossen.«

»Ach!« Nadia erschrak. »Hat sie jemanden verletzt?«

»Nein. Sonst wäre sie nicht mehr bei der PJ. Sie hat nur einen Schuss abgefeuert, um die beiden zu warnen. Anscheinend handelte es sich um Notwehr. Ihr Lebensgefährte und sein Kollege wollten sie bei sich zuhause vergewaltigen.« Der Kommissar räusperte sich und Nadia sah ihn entsetzt an.

»Der Schuss ging ins Fenster, das zersplitterte. Die Nachbarn waren natürlich sofort da. Es wurde Anzeige gegen Fiona Brante erstattet und sie selbst erstattete Anzeige gegen ihren Lebensgefährten und dessen Bekannten, zog aus und suchte um Versetzung an – so weit weg wie nur möglich. Da es sich um die Dienstwaffe handelte, bekam sie allerdings eine Verwarnung. Doch ihre Vorgesetzte wusste, dass Fionas Lebensgefährte schon seit Monaten Probleme machte, und unterstützte Fionas Antrag. Trotzdem wurde in ihrer Akte vermerkt, was geschehen ist. Es ist die einzige Verwarnung. Fiona war ansonsten eine exemplarische Polizistin. Aber du weißt, dass es ein schweres Vergehen ist, die Dienstwaffe außerhalb der Arbeit zu verwenden. Ein anderer Lieutenant hätte Fiona vielleicht suspendiert.«

Nadia zuckte mit den Schultern. Sie hatte sehr viel Verständnis für Frauen, die sich gegen einen gewalttätigen Lebensgefährten wehren mussten, und machte sich keine Sorgen, dass die neue Kollegin ihre Dienstwaffe in Marseille leichtfertig verwenden würde.

»Nun, Nadia, es ist wichtig, dass du darüber Bescheid weißt und deine Mitarbeiterin anfangs gut überwachst. Solltest du sehen, dass sie nervliche Probleme hat, leicht ausflippt oder übermäßig ängstlich ist, würde ich dich bitten, mir das zu melden. Vielleicht könnte sie auch ein Gespräch mit Céline führen.«

Céline war die Psychologin, die dem Kommissariat zur Seite stand und sich nicht nur um Opfer, sondern auch um Polizisten kümmerte, wann immer es nötig war. Nadia nahm sich vor, Fiona dazu zu motivieren, Céline aufzusuchen. Doch sie beschloss, das Thema des Lebensgefährten vorerst sehr vorsichtig zu behandeln. Sie musste zuallererst das Vertrauen ihrer neuen Kollegin gewinnen.

Als Nadia einige Minuten später das Büro ihres Vorgesetzten verließ, seufzte sie tief. Die Fälle, in denen sie wegen häuslicher Gewalt ermittelt hatte, wollte sie nicht zählen. Gewalttätige Ehemänner und Lebensgefährten gab es wie Sand am Meer, und viele Frauen schafften es nicht rechtzeitig, zu reagieren. Sogar eine Polizistin der PJ, die dafür ausgebildet worden war, sich auch gegen Männer zu wehren, wurde zum Opfer und musste einen Schuss aus ihrer Dienstwaffe abfeuern, um nicht von ihrem Lebensgefährten und dessen Freund vergewaltigt zu werden! Das war doch unglaublich!

DIE BESTE FREUNDIN

Christine lag zusammengekauert auf ihrem Bett und weinte bitterlich. Sie fühlte sich unendlich schuldig. Sie wusste ganz genau, dass sie am Selbstmord ihrer besten Freundin einen eigenen Anteil an Schuld trug. Sie hatte Emeline im Stich gelassen, genau in dem Moment, in dem ihre Freundin sie am nötigsten gebraucht hätte. Sie hatte Angst gehabt und war abgehauen. Sie hatte Emeline ihren Peinigern überlassen und keine Hilfe geholt. Christines Verzweiflung hatte sich in den vorhergehenden Monaten gesteigert, als sie bemerkt hatte, dass keiner bereit gewesen war, ihnen zu helfen. Die Lehrer hatten sie belächelt, Emelines Problem minimiert, Christine beschwichtigt. Sie hatten nicht gewusst, wie weit die anderen gehen würden. Und Emeline war daran zerbrochen.

Christine wollte nicht mehr in die Schule gehen. Nie mehr. Es war unmöglich für sie, weiterhin mit diesen diabolischen Mädchen in einer Klasse zu sitzen. Außerdem war es gefährlich, weil die anderen wussten, dass sie über alles auf dem Laufenden war und vielleicht ahnten, dass ihre Eltern der Polizei Bescheid gesagt hatten. Doch die Eltern kannten die ganze Wahrheit nicht.

Als die Mutter zwei Tage vorher in Christines Zimmer gestürzt gekommen war, hatte Christine auf dem Bett gelegen und ihre Lieblingsmusik gehört. Sie war erschrocken aufgefahren.

Die Mutter hatte unter Tränen hervorgestoßen: »Christine, *Chérie*, es ist etwas Fürchterliches passiert. Emeline hat sich in ihrem Garten an der großen Magnolie erhängt. Lucie hat sie vor einer Stunde gefunden.« Die Stimme der Mutter war im Schluchzen untergegangen.

Christine hatte ihre Mutter nur wie zu Stein erstarrt angesehen. Durch ihren Kopf waren tausende Gedanken gerast. *Das war zu erwarten ... Aber warum hat sie nicht einen anderen Ausweg gewählt ... Es ist deine Schuld, du hast sie im Stich gelassen ... Sie haben ihr jegliche Würde geraubt ... Sie haben ihr die Lust am Leben genommen ... Warum hat uns keiner je geholfen?*

»Christine ... Schatz!« Die Mutter hatte Christines Hand berührt und Christine hatte aufgeschluchzt. Die Mutter hatte sie in die Arme genommen. Lange hatten sie geweint, dann hatte die Mutter Christine von sich geschoben, ihr in die Augen gesehen und gesagt: »Jetzt musst du sprechen, Christine. Es geht nicht mehr anders.«

Christine hatte genickt. Sie hatte gesprochen. Die Polizei war gekommen und Christine hatte erzählt. Doch sie hatte nur einen Teil erzählt. Das Schlimmste hatte sie nicht berichten können. Denn sie selbst steckte genauso in der Patsche, wenn sie es tat. Weil sie nicht gehandelt hatte, wie sie es hätte tun sollen.

Sie hatte erzählt, dass die Clique Emeline seit Anfang des Schuljahres gemobbt hatte. Sie, Christine, war bei diesen schicken, reichen Mädchen aus guten Familien ebenfalls nicht besonders beliebt, doch ihr Opfer war Emeline gewesen. Wahrscheinlich, weil Emeline übermäßig intelligent gewesen und von den Lehrern häufig für ihre Aufsätze und Arbeiten gelobt worden war. Und weil sie so gut hatte malen und zeichnen können, dass es den Neid einiger erregt hatte. Aber auch, weil sie anders angezogen gewesen war als alle anderen und ein wenig anders ausgesehen hatte. Sie, Christine, hätte mit wenig Mühe in die vorgegebene Schablone passen können. Jeans, Nike, ein Marken-T-Shirt, lange, glatte Haare, Wimperntusche und Lippenstift – und Christine wäre eine der ihren geworden. Doch Emeline war ganz anders gewesen. Schon allein ihre Frisur, wundervolle lange, ungebändigte Locken, fiel aus dem Rahmen. Und ihr sehr blasses Gesicht, ihre etwas zu große Nase und ihr winziger Mund. Emeline war etwas Besonderes gewesen. Und deshalb war sie zum Opfer der Clique geworden. Die Mädchen hatten sie nicht verschont. Sie hatten sie ständig verspottet, ihr häufig ein Bein gestellt, ihr auf den Kopf geschlagen, nach dem Turnunterricht ihre Kleider versteckt, ihre Schultasche ausgeleert, ihr Dinge entwendet ... immer neue Schikanen hatten sich diese bösartigen Furien für ihr Opfer ausgedacht.

Christine und Emeline hatten die Klassenlehrerin um Hilfe gebeten, doch diese hatte nicht reagiert. Dabei hatte sie ganz genau gesehen, was tagtäglich geschah. Und auch die Direktorin, die Christine einmal allein aufgesucht hatte, hatte die Sache beschönigt. Sie hatte zwar einmal mit den betreffenden Mädchen gesprochen, aber keineswegs die Eltern verständigt, wie das sonst in solchen Fällen gehandhabt wurde.

Bei der Clique handelte es sich um Mädchen aus sehr einflussreichen Familien. Ihre Eltern waren Anwälte, hohe Polizeibeamte, Manager und Politiker. Diese Mädchen glaubten schon im Alter von fünfzehn über dem Gesetz zu stehen. Und sie waren relativ vorsichtig gewesen. Sie hatten Emeline immer so ausgerichtet, dass ihnen ganz offiziell nichts nachgewiesen werden konnte. Über Instagram und Facebook hatten sie sie zwar angeschwärzt, aber so, dass niemand außer den Insidern wusste, worum es ging. Doch was am Nachmittag vor Emelines Tod geschehen war, war kriminell und strafbar gewesen. Und der Sohn des Procureurs, des höchsten Staatsanwaltes von Marseille, sowie die Tochter des Leiters der PJ Marseille waren darin verwickelt gewesen. Wie konnte unter diesen Umständen eine Ermittlung stattfinden? Christine wusste, dass die Sache vertuscht werden würde. Und sie selbst konnte nicht aussagen. Zu Mittag hatte sie eine SMS von Naomi erhalten.

Es ist dir wohl klar, dass du schweigen solltest. Sonst passiert dir etwas Schlimmes.

Naomi wusste, dass Christine etwas gegen sie in der Hand hatte, und bedrohte sie. Doch Naomi konnte unbesorgt sein. Denn wer würde Christine schon anhören? Der Procureur und der Polizeichef … wenn diese die Sache vertuschen wollten, dann würden sie das auch schaffen. Christine betete nun dafür, dass irgendetwas geschehen würde, was sie davon erlösen würde, in die Schule zurückzukehren. Was das sein sollte, wusste sie nicht. Sie hatte nur eine Gewissheit: Sie konnte nicht mehr dorthin zurück. Denn sie war das nächste Opfer der Clique.

DER STAATSANWALT

Das Einkaufszentrum *Les Terrasses du Port* war zu Fuß nur wenige Minuten vom Kommissariat entfernt. Nadia trat in den sonnigen Frühlingsabend hinaus, überquerte die Esplanade, auf der *La Major* stand, die riesige neoromanisch-byzantinische Kathedrale von Marseille, und ging in Richtung Meer.

Das Kommissariat von Marseille wurde *l'Evêché* genannt, weil es in früherer Zeit der Bischofspalast gewesen war. Seit der Enteignung der Kirche durch den Staat war in diesem Gebäude das *Hôtel de Police,* die Polizeidirektion von Marseille, untergebracht. Dort hatte die PJ, die Kriminalpolizei, ihre Büros.

Nadia ging die Fährterminals entlang, wo eine endlose Autokolonne darauf wartete, ein Schiff nach Algerien befahren zu können und den gesamten Verkehr blockierte. Man sah, dass es sich um Algerier handelte, die ins *Bled,* ihr Heimatdorf, zurückkehrten. Die Autos waren vollbepackt mit Hausrat und sogar auf den Autodächern hatten sie ihr Gepäck sehr behelfsmäßig aufgestapelt. Nadia schüttelte verwundert den Kopf, weil sie nicht verstehen konnte, wie diese Koffer, Matratzen, Bettgitter und Baumaterialien halten sollten, wenn die Autos fuhren. Sie betrat bald das große, helle und brandneue Einkaufszentrum, das neben den Fährterminals direkt am Meer lag und in dem, wahrscheinlich aufgrund des schönen Wetters, nicht besonders viel los war. Sie nahm die Rolltreppe ins zweite Stockwerk zur besagten Bar, die sich auf der Südseite des Einkaufszentrums befand, durchquerte die Lounge, um zur Terrasse zu gelangen, und setzte sich an einen Tisch, der direkt an der Brüstung stand. Vor ihr erstreckte sich das Meer. Eine Fähre legte gerade ab, einige Segelschiffe tummelten sich weiter hinten und die Frioul-Inseln leuchteten weiß in der Abendsonne. Der Kellner kam und fragte Nadia, was sie trinken wolle. Sie beschloss, sich einen Kir mit Lavendellikör zu gönnen. Sie mochte den Lavendelgeschmack, den Laura ganz fürchterlich fand. Nadia aß gern Lavendeleis, lutschte Lavendelbonbons, buk sich Cookies mit Lavendelblüten und liebte diesen aufdringlich süßen Likör.

»Happy Hour«, meinte der Kellner. »Wenn Sie wollen, bekommen Sie für einen zusätzlichen Euro einen Kir Royal.«

»Ja, danke, gern!«, rief Nadia. Der Kir Royal, bei dem der Lavendellikör nicht mit Weißwein, sondern mit Champagner aufgespritzt wurde, war ihr natürlich noch lieber als der einfache Kir.

Nadia las auf ihrem Mobiltelefon die neuesten Nachrichten. Was sie erfuhr, gefiel ihr nicht. Es wurde hauptsächlich über das Corona-Virus berichtet. Nicht nur in Italien, sondern auch im Osten Frankreichs gab es ziemlich viele Fälle. Anscheinend hatte es bei Mulhouse ein Treffen einer evangelischen Kirchengemeinschaft gegeben, bei dem sich Dutzende Personen angesteckt hatten. Nadia war nicht klar, wie gefährlich dieses Virus tatsächlich war. War es wirklich so schlimm oder wurde die Sache durch die Presse aufgeschaukelt? Manche Leute behaupteten, es sei eine einfache Grippe, andere wieder warnten, bei jedem, ob jung oder alt, könne der Verlauf der Krankheit tödlich sein. Die WHO hatte bereits die Pandemie ausgerufen und es wurde befürchtet, dass auch die europäischen Länder nicht genügend Intensivbetten und Spitalpersonal haben würden. Die medizinische Versorgung konnte überall auf der Welt zusammenbrechen. Nadia fröstelte trotz der warmen Abendsonne. Doch sie hatte keine Zeit, sich länger mit Corona zu befassen, denn Pierre fegte über die Terrasse auf sie zu.

Wie immer war ihr Freund voller Energie und ziemlich hastig unterwegs. Beim Vorbeigehen stieß er an Stühle und Tische. Zum Glück war dieser Teil der Terrasse leer, nur auf der anderen Seite saßen einige Leute direkt an der Brüstung.

»Salut, Nadia«, keuchte er. »*Désolé*, Entschuldigung, ich habe dich warten lassen. Bin im letzten Moment von meiner Sekretärin aufgehalten worden. Kapiert gar nichts, diese blöde Tussi. Alles muss ich ihr zehnmal erklären. Oft mache ich mir die Dinge selbst, das geht schneller! Aber wie du weißt, suchen wir uns die Mitarbeiter bei Gericht nicht aus!«

Pierre küsste Nadia auf beide Wangen, wie es in Marseille üblich ist. Dann ließ er sich ihr gegenüber auf den Sessel plumpsen. Sein Blick schweifte über das Meer in Richtung der Frioul-Inseln.

»Schön, dieser Abend. Schade, dass wir nicht zum Spaß hier sind!«

»Nun, wir können ja das Nützliche mit dem Angenehmen verbinden«, meinte Nadia. In dem Moment kam der Kellner mit dem Kir Royal.

»Ach ja, ich sehe, dass du das bereits machst«, erwiderte Pierre grinsend.

»*Bonjour, Monsieur.* Wollen Sie auch einen Kir Royal mit Lavendel?«, fragte der Kellner.

Pierre wehrte ab. »Nein, nichts so Exotisches. Ein ganz einfacher Pastis tut's auch.«

»Einen Pastis? Wir haben Happy Hour. Für einen Euro mehr bekommen sie zwei Pastis.«

»*Merci*«, sagte Pierre, »das ist wirklich nett, aber ein Pastis genügt vollkommen. Ihre Happy Hour macht ja Alkoholiker aus den Menschen.«

»*Monsieur*, mit zwei Pastis ist man noch lange kein Alkoholiker«, entgegnete der junge Mann mit seinem breiten südfranzösischen Akzent und murmelte im Weggehen kopfschüttelnd: »Ah, diese Pariser!«

»Hat er mich jetzt einen Pariser genannt?«, fragte Pierre ungläubig.

»Ja, hat er. Musst dir einen südlichen Akzent zulegen!«

»Du hast ihn ja auch nicht und wirst nie beleidigt!«

»Aber mir sieht man nicht an, dass ich aus Paris bin. Ich laufe auch nicht mit Hemd und Krawatte herum! Und wie du weißt, komme ich ursprünglich aus der Normandie, habe nur wenige Jahre in Paris gearbeitet.«

»Habe keine Wahl«, knurrte Pierre und lockerte seine Krawatte. »Ich würde auch lieber eine Lederjacke und Jeans tragen. Aber bei Gericht kommt das nicht so gut an.«

»Wie geht es dir?«, fragte Nadia.

»Nicht so toll derzeit«, meinte er. »Die Stimmung bei uns im Justizpalast kann als unheilvoll bezeichnet werden. Es bahnt sich was an, was ganz und gar Unangenehmes. Es brodelt, es wird gemunkelt und intrigiert. Die Gemeinderatswahlen und die Corona-Geschichte tragen natürlich kräftig dazu bei. Wir leben in einer sehr politisierten Zeit.«

»Ich befürchte, du hast einen sehr politisierten Job«, warf Nadia ein.

»Ich befürchte auch. Und ich bin gestresst. Ich musste dich unbedingt treffen, weil ich ein Problem habe. Ich wollte mich mit dir beraten. Die Situation ist sehr heikel.«

Der Kellner kam mit dem Pastis und stellte ihn mit einem gönnerhaften Grinsen vor Pierre hin. Er brachte auch Oliven und Erdnüsse.

»Santé!«

Die beiden stießen miteinander an und nahmen einen Schluck.

»Wow, der schmeckt wirklich super. Willst du probieren? Mit Lavendel?« Nadia hielt Pierre ihr Glas hin.

»Nein!« Pierre schüttelte sich. »Ich esse oder trinke keinen Lavendel. Komisches Getränk. Passt so gar nicht zu dir.«

»Natürlich, du denkst, Lesben trinken Whiskey, Wodka oder Pastis. Der Champagner und der Likör sind für echte Frauen«, spottete Nadia.

»Aber nein, *Chérie*. Jedem sein Geschmack, würde ich mal sagen.«

Er wurde ernst. »Ich bin dabei, Probleme mit meinem Vorgesetzten zu bekommen. Und mit deinem. Und ich weiß, dass ich dir vielleicht Schwierigkeiten bereite, wenn ich dir jetzt von der Sache erzähle. Aber ich muss deine Meinung hören.«

»Okay, schieß los!« Nun war Nadia wirklich neugierig.

Pierre nahm einen kleinen Zeitungsausschnitt aus seiner Aktentasche und legte ihn vor Nadia. Es war ein kurzer Artikel der *Marseillaise* aus der Rubrik Lokalnachrichten.

In Carry-le Rouet hatte eine Schülerin des *Lycée Saint Christophe*, das sich im Marseiller Stadtteil Estaque befand, zwei Tage zuvor Selbstmord begangen. Die Mutter hatte das Mädchen im Garten an einem Baum hängend gefunden. Anscheinend sei die Fünfzehnjährige schon seit Monaten depressiv gewesen.

»Traurig«, meinte Nadia. »Ein junges Mädchen, das Selbstmord begeht. Aber was ist daran besonderes?«

Pierre schwieg einen Augenblick. »Freunde der Eltern, die einen meiner Freunde kennen, haben mich über die Sache informiert und mich gebeten, sie mir anzusehen. Emelines Eltern und ihre beste

Freundin behaupten, Emeline sei von einer Gruppe Mitschülerinnen gemobbt worden und habe wahrscheinlich deshalb Selbstmord begangen. Die Eltern haben Anzeige erstattet. Doch«, er senkte die Stimme, »gestern wurde ihnen mitgeteilt, dass in der Schule keine weitere Ermittlung stattfinden wird. Die Sache wird vertuscht. Und deshalb hat die Familie sich über Freunde von Freunden an mich gewandt.«

»Nun, das ist die richtige Vorgehensweise. Du bist Staatsanwalt. Du kannst ermitteln.«

Pierre seufzte tief. »Theoretisch, ja. Aber praktisch gesehen, nein. Denn unter den Schülern, die beteiligt waren, befindet sich der siebzehnjährige Sohn meines Vorgesetzten, des Procureurs Adriani. Und die Tochter deines höchsten Vorgesetzten, des Commissaire Divisionnaire Manson.«

Nadia verschlug es die Sprache. Ihre Hand begann zu zittern und sie stellte das Glas ab.

»Oh, nein!«, flüsterte sie. »*Mon Dieu!* Und sie benützen ihre Positionen, um die Sache zu vertuschen. Wobei eine Schülerin aufgrund von Aktionen ihrer Kinder gestorben ist.«

Pierre nickte. »Wir wissen nicht, wie weit die Jugendlichen es getrieben haben, aber ich würde gern mit verschiedenen Personen sprechen. Ganz heimlich. Und wenn es wirklich etwas Schlimmes ist, will ich einen Prozess einleiten.«

»Aber wie? Dein Vorgesetzter wird das nicht billigen.«

Pierre zuckte mit den Schultern. »Mein Vorgesetzter ist nicht Gott. Ich habe in Paris Beziehungen und kann das melden. Allerdings muss ich etwas Konkretes in der Hand haben. Doch anscheinend wird jegliche Art von Ermittlung in der Schule sofort unterbunden. Deshalb weiß ich nicht, was ich machen soll. Wenn ich ein vernünftiger Mensch wäre, würde ich einfach den Kopf in den Sand stecken, die Mafia-ähnlichen Praktiken unserer Vorgesetzten ignorieren und die Sache sein lassen. Aber das kann ich nicht. Ich bin Staatsanwalt geworden, weil ich nach Gerechtigkeit suchen will. Und ich fühle, dass dort in dieser Schule etwas Schlimmes geschehen ist. Sonst würden sie nicht ablehnen, dass eine Ermittlung stattfindet. Was meinst du?«

Nadia war ratlos. Mit einer Situation dieser Art war sie noch nie konfrontiert worden! Nicht einmal Mathieu, der doch so einiges an

Scherereien erlebt hatte, hatte je ein derartiges Problem gehabt. Es war natürlich ein absoluter Unglücksfall, dass sowohl der Sohn des Procureurs als auch die Tochter des Commissaire Divisionnaire in die Sache verwickelt waren.

Nadia wusste, warum Pierre sie kontaktiert hatte. Er wollte, dass sie diesbezüglich ermittelte. Doch sie konnte nicht einfach einen Fall bearbeiten, der ihr vom Kommissar nicht zugeteilt worden war! Blachet war ihr Vorgesetzter, und dieser leistete der Direktion der PJ Gefolgschaft. Gewiss hatten Nadias Vorgesetzte bereits alles blockiert.

Nadia überlegte.

»Wir können vielleicht ein wenig ermitteln, bevor unsere Aktionen abgewürgt werden«, meinte sie nachdenklich. »Wir können so ganz naiv und nichts wissend an die Sache herangehen. Du könntest den Kommissar Blachet über den Fall unterrichten und zugleich auch mich beauftragen, mich zu erkundigen. Du tust so, als wüsstest du nicht, welche Jugendlichen darin verwickelt sind. Du sprichst auch mit deinem Vorgesetzten ganz scheinheilig darüber. Und inzwischen bin ich schon unterwegs.«

Pierre sah Nadia schweigend an. »Nadia, das kann dir fürchterliche Probleme bereiten. Deine Karriere kann zerstört werden oder der Kommissar kann dich strafversetzen lassen«, meinte er schließlich.

»In den Norden?«

»In den Norden von Paris. Seine-Saint-Denis. Ärmstes Département Frankreichs. Die schlimmsten Vorstadtviertel. *Nur* Vorstadtviertel, keine Strände, keine Felsküsten, keine ländliche Umgebung. Für einen Lieutenant die Hölle.«

»Tja, wir stehen nun vor einer Gewissensfrage. Sollen wir aus Bequemlichkeit das billigen, was da geschieht, oder sollen wir dafür kämpfen, dass die Wahrheit ans Licht kommt?«

»So ist es. Es handelt sich um unsere Vorgesetzten, Nadia. Sie sind stärker als wir.«

»Ja, aber wir sind nicht allein. Wir können uns der Medien bedienen. Laura kann ermitteln. Wahrscheinlich haben sie sich die Presse noch nicht gefügig gemacht.«

»Das weiß man nicht«, meinte Pierre. »Ich möchte herausfinden, was geschehen ist. Das ist wichtig. Vielleicht war das Mädchen wirklich depressiv. Aber es gab in Frankreich in den letzten Jahren viele Fälle von Mobbing an Schulen, die tödlich endeten. Und da ist fast immer was dran! Mobbing darf nicht unbestraft bleiben.«

Nadia nickte. »Ich bin bezüglich solcher Schulgeschichten sehr sensibilisiert. Denn ich wurde als Vierzehnjährige ebenfalls gemobbt.«

»Du? Warum?«

»Weil ich gern als Junge auftrat. Mich wie ein Junge anzog. Wie jetzt. Ich war schon damals die Lesbe. Und das war vor fünfzehn Jahren auf dem Land nichts Alltägliches, das kann ich dir garantieren! Ich war eine störende Attraktion! Es war in der Mittelschule die Hölle. Und in der Oberstufe verkleidete ich mich deshalb als Mädchen. So wie heute manchmal, wenn ich abends mit Laura weggehe, oder weiß, dass ich nur im Büro arbeite.«

»Ich weiß. Mit deiner Verkleidung hast du mir vor zwei Jahren das Herz gebrochen.«

»Stimmt! Und auch die Kollegen lechzten mir hinterher, als ich zum ersten Mal geschminkt und im Minirock auftrat. Wie gesagt, in der Oberstufe hatte ich keine Probleme mehr, weil ich aussah und mich benahm wie alle Mädchen. Ich war relativ beliebt und hatte sogar einmal einen Freund. Aber das Mobbing in der Mittelschule, das habe ich in sehr schlechter Erinnerung.«

»Ich habe es auch erlebt«, sagte Pierre leise. »Mit fünfzehn. Am Anfang der Oberstufe. Ich hatte einen zu guten Notendurchschnitt und redete gern mit den Lehrern. Die Mitschüler nannten mich den Schleimer mit der langen Nase. Sie quälten mich, schlugen mich, stahlen mir Dinge und machten Karikaturen. Immer mit meiner Nase!« Pierre seufzte. »Jugendliche können sehr grausam zueinander sein.«

»Was hast du gemacht, um es zu überstehen?«, fragte Nadia.

»Ich musste der Situation entfliehen. Ich habe mich an keiner Magnolie erhängt, sondern meine Eltern gebeten, mitten im Schuljahr in eine Eliteschule wechseln zu können. Der Mathematiklehrer hat mitgekriegt, was los war und hat mir geholfen. Er hat meine Eltern bearbeitet, meine Kandidatur für diese Eliteschule unterstützt, und da ich wirklich sehr gute Noten hatte, konnte ich die Schule wechseln. Dort war ich weitaus nicht mehr der Klassenbeste, sondern ziemlich mittelmäßig, aber dort hatte ich Freunde, die so waren wie ich, und wurde nicht mehr gequält. Und mein bester

Freund hatte eine genauso spitze Nase wie ich! Wir verspotteten uns gegenseitig und die anderen hörten höflich zu. Noch dazu war diese Eliteschule der erste Meilenstein für meine Karriere, ich habe dort das harte Arbeiten für den schulischen Erfolg erlernt, danach das Jurastudium mit Auszeichnung beendet und die Aufnahmeprüfung in die *Ecole Nationale de la Magistrature* geschafft, um Staatsanwalt zu werden. Wenn ich in meinem ersten *Lycée* geblieben wäre, hätte ich das alles nicht hingekriegt. Schlimmer, ich wäre vielleicht auch depressiv geworden und hätte mich umgebracht.«

Nadia nickte. Sie erinnerte sich an die Woche, in der sie vorgegeben hatte, krank zu sein, ganz einfach, weil ihre Mitschüler so gemein zu ihr gewesen waren. Sie erinnerte sich an die Jungen, die sie ausgegriffen hatten, um zu erfahren, ob sie nicht vielleicht doch ein Junge war, und an die Mädchen, die lachend zugesehen hatten. Doch Nadia hatte mit ihren Eltern nicht darüber sprechen wollen. Wie Emeline.

»Schon seltsam, diese katholischen Privatschulen«, meinte Pierre. »Vor zwei Jahren dieser Junge, Fabrizio, der von zwei seiner Schulkameraden entführt und von einem dieser beiden erschlagen wurde. Das ist auch in einer Privatschule geschehen, die einen guten Ruf hatte.«

»Stimmt«, erwiderte Nadia, die sich im Detail an den Fall erinnerte, in dem sie damals unter der Führung ihres Vorgesetzten Mathieu ermittelt hatte. »Doch es ging nicht um Mobbing. Vielmehr um einen gewalttätigen Drogenhändler und eine illegitime Beziehung.«

»Ja. Und doch … die Eltern schicken ihre Kinder in diese Schulen, um eine Garantie zu haben, dass sie dort mit anständigen Leuten zusammenkommen, aber diese Garantie gibt es nicht! Die Jugendlichen sind überall Gefahren ausgesetzt und das Konto der Eltern bewahrt sie nicht vor Problemen!«

»Du hast recht. Das Milieu der Schulen ist immer schwierig. Vor allem in der Oberstufe. Die Jugendlichen fühlen sich erwachsen, sind es aber nicht, in der Schule sind sie miteinander konfrontiert und verhalten sich teilweise wie wilde Tiere, die einander zerfleischen. Ich würde um keinen Preis dorthin zurückkehren wollen. Weder als Schüler noch als Lehrer.«

»Ich auch nicht«, meinte Pierre. »Aber ich frage mich derzeit, ob es in der Arbeitswelt um so vieles besser ist.« Er seufzte tief.

Nadia zuckte mit den Schultern. »Ich hatte bisher Glück. Ich habe drei nette Jungs zu beaufsichtigen und bekomme ab Montag auch eine Frau.«

»Ach ja?«, fragte Pierre interessiert. »Eine Polizistin?«

Nadia nickte. Sie fragte sich, ob sie Pierre denselben Streich spielen sollte wie Kenny und Stéphane, aber verzichtete darauf. Im Moment würde sie ihm über Fionas Alter und Aussehen überhaupt nichts mitteilen.

»Ich bin froh, eine weitere Frau zu haben. Du weißt ja, für die Zeugen.«

»Ich bin auch froh«, meinte Pierre. »Euer Kommissariat ist doch ein wenig zu männlich. In Paris waren viel mehr weibliche Ermittler. Es ist interessanter, in einer Gesellschaft zu arbeiten, wo man genauso viele Männer wie Frauen findet.«

Nadia grinste. »Natürlich, Pierre. Ich finde, wir brauchen weibliche Ermittler. Und ich werde dafür kämpfen, in meinem Team mehrere zu bekommen. Du wirst sehen, in den kommenden Jahren wird sich das grundlegend ändern. Eines Tages wirst du aufwachen und dir sagen, da sind zu viele Frauen.«

Er grinste. »Zu viele Frauen können für mich nicht sein. Ich mag euch. Junge, alte, hässliche, schöne, weibliche, lesbische. Und am liebsten mag ich dich. Privat und in der Arbeit. Weil ich weiß, dass ich auf dich zählen kann.«

Nadia lächelte ihm zu. Auch sie genoss es, mit Pierre zusammenzuarbeiten und verbrachte gern die Freizeit mit ihm. Er war einer ihrer besten Freunde.

Sie sah Pierre an. »Ich werde der Sache nachgehen. Wenn ich es nicht offiziell machen darf, dann tue ich es in meiner Freizeit. Denn keine Fünfzehnjährige bringt sich einfach so grundlos um! Ihre Klassenkameraden haben ihr sicher etwas Fürchterliches angetan. Und ich werde herausfinden, was!«

DER LEHRER

Er war schockiert. Noch nie in seinem Leben war er so entsetzt gewesen. Am liebsten hätte er alles hingeschmissen und gekündigt. Oder um Versetzung angesucht. Aber so plötzlich mitten im Schuljahr war das nicht möglich.

Als er beschlossen hatte, Englisch zu unterrichten, hatte er die Option der katholischen Privatschule gewählt. Er hatte sich nicht fähig gefühlt, sich vor eine Klasse Vorstadt-Rowdies zu stellen, die vielleicht bewaffnet waren und deren Eltern sich überhaupt nicht für die Ausbildung ihrer Kinder interessierten. Bei den öffentlichen Schulen wurde man mit Glück auf das Land oder in ein gutes Stadtviertel geschickt. Wenn man Pech hatte, landete man allerdings in einem schwierigen Viertel, in dem die Schüler hauptsächlich aus nordafrikanischen und schwarzafrikanischen Familien stammten und zum Großteil für die Schule nicht besonders viel übrighatten. Bei den Privatschulen hingegen konnte man sicher sein, dass man junge Leute aus normalen Verhältnissen unterrichtete.

Loïcs Karriere war bisher sehr glücklich verlaufen. Er hatte zu seinen Schülern seit jeher einen guten Kontakt unterhalten, Freude am Unterrichten verspürt. Die Beziehung zur Direktion und zu den Kollegen war entspannt gewesen. Doch mit Anfang dieses Schuljahres hatte sich alles verändert. Er hatte die Klasse 2B zu unterrichten begonnen und bemerkt, dass sie äußerst schwierig war. Fünf Mädchen gaben dort den Ton an und waren sehr arrogant, auch ihm gegenüber. Sie zogen andere mit und die Schüler lernten kaum. Loïc schaffte es nicht, in dieser Klasse die nötige Disziplin herrschen zu lassen, und musste zu sehr drastischen Maßnahmen wie Strafaufgaben und Überraschungstests greifen. In der Klasse befanden sich drei sehr gute Schüler, Loïc hatte bemerkt, dass diese drei von der Clique und einigen anderen Schülern gemobbt und verspottet wurden und es kaum mehr wagten mitzuarbeiten. Er hatte mit Kollegen darüber gesprochen. François, der Mathematik unterrichtete, hatte nur mit den Schultern gezuckt und gemeint: »Mir ist die Atmosphäre in der Klasse egal. Ich achte nicht darauf. Mein Fach ist so trocken, dass für atmosphärische Dinge kein Platz bleibt. Und mein Fach macht zum Glück allen Angst, sodass ich nie disziplinäre Probleme habe.«

Loïc wäre froh gewesen, wenn sein Fach ebenfalls trocken gewesen wäre. Mit dieser Klasse machte er viel mehr Grammatik und Vokabeltests als mit den anderen, weil die Gruppenarbeiten und Diskussionen immer ausarteten. Meistens wurde irgendein Schüler verspottet und Loïc musste hart durchgreifen. Es ging der jungen Spanischlehrerin genauso und sie sagte, sie mache mit diesen blöden Puten nur mehr Grammatik und Vokabellisten, während sie mit der Parallelklasse kleine Filme drehte und Rollenspiele organisierte. Mehrere Lehrer hatten Loïc zugestimmt, ihn aber etwas beschämt darauf hingewiesen, dass drei der Störenfriede der Klasse Töchter von sehr bedeutenden Marseiller Bürgern waren, die der Schule beim letzten Umbau wichtige Spenden gegeben hatten. Naomi, die Loïc von allen am meisten hasste und fürchtete, war die Tochter des Leiters der PJ Marseille. Sie war ein hübsches braunhaariges Mädchen, großgewachsen und schlank, und sah aus wie siebzehn. Sie hing zumeist mit älteren Jungs herum. Doch sie war eine schlechte Schülerin und sehr faul. Noch dazu schien sie die guten Schüler zu hassen. Loïc war sich sicher, dass sie es gewesen war, die beschlossen hatte, vor allem Emeline Bernier zu piesacken. Es war alles von ihr ausgegangen. Ihre vier Freundinnen Mathilde, Vanessa, Mégane und Léane hatten mitgemacht, auch einige der Jungs und ältere Schüler aus anderen Klassen. Loïc hatte versucht mit Margot, der Klassenlehrerin, die Geschichte und Geographie unterrichtete, darüber zu sprechen, doch diese hatte resigniert gemeint, da sei nichts zu machen, jeder habe sein Kreuz zu tragen, und diese Klasse sei das ihre. Die Schulleitung würde ihr nicht helfen, sondern sie vielmehr zurechtweisen, wenn sie die Störenfriede aktiv bestrafte. Die Direktorin auf jeden Fall tat nichts, um Naomi und ihre Clique in ihre Grenzen zu weisen. Loïc hatte keine Ahnung, ob das mit der Spende zusammenhing oder mit etwas anderem. Er hatte seine Vorgesetzte, Madame Franqui, stets geschätzt, doch nun nahm er etwas wahr, was ihn zutiefst verunsicherte. Er spürte, dass Rosalie Franqui der Situation nicht mehr gewachsen war. In ihrer Schule war eine Gruppe, die andere Schüler mobbte und bedrohte, doch sie unternahm nichts. Es kamen immer wieder Bemerkungen und Beschwerden von Eltern, aber die Sache wurde von Madame Franqui und der C.P.E. Maryline Peters – der Erzieherin, die mit der Direktion zusammenarbeitete und sich um organisatorische und disziplinäre Probleme kümmerte – heruntergespielt.

Anscheinend hatten Eltern eines Schülers einmal Anzeige erstattet, weil der Junge von mehreren Mitschülern gequält und regelmäßig bestohlen worden war, doch daraufhin war nichts geschehen, wahrscheinlich wegen Naomis Vater. Der Schüler hatte wenige Wochen später die Schule verlassen und Loïc hatte nichts mehr über die Sache gehört.

Doch nun hatte Emeline sich erhängt, und Loïc war sich sicher, dass es wegen ihrer Mitschüler geschehen war. Es hatte anscheinend am Nachmittag ihres Todes einen Zwischenfall gegeben. Richard, der Turnlehrer, hatte Emeline im Umkleidezimmer eingesperrt gefunden, wo sie in einer Ecke gekauert und geschluchzt hatte. Er hatte sie zu Maryline Peters gebracht und Emeline hatte zitternd erzählt, dass einige Mädchen ihrer Klasse sie eingesperrt hatten. Dem Sportlehrer nach hatte sie zutiefst traumatisiert gewirkt, und Loïc fragte sich, was ihr wirklich geschehen war.

Zugleich hatten auch die Jungen der Abiturklasse *Terminale A* Turnen gehabt, und Loïc vermutete, dass Naomis ältere Freunde irgendwie in die Sache verwickelt gewesen waren. Die C.P.E. hatte Naomi und ihre Freundinnen zu sich geholt und sie bestraft. Doch die Mädchen hatten geleugnet und gemeint, sie hätten Emeline nicht eingesperrt. Als sie gegangen waren, sei Emeline noch in der Umkleidekabine gewesen und habe sich die Mähne gekämmt, ohne viel Erfolg. Allerdings seien die Jungen im Umkleideraum nebenan gewesen. Auch die Befragung dieser Schüler der Abiturklasse hatte nichts ergeben. Die meisten wussten nicht einmal, wer Emeline war.

»Ach, die Komische mit der Nase und der Haarmähne«, hatten einige gegrinst.

Loïc hatte wahrgenommen, dass Richard, dem Turnlehrer, bei seiner Erzählung nicht wohl zumute gewesen war. Wahrscheinlich war etwas geschehen, worüber er die Kontrolle verloren hatte. Und nun schien er sehr verunsichert.

Loïc verspürte ein Ziehen in der Magengegend, als er an diesem Morgen, drei Tage nach Emelines Tod, vor seine Klasse trat.

Er registrierte sofort, dass Christine, Emelines beste Freundin, fehlte. Sie war sicher sehr schockiert und zutiefst deprimiert. Einige Schüler sahen betreten aus, doch die meisten benahmen sich, als wäre nichts geschehen, als hätte sich nicht eine ihrer Mitschülerinnen drei Tage vorher umgebracht.

Loïc beschloss, mit der Klasse über Emelines Tod zu sprechen.

Wie immer wandte er sich auf Englisch an die Klasse.

»Liebe Schüler, ich möchte euch mein Beileid aussprechen. Eine eurer Kameradinnen hat sich das Leben genommen.«

Er schrieb die Worte *Beileid* und *sich das Leben nehmen* als Vokabeln auf die Tafel. Die Schüler sahen ihn schweigend an.

Dann meinte Naomi schnippisch: »Das Beileid muss man wohl Ihnen aussprechen. Sie haben Ihr Schätzchen, Ihre beste Schülerin, verloren.«

Einige Schüler kicherten, andere rissen erstaunt die Augen auf.

Loïc erschrak, beschloss jedoch, sich nichts anmerken zu lassen. Ruhig sah er Naomi an und sagte auf Französisch, damit sie ihn ganz gewiss verstehen konnte:

»Naomi, es geht da nicht um Schulleistungen. Aber dich betreffend, frage ich mich, ob du nicht einen Stein anstelle eines Herzens in der Brust hast.«

Naomis Freundinnen Mathilde und Léane prusteten los. Die anderen Schüler hielten den Atem an. Naomi runzelte die Stirn. Loïc wandte den Blick von ihr auf die andere Seite der Klasse. Er sprach weiter, auf Englisch, langsam und mit einfachen Worten: »Ich weiß nicht, ob euch bewusst ist, dass das, was geschehen ist, schlimm ist. Sehr schlimm. Eure Mitschülerin wollte nicht mehr leben. Sie hat beschlossen, zu sterben. Und jetzt möchte ich, dass wir eine Übung machen. Ich teile euch kleine Zettel aus und jeder von euch schreibt darauf, warum er oder sie glaubt, dass Emeline sich umgebracht hat. Anonym.«

»He, was soll das?«, begehrte Naomi auf. »Wir sind hier im Englischkurs und nicht in der Psychologiestunde!«

Loïc bemühte sich, sie kalt anzusehen, auch wenn sich sein Herz bei ihrem Anblick zusammenzog. Dieses Mädchen hatte etwas unwahrscheinlich Grausames und Eiskaltes an sich, sie wirkte unmenschlich. Außerdem hasste Loïc ihre arrogante Art, mit Erwachsenen zu sprechen. Wieder wandte er sich auf Französisch an sie.

»Ich möchte, dass ihr lernt zu überlegen und eure Gedanken auf Englisch auszudrücken. Wenn es dir nicht passt, diese Übung zu machen, dann verlass einfach die Klasse. Aber ich wünsche nicht mehr, dass meine Entscheidungen als Lehrer ständig infrage gestellt werden. Ab jetzt will ich dich nur mehr dann hören, wenn du konstruktiv zum Unterricht beitragen möchtest. Ansonsten bekommst du eine Verwarnung.«

Naomi verzog spöttisch den Mund. Loïc wusste, dass sie die Verwarnungen nur so sammelte und ihr diese überhaupt nichts ausmachten, weil sie ohnehin nie eine wirkliche Strafe erhielt. Sie war Loïcs Meinung nach, was man in Frankreich *un enfant roi* nannte. Ein Kind, das sich wie ein tyrannischer König benimmt und von seinen Eltern auch als solcher angesehen wird. Und ihr Vater hatte die nötige Autorität und Macht, Naomi zu beschützen, was immer sie auch anstellte.

Loïc teilte die Zettel aus und die Schüler begannen zu schreiben.

Nach einigen Minuten sammelte er ihre Kommentare ein.

Auf Englisch sagte er: »Ich lese jetzt vor, was geschrieben wurde, und wer will, kann etwas dazu sagen. *In English.*«

Der erste Zettel war leer. »In Ordnung«, meinte Loïc. »Derjenige, der das geschrieben hat, hat keine Ahnung, warum es geschehen ist.«

Der zweite, der dritte und der vierte Zettel waren ebenfalls leer. Die Schüler schienen nicht kooperieren zu wollen. Loïc wurde nervös, doch ruhig sagte er: »Das ist der Tod. Er hinterlässt eine Leere und Wortlosigkeit. Unbeschriebene Blätter. Alle sind sprachlos.«

Auf dem fünften Zettel stand auf Französisch: »Emeline hat sich umgebracht, weil sie von ungefähr zehn Schülern dieser Schule gemobbt wurde. Sie hat es nicht mehr ertragen.«

Loïc hielt inne und sah die Schüler einen nach dem anderen an. Die meisten wichen seinem Blick aus. Naomi verdrehte die Augen nach oben.

»Was sagt ihr dazu?«, fragte Loïc die Schüler.

»Mann«, ließ Naomi sich vernehmen, »als ob jemand sich umbringen würde, nur weil er manchmal verspottet wird.«

Ihre Freundinnen sahen Naomi mit großen Augen an, manche Schüler schüttelten die Köpfe.

Loïc hatte Lust, es ihnen gleichzutun. »Nun«, begann er, »wenn man tagtäglich verspottet und gemobbt wird, dann kann das sehr belastend sein. Und ich weiß ganz genau, dass einige von euch nicht zärtlich mit ihren Mitschülern umgehen. Und ich frage mich, warum? Warum ist es lustig, jemanden als Gruppe zu verspotten und zu mobben? Was bringt das? Dass man manche Schulkollegen nicht mag, ist ganz klar, überall sind Leute dabei, die einem nicht so zusagen, aber es ist trotzdem wichtig, sich gegenseitig zu respektieren.«

Kein Schüler gab eine Bemerkung von sich. Naomi verdrehte wieder die Augen, ihre Freundinnen blickten auf die Tischplatte. Loïc konnte genau sehen, wer schuldig und wer ein Opfer wie Emeline war. Er wusste schon seit langem, wo sich die Täter, die Opfer und die Mitläufer befanden.

»Nun, diejenigen, die Emeline tagtäglich verspottet haben, müssen das mit ihrem eigenen Gewissen abklären. Man kann Mitmenschen durch Bosheit sehr wohl in den Selbstmord treiben. Deshalb würde ich euch bitten, in Zukunft eure Kameraden besser zu behandeln.«

Loïc nahm den nächsten Zettel. *Sie war depressiv*, stand darauf.

»Ja, vielleicht«, meinte er. »Sie war es wahrscheinlich. Aber oft hat eine Depression einen Auslöser. Und der Auslöser könnte gut hier in der Schule liegen.«

Michael, ein großer, gut gebauter Junge, hob die Hand und meinte: »Es stimmt, wir waren nicht besonders nett zu ihr. Sie hatte super Noten, schaffte alles leicht, war ein bisschen komisch, und ich denke, viele waren neidisch. Denn wir sind viel dümmer als sie. Sie war uns haushoch überlegen.«

Michael war ein schlechter Schüler, aber hatte in Englisch ein erstaunlich gutes mündliches Niveau. Wahrscheinlich sah er sich viele Serien in Originalversion an. Naomi warf dem Jungen einen wütenden Blick zu.

»Schleimer«, zischte sie.

Doch einige andere Jungen nickten und meinten: »Er hat recht.«

»Danke, Michael«, sagte Loïc. »Zumindest gibst du es zu. Und bravo, du drückst dich in Englisch sehr gut aus.«

Der Junge zuckte mit den Achseln und senkte den Kopf. Loïc nahm den nächsten Zettel.

»Sie war eine Nutte, die immer die Aufmerksamkeit auf sich lenken wollte.«

»Glaubt ihr wirklich, dass jemand sich umbringt, nur um Aufmerksamkeit zu bekommen?«, fragte er, indem er Naomi und ihre Freundinnen ansah.

»So viel zu anonym«, murmelte Mathilde.

»Sie war ein wenig psychopathisch«, meinte Léane, »eine Künstlerin. Viele Künstler haben sich umgebracht. Van Gogh, Cézanne ...«

»Cézanne hat sich nicht umgebracht«, widersprach Loïc. »Er starb an einer Lungenentzündung. Schau im Internet nach!«

Daraufhin tippte die Hälfte der Schüler gleich auf ihren Computern herum.

Es kamen noch einige Zettel mit den Worten: *Emeline war depressiv,* einige leere Zettel, zwei Kommentare, die besagten, dass in der Schule viele nicht sehr freundlich zu ihr gewesen waren, und ein Zettel, auf dem stand: *Wegen dem, was am Dienstag geschehen ist.*

In zittrigen Blockbuchstaben. Auf Französisch.

Nichts anderes.

Loïc fragte auf Französisch: »Also ist am Dienstag etwas geschehen? Etwas, worüber jeder Bescheid weiß, aber worüber keiner sprechen will?«

Niemand antwortete. Loïc beugte sich vor. Er sprach auf Französisch weiter.

»Leute, wenn irgendetwas geschehen ist, was kriminell war, dann wird die Polizei das irgendwann herausfinden, egal, was ihr oder eure Eltern unternehmt. Wenn ihr etwas wisst, ist es besser, jetzt zu sprechen. Wenn ihr etwas Schlimmes getan habt, ist es an der Zeit, zu gestehen. Wenn ihr sehr gemein wart, solltet ihr euch bei Emelines Familie entschuldigen. Denn wenn Emeline wirklich aufgrund von etwas gestorben ist, was ihr getan habt, dann seid ihr Mörder. Und müsst damit leben.«

Totenstille herrschte in der Klasse. Keiner sah Loïc an, keiner bewegte sich. Nicht einmal die Mädchen von der Clique hatten mehr eine Entgegnung bereit. Sogar Naomi blickte auf ihre Fingernägel.

Loïc nahm den Zettel, steckte ihn ein und wandte sich zur Tafel.

»Für Montag will ich einen Aufsatz. Dreihundert Wörter. Warum bringen Menschen sich um? Schreibt eure Meinung darüber. Grammatik, Ausdruck und Fehler werden benotet. Gebt euch Mühe!«

Schnell kritzelte er die Vorgabe für die Hausaufgabe an die Tafel, dann raffte er seine Dinge an sich und verließ beim Läuten die Klasse.

Keine weitere Sekunde wollte er in der Gegenwart dieser Jugendlichen verbringen.

Er fotografierte den Zettel mit den zittrigen Blockbuchstaben, bevor er ins Büro der C.P.E. Maryline Peters trat. Sie saß am Schreibtisch und sah auf.

»Hallo, Loïc«, seufzte sie.

Er erklärte ihr die Übung, die er gemacht hatte, erzählte, was die Schüler geschrieben hatten, und knallte den Zettel auf ihren Schreibtisch.

»Was ist am Dienstag geschehen?«, fragte er streng.

Sie seufzte erneut. »Ein blöder Streich. Anscheinend haben einige Mädchen Emeline in den Umkleideraum gesperrt. Ganz allein. Dort hat Richard sie schluchzend und zitternd gefunden.«

Loïc schüttelte den Kopf. »Das ist nicht alles. Da ist was Schlimmeres passiert. Du solltest der Sache nachgehen.«

Sie senkte die Stimme. »Loïc, ich darf nicht. Rosalie hat es mir verboten. Wir müssen die Sache auf sich beruhen lassen. Und auch du solltest nicht im Englischunterricht mit den Schülern über Emeline sprechen. Geschweige denn so eine Übung machen!«

Loïc sah sie an. »Ich bin nicht einverstanden damit. Ich glaube, wir haben es mit kriminellen Jugendlichen zu tun, die ihre Mitschülerin in den Selbstmord getrieben haben. Und ich finde, die Sache sollte untersucht werden.«

»Emelines Eltern finden das auch. Sie waren bei der Polizei, um Anzeige gegen die Schule zu erstatten. Doch wir wissen, dass nichts geschehen wird. Zwei Polizisten waren gestern da und haben kurz Fragen gestellt, dann sind sie wieder gegangen. Anscheinend sind Naomi, die Tochter des Direktors der PJ, und der Sohn des Procureurs, Arthur, der in die Terminale A geht, in die Sache verwickelt. Eine Ermittlung wird nicht stattfinden.«

Loïc zeigte mit dem Finger auf sie. »Das ist unverantwortlich. Unverantwortlich und mafiös. Und du weißt das genau. Ich werde sagen, was zu sagen ist.«

Sie zuckte müde mit den Schultern. »Tu, was du willst, Loïc. Wenn du deine Arbeit verlieren möchtest …«

»Ich werde deshalb nicht meine Arbeit verlieren. Ich habe ein Gewissen. Und ich glaube, dass das Verhalten von Naomi und ihren Freundinnen bestraft werden sollte, Polizeidirektor und Staatsanwalt hin oder her!«

Sie sah ihn ruhig an. »Wie gesagt, tu, was du willst. Aber wundere dich nicht, wenn du bei der Polizei auf taube Ohren stößt.«

DAS BEGRÄBNIS

Es war Samstag. Nadia und Florian fuhren vom Kommissariat aus der Stadt hinaus, an der Kathedrale, den ehemaligen Docks und dem Einkaufszentrum *Les Terrasses du Port* vorbei durch das Euromed-Stadtviertel mit seinen brandneuen Wolkenkratzern auf die Autobahn. Zwei riesige Kreuzfahrtschiffe ankerten an der *Porte 4*, dem Kreuzfahrtterminal von Marseille, der sich auf der westlichen Seite der Stadt in Richtung l'Estaque befand. Dahinter bewegte sich eine Fähre von der Küste weg. Der Schiffsverkehr kam in Marseille niemals zum Stillstand.

»Kennst du das *Lycée Saint Christophe*?«, fragte Florian.

»Nein. Es ist keine besonders große Schule. Befindet sich am westlichen Rand der Stadt, gleich dort unten, und viele Schüler, die aus Marignane, Martigues oder von der Côte Bleue kommen, besuchen es, weil es gute Bus- und Zugverbindungen gibt. Katholische Privatschule.«

»Wie das *Lycée Sainte Marguerite*«, seufzte Florian.

Nadia nickte. »Hat Pierre auch schon bemerkt …«

»Diese Gymnasien scheinen sehr angenehm, der Direktor und die Lehrer geben sich Mühe, weil ja auch Schulgeld einkassiert wird und die Schüler sich dort bewerben müssen und ausgewählt werden, aber so ganz einwandfrei sind diese Schulen doch nicht. Wenn ich an den Drogendealer Mathis Revard denke, der damals seinen Kameraden bei einer Rauferei getötet hat und zwei weitere Personen beinahe erschlagen hätte, darunter seinen kleinen Bruder …«

Nadia zuckte mit den Schultern. »Auch Kinder aus Familien der Mittel- oder Oberklasse können Psychopathen sein, nicht nur Schüler aus ärmlichen Verhältnissen. Und manchmal gibt es Situationen, die entgleisen. Wie damals der Fall mit dem Drogenhändler oder jetzt wahrscheinlich die Mobbing-Geschichte. Aber noch wissen wir ja nicht genug darüber.«

Nadia hatte Florian erzählt, was sie von Pierre erfahren hatte, und ihn gefragt, ob er mit ihr ganz diskret ermitteln wollte. Sie hatte ihn auch auf die Gefahren hingewiesen. Als Lieutenant würde natürlich sie dafür geradestehen, wenn sie eine Rüge von ihrem Vorgesetzten erhielten. Doch auch er konnte als Brigadier strafversetzt werden.

Florian war sofort dabei gewesen und hatte vorgeschlagen, sich am Samstag, wenn sie frei hatten, um die Sache zu kümmern. Pierre hatte herausgefunden, dass das Begräbnis der Schülerin am Samstag in Carry-le-Rouet stattfand, und Nadia hatte beschlossen, mit Florian hinzugehen. Pierre hatte sie begleiten wollen, doch Nadia hatte ihm geraten, im Moment sehr diskret zu bleiben und im Schatten zu ermitteln.

Nadia wollte sich Emelines bester Freundin nähern und eventuell auch mit einigen Lehrern sprechen, da sie ja wahrscheinlich nicht befugt war, in die Schule zu gehen, um dort die Leute zu befragen.

Pierre hatte ihr Fotos von den Lehrern geschickt, die Emeline unterrichtet hatten, sie besaß auch Emelines Klassenfoto, und so wusste Nadia, an wen sie sich wenden musste. Nadias Lebensgefährtin Laura würde ebenfalls mit einem Kollegen zum Begräbnis kommen, allerdings komplett unabhängig. Laura war Journalistin bei der Zeitung *La Provence* und hatte ihren Vorgesetzten davon überzeugt, über die Sache zu berichten. Dieser war anfangs nicht besonders angetan gewesen, denn im Moment gab es nur zwei Dinge, die die Franzosen interessierten: Das Fortschreiten der Corona-Infektion in Europa und die anstehenden Gemeinderatswahlen, die acht Tage später überall in Frankreich stattfinden würden. Laura musste eine wichtige Reportage über die kleinen Parteien in Marseille und ihre Chancen bei dieser Wahl schreiben, weshalb ihr Chefredakteur nicht glücklich über ihren Vorschlag gewesen war. Doch Laura hatte ihm angeboten, zusätzlich einige kleinere Orte im Hinblick der Wahl zu bearbeiten und zu vergleichen, was jede Partei zu aktuellen Problemen und Ereignissen in den jeweiligen Orten sagte. Und dieses Drama in Carry-le-Rouet war natürlich ein Riesenthema in diesem relativ wohlhabenden Ort direkt am Meer. Allerdings verpflichtete ihr Vorgesetzter Laura, auch in Cassis, Les Pennes-Mirabeau und Marignane Wahlkandidaten zu interviewen und über aktuelle Probleme in diesen Orten zu berichten. Und er schickte ihr den erfahrenen Kollegen Daniel mit. Dieser sollte einen kurzen Artikel über die Persönlichkeit der verstorbenen Schülerin schreiben. Für Laura war es wichtig, Pierre und Nadia zu helfen. Außerdem wollte sie auch manchmal selbst Initiativen ergreifen, eine kreative und engagierte Journalistin sein. Das war jedoch bei einer regionalen Tageszeitung wie der *Provence* nicht immer einfach, weil sehr viel über Regionales berichtet wurde, allerdings nur oberflächlich. Fakten. Richtige Reportagen fand man in der *Provence* wenige, und sie wurden von den älteren Journalisten verfasst, die mehr Erfahrung besaßen.

Laura und ihr Kollege Daniel würden beim Begräbnis diskret Leute befragen. Sie würden Nadia und Florian nicht zur Kenntnis nehmen. Keiner sollte sehen, dass die beiden Paare einander kannten, geschweige denn ein gemeinsames Ziel verfolgten. Danach allerdings würden sie sich treffen und miteinander in einem Restaurant an der Küste, in dem Nadia und Laura Stammgäste waren, eine Fischsuppe essen. Florians Freund Jérémie und der Staatsanwalt Pierre Frigeri würden ebenfalls dorthin kommen. Nadia freute sich auf die Fischsuppe und ein gutes Glas Weißwein, doch der Gedanke, beim Begräbnis Emelines Lehrer und Kameraden befragen zu müssen, stimmte sie nicht besonders glücklich.

Es war immer schwierig, als Polizist bei einer Beerdigung aufzukreuzen. In Fällen von Mord und Selbstmord waren die Leute meistens traumatisiert und nahmen den Ermittlern ihre Anwesenheit und vor allem ihre Fragen übel. Noch dazu ermittelte Nadia in diesem Fall illegal. Sie war neugierig, wie weit sie kommen würde, bis ihr Kommissar sie aufhielt. Bisher hatte sie noch nie in einem Fall ermittelt, den ihr Vorgesetzter ihr nicht übertragen hatte. Sie war ja auch erst seit zwei Monaten als Lieutenant tätig! Nadia wusste, dass sie ein Risiko einging.

In Carry-le-Rouet angekommen, fanden sie die Kirche sofort. Allerdings war alles voll geparkt, sehr viele Menschen schienen zu Emelines Begräbnis gekommen zu sein.

Florian musste sein Auto weit entfernt von der Kirche abstellen und sie gingen fast einen Kilometer zu Fuß. Als sie im Eilschritt beim Gotteshaus ankamen, wurde soeben der Sarg hineingetragen. Nadia schluckte.

Sie dachte an den zarten Körper der Halbwüchsigen, der da drinnen lag. Jugendliche begingen zuweilen Selbstmord, jedoch nicht aus heiterem Himmel. Emeline Bernier hatte entweder schon länger an Depressionen gelitten oder etwas war vorgefallen. Nadia musste vieles herausfinden, weil Pierre ihr nur wenige Informationen hatte liefern können.

Nadia und Florian warteten eine Minute und betraten dann die volle Kirche. Nirgends konnte Nadia Laura und ihren großgewachsenen Kollegen sehen. Und auch sonst entdeckte sie niemanden, den sie von einem der Fotos kannte. Die Kirche war zu voll dafür. Wahrscheinlich war der ganze Ort anwesend. Emeline Berniers Selbstmord war ein lokales Drama.

Der Priester begann zu sprechen. Nadia fand ihn nicht schlecht.

Anstatt wortreich von Gott, Vergebung, Sünde und vom Paradies zu schwafeln, sprach er über ein unverständliches Drama, eine unvorhergesehene Tragödie und ein unbekanntes Unrecht, das sich hinter diesem Selbstmord verbarg. Nadia war nicht religiös, sie hatte zwar als Kind den *Cathéchisme,* den privaten außerschulischen Religionsunterricht besucht und auch ihre Erstkommunion absolviert. Nach der Erstkommunion hatte sie allerdings kaum mehr die Messe besucht, war nur manchmal zu Weihnachten in die Kirche gegangen. Die Mutter, die als Muslimin groß geworden war und ihrer Religion und Familie komplett den Rücken gekehrt hatte, als sie Nadias Vater kennengelernt hatte, hatte darauf bestanden, dass ihre drei Kinder als Katholiken erzogen wurden, wahrscheinlich, um ihre Geste noch einmal zu unterstreichen. Doch Nadia hatte die christliche Religion nie besonders interessiert.

Sie wusste, dass Selbstmörder in früherer Zeit nicht auf dem Friedhof begraben werden durften. Selbstmord war eine Todsünde gewesen, genauso wie gleichgeschlechtliche Liebe. Nadia erinnerte sich daran, dass der Papst einige Jahre zuvor gesagt hatte, man könne junge homosexuelle Menschen heilen, wenn man sie rechtzeitig eine Therapie machen ließe.

Wenn ein Kirchenoberhaupt so etwas behauptete, dann konnte Nadia leider nicht Mitglied seiner Glaubensgemeinschaft sein. Und doch mochte sie diesen Priester. Die Messe war kurz, der Priester sprach zum Abschluss einige tröstliche Worte und sagte etwas sehr Bedeutungsvolles: »Wir hoffen auf Gottes Hilfe, um zu klären, was Emeline zu dieser Verzweiflungstat getrieben hat.«

Ja, Nadia hoffte auch auf Hilfe, um in diesem Fall ermitteln zu können, herauszufinden, was geschehen war und die Schuldigen zur Verantwortung zu ziehen. Wahrscheinlich würde aber nicht Gott ihr helfen, sondern die Presse, wenn sie sich trotz Corona und Wahlen für diesen Fall interessierte, irgendein höherer Beamter, der sich weigerte, sich vom Commissaire Divisionnaire und vom Procureur einschüchtern oder bestechen zu lassen, oder ein Politiker, der eine Woche vor der Wahl positiv auffallen oder eine andere Partei anschwärzen wollte.

Bald war die Messe zu Ende und der Sarg wurde aus der Kirche getragen. Nadia sah die Trauerfamilie, an die zehn Personen, die von Kummer gebeugt dem Sarg folgten. An der Hand einer älteren Frau gingen zwei blonde, ungefähr zehnjährige Jungen, adrett in Anzüge gekleidet, deren Blicke ratlos waren. Sie sahen genau gleich aus, und Nadia wusste, dass es sich um Emelines jüngere Zwillingsbrüder handelte. Sie dankte dem Himmel wieder einmal dafür, dass sie selbst bisher vom Schicksal verschont worden war. Sie hatte noch nie jemanden verloren, der ihr wirklich nahestand. Einmal war ein Kollege in Lyon bei einem Einsatz erschossen worden, doch Nadia hatte ihn nicht besonders gut gekannt und war auch nicht dabei gewesen, als es geschehen war. Trotzdem war es für das gesamte Team sehr belastend gewesen. Sie hatten Monate gebraucht, um diese Sache wegzustecken, denn jede und jeder hatte gewusst, dass dasselbe auch ihr oder ihm hätte geschehen können.

Als die Trauerfamilie draußen war und die Menge sich in Bewegung setzte, nahm Florian Nadias Arm, um sie nicht zu verlieren.

»Komm, wir gehen sofort nach rechts, bleiben ein wenig abseits und beobachten«, murmelte er. Nadia nickte und sie traten hinaus ins gleißende Sonnenlicht.

Nadia hatte Emeline Bernier nicht gekannt, dennoch spürte sie eine dumpfe Trauer, die der helle Frühlingstag nicht vertreiben konnte. Ein fünfzehnjähriges Mädchen, das ihr ganzes Leben noch vor sich gehabt hätte, hatte sich umgebracht.

Sie blieben rechts vom Ausgang stehen und beobachteten die Menschen, die aus der Kirche kamen. Plötzlich drückte Florian Nadias Arm. Er deutete auf eine Gruppe von fünf Personen, die dabei war, ins Freie zu treten.

»Emelines Lehrer. Die junge Frau mit den roten Haaren. Und der großgewachsene Glatzkopf. Leicht zu erkennen.«

Nadia hob anerkennend den Daumen. Sie erspähte auch den Bürgermeister von Carry-le-Rouet, einen sehr gepflegten, ziemlich alten Herrn, der mehreren Leuten die Hand schüttelte. Er trat am folgenden Sonntag nicht mehr an. Nadia sah ebenfalls einen Mann und eine Frau, die unabhängig voneinander sehr geschäftig von einer Gruppe zu anderen gingen und mit allen zu sprechen versuchten. Es handelte sich um zwei Bürgermeisterkandidaten, die es wahrscheinlich für den Fall zu interessieren galt.

Im nächsten Augenblick traten Laura und ihr Kollege aus der Kirche. Laura lächelte Nadia zu, und Nadia dachte wie immer, wenn sie Laura unerwartet irgendwo sah, wie hübsch ihre Lebensgefährtin doch war. Laura hatte blonde gelockte Haare, ein ebenmäßiges rundes Gesicht und strahlend blaue Augen. Lauras Kollege Daniel, ein erfahrener Journalist um die fünfundvierzig, steuerte sofort auf den Bürgermeister zu, während Laura sich der Kandidatin näherte, die eifrig Hände schüttelte. Die Frau sah Laura erfreut an und ging mit ihr auf die Seite. Im Wahlkampf waren Journalisten zumeist willkommen, vor allem dann, wenn man als Kandidat gerade dabei war, den Eltern eines Selbstmordopfers seine Sympathie zu bekunden.

Nadia überlegte sich, wie sie nun vorgehen sollten. Die Beileidsbekundungen hatten begonnen. Trauben von Menschen standen um die Trauerfamilie herum, die Lehrer hielten sich ein wenig abseits.

»Lass uns mit den Lehrern sprechen!«, sagte Nadia zu Florian. Er folgte ihr. Sie trat auf die Gruppe zu.

»*Bonjour*, PJ Marseille, Lieutenant Aubertin und Brigadier Blisset. Wir ermitteln im Fall von Emelines Tod und müssten Ihnen und Ihren Kollegen einige Fragen stellen. Ist das für Sie sofort möglich oder sollen wir Sie später kontaktieren?«

Zwei der Herren sahen einander ungläubig an. »Aber es handelt sich doch um einen Selbstmord, nicht?«, fragte der Mann mit der Glatze.

»Allerdings«, erwiderte Nadia kühl. »Doch es besteht der Verdacht, dass Emeline Opfer von Mobbing in ihrer Schule wurde. Und die Eltern wünschen, dass diese Sache genau hinterfragt wird. Weil ihre Tochter nie depressiv oder selbstmordgefährdet war, bevor sie in diese Schule kam.«

Die fünf Lehrer schwiegen betroffen. Die beiden jungen Frauen sahen einander bedeutungsschwer an.

Nadia räusperte sich: »Haben Sie jemals bemerkt, dass Emeline von ihren Kameraden verspottet oder gequält wurde?«

In diesem Moment traten zwei ältere Damen auf die Gruppe zu. Zwei der männlichen Lehrer zuckten zusammen.

Der großgewachsene Glatzkopf sagte: »Das trifft sich gut. Ich möchte Ihnen unsere Direktorin Madame Franqui und unsere C.P.E. Madame Peters vorstellen. Diese beiden sind ein Lieutenant und ein Brigadier der PJ Marseille.«

Er warf der älteren der beiden Damen einen vielsagenden Blick zu.

Wenn die Dame erstaunt war, dann ließ sie sich nichts anmerken.

Sie streckte Florian die Hand hin: *»Bonjour Lieutenant, enchantée!«*

»Bonjour ... aber der Chef ist hier meine Kollegin.«

»Ach, sehr gut!« Die Dame schüttelte Nadia die Hand. *»Bonjour, Lieutenant!«*, wiederholte sie. Die andere Dame streckte ihnen ebenfalls die Hand hin.

»Worum geht es?«, wollte die Direktorin wissen.

»Es geht um eventuelles Mobbing in Emelines Klasse. Die Eltern befürchten, dass Emelines Kameraden sie in den Selbstmord getrieben haben und wandten sich an uns.«

»An die PJ?«, fragte die Direktorin ziemlich ungläubig.

»Ja. Sie wissen, dass es in den vergangenen Jahren in Frankreichs Schulen mehrere Fälle von Mobbing mit darauffolgendem Selbstmord gegeben hat. Und dass solche Dinge genau untersucht werden müssen.«

»Natürlich«, erwiderte die Direktorin. »Aber die Polizei war schon in der Schule und hat mit Lehrern und Schülern gesprochen. Die Ermittlung ist abgeschlossen.«

»Ach so?« Nadia spielte die Überraschte. »Ich hatte überhaupt nicht diesen Eindruck. Da muss ein Missverständnis vorliegen.

Können Sie mir trotzdem schnell in ein paar Sätzen erklären, warum die Eltern glauben, dass Emeline gemobbt wurde? Ich möchte sie heute nicht belästigen.«

»Natürlich, gern.« Die Direktorin lächelte zuckersüß. »Emeline war ein hochbegabtes, sehr sensibles Mädchen. Und die Klasse ist schwierig. Die Jugendlichen sind oft nicht besonders zärtlich zueinander. Viele waren neidisch auf Emeline. Ich musste öfter einschreiten, genauso wie meine Kollegen. Aber Emeline war nicht die Einzige, die verspottet wurde. Es stimmt, dass viele Schüler die Klassenbesten ärgern, was wir nicht gutheißen. Aber die Polizei hat nicht mehr darüber herausgefunden.«

»Also glauben Sie nicht, dass etwas Schlimmeres passiert ist? Dass zum Beispiel Jungen Emeline zu nahe gerückt sind?«

»Aber nein! Wir sind eine katholische Privatschule. Bei uns passiert so was nicht.«

»Ich kann mich an meine eigene Schulzeit erinnern. Ich war vierzehn und die Jungen haben mich einmal angegriffen, um zu überprüfen, ob ich wirklich ein Mädchen bin, weil ich ihnen zu sportlich und jungenhaft erschien! So etwas ist heute strafbar. Da geht es nicht mehr um dumme Scherze. Das ist traumatisierend. Und bei mir war das auch in einer katholischen Privatschule.«

Die Dame wurde blass und wechselte einen Blick mit der anderen Frau.

»Also … mir ist nichts Derartiges bekannt. Wie gesagt, die Polizei hat diesbezüglich Fragen gestellt und kein Schüler hat irgendjemanden bezichtigt, solche Dinge getan zu haben.«

»Allerdings«, meinte die andere Dame, »war Emeline, wie schon gesagt, sehr sensibel. Es hat am Dienstag, am Tag ihres Todes, einen Zwischenfall gegeben. Anscheinend haben mehrere Schülerinnen Emeline in den Umkleideraum eingesperrt, der Turnlehrer hat sie dort weinend gefunden.«

»Und was machen Sie, wenn so etwas geschieht?«, ließ Florian sich vernehmen.

»Ich habe die Mädchen zu mir geholt und sie bestraft. Sie mussten zwei Stunden nachsitzen, denn ich dulde solche Dinge nicht. Wahrscheinlich war diese Aktion für Emeline der Tropfen, der das Fass zum Überlaufen gebracht hat. Ich habe den betroffenen

Schülerinnen Verwarnungen gegeben. Aber polizeilich gesehen kann man deshalb keine Anklage erheben.«

»Nein. Aber wir wissen dennoch nicht, ob nichts Schlimmeres geschehen ist«, erwiderte Florian. »Und genau deshalb sind wir hier.«

Er sah die Lehrer der Reihe nach an.

»Sie haben Emeline unterrichtet. Welche Fächer? Und wie wirkte die Klasse auf Sie?«

Der Glatzkopf grinste. »Mathematik. Schwierige Klasse, faule Schüler, sehr unaufmerksam, schlechter Notendurchschnitt. Aber mein Fach ist trocken. Für mich ist es leicht, die Schüler zu terrorisieren. Die Kollegen in Fremdsprachen haben mehr Probleme.«

Florian wandte sich der rothaarigen jungen Frau zu.

»Ich unterrichte Spanisch«, erklärte diese. »Diese Klasse ist mein Albtraum. Es gibt in jeder Spanischstunde irgendeinen Zwischenfall. Vor allem untereinander sind die Schüler sehr boshaft. Und einige Schüler verspotten auch mich ständig ...«

Die Direktorin warf ihr einen warnenden Blick zu, woraufhin die Lehrerin puterrot wurde und verstummte. Nadia beschloss, nicht nachzubohren, sondern die junge Frau anderweitig zu kontaktieren.

Ein junger Mann mit dunklen Haaren und einem melancholisch wirkenden Blick nickte.

»Es ist bei mir in Englisch genau dasselbe. Mit dieser Klasse ist nichts zu machen. Drei sehr begabte Schüler, die kaum mehr mitarbeiten, weil sie von den anderen bedroht und verspottet werden, und der Rest absolut uninteressiert.«

Die andere Dame sagte: »Ich unterrichte Geschichte und Geografie. Außerdem bin ich die Klassenlehrerin. Ich habe bemerkt, dass die Klasse sehr unruhig ist, ich bekomme oftmals Beschwerden von Eltern, deren Kinder über die Mitschüler klagen, doch ich habe gegen sie nichts Konkretes in der Hand.«

Der Einzige, der noch nicht gesprochen hatte, räusperte sich. »Ich bin der Sportlehrer. Und ja, ich habe Probleme mit dieser Klasse. Vor allem mit den Mädchen. Unfälle, Einsperren und Beinstellen sind üblich und betrafen nicht nur Emeline. Ich habe häufig Verwarnungen gegeben. Aber es hat nicht viel genützt.«

»Und an dem besagten Nachmittag, was ist da genau vorgefallen?«, wollte Florian wissen.

»Wir hatten Sport, wie jeden Dienstagnachmittag. Es gab schon beim Volleyball einen Zwischenfall, zwei Mädchen, Mathilde und Miranda, begannen zu raufen, und es gab bald ein allgemeines Gerangel. Mathilde war sehr brutal und schlug Miranda ins Gesicht, diese blutete ziemlich stark aus der Nase. Ich brach die Turnstunde ab, die ohnehin fast zu Ende war, schickte die Schüler in die Umkleideräume und sah nach, ob Mirandas Nase gebrochen war. Zum Glück war das nicht der Fall. Ich gab dem Mädchen auch Eis, das sie sich auf die Nase legen sollte. Nach ungefähr fünfzehn Minuten, als sie endlich nicht mehr blutete, ging Miranda und kam bald wieder. Sie meinte, der Umkleideraum sei zugesperrt, sie könne ihre Kleider nicht holen. Ich fand den Schlüssel nicht und holte den Ersatzschlüssel in der Direktion. Als ich zurückkam, verließen die letzten Jungen der Terminale A, die im Freien Leichtathletik gehabt hatten, ihre Umkleideräume. Miranda war im Bad und wusch sich noch einmal das Gesicht. Ich sperrte auf und da saß Emeline weinend in einer Ecke. Sie zitterte, schluchzte und erklärte, einige Mädchen hätten sie eingesperrt …«

Nun sprang die Direktorin wieder ein. »Wir haben die betreffenden Mädchen bestraft und verwarnt. Auch die Eltern wurden kontaktiert. Und diese Schüler werden von nun an genauer überwacht. Denn es handelt sich um Personen, die den Unterricht immer wieder stören und die Mitschüler nicht in Ruhe arbeiten lassen.«

Florian wollte etwas sagen, doch Nadia brachte ihn mit einer Geste zum Schweigen.

Sie sah einen nach dem anderen an.

»Gut. Danke. Das wäre soweit alles. Wenn Ihnen nichts anderes aufgefallen ist, wird auch nichts Weiteres geschehen sein.«

Florian und Nadia verabschiedeten sich von der Direktorin, der C.P.E. und den Lehrern.

»Entschuldigung, Florian«, meinte Nadia, »ich habe dich unterbrochen. Ich weiß, dass du die Namen der Störenfriede erfahren wolltest. Aber die geben sie uns sicher nicht. Wir werden sie von Mitschülern bekommen. Und auf diese Weise viel weniger Aufsehen erregen.«

Sie zeigte auf die andere Straßenseite.

»Dort drüben steht Emelines beste Freundin mit ihrer Mutter. Wir gehen hin!«

»Ja, Chefin. Ich folge dir, wohin auch immer.«

Sie überquerten die Straße. Ein sehr schlankes, blasses, blondes Mädchen mit geröteten Augen stand mit einer hübschen, dunkelhaarigen Frau einige Meter von der Kirche entfernt und sah zu dem Leichenwagen hin, in den der Sarg geladen wurde.

»*Bonjour*, PJ Marseille. Lieutenant Aubertin und Brigadier Blisset. Wir ermitteln im Fall von Emelines Selbstmord. Und wir wollen wissen, ob sie von ihren Mitschülern gemobbt wurde. Du warst doch ihre beste Freundin?«

Das Mädchen schien zutiefst erschrocken, die Dame hingegen blickte Nadia voller Genugtuung an.

»Ach so«, meinte sie, »ich glaubte, die Ermittlung sei abgeschlossen. Ich fand das ja eine ziemliche Frechheit, dass das einfach so abgetan wurde.«

»Es ist nicht abgeschlossen«, erwiderte Nadia. »Wir müssen wissen, was in der Schule mit den Mitschülern wirklich geschehen ist.« Sie sah das Mädchen an. »Wurdet ihr beide gemobbt? Hattest du auch Probleme?«

Das Mädchen nickte. »Sie mochten mich nicht. Aber ich wurde weniger gequält als Emeline. Ich habe keine so guten Noten. Es ging vor allem um die Noten. Emeline war eine auffallend gute Schülerin.«

»Was haben sie gemacht?«

Das Mädchen zuckte mit den Schultern.

»Emeline verspottet. Wegen der Nase. Und der Haare. Ihr Dinge entwendet, ihr ein Bein gestellt, sie nachgeäfft, wenn sie während der Stunde etwas sagte, und sie am Dienstag vor ihrem Tod in den Umkleideraum gesperrt. Ich habe es nicht bemerkt, weil ich auf der Toilette war, während Emeline sich kämmte, und als ich herauskam, glaubte ich, Emeline würde draußen auf mich warten. Dann habe ich sie bei den Spinden und im Sekretariat gesucht, dabei hatten sie sie eingesperrt.« Betrübt senkte das Mädchen den Kopf.

»Waren es nur Mädchen, die Emeline gequält haben?«

»Hauptsächlich. Aber einige Jungen verspotteten sie ebenfalls, nannten sie *Freak*, und einige der älteren Jungen, die immer mit Naomis Clique herumhängen, machten mit.«

»Naomis Clique also?«

»Naomi, Mathilde, Léane, Vanessa und Mégane. Und die Jungen waren Arthur, Kevin, Charly und Ugo.«

»Könntest du mir bitte ihre vollständigen Namen und Wohnorte schicken? Damit ich mich mit ihnen unterhalte?« Nadia gab dem Mädchen eine Karte. »Per E-Mail, bitte!«

Christine nickte.

Die Mutter warf ein: »Ich weiß nicht, ob Ihre Vorgesetzten wollen, dass Sie sich mit Naomi und Arthur unterhalten. Bei deren Eltern handelt es sich um den Procureur und Ihren Direktor.«

»Das habe ich gehört. Aber ich darf diese Jugendlichen als Zeugen ausfragen. Und wenn nicht ich es tue, dann hetze ich ihnen die Presse auf den Hals.«

Die Frau sah Nadia und Florian schweigend an und meinte dann: »Sie haben recht. An dieser Sache ist was faul. Ich kannte Emeline seit vielen Jahren. Sie war nie depressiv oder selbstmordgefährdet. Sie war ein sehr glückliches Kind und eine ausgeglichene Jugendliche.«

Nadia nickte. »Vielen Dank Ihnen beiden, ich werde mich wahrscheinlich wieder melden.« Dann sah sie Christine an. »Bitte schick mir auch deine Telefonnummer. Und wende dich an mich, falls du irgendetwas brauchst. Oder falls dir noch etwas einfällt.« Die Polizisten verabschiedeten sich von Christine und ihrer Mutter und wandten sich in die Richtung, in der ihr Auto stand.

»*Mon Dieu*, dieses Mädchen wirkt komplett traumatisiert und deprimiert. Ich glaube nicht, dass sie in diese Schule zurückkehren sollte«, meinte Florian.

»Ich auch nicht. Aber es ist wohl nicht so einfach, mitten im Jahr die Schule zu wechseln!«

Nadia wandte sich um und warf einen letzten Blick auf den Kirchplatz, der nun leerer geworden war. Laura und Daniel waren nirgends zu sehen. Nadia wählte Lauras Nummer. Laura hob nicht ab. Wahrscheinlich sprach sie noch mit irgendwelchen beredten Politikern.

Es war mittlerweile sehr warm geworden.

»*Mon Dieu*«, stöhnte Florian, »ich kann mich nicht erinnern, so weit weg geparkt zu haben!«

Nadia lachte, doch dann wurde sie ernst. »Hast du bemerkt, die Direktorin? Sie versuchte ihre Lehrer zum Schweigen zu bringen, deren Aussagen zu steuern. Es scheint mir ganz klar, dass sie ihre Hand schützend über die Missetäter hält. Was für ein Saftladen!«

Florian schnaubte genervt. »Ein Saftladen, der von unserem höchsten Vorgesetzten mitfinanziert wird. Umbau, Spenden, Straffreiheit!«

»Super!«, begehrte Nadia auf. »Genau so stellt man sich überall in Frankreich Marseille vor. Kriminell und korrupt. Einige Kollegen haben mich schon vor zwei Jahren gewarnt, als ich versetzt wurde, doch ich glaubte, das sei eine Legende.«

»Nun ist die Legende zur Wirklichkeit geworden. Kennst du unseren Vorgesetzten gut, den Commissaire Divisionnaire Manson? Man sieht ihn nicht oft bei uns in den Büros. Ich kannte nur seinen Vorgänger Marlier etwas besser.«

Nadia schüttelte den Kopf. »Nein, er war vorher für eine andere Polizeistelle verantwortlich. Er ist erst seit einigen Monaten Leiter der PJ. Und er ist hauptsächlich mit den Kommissaren in Kontakt. Ich habe noch nie mit ihm gesprochen. Aber wahrscheinlich verdanke ich es auch ihm, dass ich Mathieus Stelle bekommen habe.«

Neben Nadia blieb ein kleines Auto stehen. Ein Fenster wurde heruntergelassen.

»Soll ich Sie zu Ihrem Wagen bringen?«

Es war einer der Lehrer, mit denen sie vorher gesprochen hatten, Emelines Englischlehrer.

»Es ist gleich da vorn!« Nadia zeigte zum Ende der Straße.

Doch Florian fragte: »Wollen Sie uns noch etwas mitteilen?«

Der Mann nickte. »Steigen Sie ein! Schnell, bevor die Direktorin irgendwo auftaucht!«

Es sollte ein Witz sein, doch Nadia hörte die Bitterkeit in der Stimme des Mannes.

Sie setzte sich auf den Rücksitz, Florian auf den Beifahrersitz.

»Sie dürfen nichts sagen, nicht wahr?«, fragte sie.

»Genauso ist es«, erwiderte der Lehrer. »Übrigens, ich heiße Loïc. Ich bin Ihnen hinterhergefahren, weil ich noch Informationen für Sie habe. Sie ermitteln wahrscheinlich nicht offiziell, denn die Polizei war schon in der Schule und die Ermittlung gilt als abgeschlossen.«

»Nein«, gab Nadia zu. »Wahrscheinlich wird am Montag ein Donnerwetter über mich hereinbrechen. Aber ich gebe vor, nichts zu wissen, und werde versuchen, die Presse für den Fall zu interessieren.«

»Nicht ganz einfach«, seufzte Loïc. »Mit allem, was derzeit los ist, kräht kein Hahn nach einer gemobbten Schülerin. Allerdings«, er hielt in einer Parklücke und sah Florian und dann Nadia an, »bin ich mir ziemlich sicher, dass am Dienstagnachmittag mehr geschehen ist als nur das Einsperren. Und mein Kollege Richard hat es nicht verhindern können, weil er eine verletzte Schülerin verarzten musste. Ich ahne, dass die Jungen der Abiturklasse darin verwickelt sind.«

Nadia nickte. »Anscheinend der Sohn des Procureurs.«

»Arthur Adriani. Ein Angeber und Blödmann. Wird sein Abitur nicht schaffen.«

Loïc zeigte ihnen ein Foto auf seinem Telefon. Ein Zettel, auf dem in zittrigen Blockbuchstaben geschrieben stand: *Wegen dem, was am Dienstag geschehen ist.*

Er erklärte die »Übung«, die er mit der Klasse auf Englisch gemacht hatte, und berichtete über die anonymen Kommentare der Schüler.

Nadia fuhr auf. »Dann ist sicher etwas Schlimmes passiert. Vielleicht ein sexueller Übergriff. Etwas Strafbares. Doch die Direktion will davon nichts wissen!«

»Ich befürchte, es ist so. Und ich denke auch, dass beide Klassen, die dabei waren, darüber Bescheid wissen. Deshalb müssen Sie die Schüler bearbeiten. Irgendwer wird sprechen! Rufen Sie auch Richard an! Er ist ein Weichei, aber vielleicht teilt er Ihnen mehr mit. Er ahnt sicher, dass etwas Schlimmes geschehen ist, dass er übersehen hat, ganz einfach, weil er mit seiner verletzten Schülerin schon gestresst genug war! Ich gebe Ihnen seine Nummer.«

Loïc nahm sein Telefon, tippte darauf herum, kritzelte etwas auf einen Zettel und reichte ihn Nadia. Seine eigene Nummer hatte er ebenfalls vermerkt.

»Könnten Sie uns auch die Nummern der anderen Kollegen geben?«, fragte Nadia. »Wir möchten sie alle einzeln kontaktieren, aber wir werden uns wahrscheinlich nicht in der Nähe der Schule blicken lassen dürfen.«

Loïc nickte und schrieb andere Nummern auf den Zettel, während er immer wieder auf sein Telefon tippte. Schließlich gab er Nadia den vollgeschriebenen Zettel.

»Vielen Dank, Loïc!«, sagte Nadia. »Es hilft uns sehr, dass mindestens eine Person in der Schule wie wir nach der Wahrheit sucht.«

Traurig lächelte der Lehrer sie an. »Ja. Wir tun, was uns möglich ist. Aber wir können dabei ziemlich viele Federn lassen. Alle drei.«

»Wir haben auch einen Substitut du Procureur dabei«, erklärte Nadia, »aber kein Wort davon zu irgendwem. Arthurs Vater ist sein Vorgesetzter. Er geht ein großes Risiko ein. Aber er hat Beziehungen in Paris. Und wir haben welche zur Presse. Wir halten einander auf dem Laufenden!«

DIE JOURNALISTIN

Laura mochte Politiker nicht besonders. Sie fand sie falsch, machtgeil und geltungssüchtig. Wenn sie sie interviewte, wusste sie ganz genau, dass sie Versprechen gaben, die sie nicht im Geringsten einzuhalten gedachten. Doch bei den Gemeindepolitikern, vor allem in kleineren Orten, war da etwas, was Laura ihnen gegenüber nachsichtiger stimmte. Diese Menschen kümmerten sich konkret um die Probleme ihrer Gemeinde und wurden häufig wegen ihrer Persönlichkeit gewählt, oder deshalb, weil man sie im Ort kannte, viel eher als wegen ihrer Zugehörigkeit zu einer Partei. Viele Kandidaten waren parteiunabhängig, was Laura in der lokalen Politik schätzte. Die beiden Kandidaten, mit denen Laura gesprochen hatte, hatten kurz ihr Programm und ihre Ziele erklärt. Dabei war es vor allem um den Jachthafen von Carry-le-Rouet, um den Küstenschutz, die Schulen, die Kinderbetreuung und die Aktionen für alte Menschen gegangen. Dann hatte Laura vor allem über Emelines Tod sprechen wollen. Beide Kandidaten hatten sich natürlich schockiert gezeigt, vor allem die Frau, die eine Bekannte von Emelines Mutter war und deren Tochter früher mit Emeline zur Schule gegangen war.

Laura hatte beide über Nadias und Florians Ermittlung informiert. Sie hatte nicht verschwiegen, dass vonseiten ihrer Hierarchie versucht wurde, die Ermittlung im Keim zu ersticken, doch dass die Presse auf jeden Fall der Sache nachgehen würde.

»Wir vermuten, dass es um einen Fall von Mobbing gegangen ist, der wahrscheinlich von der Schule vertuscht wird«, hatte sie beiden mitgeteilt. »Und wir werden weitere Untersuchungen durchführen. Wenn die Polizei es nicht macht, müssen die Medien ermitteln!«

Beide Kandidaten waren überrascht und etwas bestürzt gewesen und jeder der beiden hatte Laura seine Unterstützung zugesichert, falls er im April nach dem zweiten Wahldurchgang Bürgermeister sein würde. Es war diesen Politikern sehr wichtig, dieser Familie ihrer Gemeinde beizustehen. Daniel und Laura hatten es auch geschafft, mit drei Mitschülern von Emeline zu sprechen. Alle drei waren sehr zurückhaltend gewesen.

Philippe, ein schüchterner Jugendlicher mit dunklen Haaren und Brille vertraute ihnen an, dass die Klasse, in die er ging, fürchterlich war. Mehrere von ihnen wurden aufgrund ihrer schulischen Leistungen verspottet und als *Intellos, Streber*, beschimpft. Auch er war ein Opfer der Clique, fünf Mädchen, Naomi, Mathilde, Léane, Mégane und Vanessa.

Aber auch einige Jungen quälten ihn. Er hatte Emeline immer gern gemocht, sie war eine sehr fleißige Schülerin gewesen und hatte ganz besonders gut zeichnen und malen können.

»Eine Künstlerin«, meinte er. »Auch deshalb haben die anderen sie nicht leiden können. Man darf nicht besser als die anderen sein, besondere Fähigkeiten haben. Man darf auch nicht anders aussehen. Und Emeline hatte diese wuscheligen Haare, das ist gar nicht *in.* Mir geht es genauso, wegen der Mathematik. Sie verachten mich, weil der Lehrer immer behauptet, ich sei ein Mathematikgenie. Und auch, weil ich so untypisch aussehe, schmächtig, mit Brille, während die meisten Jungs stark gebaut und sportlich sind.«

Dann hielt er plötzlich inne. »Bitte erwähnen Sie mich nicht in Ihrem Artikel. Schreiben Sie das, was ich Ihnen sage, nicht so hinein. Sonst wissen alle, dass ich es war, der Ihnen das erzählt hat, und werden sich rächen.«

»Natürlich«, versicherte Laura ihm. »Wir werden niemanden erwähnen, sondern ganz allgemein über die Sache berichten. Ich habe allerdings eine Frage: Warum ist es nicht möglich, Hilfe zu holen, die Lehrer auf diese Situation aufmerksam zu machen?«

Der Junge zuckte mit den Schultern. »Die Lehrer wissen genau, was los ist. Einige Lehrer werden von der Clique genauso gemobbt, wie die Spanischlehrerin, die Geschichtslehrerin und der Turnlehrer. Die Direktorin hat immer wieder mit einigen dieser Schüler gesprochen, doch diese glauben, dass sie machen können, was sie wollen, weil ihre Eltern so wichtige Leute sind und der Schule auch Geld für den Umbau gespendet haben. Deshalb wurden sie noch nicht rausgeworfen.«

Also war es innerhalb der Schule eine erwiesene Sache, dass die Clique unantastbar war.

Naomis Vater war der Leiter der PJ Marseille, Nadias allerhöchster Vorgesetzter. Mathildes Vater war ein wichtiger Politiker, der im *Conseil Régional* saß, in der Kommission, die über Gedeih und Verderb der Schulen entschied. Méganes Vater leitete in Fos sur Mer eine riesige Chemiefabrik. Léanes Mutter war eine der besten Rechtsanwältinnen von Marseille und ihr Vater besaß mehrere Immobilienbüros.

Laura sprach auch mit zwei anderen Mädchen, die anscheinend manchmal mit der Clique herumhingen. Sie befanden sich nicht im Kreis der Reichen und Schönen der Schule, wurden von diesen aber geduldet.

»Es stimmt«, meinte eine der beiden, Elise, die sehr lange, dunkle Haare hatte und etwas molliger war. »Sie sind nicht zärtlich mit ihren Mitschülern. Aber das Ganze ist oft nicht so böse gemeint, weil sie sich auch untereinander beleidigen. Ich bin mit ihnen befreundet und oft sagen sie mir, dass ich abnehmen sollte. Ich fasse das nicht so persönlich auf. Aber Emeline hat immer alles persönlich genommen.«

Ihre Freundin Miranda fiel ihr ins Wort. »Ja, aber in letzter Zeit haben sie es zu weit getrieben. Wir wussten nie, ob wir ihre Freundinnen waren oder nicht. Mich hat eine von ihnen, Mathilde, am Dienstag ganz plötzlich beim Volleyball zusammengeschlagen. Im Turnunterricht. Ich hatte heftiges Nasenbluten. Meine Eltern wollten Anzeige erstatten, aber ich möchte das nicht. Sonst muss ich die Schule verlassen, weil mich die Clique mobbt. Außerdem sind Mathilde und ihre Freundinnen unantastbar. Mathildes Vater sitzt im *Conseil Régional* in der Schulkommission, Naomis Vater ist der Polizeidirektor und lässt die Anzeigen einfach verschwinden. Er schickt zwar Polizisten, und es wird so getan, als würde die Sache untersucht, aber dann geht nichts weiter.«

Ihre Freundin rempelte sie an und das Mädchen schwieg schuldbewusst.

»Ich glaube nicht, dass die Anzeigen verschwinden«, meinte das mollige Mädchen, »aber sie stellen nur ein paar Fragen, und außerdem ist die Clique zwar gemein, aber tut nichts Kriminelles.«

»Wisst ihr, was am Dienstag, an dem Emeline sich umgebracht hat, geschehen ist?«, fragte Daniel.

»Ja, ich war verletzt und Monsieur Bertin legte mir im Nebenraum der Turnhalle, wo auch ein Kühlschrank und der Verbandskasten sind, Eis auf die Nase, um die Schwellung zu lindern. Die Umkleidekabinen sind auf der anderen Seite der Turnhalle, am Ende des Ganges. Naomi und ihre Freundinnen haben alle aus dem Umkleideraum gejagt und Emeline mit Monsieur Bertins Schlüssel eingesperrt. Den Schlüssel haben sie dann ins Sekretariat gebracht. Sie haben mich sozusagen aus- und Emeline eingesperrt. Sie wollten uns beiden eines auswischen. Und Monsieur Bertin, der hat den Zweitschlüssel geholt und aufgesperrt. Emeline weinte in einer Ecke. Wir sind beide mit Monsieur Bertin zur Direktorin gegangen und die Clique wurde bestraft. Sie mussten zwei Stunden länger in der Schule bleiben und bekamen eine Verwarnung. Mathilde musste am folgenden Nachmittag wiederkommen. Ich weiß, was sie mir angetan hat. Ich hatte Kopfschmerzen und man sah sehr gut, dass ich eine blutige Nase hatte. Doch ich habe keine Ahnung, was sie mit Emeline gemacht haben, bevor sie zugesperrt haben.«

Daniel sah das andere Mädchen an. Dieses zuckte mit den Schultern.

»Keine Ahnung. Ich habe mich sehr schnell umgezogen, weil ich Miranda die Schulsachen aus dem Spind holen und in die Geschichtsstunde bringen wollte. Ich war schon weg, als es geschah.«

»Und es gibt keine Filme? Fotos?«, fragte Laura.

Das Mädchen sah sie erstaunt an. »Fotos und Filme?«

Laura nickte. »Wenn gemobbt wird, wird häufig gefilmt, um die Opfer noch mehr zu demütigen. Haben sie Emeline nie gefilmt? Und die Filme auf Facebook oder Instagram gestellt?«

Das Mädchen schüttelte den Kopf. »Das ist strafbar. Sie haben nie etwas Strafbares gemacht.«

»Wie fandet ihr beide Emeline?«, fragte Daniel.

»Sie war komisch, so eine Art Genie. Solchen Mädchen kann man sich nicht nähern. Sie hatte nur eine Freundin. Christine. Und die Lehrer mochten sie alle.«

»Ist das ein Grund, jemanden zu mobben? Nur weil er komisch und bei den Lehrern beliebt ist und man sich ihm nicht nähern kann?«

»Natürlich nicht. Aber wir beide haben Emeline respektiert. Wir haben ihr nicht geholfen, weil das nicht unser Problem war und wir keine Schwierigkeiten mit der Clique wollten. Aber wir haben sie nicht gemobbt. Weder sie noch andere Schüler.«

Daniel und Laura verabschiedeten sich bald. Laura rief Nadia an, doch deren Telefon war auf Anrufbeantworter gestellt. Die beiden Journalisten fuhren aus dem Ort hinaus zur Straße, die sie durch die Hügel der Estaque-Kette in den westlichsten Stadtteil Marseilles, nach l'Estaque, bringen würde.

»Mon Dieu«, meinte Daniel, »da ist sicher was dran, an dieser Mobbing-Sache. Es sieht so aus, als würde eine kleine Gruppe Jugendlicher die ganze Schule terrorisieren. Und keiner wagt, etwas gegen sie zu unternehmen.«

»Polizeichef und Conseil Régional«, meinte Laura. »Ziemlich verständlich. Glaubst du, dass du darüber ein wenig weiter recherchieren könntest? Dir vertraut der Boss. Wenn du sagst, dass ein Thema interessant ist, nimmt er es auch an. Du hast Erfahrung.«

Daniel seufzte tief. »Ich würde es sehr gern machen, weil in solchen Fällen wir, die Presse, sehr wichtig sind. Aber die Zeit ist sehr schlecht dafür. Am nächsten Sonntag sind Wahlen. Und dann ist da diese Corona-Geschichte. Die Situation spitzt sich tagtäglich zu und die Redaktion will natürlich hauptsächlich darüber berichten.«

»Wir müssen versuchen, Emelines Selbstmord irgendwie mit dem Wahlkampfthema zu verbinden«, sagte Laura nachdenklich.

»Nun, du erzählst über Carry-le-Rouet und die Reaktion der Kandidaten und des Bürgermeisters auf Emelines Tod und ich schreibe über Emelines Persönlichkeit und ihre Probleme in der Schule.«

»Was hat die Tante gesagt?«

Daniel war sehr stolz, es geschafft zu haben, kurz mit Emelines Tante zu sprechen, während Laura die Politiker interviewt hatte.

»Sie ist komplett verunsichert. Niemals habe sie geglaubt, dass Emeline so etwas geschehen könnte. Emeline sei ehrgeizig, künstlerisch und musisch begabt und überhaupt eine sehr fleißige Schülerin gewesen. Sie kannte in Carry-le-Rouet viele Leute und war mit einigen ihrer früheren Mitschülerinnen befreundet. Ihre beste Freundin war Christine, mit der Nadia vorher gesprochen hat. In der Schule allerdings hatte sie außer Christine keine Freundinnen, was ihre Mutter immer ein wenig verunsichert hat. Die Mutter, Lucie Bernier, hat schon eine Weile gespürt, dass Emeline sich in ihrer Klasse alles andere als wohl fühlte. Und nun wirft sie sich vor, nicht rechtzeitig reagiert zu haben. Sie glaubt, dass die Mädchen Emeline langsam aber sicher fertiggemacht haben. Und dass am Dienstag etwas Banales geschehen ist, was Emeline den Rest gegeben hat.«

Laura schüttelte entschieden den Kopf. »Nein, Daniel. Sicher nicht. Am Dienstag ist etwas Schlimmes passiert, während der Sportlehrer die verletzte Mitschülerin behandelte. Vielleicht hat auch die Clique das alles so geplant und eine Schülerin absichtlich verletzt, um ihn zu beschäftigen. Und Pierre und Nadia glauben, dass einige Jungen der Terminale A darin verwickelt waren.«

»Nun, wir schreiben unsere Artikel, und dann versuchen wir, weitere Informationen zu sammeln. Eines nach dem anderen.«

Laura zuckte mit den Schultern. Sie wusste, dass sie nicht viel Zeit für diesen Fall hatten. Denn die Wahlen nahten und in und um Marseille wurde nur mehr darüber gesprochen. Sie selbst musste noch Kandidaten in anderen Orten um Marseille interviewen. Die Wahl und die Tatsache, dass die Corona-Situation sich zuspitzte, erleichterten es natürlich den Eltern der Täter, die Sache zu vertuschen.

Laura seufzte. Im Moment war sie von ihrer Arbeit enttäuscht. Sie hatte Journalistin werden wollen, um Missstände aufzuzeigen und die Welt zu verbessern. Doch sie besaß sehr wenig Freiheit. Der Chefredakteur sagte ihr genau, was er wollte, sehr selten ermittelte und recherchierte sie wirklich. Außerdem bekam sie immer eine ganze Flut an Artikeln, die sofort fertiggestellt werden mussten, und hatte keine Zeit, sich auf die Qualität der Information oder des Artikels zu konzentrieren. So hatte sie sich den Journalismus nicht vorgestellt. Nadia wusste, dass Laura demotiviert und enttäuscht war, und ermunterte sie immer wieder, sich doch woanders zu bewerben.

Sie konnte sich in einer Firma, einer Institution oder einem gemeinnützigen Verein um die Pressearbeit kümmern oder freiberufliche Journalistin werden. Doch Letzteres wagte Laura nicht. Sie fand, dass sie dafür zu wenig Erfahrung und zu wenige Beziehungen besaß. Außerdem war jeder Anfang als Freiberufler schwierig, und auch wenn Nadia nun seit ihrer Beförderung zum Lieutenant gut verdiente, wollte Laura ihr nicht auf der Tasche liegen. Vielleicht würde in den nächsten Wochen etwas vorangehen. Es schien eine ziemlich ungewöhnliche Zeit zu werden. Eine Pandemie war etwas noch nie Dagewesenes. Laura wusste, dass es Gewinner und Verlierer geben würde. Doch sollte es wie in China oder Norditalien einen Lockdown geben, dann würde es sehr viele Verlierer geben und die französische Wirtschaft, die durch die Proteste und Streiks des Vorjahres ohnehin schon geschwächt war, würde in eine Depression stürzen. Laura wurde von ihrem Kollegen aus ihren düsteren Gedanken gerissen.

»Wunderschön, diese Straße«, meinte er. Sie kamen vom Westen entlang der Felsküste in den malerischen, von Kalkfelsen umgebenen Hafen l'Estaque, der bereits mit der Großstadt zusammengewachsen war. Nun war l'Estaque ein Bezirk von Marseille. Nicht weit östlich von dem Hafenstädtchen befanden sich die Schiffswerften und die Anlegestellen für die riesigen Kreuzfahrtschiffe.

Viele Maler waren Ende des Neunzehnten und Anfang des Zwanzigsten Jahrhunderts in den Hafen l'Estaque gekommen, um dort das Fischerdorf und den Blick auf die Bucht von Marseille zu malen. Damals war diese natürlich viel weniger industriell gewesen, die kleinen Häuschen und das Grün hatten dominiert, während nun Riesengebäude, Hafenanlagen und Autobahnen die Landschaft beherrschten. Der berühmteste Maler, der damals in l'Estaque einen Zweitwohnsitz besessen hatte, war der im 19. Jahrhundert in Aix-en-Provence geborene Impressionist Paul Cézanne gewesen. Laura dachte daran, wie gern sie sich ins Neunzehnte Jahrhundert zurückversetzen wollte, in dem Marseille und dessen Umgebung noch nicht so verschmutzt und die Küste noch nicht so verbaut gewesen waren. Trotz allem musste sie zugeben, dass die *Côte Bleue,* die Küste zwischen La Couronne und l'Estaque, noch immer sehr malerisch war. Die Straße, die Daniel genommen hatte, führte oben durch das Estaque-Massiv. Entlang dem Meer gab es nur noch eine eingleisige Bahntrasse und einen *sentier côtier,* einen Wanderweg, den Laura mit Nadia schon entlanggegangen war. Mehrere winzige Häfen befanden sich in kleinen *Calanques,* Felsbuchten, in denen die Kalkfelsen weiß in den Himmel ragten, und die von dem beschaulichen Bahn-Viadukt überquert wurden. Das Seltsame an dieser Landschaft war, dass sich der knapp dreißig Kilometer lange Küstenstrich zwischen dem riesigen Industriegebiet von Fos sur Mer und der Großstadt Marseille erstreckte, aber dass man sich dort fühlte, als befände man sich am Ende der Welt, vor allem an milden Wintertagen. Im Sommer allerdings war in diesen Felsbuchten die Hölle los, viele Einwohner der Großstadt Marseille und des Industriegebietes Fos sur Mer – Martigues pilgerten dorthin.

Im Ort l'Estaque herrschte an diesem warmen Frühlingstag eine besondere Geschäftigkeit. Das Restaurant *La Marmite du Pêcheur* befand sich am Rand des Ortes auf einer Anhöhe mit einer wunderbaren Sicht auf die Felsküste und das Meer. Pierre und Jérémie saßen bereits auf der Terrasse und tranken einen Pastis. Laura begrüßte jeden der Freunde mit zwei Küsschen und stellte ihnen Daniel vor. Die Männer schüttelten einander die Hände.

»Es hat etwas länger gedauert«, erklärte sie. »Wir haben es geschafft, mit einigen Leuten zu sprechen.«

»Umso besser«, erwiderte Pierre. »Wir haben hier in Ruhe Pastis getrunken, die Sonne genossen und dabei düstere Prognosen erstellt.«

Als Laura ihn fragend ansah, erklärte er: »Das Virus. Man hört so viel. Und man weiß nicht, was man denken soll. Auf jeden Fall ist der Reiseverkehr bereits sehr eingeschränkt.«

»Nun«, meinte Daniel, »wir haben hier in Marseille noch unsere samstäglichen Riesenschiffe.« Er zeigte in Richtung Westen, wo nicht weit von l'Estaque die Schiffe am Anleger *Porte 4* ankerten.

Jeden Samstag kamen zwei bis drei Costa- oder MSC-Schiffe, ein jedes von ihnen zählte ungefähr viertausend Passagiere. Die Einwohner von Marseille schätzten diesen Kreuzfahrttourismus nicht unbedingt, weil es sich um Menschenmassen handelte, die zwar die Stadt überschwemmten und die Tourismusattraktionen blockierten, aber wenig Umsatz brachten. Doch Laura war sicher, dass die Stadt einen Riesenverlust erleiden würde, wenn die Schiffe plötzlich wegblieben. Die Taxis, die Reisebusse, die Fremdenführer, die Einkaufszentren, die Restaurants und Cafés profitierten von ihrer Anwesenheit. Diese Leute besichtigten die Stadt und mussten von den Hafenanlagen, die sich einige Kilometer außerhalb befanden, ins Zentrum gelangen, kauften sich trotz allem zu essen und zu trinken und waren gute Kunden in den Souvenirgeschäften und Kaufhäusern.

»Sind vielleicht die Letzten«, meinte Jérémie. »Mal sehen, was nächste Woche geschieht.«

»Nicht besonders viel«, mutmaßte Daniel, »wir haben Gemeinderatswahlen in ganz Frankreich und diese müssen durchgezogen werden. Egal, ob sich tausende Personen anstecken.«

Pierre zuckte mit den Schultern. »Es kann sehr schnell gehen. Sobald die Zahlen der Infizierten nach oben schnellen, muss etwas getan werden. In Mailand sind bereits die Restaurants und Cafés geschlossen und in ganz Italien schließen die Schulen ab übermorgen. Und die Gerichte.«

»Dann bist du arbeitslos, wenn das auch hier so kommt«, bemerkte Laura.

»Nun, arbeitslos wohl nicht. Aber wahrscheinlich gibt es weniger zu tun. Keine Ahnung. Die Situation in Norditalien ist neu!«

Laura spürte, wie sich trotz der Anwesenheit der Freunde und des schönen Sonnentages eine dumpfe Sorge auf ihr niederließ. Dieses Virus bedrohte die ganze Welt, man konnte ihm nicht entwischen. Jeder würde davon betroffen sein, es würde die Existenz von Millionen Menschen gefährden. Und dann dachte sie an den unglaublich dramatischen Fall dieses jungen Mädchens, das sich umgebracht hatte und bei dem etwas vertuscht wurde. Von Nadias und Pierres Vorgesetzten. Es war eine erschreckende Zeit! Nadia und Florian kamen auf die Terrasse und alle begrüßten sich. Es wurde geküsst und Hände wurden geschüttelt. Obwohl das eigentlich wegen des Virus nicht mehr ratsam war. Doch wahrscheinlich waren sie alle zu jung, um sich darüber Gedanken zu machen.

»Warum seid ihr so lange nach uns angekommen?«, wollte Laura wissen.

»Ach, wir sind eine sehr schöne Straße entlanggefahren und haben mehrmals angehalten. Fotostopps, wie die Touristen!« Florian zwinkerte Jérémie zu.

»Blödsinn«, sagte Nadia. »Wir hatten ganz unverhofft die Gelegenheit, etwas ausgiebiger mit Emelines Englischlehrer zu sprechen, der uns extra hinterhergefahren ist. Wir erzählen es euch dann im Detail.«

Laura stellte Daniel alle ihre Freunde vor und erklärte ihnen, dass es sich bei ihm um einen erfahrenen Journalisten handelte, der ihnen im Fall Emeline Bernier helfen würde. Daniel war gute fünfzehn Jahre älter als sie alle. Er arbeitete schon seit Urzeiten bei der *Provence* und galt innerhalb der Redaktion als die rechte Hand des Chefredakteurs.

Der Besitzer des Restaurants, den Laura und Nadia gut kannten, eilte heran, um sie zu begrüßen.

»Ah, *salut!*«, rief er mit seinem breiten Marseiller Akzent. »Ja, welche netten Jünglinge bringt ihr mir denn heute? Ich hoffe, sie essen und trinken gern.«

»Ja, wir haben einen Riesenhunger!«, behauptete Florian.

»Nun, es gibt heute die typische Marseiller *Bouillabaisse.* Frischer Fisch von hier.«

»Hier, nicht dort vorn, oder?« Jérémie deutete auf die Kreuzfahrtschiffe und die Fähren.

Der Besitzer machte eine Handbewegung zur Felsküste. »Da rechts! Gleich am Fuß der Felsen. Heute früh gefischt. Von mir höchstpersönlich.«

Er zwinkerte Laura zu.

»Ach, Sie sind auch ein Multi-Tasker?«, fragte Florian.

»Ein Multi-Was?«

»Jemand, der mehrere Berufe hat.«

»Ja, das bin ich. Wir verwenden in Marseille keine englischen Wörter. Sie arbeiten sicher in der Werbebranche, so wie Sie aussehen. Da spricht man nur Englisch.«

»Nein, ich arbeite bei der Polizei. Mit Nadia. Wir sprechen viel Arabisch.«

»Ah, *peuchère!* Sie Armer!« Der Mann schlug sich an die Stirn. »Keine einfache Arbeit, so was.«

»Ja, aber keine Arbeitslosigkeit. Viele Kunden. Wie bei Ihnen.«

»Ah, ja, wir haben unsere Saison sehr gut begonnen. Super Wetter! Viele Leute. Hätte für euch fast keinen Tisch mehr gefunden. War nur möglich, weil die Mademoiselle Nadia versprochen hat, mir dann ihre blonde *Chérie* hierzulassen.« Er zwinkerte Laura zu.

Laura lachte. »Ach so?«, fragte sie. »Muss ich hier den Abwasch machen?«

»Nein«, meinte der Mann verschmitzt. »Ich wüsste schon war Besseres mit Ihnen anzufangen … wenn meine Frau nicht hier wäre!«

»Meine Frau ist auch hier!« Laura deutete auf Nadia.

»*Mon Dieu, peuchère,* welche Zeiten!« Der Mann schüttelte den Kopf. »Da soll noch einer was verstehen. Diese Jugend! Da haben sie fünf wunderbare Männer«, er zeigte auf sich selbst und in die Runde »und dabei …« Er hob in gespielter Verzweiflung die Hände.

»Wem sagen Sie das!«, seufzte Pierre. »Diese beiden sind das Drama meines Lebens. Eine Tragödie!«

»*Peuchère!* Ich bringe Ihnen gleich was zu trinken, dann können Sie wenigstens Ihren Kummer im Alkohol ersäufen. Und was wollen Sie essen? Sechsmal Fischsuppe, oder will jemand was anderes?«

Sie bestellten die typische Marseiller Fischsuppe, die *Bouillabaisse,* die mit geriebenem Gruyère-Käse, *rouille* – scharfer, mit Tomaten gefärbter Knoblauchmayonnaise – und Croûtons serviert wurde, dazu den besonders guten Weißwein aus Cassis, einer Ortschaft, die sich nur zwanzig Kilometer südöstlich von Marseille befand.

»Ein freundlicher Mann«, meinte Pierre. »Sehr leutselig.«

»Ja«, erwiderte Nadia. »Vor allem ist er in Laura verliebt. Seine Frau, die Köchin, ein richtiges Marseiller Fischweib, war zwar anfangs ein bisschen eifersüchtig, aber hat schon bemerkt, dass ihr Mann bei Laura nicht die geringste Chance hat. Deshalb hat auch sie sich mit uns angefreundet und kommt am Ende der Mahlzeit meistens, um uns zu begrüßen.«

»Sie scheinen hier immer mit guter Laune zu arbeiten«, bemerkte Jérémie. »Sicher nicht einfach, als Paar ein Restaurant zu führen.«

»Aber rentabel«, meinte Daniel. »Die Restaurants, die am besten laufen, sind Familienbetriebe. Bei den hohen Abgaben hier in Frankreich muss man ein wenig erfinderisch sein, um die Rentabilität zu halten.«

Der Besitzer brachte bald den eisgekühlten Weißwein und *Moules à la provençale,* Miesmuscheln mit Tomatensauce, Knoblauch und Petersilie.

»Genießt euren Aperitif!«, rief er und wandte sich dann dem Nachbartisch zu, auch Bekannte von ihm, die er mit einem Wortschwall überschüttete, der immer wieder von lautem Lachen unterbrochen wurde.

Sie tranken ihren Wein, aßen die Muscheln, lachten und plänkelten noch eine Weile. Lauras Kollege Daniel schien sich zu freuen, direkten Zugang zur Staatsanwaltschaft zu bekommen. Er hatte Pierre bisher nur vom Sehen gekannt. Pierre und Daniel begannen bald, über den Fall Emeline zu sprechen. Alle erzählten sich gegenseitig, was sie am Morgen herausgefunden hatten.

»Also ist es so, wie Pierre es befürchtet hat. Am Dienstag ist irgendetwas geschehen. Etwas Kriminelles«, meinte Nadia. »Der Englischlehrer hat uns geraten, die Schüler zu bearbeiten. Ich möchte auch schauen, was so auf Instagram und anderen Social-Media-Kanälen umläuft. Vielleicht hat jemand etwas gefilmt. Vielleicht kann Christine, Emelines beste Freundin, uns helfen. Oder ich erstelle mir ein falsches Konto mit dem Namen einer der Schnepfen und abonniere mich bei ihnen allen.«

»Das wird nicht lange unentdeckt bleiben«, meinte Florian besorgt. »Die sind ja ständig auf Instagram, Facebook und weiß der Teufel was.«

»Egal. Hauptsache, ich erfahre irgendetwas.«

»Wenn sie wirklich vorsichtig sind, haben sie eine WhatsApp-Gruppe oder so was.«

Nadia meinte: »Diese jungen Leute sind nicht wirklich vorsichtig. Sie wissen, dass ihre Väter sehr lange Arme haben.«

Pierre sah alle der Reihe nach an. »Das Ganze ist von mir ausgegangen. Freunde der Eltern des Mädchens haben sich über Freunde an mich gewandt, so habe ich von der Sache Wind bekommen. Ich habe beschlossen, zu ermitteln. Und euch mit hineingezogen. Aber ich werde in den kommenden Tagen sicher Probleme bekommen, weil mein Vorgesetzter natürlich nicht will, dass ich mich damit befasse. Und ihr riskiert auch eine Menge. Sogar bei der Zeitung kann es sein, dass die Sache abgewürgt wird. Ich zwinge euch nicht, mitzumachen. Ihr könnt jederzeit aufhören, denn so eine Ermittlung kann euch eure Arbeit kosten.«

Laura sah ihn an. »Ich mache weiter. Und ich versuche auch, Kollegen aus Paris dafür zu interessieren. Ich habe nicht besonders viel zu verlieren.«

Daniel nickte. »Ich ebenso. Ich versuche, meinen Boss warmzuhalten. Allerdings gehe ich mit der Zeitung nach meinem eigenen

Rhythmus. Ich schreibe nicht immer alles, was ich weiß, sondern serviere die Informationen häppchenweise. Ich bitte euch dafür um Verständnis. Denn ich weiß, wie man einen Skandal am besten inszeniert. Und was wir hier brauchen, ist ein Skandal. Aber ich bin mir nicht sicher, ob wir ihn vor den Wahlen benötigen oder danach. Ich muss noch überlegen, mit meinem Chefredakteur sprechen und halte Laura auf jeden Fall auf dem Laufenden.«

»Danke!«, sagte Laura erleichtert. Mit Daniel an ihrer Seite fand sie die Sache viel weniger beängstigend. Er hatte eine Strategie. Während sie wie ein Bulldozer drauflosgeschrieben hätte, wusste er genau, wie er den Fall inszenieren wollte. Inszenieren war ein gutes Wort. Sie entschieden, wie diese Geschichte der Öffentlichkeit zugetragen wurde.

Nadia sah Pierre an. »Du weißt, dass ich dabei bin.«

Pierre nickte. »Ja, aber dir ist sicher bewusst, dass ich dich nicht schützen kann. Wenn dein Boss dich absägen will, wird er es schaffen. Und du kannst Florian auch nicht schützen. Deshalb muss jeder für sich entscheiden.«

»Wir sind dabei«, meinte Florian. »Vielleicht müssen wir lange kämpfen, aber am Schluss wird sicher die Gerechtigkeit siegen. Vor allem, wenn wir uns der nationalen Presse bedienen. Und unserer Beziehungen in Paris.«

Pierre sah Laura bange an. Sie wusste, was er dachte. Wenn wirklich wegen Corona das Chaos ausbrach, dann krähte kein Hahn nach Emeline Bernier und nach Gerechtigkeit. Und ihre Vorgesetzten konnten sie sehr leicht loswerden und ans andere Ende Frankreichs schicken. Doch sie alle wussten, dass sie der Sache nachgehen mussten. Dass sie auf eine unglaubliche Schweinerei gestoßen waren und diese aufdecken wollten.

DIE POLIZISTIN AUS DEM NORDEN

Das Navi zeigte nur mehr eine halbe Stunde Fahrt an. Fiona war müde. Sie hatte sehr gewissenhaft alle zwei Stunden Pause gemacht, Kaffee und Orangensaft getrunken, aber sie war trotzdem nicht daran gewöhnt, so lange zu lenken. Obwohl sie die Nacht bei Verwandten in Dijon verbracht und so ihre Strecke ab Lille zweigeteilt hatte, fand sie die Fahrt äußerst mühsam. Und die Tatsache, dass das Auto so voll war, machte es nicht einfacher. In ihrem Opel Corsa befand sich ihr gesamtes Hab und Gut, alles, was sie für ihr neues Leben brauchte.

Einige Möbel hatte sie bei Freunden in einer riesigen Garage untergestellt, abgesehen davon hatte sie ihren gesamten Hausrat dabei. Im Moment würde sie in Marseille in einem möblierten Wohnheim im Euromed-Viertel wohnen, das sie wochenweise bezahlte. Ihre neue Vorgesetzte Nadia Aubertin hatte ihr diese Adresse vermittelt. In diesem Haus wurden besondere Preise für Beamte und Angestellte verrechnet, die sich verpflichteten, mehr als vier Wochen zu bleiben. In den kleinen Garçonnièren war anscheinend alles vorhanden, eine Kochnische mit Geschirr und Besteck, ein Bügeltisch, eine Mikrowelle und sogar ein Haarföhn. Es handelte sich um ein komplett neues Wohnheim, das auch von Touristen und Geschäftsreisenden genutzt wurde. Doch die Direktion versuchte hauptsächlich an Leute zu vermieten, die dort mehrere Wochen verbrachten.

Fiona wollte sich später eine Wohnung in Marseille suchen. Aber sie hatte es nicht eilig. Sie musste die Stadt zuerst kennenlernen, um zu erfahren, welche Stadtviertel ihr gefielen. Sie war noch nie in Marseille gewesen, kannte im Süden nur Montpellier, Narbonne und die Côte d'Azur. Aber sie hatte über Marseille viel gehört. Die

Stadt war im Norden Frankreichs berühmt-berüchtigt, vor allem bei der Polizei. Anscheinend befanden sich in Marseille einige der ärmsten Vorstädte Frankreichs mit der höchsten Kriminalität, und es gab in dieser Großstadt immer wieder Skandale bezüglich Korruption innerhalb verschiedener Institutionen. Doch Marseille war auch eine Stadt, die sich in den vergangenen Jahren zu einer wichtigen Tourismusmetropole entwickelt hatte. Ganze Stadtteile waren renoviert worden, so wie das Viertel, in dem Fiona nun wohnen würde.

Die Gegend um Marseille war eine der wichtigsten Tourismusregionen Frankreichs. Marseille lag im Herzen der Provence, einer Gegend, die einige von Frankreichs schönsten Landschaften und ein sehr reiches Kulturgut bot. Die Menschen sprachen in Marseille anscheinend mit einem lustigen Akzent und waren relativ oberflächlich-beiläufig und chaotisch, doch davon hatte Fiona am Telefon nichts bemerkt. Sie vermutete, dass weder ihre neue Vorgesetzte noch der Kommissar, für den sie arbeiten würde, aus dem Süden stammten. Sie hatte mit beiden telefoniert und keinen lustigen Singsang-Akzent wahrgenommen. Auch in Lille waren sie ein Team gewesen, dessen Mitglieder aus ganz Frankreich gekommen waren. Fiona selbst stammte aus Zentralfrankreich, wo ihre gesamte Familie lebte. Die meisten ihrer Freunde und Bekannten befanden sich in Lille. Dort hatte Fiona sieben Jahre lang gewohnt und gearbeitet. Ihr Herz schnürte sich zusammen, wenn sie daran dachte, dass sie ihr ganzes Leben hinter sich gelassen hatte. Ihre hübsche Wohnung, die sie allein gestaltet hatte, hatte sie Brice überlassen, nachdem sie alle von ihr gekauften Möbel mitgenommen hatte. Ihre Vorgesetzte Catherine, mit der sie sich so gut verstanden hatte, und ihr Team würde sie nicht mehr jeden Tag sehen. Ihre drei besten Freundinnen und ihre Bekannten ließ sie zurück. Allerdings blieb ihr keine Wahl. Nach dem, was mit Brice geschehen war, hätte sie nicht mehr dortbleiben können. Catherine hatte es verstanden und Fionas Antrag auf Versetzung kräftig unterstützt. Die letzten Wochen in Lille, in denen Fiona ihre Wohnung und Brice bereits verlassen hatte, waren nicht einfach gewesen. Trotz der Hilfe der Freunde und des komfortablen Appartements, das ein Kollege ihr sehr billig vermietet hatte, hatte Fiona sich in ihrer Stadt nicht mehr zuhause gefühlt. Vor allem hatte sie Angst vor Brice gehabt.

Diese Furcht vor ihrem Lebensgefährten hatte sich in den vergangenen zwei Jahren täglich gesteigert. Er war am Anfang nicht gewalttätig gewesen. Doch er war frustriert gewesen, weil Fiona nicht schwanger geworden war. Und als sie ihm nach drei misslungenen künstlichen Befruchtungen mitgeteilt hatte, dass sie von diesen ganzen unangenehmen und ermüdenden Hormonbehandlungen nichts mehr wissen wollte, hatte er begonnen, sie zu verachten. Fiona hatte bezüglich ihrer Unfruchtbarkeit ebenfalls Ernüchterung empfunden, doch wenn sie in sich hineinhörte und mit sich selbst ganz ehrlich sein wollte, dann hatte sie immer Zweifel verspürt, ob Brice auch wirklich der Mann war, mit dem sie eine Familie gründen wollte.

Vielleicht hatte ihr Körper abgeblockt, weil sie gewusst hatte, dass Brice nicht der Richtige für sie war? Dass seine dunklen Seiten plötzlich zutage treten konnten?

Brice war kein klassischer Schlägertyp gewesen. Er hatte gewusst, dass Fiona, die bei der Polizei arbeitete, sich gegen ihn wehren konnte, und hatte sie nie geschlagen. Doch er hatte etwas Schlimmeres getan. Er war beim Sex gewalttätig geworden, in dem Moment, in dem sie sich ihm komplett ausgeliefert hatte. Er hatte sie verletzt, hatte sie auch manchmal im Schlaf oder wenn sie beim Kochen gewesen war, überraschend und ohne ihr Einverständnis genommen. Catherine, der Fiona sich anvertraut hatte, hatte gemeint, es handle sich in diesen Fällen um Vergewaltigung, Fiona solle Brice sofort verlassen und gegen ihn Anzeige erstatten.

Warum Fiona Brice nicht nach den ersten Zwischenfällen den Laufpass gegeben hatte, konnte sie sich selbst nicht erklären. Warum hatte sie ihn immer noch einen Schritt weiter gehen lassen? Verdammt, sie war Polizistin und sah jede Woche einmal eine Frau, die von ihrem Lebensgefährten sexuell misshandelt oder geschlagen worden war! Diesen Frauen riet sie, Anzeige zu erstatten oder weit weg zu gehen. Am besten beides. Doch sie selbst hatte zwei Jahre gewartet und auch erst dann reagiert, als Brice etwas wirklich Gewalttätiges getan hatte.

Bis zum vorhergehenden Winter hatte er sie nie genommen, wenn sie sich ihm klar verweigert hatte. Er hatte zwar schon in den Monaten zuvor begonnen, urplötzlich sehr aufdringlich und teilweise gewalttätig zu werden. Doch wenn sie ihm ein *Nein!* entgegengeschleudert und ihn von sich gestoßen hatte, war er zu sich gekommen. Drei Monate zuvor hatte sich das jedoch geändert. Er hatte begonnen, sie vor seinen Freunden sexuell zu belästigen. Er hatte sie gefragt, ob sein Freund William ihnen beim Sex zusehen könne, was Fiona entsetzt abgelehnt hatte. Und dann hatte er sie einmal trotz ihrer Weigerungen ausgezogen und sie vor William gezwungen, mit ihm zu schlafen.

Sie war so entsetzt gewesen, dass sie sich nicht hatte wehren können. Sie hatte danach nur lange geweint. Damals hätte sie gehen sollen. Doch sie war wie betäubt gewesen, hatte keine Entscheidung treffen können. Und es war schlimmer gekommen. Einmal waren sie bei einem von Brices Freunden zu Besuch gewesen. Zwei andere Freunde, die Fiona nicht gekannt hatte, waren ebenfalls eingeladen. Sie hatten schon ein wenig getrunken, es war ein angenehmer Abend geworden. Brice war zu Fiona sehr freundlich gewesen, fast zärtlich. Doch er hatte ihr auch ständig Wein nachgeschenkt, was er sonst nie tat. Er hatte sie zum Trinken verleitet. Und gegen Mitternacht hatte er plötzlich ihren Rock nach oben geschoben und ihr die Strumpfhose und die Unterhose heruntergezogen. Sie hatte aufstehen und weggehen wollen, doch zwei seiner Freunde hatten sie auf die Couch gedrückt und ihr die Hände festgehalten. Brice hatte sie nackt ausgezogen. Der dritte Freund hatte sie angestarrt und sich selbst befriedigt. Und Brice hatte sie vor den anderen vergewaltigt. Vollkommen nackt war sie vor ihnen gelegen und hatte Brices Attacke über sich ergehen lassen müssen, während die beiden Freunde ihre Arme gehalten und sie angestarrt hatten. Es hatte wehgetan, weil sie sich gewehrt hatte. Aber durch den Alkohol war sie so taub gewesen, dass sie ihrer Empörung nicht richtig hatte Luft machen können. Sie hatte nicht geschrien, sich nur still gewunden. Auf dem Heimweg hatte sie sich mehrmals übergeben und Brice war wieder der zärtliche, umsichtige Freund gewesen, der sich um sie Sorgen gemacht hatte. Doch er hatte kein Wort über das verloren, was er ihr angetan hatte.

Am nächsten Tag hatte sie ihm gesagt, dass er das nie wieder tun solle. Sie wollte nicht vor seinen Freunden mit ihm Sex haben.

»Aber *Chérie*, die fahren voll auf dich ab. Du hast so einen perfekten Körper. Sie bewundern dich. Törnt dich das nicht an, wenn du gleich vier Typen hast? Andere Männer betrügen ihre Frauen, ich besorge dir Männer für die absolute Lust!«

Sie hatte den Kopf geschüttelt. »Es ist widerlich«, hatte sie hervorgestoßen. »Mach das noch einmal und ich bring dich um.«

Sie verstand nicht, was Brice dabei antörnte. Wahrscheinlich gefiel es ihm, weil er spürte, wie schrecklich es für sie war. Er brauchte Gewalt und wahrscheinlich auch Zuschauer, um Lust empfinden zu können.

Sie hatte sich besudelt, schmutzig und gedemütigt gefühlt. Wie eine Nutte. Außerdem war ihr eingefallen, dass derjenige, der masturbiert hatte, James, auch gefilmt hatte. Vor Wut hatte sie geweint und geschworen, sie wolle diese drei Männer nie wiedersehen. Sie hatte mit niemandem darüber sprechen können. Sie hätte bei der Arbeit Anzeige erstatten sollen, doch sie hatte sich sosehr geschämt, dass es ihr unmöglich gewesen war. Sie hatte sich geschworen, Brice beim nächsten Mal zu attackieren. Und ihn so bald wie möglich zu verlassen. Aber sie war träge gewesen und hatte nicht gehandelt. Ende Januar war der schreckliche Nachmittag gekommen. Fiona konnte sich an die Begebenheit mit allen Details erinnern. Immer wieder durchlebte sie es in Gedanken, auch wenn sie dagegen ankämpfte. Einmal noch erlaubte sie sich, der Erinnerung nachzugeben, während sie ihr Auto Richtung Süden lenkte.

Sie hatte etwas früher Dienstschluss gehabt und erwartet, dass Brice noch in der Arbeit war.

Doch er war zuhause, und bei ihm im Wohnzimmer saß James. Der Kerl, der knappe zwei Wochen zuvor, als Brice sie vor seinen Freunden vergewaltigt hatte, masturbiert und sie gleichzeitig gefilmt hatte.

Sie kam langsam ins Wohnzimmer und sah Brice an.

»Was macht er hier?«, fragte sie mit eisiger Stimme.

»Er ist uns besuchen gekommen«, erklärte Brice. Sie hörte an seiner Stimme, dass er getrunken hatte. Auf dem Couchtisch stand eine halbvolle Whiskeyflasche.

James war aufgestanden. »Ich hätte Lust, dass wir es zu dritt machen. Du wirst sehen, das wird dir gefallen.«

»Niemals! Ihr seid zwei Schweine! Macht es doch miteinander ohne mich!«

Sie war hysterisch, schrie laut und wollte zur Tür hinausstürzen. Doch Brice war schneller und packte sie um die Taille.

»Hiergeblieben! Sei doch nicht so steif und bieder! Trink einen Whiskey und dann versuchen wir's. Wenn du willst, mach es zuerst nur mit James und ich sehe zu!«

Sie schaffte es, Brice die Hand ins Gesicht zu schlagen, und er ließ sie los.

»James, pack sie!«, rief er.

James warf sich auf Fiona, doch sie war schneller und entwischte ihm. Ihr Training bei der Polizei hatte ihr beigebracht, mit solchen Situationen umzugehen. Sie schaffte es, ihre Tasche zu schnappen, sie zu öffnen und ihre Dienstpistole herauszunehmen. Mit zitternder Hand richtete sie diese auf James, der erschrocken die Hände hob. Doch Brice lachte und kam auf sie zu.

»Du würdest nie schießen, niemals. Traust dich nicht.«

Und da dachte Fiona eine Sekunde lang daran, die beiden nacheinander zu erschießen und sich selbst das Leben zu nehmen. Doch dieser Augenblick war sofort wieder vorbei und sie schoss auf das Fenster, das klirrend in tausend Teile zersprang, die auf die Fliesen und den Heizkörper rieselten. Brice und James hatten sich auf den Boden geworfen.

»Verdammt, Fiona, du spinnst ja!«, brüllte Brice. James wimmerte nur.

»Ihr fasst mich nicht an! Und du, Brice, wenn du mir noch einmal unter die Augen kommst, sitzt du im Gefängnis. Ich werde Anzeige erstatten. Wegen Vergewaltigung. Und dich für immer verlassen! Und dein geiler Freund wird ebenfalls Probleme kriegen!«

Damit riss Fiona die Tür auf und stürzte auf den Flur. Doch das, was sie antraf, hatte sie nicht erwartet. Mehrere Nachbarn waren versammelt und sahen sie erschrocken an.

Sie ließ die Pistole sinken. »Es tut mir leid«, gelang es ihr zu stammeln. »Ich musste meine Dienstwaffe verwenden. Notwehr.«

Kurz darauf traf die Polizei ein und nahm sie alle mit. Die Nachbarn waren sehr erstaunt, weil sie immer gedacht hatten, Brice und Fiona seien ein harmonisches Paar und Brice ein netter, ausgeglichener Kerl.

Fiona hatte direkt nach dem Vorfall Anzeige erstattet, Brice und James ebenso. Catherine hatte sich um Fionas Anzeige gekümmert.

Sie hatte gefühlt, dass Brice Fiona in letzter Zeit zugesetzt hatte. Sie war eine erfahrene Polizistin und hatte Fiona auch schon mehrmals darauf angesprochen. Sie wollte Brice nicht ungeschoren davonkommen lassen.

Doch Fiona wollte vor allem weg, so weit wie möglich. Sie war sofort am nächsten Tag ausgezogen und hatte die Wohnung genommen, die David, ein Kollege, ihr billig vermietet hatte. Sie sollte ihm nur die Betriebskosten zahlen. Fiona hatte alle ihre Zahlungen für ihre vorherige Wohnung gekündigt und Brice den Strom und das Wasser, die auf ihren Namen gemeldet gewesen waren, sperren lassen. Nun konnte er sehen, wie er mit seinem bescheidenen Gehalt als Verkäufer in einem Elektrogeschäft die Miete und die Kosten bezahlte! Mit den Kollegen war sie alles holen gekommen, was ihr gehörte, weil sie es Jahre zuvor von ihrem Geld gekauft hatte, und hatte Brice eine halbleere Wohnung zurückgelassen. Er versuchte immer wieder sie anzurufen, doch sie antwortete nie und hatte ihm mehrmals die Kollegen geschickt. Er solle sie nicht mehr belästigen oder er würde verhaftet werden. Catherine hatte gesehen, dass es Fiona nicht gut ging und alles getan, um ihr zu helfen.

Eines Tages hatte sie ihr mitgeteilt: »Es ist bei der PJ Marseille ein Posten frei. Brigadier. Du bekommst die Versetzung, wenn du willst. Was meinst du? Eine neue Stadt? Ein neues Arbeitsumfeld? Marseille, Frankreichs Hauptstadt des Verbrechens?«

Fiona hatte genickt. Marseille war genau das, was sie brauchte, um über Brice hinwegzukommen. Sie wusste, dass er sie nicht in Ruhe lassen würde. Denn in seinen Augen war sie sein Eigentum.

Sie hatte sofort zugestimmt. Catherine war traurig gewesen, sie hergeben zu müssen.

Vor einer Woche hatte Fiona mit ihrer neuen Vorgesetzten Nadia Aubertin am Telefon gesprochen. Nadia war in Fionas Alter und hatte soeben die interne Prüfung zum Lieutenant bestanden. Alle anderen Brigadiers ihres zukünftigen Teams waren Männer. Fiona fand es komisch, eine Vorgesetzte zu haben, die in ihrem Alter war. Catherine war schon fünfundvierzig und hatte sehr viel Erfahrung. Aber über die neuen Kollegen machte sich Fiona nicht besonders viele Gedanken. Wichtig war, so viel Abstand zwischen Brice und sich selbst zu bringen wie nur möglich. Und so hatte Fiona in Lille alle Zelte abgebrochen und war nun auf dem Weg in eine Stadt, die sie nicht kannte. Und wo sie keinen Menschen kannte.

Fiona blinzelte die Tränen aus den Augen und beschloss, sich auf die Landschaft zu konzentrieren. Neben der Autobahn sah sie Olivenhaine und Weinberge, die Gegend wurde immer mediterraner. *Du fährst ans Mittelmeer, Mädchen*, sprach sie sich selbst gut zu. *Freu dich! Du wirst einen tollen Sommer verbringen!*

Bald sah sie Kalkfelsen mit sehr spärlicher Vegetation und wusste, dahinter lag die Küste. Sie war nur mehr fünfzehn Minuten von ihrem Ziel entfernt. Im nächsten Augenblick konnte sie ein schmuckes Dörfchen am Fuß der Felsen und dahinter das Meer wahrnehmen. Die Temperatur betrug nun zweiundzwanzig Grad. Fiona lächelte. In Lille hatte es geregnet, in Dijon war der Himmel grau gewesen und hier schien die Sonne. Zumindest das Licht und die Wärme würde sie in Marseille genießen können.

Sie fuhr durch einen Tunnel und hielt den Atem an, als sie ihn verließ. Vor ihr erstreckte sich die Stadt. Mächtig, majestätisch, wunderbar und zugleich furchterregend und hässlich lag die Hafenstadt Marseille von Hügelmassiven umgeben direkt am Meer. Zwischen der Autobahn und der Küste erstreckten sich die Schiffswerften, die Containerfirmen und Hafenanlagen. Auf der anderen Seite der A55 befanden sich riesige Wohnblöcke, wahrscheinlich handelte es sich dabei um die berüchtigten *Quartiers Nord*, die ärmlichen und gefährlichen Vorstädte Marseilles. Hinter den Hafenanlagen glitzerte das Meer in der Sonne des Spätnachmittags, und nicht weit von der Küste entfernt befand sich eine Gruppe von Inseln, deren Kalkfelsen weiß leuchteten. Das waren die Frioul-Inseln, darunter das berühmte *Château d'If*, das von Marseille mit einer Ausflugsfähre leicht zu erreichen war. Vor sich sah Fiona mehrere moderne Hochhäuser. Hierbei handelte es sich um das Euromed-Viertel, das erst in den letzten zehn Jahren erbaut worden war. Dahinter erhob sich in der Ferne auf einer Anhöhe mitten in der Stadt das Wahrzeichen Marseilles, die Basilika *Notre Dame de la Garde*, eine Kirche, die zu Ehren der Muttergottes auf dem höchsten Punkt der Stadt erbaut worden war und ganz Marseille überragte. Fiona fuhr von der Autobahn ab, an Hafenanlagen und am höchsten Turm des Euromed-Viertels vorbei. Er war aus Glas, zu seinen Füßen stand eine bunte Skulptur, die zwei Sumo-Ringer darstellte, die einen Container in die Luft stemmten. Fiona hatte gelesen, dass im Glasturm der Hauptsitz einer der weltweit größten Container-Reedereien untergebracht war.

Nun fuhr sie durch ein brandneues Stadtviertel. Sie war froh, dass Sonntag war und nicht besonders viel Verkehr herrschte. Die Verkehrssituation schien chaotisch und die Autofahrer waren wie in allen Großstädten eher ungeduldiger Natur. Fiona bog in eine kleine Straße zwischen sehr modernen Gebäuden ein und bald zeigte ihr das Navi an, dass sie ihr Ziel erreicht hatte.

Das Wohnheim war ein ultramoderner Bau mit einem abgesperrten Parkplatz. Anscheinend gab es keine Rezeption, man hatte durch per E-Mail erhaltene Codes Zugang zum Gebäude. Sie gab den Code für den Parkplatz ein, dann die Ziffernfolge für die Eingangstür und den Code für die Schlüsselbox. Das Gebäude war neu und sauber, Fionas Garçonnière befand sich im vierten Stock. Sie nahm den Aufzug und fand ihre Tür. Sie atmete tief ein und sperrte auf. In dieser winzigen Wohnung würde sie in den kommenden Wochen ihre Freizeit verbringen. Erleichtert nahm sie wahr, dass der Raum sehr hell und bestens ausgestattet war: eine hübsche kleine Küche, eine Theke mit zwei Hochstühlen, eine kleine Wohnzimmerecke mit einem Tischchen und einem Flat Screen-Fernseher, und hinter einer Trennwand ein breites Bett mit modernen Nachtkästchen auf jeder Seite. Das Badezimmer war weiß gekachelt und blitzblank, die Toilette vom Badezimmer getrennt. Es handelte sich um eine saubere und relativ große Garçonnière, die darauf wartete, bewohnt zu werden. Fiona musste siebenmal hinunterfahren, um ihre Taschen und Kartons aus dem Auto zu holen. Zum Glück funktionierte der moderne Aufzug bestens. Es war sehr ruhig in dem Gebäude, sie traf keinen Menschen, sah nur von weitem zwei ältere Leute auf dem Parkplatz in ein Auto steigen.

Als schließlich alles im Eingangsbereich ihrer Garçonnière stand, war Fiona erschöpft und beschloss, nur das Wichtigste auszupacken. Sie fühlte sich durch die Autofahrt wie gerädert. Sie war froh, angekommen zu sein, aber verspürte auch Trauer, weil sie alles ganz allein in Angriff nehmen musste. Sie war mutterseelenallein in einer fremden Stadt. In der zweitgrößten Stadt Frankreichs, dem fünftgrößten

Hafen Europas, und den Kommentaren ihrer Kollegen nach in der kriminellsten Stadt des Landes.

»Besser allein als in schlechter Gesellschaft«, sagte sie sich. »Ich schaffe das.«

Doch als Fiona ihren Salat aß, den sie sich in einer Autobahnraststätte gekauft hatte, kamen ihr trotzdem die Tränen. In Lille hatte sie sehr viele Bekannte gehabt, in Marseille kannte sie niemanden. Würde sie schnell Freunde finden? Wie würden die neuen Arbeitskollegen sein? Bei dem Gedanken an den nächsten Morgen wurde ihr flau im Magen und sie schob ihn weg, indem sie sich auf die Couch vor den Fernseher setzte. Doch das war keine besonders gute Idee, denn auf allen Sendern wurde nur über den Lockdown in Italien wegen des Corona-Virus berichtet. Die Leute bekamen eine Ausgangssperre, machten Home-Office und durften nur mehr zum Einkaufen hinaus. Ein Wissenschaftler prophezeite, dass innerhalb von vierzehn Tagen überall in Europa dieselbe Situation herrschen würde. Die französische Gesundheitsministerin, die Fiona als nicht besonders intelligent einstufte, meinte jedoch, das Virus sei eingedämmt und Frankreich bestens vorbereitet. Masken, Tests, Intensivbetten, alles sei zur Genüge vorhanden. Ein Lockdown sei in Frankreich trotzdem nicht ausgeschlossen, um die Bevölkerung zu schützen.

Und wenn ich nun wochenlang ganz allein hier eingesperrt leben muss?, fragte sich Fiona bange. Doch der Kommentar der Nachrichtensprecherin ließ sie aufatmen: *»Der Lockdown gilt nicht für alle. Einige Berufe müssen im Gegenteil viele Überstunden in Kauf nehmen. Für Ärzte, Krankenschwestern, Sanitäter aber auch die Polizei ist der Lockdown mit viel Mehrarbeit verbunden.«*

Fiona waren Überstunden egal. Hauptsache, sie musste nicht allein Trübsal blasen und an ihre Fehler im Umgang mit Brice denken.

MONTAGMORGEN

Nadia küsste Laura, bevor sie das Haus verließ.

»Es kann heute spät werden«, sagte sie. »Ich muss die neue Kollegin einweisen und werde auch versuchen, mit unserer Sache weiterzukommen.«

»Ach, die hübsche Dame kommt heute«, meinte Laura. »Ich werde eifersüchtig!«

»Keine Sorge! Die Jungs werden sich um sie kümmern. Wie Bienen um den Honigtopf werden sie um sie kreisen. Ein jeder wird den anderen überbieten wollen!«

Lachend ging Nadia nach draußen und startete ihr Motorrad. Sie war sehr glücklich, nicht im Auto unterwegs zu sein, denn so entging sie den Staus. Laura, die ebenfalls auf der anderen Seite der Stadt arbeitete und mit dem Auto ins Büro fuhr, jammerte ständig über den zähen Verkehr, wollte sich aber kein Motorrad zulegen. Sie fand es viel zu gefährlich. Nadia war schon mehrmals gestürzt, hatte sich zum Glück jedoch nie verletzt.

Sie fuhr die Küste entlang und kürzte dann bald über die Hügel ab, um zum Alten Hafen zu gelangen. Auf der Nordseite des Hafenbeckens hinter dem *Fort Saint Jean,* der ehemaligen Festung aus dem siebzehnten Jahrhundert, rollte sie an der großen Esplanade mit den neuen Museen vorbei zur Kathedrale und zum dahinterliegenden *Hôtel de Police.* Sie stellte das Motorrad auf dem Parkplatz ab und betrat das Kommissariat. Einige Kollegen waren schon da und grüßten Nadia freundlich. Nadia kannte längst nicht alle, sie waren sehr zahlreich. In ihrer Abteilung war es noch ruhig, nur Florian saß bereits vor seinem Computer.

Er begrüßte sie und raunte: »Ich habe mit der Arbeit begonnen. Das falsche Profil auf Instagram.«

»Ja? Für wen hast du dich ausgegeben?«

»Flavio Baruc. Ein absoluter Schönling der Abiturklasse Terminale A, dem alle Mädchen hinterherrennen. Ist nicht mit der Clique unterwegs, aber ihnen nicht abgeneigt. Er ist ziemlich selbstständig und wird von allen respektiert. Der ideale Typ! Jérémie hat mir geholfen, das Profil zu fälschen. Und wir haben zuhause auf Jérémies Laptop gearbeitet. So kann mir keiner etwas nachweisen. Flavio hatte natürlich schon ein Profil. Jetzt hat er zwei.«

»Bravo, Florian, super! Mal sehen, was dabei herauskommt. Vielleicht bekommst du Einblick in irgendwelche Filme oder Fotos, die sie von Emeline gemacht haben. Oder in gemeine Beleidigungskampagnen.«

»Ich halte dich auf dem Laufenden.«

»Sehr gut. Im Moment kein Wort zu den beiden anderen. Und zur neuen Kollegin schon gar nicht. Wir teilen es ihnen mit, wenn wir ihre Hilfe brauchen. Nicht vorher.«

Florian nickte. »Klar. Je weniger Leute wir einweihen, desto besser. Vor allem für sie.«

Nadia stimmte ihm zu. »Wir machen heute offiziell mit den Kameras der Videoüberwachungen weiter. Die Rumänen. Anscheinend hat Stéphane einen bärtigen Mann identifiziert, der immer wieder auftaucht. Und der auch schon in der Nähe des Kommissariats gesehen wurde. Wir haben einen Namen und Adressen, die mit ihm in Verbindung gebracht werden können. Wir konzentrieren uns auf ihn, und auf die Frau, die du am Freitag in den Aufnahmen gesehen hast. Ich werde heute Fiona einweisen.«

»Ach ja, Fiona. Die gute Überraschung für die Jungs.«

»Besser so als umgekehrt, findest du nicht?« Florian grinste.

In diesem Moment kam Stéphane ins Büro. »Morgen!«, rief er und sah um sich. »Ist sie noch nicht da?«, fragte er neugierig. Er hatte die neue Kollegin nicht vergessen.

»Nein, aber sie wird sicher bald kommen«, meinte Nadia. »Ich erkläre ihr alles, ihr macht mit den Rumänen weiter. Es geht darum, den Bärtigen zu finden. Bravo, gute Arbeit am Freitag.«

Stéphane stöhnte. »Ich habe das ganze Wochenende davon geträumt. Habe sogar im Schlaf noch den Bildschirm mit dem Busparkplatz gesehen.«

»Wow, was für ein gewissenhafter Polizist!«, feixte Florian. »Hast dich am Samstagabend nicht einmal zugesoffen?«

»Doch, ich war bei Freunden. Eine Bierfete. Das hat ein wenig geholfen.«

In diesem Moment kam Lisa, eine der Sekretärinnen, mit einer jungen Frau im Schlepptau in den Open Space.

»Ah, unsere neue Kollegin Fiona ist da«, sagte Nadia. »Danke, Lisa, dass du sie herbegleitet hast.«

Sie schüttelten Fiona die Hand, Stéphane schien vollkommen erschüttert zu sein.

»Das ist … Fiona?«, fragte er ungläubig.

Fiona sah ihn etwas unsicher an. Sie fand sein Benehmen sicher ziemlich daneben und fragte sich wahrscheinlich, was mit ihr oder mit ihm nicht stimmte. Nadia bereute es beinahe, Stéphane und Kenny den Streich gespielt zu haben.

»Fiona, das sind Stéphane und Florian, unsere Jungs. Kenny kommt auch gleich. Ich bin Nadia, wie du dir sicher vorstellen kannst. Wir duzen einander sofort, wenn dir das nichts ausmacht.«

»Nein, natürlich nicht«, erwiderte Fiona.

»Bist du gut in Marseille angekommen? Alles klar mit der Wohnung?«

Fiona nickte. »Ja, danke, es ist wirklich eine super Adresse. Vollkommen neu, sauber und komfortabel.«

»Wir bringen dort oft Leute unter, die mehrere Wochen bei uns im Kommissariat bleiben. Bisher waren immer alle sehr zufrieden. Und so hast du Zeit, dich in Ruhe nach einer Wohnung umzusehen.«

Kenny hastete in den Open Space. »Morgen allerseits!«, rief er.

»Kenny«, sagte Nadia. »Das ist Fiona. Und Kenny ist unser *Sunny-Boy!* Vor allem heute.« Sie grinste ihm zu.

In der Tat hatte Kenny einen Sonnenbrand. Er war rothaarig, seine Haut war sehr hell und er hatte wohl das Wochenende im Freien verbracht.

»Salut!« Kenny schüttelte Fiona die Hand. »Sie sehen aber ganz anders aus als auf dem Foto.«

»Ach so?«, fragte Fiona erstaunt. »Das Foto wurde erst vor zwei Monaten gemacht. Ich verstehe nicht …«

Nadia lachte. »Ich habe den Jungs einen Streich gespielt. Habe ihnen ein falsches Foto gezeigt, weil ich versuche, sie zu erziehen. Nicht ganz einfach. Wir holen uns jetzt einen Kaffee und ich erkläre dir schon mal das Wichtigste. Jungs, wir bleiben bei unserem Fall. Die Kameras. Die Rumänen. Die Tourismussaison sollte normalerweise mit nächster Woche beginnen. Es eilt also. Obwohl man ja nicht weiß, ob die Saison tatsächlich stattfinden wird. Seltsame Zeit …«

In diesem Moment trat der Kommissar in den Open Space. Er lächelte nicht, grüßte nicht und seine Stirn war in Falten gelegt.

»Nadia, ich muss dich sofort sprechen!« Seine Stimme klang streng.

Fiona, Stéphane und Kenny sahen erschrocken auf, Florian warf Nadia einen vielsagenden Blick zu. Beide wussten ganz genau, was los war.

»Christophe, ich komme sofort. Ich möchte dir hier nur unsere neue Mitarbeiterin Fiona vorstellen. Heute ist ihr erster Tag.«

Der Kommissar schüttelte Fiona die Hand, ohne sie wirklich anzusehen.

»Bonjour, Mademoiselle«, sagte er zerstreut.

Nadia schämte sich ein wenig für diesen Empfang. Außerdem verwendete man die Anrede *Mademoiselle* schon seit Jahren nicht mehr. Vor allem bei der Polizei einem weiblichen Brigadier gegenüber war diese als sexistisch geltende Anrede verpönt. Der Kommissar stand an diesem Morgen wirklich neben den Schuhen. Nadias Vorgesetzter drehte sich um und ging durch den Korridor auf sein Büro zu.

»Jungs, ich muss schnell zu Blachet«, erklärte Nadia und versuchte ihre Stimme fest klingen zu lassen. »Trinkt inzwischen mit Fiona einen Kaffee und erklärt ihr schon mal das Wichtigste. Wenn du Fragen hast, Fiona, sind die Jungs für dich da!«

Mit weichen Knien begab sie sich an das andere Ende des Ganges. Als sie in das Büro des Kommissars trat, sah dieser sie mit einem Blick an, den sie bei ihm noch nie wahrgenommen hatte. In seinen Augen las sie unbändige Wut. Nadia beschloss, die naive neue Mitarbeiterin zu spielen, obwohl ihr diese Rolle nicht behagte.

»Ja, Christian?«, fragte sie ihn. »Du musst mich dringend sprechen?«

»Nadia, was hast du dir bloß dabei gedacht?«

»Wobei?« Nadia hoffte, er würde ihr die Naivität abkaufen.

»Carry-le-Rouet. Die Befragungen von Emeline Berniers Umfeld.«

»Ach, das. Ich wollte … ich wollte eine Initiative ergreifen und während meiner Freizeit schon etwas voranbringen. Da die Sache mit den Rumänen eilt. Und ich will wirklich mit meinen Fällen vorankommen und dafür auch am Wochenende arbeiten, wenn nötig.«

Der Kommissar unterbrach Nadia. »Dieser Fall ist dir nie übertragen worden, Nadia. Du hast keinen Befehl von mir bekommen, in diesem Fall zu ermitteln.«

Er betonte jedes Wort und sah sie eindringlich an.

»Ja, Christian, das stimmt, aber ich war mir sicher, dass du ihn mir diese Woche übertragen würdest, weil Pierre mir davon erzählt hatte. Und ich habe mich schon schlau gemacht. Das Begräbnis schien mir der geeignete Moment.«

»Aha, das Ganze geht also von Frigeri aus. Und woher hat der das?«

»Keine Ahnung. Woher schon? Er ist der Staatsanwalt.«

»Nein. Irrtum. Er ist nur der Substitut, der Hilfsstaatsanwalt. Der Procureur, der erste Staatsanwalt, hat ihm diesen Fall nie übertragen.«

Nadia sah ihren Vorgesetzten mit offenem Mund an. Sie hoffte, eine genug talentierte Schauspielerin zu sein.

»Bist du dir sicher? Aber … ich verstehe nicht«, stammelte sie.

»Frigeri hat dich benützt. Er wollte in dem Fall ermitteln, doch sein Vorgesetzter hat es ihm niemals aufgetragen. Pierre Frigeri hat sich selbstständig gemacht.«

»Aber warum?« Nadia bemühte sich, so ratlos wie möglich auszusehen.

»Ich weiß nicht, welcher Teufel Frigeri reitet. Er versucht wohl aufzusteigen und Adriani zu überholen. Ein sehr ehrgeiziger Typ. Ein Pariser.«

Der Kommissar schnaubte. Er wusste über Nadias Freundschaft mit Pierre nicht Bescheid, er war noch nicht besonders lange in Marseille. Doch er kam aus der Gegend von Bordeaux und mochte die Leute aus Paris anscheinend nicht sonderlich.

»Nein … ja … aber warum soll in dem Fall nicht ermittelt werden? Anscheinend wurde das Mädchen gemobbt, und Mobbing ist heutzutage strafbar. Deshalb hat Pierre es vielleicht wie ich gemacht und wollte schon mit der Arbeit vorankommen.«

Der Kommissar richtete sich auf.

»Der Fall wurde schon untersucht. Das Mädchen war depressiv. Der Staatsanwalt wünscht nicht, dass eine Ermittlung gemacht wird. Und unsere Vorgesetzten ebenfalls nicht. Weil es Zeitverlust bedeutet und wir im Moment wichtigere Dinge zu regeln haben. Die Drogen- und Diebstahlprobleme in Marseille.«

»Okay«, sagte Nadia langsam. »Allerdings … ich verstehe die ganze Geschichte nicht. Mir scheint, wir haben es mit einigen kriminellen Jugendlichen zu tun, die die gesamte Schule tyrannisieren und eine Mitschülerin in den Selbstmord getrieben haben.«

»Ja, vielleicht. Weil sie nicht nett waren. Das geschieht häufig. Doch etwas wirklich Kriminelles konnte man ihnen nicht nachweisen. Die Polizei war wie gesagt schon dort. Und wir, die PJ, haben den Fall nicht bekommen. Außerdem ermittelst du nur, wenn ich, dein direkter Vorgesetzter, dir einen Fall übertrage. Du kannst mir schlimme Probleme bereiten, wenn du dich selbstständig machst. Ich kann mit meinem Vorgesetzten Schwierigkeiten kriegen. Wir haben eine Hierarchie, die darüber entscheidet, was wir machen sollen. Und innerhalb dieser Fälle haben wir einiges an Freiheit. Jeder von uns hat nur einen Ansprechpartner. Deiner bin ich. Und nicht dieser Emporkömmling aus Paris, der sich über den Procureur hinwegsetzt. Außerdem müssen wir nicht überlegen, ob sich eine Ermittlung lohnt oder nicht und ob nicht irgendwo eine Ermittlung gemacht werden sollte. Das ist nicht unsere Rolle. Unsere Rolle ist, unseren Vorgesetzten zu folgen und wiederum die Befehle so genau wie möglich weiterzugeben. Also bitte keine Initiativen deinerseits mehr …«

Er hatte sehr scharf gesprochen. Nadia schob die Unterlippe vor und senkte den Kopf. »Es tut mir leid, Christian«, sagte sie leise. »Ich wollte dir zeigen, dass ich eine gute Inspektorin bin, doch der Schuss ist wohl nach hinten losgegangen.« Sie schniefte. Der Kommissar sah sie prüfend an. Er kannte Nadia bereits gut genug, um zu wissen, dass sie keine Frau war, die bei einer Rüge in Tränen ausbrach. Vielleicht übertrieb sie es mit ihrer Zerknirschtheit.

»Nun, Carry-le-Rouet ist für euch abgehakt. Der Fall existiert nicht. Und sollte euch jemand diesbezüglich kontaktieren, dann sagt ihr, ihr seid mit einem anderen Fall betraut worden und sie sollen sich an mich wenden. In Ordnung?«

Nadia nickte, ohne die Augen zu heben. »In Ordnung.«

»Gut. Also versucht, diese Rumänen zu schnappen und dann haben wir morgen mit Goldstein und Franck von der *Stup* – der Drogenbrigade – eine Besprechung wegen der *Cité la Busserine*. Sie brauchen vielleicht in den kommenden Tagen unsere Hilfe. Es geht um Beschattungen und Verfolgungen von Drogenhändlern.«

»Okay.« Nadia erhob sich. »Bis später.«

Der Kommissar hatte sich seinem Bildschirm zugewandt und antwortete nicht. Er schien wirklich sehr sauer zu sein. Nun, das war zu erwarten gewesen. Ein Beweis mehr für die Tatsache, dass der Mobbingfall vertuscht werden sollte und dass die Jugendlichen wahrscheinlich wirklich etwas Strafbares getan hatten.

Was Nadia Sorgen bereitete, war, dass Blachet an ihre Naivität nicht zu glauben schien. Er ahnte wahrscheinlich, dass sie genau gewusst hatte, was sie tat, als sie nach Carry-le-Rouet gefahren war. Denn Nadia war keine naive Person. Nun musste sie heimlich weiterermitteln und konnte sich nur Zeugen nähern, die auch wirklich mit ihr sprechen wollten. Es würde unmöglich sein, die Lehrer, die Mitglieder der Clique und die Jungen der Abiturklasse zu befragen. Und Pierre würde ebenfalls Probleme mit seinem Vorgesetzten bekommen.

Nadia öffnete seufzend die Tür zum Open Space ihrer Mitarbeiter und hielt erstaunt inne. Dort befand sich ihr Kollege, der Capitaine Luc Garnier, mit seinem gesamten Team sowie drei junge Männer aus anderen Abteilungen. Alle tranken Kaffee, redeten und lachten. Fiona schien im Mittelpunkt des allgemeinen Interesses zu stehen.

»Hallo Jungs«, sagte Nadia. »Was ist denn hier los? Ein Notfall?«

Luc erhob sich. »Nein, überhaupt nicht, Nadia. Wir sind nur gekommen, unsere neue Kollegin zu begrüßen. Du weißt ja, wie das bei uns ist. Neue Leute müssen gebührlich empfangen werden!«

»Ach so!«, erwiderte Nadia. Luc interessierte sich für neue Kollegen absolut nicht, wenn diese Männer waren. Doch eine junge, attraktive und nicht-lesbische Polizistin zog die Kerle natürlich magisch an.

»Willst du einen Kaffee, Nadia? Soll ich dir einen holen?«, fragte André sie eifrig, einer ihrer ehemaligen Kollegen.

»Nein, danke«, erwiderte Nadia. Sie war so schon nervös genug. Nach und nach kehrten die Kollegen in ihre Abteilungen zurück.

André meinte an Fiona gewandt: »Mein Angebot gilt. Ich zeige dir Marseille, sobald du möchtest. Am Abend oder am Wochenende. Oder in der Nacht.« Er zwinkerte Fiona zu, dann winkte er den Kollegen und verließ den Raum.

Stéphane und Kenny sahen einander an und verzogen den Mund. André war ein blonder, gut aussehender junger Mann und hatte sich über die Jahre im Kommissariat einen soliden Ruf als Casanova erarbeitet. Er liebte Frauen und wechselte jeden Monat die Freundin. Nadia vermutete, dass er gern verführte, einer richtigen Beziehung jedoch nicht gewachsen war. Er war einer von den dreien gewesen, die nicht gewünscht hatten, mit ihr als Lieutenant zu arbeiten.

»André ist unser Don Juan hier im Kommissariat«, erklärte Florian grinsend.

»Er ist sehr sympathisch, doch hält nicht viel von Treue«, fühlte Kenny sich verpflichtet hinzuzufügen. »Während die Treue sehr wichtig ist. Sie ist der Grundstein einer Beziehung.«

Nadia sah Kenny an und hatte Lust loszulachen. Florian und Stéphane feixten.

»Mensch, Kenny, so ein geschwollenes Zeug hast du noch nie von dir gegeben«, meinte Stéphane.

Kenny sah ihn verächtlich an. »Bist ja bloß neidisch, weil ich so intellektuell bin.«

Stéphane verzog spöttisch den Mund.

»So, Jungs«, schritt Nadia ein, »Kenny und Stéphane, ich möchte, dass ihr Fiona jetzt gleich unseren neuesten Fall erklärt und sie über die Dinge auf dem Laufenden haltet, die wir am Freitag herausgefunden haben. Ich muss mich kurz mit Florian besprechen, dann bin ich wieder hier.«

Sie bedeutete Florian, in ihr winziges Büro zu treten, und schloss die Tür hinter ihm. Florian sah sie besorgt an.

»Er war stinksauer«, begann Nadia. »Und er hat mir meine Geschichte nicht abgekauft. Die naive, eifrige Inspektorin, die aus Überehrgeiz zu ermitteln beginnt, bevor sie den Fall zugeteilt bekommt …«

»Natürlich. Er kennt dich mittlerweile. Er weiß, dass du einer der intelligentesten Lieutenants hier im Haus bist und dass du so etwas nie tun würdest. Er ahnt, dass du der Geschichte auf der Spur bist.«

»Vielleicht sollte ich offen mit ihm reden.«

»Noch nicht. Du brauchst mehr Beweise. Und dann kannst du ihn erpressen.«

»Er schien sehr gestresst. Anscheinend wird er von oben unter Druck gesetzt.«

»Ja. Das wird er. Vergiss nicht, es handelt sich um den Commissaire Divisionnaire, Blachets direkten Vorgesetzten. Und eventuell auch um den Procureur. Doch wir werden weiterermitteln. *Undercover.*«

»Jérémie hat dir wohl viel Englisch beigebracht. Du verwendest immer mehr englische Ausdrücke.«

»Ja, natürlich. In der Werbebranche sprechen sie so. Und hier finde ich das auch ganz toll. *FBI-Slang.* Das motiviert.«

»Klar«, seufzte Nadia.

»Was soll ich jetzt tun?«, wollte Florian wissen.

»Nichts. Wir müssen ein paar Tage Ruhe geben. Es kann sein, dass sie unsere Telefone überwachen, um sicher zu sein, dass keiner der Zeugen uns kontaktiert. Wir kümmern uns jetzt aktiv um unsere Rumänen und versuchen Ergebnisse zu erzielen. Du überwachst die Instagram-Seiten der Jugendlichen so gut und lange es geht. In Ordnung?«

»Oui, chef!«

»Und Florian, beschütze die arme Fiona. Sie wird ja von den Männern vollkommen belagert, weiß sich bald nicht mehr zu wehren.«

Florian lachte. »In Ordnung!«

Die beiden gingen wieder zurück in ihren Open Space, wo Kenny und Stéphane Fiona die Kameras und den Fall mit der rumänischen Bande erklärten. Sie hielten zu fünft eine kurze Absprache. Florian, Kenny und Stéphane sollten zu drei Adressen fahren, die mit dem bärtigen Mann, der mehrmals gefilmt worden war, in Verbindung gebracht wurden. Das Ziel war, diesen Mann in den nächsten Tagen zu ergreifen. Nadia würde mit Fiona eine junge Frau beschatten, die ebenfalls in den Aufnahmen aufgetaucht war und die anscheinend eine Adresse in Nouailles hatte, mitten im Stadtzentrum. Doch bis Mittag wollte Nadia Fiona die praktischen Aspekte ihrer Arbeit erklären. Sie stellte die neue Kollegin den Sekretärinnen und den anderen Lieutenants und Capitaines vor und zeigte ihr ihren Computer. Dann erklärte sie ihr den jeweiligen Papierkram. Fiona schien über das meiste Bescheid zu wissen, die Arbeitsweise und die Prozeduren waren in Lille nicht viel anders als in Marseille.

Kurz vor Mittag rief Pierre an. »Ich muss dich dringend sprechen, Nadia. Aber ich bin im Moment noch in Aix-en-Provence. Ich kann zwischen eins und halb zwei am Hafen sein.«

»In Ordnung. Ich esse dort mit meiner neuen Kollegin. Ich schicke dir den Namen des Cafés, in dem wir sitzen, per SMS und du kommst dort vorbei.«

»Ja … es ist vertraulich. Wegen unserer Sache.«

»Ich weiß. Ich hatte bereits Probleme.«

»Ich ebenfalls. Deshalb ist es mir wichtig, mit dir allein zu sprechen.«

»Ja, das kriegen wir hin. Keine Sorge. Bis dann!«

Fiona sah Nadia prüfend an. Die neue Kollegin schien ziemlich scharfsinnig zu sein und hatte natürlich bemerkt, dass an diesem Morgen zwischen ihrer Vorgesetzten und dem Kommissar etwas Unliebsames vorgefallen war.

Nadia würde ihr Team wahrscheinlich in die Sache einweihen müssen.

AM ALTEN HAFEN

Fiona fühlte sich erleichtert. Ihr erster Arbeitstag in Marseille hatte gut begonnen. Sie war von ihren Kollegen sehr freundlich empfangen worden, und die neue Vorgesetzte hatte ihr viel Zeit gewidmet und ihr sogar vorgeschlagen, mit ihr zu Mittag zu essen. Allerdings wimmelte es im Kommissariat von Männern, die wahrscheinlich allesamt ledig waren. Denn sie hatten Fiona so angesehen, als würde es sich bei ihr um ein goldenes Kalb handeln. Fiona hatte gespürt, dass sie an diesem Morgen die Attraktion des Kommissariats gewesen war. Sie wusste, dass sie ein hübsches Gesicht, schöne Haare und eine gute Figur hatte, noch dazu waren die Männer im Süden Frankreichs ein wenig italienisch und flirteten gern. Fiona hatte bereits drei Einladungen für das Wochenende bekommen. Ein jeder dieser Kollegen wollte ihr die Stadt zeigen.

Nadia erklärte Fiona alle wichtigen die Arbeit betreffenden Dinge und bot ihr dann an, zum Alten Hafen zu gehen und dort zu essen.

»Wenn wir Zeit haben, dann gern«, meinte Fiona.

»Natürlich. Wir sind hier im Süden. Wir haben immer Zeit. *Tranquille* – immer mit der Ruhe.«

Fiona lachte. »Etwas anders, die Mentalität hier.«

»Ja. Obwohl wir natürlich auch manchmal Ermittlungen bekommen, bei denen wir durcharbeiten müssen. Wir essen nicht jeden Mittag am Alten Hafen in der Sonne. Doch hier in der Provence nimmt man sich Zeit zum Genießen und zum Leben. Musste ich auch erst lernen.«

»Woher kommst du?«

»Normandie. Am Anfang meiner Karriere war ich in Paris, dann kam ich nach Lyon und vor drei Jahren hierher nach Marseille. Dann habe ich sofort die interne Aufnahmeprüfung zum Lieutenant bestanden und letztes Jahr meine Ausbildung gemacht. Und nun hatte ich das außergewöhnliche Glück, in mein Kommissariat zurückzukehren.«

»Wirklich außergewöhnlich«, stimmte Fiona zu. »Normalerweise wird man meistens woandershin versetzt.«

Bald traten sie vor das Kommissariat und Nadia zeigte auf die große Kathedrale. »Du weißt sicher, dass unser Kommissariat früher der Bischofspalast war. Und das ist die *Major*, unsere Kathedrale. Man hat sie entlang des Meeres gebaut, damit sie vom Wasser aus gut sichtbar sein würde.«

Sie deutete auf die Esplanade, die sich auf der anderen Seite der Straße befand, welche die beiden Frauen entlanggingen.

»Und dort hinten ist der J4. Die Esplanade, die vor sieben Jahren geschaffen wurde, als Marseille im Jahr 2013 europäische Kulturhauptstadt war. Das berühmte MUCEM, das Völkerkundemuseum, und die *Villa Méditerranée*, in der in den nächsten Jahren ebenfalls ein Museum entstehen soll, wurden damals gebaut und das Dach des MUCEM mit dem *Fort Saint Jean* und dem Altstadtviertel auf dem Hügel durch Stege aus Ultrahochfestbeton verbunden.«

»Wow!«

Fiona blieb beeindruckt stehen. »Eine tolle Anlage.«

»Ja. Hat auch bemerkenswert viel gekostet!« Nadia verzog den Mund. »Aber sie hat das Stadtviertel sehr verschönert. Auf dem Dach des MUCEM befindet sich eine angenehme Terrasse mit Garten, die öffentlich zugänglich ist. Moderne und alte Bauten wurden harmonisch aneinandergefügt.«

Fiona sah bewundernd auf den quadratischen gläsernen Bau des MUCEM, der eine schwarze ziselierte Umhüllung zur Schau trug und sehr elegant wirkte. Die *Villa Méditerranée* bestand ebenfalls aus Glas, war aber in Weiß gehalten. Sie besaß eine ganz besondere Statik, mit einem langen Oberbau und einer Aushöhlung. Dahinter leuchtete hellrosa der Kalkstein des *Fort Saint Jean.* Es passte alles zusammen, obwohl jedes Gebäude ganz anders war. Und die Stege, die das MUCEM, das *Fort Saint Jean* und den gegenüberliegenden Hügel miteinander verbanden, hatten etwas sehr Anmutiges an sich. Natürlich wurde der Charme dieser Anlage durch das Meer verstärkt, das sich gleich hinter der Esplanade befand.

»Nun«, meinte Nadia, »das ist einer der schönsten Teile der Stadt. Ich werde dir in den kommenden Tagen leider auch weniger hübsche Viertel zeigen müssen.«

»Ich kann es mir vorstellen«, erwiderte Fiona. »Lille ist auch relativ groß, und wir haben dort nicht nur schöne, reiche Stadtteile. «

»Marseille ist wie der Tag und die Nacht. Das Paradies und die Hölle. Ganz eng beisammen. In Lyon habe ich das nicht auf dieselbe Weise bemerkt. Lyon besitzt ein schönes Zentrum und ärmliche, schwierige Vorstädte. Klassisch. Doch Marseille ist unendlich charmant und dann wieder unglaublich hässlich, oft haben wir riesige Unterschiede von einer Straße zur nächsten und es ist ein so buntes Gemisch aus verschiedenen Nationen. Multi-Kulti. Eine Hafenstadt.«

Sie gingen die Straße entlang, die zum Alten Hafen führte. Diese befand sich zwischen dem *Fort Saint Jean* und dem Kalkfelsen, auf dem das Altstadtviertel stand. Hier parkten Reisebusse.

»Viele der Kameraaufnahmen, die wir uns ansehen, stammen von hier«, erklärte Nadia. »Hier parken die Reisebusse, die häufig aufgebrochen werden. Von unseren Kunden. Man fragt sich natürlich, warum hier nicht einfach den ganzen Tag ein Polizeiauto steht, doch das ist laut der Stadtpolitiker nicht nötig.«

»Oh, hier sind schon viele Touristen für Anfang März«, meinte Fiona erstaunt. Sechs Reisebusse standen in der Kurve gegenüber dem *Fort Saint Jean.*

»Die Kreuzfahrtschiffe«, meinte Nadia. »Sie kommen ganzjährlich und ankern etwas außerhalb. Und die Leute werden in Reisebussen hierher gekarrt.«

Hinter der Kurve befand sich bereits der Hafen. Das Hafenbecken war riesig und beherbergte unzählige Schiffe. Fiona hatte sich das alles nicht so groß erwartet. Obwohl sie bereits Bilder von Marseille gesehen hatte, hatte sie sich den Alten Hafen als einen kleinen, malerischen Fischerhafen mit bunten Häuschen rundherum vorgestellt.

»Hier sind wir nun im Herzen der Stadt. Der berühmte Alte Hafen. Marseille ist die älteste Stadt Frankreichs, die Griechen haben genau hier, wo wir jetzt entlanggehen, im sechsten Jahrhundert vor Christus geankert. Und wo sich heute das Altstadtviertel *Le Panier* befindet, links von uns, war früher das griechische Marseille, die Hafenstadt Massalia. Davon ist nichts mehr übrig, denn man hat im Mittelalter alles überbaut.

Allerdings wurde im Zweiten Weltkrieg viel zerstört. Deshalb haben wir hier so moderne Wohnblöcke. Doch weiter oben findet man ein typisch mediterranes Altstadtviertel. Wir durchqueren es nach dem Mittagessen, auf dem Rückweg.«

Der Alte Hafen wirkte in der Tat nicht alt. Viele moderne Gebäude säumten ihn. Sie gingen den Pier entlang und Nadia zeigte Fiona das barocke Rathaus aus dem siebzehnten Jahrhundert, das direkt am Hafen stand und nicht zu übersehen war. Dahinter befand sich auf dem Hügel ein prunkvolles Gebäude, das nun wohl ein Luxushotel war.

»Das *Intercontinental*«, erklärte Nadia. »Früher war dieses Gebäude ein Krankenhaus. Es steht unter Denkmalschutz und wurde im Jahr 2013 umgebaut. Es ist das Luxushotel Nummer eins hier in Marseille.«

Nicht weit vom Rathaus befand sich direkt am Hafen das kleine Restaurant *Mimi,* in das Nadia gehen wollte. Sie hatte Fiona erklärt, dass es dort gute Salate und jeden Mittag eine andere Tagesspeise gab.

Die beiden Kolleginnen setzten sich auf die Terrasse.

»Schön«, seufzte Fiona. »In Lille sitzt man im März fast nie in der Sonne.«

»Hier kann man sogar an einigen Wintertagen draußen sitzen, weil es so mild ist. Allerdings gibt es auch kalte Tage. Der Nordwind kann hier schon mal kräftig blasen. Der eiskalte Mistral. Nun, du wirst ihn sicher bald zu spüren kriegen.«

Fiona hatte von diesem starken Wind gehört, der die Leute verrückt macht, aber einen besonders blauen Himmel und eine saubere Luft mit sich bringt. Er blies in der Provence anscheinend hundert Tage im Jahr!

»Schön. Es ist so ruhig hier. Kein Verkehr.«

Nadia nickte. »Wir haben auf dieser Seite des Hafens die riesige Fußgängerzone. Früher war es am Hafen anscheinend sehr laut und verschmutzt, alle Autos fuhren hier entlang. Heute dürfen nur Fahrräder, Busse und Notdienste hier durch. Dort vorn …«, sie zeigte zum Ende des Hafens, »… ist der *Quai des Belges.* Fischmarkt jeden

Morgen. Und im Jahr 2013, als man die Fußgängerzone geschaffen hat, hat man auch das Schattendach entworfen. Ein moderner Schattenspender, denn wie du siehst, haben wir hier überhaupt keine Bäume und im Sommer ist es sehr heiß.« Sie deutete auf das große, in der Sonne glitzernde Gestell, das am Kai zwischen der Straße und dem Hafenbecken stand.

Fiona blickte auf das Gewimmel am Hafen. Es war ein geschäftiger Mittag und auch im Hafenbecken selbst war einiges los. Eine Fähre des Frioul-If-Express setzte sich gerade in Bewegung.

»Und natürlich hast du bereits über das Wahrzeichen der Stadt gehört«, meinte Nadia und wies mit dem Kinn auf den Hügel, der sich nicht weit vom Hafen erhob. »Die Basilika Notre Dame de la Garde. *La Bonne Mère*, die gute Mutter. Die Marienkirche dort oben wurde im neunzehnten Jahrhundert auf dem höchsten Punkt der Stadt erbaut und die große Muttergottes mit Kind, die an die zehn Meter hoch ist, bewacht uns alle.«

In der Tat leuchtete ihnen die vergoldete Statue im Sonnenlicht entgegen.

»Die Terrasse dieser Kirche ist natürlich ein Muss für alle Besucher«, erklärte Nadia, »denn von dort oben kann man die gesamte Stadt überblicken. Und das Innere der Basilika ist besonders prachtvoll mit Mosaiken ausgestattet. Aber ich würde dir raten, früh am Morgen oder gegen Abend dort hinauf zu pilgern, weil tagsüber zu viele Menschen kommen. Unzählige Reisebusse plagen sich den ganzen Tag lang durch die engen Straßen hinauf zur Kirche.«

»Da habe ich viel zu entdecken«, meinte Fiona. Sie freute sich darauf, die Stadt zu erkunden.

»Ja, und du hast ständig Fremdenführer. Unsere Kollegen sind das ganze Wochenende rund um die Uhr für dich da.« Nadia lächelte vielsagend.

»Ist das immer so ein Auflauf, wenn eine neue Kollegin kommt? Gibt es in Marseille nicht genug Frauen?«, wagte Fiona zu fragen.

Nadia grinste. »Nun, wie du gesehen hast, ist unser Kommissariat vorwiegend männlich besetzt. Vor allem unsere Abteilung. Und eine Kollegin, die jung ist und noch dazu gut aussieht, kommt selten. Das spricht sich natürlich herum. Außerdem bist du im Süden. Die Männer sind hier besonders galant. Und du bist sehr hübsch.«

Nadia war ebenfalls eine hübsche junge Frau mit einem besonders ebenmäßigen Gesicht und schönen dunklen Augen. Sie wirkte jedoch mit ihren kurzen Haaren und ihrer sportlichen Kleidung etwas jungenhaft. Außerdem war sie wahrscheinlich den Herren zu mager.

»Sicher haben sie dir genauso einen Empfang beschert«, mutmaßte Fiona.

»Nicht wirklich. Als ich vor drei Jahren ankam, war ich noch etwas maskuliner als jetzt. Ich habe meine Frisur ein wenig verändert und schminke mich jetzt auch. Aber damals wollte ich sein wie sie. Ein junger Mann. Sie haben natürlich sofort erkannt, dass ich eine Lesbe bin. Und somit hatte ich meine Ruhe.«

Fiona hatte es schon vermutet. Sie hatte in Lille eine Kollegin gehabt, die Nadia ähnlich sah, sportlich und jungenhaft wirkte, jedoch einen Mann und zwei Kinder hatte. Deshalb hatte sie es nicht gewagt, Nadia direkt daraufhin anzusprechen.

»Einmal allerdings«, fuhr Nadia schmunzelnd fort, »habe ich sie überrascht. Das war vor genau zwei Jahren, als ich gerade meine Lebensgefährtin Laura kennengelernt habe. Sie hat mir ein Kleid geschenkt und vorgeschlagen, mich doch am Samstagabend als Mädchen anzuziehen und zu schminken. Ich habe Gefallen daran gefunden, und wenn ich weiß, dass ich nur im Büro arbeite, komme ich auch mal im Minikleid. Als ich es das erste Mal tat, haben sie mich natürlich angestarrt. André und Stéphane haben mich gefragt, ob ich schließlich doch meine Meinung geändert hätte und keine Lesbe mehr sei, und der Staatsanwalt, der mittlerweile ein Freund ist, den ich aber damals nicht kannte, hat mich zum Essen eingeladen.«

Fiona verzog belustigt das Gesicht. Diese Männer!

»Doch ich habe ihnen erklärt, dass ich noch lesbischer sei als vorher, weil ich gerade die Frau meines Lebens kennengelernt habe. Aber dass es auch sehr hübsche und weibliche Lesben gibt. Die Armen! Das ist für sie natürlich das Schlimmste! Frauen, die super aussehen und nichts von ihnen wollen!«

Beide lachten.

Der Kellner kam und meinte:

»*Bonjour*, angenehm, wenn man schöne Frauen sieht, die guter Laune sind. Was darf ich bringen?«

Sie bestellten Salate und Mineralwasser mit Kohlensäure.

»Hier trinkt man schon mal zu Mittag ein Glas Wein zum Essen«, meinte Nadia. »Aber das tun wir dann später, wenn wir einander besser kennen. Heute will ich noch einen guten Eindruck auf dich machen.«

Fiona lachte. »Mir macht das nichts«, meinte sie. »Wir können gern was trinken. Bei uns im Norden tun wir es auch.«

»Also ein Glas Rosé aus der Gegend? Zum Probieren?«

»Okay«, stimmte Fiona zu. Sie mochte Wein, doch trank selten mehr als zwei Gläser, weil sie den Alkohol sehr schnell spürte. Als der Kellner zurückkam, fragten sie ihn nach zwei Gläsern Roséwein.

»So, so, die guten Vorsätze sind schnell vergessen«, bemerkte er.

»Sie bringen es auf den Punkt«, erwiderte Nadia.

Fiona fand die Menschen in Marseille sehr entspannt. Sie redeten gern und machten häufig Späße. Außerdem gefiel ihr der örtliche, etwas singende Akzent. Sie glaubte, sich in einem Film von Marcel Pagnol zu befinden, einem berühmten provenzalischen Schriftsteller und Regisseur des frühen zwanzigsten Jahrhunderts.

»Und nun«, fragte Fiona, »bist du also in einer festen Beziehung? Mit Laura?«

Die Kollegin nickte. »Ja. Ich bin wirklich glücklich mit ihr. Wir wollen bald heiraten. Wir wollen etwas Dauerhaften schaffen. Wir wissen, dass wir zusammenbleiben werden.«

Bei ihren Worten zog sich Fionas Herz zusammen. Sie spürte eine Überzeugung, die ihr selbst fremd war. Fiona hatte so etwas nie gekannt. Als sie mit Brice zusammengezogen war, hatte sie nie an das *für immer* gedacht, sie hatte damals wahrscheinlich schon geahnt, dass es mit ihm Probleme geben würde.

»Aber als ich hierherkam, war ich ganz allein, wie du«, meinte Nadia, die Fionas Gedanken vielleicht erraten hatte. »Und ich habe hier sehr schnell Leute kennengelernt. In meinem Milieu ist das einfach. Ich bin in Bars gegangen, wo Homosexuelle verkehren, und hatte sofort einen Freundeskreis. Einige Abenteuer. Aber die richtige Partnerin fürs Leben zu finden ist trotzdem nicht so einfach. Einerseits leichter als für Heterosexuelle, weil es Orte gibt, wo man sich zusammenrottet, doch andererseits schwieriger, weil die Wahl viel begrenzter ist. Viele Mädchen sind auch einfach nur auf Abenteuer und kurze Beziehungen aus. Ich war so. Bis ich Laura kennenlernte. Aber es gibt in Marseille auch viele Vereine, und wenn du Leute außerhalb der Arbeit kennenlernen willst, ist das hier relativ einfach. Außerdem sind Menschen aus ganz Frankreich, Europa und der ganzen Welt hier. Buntgemischt. Was dich betrifft, kannst du im Moment ja die Einladungen der Jungen annehmen, oder die Einladungen derjenigen, die dir am besten gefallen!«

Fiona schüttelte den Kopf. Sie beschloss, mit Nadia ehrlich zu sein.

»Ich habe im Moment überhaupt keine Lust auf Männerbeziehungen. Ich habe vor wenigen Wochen meinen Freund verlassen, der gewalttätig war.«

Nadia nickte. »Ich weiß. Es stand in deiner Akte. Wegen des Zwischenfalls und der Anzeige.«

Fiona schluckte. Also war es im Kommissariat bekannt. Nadia legte Fiona beschwichtigend eine Hand auf den Arm. »Nur der Kommissar und ich wissen darüber Bescheid. Und es bleibt natürlich unter uns.«

»Danke. Es war wirklich schwierig. Ich schaffte es lange Zeit nicht, ihn zu verlassen. Dabei bin ich Polizistin! Und rate einer jeden Frau, die von ihrem Partner misshandelt wird, schleunigst das Weite zu suchen. Während ich geblieben bin.«

Sie schüttelte den Kopf und spürte, dass Tränen in ihre Augen stiegen.

Nadia sah sie an. »Das ist verständlich. Du hast mit ihm gelebt. Du hast gehofft, dass er sich wieder ändern würde. Mehrere Jahre gemeinsames Leben kann man nicht so einfach zur Seite schieben …«

Sie seufzte.

Fiona nickte. Ja, sie hatte vor allem Angst davor gehabt, allein zu sein.

»Er hat mich nicht geschlagen, aber er hat mich beim Sex misshandelt. Mich gezwungen. Mich einfach genommen, wann er wollte. Er wollte mich mit Freunden teilen. Freunde zusehen lassen. Das habe ich nicht akzeptiert und einen Schuss aus meiner Pistole abgegeben, als er mich nicht ernst genommen hat. Ich war sein Eigentum. Er hat auch unsere Trennung nicht akzeptiert. Ich befürchte, er wird irgendwann hier auftauchen und mich zurückfordern.«

Nadia sah sie ruhig an. »Wenn er das tut, dann werden wir ihn empfangen, wie es sich gehört. Wir haben ein sehr gutes Hotel für Touristen wie ihn. *Les Baumettes.*«

»Les Baumettes?«

Fiona erinnerte sich, diesen Namen bereits gehört zu haben.

Nadia lachte. »Das berühmt-berüchtigte Gefängnis von Marseille.«

Dann wurde sie wieder ernst. »Fiona, ich würde dir raten, mit jemandem darüber zu sprechen. Mit einer Fachfrau. Wir haben im Kommissariat eine sehr gute Psychologin, Céline. Du kannst zu ihr gehen, wann du willst. Sie kümmert sich um Opfer und ihre Angehörigen, um Polizisten, die in der Arbeit ein Trauma erlebt haben, aber auch um solche, die private Probleme haben.«

Fiona nickte. Vielleicht brauchte sie tatsächlich Hilfe, um diese schwierige Zeit mit Brice aufzuarbeiten.

In diesem Moment kamen die Salate und der Wein. Die beiden Frauen stießen miteinander an.

»Ich bin froh, dass du hier bist«, sagte Nadia. »Ich brauche in meinem Team eine Frau. Und ich bin mir sicher, dass wir uns sehr gut verstehen werden.«

»Aber die Männer akzeptieren deine Autorität, oder nicht?«, fragte Fiona.

»Kein Problem. Als ich die Abteilung übernommen habe, wurde sie verkleinert, weil ich gerade erst Lieutenant geworden war. Und einige meiner ehemaligen Kollegen wünschten zu einem Mann überzuwechseln. Florian, Kenny und Stéphane haben schon damals unter meinem ehemaligen Lieutenant Mathieu mit mir gearbeitet, dann noch André, der Blonde, Damien, der jetzt bei der *Stup* ist, und ein sehr junger Polizist namens Laurent. Er ist aus Marseille weggezogen. Die drei, die ich jetzt habe, sind sehr gute Polizisten, gewissenhaft, arbeitsam, und haben kein Problem damit, dass ich eine Frau und kaum älter als sie bin.«

»Ich finde Florian von allen am attraktivsten und am sympathischsten«, meinte Fiona.

Nadia hob in gespielter Verzweiflung die Hände. »Das ist der Einzige, den du nicht haben kannst«, sagte sie. »Er ist homosexuell und wie ich in einer festen Beziehung. Er und sein Freund Jérémie sind meine und Lauras beste Freunde. Florian ist meine Perle.«

Fiona hatte es geahnt. Florian wirkte etwas weiblich und war der Einzige gewesen, der keinen einzigen Blick auf ihre Brust geworfen hatte.

»Ich habe es erkannt. An seinem Blick. Er blieb immer in Augenhöhe, während der Blick aller anderen nach unten geglitten ist.« Fiona zeigte auf ihre Brust.

Nadia sah sie einen Augenblick lang erstaunt an, dann lachte sie.

»Ach so! Meiner auch?«

»Nein, habe ich nicht bemerkt! Aber du warst sehr abgelenkt heute Morgen, hattest ein wenig Stress. Mit deinem Kommissar.«

Nadia hielt inne. Fiona sah, dass ihre Bemerkung sie aus dem Gleichgewicht gebracht hatte.

»Du musst es mir nicht erzählen«, meinte sie schnell.

Nadia atmete tief ein und legte Messer und Gabel beiseite. »Doch, ich befürchte, ich muss. Ich will deine Meinung hören. Aber es bleibt unter uns.«

Fiona nickte und Nadia erzählte ihr von dem Fall, den sie nicht untersuchen sollte und der dem Staatsanwalt von Freunden der betroffenen Personen zugetragen worden war.

Fiona hörte ihr wie erstarrt zu. Sie war sprachlos. Ganz vage erinnerte der Sachverhalt sie an die Mafia: Richter, die unter Druck gesetzt, Polizisten, die zum Schweigen gebracht werden, und Staatsanwälte, die geheim ermitteln.

»Passiert … so was hier öfter?«, stammelte sie schließlich.

Nadia schüttelte den Kopf. »In meiner Karriere hatte ich das noch nie. Und auch mein früherer Vorgesetzter Mathieu hat noch nie so etwas erlebt, dabei war er ein Pechvogel, hatte immer besonders viele unliebsame Zwischenfälle. Aber auf dich muss das wie eine Parodie wirken. Genauso stellt man sich im Norden Frankreichs Marseille vor!«

»Ja, das stimmt. Einer meiner Kollegen hat mich gewarnt. In Marseille kannst du nicht richtig arbeiten, da sind sogar deine Vorgesetzten korrupt, das ist wie in Italien, hat er gemeint. Und ich habe gelacht und über das Klischee gespottet.«

»Nun, in unserem Fall ist das Klischee leider die Realität. Und das Pech ist, dass sowohl die Staatsanwaltschaft als auch meine Direktion Interesse daran haben, die Sache zu vertuschen. Natürlich könnte das überall in Frankreich geschehen. Aber in Marseille, wo chaotischere Bedingungen herrschen, geht vielleicht keiner der Sache nach. Vor allem derzeit, wo es genügend andere Probleme gibt.«

»Und was machst du jetzt?«, fragte Fiona.

»Jetzt ermitteln Florian und ich geheim. *Undercover*, wie Florian sagt. So gut es geht.«

»Ich helfe euch«, meinte Fiona entschieden.

Nadia sah sie skeptisch an. »Bist du dir sicher, Fiona? Es ist gefährlich und du hattest in den vorhergehenden Monaten bereits Schwierigkeiten. Wir riskieren eine Versetzung oder eine Suspendierung.«

Fiona zuckte mit den Achseln. »Ich vielleicht weniger als ihr. Denn ich bin ganz neu und weiß nicht so gut Bescheid. Außerdem kann ich im Gegensatz zu dir sehr gut das naive Frauchen spielen.« Fiona sah Nadia mit einem dackelhaften Blick an. Diese lachte. Dann wurde sie wieder ernst.

»Danke dir, Fiona, es tut mir leid, dass deine Arbeit bei uns so beginnt.«

»Das ist nicht deine Schuld.«

»Doch, weil ich die Entscheidungen meiner Vorgesetzten hinterfrage.«

»Weil du selbst überlegst.«

»Ja, aber der Kommissar hat mir das verboten.«

»Ich hingegen folge meiner Vorgesetzten«, meinte Fiona.

Nadia hob den Daumen, sie stießen mit den Weingläsern an und nahmen einen Schluck, bevor sie ihre Salate fertig aßen.

Bald trat ein junger, gut gekleideter Mann mit Hemd und Krawatte an ihren Tisch.

»Nadia«, sagte er atemlos, »ich bin wieder einmal verspätet, aber …«

Nadia winkte ab. »Kein Problem. Schau, wir haben noch nicht einmal unseren Wein ausgetrunken. Pierre, das ist Fiona, meine neue Mitarbeiterin. Brigadier. Fiona, das ist Pierre, ein guter Freund und Staatsanwalt, der Substitut, mit dem wir häufig zusammenarbeiten.«

Fiona schüttelte Pierre die Hand, während Nadia am Nebentisch einen Stuhl holte, damit Pierre sich zu ihnen setzen konnte. Der Staatsanwalt war ungefähr in Fionas Alter, er hatte dichte, dunkle Haare, eine spitze Nase und einen etwas stechenden Blick. Fiona wurde bewusst, dass er nach ein paar Sekunden genau wie ihre

Kollegen auf ihre Brust sah. Sie hatte an diesem Morgen wirklich das falsche T-Shirt gewählt. Es war zu eng. Sie beschloss, am nächsten Tag etwas anzuziehen, was ihre Brust nicht so gut zur Geltung brachte. Nadia hatte Pierres Blick auch bemerkt. Sie warf Fiona einen vielsagenden Blick zu.

»Hast du gegessen, Pierre?«, fragte sie den Staatsanwalt.

Er nickte gestresst. »Musste ein Sandwich hinunterschlingen. Aber ich trinke einen Kaffee mit euch. Mann, mir tut von gestern noch alles weh. Du hast mich fertig gemacht.«

Nadia lachte. Sie sah Fionas erstaunten Blick.

»Es ist nicht, was du denkst«, gluckste sie.

»Ich denke nichts«, entgegnete Fiona.

»Pierre und ich klettern gemeinsam«, erzählte Nadia. »In der Gegend östlich von Marseille. Den Calanques. Ein Nationalpark, Wander- und Kletterparadies. Gestern haben wir eine sehr schwierige Kletterroute in der Calanque En Vau bezwungen.«

Fiona hatte keine Ahnung, was eine Calanque war, doch sie beschloss, geduldig zu sein. Sie würde es mit der Zeit erfahren. Sie spürte, dass der Staatsanwalt zur Sache kommen wollte.

»Gut«, meinte Nadia, die auch zu bemerken schien, dass Pierre es eilig hatte. »Fiona ist über die Sache auf dem Laufenden.«

Pierre sah sie erschrocken an. »Aber Nadia, ich denke nicht, dass das gut ist.«

»Fiona ist keine Petze«, sagte Nadia. »Und ich kann vor meinem Team so etwas nicht verstecken.«

»Ich bin sehr loyal«, beeilte sich Fiona zu sagen. »Wir kennen uns zwar noch nicht, aber ich folge euch.«

»Ich misstraue Ihnen nicht, Fiona«, meinte der Staatsanwalt, »doch es ist Ihr erster Tag im Kommissariat und ich möchte auf keinen Fall, dass Sie meinetwegen Probleme bekommen. Die Arbeit mit einer illegalen Ermittlung zu beginnen ist ja ein guter Anfang hier in Marseille.«

Fiona zuckte mit den Schultern. »Es passt ins Klischee.«

Pierre lachte. »Klar. Genauso stellt man sich in Paris die Arbeit hier in Marseille vor. Aber etwas würde mich interessieren, Fiona. Warum wollen Sie uns folgen, wo Sie uns doch gar nicht kennen und wissen, dass wir mit unseren Vorgesetzten Probleme haben?«

Fiona sah ihn an. Dieser junge Mann schüchterte sie ein. Er war zwar Nadias Freund, aber ein Staatsanwalt, und er hatte etwas an sich, was ihn viel älter erschienen ließ. Man erkannte, dass er trotz seiner Jugend Erfahrung hatte, er wirkte unheimlich intelligent und scharfsinnig. Beinahe etwas schulmeisterlich. Vielleicht wegen dieser spitzen Nase und der stechenden Augen.

Fiona antwortete nach einer kurzen Überlegung: »Ich bin Polizistin geworden, um darüber zu wachen, dass das Gesetz respektiert wird. Und hier scheint mir, dass mehrere Personen, die eigentlich dieselbe Arbeit machen wie wir, sich über das Gesetz stellen. Und das gefällt mir nicht. Außerdem bin ich aus dem Norden und will, dass alles ordentlich gehandhabt wird. Gegen Mafia-ähnliche Praktiken lehne ich mich auf. Ist das eine zufriedenstellende Antwort?«

»Sehr zufriedenstellend«, meinte der junge Mann und lächelte. »Sie sind eine äußerst wortgewandte junge Dame.«

»Und Sie? Warum widersetzen Sie sich Ihren Vorgesetzten?«, wagte Fiona zu fragen.

»Aus demselben Grund wie Sie. Doch bei mir ist noch etwas dabei. Freunde haben mich gebeten, mir die Sache anzusehen. Und sie haben mir die Verzweiflung der betroffenen Familie geschildert, angesichts der Tatsache, dass die Ermittlung ganz einfach abgewürgt wurde. Das Opfer wurde als eine depressive Jugendliche hingestellt. Doch wir wissen, dass es Schuldige an ihrem Tod gibt. Und diese müssen bestraft werden.«

Der Kellner kam und sie bestellen drei Kaffees.

Nadia berichtete ihrem Freund und Fiona von der Reaktion des Kommissars am Morgen. Pierre schilderte Nadia und Fiona das Gespräch mit seinem Vorgesetzten.

»Ich bin wie ein Elefant in den Porzellanladen geplatzt«, erzählte er. »Ich habe vorgegeben, nicht zu wissen, wer die betroffenen Jugendlichen sind, aber habe gemeint, es müsse ermittelt werden, irgendetwas sei an der Sache faul und die Familie gebe keine Ruhe, sie habe bereits die Presse kontaktiert. Deshalb habe ich mir erlaubt, schon mit der Ermittlung zu beginnen.

Ich habe Adriani zwei Artikel der *Provence* gezeigt, die über die Sache geschrieben wurden. Er ist zusammengezuckt, hat mir aber dann befohlen, sofort mit den Ermittlungen aufzuhören, weil die

Schule keine weitere Untersuchung wünsche. Er hat alles auf die Schule und deren Ruf geschoben. Er konnte natürlich nicht zugeben, dass sein eigener Sohn in die Sache verwickelt war und dass er ebenfalls die Tochter des Leiters der PJ schützt. Ich tat so, als wisse ich nicht, dass sein Sohn in diese Schule geht, und habe gesehen, dass er zu schwitzen begann. Irgendwann meinte er: *Pierre du bist jung und motiviert, das mag ich an dir, aber du bist im Moment nur mein Vertreter. Und ich entscheide, in welchen Fällen ermittelt wird und welche wir bleiben lassen. Die Ermittlung gilt dort in der Schule als abgeschlossen und ich befehle dir offiziell, dich nicht mehr darum zu kümmern. Außerdem haben wir genug anderes zu tun.*

Und wenn die Presse uns überholt und zu ermitteln beginnt?, habe ich gefragt.

Das lass nur meine Sorge sein, hat er geantwortet und gemeint, die Presse habe derzeit andere Prioritäten. Darauf zählen sie natürlich alle. Dass der Wahlkampf und die Corona-Infektion das Interesse an diesem Fall verdrängen. Es ist genau die richtige Zeit, um so einen Skandal zu vertuschen …«

Er hieb mit der Faust auf den Tisch. Fiona sah, dass er zornig war. Er war sogar bereit, seine Karriere dafür zu opfern, dass die Wahrheit ans Licht kam.

»Nun«, meinte Nadia, »wir machen ganz diskret weiter. *Undercover.* Und schlimmstenfalls ermitteln Laura und Daniel für uns.«

Sie wandte sich an Fiona. »Laura arbeitet als Journalistin bei der *Provence*, der regionalen Tageszeitung. Ihr Kollege Daniel ist relativ erfahren und hilft uns. Die beiden haben die Artikel geschrieben, mit denen Pierre seinen Vorgesetzten heute Morgen erschreckt hat.«

»Sehr gut«, sagte Fiona. »Wir sind also nicht allein.«

»Nein, das sind wir nicht. Und in der Schule gibt es mehrere Leute, die mit uns reden wollen. Es muss uns nur gelingen, sie diskret zu kontaktieren. Pierre, ich befürchte, dass unsere Telefone schon bald überwacht werden. Unsere Vorgesetzten wollen sicher sein, dass wir Ruhe geben. Kauf dir ein Kartenhandy, um die Zeugen zu kontaktieren, und ruf auch mich nur mit diesem Handy an. Ich habe eines daheim und schicke dir dann die Nummer!«

CHRISTINES SCHULTAG

Christine fuhr mit dem Zug von der Schule zurück nach Carry-le-Rouet. Viele Touristen nahmen diese Bahn wegen der Schönheit der Landschaft, um unvergleichliche Ausblicke auf die Felsküste mit dem weißen Kalkstein und die kleinen Jachthäfen zu genießen, doch Christine hasste diese Strecke. Die Bahn fuhr zu langsam, sie zuckelte die Küste entlang, doch Christine wollte die Schönheit der Welt an diesem Tag nicht sehen. Alles war Schmerz, denn sie konnte sich Emelines Tod nicht vergeben. Sie hatte nicht gehandelt, als es nötig gewesen wäre, hatte der Panik nachgegeben. Und nun war alles zu spät. Doch Christine dachte an die beiden Polizisten, die mit ihrer Mutter und ihr gesprochen und sie ermutigt hatten, sie wieder zu kontaktieren. Sie wollten herausfinden, wer der Schuldige an dem Ereignis gewesen war, das zu Emelines Tod geführt hatte. Und Christine konnte ihnen dabei helfen. Sie wusste allerdings noch nicht, ob sie es tun würde.

Der Schultag war ein Spießrutenlauf gewesen.

Nun war Christine allein.

Allein in der Kantine, allein während der Pausen und während der Schulstunden. Sie hatte sie gefühlt, die bohrenden Blicke der Mitschüler, und hatte sie gehört, die bösartigen Bemerkungen der Clique. Im Moment war Christine geschützt, das, was sie Emeline zugefügt hatten, würden sie nicht sofort wieder tun. Aber wie lange? Und sie waren gemein, denn sie hatten Angst vor ihr. Sie wusste zu viel. Und würde vielleicht sprechen.

Christine war nach dem Unterricht sofort aus der Klasse gestürzt und zum Bahnhof gelaufen. Dort kamen sie nicht hin. Sie alle nahmen den Bus. Deshalb wollte Christine nicht mehr zum Bus gehen.

Naomi hatte noch einmal eine Drohung ausgesprochen:

»Du weißt, wer mein Vater ist. Und wer Arthurs Vater ist. Es hat keinen Sinn, uns zu verraten. Denn die Polizei gehört ihnen.«

Christine war erst fünfzehn, doch sie wusste, dass es nicht möglich war, dass die Polizei jemandem gehören konnte. Allerdings war ihr bekannt, dass Naomis und Arthurs Väter sehr bedeutende Leute in Marseille waren. Sie nahm ihr Telefon und ging auf Instagram. Sie zuckte zusammen. Flavio Baruc, der Schwarm der Schule, wollte ihr Follower sein. Was mochte das nun wieder zu bedeuten haben? War das eine Falle der Clique?

Doch sie beschloss, seine Anfrage zu akzeptieren. Sie stutzte. Seine Instagram-Seite war fast leer. Flavio schien nicht besonders viel zu erzählen zu haben. Aber diese Tatsache war Christine ziemlich egal, sie gehörte ohnehin nicht zu den Mädchen, die sich für diesen Schönling interessierten. Es gab Tage, an denen Christine nicht auf Instagram gegangen war, weil sie gehört hatte, dass sie und Emeline beleidigt worden waren.

Die beiden Lesben, hatte Mathilde, Naomis Freundin, geschrieben und Emeline und sie von hinten fotografiert, als sie Seite an Seite durch die Gänge der Schule gegangen waren.

Die Hässliche, hatte Léane einmal unter ein Foto von Emeline beim Umkleiden geschrieben, das sie von hinten geschossen hatte. Andere Schüler waren wie sie beschimpft worden.

Philippe, der Brillen hatte und etwas schmächtig war, wurde *l'intello* genannt, der Streber. Ruben, ein anderer Junge, der etwas dicker war, *le gros, der Fette.*

Vielleicht sollte ich diese Dinge der Polizei zeigen, dachte Christine. Denn Leute über Instagram zu beleidigen, konnte strafbar sein.

Einmal hatten sie Emeline im BH fotografiert und nur ihre Brust auf Instagram gegeben. Mit dem Titel: *Miss Moche France,* Miss France der Hässlichkeit. Alle hatten gewusst, dass es sich um Emeline handelte.

Sie ging auf Emelines Seite, wo Emeline mehrere Fotos von kurz vor ihrem Tod angefertigten Zeichnungen und Malereien ausgestellt hatte. Emeline war verdammt begabt gewesen, eine richtige Künstlerin.

Tränen tropften auf Christines Hand, die das Telefon hielt. Es tat ihr so leid. *Warum sind wir nur in diese Schule gegangen?*, fragte

Christine sich. *Wären wir doch bloß in Martigues geblieben, dann wäre das alles nicht geschehen!*

Sie hatte Angst vor den kommenden Wochen. Davor, Emelines Peinigerinnen, die nun auch sie, Christine, hassten, gegenübertreten zu müssen. Sie hatte ihre Eltern gebeten, ab sofort in eine andere Schule gehen zu dürfen, doch diese hatten sie dazu angehalten, bis zu den Osterferien im *Lycée Saint Christophe* zu bleiben und ihr versprochen, dann im *Lycée* in Martigues anzufragen. Doch es war nicht so einfach, im letzten Trimester ohne triftigen Grund die Schule zu wechseln. Wahrscheinlich würde es erst ab September möglich sein.

Das Alleinsein und die Angst waren fürchterlich, die Stimmung in der Klasse und in der gesamten Schule schrecklich, und bis auf den Englischlehrer, der anscheinend in Christines Abwesenheit mit der Klasse über Emeline geredet hatte, hatte niemand mit ihnen über das gesprochen, was geschehen war. Die Direktorin hatte scheinheilig gemeint, es sei sehr schlimm, wenn jemand von seinen Depressionen in den Tod getrieben wurde, und sie würden alle für Emeline beten. Sie hatte die Mitschüler dazu angehalten, dem Begräbnis beizuwohnen, die meisten waren gekommen, doch Emelines Peiniger hatten sich ferngehalten.

Bei Emelines Beerdigung war keine Spur von Naomi, Arthur und der Clique zu sehen gewesen. Naomi hielt sich seit Emelines Tod ein wenig mehr zurück, so ganz wohl schien ihr nicht zu sein. Doch sie hatte noch immer ihre Bewunderer um sich und die meisten fürchteten sich vor ihr und ihrem Gefolge. Daran hatte sich nichts geändert. Die Lehrer waren ratlos, aber für sie war die Sache abgehakt. Was in der Schule geschehen war, stellte eine riesige Tragödie dar, doch die Erwachsenen hatten andere Probleme. Sie fürchteten sich vor dem neuen Corona-Virus, das in Italien schon sehr gegenwärtig war.

Wären wir bloß in Italien, dann würden wir Home-Schooling haben!, dachte Christine. Alle italienischen Schulen waren an diesem Montag bis auf weiteres geschlossen worden. Doch die Sprecherin von Macrons Regierung hatte gemeint, es wäre keine Option, in Frankreich jemals die Schulen zu schließen. Es gab keinen Ausweg für Christine. Nur die Zusammenarbeit mit der Polizei konnte ihr jetzt noch helfen. Doch dabei durften die anderen sie nicht erwischen, sonst würden sie sie töten. Christine stieg in Carry-le-Rouet aus dem Zug, ihre Mutter wartete vor dem Bahnhof im Auto.

Sie fragte Christine sofort, ob es ohne Emeline nicht zu schwierig gewesen sei. Christine zuckte mit den Achseln. Sie hatte nun anderes zu tun, als über ihren Schultag zu erzählen.

»Mama, wir müssen zu Lucie, ich will ihr die Karte der Polizistin geben. Denn sie hatte am Samstag nicht die Möglichkeit, mit ihr zu sprechen. Und Lucie braucht Hilfe.«

Ihre Mutter starrte Christine an.

»Bist du dir sicher, *Chérie*? Ich glaube nicht, dass Lucie uns derzeit sehen möchte. Sie ist völlig fertig. Ich will sie nicht stören.«

Du bist feige, du weißt nicht, was du ihr sagen sollst, dachte Christine, doch sie sprach es nicht aus.

»Mama, diese Mädchen haben Emeline fertig gemacht. Und die Polizei hat Lucies Erklärungen und meine einfach ignoriert. Nur diese Polizistin interessiert sich dafür. Und ich möchte, dass Lucie die Möglichkeit hat, mit ihr zu reden und ihre Bedenken mitzuteilen.«

»Ich verstehe dich, und ich bin damit einverstanden, aber sollen wir wirklich heute …?«

»Ja, Mama, bitte. Wir dürfen keine Zeit verlieren. Wenn du nicht mitgehen willst, dann setz mich einfach ab und fahre heim. Ich gehe zu Lucie und komme dann zu Fuß!« Die Mutter sah Christine ratlos an und seufzte dann. »Okay. Ich komme mit dir. Irgendwann werde ich sie sowieso einmal besuchen müssen.«

Aber sie schien nicht glücklich. *Der Tod macht den Erwachsenen fürchterliche Angst. Sie wissen nicht, was sie trauernden Menschen sagen sollten*, dachte Christine.

»Wie war es heute?«, fragte die Mutter erneut.

Christine schüttelte den Kopf. »Es war fürchterlich. Ich bin ganz allein. Alle starren mich an. Ich bin die Freundin von derjenigen, die sich an einer Magnolie erhängt hat. Keiner spricht mit mir. Es wird nicht darüber geredet. Die Lehrer sind zwar nett zu mir, aber keinen interessiert, was Emeline geschehen ist.« Christine schluchzte.

Die Mutter blieb am Straßenrand stehen und sah Christine lange an. »Ich kann es nicht fassen. Deine Freundin ist tot, du bist ganz allein und keiner bekundet irgendwelche Sympathie?«

Christine schüttelte schluchzend den Kopf.

»Ja, was ist denn mit diesen Leuten los?«

»Sie haben alle Angst vor der Clique. Und ich habe auch Angst.«

»Liebes, ich kann dich so gut verstehen! Im Moment musst du noch in die Schule. Aber ich verspreche dir, dass du so bald wie möglich nach Martigues gehen kannst. Wir treffen am Anfang der kommenden Woche den Direktor.«

»Danke, Mama!«, rief Christine erleichtert. Mit ein wenig Glück würde er sie sofort nehmen!

»Ich hoffe nur, dass es dir in Martigues besser gehen wird«, murmelte die Mutter. »So mitten im Schuljahr …«

Und Christine dachte daran, dass sie am liebsten überhaupt nicht mehr zur Schule gehen wollte. Nie mehr. Sie war keine schlechte Schülerin, sie könnte das Programm zuhause erarbeiten. Manche Jugendlichen machten das. Mit dem CNED, dem nationalen Zentrum für Fernstudien. Eine Freundin war mit ihren Eltern auf Weltreise gegangen und hatte ein Jahr lang so gelernt. Sie hatte danach in fast allen Fächern ein besseres Niveau gehabt als ihre Mitschüler, weil sie so gewissenhaft studiert hatte!

»Es tut mir so leid, mein Kleines«, murmelte die Mutter.

Christine sah, wie besorgt sie war. Christine hatte Schwierigkeiten, ihre Tränen zurückzuhalten, doch sie wollte vor der Mutter nicht weinen.

Bei den Berniers angekommen, läuteten sie am Gartentor.

Emelines Vater öffnete. Sein Gesicht war grau und er ging wie ein alter, gebückter Mann.

»Wir sperren ab, weil Presseleute die Magnolie fotografieren und filmen möchten«, sagte er mit zitternder Stimme. »Aber wenn wir ihnen erklären wollen, was in der Schule geschehen ist, hört keiner zu.«

»Wir sind deshalb gekommen, Nicolas«, erklärte Christines Mutter. »Wir haben die Telefonnummer einer Polizistin der PJ, die ermitteln will.«

Emelines Vater lachte bitter. »Ja, die Frau ist vielleicht motiviert. Aber wie soll sie denn, wenn ihr höchster Chef die Ermittlung verbietet? Wir haben einen Staatsanwalt gefragt, den Freunde von Freunden kennen, doch sein Vorgesetzter will die Sache im Keim ersticken, weil sein Sohn irgendwie darin verwickelt ist, und ich frage mich, was wirklich geschehen ist. Aber es ist gut, dass ihr da seid, Christine, ich will mit dir sprechen. Kommt!«

Die Mutter sah Christine mit einem bangen Blick an, aber folgte Emelines Vater in den Garten. Christines Herz zog sich zusammen, als sie auf die Haustür zugingen. Wie viele Stunden hatte sie mit Emeline in diesem Garten unter den Bäumen sitzend verbracht? Wie oft hatte sie im Pool der Familie Bernier geschwommen? Im vergangenen Sommer hatte sie mehr Tage bei Emeline und ihrer Familie verbracht als bei sich zuhause.

Christine schaffte es, zu vermeiden, zur Magnolie hinzusehen, deren Äste sich über einen großen Teil des Gartens vom Haus bis zum Pool erstreckten. Emeline hatte diesen Baum geliebt und ihn sehr oft skizziert. Warum hatte sie diesen Ort zum Sterben gewählt?

Sie betraten das Haus. Lucie Bernier saß mit roten Augen am Küchentisch und knetete ein Taschentuch.

»Danke, dass ihr gekommen seid, Christine. Du bist eine wirkliche Freundin!«, stammelte sie mit zittriger Stimme.

Nein, sagte sich Christine im Stillen, *wenn ich eine wirkliche Freundin wäre, hätte Emeline sich niemals umgebracht.* Doch sie durfte ihre Gedanken nicht aussprechen. Nicht Emelines Eltern gegenüber.

»Ich bin gekommen, weil ich etwas für euch habe«, erklärte sie. »Eine Inspektorin der PJ Marseille hat mich nach dem Begräbnis ausgefragt. Sie möchte herausfinden, ob Emeline sich nicht wegen der Schikanen der Mitschülerinnen umgebracht hat. Sie will dafür Beweise finden. Es wäre gut, wenn ihr sie anrufen könntet.«

Emelines Mutter nahm die Karte. »Vielleicht ist das diejenige, die mit dem Staatsanwalt arbeitet, den unsere Freunde kontaktiert haben.«

Ihr Mann seufzte. »Lucie, das ist David gegen Goliath. Diese Frau und der Staatsanwalt arbeiten für diejenigen, die die Sache vertuschen wollen. Was Emeline geschehen ist, wird totgeschwiegen und es wird keine Ermittlung geben!«

Lucie schluchzte auf. »Ja, aber erinnere dich, wer gewonnen hat, David oder Goliath? Ich gebe nicht auf. Ich fühle mich zu schuldig, um aufzugeben. Ich will nicht, dass meine Tochter als verrückte Depressive hingestellt wird. Etwas ist geschehen, was sie dazu bewogen hat, das zu tun, was sie getan hat, da bin ich mir sicher!«

Emelines Vater wandte sich an das Mädchen. »Christine, du hast schon mit der Polizei gesprochen, aber kannst du mir ganz genau schildern, was am Dienstag vor Emelines Selbstmord geschehen ist?«

Christine hatte gewusst, dass diese Frage kommen würde. Sie schluckte. Dann erzählte sie stammelnd von diesem fürchterlichen Dienstag. Von der Rauferei beim Volleyball, von der Tatsache, dass der Lehrer mit Miranda beschäftigt gewesen war und dass Emeline von der Clique eingesperrt worden war.

»Ich habe es nicht mitgekriegt, weil ich sofort nach dem Umziehen auf die Toilette gegangen bin. Und als ich herausgekommen bin, stand meine Mitschülerin Elise vor dem geschlossenen Umkleideraum und sagte, Emeline sei schon gegangen. Aber Emeline war weder bei den Spinden noch im Geschichtsunterricht. Es fehlten viele Mädchen, die gesamte Clique, Miranda, Elise und Emeline. Sie kamen zehn Minuten später zur Geschichtsstunde, weil die Direktorin sie alle sprechen wollte. Die Mädchen der Clique haben eine Strafe bekommen und mussten am selben Abend nachsitzen. Aber Emeline hat mir nichts weiter erzählt. Sie sah verweint aus und war sehr wortkarg, ich konnte sie nicht aufheitern. Im Bus starrte sie nur aus dem Fenster. Dann sagte sie bei der Bushaltestelle, als wir uns trennten: *Adieu, Christine.*«

Wenn Christine daran dachte, musste sie wieder weinen.

Adieu – das war ein Wort, das man in der heutigen Zeit nicht mehr verwendete. *Adieu* sagte man, wenn man wusste, dass man einander nie mehr wiedersah. Doch Christine hatte nicht darauf geachtet. Sie hätte nie gedacht, dass Emeline das tun würde, was sie getan hatte. Trotz allem.

Aber sie wusste ja auch nicht, wie schlimm es für Emeline gewesen war. Wie schnell es gegangen war. Und ob Emeline verstanden hatte, dass sie, Christine, sie im Stich gelassen hatte. Dass Christine gewusst hatte, was geschehen war.

»Ich habe nicht darauf geachtet. Ich hätte sie begleiten, bei ihr bleiben sollen. Dieses Wort hätte mich stutzig machen müssen«, schluchzte Christine. »Es tut mir so leid.«

»Du hast getan, was du konntest, Christine«, flüsterte Lucie. »Du warst eine tolle Freundin. Du warst immer bei ihr. Auch wir haben nicht rechtzeitig gehandelt. Wir hätten es kommen sehen sollen.«

»Vielleicht haben sie ihr was angetan«, sagte der Vater, »vielleicht ist etwas passiert, was sie nicht verkraftet hat, am Dienstag. Oder es war einfach plötzlich zu viel. Sie haben sie immer verspottet, nicht wahr?«

Christine nickte. »Sie haben uns beide verspottet. Uns Lesben genannt, weil wir immer zusammen waren. Aber Emeline bekam viel mehr ab als ich. Weil sie eine so gute Schülerin war. Und so toll malte und zeichnete. Es war der Neid. Der blanke Neid.«

Sie wusste, dass Naomi sehr neidisch gewesen war. Einmal hatte Christine sie beobachtet, wie sie mit verzerrtem Gesicht vor einer von Emelines Malereien gestanden hatte. Sie hätte wohl selber gern so gut malen wollen. Doch Naomi hatte kein Talent für irgendetwas und war eine erbärmliche Schülerin. Nur die Jungen, die hatten sie sehr gemocht, vor allem die Älteren. Christine hatte in der Schule gehört, dass Naomi und ihre Freundinnen mit Arthur und seinen Mitschülern schliefen, mit allen, die es wollten. Sie waren die Schulhuren.

»Was … kannst du uns noch einmal sagen, was sie getan haben?«

»Sie haben Emeline und mir auf den Kopf geschlagen, uns Dinge entwendet, uns die Taschen ausgeleert, uns an den Haaren gezogen, Emeline verspottet, wenn sie während des Unterrichts etwas sagte, und auch einmal mehrere ihrer Bilder zerstört. Sie verspotten sogar die Lehrer und bedrohen sie. Vor allem die Männer. Den Turnlehrer hat Naomi einmal bedroht, sie würde ihren Eltern gegenüber behaupten, er habe sie unsittlich angefasst. Deshalb wagte er nichts mehr zu sagen, ihr keine Verwarnung mehr zu geben, und im Turnunterricht herrschte immer Chaos. Viele Schüler wurden von der Clique verletzt.«

Ihre Mutter starrte Christine an. »Deshalb … deshalb hattest du damals den riesigen blauen Fleck.«

Christine nickte. Léane und Mathilde hatten ihr eine Keule auf den Arm geschmettert. Dabei war das nichts Besonderes. Es hatte in den vergangenen Monaten schon viele blaue Flecken und zwei von Mathilde verschuldete Brüche gegeben.

»Einige Eltern haben Anzeige erstattet, doch es ist daraus nie etwas geworden, es wurde einfach immer alles vertuscht. Wegen Naomis Vater. Und Mathildes Vater. Die beiden waren die Schlimmsten, am boshaftesten war Naomi, doch Mathilde hat im Turnunterricht die meisten Unfälle verursacht.«

Christines Mutter sagte leise, aber bestimmt: »Wir können das nicht dulden. Wir müssen etwas tun. Ruft die Polizistin auf jeden Fall an!«

DER ANRUF

Nadia und ihr Team waren am Anfang der Woche gut vorangekommen. Sie hatten den bärtigen Rumänen gefasst, er saß in Untersuchungshaft. Es wurde vermutet, dass er einer der Drahtzieher des Netzwerkes war. Der Kommissar und Pierre Frigeri hatten beschlossen, ihn am nächsten Tag dem Untersuchungsrichter vorzuführen. Die Durchsuchungen der Wohnungen, die mit dem Mann in Verbindung gebracht worden waren, hatten nicht viel ergeben, doch die Jungen und Fiona folgten der Frau, die gefilmt worden war und anscheinend auch mit ihm arbeitete. Im Moment wurde sie lediglich beschattet, doch auch sie riskierte eine Verhaftung.

»Wir haben in Lille auch solche Diebesbanden«, seufzte Fiona, »und sie sind sehr verzweigt. Keiner verrät die anderen, deshalb ist es sehr schwierig, ihnen auf Dauer das Handwerk zu legen. Außerdem kommen häufig neue Arbeitskräfte aus dem Ausland.«

»Allerdings«, meinte Nadia. Sie senkte die Stimme. »Doch es geht im Moment gar nicht darum, denen das Handwerk zu legen. Was der Kommissar und die Politiker wollen, sind Ergebnisse. Am besten noch vor der Wahl. Verhaftungen. Egal, ob sie etwas nützen oder nicht.«

Nadia seufzte. Sie hatte Fiona einiges über Marseille erzählt, und nun wusste die Kollegin, dass die Situation in Frankreichs größter Hafenstadt ein wenig komplizierter war als in Lille. Sie hatten die Frau in dem Stadtviertel verfolgt, in dem eineinhalb Jahre zuvor nicht weit vom Stadtzentrum zwei alte Wohnhäuser eingestürzt waren. Es hatte dabei sogar Tote gegeben. Diese Gebäude waren schon seit langem sehr baufällig gewesen, doch keiner hatte sich darum gekümmert.

»Siehst du«, hatte Nadia der Kollegin erklärt, »in Marseille wurde irrsinnig viel Geld in bestimmte Stadtviertel gesteckt. Aber andere verkommen total, man kann kaum glauben, dass man sich in einem europäischen Land befindet.«

Sie hatte Fiona die Situation in den schwierigen Vorstadtvierteln beschrieben, den *Quartiers Nord,* die nun außer Kontrolle waren und wo zwischen Polizei und Drogenhändlern ein Deal galt: Solange es keine Verletzten, Toten und Unruhen gab, war der Drogenhandel geduldet. Die Polizei sah weg und begab sich kaum in diese Viertel. Doch es fanden immer wieder Bandenkriege statt und sehr oft mussten die Kriminalabteilung und die *Stup*, die Drogenbrigade, dort wegen Mordes ermitteln. Marseille besaß einige der berüchtigtsten und schwierigsten Vorstadtviertel des Landes, war jedoch längst nicht die einzige Stadt Frankreichs, der dieses Problem zu schaffen machte. Fiona wusste über derartige Schwierigkeiten natürlich schon bestens Bescheid, denn Lille war davon nicht ausgenommen. Doch Marseille war eine Hafenstadt und ein Ort, wo die Situation sich jährlich zuspitzte, während sie sich in anderen Städten während der vergangenen Jahre etwas verbessert hatte.

Der rechtskonservative Bürgermeister von Marseille hatte über zwanzig Jahre lang eine Politik betrieben, mit der er versucht hatte, gewisse Stadtviertel zu verbessern und die Misere an den Rand der Stadt zu drängen. Aber das war eine Strategie, die sich nicht bewährte. Der Stadt ging es dadurch nicht viel besser, man löste die Probleme nicht, sondern deplatzierte sie lediglich. Die Armen wurden in Vierteln zusammengedrängt, in denen es immer mehr zu brodeln begann.

»Viele Leute verachten ihn, diesen Bürgermeister«, hatte Nadia erklärt, »er tut zwar alles für den Tourismus, die Geschäfte, die Innenstadt, aber sozial gesehen ist gar nichts da. Seine Nachfolgerin will wohl auch so weitermachen. Außerdem wird sie beschuldigt, korrupt zu sein und den Wahlsieg mit illegalen Methoden erzwingen zu wollen. Ihnen gegenüber steht eine Partei, die sich *Le Printemps Marseillais,* der Marseiller Frühling nennt, eine Verbindung mehrerer linker Parteien, die wirklich auf das Soziale setzen. Integration, Beihilfen, Wohnungen für die Obdachlosen, Asyl für diejenigen, die illegal im Land sind. Vielleicht auch etwas zu radikal. Ganz einfach, weil es nicht möglich ist. Ich weiß auf jeden Fall nicht, wen ich am Sonntag wählen soll!«

»Nadia, du bist ein Wissensbrunnen«, hatte Fiona nur gesagt. »Alles, was du mir über Marseille erzählt hast! Ob Politik, Geschichte, Kunst … du weißt so vieles!«

»Vielleicht achte ich darauf, weil ich nicht von hier bin«, hatte Nadia gemeint. »Oder weil meine *Chérie* Journalistin ist und mir einiges erzählt. Ich habe auch schon mit einem von Florians Kumpeln eine Stadtführung gemacht und dabei vieles erfahren.«

Nadia wusste, dass sie ein gutes Gedächtnis hatte und Dinge, die sie interessierten, sehr leicht behielt. Diese Tatsache hatte ihr bei der Ausbildung zum Lieutenant sehr geholfen, sie hatte sich mit Lernen seit jeher leichtgetan.

»Nun, heute Nachmittag werden dir die Jungs vieles erzählen, da du ja mit ihnen unterwegs sein wirst.«

Stéphane und Kenny wetteiferten um Fionas Gunst. Es war relativ anstrengend zu beobachten, wie ein jeder von ihnen sich bei seiner neuen Kollegin noch mehr ins Zeug legte. Beide wollten ihr am Morgen einen Kaffee spendieren, sie zum Mittagessen einladen, mit ihr vor dem Computer sitzen, sie am Abend zu ihrem Auto begleiten. Zugleich versuchten sie, Luc und André abzuwimmeln, die ebenfalls immer urplötzlich dort auftauchten, wo Fiona war.

Die beiden Kollegen beschworen Nadia, eine *gerechte* Einteilung zu machen, damit jeder einmal mit Fiona im Tandem arbeiten durfte. Fiona hielt sich jedoch am liebsten an Florian und an Nadia selbst. Sie war zu den Männern freundlich, aber distanziert. Nadia bemerkte, dass sie sehr konzentriert arbeitete und beim Durchsuchen der Kameras schnell vorankam.

Nadia und der Kommissar bearbeiteten an diesem Nachmittag immer wieder den bärtigen Rumänen, der so tat, als verstünde er kaum Französisch. Wenn sie ihm Bilder von anderen mutmaßlichen Komplizen zeigten, dann sagte er immer dieselben Worte, *jamais vu* – noch nie gesehen. Natürlich hatte er keine Ahnung, wer der junge Mann war, der einige Monate zuvor bei einem Raubüberfall erstochen worden war, weil er sich gegen die Bande gewehrt hatte.

Doch Nadia war sich sicher, dass der Bärtige über diesen Mord bestens informiert war und alle Personen kannte, die sie ihm auf den Fotos zeigte, weil sie für ihn arbeiteten. Wo seine Komplizen im Moment umgingen, ob sie sich in Frankreich befanden oder im Ausland, das war allerdings schleierhaft.

Der Kommissar verlor kein Wort mehr über das, was am Montagmorgen geschehen war. Er lobte Nadia für die gute Arbeit mit den Rumänen, schimpfte über den unkooperativen bärtigen Mann und konzentrierte sich den Rest des Nachmittags darauf, die Arbeit in den *Quartiers Nord* für die folgenden Wochen zu organisieren.

Die *Stup,* die Drogenbrigade, ermittelte in einer dieser Vorstädte gegen ein Drogennetzwerk, das mehrere Menschen hatte hinrichten lassen. Zwei Sechzehnjährige waren vor ihrem Wohnblock erschossen worden und zwei Männer in einem fahrenden Auto im Tunnel, der unter dem Alten Hafen hindurch auf die andere Seite der Stadt führte. Diese Morde stellten einen traurigen Teil einer Statistik dar. In den Vorstädten waren solche Hinrichtungen gang und gäbe, es handelte sich um Bandenkriege. Mitglieder feindlicher Banden wurden kurzerhand eliminiert. Wenn das geschah, wurde ermittelt, und teilweise gelang es, das gesamte Netzwerk aufzudecken. Doch es war nicht einfach. Denn häufig gab es im Laufe der Ermittlungen in solchen Vorstädten Krawalle und heftige Auseinandersetzungen zwischen den Einwohnern und der Polizei. Alle Lieutenants und Capitaines der *Crim,* der Kriminalabteilung, und noch mehr diejenigen der *Stup* konnten ein Lied davon singen.

Nun sollten Nadia und Luc ihren Kollegen Franck und Rachid von der *Stup* helfen, am Ende der Woche in einer dieser Vorstädte einen riesigen Einsatz zu koordinieren. Nadia hatte zwar schon mit den Rumänen alle Hände voll zu tun, doch sie widersprach nicht, als sie die Weisung erhielt, ab Freitag im Stadtteil La Busserine mit ihren Kollegen Wohnungen zu durchsuchen und Leute zu verhaften. *Die CRS,* eine Einheit der *Police Nationale*, die hauptsächlich bei Großeinsätzen und speziellen Ereignissen ausrückte, würde ihnen helfen. Sie würden geschützt sein. Nadia schluckte. Sie wusste, dass man in einer Vorstadt nie geschützt war. Je zahlreicher die Polizisten dort auftauchten, desto gewalttätiger reagierten die Jugendlichen. Die gesamte Vorstadt wurde von den Drogenbossen gegen die Polizei aufgehetzt. Die Polizisten wurden des Rassismus bezichtigt, weil in diesen Vierteln fast nur Nordafrikaner und Schwarze lebten. Doch andererseits war so eine Aktion genau richtig, um den Kommissar abzulenken, der das Ganze mit seinem Kollegen von der *Stup* koordinierte. Wenn ein Kommissar eine solche Aktion ins Leben rief, nahm er nicht mehr viel anderes wahr. Was für Nadia ideal war, um nebenbei weiter in Carry-le-Rouet und l'Estaque ermitteln zu können.

Nadias Telefon läutete ziemlich am Ende der Konferenz. Eine unbekannte Nummer, die sie wegdrückte. Als sie in ihr Büro zurückkam, hörte sie sich die Nachricht an. Eine erstickte Stimme.

»Madame Aubertin, hier spricht Monsieur Bernier. Bitte rufen Sie mich zurück. Es geht um den Tod meiner Tochter Emeline. Wir haben Ihnen einiges anzuvertrauen.«

Nadia atmete tief durch. Es war klar, dass die Leute dort an der Côte Bleue mit ihr sprechen wollten. Sie würde Monsieur Bernier zurückrufen. Aber von zuhause und erst dann, wenn sie ihr Kartentelefon aufgeladen hatte, denn sie wusste, dass ihr Kommissar ihr nun misstraute und vielleicht ihr Handy abhören ließ. Sie beschloss auch, die Internetsuchen bezüglich dieser Ermittlung von zuhause aus zu machen. Der Informatiker des Kommissariats war sehr gewieft und konnte gut und gern auf ihre Daten zugreifen.

Florian war als Flavio auf Instagram bereits entdeckt worden. Der echte Flavio hatte geschrieben: *Vorsicht, mein Profil ist gefälscht worden, bitte mich als Follower nicht akzeptieren!*

Allerdings hatte der Junge erst nach zwei Tagen reagiert und Florian hatte einiges herausgefunden.

Er hatte entdeckt, wie Emeline und andere Schüler von der Clique beleidigt wurden. Denn es war ihm gelungen, sich mit Naomi zu verlinken.

Unter anderem hatte er Fotos von Brüsten in BHs gefunden, mit Kommentaren: *Miss superhässlich, Madame Superbusen, Brett mit Warze, Hängebusen, BH Museumsmodell.*

Es war ein Spiel. Die Clique hatte fast alle Mädchen der Klasse beim Umkleiden fotografiert und Kommentare dazugeschrieben. Die Jungen mussten raten, zu welchem Mädchen welche Brust gehörte. Emeline war als *Miss Super Moche,* das superhässliche Mädchen bezeichnet worden. Ihre Freundin Christine war *das Brett mit Warze.*

Naomi hatte auch andere Bilder auf Instagram gestellt, mit denen sie gewisse Mitschüler bloßstellte. Ein Vogel mit einem

Riesenschnabel, den sie während ihres Urlaubs in Zentralamerika fotografiert hatte. Darunter hatte sie geschrieben: *Emeline ist auch hier in Costa Rica.* Anscheinend hatten sich die Mädchen ständig über Emelines recht große Nase lustig gemacht.

Oder sie hatte den Hintern einer anderen, relativ pummeligen Schülerin in einer engen Jeans fotografiert und geschrieben: *Vorsicht! Nilpferd in Marseille!*

Ihre Freundinnen hatten ähnliche Dinge auf ihren Instagram-Seiten. Nadia wusste, dass sie etwas gegen die Mädchen in der Hand hatten. Denn es war strafbar, Leute auf diese Weise darzustellen. Wenn Emelines Familie einen Rechtsanwalt nahm, konnte dieser durch einen *Huissier,* einen beeidigten Gerichtsvollstrecker, bezeugen lassen, dass diese Inhalte in den Instagram-Seiten der Mädchen gefunden worden waren und Anklage wegen Internet-Mobbing erheben. Doch Nadia und Florian suchten nach etwas anderem. Sie wollten wissen, was am Dienstag von Emelines Tod geschehen war. Und darüber war kein Wort auf Instagram zu lesen.

Florian hatte behauptet, die Mädchen hätten Fotos von sich selbst auf ihren Seiten, auf denen sie nur sehr spärlich bekleidet waren. In Unterwäsche und sehr kurzen Tops. Einige hatten sich auch mit älteren Jungen fotografieren lassen. Beim Küssen und beim Kuscheln. Es waren keine pornografischen Fotos, aber nicht besonders weit davon entfernt. Nadia fröstelte. Diese Jugendlichen waren erst fünfzehn!

Leider hatte Florian es nicht geschafft, in die Seiten der Jungen Einblick zu bekommen. Denn diese waren schon längst Flavios Follower und waren wahrscheinlich diejenigen gewesen, die Flavio auf das gefälschte Konto aufmerksam gemacht hatten. Nadia seufzte.

Sie hatte nicht genügend Zeit, sich um diese Sache zu kümmern!

Die Kollegen kamen zurück zum Kommissariat. Sie hatten Neues erfahren und wussten nun, welche weiteren Adressen mit der Rumänen-Bande in Verbindung gebracht werden konnten. Der nächste Tag versprach ziemlich geschäftig zu werden. Man würde die junge Frau und drei weitere Personen verhaften. Nadia rief Florian und Fiona zu sich ins Büro und erzählte ihnen vom Anruf von Emelines Vater.

»Es ist klar, dass die Eltern eine weitere Ermittlung wollen. Bitte besorgt euch auch Kartenhandys, damit wir darüber sprechen können. Wenn es um die illegale Ermittlung geht, rufen wir einander nur auf diesen Telefonen an. Es kann sehr leicht sein, dass unsere Vorgesetzten unsere Telefone überwachen lassen.« Florian sah Nadia entsetzt an. »Wirklich?«

Sie zuckte mit den Schultern. »Natürlich. Sie werden alle ihnen möglichen Mittel einsetzen, um die Sache zu vertuschen. Sie misstrauen uns. Und Pierre. Deshalb tauschen wir unsere neuen Nummern aus und sprechen darüber nur auf diesen Telefonen. Nicht vergessen!«

»Mann, Boss, du denkst aber auch an alles«, meinte Florian bewundernd.

»Das ist meine Rolle als Boss«, seufzte Nadia. »Manchmal wünschte ich, Mathieu wäre noch da. Ich vermisse ihn.«

»Aber nein, Nadia, du machst das super!«

Doch Nadia spürte, wie sehr die Verantwortung sie erdrückte. Nun musste sie diese Rumänen-Sache schnellstmöglich weiterbringen, wegen der Wahlen, damit die Bürgermeisterpartei sich brüsten konnte, Ergebnisse erzielt zu haben. Dann mussten sie am Ende der Woche in die Vorstadt, und nun bat auch noch Emelines Familie sie um Hilfe. Als Lieutenant ging es nicht nur darum, die Prüfung zu bestehen und die Ausbildung gut über die Bühne zu bringen, sondern man musste dann auch ein effizienter Manager sein! Das hatte Mathieu ihr mitzuteilen vergessen, als er sie über die Ausbildung und den Beruf informiert hatte. Sie beschloss, ihn diese Woche noch anzurufen, um ihn um Rat zu fragen.

Fiona schien sich im Team und im Kommissariat wohlzufühlen, sie behauptete, gern mit den Jungs zu arbeiten und Marseille zu mögen. Nun gut, viel Freizeit hatte sie im Moment nicht und nach der Arbeit musste sie jeden Abend noch einiges kaufen und alle ihre Habseligkeiten verstauen, damit ihre Garçonnière richtig wohnlich wurde.

»Melde dich, falls du etwas brauchst. Wir helfen gern«, meinte Nadia.

»Danke, alle haben es mir schon angeboten«, erwiderte sie, »aber ich muss nur aufräumen und einige Sachen besorgen. Das kann ich wohl selbst. In der kleinen Wohnung ist ja alles vorhanden.«

»Gut, ansonsten sagst du Bescheid. Wir helfen gratis. Im Gegensatz zu einigen anderen«, meinte Florian und Fiona lachte.

Als Nadia heimkam, war Laura beim Kochen.

»Ich hoffe, du hast Hunger, *Trésor* – mein Schatz. Es gibt Fisch.«

»Mmmh, du bist ein Genie, *Chérie*. Es riecht himmlisch.«

Laura konnte sehr gut kochen, sie war auch sonst sehr häuslich und bestens organisiert. Wenn sie putzte, sah danach alles blitzblank aus. Nadia selbst war zwar ebenfalls keine unordentliche Person, aber keine so perfekte Hausfrau wie Laura. Nadia wusste, dass es Lauras sehnlichster Wunsch war, Kinder zu haben. Viele lesbische Paare hatten Kinder. Durch die künstliche Befruchtung stand dem Kinderwunsch nichts entgegen. Doch Laura konnte kein Kind gebären. Ihre Geschlechtsorgane waren drei Jahre zuvor beschädigt worden, als sie von einem jungen Mann, der sie auch hatte erwürgen wollen, äußerst brutal vergewaltigt worden war. Dagegen konnten auch die modernste Medizin und Chirurgie nichts ausrichten. Nun gab es zwei andere Optionen: Dass Nadia das Kind gebären sollte, oder eine Adoption. Nadia sah sich nicht in der Lage, ein Kind auszutragen. Sie liebte Laura, aber eine Schwangerschaft war etwas, was sie nie ins Auge gefasst hatte. Außerdem bereitete ihr auch die Frage Probleme, wer der Vater des Kindes sein sollte, ob sie einen der Freunde bitten oder auf einen anonymen Samenspender zurückgreifen sollten. Wahrscheinlich war sie ganz einfach keine mütterliche Person, obwohl Laura das Gegenteil behauptete. Doch Nadia konnte und wollte in ihrem Beruf nicht schwanger werden und vielleicht sogar einige Monate aussetzen müssen! Sie hatte keinen wirklichen Wunsch nach einem Kind, aber war auch nicht strikt dagegen, vor allem, weil sie wusste, wie sehr Laura sich danach sehnte. Laura war erst siebenundzwanzig, Nadia bereits einunddreißig. Nadia fand, dass sie noch Zeit hatten. Im Moment wollte sie sich ihrer Karriere widmen, dem Sport und der Freizeit mit Laura. Sie wollte mit ihr noch einige schöne Reisen machen, bevor sie tatsächlich eine Familie gründeten. Nadia umarmte Laura.

»Wie war es in der Arbeit?«, fragte sie die Freundin.

Laura runzelte die Stirn. »Stressig. Hab mir was aufgehalst mit diesen Artikeln über Cassis, Marignane und Carry. Und François will nicht mehr, dass über die Sache von Carry recherchiert wird.

Auf jeden Fall nicht vor den Wahlen. Wir sollen uns jetzt auf das Wesentliche konzentrieren, meint er. Nicht einmal Daniel konnte ihn überzeugen.«

Nadia seufzte: »Nun gut, das war zu erwarten. Es gibt genug andere Sensationen und wir haben nicht genügend Neuigkeiten bezüglich Emeline. Wir machen versteckt weiter. Und wenn wir wirklich etwas herausfinden, wird der liebe François sicher etwas kooperativer sein. Ich habe mir schon eine Karte für das alte Telefon gekauft. Emelines Vater hat mich kontaktiert. Vorsichtshalber telefoniere ich nur noch mit diesem Handy. Kann ich Monsieur Bernier vor dem Essen noch anrufen?«

»Ja, mach es, dann können wir später unser Abendessen in Ruhe genießen! Der Fisch kann warten.«

Nadia lud ihr Gesprächsguthaben auf und wählte Monsieur Berniers Nummer. Fast hoffte sie, er würde sich nicht melden. Der Klang seiner Stimme, aus der man tiefe Verzweiflung hörte, brach ihr das Herz.

Doch der Mann hob sofort ab. Wahrscheinlich saß er ohnehin nur daheim und starrte vor sich hin.

»*Bonjour, Monsieur*, hier ist Lieutenant Aubertin.«

»*Bonsoir*. Danke. Ich habe auf Ihren Anruf gewartet.«

»Ich musste das Telefon wechseln. Ich muss Ihnen leider die Wahrheit sagen. Ich bin nicht befugt, in diesem Fall zu ermitteln. Doch ich mache es, weil ich spüre, dass da etwas ganz und gar nicht mit rechten Dingen zugeht. Nun habe ich ein Kartenhandy. Bitte kontaktieren Sie mich nur unter dieser Nummer. Vergessen Sie die Nummer und Mailadresse auf meiner Visitenkarte! Ich schicke Ihnen dann auch meine private E-Mail-Adresse.«

»So schlimm ist es also«, entgegnete der Mann mit zitternder Stimme. »Wir ahnten von Anfang an, dass die Ermittlung abgewürgt wurde, weil man uns trotz unserer Einwände nie wirklich angehört hat. Die Polizei hat keine Fragen gestellt, wir erstatteten zwar Anzeige gegen die Schule, aber man hat uns am nächsten Tag schon zu verstehen gegeben, dass diese Anzeige nicht weiterverfolgt werden würde.«

»Wir haben Beweise dafür gefunden, dass Naomi und ihre Clique Emeline und andere Schüler mobbten. Doch wir suchen nach etwas Schlimmen, was wahrscheinlich am Dienstag von Emelines Tod geschehen ist. Denn warum sollte sonst die Ermittlung so schnell abgewürgt werden, wenn nicht irgendjemand etwas Tragisches zu verbergen hätte?«

»Nicht irgendjemand, sondern die Kinder von sehr einflussreichen Bürgern.«

»Genau. Und es gilt herauszufinden, was passiert ist. Monsieur Bernier, eine sehr wichtige Frage. Emeline ist obduziert worden. Hat man genau nachgeprüft, ob ihr Körper irgendwelche Verletzungen aufweist?«

»Ja, es scheint so. Denn es ging ja auch darum, sicher zu sein, dass sie Selbstmord begangen hat und nicht von irgendwem getötet wurde.«

»Wurden ihre Geschlechtsorgane genau untersucht?«

»Ich … ich weiß nicht. Warum?«

Nadia räusperte sich. »Ich will sicher sein, dass sie nicht vergewaltigt oder verletzt wurde. Bei Mobbing geht es oft um gewalttätige sexuelle Dinge. Und eine Vergewaltigung kann eine psychisch gesunde junge Frau in den Selbstmord treiben. Damit zu leben ist sehr schwer.«

Nadia dachte wieder an Laura, die noch immer unter ihrer damaligen Vergewaltigung litt.

»Also … wie kann das nur sein? In der Schule, von Mitschülern …« Die Stimme des Mannes brach.

»Es passiert leider viel häufiger als man denkt«, meinte Nadia. »Und oft handelt es sich um Gruppenvergewaltigungen. Es muss aber nicht das sein. Die Mitschüler könnten Emeline auch gewürgt, gefesselt oder mit einem Messer bedroht oder sogar verletzt haben, bevor sie sie einsperrten. Es gibt unzählige Arten, als Gruppe einem Opfer zu schaden. Deshalb meine Frage nach der Obduktion.«

»Man hat uns diesbezüglich nichts mitgeteilt. Was haben Sie bisher herausgefunden?«, wollte Herr Bernier wissen.

Nadia erzählte von den Berichten des Englischlehrers und des Turnlehrers, von Christines Aussage, und der Mann schluchzte auf.

»Christine hat uns auch schon einiges erzählt. Wie konnte es nur so weit kommen? Was sollen wir jetzt tun?«

»Wir versuchen die Presse dafür zu interessieren. Und wir, der Staatsanwalt Frigeri, zwei meiner Kollegen und ich, ermitteln diskret weiter. Aber wir dürfen uns natürlich der Schule und der Clique nicht nähern. Unsere Vorgesetzten haben es ausdrücklich verboten. Wir versuchen trotzdem, auch noch mit anderen Schülern und Lehrern zu sprechen und solide Beweise gegen die Clique zu sammeln. Und Sie sollten sich vielleicht überlegen, einen Anwalt zu nehmen, um die Schule und bestimmte Personen wie Naomi Manson zu verklagen.«

»Ja. Aber was kann ein Anwalt schon machen, wenn der höchste Staatsanwalt die Sache im Keim ersticken will?«

Nadia überlegte.

»Sie brauchen einen verdammt guten Anwalt. Einen Star.«

Sie dachte an den Prozess, der eineinhalb Jahre zuvor wegen des Mordes an dem Schüler Fabrizio Ricci stattgefunden hatte und bei dem drei französische Staranwälte die verschiedenen Parteien vertreten hatten. Bernier brauchte einen der drei. Castini, Rivière oder Humblet. Doch würde einer von ihnen sich dazu herablassen, in Emeline Berniers Namen gegen eine katholische Privatschule, die Tochter des Leiters der PJ Marseille und eventuell auch den Sohn des Procureurs Anklage zu erheben? Sie würden es ohne Zweifel wagen, weil sie es liebten, Wellen zu schlagen, aber der Fall würde ihnen zu unwichtig erscheinen. Um einen von ihnen für die Sache zu interessieren, mussten Pierre Frigeri und sie selbst zuerst solide Beweise für die Schuld der Clique an Emelines Tod besitzen.

Allerdings kannte Nadia Maître Castini, den besten Anwalt Marseilles, sehr gut, weil sie selbst schon seine Mandantin war. Sie hatte Anklage gegen einen Dealer aus der Vorstadt erhoben, der sie zwei Jahre zuvor vor ihren Kollegen vergewaltigen und ihr die Kehle hatte durchschneiden wollen. Dieser Dealer hatte schon Tausende andere Delikte auf dem Gewissen gehabt und war zu einer fünfzehnjährigen Gefängnisstrafe verurteilt worden, dank Pierre Frigeri und Castini, die herausgefunden hatten, dass er bereits einen Mord begangen hatte. Castini hatte es außerdem geschafft, für Nadia ein Schmerzensgeld von siebzigtausend Euro auszuhandeln, welches ihr vor kurzem, bei der Pfändung der Konten des steinreichen Dealers, überwiesen worden war.

Nun konnten Laura und Nadia dank Castini daran denken, sich in Marseille oder der Umgebung ein Häuschen zu kaufen, weil sie die Anzahlung besaßen und bei der Bank somit kreditwürdig waren.

Vielleicht würde es Nadia gelingen, Castini für den Fall Emeline Bernier zu interessieren.

»Hören Sie«, sagte sie. »Ich wüsste jemanden, der sicher Erfolg hat, wenn er den Fall annimmt. Allerdings muss ich ihn dafür interessieren. Er ist ein Staranwalt. Und das Ganze ist natürlich auch eine finanzielle Sache, denn …«

»Wir würden versuchen, die nötigen Mittel aufzubringen«, unterbrach Herr Bernier sie. »Unsere Familien würden beisteuern, und auch Christine, Emelines Freundin, möchte Anklage erheben.«

»Sehr gut, ich sehe, was ich machen kann«, versprach Nadia, »und sage Ihnen in ein paar Tagen Bescheid. Bitte denken Sie daran: Kontaktieren Sie mich nur unter dieser Nummer. Und schreiben Sie mir niemals eine E-Mail auf die Adresse als Lieutenant.«

»Einverstanden. Ich danke Ihnen. Ich weiß, dass Sie Ihre Karriere für uns riskieren. Warum tun Sie das?«

Nadia seufzte. »Es ist meine Pflicht. Ich bin Polizistin. Und ich höre auf mein Gewissen, nicht auf meine Vorgesetzten. Ist womöglich ein Fehler. Bald werde ich vielleicht nicht mehr Lieutenant sein. Aber zumindest werde ich mir am Morgen im Spiegel in die Augen blicken können.«

Als sie mit Laura beim Abendessen saß und den frischen Fisch mit *pommes de terre à la provençale,* kleinen Kartoffeln mit frischem Thymian, Rosmarin und Olivenöl genoss, begleitet von einem Glas Roséwein, bemerkte sie: »Es ist wie ein Albtraum, was wir gerade durchleben. Ich hätte nie gedacht, dass so etwas geschehen kann, sonst wäre ich wahrscheinlich nicht Lieutenant geworden! Es scheint unglaublich, aber es ist wahr.«

Laura pflichtete ihr bei. »Aber ich glaube, dass sie damit nicht durchkommen«, meinte sie. »Sie werden versuchen, uns zum Schweigen zu bringen, aber wenn die Familie Bernier sich wirklich einen Rechtsanwalt nimmt und die Presse sich für die Sache zu interessieren beginnt, dann gibt es einen Riesenskandal.«

»Blachet glaubt, dass Pierre einen Skandal verursachen will, um in seiner Hierarchie aufzusteigen. Ich kenne Pierre gut genug, um zu wissen, dass er es nicht deshalb macht.«

Laura schüttelte den Kopf. »Pierre macht es, weil er nicht erträgt, was hier geschieht. Er ist sehr rigide, bei ihm müssen die Dinge organisiert ablaufen, und das Gesetz ist für ihn das Wichtigste, was es gibt. Er hasst Korruption und Freundeswirtschaft. Natürlich ist er auch ehrgeizig, aber er würde nie versuchen, seinen Vorgesetzten abzusägen, nur weil er aufsteigen will. So dumm ist er nicht!«

»Wir kennen ihn mittlerweile gut und ich vertraue ihm komplett. Außerdem ist jemand, mit dem er befreundet ist, mit der Sache an ihn herangetreten, und er ist auch emotional ein wenig darin verwickelt.«

»Das sind wir alle. Wir beide auch. Vor allem, wenn Emeline sexuell belästigt wurde. Wir haben noch keinen Beweis dafür, aber so, wie die Clique drauf ist, scheint mir das nicht so abwegig.«

Nadia erzählte Laura von Florians Fund auf Instagram. Es schien sich um ziemlich frühreife Fünfzehnjährige zu handeln. Oder waren heute die meisten so? Nadia konnte es nicht beurteilen, sie selbst hatte erst mit achtzehn Jahren sexuelle Beziehungen gehabt, weil sie keine Jungen gemocht und sich den Mädchen nicht zu nähern gewagt hatte.

Bald ließen sie das Thema Emeline fallen und sprachen über das Problem, das in diesen Tagen in aller Munde war. Das Fortschreiten der Corona-Pandemie.

»Anscheinend soll das Tragen von Masken nicht sinnvoll sein«, erklärte Laura. »Und das Testen ebenfalls nicht.«

Nadia runzelte ungläubig die Stirn. »Warum tragen die Leute in den Krankenhäusern dann Masken?«

»Nun, die Masken sind für diejenigen, die infiziert sind. Um keine Tröpfchen weiterzugeben. Soll ja so eine Art Tröpfcheninfektion sein. Aber es wird auch gemunkelt, dass Frankreich überhaupt nicht auf die Epidemie vorbereitet ist. Dass wir nicht genug Masken und Tests haben. Und deshalb wird jetzt nicht getestet. Und es wird uns gesagt, dass die Masken nicht nötig seien. Obwohl die Gesundheitsministerin das natürlich dementiert. Und wenn es wirklich eine Epidemie gibt, stehen wir schlecht da, mit den Einsparungen, die in den letzten Jahren im Gesundheitssektor gemacht wurden. Keiner kauft ihr ab, dass es genügend Intensivbetten gibt.«

Nadia seufzte tief. Im Vorjahr hatte es im Zuge der Proteste der *Gilets Jaunes,* der Gelbwesten, sehr viele Demos der Krankenhausangestellten gegeben, die Macron bezichtigten, das Gesundheitswesen auszubluten. Diese Demos waren teilweise gewalttätig unterdrückt worden, obwohl die Krankenpfleger und Ärzte wirklich von der gesamten Bevölkerung unterstützt wurden.

Nun würde die Regierung zeigen dürfen, ob sie mit dieser vollkommen neuen, niemals dagewesenen Situation umgehen konnte, und die Einsparungen im Gesundheitsbereich konnten ihr sehr wohl auf den Kopf fallen. Was in Italien geschah, war natürlich besorgniserregend. Das Virus breitete sich anscheinend sehr rasant aus und man vermutete auch, dass es in China weitaus mehr Tote gegeben hatte, als veröffentlicht wurde. Es war dort von der Regierung sicher einiges vertuscht worden.

»Du hast recht«, meinte Laura, »es ist eine seltsame Situation. Diese Pandemie, und dann euer Fall. Es geschehen Dinge, die man sich nie hätte ausmalen können. Von denen man glaubte, dass sie heute nicht mehr passieren können.«

Nadia nickte. Sie schenkte ihnen beiden Wein nach. Die Flasche war fast leer.»Oje!«, rief Laura. »Wir haben heute aber viel getrunken.«

Normalerweise beschränkten sie sich auf ein Glas und tranken nur am Wochenende mehr.

»Es ist eine Ausnahmesituation. Und ein Bandol!«

Laura lachte. »Ja. Er soll uns helfen, diese düsteren Gesprächsthemen zu ertragen.«

Nadia nahm ihre Hand. »*Chérie*, du weißt, das Wichtigste ist, dass wir zusammen sind. Solange ich dich habe, fühle ich, dass mir nichts Schlimmes geschehen kann.«

Laura sah sie aus ihren blauen Augen ernst an. »Mir geht es genauso. Obwohl ich dich natürlich nicht beschützen kann. Du mich schon eher!«

»Es geht nicht ums Beschützen. Viel eher darum, dass ich weiß, dass ich nie allein sein werde, egal, welche Situation eintritt.«

Laura erhob sich und kam um den Tisch zu Nadia.

Sie umarmte sie von hinten und küsste sie. »Ich liebe dich«, flüsterte sie in ihr Ohr.

»Ich dich auch.«

Sie waren nun zwei Jahre zusammen, die wie im Flug vergangen waren. Vor allem waren sie aufgrund von Nadias Ausbildung zum Lieutenant ein Jahr lang getrennt und hatten sich nur an den

Wochenenden gesehen. Doch diese Zeit hatten sie gut überbrückt. Ihre Beziehung hatte sich vertieft, doch ihre Verliebtheit bestand wie am Anfang. Das prickelnde Gefühl war noch immer da. Die Lust auf Lauras Körper. Der Wunsch, ihr jeden Tag zu sagen, wie sehr sie sie liebte. Laura war das Beste, was Nadia in ihrem Leben geschehen war. Sie war so glücklich, nicht mehr allein zu sein. Sie dachte an ihre neue Kollegin, die trotz ihrer Kompetenz und ihrer offenen Art sehr zerbrechlich erschien. Nadia hoffte, Fiona würde sich in Marseille schnell einleben und es schaffen, die dramatische Zeit mit ihrem Exfreund zu verarbeiten.

DIE ERLÖSUNG

Jeder neue Schultag war eine Folter. Noch immer redete keiner mit Christine, nicht einmal die Schüler, die sie eigentlich mochte und die wie sie Opfer der Clique waren.

Wahrscheinlich hatten sie alle Angst, von Naomi und deren Freunden verfolgt und gepiesackt zu werden. Am Donnerstag nach der Englischstunde sagte der Lehrer: »Christine, kannst du bitte kurz zu mir kommen?«

Mathilde und Léane lachten hämisch. Sie machten sich über Monsieur Moltet gern lustig. Doch dieser ließ sich nichts gefallen. Er hatte den Mädchen sehr schlechte Noten angehängt und gab jenen, die störten, häufig Strafaufgaben.

Diesmal ignorierte er die beiden und sagte zur Klasse: »Die Grammatikübungen sind für Montag.«

»Alle?«, wollte René wissen.

»Ja, alle.«

»*Putain,* so eine Scheiße, das sind ja vier Seiten!«

»Ja, es sind vier Seiten, aber ihr habt drei Tage Zeit.«

Einige Schüler murrten, doch Moltet sagte: »Keine Diskussionen. Die Hausübung wird abgegeben und benotet.«

Als alle Schüler draußen waren, ging Christine mit zitternden Knien nach vorn.

»Wie geht es dir, Christine?« Moltet sah sie besorgt an.

Sie zuckte mit den Schultern.

»Es ist schwierig. Am liebsten würde ich nicht mehr in die Schule kommen.«

Er seufzte. »Glaub mir, ich auch.« Er schwieg einen Moment, dann meinte er: »Christine, lasst euch nichts gefallen. Du und noch ein paar andere. Ihr müsst euch wehren. Lasst euch nicht mobben!

So kann es nicht weitergehen. Schau mal, wo das mit Emeline hingeführt hat.«

Christine stiegen Tränen in die Augen.

»Natürlich, aber Sie sehen ja, dass alle straffrei sind. Die Polizei interessiert sich überhaupt nicht für das, was mit Emeline geschehen ist«, gelang es ihr, mit zitternder Stimme zu erwidern.

Er sah sie an. »Doch. Denk an die junge Inspektorin. Sie ermittelt. Du bist nicht allein, Christine. Aber du musst die Wahrheit sagen. Was ist am Dienstag nach dem Turnunterricht geschehen?«

Christine stockte der Atem. Monsieur Moltet wusste Bescheid!

Sie stammelte. »Ich … ich weiß es nicht! Emeline war traumatisiert und hat mir nichts gesagt.«

»Und wo warst du?«

Sie senkte den Kopf. »Auf der Toilette. Ich war nicht da, als sie mich gebraucht hätte.«

Er sah sie lange Zeit schweigend an. Dann sagte er langsam und eindringlich: »Wenn du mehr weißt, als du zugibst, Christine, dann musst du sprechen. Denn dann bist du eine wichtige Zeugin und kannst der Inspektorin weiterhelfen.«

Christine senkte den Kopf. Sie konnte es nicht erzählen. Es war zu fürchterlich.

»Alles Gute, Christine, wir sehen uns am Montag!«

Moltet verließ den Klassenraum und Christine blieb allein zurück. Sie ging aus der Klasse den Gang entlang, plötzlich griff eine Hand nach ihr und zog sie in einen Raum. Ihr Herz blieb vor Schreck beinahe stehen. Die gesamte Clique war da! Mit den vier Jungen, Arthur und seinen Freunden Ugo, Kevin und Charly.

Sie stellten sich im Kreis um sie.

Sie werden mit mir dasselbe machen wie mit Emeline, fuhr es Christine durch den Kopf. Hilfesuchend sah sie zur Tür.

»Keine Sorge«, feixte Arthur. »Du bist heute noch nicht dran. Aber vielleicht nächste Woche. Untersteh dich, mit irgendjemandem darüber zu sprechen. Moltet spielt gern den Sheriff. Aber wir werden dafür sorgen, dass er rausgeworfen wird, wenn er keine Ruhe gibt! Und was dich betrifft, sobald du sprichst, stirbst du! Verstanden?«

Christine starrte ihn an.

»Verstanden?«, brüllte er. Naomi und Mathilde lachten hämisch. Naomi versetzte Christine einen Stoß. Christine nickte zitternd. Plötzlich waren sie fort und sie stand allein in dem Raum. Sie konnte es nicht begreifen, dass ihre Mitschüler sie mit dem Tod bedroht hatten. Doch sie wusste, dass sie es ernst meinten. Arthur war ein hartgesottener Junge. Und sein Vater ein korrupter Staatsanwalt.

Die letzte Stunde, Physik, ging so vorbei, als wäre Christine nicht anwesend. Die Worte des Lehrers drangen nicht zu ihr durch. Sobald es läutete, rannte sie nach draußen und kam fünf Minuten später atemlos am Bahnhof an. Sie wollte nicht mehr in diese Schule gehen. Sie konnte nicht mehr. Etwas musste geschehen, was sie davon befreite. Sie sah aus dem Zugfenster. Tränen rannen über ihre Wangen. Manchmal schluchzte sie auf. Das Leben war ganz einfach unerträglich. Unerträglich und unfair. Sie wollte sterben. Wie Emeline. Oder weglaufen. Doch ihr fehlte der Mut für das eine oder andere.

Beim Abendessen stocherte Christine lustlos auf ihrem Teller herum. Ihr kleiner Bruder war noch beim Tennistraining, ihre jüngere Schwester saß neben ihr und sah ratlos von einem zum anderen. Zwischen den Eltern herrschte dicke Luft. Sie hatten am Vorabend gestritten, weil die Mutter dem Vater mitgeteilt hatte, dass sie mit den Berniers einen Rechtsanwalt nehmen und die Schule verklagen würde.

»Auf keinen Fall«, hatte der Vater gemeint. »Weißt du, was das kostet? Und willst du im Mittelpunkt des öffentlichen Interesses stehen? Und Christine? Das Beste ist, wir nehmen Christine stillschweigend aus der Schule und vergessen das Ganze so schnell wie möglich.«

»Du Egoist«, hatte die Mutter gefaucht. »Du Feigling! Emeline ist gestorben, weil diese Schnepfen sie gemobbt haben. Es hätte auch Christine treffen können.«

Die Eltern hatten keine Ahnung. Es war noch lange nicht vorbei. Christine konnte es nicht mehr ertragen. Sie beschloss, sich zu vergiften, um zumindest krank zu werden. Die Eltern setzten sich vor den Fernseher. Der Staatspräsident Macron würde wichtige Dinge verkünden, weil die Corona-Epidemie immer schlimmer wurde. Das interessierte die Eltern natürlich.

Christine war alles egal. Sie suchte in der Küche nach etwas, was sie essen oder trinken könnte und womit sie sich den Magen verderben würde. Wovon bekam man Durchfall? Was erbrach man?

Christines Plan war, zum Arzt zu gehen und mehrere Tage krankgeschrieben zu werden. Dann würde sie weitersehen.

Plötzlich stand die Mutter neben ihr. »Was machst du, Chérie? Komm ins Wohnzimmer. Hör dir den Präsidenten an!«

Der Präsident interessierte Christine nicht im Geringsten, doch sie setzte sich folgsam hin, indem ihre Gedanken noch immer bei den Lebensmitteln waren, an denen sie sich krank essen könnte.

Die Worte des Präsidenten gingen an ihr vorbei.

Sie spürte, dass die Eltern sie ansahen. »Na, so was. Das hat es noch nie gegeben! Was sagst du dazu, *Chérie*?«, fragte der Vater.

Christine zuckte zusammen. Sie wusste nicht, wovon er sprach.

Da hörte sie den Präsidenten Macron sagen: »Die Schüler werden zuhause vor dem Computer unterrichtet. Die Schulen bleiben mindestens bis zu den Osterferien geschlossen, und das ab morgen Abend.«

Christine konnte es kaum glauben. Sie spürte eine unglaubliche Erleichterung, die sich in ihr ausbreitete. Noch nie im Leben war sie so erleichtert gewesen. Sie war gerettet! Sie würde ab dem übernächsten Tag nie wieder in diese fürchterliche Schule gehen müssen. Denn nach den Osterferien würde sie, falls überhaupt wieder Unterricht stattfand, das Lycée in Martigues besuchen. Sie liebte Emmanuel Macron!

»Das ist super«, sagte sie und sah die Eltern an. »Nie mehr l'Estaque.«

Der Vater warf der Mutter einen eindringlichen Blick zu. »Siehst du, so hat sich alles von selbst geregelt. Wir brauchen keinen Rechtsanwalt!«

Doch in den Augen der Mutter bemerkte Christine eine eiserne Entschlossenheit. Die Mutter hatte ihr letztes Wort noch lange nicht gesprochen. Ihre Einstellung und die Tatsache, dass das Ende ihrer Qualen nahte, verlieh Christine Flügel. Sie würde tun, was zu tun war, bevor sie diese Schule für immer verlassen würde.

DIE DROHUNG

Loïc war erleichtert. Die Schulen wurden nun für eine unbestimmte Zeit geschlossen. Das bedeutete zwar für sie, die Lehrer, Mehrarbeit, denn sie mussten trotzdem einige Stunden pro Tag in der Schule verbringen, den Schülern ein Home-Schooling-Programm zusammenstellen und teilweise auch auf Zoom oder Skype anwesend sein oder die Schüler anrufen, um zu überprüfen, ob zuhause wirklich alle gewissenhaft arbeiteten. Wenn ein Schüler eine Aufgabe nicht zur rechten Zeit abgab, mussten sie ihn kontaktieren. Es war eine ganz neue Situation. Die Lehrer waren ziemlich überrumpelt.

Zwei Tage zuvor war von einer Schließung der Schulen noch keine Rede gewesen, und nun war plötzlich dieser Freitag der letzte Schultag vor den Osterferien, und wenn es ganz schlimm kam, sogar der letzte des Schuljahres! Ob das Virus wirklich so tödlich und gefährlich war, bezweifelte Loïc. Er befürchtete, dass die Presse die ganze Sache aufgeschaukelt hatte. Warum schickte man nicht einfach nur alte und kränkliche Personen in Quarantäne? Doch eine wissenschaftliche Rechnung zeigte anscheinend, dass alle Spitäler hoffnungslos überfüllt sein würden, sollte man keine Maßnahmen ergreifen.

Er war auf jeden Fall sehr glücklich, die Schüler nicht mehr in den Klassen sitzen zu haben und vor allem der 2B entronnen zu sein. Naomi und ihre Freunde waren anscheinend dabei, einen Plan zu schmieden, um ihm zu schaden. Und welche Methoden sie dabei angewandt hätten, das hatte er nur ahnen können. Naomi hatte am Anfang des Jahres den ehemaligen Physik- und Chemielehrer Nathan Merle eines sexuellen Übergriffes bezichtigt, dieser war seitdem aus der Schule verschwunden. Sie hatte seine Karriere ruiniert. Er konnte in keiner Schule Frankreichs mehr unterrichten. Loïc wusste, dass sein Kollege von Naomi zu Unrecht bezichtigt worden war. Er hatte sie bestraft, weil sie Philippe, einen der fleißigen und naturwissenschaftlich begabten Schüler, während der Stunde gepiesackt hatte. Sie hatte nachsitzen müssen und das hatte ihr nicht gefallen. Deshalb hatte sie die Karriere von Loïcs Kollegen zerstört. Und Loïc hatte befürchtet, dass sie in der kommenden Woche dasselbe mit ihm tun würde, weil es ihr nicht gefallen hatte, wie er ihr und ihren Mitläufern ins Gewissen geredet hatte.

Er war äußerst nervös gewesen, als er sich mit seiner Frau, die ihren kleinen Sohn gestillt hatte, vor den Fernseher gesetzt hatte, um zu hören, was der Präsident Macron ankündigte. Und der Staatspräsident hatte Loïc gerettet. Loïc würde die Klasse 2B vorerst nicht mehr sehen. Er würde ihnen Arbeit schicken, mit einigen Schülern in Kontakt sein und die Clique in Ruhe lassen. Er hoffte, dass Naomi ihn vergessen würde.

Sehr zufrieden begab er sich in den Kopierraum, um einige Unterlagen für die Terminale C vorzubereiten. Als er am Kopiergerät stand, spürte er, dass jemand neben ihn trat und fuhr zusammen.

»Entschuldigung, *Monsieur,* ich habe Sie erschreckt.«

Mit Erstaunen sah er, dass es Christine Perrin war, Emelines beste Freundin. Sie sprach etwas hektisch weiter. »Ich brauche Ihre Hilfe. Um der Polizistin einen Beweis zu liefern. Die Clique hat mich gestern bedroht. Ich will sie dazu bringen, es noch einmal zu tun. Und ich möchte Sie bitten, dass Sie das Gespräch mit Ihrem Telefon aufnehmen.«

Loïc hielt verwundert inne. Christine schien ihm nicht mehr verstört und verängstigt wie am Vortag, sondern kampfeslustig und mutig.

Sie schien seine Gedanken lesen zu können und erklärte: »Ich fürchte mich nicht mehr vor ihnen, weil wir ab heute Nachmittag keinen Unterricht mehr haben und vielleicht sogar eine Ausgangssperre bekommen. Dann kann mir keiner mehr etwas antun.«

Hoffentlich, dachte Loïc. Er hatte keine Ahnung, wie weit diese Jugendlichen gehen würden, ob sie ihre Bosheiten auf die Schule beschränkten oder ihre Opfer bis nach Hause verfolgten.

»Bleiben Sie hier im Kopierzimmer! Wenn jemand kommt, gehen Sie gegenüber in die Toilette! Und ich versuche, die anderen hier im Gang zu treffen. In drei Minuten!«

Christine war schon wieder draußen. Loïcs Hand zitterte so stark, dass er keine Kopien mehr machen konnte. Er nahm das Telefon aus seiner Hosentasche und bereitete die Kamera vor. Er ließ die Tür des Kopierraums einen Spalt breit geöffnet und wartete. Bald waren Stimmen zu hören. Christine, Naomi, Mathilde, Léane, Mégane und Vanessa.

»Nun, *Madame Lesbienne*, was willst du uns sagen?«, fragte Naomi und versetzte Christine einen Stoß. Loïc gelang es, zu filmen.

»Es ist schlimm um euch bestellt. Meine Eltern und Emelines Eltern werden einen Rechtsanwalt nehmen, einen der Besten.«

»Die Beste ist meine Mutter«, sagte Léane. »Und die verteidigt uns. Außerdem interessiert sich kein guter Rechtsanwalt für so eine Sache. Und erinnere dich. Wir haben nichts getan. Du erinnerst dich doch, nicht wahr?«

Leider verschwanden die Mädchen aus seinem Blickfeld.

»Au, ihr tut mir weh!«, rief Christine. »Hör auf, du kannst mir den Arm brechen!«

»Na, Christine, was hast du denn heute, so warst du noch nie«, ließ sich Naomi vernehmen. »Extrem wehleidig. Spielst Theater. Christine, du schweigst. Denn es ist nicht vorbei.«

»Was geschieht sonst?«, fragte Christine.

»Sonst bringen wir dich um. Dich und deine Eltern. Du weißt, dass wir das tun können, ohne uns die Hände schmutzig zu machen. Denn wir haben Verbindungen zur Vorstadt. Dort findet man immer jemanden, der mal schnell für ein paar hundert Euro ein Verbrechen begehen will.«

»Dein Vater …?«, fragte Christine. Loïc hörte, dass sie das Zittern in ihrer Stimme zu verbergen versuchte.

»Ja, mein Vater. Wenn er Vorstadt-Rowdies braucht, findet er welche. Für mich tut er alles. Er verhandelt mit den Typen. Kann freilassen, wen er will.«

»Ich habe keine Angst vor euch. Ihr wollt mich nur einschüchtern.«

»Und pass auf, dass dir nicht dasselbe passiert wie Emeline.«

»Was ist Emeline passiert?«

»Du weißt es genau. Lesben müssen auch manchmal gefickt werden. Treffpunkt nach der Schule, Christine? Wir wissen, dass du zum Bahnhof gehst, jeden Abend. Und heute gehen wir auch dorthin. Mit den Jungs. Bis dann, Lesbi!«

Die fünf Mädchen wandten sich zum Gehen. Loïc bekam beinahe keine Luft mehr. Er hoffte, dass der Film nicht zu zittrig geworden war. Christine wartete, bis Naomi und ihr Gefolge am Ende des Korridors verschwunden waren. Dann trat sie ins Kopierkämmerchen. Sie war blass, erschien Loïc jedoch ruhig und gelöst. Er sah sie sprachlos an.

»Sie haben einiges zugegeben«, stammelte er schließlich.

Christine nickte. »Bitte schicken Sie den Film der Polizistin!«

Sie hielt ihm einen Zettel mit einer Telefonnummer und einer E-Mail-Adresse hin.

»Sie ist unter dieser Nummer erreichbar. Ein Kartenhandy. Und den Film will sie auf diese E-Mail-Adresse bekommen. Schicken Sie ihn mir bitte auch! Meine Eltern suchen einen Rechtsanwalt.«

Zitternd tat Loïc, wie ihm befohlen wurde.

»Vielen Dank, *Monsieur*«, sagte Christine. »Aber ich muss jetzt gehen. Wir bleiben in Kontakt. Und gutes Home-Schooling!«

Loïc wollte sie noch warnen, wegen des Abends, doch er brachte kein Wort hervor. Er kopierte weiter, immer noch zitternd. Sein Kollege Michel, ein Geschichtslehrer, kam in den Raum. Er schien vollkommen aus dem Häuschen.

»*Mon Dieu*, Loïc, ich kenne mich mit dem ganzen Internet-Zeugs überhaupt nicht aus und jetzt soll ich auf diese Art unterrichten. Zoom und Skype und YouTube und weiß der Teufel. Ich hasse die Informatik. Meine Spezialität ist Napoleon!«

Loïc lächelte. Dann meinte er beruhigend: »Michel, wir sind alle hier in der Schule. Ich helfe dir. Versprochen.«

»Danke, Loïc.«

Loïcs Telefon läutete. Es war die Polizei-Inspektorin. *Madame le Lieutenant.* Sie hatte den Film bereits gesehen. Loïc trat einige Schritte nach hinten und überließ Michel das Kopiergerät.

Nadia Aubertin klang hektisch. »Ich melde mich am Abend bei Ihnen. Wenn ich noch lebe. Ich bin in der Vorstadt und durchsuche Wohnungen von Drogendealern. Ich brauche Ihre Hilfe. Bitte, Sie müssen Christine aus der Schule verschwinden lassen, denn die anderen haben sie bedroht. Ich möchte nicht, dass ihr heute, am letzten Schultag, etwas passiert. Bringen Sie sie zum Bahnhof, damit sie einen früheren Zug nimmt. Sie soll einfach vor dem Ende des Schultages gehen. Haben Sie Zeit?«

»Ja, kein Problem, ich finde eine Lösung.«

»Danke. Und bis später!«

Loïc atmete tief durch. Dieser Tag ähnelte einem seltsamen, sehr hektischen Traum. Er beschloss, Christine während der Mittagspause aus der Schule zu bringen. In der Schulstunde vor der Pause war er sehr zerstreut. Den Schülern der 1A war das ziemlich egal, sie befanden sich alle in einer riesigen Euphorie, denn für sie war Home-Schooling wie Ferien. Halbherzig ermahnte Loïc sie zu arbeiten, es würden Tests stattfinden. Doch er war mit den Gedanken woanders, wie sie. Am Ende der Stunde eilte er davon, auf der Suche nach Christine.

Er fand sie. Sie kam aus der Spanischstunde, als eine der Letzten, und zuckte zusammen, als sie ihn sah.

»Christine, bitte komm kurz mit mir. Ich muss dir im Konferenzzimmer die Papiere geben, um die du mich gebeten hast. Für das Englischcamp.«

Hinter Christine gingen Miranda, Elise und drei Jungen.

»*Au revoir, Monsieur!*«, posaunten sie.

»*Bye, kids.* Und vergesst nicht. Am Montag um zehn haben wir Englisch. Am Computer.«

»Ach ja, wirklich? Um zehn? Keine Ahnung, ob wir da wach sind!« Die Jungen lachten.

»Ja. Ich zähle auf euch. Ich gebe euch Arbeit, die zu machen ist. Es sind keine Ferien!«

»Ach«, einer der Jungen winkte ab, »nehmen Sie's locker, *Monsieur!*«

Loïc lachte. »Und du, nimm es nicht zu locker. Das rächt sich sonst nächstes Jahr.«

Die Jugendlichen verschwanden und Christine ging neben Loïc den Gang entlang.

»Englischcamp? Es handelt sich wohl um *Madame le Lieutenant*?«, raunte sie.

»Ja. Madame Aubertin möchte, dass du sofort aus der Schule verschwindest. Um auf Nummer sicher zu gehen. Damit dir nicht heute Abend etwas passiert. Ich soll dich zum Bahnhof bringen.«

Sie sah ihn erschrocken an. »Und was sage ich, wenn ich einfach so verschwinde? Ich muss eine glaubwürdige Erklärung finden. Sie wissen ja, wie streng die Direktion bei Abwesenheit ist.«

»Hm, dass du krank bist? Oder zum Arzt musst? Dass dir übel ist?«

»Übelkeit, das eine gute Idee. Denn beim letzten Mal hat Marcel Lagnon Madame Peters in ihr Büro gekotzt. Sie lässt jetzt jeden Schüler, dem schlecht ist, sofort gehen.«

»Du sagst es ihr und ich bringe dich zum Bahnhof. Ich muss sicher sein, dass du gut von hier wegkommst.«

»Danke, *Monsieur.*«

»Nichts zu danken. Wir arbeiten zusammen. Mit Madame Aubertin.«

Er seufzte. »Geh zu Madame Peters, melde dich ab, nimm alle deine Dinge. Ich warte im Auto hinter der Schule auf dich. In Ordnung?«

Christine nickte.

Loïc setzte sich in sein Auto und stellte sich hinter das Gebäude.

Christine kam nach fünf Minuten.

»Schnell, fahren wir! Ich kann es nicht erwarten, von diesem Ort wegzukommen. *Monsieur,* ich werde nicht mehr hierher zurückkehren. Ich werde nach den Osterferien ins öffentliche *Lycée* nach Martigues gehen.«

Loïc nickte. »Das war zu erwarten. Ich würde auch gern woanders arbeiten. Aber ich muss das Schuljahr fertig machen. Und danach suche ich um Versetzung an.«

»Die Direktorin ist wirklich eine feige Kuh«, meinte Christine.

Loïc musste ihr recht geben. Er war sehr enttäuscht. Enttäuscht von der Schulleitung, von seinen Kollegen, die nicht mit ihm über die Sache sprechen wollten, und von der korrupten Lage im Allgemeinen.

»Also glaubst du, dass sie Emeline vergewaltigt haben?«, fragte Loïc vorsichtig. »Naomi hat so eine Bemerkung gemacht.«

Er wollte vor seiner Schülerin den Satz: »Die Lesbe musste mal gefickt werden«, nicht aussprechen.

»Ich befürchte es.« Christine kaute an ihrer Unterlippe und Loïc hatte das Gefühl, dass sie viel mehr wusste, als sie ihm sagte. Wahrscheinlich hatten sie Christine unschädlich gemacht, während sie sich um Emeline gekümmert hatten. Und nun drohten sie ihr mit dem Tod, damit sie nicht sprechen würde.

Als sie zum Bahnhof kamen, fuhr der Zug aus Marseille in Richtung Carry-le-Rouet gerade ein.

»Schnell! Versuch ihn zu erwischen!«, befahl Loïc, und Christine nahm ihre Taschen, sprang aus dem Auto, winkte ihm zu und verschwand. Er sah sie hinter dem kleinen Bahnhofsgebäude in den Zug steigen. Die Tür schloss sich und der Zug fuhr an. Loïc atmete auf. Christine war in Sicherheit. Aber konnte man vor diesen Leuten jemals in Sicherheit sein, trotz Lockdown und Home-Schooling? Er hatte kein gutes Gefühl. Trotz allem.

PRESSEARBEIT

Die Situation spitzte sich zu. Schließlich hatte die Regierung sich doch dazu durchgerungen, wie in Italien die Schulen zu schließen. Denn Kinder seien anscheinend die gefährlichsten Überträger des Virus. Auch wenn sie selbst nicht gefährdet waren, stellten sie ein Risiko für ihr Umfeld dar. Laura wusste nicht, was sie über das Ganze denken sollte. Sie fand die Ereignisse der Woche sehr chaotisch. Zwei Tage zuvor hatte die Regierung versichert, man würde die Schulen auf keinen Fall schließen, nun wurden sie geschlossen und alle Versammlungen von über fünfzig Personen waren verboten. Doch man hielt daran fest, dass Masken nutzlos waren, während man in anderen Ländern das Tragen von Masken vorschrieb. Die Gemeinderatswahlen sollten nach wie vor stattfinden. All jene, denen es möglich war, sollten im Home-Office arbeiten.

Der Präsident hatte drastische Maßnahmen angekündigt, die sich vielleicht Anfang der Woche noch einmal verschärfen würden. Eine Ausgangssperre wie in Italien wurde im Moment nicht erwogen, doch das konnte noch kommen. In Norditalien stieg die Zahl der Corona-Toten mit jedem Tag an und die Spitäler wurden immer voller. Andere europäische Länder wie Österreich und Teile Deutschlands hatten ebenfalls Maßnahmen ergriffen. In Großbritannien wurde nicht reagiert, der Premierminister meinte, die Leute müssten sich alle anstecken, um immun zu werden. »Es wird tausende Tote geben«, hatte er die Bevölkerung gewarnt.

Laura spürte, wie Nervosität sich ihrer bemächtigte. Die Stimmung in der Redaktion war seltsam. Es herrschte eine ungewöhnliche Geschäftigkeit, aber zugleich schienen alle ziemlich resigniert. Wahrscheinlich bereitete sich der eine oder der andere schon auf das Sterben vor. Laura, die noch jung und gesund war, machte das Virus keine Angst. Doch einige ihrer Kollegen schienen sich vor einer Infektion sehr zu fürchten. Die meisten hatten nun Fläschchen mit Desinfektionsmittel auf ihrem Schreibtisch stehen und rieben sich alle paar Minuten die Hände damit, manche hatten auch Masken mit, die sie zum Einkaufen und in den öffentlichen Verkehrsmitteln trugen.

Die Tatsache, dass die Wahlen trotzdem stattfinden sollten, stimmte die meisten Journalisten ziemlich ratlos. Man schloss die Schulen, untersagte Versammlungen, stellte die Leute auf Home-Office um, aber hielt Gemeinderatswahlen in engen Wahllokalen ab?

»Die Verschiebung der Wahl wäre zu teuer«, erklärte François, der Chefredakteur, bei ihrer Redaktionssitzung. »Außerdem muss gewählt werden. Ein Drittel aller Bürgermeister wird die absolute Mehrheit erlangen und bereits im ersten Wahldurchgang gewählt werden. Allerdings wissen wir nicht, ob der zweite Wahldurchgang, der normalerweise zwei Wochen nach dem ersten stattfinden sollte, organisiert werden kann.«

Er erklärte, dass nun alle Journalisten im Home-Office arbeiten und ihre jeweiligen Recherchen von daheim aus koordinieren sollten. Laura frohlockte. Das passte ihr besonders gut, so hatte sie Zeit, sich um die Sache in Carry-le-Rouet zu kümmern und konnte auch in Ruhe arbeiten. Sie schrieb ohnehin zuhause am liebsten, in ihrem hellen Wohnzimmer, wo es sehr ruhig war. Das war viel einfacher als in der Redaktion, wo sie in einem Open Space saß und ständig gestört wurde. Allerdings würde die Zusammenarbeit mit den Kollegen nicht so einfach sein. François musste alles koordinieren, die kommende Woche schien ihm Sorgen zu bereiten. Er verteilte die Aufgaben für das Wochenende, sie würden wegen der Wahl viel arbeiten. Und jeden Tag würde es eine Videokonferenz mit dem gesamten Team geben, auch am Samstag und Sonntag.

Laura sollte sich um die Gemeinden kümmern, die sie bereits bearbeitet hatte. Sie sollte weiterhin verfolgen, was dort, ein wenig außerhalb von Marseille, los war. Das traf sich gut, Carry-le-Rouet war dabei. Daniel grinste Laura zu. Er las ihre Gedanken. Er selbst musste einen Artikel über den gegenwärtigen Bürgermeister von Marseille und dessen Nachfolgerin schreiben. Lizzy sollte über den

Marseiller Frühling berichten, die Union der Linken, und Georges über die rechtsextreme Partei, das *Rassemblement National*, und über den Kandidaten der Regierungspartei. Michelle, die neu war, sollte sich mit den restlichen Parteien befassen.

Am Sonntag, dem Wahlabend, sollte Laura eine Beschreibung der allgemeinen Wahltendenzen in Frankreich liefern. Daniel sollte Marseille bearbeiten, Lizzy die Wahlbedingungen in Corona-Zeiten und Georges die Stimmung in ganz Frankreich.

»Es wird eine große Wahlabwesenheit erwartet«, erklärte François. »Und hier in Marseille werden als Favoriten RN und die Rechtskonservativen gesehen.«

Laura bemerkte Lizzys finsteren Blick. Ihr Mann war auf der Liste der Union der Linken ziemlich weit vorn, und Lizzy gefiel es nicht, dass man ihn und seine Partei bereits als Verlierer abstempelte.

»Es wird eine Überraschung geben«, prophezeite sie, als sie und Laura nach der Konferenz miteinander den Raum verließen. »Die Leute haben genug vom Bürgermeister und seiner korrupten Partei, und RN nervt sie auch schon. RN hat kein Programm. Bloß Ausländer raus. Und dann geht es uns um so vieles besser?« Wütend schnaubte Lizzy und stampfte zu ihrem Computer. Sie war eine kleine, stämmige Fünfundvierzigjährige, die vor Energie nur so strotzte.

Laura seufzte. Sie wusste nicht, ob sie zur Wahl gehen würde. Sie hatte noch nicht entschieden, wen sie wählen sollte.

Sie wollten am Sonntag mit Florian, Jérémie und Pierre in die Calanques wandern und dort Picknick machen, bevor sie am späten Nachmittag und am Abend arbeiten musste.

Nadia hatte auch ihre neue Kollegin eingeladen, mitzukommen.

»Sie kennt die Gegend überhaupt nicht«, hatte sie gemeint.

»Und so ist Pierre nicht ganz allein«, hatte Laura gelacht.

Doch Nadia hatte ihr erzählt, dass Fiona im Moment von Männern nicht viel wissen wolle. Ihr Freund habe sie vor der Trennung mehrmals vergewaltigt und das Ende der Beziehung sei sehr dramatisch gewesen. Laura seufzte. Wie viele Frauen waren bereits vergewaltigt oder auch nur sexuell belästigt worden? Wie viele Frauen wurden von ihren Lebensgefährten regelmäßig geschlagen? Sogar Frauen wie Nadia und Fiona, Polizistinnen, die sich eigentlich wehren konnten, wurden Opfer von gewalttätigen Männern. So etwas hinterließ Spuren, die ein Leben lang nachwirkten. Vor allem in Lauras Fall. Es gab keinen Tag, an dem sie nicht an ihre Vergewaltigung dachte, bei der sie beinahe umgebracht worden war.

Lauras Mobiltelefon läutete. Es war Nadia.

»Laura«, meinte diese atemlos, »es geht bei uns alles drunter und drüber. Aber ich habe einen Film bekommen. Die Clique hat heute Christine bedroht, Emelines Freundin. Und der Englischlehrer hat aufgenommen und teilweise gefilmt. Wir haben einen Beweis! Schau mal, was du damit bei der Zeitung machen kannst. Ich schicke ihn dir.«

Laura seufzte. François, den die Home-Office-Geschichte und die Wahlen ohnehin schon stressten, würde für diese Sache nicht empfänglich sein.

Doch sie musste es trotzdem versuchen. Das schuldete sie Pierre, Nadia, Emeline und ihrer Freundin. Und dass sie eine Aufnahme als Beweismaterial hatten, war auf jeden Fall eine sehr gute Nachricht. Es würde den Rechtsanwalt Castini, den Nadia anheuern wollte, motivieren, mit ihnen zu arbeiten. Laura hörte sich die Aufnahme an. Bilder gab es nur wenige, doch man konnte deutlich sehen, wer dabei war. Und die Qualität der Aufnahme war gut. Man konnte hören, dass Christine bedroht wurde.

Wenn du sprichst, dann stirbst du, sagte Naomi. Sie meinte auch, es wäre für sie leicht, jemanden zu eliminieren, weil ihr Vater Kontakte in der Vorstadt hatte. Eine interessante Information!

Und dann sprachen sie davon, dass *Lesben auch mal gefickt werden müssen.*

Laura verzog unwillig den Mund. Es klang wie ein Beweis dafür, dass einer der Jungen Emeline vergewaltigt hatte. Wahrscheinlich handelte es sich um eine Gruppenvergewaltigung.

François brummte vor sich hin, als Laura in sein Büro trat. Sie spielte ihm die Aufnahme vor, die er etwas ungeduldig anhörte.

»Laura«, meinte er ziemlich herablassend, »sei nicht naiv, das ist blödes Geplänkel. Die jungen Leute reden so. Bellende Hunde, die nicht beißen. Daraus kann ich keinem einen Strick drehen. Und noch weniger einen Artikel in eine ohnehin proppenvolle Zeitung einfügen. Vor allem derzeit.«

Laura seufzte. Sie hatte es ja gewusst. Doch sie sagte: »François, dieses Mädchen ist in Gefahr. Und die Polizei will sie nicht schützen. Nadia darf nicht ermitteln.«

»Laura, wir sehen in ein paar Tagen weiter! Im Moment haben wir wirklich anderes zu tun. Ich will davon jetzt nichts mehr hören. Ich … verdammt, was für eine *merde*, diese Gesundheitskrise!«

Er wischte sich über die Stirn. Laura erkannte, dass er mit der Situation ziemlich überfordert war. Was sie gut verstehen konnte. Er musste das Home-Office für die Mitarbeiter organisieren und alles koordinieren, noch dazu begann das Ganze an einem Wochenende, an dem er ohnehin Stress hatte. Sie hätte nicht an seiner Stelle sein wollen.

»Kann ich dir irgendwie helfen, François?«, fühlte Laura sich verpflichtet zu fragen.

»Nein, im Moment nicht. Aber es kann natürlich sein, dass ich dir zusätzliche Arbeit gebe. Bleib bitte das ganze Wochenende erreichbar! Und am Sonntag um fünf am Abend haben wir ohnehin unsere Videokonferenz.«

Entmutigt verließ Laura das Büro ihres Vorgesetzten. Einstweilen würde sie es nicht schaffen, ihre Zeitung für den Fall Emeline Bernier zu interessieren.

Denn es war die Hölle los.

Warum sagte die Regierung nicht zumindest die Gemeinderatswahlen ab?

ABEND

Es war ein anstrengender Tag gewesen und sie hatten bis zum Abend in der Vorstadt gearbeitet. Nadia hatte mit mehreren Ermittlern und ihren Teams mit der Hilfe und dem Schutz der CRS mehrere Wohnungen in der Vorstadt la Busserine durchsucht.

Sie hatten einige Leute verhaftet und am Montag würden diese bereits dem Staatsanwalt und dem Untersuchungsrichter vorgeführt werden. Sie waren bei der Bande dabei gewesen, die im Winter vier Personen hatte hinrichten lassen, doch man wusste noch nicht mit Sicherheit, wer geschossen hatte. Die Kommissare nahmen sich der Sache an und die Lieutenants und Capitaines sollten am Montag erneut in die Vorstadt, um dort noch weitere Leute zu befragen. Es war zu keinen gewalttätigen Zusammenstößen mit der Bevölkerung gekommen, weil sie sehr zahlreich in dem Stadtviertel aufgetaucht waren. Allerdings wusste Nadia nicht, wie sie am Montag empfangen wurden. Einige Kollegen arbeiteten am Samstag weiter, Nadia hatte am Wochenende frei, sie musste diesmal keine Überstunden machen, weil es nicht ihre Ermittlung war. Was die Rumänen betraf, so hatten sie es geschafft, zehn Personen zu verhaften. Es hatte zwar keiner zugegeben, im Herbst bei diesem Raubüberfall den jungen Mann ermordet zu haben, doch man hatte ihnen allen mehrere Einbrüche und Überfälle nachweisen können. Einige saßen schon im Gefängnis. Der Kommissar war sehr zufrieden und hatte Nadia gelobt.

»Mann, ihr legt ja ein Mordstempo vor«, meinte Pierre, als Nadia ihn anrief, um ihm von dem Film zu erzählen, den der Englischlehrer ihr aus dem *Lycée Saint Christophe* geschickt hatte. »Wir hatten heute nicht einmal Zeit zu Mittag zu essen, dabei waren wir zu zweit!«

»Ja, das ist der Druck vor den Wahlen! Obwohl sich eigentlich keiner für die gefangenen Rumänen, die Einbrüche, Überfälle und den Mord vom Herbst interessiert. Jeder überlegt nur, ob er zu den Wahlen gehen soll, weil er Angst vor einer Ansteckung hat.«

»Ja, ich weiß gar nicht, ob ich wählen soll. Obwohl ... ich habe ja bei Gericht heute mehrere Dutzend Leute getroffen. Da kommt's auch nicht mehr darauf an.«

»Wir machen am Sonntag ein Picknick in den Calanques. Jérémy, Florian und Fiona kommen mit. Du kommst doch auch?«

»Gern. Ein wenig Freizeit werde ich mir trotz allem gönnen!«

»Wir werden nicht so lange bleiben. Laura muss am Abend auch arbeiten.«

»Super. Sag mir, wann und wo der Treffpunkt ist!«

Dann erzählte Nadia ihm vom Gespräch der Clique mit Christine, welches der Englischlehrer aufgenommen hatte.

Pierre wirkte sehr aufgeregt.

»Es scheint also wirklich, dass sie Emeline vergewaltigt haben«, japste er.

»Ja. Aber wir brauchen mehr Beweise. Castini ist nicht interessiert.«

Nadia hatte ihren ehemaligen Rechtsanwalt am Vorabend erreicht. Doch dieser war ziemlich durch den Wind gewesen. Er war im Stress, diese Geschichte mit den Schulschließungen, dem Home-Office und den Einschränkungen des öffentlichen Lebens bereitete ihm viel Mehrarbeit und organisatorische Schwierigkeiten. Er hatte nur mit halbem Ohr angehört und gemeint: »Nadia, ich kann im Moment leider nichts für Sie tun. Ich habe Arbeit bis über beide Ohren. Melden Sie sich bitte nächste Woche noch einmal und ich verspreche Ihnen, dass ich mir alle Ihre Argumente anhören werde. Aber nicht heute.«

Nadia seufzte verzweifelt. Es war einfach nicht die richtige Zeit dafür, einen Skandal aufzudecken! Hätte die Sache doch nur drei Wochen früher stattgefunden, dann wäre sie auf viel mehr Interesse bei der Presse und bei den Rechtsanwälten gestoßen, während nun alle damit beschäftigt waren, ihr Home-Office zu organisieren, über die Wahlen zu spekulieren und sich Sorgen um ihre Gesundheit und ihre Arbeit zu machen. Und die Übeltäter und ihre korrupten Eltern profitierten davon.

Als Nadia nach Hause kam, war Laura noch nicht da. Das war nicht erstaunlich, sie hatte angekündigt, dass sie viel Arbeit haben würde.

Nadia beschloss, für sie beide das Abendessen zu bereiten. Es war schon spät und sie würden zu ihrem traditionellen Glas Wein nur etwas Kleines essen. Ein gemischter Salat mit Tomaten, Karotten, Thunfisch, Mais und Eiern würde reichen. Außerdem hatte Nadia ein gutes Vollkornbrot aus der Bäckerei geholt, die nur drei Minuten von ihrer Wohnung entfernt war. Als alles fertig und der Tisch gedeckt war, beschloss Nadia, Loïc anzurufen. Er meldete sich sofort.

»Wie geht es Ihnen?«, fragte Nadia.

»Nun, eigentlich gut, weil ich die Schüler nicht mehr sehen werde. Aber ich muss trotzdem einige Stunden pro Woche in die Schule gehen und meine Direktorin treffen. Darauf könnte ich verzichten.«

»Verständlich. Mir geht es wie Ihnen. Ich könnte meinen Kommissar auf den Mond schießen. Er ist korrupt und mitläuferisch. Ich danke Ihnen für die Aufnahme. Sie wird mir helfen, den Anwalt, mit dem ich arbeiten will, zu motivieren, den Fall zu übernehmen. Doch im Moment ist er etwas im Stress.«

»Alle sind im Stress. So etwas wie derzeit ist noch nie geschehen. Schließung der Schulen, Einschränkung des öffentlichen Lebens … aber Sie sehen, Naomi gibt einiges zu. Und sie bedrohen Christine ganz offen.«

»Ja. Ich hatte von Anfang an den Verdacht, dass Emeline vergewaltigt worden ist. Denn warum sonst sollte sie sich umbringen? Ich weiß aus Erfahrung, dass eine Vergewaltigung etwas ist, worüber eine Frau sehr schlecht hinwegkommt.«

In diesem Moment klickte die Tür und Laura trat in die Wohnung. Nadia winkte ihr zu und beschloss, das Thema zu wechseln.

»Was meinen Sie, welche Ihrer Kollegen könnte ich morgen anrufen, damit sie mir ein wenig mehr erzählen? Den Turnlehrer?«

Loïc schwieg einen Moment lang. »Probieren Sie es mit dem Turnlehrer, mit der Geschichtslehrerin und der Spanischlehrerin. Vielleicht sind sie bereit, mit Ihnen zu sprechen, jetzt, da die Schule auf Notbetrieb heruntergefahren wurde und sie ihre verhassten und gefürchteten Schüler der 2B nicht mehr jeden Tag vor sich sitzen haben.«

»Gut, ich werde das tun. Ihnen ein schönes Wochenende und wir halten einander auf dem Laufenden!«

Nadia legte auf und trat auf Laura zu, die sich gerade die Hände gewaschen hatte.

»Mann, bin ich müde! Und sollte fast das ganze Wochenende arbeiten!« Laura umarmte Nadia und lehnte sich an sie.

»Komm, jetzt essen wir erst mal, danach wirst du ein wenig mehr Energie haben.«

Laura erzählte, dass sie ab nun von zuhause arbeiten und nicht mehr in die Redaktion gehen würde. François würde ihnen jeden Tag über Zoom ihre Aufgaben zuteilen.

Nadia zuckte mit den Schultern. »Gut so. Als Journalist kann man gut außerhalb seines Büros schreiben. Und du arbeitest ohnehin schon oft zu Hause!«

Für sie selbst würde Home-Office allerdings nicht möglich sein. Nadia fragte sich, wie sie ermitteln sollten, wenn das öffentliche Leben wirklich eingeschränkt war und ein Kontaktverbot bestand.

Bald saß Nadia vor dem Fernseher, Laura lag auf dem Sofa, ihr Kopf auf Nadias Knien. Nadias Hände spielten mit Lauras goldenen Locken. Sie sahen sich die Nachrichten an, Nadia bemerkte, dass Laura immer wieder einschlief.

»Geh doch duschen, *Chérie*!«, meinte sie irgendwann.

»Ja, das werde ich machen!« Langsam erhob sich Laura.

Nadia wollte die Nachrichten zu Ende schauen. Sie wollte wissen, was nun weiter geschehen sollte. Es wurde anscheinend erwogen, bald auch alle Restaurants, Cafés und Bars zu schließen.

Nadia hielt erstaunt inne. Sie konnte sich nicht vorstellen, ohne Cafés, Restaurants und Bars zu leben. Was sich anbahnte, war wirklich eine riesige Katastrophe. Eine Gesundheitskrise, die eine Wirtschaftskrise nach sich ziehen würde. Zum Glück hatten Nadia und sie Jobs, die nicht von der Gastronomie und vom Tourismus abhängig waren. Sie würden weiterarbeiten und ihre Gehälter bekommen. Aber was geschah mit all jenen, die Restaurants und Bars besaßen? Nadia dachte an Lauras Verehrer, den Besitzer des Restaurants in l'Estaque, an die Dame, die die kleine Bar ganz in der Nähe ihrer Wohnung besaß und einen besonders guten Cappuccino machte, an das Restaurant *Mimi* am Hafen, wo sie mit Fiona gegessen hatte, und an ihr Lieblingsrestaurant im Prado-Viertel, das *Chez Marcel*.

Diese Leute verrichteten ihre Arbeit mit besonders viel Liebe, und nun sollten sie ganz plötzlich nicht mehr öffnen dürfen? Die meisten von ihnen würden in Konkurs gehen! Nadia konnte es kaum glauben. Und all jene, die im Tourismus arbeiteten, die selbstständig waren? Sie dachte an Michel, Florians Kumpel, den Fremdenführer, der ihr so viel über Marseille erzählt hatte. Beinahe hätte sie zu weinen begonnen. Eine Woche zuvor hätte sich das alles keiner erwartet, und nun schien plötzlich die ganze Welt auseinanderzufallen. Schwankend vor Müdigkeit erhob Nadia sich von ihrem Sofa und schleppte sich ins Badezimmer. Jetzt wurde ihr erst bewusst wie müde sie war. Es war ein langer Tag gewesen.

DER LETZTE TAG IN DER SONNE

Sie waren in die *Calanque en Vau* gewandert, die Perle aller Calanques, eine Felsbucht, in der sich schneeweiße Kalkfelsen über einem Sandstrand mit türkisblauem Meer erhoben.

Der Nationalpark der Calanques befand sich östlich von Marseille. Es handelte sich um einen zwanzig Kilometer langen Küstenstrich mit einer Felsküste und an die zehn liebliche Felsbuchten. Einige davon reichten ziemlich weit ins Landesinnere hinein, ein Wanderweg verband die Buchten untereinander, man konnte aber auch von der *Route de la Gineste,* einer Straße, die circa vier Kilometer nördlich des Meeres durch die Hügel führte und Marseille mit dem östlich des Nationalparks liegenden Ferienort Cassis verband, bis in die Calanques wandern, wie sie es an diesem Morgen taten. Die Wanderung nach En Vau ging von einem Parkplatz an der Straße *la Gineste* durch einen Kiefernwald und dann durch ein enges Tal bis zum Meer. En Vau hieß auf provenzalisch »im Tal«. Das Magazin *National Geographic* hatte diese Calanque als einen der weltweit schönsten Strände klassifiziert, worauf die Marseiller natürlich mächtig stolz waren.

Laura liebte diesen Ort. Sie war in der Provence geboren und aufgewachsen, deshalb waren ihr die Naturschönheiten Südfrankreichs nicht unbekannt. Doch erst seit sie ihr vierjähriges Studium in Paris beendet hatte und wieder in ihrer Heimat arbeitete, war ihr bewusst, wie glücklich sie im Süden lebten.

Die Sonne schien, es war noch etwas kühl, doch es versprach ein relativ warmer Frühlingstag zu werden. Nadia und Laura waren bereits wählen gegangen, Laura hatte beschlossen, die Grünen zu wählen, während Nadia sich für die Liste der vereinigten Linken entschieden hatte. Sie waren zum Glück früh dran gewesen und hatten nicht

Schlange stehen müssen. Florian, Jérémie, Pierre und Fiona hatten sie bereits auf dem Parkplatz erwartet und sie waren losmarschiert.

Laura fand Fiona sehr sympathisch, und sie musste zugeben, dass Nadias neue Kollegin außergewöhnlich hübsch war. Sie verstand, dass die Jungs im Kommissariat verrückt wurden, und ertappte sich dabei, froh zu sein, dass Fiona keine Lesbierin war. Laura war beinahe eifersüchtig auf diese Polizistin, die mit Nadia den Alltag im Kommissariat teilte.

Außer ihnen waren einige andere Gruppen unterwegs, meistens mehrere Familien mit Horden von kleinen Kindern und Hunden aller Größen.

Am Vorabend hatte die Regierung beschlossen, die Restaurants, Bars und Cafés ab diesem Sonntagmorgen zu sperren.

»Irgendwo ist da etwas nicht logisch« meinte Jérémie. »Die Wahllokale sind proppenvoll, die Leute gehen in Massen zum Picknick aber die Restaurants und Bars müssen schließen. *Putain!*«

Die Ankündigung der Schließung der Restaurants hatte Nadia dazu bewogen, am Samstagabend unbedingt ein letztes Mal ins Restaurant *Chez Marcel* gehen zu wollen, das eine besonders gute Fischsuppe anbot. Sie hatten angerufen und sofort einen Tisch bekommen. Der Besitzer kannte sie. Nadia hatte dann die Idee gehabt, Pierre und Fiona zu fragen, ob sie auch mitkommen wollten. Florian und Jérémie waren bei Freunden eingeladen. Es war ein angenehmer Abend geworden. Laura hatte zwar anfangs bemerkt, dass Pierre Fiona etwas einschüchterte, doch nach einem Glas Wein hatte sie wohl vergessen, dass er der Staatsanwalt war. Sie hatte sich sogar von ihm nach Hause bringen lassen und war damit einverstanden gewesen, dass er sie am nächsten Tag abholte, um zum Treffpunkt zur *Route de la Gineste* zu fahren.

»Nun ist er auch im Rennen. Fiona hat eine unglaubliche Auswahl. Vom einfachen Brigadier über Lieutenants und Capitaines bis zum Staatsanwalt ist alles dabei«, hatte Nadia lachend gemeint. Doch Laura wusste ganz genau, wie Fiona sich fühlte. Sie wollte von Männerbeziehungen so wenig wie möglich wissen. So wie Laura nach ihrer Vergewaltigung, bei der ihr Peiniger sie beinahe erwürgt hatte. Doch Laura hatte damals Nadia kennengelernt und den Männern endgültig den Rücken gekehrt.

Im Moment ging Pierre mit Fiona voran und erklärte ihr die politische Situation in Marseille. Laura seufzte, wenn sie daran dachte, dass sie am Nachmittag nach dem Picknick sofort einen Artikel über die Wahlen ausbrüten musste. Sie sollte zusammenfassen, was in ganz Frankreich geschah. Nicht ganz einfach, wenn man bedachte, dass jedes Dorf eigene Parteien besaß. Doch die globale Tendenz waren die geringe Wahlbeteiligung, der immer größer werdende Erfolg der RN, der rechtsextremen Partei, und der sich verringernde Erfolg der Regierungspartei LREM und der Sozialisten.

»*Mon Dieu*, ist es hier schön!«, rief Fiona bewundernd, als sie ein enges, mit Kiefern bewachsenes Tal durchquerten. »Wie im Paradies.«

»Warte nur, bis wir erst am Wasser sind!«, erklärte Nadia.

Bald schon kamen sie zum Strand von En Vau. Vor sich sahen sie die türkisblaue Bucht mit den hohen Felsen. Laura erinnerte sich an die Woche zuvor. Sie waren auch nach En Vau gewandert, allerdings hatten sie selbst, Florian und Jérémie zwei Flaschen Rosé getrunken, während Nadia und Pierre eine relativ schwierige Kletterroute bezwungen hatten. In dieser Calanque gab es mehr als hundert gesicherte Kletterrouten, sie war für Sportler das absolute Paradies. Auch andere Felsbuchten boten schöne Routen und Nadia kletterte fast jedes Wochenende im Nationalpark der Calanques. Laura ging häufig mit, um mit einem Buch oder ihrem Laptop ein wenig in der Sonne zu sitzen, während ihre Freundin die steilen Wände bezwang.

Alle waren sie eine Woche zuvor mehr oder weniger zum Auto getorkelt, drei von ihnen, weil sie zu viel getrunken hatten, die beiden anderen, weil der Klettersteig ihnen alles abverlangt hatte. Lachend erzählten sie Fiona von der Begebenheit und meinten, sie müsse nun bald ihr Team wählen. Die Sportlichen oder die Gemütlichen!

Fiona lächelte und sah mit leuchtenden Augen auf das Meer.

»Wirklich wunderschön, diese Bucht, diese Calanque, wie ihr sie nennt. Ich wusste überhaupt nicht, dass es so etwas in Frankreich gibt.«

»Ich wusste es auch nicht, bevor ich hierherkam«, meinte Pierre.

Florian schüttelte den Kopf. »Diese Leute aus dem Norden!«, seufzte er. Er selbst stammte aus der Gegend von Toulouse.

Sie setzten sich an den Strand und packten ihr Picknick aus. Florian, Jérémie und Pierre hatten Rosé mitgenommen.

»Im Süden gibt es eine einfache Regel« erklärte Florian. »Kein Picknick ohne Roséwein!«

»Das gefällt mir gut«, meinte Fiona.

Laura hatte kleine Cakes mit Oliven und Speck gebacken und begann sie auf Teller zu legen.

Sie stießen mit Plastikbechern an und nahmen einen Schluck Wein.

Fiona, Nadia und Jérémie wateten bald schon im seichten Wasser.

»Ist es kalt?«, fragte Laura, als sie wieder zu ihrer Decke zurückkamen.

»Ich würde mal sagen dreizehn oder vierzehn Grad«, meinte Jérémie. »Ideal für die Füße. Es erfrischt.«

»Ich glaube, ich werde schwimmen«, meinte Fiona.

Die anderen sahen sie erstaunt an.

Fiona zog sich das T-Shirt über den Kopf, schlüpfte aus der Hose und stand im Bikini vor ihnen. Bevor noch irgendjemand etwas sagen konnte, lief sie schon ins Wasser.

»Mon Dieu!«, ließ Pierre sich vernehmen.

Jérémie sah ihn an. »Was schockiert dich jetzt mehr? Dass sie so einen perfekten Körper hat oder dass sie in dieses kalte Wasser einfach hineinläuft?«

Er zeigte auf Fiona, die bereits schwamm.

»Beides«, meinte Pierre. »Wirklich beides.«

Laura unterdrückte ein Lachen. Fiona hatte tatsächlich einen perfekt proportionierten Körper. Ihre Brüste waren nicht wie Lauras zu groß und zu schwer, sondern fest und hoch, ihr Hinterteil war muskulös und ohne jegliche Cellulite. Sie hatte ziemlich lange, schlanke Beine und schien nicht wie Laura selbst ständig gegen die Fettleibigkeit kämpfen zu müssen. Pierre, der ohnehin eine Frau suchte und sich leicht verliebte, war bestimmt vollkommen hingerissen.

Jérémie deutete mit dem Kopf zum Wasser. »Du solltest vielleicht auch schwimmen«, meinte er, »um ihr zu zeigen, dass du ein Mann bist.«

»Meinst du?«, fragte Pierre zweifelnd.

Jérémie nickte. »Das beeindruckt sie sicher.«

Pierre zögerte, stand dann jedoch auf, zog sich bis auf die Unterhose aus und ging auf das Wasser zu.

»*Mon Dieu*, er tut es wirklich«, meinte Florian, »dabei hat er nicht mal eine Badehose mit. Bin ich froh, eine Tunte zu sein und nicht beweisen zu müssen, dass ich ein Mann bin. Diese Kälte … brrrrr!«

Alle lachten.

»Ich hätte nicht gedacht, dass er auch reingeht«, meinte Nadia. »Er scheint schon ziemlich auf sie abzufahren.«

»Vielleicht hat er diesmal Glück. Wir auf jeden Fall lassen uns inzwischen den Aperitif schmecken!« Jérémie rieb sich die Hände und prostete den anderen zu.

Nach zehn Minuten kamen Pierre und Fiona miteinander aus dem Wasser. Fiona trocknete sich ab und verschwand hinter Kiefern, um sich umzuziehen.

»Mensch, ist das kalt!«, meinte Pierre, als er sich abtrocknete.

Florian und Jérémie grinsten. »Nun, du weißt ja, warum du es getan hast. Hat sie sich gefreut?«, fragte Florian.

Pierre zuckte mit den Schultern. »Ich denke, es war ihr ziemlich egal. Bei einem so hübschen Mädchen wie ihr habe ich ohnehin keine Chance.«

»Aber nein, Pierre!«, widersprach Nadia. »Warum sagst du das?«

»Ach, ich bin kein schöner Mann. Meine Nase ist viel zu groß und spitz.«

»Nein!«, widersprach Laura.

»Die hübschen Frauen wollen mich alle nicht.« Pierre sah sie trübsinnig an. »Ihr beide seid ein gutes Beispiel dafür.«

»Wir sind Lesben!«, rief Laura, »wir wollen überhaupt keine Männer!«

»Ich denke, bei Fiona ist es überhaupt keine Frage der Nase«, erklärte Nadia. »Sie hatte Probleme mit ihrem Freund, der sie mehrmals vergewaltigt hat. Und jetzt glaube ich, will sie im Moment keinen Mann.«

»Das heißt, sie wird zur Lesbe, wie ihr«, seufzte Pierre.

»Ich denke nicht«, meinte Laura. »Nicht jede Frau, der ein Mann Gewalt angetan hat, wird zur Lesbe. Ich bin es nur wegen Nadia geworden.« Sie nahm Nadias Hand und drückte sie. Nadia strich über Lauras Knie und lächelte.

»Pierre, wenn ich dir einen Rat geben darf«, sagte Florian, »wenn du ihr Herz erobern willst, dann musst du dich im Moment in der totalen *Friendzone* positionieren.«

»Ja? Und in einer normalen Sprache heißt das?« Pierre sah ihn stirnrunzelnd an.

»Ihr ein guter Freund sein. Ohne irgendwelche Zweideutigkeiten«, sagte Nadia. »Ohne irgendwelche Versuche, mit ihr zu flirten. Ohne irgendwelche Blicke auf ihre Brust oder ihr Hinterteil. Behandle sie wie deine Schwester. Hast du eine Schwester, Pierre?«

»Nein!« Er schüttelte den Kopf. »Ich habe nur zwei fürchterliche jüngere Zwillingsbrüder, die alle Leute auf den Arm nehmen. Sie sehen komplett gleich aus und nützen das schamlos aus. Sie haben miteinander eine Anwaltskanzlei. Frigeri & Frigeri in Reims. Und sie teilen sich alles. Sogar ihre Familien. Keiner weiß, mit wem er es zu tun hat. Nicht einmal unsere Eltern. Außer mir. Sie nehmen sich vor mir in Acht, weil ich sie erkenne. Bei mir ist das intuitiv.«

»Wow!« Laura war beeindruckt. »Man würde meinen, irgendwelche Figuren aus einem Roman.«

Pierre seufzte. »Ich hätte tatsächlich lieber eine Schwester. Ich finde das, was sie machen, pervers.«

Fiona war zurückgekommen und sah ihn fragend an. »Worum geht es?«

»Um meine Brüder. Eineiige, komplett verwechselbare Zwillinge.«

»Oh, das ist sicher anstrengend für dich. Eineiige Zwillinge sind oft total miteinander verwachsen. Ich hatte lange Zeit zwei solche Freundinnen. Sie waren fast wie eine Person. Wenn eine etwas machte, fragte sie immer die andere, was sie davon hielt. Lange Zeit teilten sie sich denselben Freund. Wobei natürlich nicht alle eineiigen Zwillinge so sind.«

»Meine Brüder sind es sehr wohl. Es war sehr anstrengend«, seufzte Pierre. »Aber jetzt bin ich hier in Marseille und sie sind in Reims.«

Sie setzten sich im Kreis in den Sand. »Wir essen!«, rief Nadia.

»Ich ziehe mich schnell um«, meinte Pierre und verschwand hinter den Bäumen.

»Nun, ihr mögt das kalte Wasser nicht?«, fragte Fiona. »Wenn ihr bei uns im Norden wärt, würdet ihr nie baden.«

»Nein, hier im Süden hasst jeder kaltes Wasser«, meinte Jérémie.

»Außer Pierre.«

»Er hasst kaltes Wasser auch«, meinte Florian, »er hat es nur für dich getan. Er ist ein *French Lover.*«

Laura sah, dass Fiona errötete.

»Du siehst, du hast die Qual der Wahl. Nicht nur Polizisten, sondern sogar einen Staatsanwalt ...«

»Ich glaube, Fiona braucht nicht unbedingt einen Mann. Nur Freunde«, meinte Nadia und warf Florian einen strengen Blick zu.

»Ganz genau«, meinte Fiona, »Freunde wie dich brauche ich, Florian!«

Pierre war wieder zurück und sie begannen zu essen. Alle lobten Lauras und Nadias Nudelsalat und Fionas griechischen Salat. Pierre hatte *Fougasses,* gelöchertes, typisch provenzalisches Brot mit Oliven gekauft, und Florian und Jérémie hatten einen Kuchen als Nachtisch gebacken.

Während des Essens ließ es sich nicht vermeiden, dass sie sich wieder über Emeline Bernier und die Schule Saint Christophe unterhielten.

Nadia hatte am Samstagvormittag mit einigen Lehrern gesprochen. Die Spanischlehrerin, eine sehr junge, etwas schüchterne Frau, hatte ihr bestätigt, dass die Clique mehrere Schüler und auch Lehrer mobbte.

»Sie sind so unendlich boshaft, so abgrundtief gemein und grausam, sie haben mich des Öfteren zum Weinen gebracht. Und die Direktion ist ihnen nicht gewachsen.«

Sie hatte ebenfalls bestätigt, dass die meisten Initiativen von Naomi ausgingen, dass aber auch Mathilde und Léane den Unterricht störten, wann immer sie konnten.

»Und einige Jungen sowie andere Mädchen machen natürlich mit«, hatte sie Nadia erklärt. »Das schaukelt sich in dieser Klasse so auf, man kann sie kaum mehr unterrichten.«

Sicher war auch diese Lehrerin froh, nun Heimunterricht über Internet geben zu können. Die Geschichtslehrerin, die noch dazu die Klassenlehrerin war, hatte ähnliche Dinge erzählt und auch gemeint, dass nicht nur diese Klasse, sondern auch die Terminale A, die Arthur Adriani besuchte, Probleme bereitete, und dass sie sich sicher war, dass in der Schule ein Netzwerk von kriminellen Schülern aus guten Familien ihr Unwesen trieb. Anscheinend handelten sie auch mit Drogen und hatten Kontakte zur Vorstadt, vor allem die Schüler der *Terminale*.

Der Turnlehrer war sehr zurückhaltend gewesen. Er hatte zugegeben, dass er mit der 2B regelmäßig Probleme hatte. Außerdem hatte die Terminale A zugleich mit dieser Klasse Sport, sie waren immer abwechselnd im Freien und in der Halle, doch die Umkleidekabinen waren nicht weit voneinander entfernt und die beiden Klassen heizten sich gegenseitig auf, vor allem die Mädchen der 2B und die Jungen der Terminale A.

»Am Dienstag, als Sie Probleme mit der verletzten Schülerin hatten, wo war da der Sportlehrer der Terminale A?«

»Meine Kollegin war schon weg. Sie unterrichtet am Dienstag noch in einer anderen Schule und kann daher nie bleiben, um die Schüler zu überwachen. Aber mit siebzehn und achtzehn sollte man eigentlich dazu fähig sein, sich ohne die Aufsicht eines Lehrers umzuziehen. Außerdem dürfen wir gar nicht in die Umkleideräume der Schüler hineingehen.«

Der Lehrer hatte geseufzt und Nadia hatte Laura nach dem Telefongespräch gesagt: »Ich glaube, diese Jugendlichen müssen ständig überwacht werden, mehr noch als irgendwelche sechsjährigen Erstklässler. Und vor allem beim Umkleiden!«

Die Sache war verfahren. Die besagten Schüler hatten Dreck am Stecken, doch im Moment war es schwierig, das zu beweisen. Sie würden warten müssen, bis die Wahlen vorbei waren und diese Corona-Sache nicht mehr so viel Platz im Leben der Menschen einnahm. Doch leider hatte die Pandemie erst begonnen!

CASSIS

Fiona fühlte sich entspannt und glücklich. Sie liebte das Meer und fand die Küstenlandschaft der Calanques wundervoll. Vor allem genoss sie die Gesellschaft Nadias und ihrer Freunde. Dass ihre Vorgesetzte sie gleich am ersten Wochenende in Marseille eingeladen hatte, mit ihr und ihren Freunden den Sonntag zu verbringen, hatte Fiona angenehm überrascht. Nun konnte sie sich durchaus vorstellen, die kommenden Jahre in Marseille zu verbringen. Gegen halb vier brachen die Freunde auf, nachdem Fiona noch einmal geschwommen war. Sie mochte das eisige Wasser, vor allem war sie vom nördlichen Meer daran gewöhnt. Nadia, Laura, Jérémie und Florian behaupteten, niemals in so ein kaltes Meer springen zu können, Pierre hatte das eine Mal gereicht. Sie wanderten zurück zu den Autos.

»Wirklich eine super Landschaft!«, meinte Fiona bewundernd.

»Und du hast noch nicht alles gesehen«, erklärte Florian. »Es gibt noch andere wundervolle Calanques. Und der Ferienort Cassis ist sehr hübsch. Den zeigen wir dir bald.«

»Wir können jetzt hinfahren, wenn du willst, Fiona«, bot Pierre an. »Wir können beim Hafen parken und dort noch einen Kaffee trinken. Dann hast du das auch gesehen.«

»Nein, könnt ihr nicht«, widersprach Florian. »Erinnere dich, alle Cafés sind geschlossen!«

»Ach ja, hatte ich vergessen«, seufzte Pierre. »Man kann es sich kaum vorstellen! Aber wir können uns trotzdem zum Hafen setzen oder an den Strand gehen. Wer will mit?«

Die anderen verneinten dankend, sie hatten noch zu tun. Fiona hatte an diesem Abend nichts mehr vor und es war ihr egal, wann sie heimkam. Trotzdem zögerte sie. Wenn sie nun mit Pierre nach

Cassis fuhr, würde er beginnen, sich so zu verhalten, wie ihre Kollegen im Kommissariat es taten? Würde er versuchen, sie anzubaggern? Allerdings war er sicher nicht dumm und hatte sich, wenn sie ihn interessierte, bei Nadia über seine Chancen bei ihr erkundigt. Außerdem schien es ihm Freude zu bereiten, den Fremdenführer zu spielen, deshalb lehnte Fiona nicht ab.

Sie verabschiedeten sich von den anderen und fuhren in Pierres Auto die *Route de la Gineste* weiter in Richtung Osten. Die Straße führte durch Kalkfelsen, auf denen Büsche, Kräuter der Provence und einige Kiefern wuchsen. Fiona erkannte, dass es sich um eine sehr trockene Gegend handelte. Bald schon sah sie rechts unter sich, am Fuß der Kalkfelsen, die Bucht von Cassis, mit einem hübschen Hafen, der von bunten mediterranen Häusern umgeben war und weiter oben einige modernere Wohnanlagen.

»Ach, das ist schön!«, seufzte sie.

»Cassis ist einer der schönsten Orte unserer Region«, erklärte Pierre. »Allerdings nicht erschwinglich für unsereins.«

»Nicht einmal für dich?«, wagte Fiona zu fragen.

Er lachte. »Ich werde nicht besonders gut bezahlt. Für die vielen Stunden, die ich in der Arbeit verbringe … ich bin nur der Substitut, nicht der Procureur, der erste Staatsanwalt!«

Er deutete auf den Felsen, der sich zur anderen Seite des Ortes erhob. Es war eine steile und mächtige Felswand, die im Gegensatz zu den Felsen in En Vau, die komplett weiß waren, Rot- und Gelbtöne aufwies.

»Das ist das Cap Canaille«, erklärte Pierre. »Einer der höchsten Meeresfelsen Europas. Fast vierhundert Meter hoch. Auch ein beliebtes Klettergebiet. Man kann über eine winzige und sehr kurvenreiche Straße ganz nach oben fahren und hat eine schöne Sicht auf die Bucht von Cassis, die Felsen des Nationalparks der Calanques und den Ort La Ciotat, der östlich vom Cap Canaille liegt.«

Sie fuhren durch enge Straßen in die Bucht von Cassis hinunter. Pierre erklärte, dass der gute Weißwein, den sie am Vorabend mit ihrer Fischsuppe genossen hatten, aus diesem Ort kam. Die Weinberge erstreckten sich auf den Hängen oberhalb des Hafenstädtchens.

Trotz der geschlossenen Cafés und Restaurants waren viele Menschen unterwegs. Pierre hatte Glück und fand sofort einen Parkplatz, weil ein Auto wegfuhr.

Durch enge Gässchen zwischen bunten Häusern spazierten sie in Richtung Meer.

Der Hafen von Cassis war ebenfalls von gelben und rosaroten Fassaden umgeben und bot ein italienisches Flair. Auf der Südostseite des kleinen Hafens befand sich ein ziemlich hässliches, modernes Gebäude, das nicht ins Bild passte.

»Der Tourismusverband und die Hafenverwaltung«, meinte Pierre. »Nicht gerade der örtliche Stil. Keine Ahnung, was sie sich gedacht haben, als sie das bauen ließen! Und dort oben befindet sich das Schloss von Cassis.«

Er zeigte auf eine Burg, die sich oberhalb des Ortes auf einem Felsen erhob und gewiss renoviert worden war. »Heute ein sehr teures Gästehaus. Ein Zimmer kostet an die sechshundert Euro.«

»Wow«, meinte Fiona. »Wohl was Besonderes!«

Es war seltsam, die Cafés geschlossen und die Terrassen komplett aufgeräumt zu sehen. Nur zwei Cafés waren geöffnet, weil es sich um Tabaktrafiken handelte. Doch auch sie durften nur Getränke in Dosen verkaufen. Pierre und Fiona gingen um den Hafen herum zu dem kleinen Strand, auf dem viele Leute in der warmen Nachmittagssonne saßen.

Keiner schien sich über das Virus Gedanken zu machen. Fiona befürchtete, dass es weitere Lockdown-Maßnahmen geben würde, weil die Leute sich ziemlich sorglos verhielten und die Warnungen der Regierung, voneinander Abstand zu wahren, in den Wind schlugen.

Sie setzten sich ganz an den Rand des kleinen Strandes, wo es weniger voll war.

»Kommst du oft hierher?«, fragte Fiona.

»Ja, vor allem an milden Wintertagen, im Herbst und im Frühling. Im Sommer ist es mir zu voll. Ich bade hier nicht gern. Da fahre ich viel lieber Richtung Westen, wo es breite Sandstrände gibt. In die Camargue.«

»Aber auch in den Calanques muss das Baden im Sommer angenehm sein«, bemerkte Fiona.

»Ja, aber es gibt Tage, an denen die Wanderwege geschlossen sind. Wegen der Waldbrandgefahr. Deshalb sind einige Calanques in den heißesten Wochen des Jahres nur per Schiff zugänglich. Wie En Vau zum Beispiel.«

»Doch dort hinten«, er deutete nach Westen, »wo der Nationalpark der Calanques beginnt, befindet sich die Halbinsel. Dort gibt es schöne Felsplatten, auf denen sich im Sommer viele Leute sonnen.«

Es war wirklich eine wundervolle Gegend. Pierre erzählte Fiona von einem Inselarchipel, dem Archipel Riou, dürre Kalkfelsen, die sich ein wenig weiter westlich gegenüber den Calanques befanden. Er erklärte ihr, dass es sich bei den Calanques um Flusstäler gehandelt hatte, die nach der Eiszeit mit dem Ansteigen des Meeresspiegels vom Schmelzwasser überschwemmt worden waren. Die Inseln Riou waren früher Berge gewesen, die aus der Tiefebene aufgeragt hatten. Es gab auch eine Steinzeithöhle unter dem Meer, die *Grotte Cosquer*, die in den Achtzigerjahren von einem Taucher namens Henri Cosquer entdeckt worden war. In dieser Höhle befanden sich Handabdrücke und Tiermalereien aus der Steinzeit. Doch der Gang, der unter Wasser zu der Höhle führte, war zu gefährlich, man hatte ihn mit einer riesigen Eisenplatte abgesperrt. Das Ziel der städtischen und regionalen Politiker war nun, in der *Villa Méditerranée*, nicht weit von Fionas Arbeitsplatz, eine Rekonstruktion der Höhle auszustellen.

»Schade, ich hätte die richtige Höhle gern besichtigt«, meinte Fiona.

»Warum? Bist du eine Taucherin?«

»Nein, nicht wirklich, aber jetzt lebe ich am Mittelmeer und kann es werden.«

»Welche Sportarten betreibst du?«

»Ich jogge, schwimme und mache Muskeltraining und Aerobic. Ich möchte mir hier in Marseille einen Fitnessclub suchen.«

»Nicht so einfach derzeit. Die Fitnessclubs müssen auch alle schließen. Aber wenn du willst, kannst du mit mir joggen gehen.«

»Okay, gern. Mal sehen, wie früh oder spät ich diese Woche aus der Arbeit komme. Joggst du viel?«

»Ja, fast jeden Tag. Ich brauche diesen Ausgleich.«

»Und du kletterst auch?«

»Ja, seit einem Jahr. Könntest du ebenfalls versuchen. Unser Club ist super. Toller Kletterlehrer, sehr nette Leute. Aber«, er seufzte, »wahrscheinlich geht es bei uns auch erst weiter, wenn diese Corona-Geschichte vorbei ist.«

»Ja, seltsam. Keiner weiß, wo uns das hinführt. Aber wenn es lange dauert, werden die wirtschaftlichen Auswirkungen fürchterlich sein!«

»Klar. Denk an den Tourismus. Und an die Gastronomie.«

»Aber anscheinend ist es nötig, das öffentliche Leben einzuschränken.«

»Anscheinend.«

Sie spazierten wieder zurück zum Auto. Fiona wurde bewusst, dass sie Pierre gern mochte. Er hatte am Anfang sehr steif gewirkt, war aber sympathisch und freundschaftlich. Er fuhr mit ihr an den Westrand des Ortes, hinauf zur Halbinsel, wo sich ein Parkplatz befand. Nach einigen Minuten Wanderung durch einen Kiefernwald sahen sie auf eine schöne Küste mit Steinplatten hinunter.

»Können wir hinuntersteigen?«, fragte Fiona.

»Klar«, meinte Pierre. Vorsichtig stiegen sie auf einem der kleinen Pfade den Hang hinab. Bald standen sie auf einer Steinplatte, die sich direkt am Meer erstreckte. Einige Leute lagen in der Sonne, es war jedoch im Vergleich zum kleinen Strand von Cassis auf der Halbinsel wenig los.

Pierre erklärte: »Man hat hier die Küste abgetragen, wegen der Steinbruchaktivität. Wo wir jetzt stehen, waren früher steile, ungefähr vierzig Meter hohe Felswände. Der Kalkstein von Cassis ist sehr begehrt, weil er ein Baumaterial besonders guter Qualität darstellt. Doch ab den Neunzigerjahren wurde der Abbau verboten, weil hier ein Nationalpark gegründet wurde. Auf der anderen Seite der Halbinsel, in der Calanque Port Miou, sieht man noch Reste von Gebäuden, die für den Abbau errichtet worden waren.«

Nachdem sie einige Minuten in der Sonne gesessen und auf das Wasser gesehen hatten, dessen Gischt den Rand der Felsplatten leckte, stiegen sie wieder nach oben und gingen einen Pfad entlang auf die andere Seite der Halbinsel, wo sich die längste Calanque, Port Miou, befand. Pierre erklärte Fiona, dass diese Felsbucht eineinhalb Kilometer ins Landesinnere hineinreichte. Fiona sah unter sich steile Kalkfelsen und tiefblaues Wasser. Auf der anderen Seite der Calanque entdeckte sie einen Wanderweg, der oberhalb der Steilküste durch einen Kiefernwald die Bucht entlangführte. Ganz hinten in der Calanque, wo keine Steilküste mehr war, ankerten Schiffe zu beiden Seiten der Bucht.

»Das ist der Jachthafen Port Miou, der ungefähr fünfhundert Schiffe beherbergt.«

»Wunderschön«, hauchte Fiona. »Ein Traum.«

Sie spürte, dass Pierre sie von der Seite ansah. »Ich bin das erste Mal genau vor zwei Jahren hierhergekommen«, erzählte er. »Ich war erst wenige Wochen zuvor von Marne la Vallée nach Marseille versetzt worden. Es war auch an einem Sonntag. Ich war gerufen worden, weil ein Hund dort hinten, auf der anderen Seite der Calanque Port Miou, etwas oberhalb des Wanderweges ein Skelett ausgegraben hatte. Es waren die Knochen eines Siebzehnjährigen, der seit eineinhalb Jahren als vermisst galt. Und der Lieutenant, der ihn schon damals gesucht hatte, war Nadias Vorgesetzter gewesen. Bei dieser Ermittlung habe ich Nadia, Laura und Florian kennengelernt.«

»Grausam«, meinte Fiona. »Eine so schöne Landschaft und ein so makabrer Fund!«

»Ja«, pflichtete Pierre ihr bei. »Und der Labradorwelpe, der diesen Fund gemacht hat, gehörte einer Familie mit einem kleinen Mädchen und einer schwangeren Frau. Der Welpe war unglaublich. Er wollte mit allen spielen und von jedem gestreichelt werden.« Pierre lachte. »Aber der Fall war tragisch. Der Junge war von zwei Mitschülern entführt worden. Zuerst war es nur um einen Streit zwischen Freunden gegangen, in die sich ein aggressiver Mitschüler, der auch dealte, eingemischt hatte. Eine Rauferei, die außer Kontrolle geraten war …«

»Und wer hat den Jungen getötet?«

»Eine komplizierte Geschichte. Das Opfer hatte eine Beziehung mit seiner Lehrerin, die noch dazu die Mutter des besten Freundes war. Und als dieser es erfahren hat, war er sehr wütend und hat er mit dem Dealer die Entführung organisiert. Ein älterer Vorstadtjunge, der ein Auto besaß, hat sie auf der Straße Richtung Gineste mitten auf einem Forstweg abgesetzt, dort haben die beiden ihren

Kameraden in die Hügel gezerrt. Es kam zu einer Rauferei und der Dealer hat das Opfer mit einem Stein erschlagen. Mit der Hilfe des Vaters des anderen Jungen haben sie die Leiche hierher gebracht, sie wollten sie mit dem Boot im Meer entsorgen. Doch da die Jachten durch Kameras bewacht sind, haben sie umdisponiert und den Jungen weiter oben begraben.«

Pierre seufzte. »Eine grausame Geschichte!«

»Ja, allerdings. Wenn so junge Menschen sterben, ist das immer besonders schwierig mit anzusehen.«

Er nickte, und sie wusste, dass er dieselben Gedanken hatte wie sie. Auch er dachte an Emeline Bernier, die von ihren Mitschülern in den Selbstmord getrieben worden war.

Sie sahen noch ein paar Sekunden schweigend auf die Boote hinunter, dann fragte Pierre: »Fahren wir zurück nach Marseille?«

Fiona nickte und lächelte. »Danke für diese kompetente Führung.«

»Gern. Nächste Woche wieder, wenn du willst. Es gibt noch sehr viele schöne Orte in der Region zu sehen. Wenn wir nicht bis dahin eine vollkommene Ausgangssperre haben!«

Fiona hoffte, dass das nicht der Fall sein würde. Sie wollte weiterhin mit Pierre die Region erkunden. Sie war gern mit ihm zusammen, er wusste sehr viel über seine Wahlheimat und sie mochte seine Art zu sprechen. Sogar, wenn er irgendetwas Banales erzählte, drückte er sich sehr gewählt aus. Man merkte, dass Pierre viele Jahre Jura studiert und die sehr selektive *Ecole Nationale de Magistrature* absolviert hatte, um Staatsanwalt zu werden.

Wenige Minuten später saßen sie im Auto und fuhren über die *Route de la Gineste* zurück nach Marseille.

Fiona spürte, dass ein Gefühl der Unwirklichkeit sich ihrer bemächtigte. Ihre Ankunft in Marseille war seltsam. Da war einerseits diese spezielle Situation mit dem Corona-Virus, der Angst vor der Krankheit und den Einschränkungen des öffentlichen Lebens. Dann diese eigenartige illegale Ermittlung. Und nicht zuletzt fand sie es ungewöhnlich, mit einem Staatsanwalt befreundet zu sein. In Lille hatten die Staatsanwälte mit den Brigadiers nichts zu schaffen gehabt. Nicht einmal die Lieutenants und Capitaines hatten sie beachtet, nur die Kommissare.

»Wo wohnst du?«, fragte sie.

»Ich wohne im Prado-Stadtviertel. Nicht weit von den Stränden. In einer schönen Wohnanlage. Ich habe vor, dort in der Gegend eine Wohnung zu kaufen.«

»Willst du in Marseille bleiben?«

»Ja, ich würde es gern. Aber auch ich kann wegversetzt werden.«

»Vor allem, wenn du dir hier Feinde schaffst.«

»Ganz genau. Du hast es erfasst. Ich gehe ein Risiko ein. So wie ihr alle.«

»Wir werden sehr diskret ermitteln, um keine Probleme zu kriegen.«

Es war in der Stadt nicht viel Verkehr und bald standen sie vor Fionas Wohnheim.

Sie überlegte, ob sie Pierre einladen sollte, bei sich in der Wohnung etwas zu trinken, aber verwarf diesen Gedanken sofort. Sie kannte ihn noch nicht gut genug und wollte das Risiko, dass er es falsch verstehen könnte, auf jeden Fall vermeiden.

Doch sie ertappte sich dabei zu bereuen, dass sie sich nun trennen mussten.

»Hast du meine Nummer?«, fragte er.

Sie nickte. »Die vom Kartenhandy. Für unser illegales Business.«

»Ich gebe dir die andere auch. Die legale.« Er reichte ihr eine Karte.

»Schreib mir eine SMS! Dann habe ich deine Nummer auch. Wenn du Lust hast, mit mir joggen zu gehen, dann melde dich!«

Sie nickte, bedankte und verabschiedete sich, stieg aus, winkte ihm zu und ging in ihre Wohnung. An diesem Sonntagabend war weitaus mehr los als die Woche zuvor.

Die zwei Appartements neben Fionas waren nun besetzt und sie sah zwei junge Frauen ihres Alters, die ihre Habseligkeiten vom Parkplatz holten.

Sie grüßten freundlich.

»Brauchen Sie Hilfe?«, fragte Fiona, die sich noch gut an die sieben Male erinnerte, die sie eine Woche zuvor hinuntergefahren war, um ihre Kartons, Koffer und Taschen aus dem Auto zu holen.

»Danke, das ist nett«, sagte die eine, die kurze blonde Haare hatte. »Aber wir haben nicht viel Gepäck. Es ist ja wirklich alles in der Wohnung!«

Sie winkte Fiona zu. »Ich bin Sandy. Unter normalen Umständen würde ich Ihnen die Hand geben, aber das ist im Moment nicht ratsam!«

Fiona stellte sich vor.

»Ich bin Rosie«, sagte die zweite. »Und wir sind hier als Krankenschwestern angestellt. Wir sollen die beiden nächsten Monate hier im IHU in Marseille verbringen. In der Infektiologie. COVID.«

»Ach, da werdet ihr sicher genug zu tun bekommen«, sagte Fiona. »Aber … woher kommt ihr?«

»Aus den Südalpen. Wir sind selbstständige Krankenschwestern. Doch wir wurden gebeten, während der Krise in Marseille zu helfen. In den großen Städten werden mehr Fälle erwartet als bei uns oben. Wir haben uns freiwillig gemeldet.«

Fiona fröstelte. Die Sache war ernst, wenn aus ganz Frankreich Personal in die Großstädte geholt wurde!

»Das ist sehr mutig und selbstlos von euch, da mitzumachen«, meinte sie bewundernd.

Rosie zuckte mit den Schultern. »Wir werden nur durch diese Krise kommen, wenn jeder etwas dazu beiträgt. Die Leute werden gebeten, sich nicht mehr zu versammeln. Wo möglich, soll man auf Home-Office umsteigen. Diejenigen, die eine medizinische Ausbildung haben, bekämpfen das Virus. Aber in den nächsten Tagen werden viele Berufe ein wenig umgekrempelt. Was machen Sie?«

»Ich arbeite bei der PJ, bei der Kriminalpolizei.«

»Da müssen Sie sicher auch durcharbeiten, wie wir. Wahrscheinlich mit Überstunden, weil ganz Marseille überwacht werden wird.«

Ja, das befürchtete Fiona auch. Aber es war ihr egal. Je weniger Zeit sie allein verbrachte, umso besser war das für sie. Sie war gern mit ihren Kollegen unterwegs. Und sie fürchtete sich nicht vor dem Krankwerden.

Rosie und Sandy luden Fiona ein, später in Sandys Garçonnière ein Glas Wein zu trinken.

»Denn in den kommenden Wochen werden wir uns wahrscheinlich nicht besonders oft sehen«, meinte Sandy.

Fiona sagte gern zu. Sie konnte es kaum glauben. Sie war nun eine knappe Woche in Marseille und hatte an diesem Wochenende schon drei Einladungen bekommen, und das nicht einmal von Männern, die mit ihr anbändeln wollten! Man sagte immer, die Leute im Süden seien offener. Aber die meisten, mit denen sie zu tun hatte, stammten selbst nicht einmal aus der Gegend, nur Jérémie und Laura waren sozusagen Einheimische.

Fiona war glücklich und erleichtert, auch wenn dieses Gefühl der Unwirklichkeit sie nicht losließ und sie sich auf eine sehr außergewöhnliche Woche gefasst machte.

DIE ANSCHULDIGUNG

Loïc ging an diesem Montagmorgen ohne irgendwelche negativen Gefühle zur Arbeit.

Es war zwar aufwendig, das Home-Office für die Schüler zu organisieren, doch wie viel lieber war ihm das, als die 2B zu unterrichten! In der Schule herrschte trotz der Abwesenheit der Schüler eine ungewöhnliche Geschäftigkeit, viele Lehrer waren in Panik, weil sie den Anforderungen der neuen Unterrichtsbedingungen, die ihnen plötzlich auf den Kopf fielen, nicht gewachsen waren. Mehrere Kollegen waren keine Leuchten in Informatik und fürchteten sich vor dem Erstellen und dem Hin- und Herschicken der Dokumente. Zoom, Skype, YouTube und andere Online-Software wollten sie schon gar nicht verwenden. Die Direktorin hatte für elf Uhr eine Konferenz angesetzt. Bis dahin konnten die Lehrer ihre Laptops oder die Computer im Computerraum der Schüler benützen und so schon mit ihrer Arbeit vorankommen. Loïc saß mit Michel, Naopleon-Spezialist und Informatikniete, im Konferenzzimmer, als die Direktorin und die C.P.E. in den Raum kamen.

»Loïc, wir müssen dich sofort sprechen«, sagte die Direktorin, und Loïc erschrak über den eisigen Klang ihrer Stimme. Hatte sie bemerkt, was er für Christine getan hatte?

Loïc erhob sich und trat mit weichen Knien in ihr Büro. Sie schloss die Tür und bedeutete ihm und Madame Peters, sich hinzusetzen.

»Loïc, du bist bis auf Weiteres suspendiert.«

»Suspendiert? Was soll das?«, fuhr Loïc auf.

»Die Anschuldigung ist ernst.« Sie sah ihn an und Loïcs Herz sank. Es ging wohl wieder um Naomi Manson. Er konnte sich beinahe vorstellen, was nun kommen würde.

»Naomi beschuldigt dich, die Schülerinnen zu belästigen und sie unsittlich zu berühren. Außerdem hat sie gesehen, wie Christine Perrin, die sich bei Maryline krankgemeldet hat, in dein Auto gestiegen ist.«

»Lass mich erklären …«, begann Loïc, doch sie unterbrach ihn.

»Solche Anschuldigungen kommen nicht von ungefähr. Das muss untersucht werden. Und bis dahin will ich nicht, dass du in die Schule kommst. Auch nicht zum Fernunterricht.«

»Ich bin einverstanden. Doch jetzt hört ihr beide mir zu. Es geht um Naomi. Die schon Nathan Merle der sexuellen Belästigung bezichtigt hat. Weil er sie bestraft hat. Sie hat mir nicht verziehen, dass ich ihr und ihren Freundinnen wegen Emelines Tod ins Gewissen geredet habe. Und was Christine betrifft, so hast du, Maryline, sie einfach gehen lassen. Es ging ihr nicht gut und ich habe sie zum Bahnhof gebracht. Eigentlich hättet ihr euch darum kümmern sollen!«

»Sie wollte nicht, dass ich die Mutter anrufe. Sie meinte, sie könne selber heimfahren«, verteidigte sich die C.P.E.

Die Direktorin fiel ihr ins Wort: »Und es ist verboten, Schüler ins Auto einsteigen zu lassen, Loïc. Das, und die Anschuldigung Naomis, ist wohl ein wenig viel. Du wirst wahrscheinlich deine Arbeit verlieren.«

Loïc konnte nicht mehr an sich halten. Er sprang auf.

»Du suspendierst mich, in Ordnung! Aber wenn das alles, was hier mit Emeline geschehen ist, herauskommt, dann seid ihr die beiden, die ihre Arbeit verlieren. Denn ihr schützt Mörder und wahrscheinlich Vergewaltiger. Emelines Familie will sich einen Anwalt nehmen und ich mir genauso. Weil du für Naomis Anschuldigungen keine Beweise hast!«

Die Direktorin schob ihm ihr Telefon hin und Loïc erkannte, dass es sich um ein Foto handelte, das von oben gemacht worden war. Man sah Christine, die in sein Auto stieg, und es war eindeutig, dass Loïc am Lenkrad saß. Er schnappte nach Luft. Die Clique war tatsächlich nicht zu unterschätzen!

»Sehr gut!«, fauchte er. »Wenn du mir nicht vertraust und lieber diesem Pack glaubst, dann gut. Aber denk an Nathan! Er wurde auch von Naomi zu Unrecht beschuldigt. Und ich werde ihn ausfindig machen. Damit er sich gegen das wehrt, was ihr ihm angetan habt!«

Damit fegte er aus dem Raum, bevor die beiden noch etwas erwidern konnten. Unter Michels erstauntem Blick raffte er seinen Laptop an sich, nahm seine Aktentasche und räumte blitzschnell seinen Kasten aus. Nie wieder wollte er in diese Schule zurückkehren.

»*Adieu!*«, rief er seinem verdatterten Kollegen zu und rannte so schnell es die Tatsache, dass er so beladen war, ihm ermöglichte durch die Gänge zu seinem Auto. Er warf alles hinein, startete und raste zum Tor des Parkplatzes hinaus. Er würde sich das nicht mehr gefallen lassen! Er würde jetzt zum Angriff übergehen. Der Diözese schreiben, um zu berichten, was hier geschah, Nathan ausfindig machen, sich mit der Hilfe der Polizeiinspektorin einen Anwalt suchen und Emelines und Christines Eltern kontaktieren.

Er würde nicht weiter schweigen.

Denn das, was die Direktion in Zusammenarbeit mit Naomis und Arthurs Eltern machte, war unakzeptabel. Er konnte verstehen, warum sie es taten, aber sie konnten nicht damit rechnen, dass die betroffenen Personen das so einfach hinnehmen würden! Wütend trat Loïc aufs Gaspedal. Je näher er jedoch seinem Häuschen kam, desto ratloser wurde er. Er war suspendiert, das hieß wahrscheinlich, dass er nicht einmal mehr sein Gehalt bekam. Und wie sollte er die Situation seiner Frau erklären? Noch dazu hatten sie ein Baby. Sie konnten nicht einfach sagen, *wir verlassen die Gegend* oder *wir nehmen uns eine kleine Garçonnière*. Er konnte der Direktion der Diözese schreiben, doch würden sie ihm glauben? Als er vor seinem Häuschen im Stadtviertel oberhalb von l'Estaque parkte, ließ Loïc verzweifelt den Kopf auf das Lenkrad sinken. Würde Amélie es verstehen? Er gefährdete seine Familie, um ein Unrecht aufzudecken, das eine seiner Schülerinnen betraf! Mit schweren Schritten betrat er sein Haus. Amélie saß im Wohnzimmer, David, ihren kleinen Sohn, auf den Knien.

Erfreut sah sie ihn an. »Ach, du bist schon da! Home-Office auch für dich?«

Er schüttelte den Kopf. »Nein, Amélie. Ich bin suspendiert.«

Sie sah ihn mit offenem Mund an. »Aber … das geht doch nicht. Du bist doch fix angestellt! Sie können nicht einfach sagen, wir suspendieren unsere Lehrer, weil kein Unterricht mehr ist!« Ihre Worte überschlugen sich beinahe.

»Ich habe ein Riesenproblem in meiner Schule. Bitte, hör mir zu. Ich erzähle dir alles der Reihe nach.«

Und er schilderte ihr genau, was geschehen war. Er hatte ihr bereits von Emelines Selbstmord erzählt und von seinem Verdacht, dass sie gemobbt worden war, aber hatte ihr seine Zweifel bezüglich der Schuldirektion verschwiegen.

Als er endete, hielt sie sich die Hand vor den Mund und sah ihn unter Tränen an. »Das ist unglaublich! Und deine Kollegen … keiner sagt etwas? Und diese Jugendlichen gehen immer weiter?«

»So ist es«, sagte er leise. »Alle haben Angst. Auch die Direktorin. Diese Leute haben sie vollkommen in der Hand.«

»Du hast das Richtige getan«, meinte sie und streichelte seine Hand. »Wir werden darüber hinwegkommen. Wir werden es schaffen. Wir haben zum Glück noch Ersparnisse.«

Loïc drückte ihre Hand.

»Danke, Amélie«, flüsterte er. »Ich werde gleich mit meinem Angriff beginnen.« Er rief die Polizistin Nadia Aubertin an, ihr Telefon war auf Anrufbeantworter gestellt. Loïc hinterließ ihr eine Nachricht. Sie würde ihn sicher am Abend zurückrufen. Dann schilderte er alles, was geschehen war, in einer langen E-Mail, die er für die diözesane Schulverwaltung verfasste. Und er schrieb Nathan eine SMS, in der er um Rückruf bat. Loïc hoffte, dass sein ehemaliger Kollege seine Nummer nicht geändert hatte.

Den restlichen Nachmittag verbrachte er damit, mit seinem Baby zu spielen. Er verdrängte den unliebsamen Gedanken, dass er nun keine Arbeit und wahrscheinlich kein Einkommen mehr hatte.

DIE VORSTADT

»Fickt euch doch selbst!«, brüllte der Nordafrikaner und wand sich unter Lucs und Andrés eisernem Griff. »Ich habe damit nichts zu tun!«

»Ach so, nichts zu tun?«, fragte Luc. »Und wie erklärst du dir diese Pistole in deiner Wohnung? Wir glauben, dass es die Waffe ist, mit der die vier Opfer getötet wurden. Deshalb nehmen wir an, dass du darin verwickelt bist. Du und dein Kumpane.« Er deutete mit dem Kopf auf die gegenüberliegende Wohnung, wo Lucs Kollege von der *Stup*, der Lieutenant Rachid Fandouli, mit einem seiner Männer ebenfalls einen jungen Mann gefangen hielt.

Rachid war mit den Kommissaren der Verantwortliche der Aktion. Er kannte die Vorstädte sehr gut, denn er war selbst in einer aufgewachsen.

Nadia zuckte zusammen, als sie Gebrüll von gegenüber hörte: »Du elendiger Verräter! Du bist einer von uns und jetzt arbeitest du mit ihnen und unterdrückst uns! Wir werden dich umlegen! Eines Tages werden wir in die Stadt kommen und dich abknallen!«

Luc sah Nadia seufzend an. Die Arbeit in den Vorstädten war die Kehrseite ihres Berufes. Alle Lieutenants und Capitaines hassten es, mit ihren Teams in diese Stadtviertel gehen und dort beschatten, befragen und verhaften zu müssen. Denn die Situation konnte leicht aus den Fugen geraten. Nadia und ihre Kollegen hatten schon mehrere dramatische Szenen in den Vorstädten erlebt. Ein Jahr zuvor war ein junger Kollege der *Stup* bei einer Schießerei schwer verletzt worden. Er war drei Tage lang zwischen Leben und Tod geschwebt, hatte jedoch zum Glück überlebt.

Nadia glaubte, dass die Situation in diesen Vorstädten unumkehrbar war. Man konnte für diese Stadtviertel nichts mehr tun.

Sie waren verloren. Der Drogenhandel dominierte dort, feindliche Banden bekämpften einander, und es gab in diesen Vierteln immer mehr radikalisierte Moslems. Die meisten Menschen lebten unter der Armutsgrenze, Infrastrukturen existierten dort kaum mehr. Man hatte diese Stadtteile bereits aufgegeben.

Mit Erstaunen hatten Nadia und Laura am Vorabend erfahren, dass die stimmenstärkste Liste in Marseille der *Marseiller Frühling* war, die Union der Linken. *RN,* die rechtsextreme Partei, hatte stark abgebaut und weniger Stimmen als die Liste des Bürgermeisters erhalten, die an zweiter Stelle stand. Für Nadia war das eine gute Nachricht, dem Rechtsextremismus war erstmals der Weg versperrt. Und die Partei des Bürgermeisters, die in den vergangenen Jahren eine zweifelhafte Politik betrieben und außerdem versucht hatte, durch korrupte Aktionen diese Wahlen zu gewinnen, war von der neuen Partei überholt worden. Allerdings hatte Nadia keine Ahnung, wie die Union der Linken in den Vorstädten vorgehen wollte. Gegen den Drogenhandel und den religiösen Radikalismus kam man auch mit Beihilfen und Lernprogrammen für Jugendliche nicht an. Außerdem würde der zweite Wahldurchgang, der normalerweise zwei Wochen später stattfinden sollte, entscheiden, welche Partei wirklich den Bürgermeister stellte.

Draußen vor dem Wohnblock wurde geschrien. Die CRS waren da, um Luc und Rachid zu helfen und die Lieutenants, Capitaines und ihre Teams zu schützen. Doch sie wurden wahrscheinlich vor den Wohnblöcken mit Steinen beworfen. Das war nichts Ungewöhnliches, in diesen Vorstadtvierteln wurden sogar der Notarzt und die Feuerwehr tätlich angegriffen.

Ein Schuss ertönte. Fiona neben Nadia fuhr zusammen.

»*Merde* …«, stieß sie hervor. »Die Jungs sind da draußen.«

»Keine Sorge«, meinte Nadia beruhigend, »es wird hier oft geschossen, um die Bösewichte zu warnen.«

Luc und André zerrten den Typen nach draußen, der sich noch immer wehrte und sie beschimpfte. Rachid und sein Kollege folgten ihnen mit dem anderen.

»Gehen wir!«, sagte Nadia zu Fiona und nahm eine schwere Tasche voller Beweismaterial. »Nimm du bitte die beiden anderen Säcke!«

Sie hatten Drogen und Waffen in beiden Wohnungen sichergestellt.

Als sie vor den Wohnblock traten, standen zu Nadias Erleichterung Florian, Stephane und Kenny vor der Tür. Es waren zehn Autos der CRS da. Fünfzehn junge Männer waren festgenommen worden und wurden in Polizeiautos verfrachtet.

Aus den oberen Stockwerken sahen ältere Leute dem Treiben vor den Wohnblöcken zu. Alle Frauen trugen Hijabs.

»Er wollte auf uns schießen«, erklärte Franck und zeigte auf ein Polizeiauto, in dem ein Schwarzer saß. »Hat einfach drauflos geballert. Zum Glück hat einer meiner Männer ihn von hinten angegriffen, sonst hätte er vielleicht jemanden getroffen. *Putain*, diese Jungs sind keine Menschen mehr. Nicht mal Tiere, würde ich sagen …«

Nadia konnte Franck verstehen. Er war ständig in den Vorstädten unterwegs, war schon abgebrüht, aber auch verbittert. Denn es handelte sich bei den Aufgaben der *Stup*, der Drogenbrigade, um eine Sisyphusarbeit: Ein Mörder wurde gefunden und ein Netzwerk aufgedeckt. Doch der Drogenhandel und die Bandenkriege gingen trotzdem munter weiter. Es handelte sich bei diesen Vorstädten um sogenannte *zones de non-droit,* um Zonen, in denen es kein Gesetz mehr gab. Die Polizei kam nur, wenn Morde geschahen. Diese riesigen Wohnblöcke, sogenannte *Cités,* waren in den Sechzigerjahren entstanden, als die Wirtschaft geboomt hatte und sehr viele Arbeitskräfte aus Nordafrika und Schwarzafrika gekommen waren. Auch die Kolonien hatten damals ihre Unabhängigkeit von Frankreich erlangt und viele Menschen waren aus dem Maghreb nach Europa gezogen, um dort zu arbeiten. Man hatte sie in diesen Vorstädten untergebracht, in denen auch Franzosen, Italiener und Spanier gelebt hatten. Am Anfang hatte das Zusammenleben auf so engem Raum gut geklappt. Die Wohnblöcke waren modern und komfortabel gewesen. Doch über zwei Generationen hinweg hatte sich die Situation verschlechtert. Die Vorstädte waren zu Ghettos verkommen, die Europäer weggezogen, und nun lebten dort fast nur mehr Schwarzafrikaner und Nordafrikaner.

Sie fuhren zurück zum Kommissariat, Nadias Arbeit war vorerst beendet. Rachid, Franck und ihre Vorgesetzten würden die jungen Männer vernehmen und sie wahrscheinlich dem Staatsanwalt und dem Untersuchungsrichter vorführen. Gewiss hatte Pierre alle Hände voll zu tun! Die Sache mit den Rumänen war noch nicht ganz abgeschlossen und Nadias Team würde in den kommenden Tagen an dem Fall weiterarbeiten.

Im Büro angekommen sah Nadia, dass sie auf ihrem Kartenhandy eine Nachricht erhalten hatte. Sie war von Loïc, dem Englischlehrer. Er bat um Rückruf. Nadia schloss die Tür ihres Büros und rief ihn an.

»*Bonjour*«, begrüßte er sie.

Seine Stimme klang müde.

»*Bonjour*, Loïc. Haben Sie Neuigkeiten für mich?«

»Tja, allerdings. Ich wurde suspendiert.«

Er erzählte Nadia, was geschehen war. Sie erschrak und spürte einen Stich des schlechten Gewissens.

Es war ihre Schuld, dass Loïc fotografiert worden war, als Christine in sein Auto gestiegen war. Denn sie hatte ihm befohlen, das Mädchen aus der Schule wegzubringen!

»Es tut mir wirklich leid«, sagte sie. »Ohne diese Sache mit Christine hätte Naomi Sie wahrscheinlich auch beschuldigt, aber es hätte das Foto nicht gegeben.«

»Ach«, erwiderte er, »sie wollte mir schaden, sie hat es geschafft. Aber ich werde einen Rechtsanwalt nehmen und die Schule sowie Naomi verklagen.«

Nadia erzählte ihm von Castini und versprach, diesen in den kommenden Tagen zu kontaktieren. Vielleicht würde sie ihren ehemaligen Vorgesetzten Mathieu fragen, ihn anzurufen und ihm ins Gewissen zu reden.

Als Loïc aufgelegt hatte, ließ sie den Kopf in die Hände sinken. Sie war wütend auf sich selbst, weil sie ihn in diese Sache hineingezogen hatte. Nun war er suspendiert. Doch er musste eine Familie ernähren, er hatte ein kleines Kind! Es war nun sehr wichtig, mit dieser illegalen Ermittlung vorankommen. Wenn nur Castini es akzeptieren würde, sie alle zu vertreten! Nadia beschloss, eine E-Mail aufzusetzen und sie dem Rechtsanwalt zu schicken. Vielleicht würde er in den nächsten Tagen Zeit haben, sich um ihr Anliegen zu kümmern.

Die gesamte Situation begann in der Tat, etwas kompliziert zu werden. Es wurde gemunkelt, die Gerichte würden schließen, es würde eine Ausgangssperre und in der ganzen Stadt Kontrollpunkte geben.

Einer von Nadias Kollegen, Philippe, der ebenfalls Lieutenant war, platzte in Nadias Büro. Sie zuckte zusammen und klickte schnell die E-Mail an Castini weg, die sie soeben zu schreiben begonnen hatte.

»Nadia, hast du gehört? Der Präsident Macron wird heute Abend wieder sprechen. Und je nachdem, was er verkündet, sollen wir, das Kommissariat, ganze Stadtviertel schließen und bewachen. Blachet hat so was angedeutet.«

Nadia dachte an die Gerüchte, die sie in den vorhergehenden Tagen gehört hatte: Sie seufzte tief.

»Mann, als ob wir so was bräuchten! Wir haben doch schon mit unseren Ermittlungen genug zu tun.«

Philippe senkte die Stimme. »Die meisten Ermittlungen werden auf Eis gelegt. Damit wir uns darum kümmern können, den Lockdown zu überwachen. Nur die allernötigsten Fälle sollen noch bearbeitet werden.«

Nadia seufzte erneut und dachte an die Rumänen und die Vorstadt la Busserine. Diese Banden würden natürlich von der chaotischen Situation profitieren! Und sie selbst hatte überhaupt keine Lust, sich darum zu kümmern, irgendwelche Straßen, Plätze, Strände oder Vorstädte zu überwachen. Das hatte ihr gerade noch gefehlt!

LOCKDOWN

Nadia und Laura saßen vor dem Fernseher und hörten sich die Rede des Präsidenten Macron zur Corona-Situation an. Die Lage war ernst, der Präsident lächelte nicht.

»*Nous sommes en guerre*«, sagte er. »Wir haben Krieg. Sicher, es handelt sich um einen gesundheitlichen Krieg, aber immerhin einen Krieg. Und ich werde euch alle bitten, besondere Mühen auf euch zu nehmen.«

Er erklärte, dass nun ab dem folgenden Tag und für mindestens vierzehn Tage eine vollkommene Ausgangssperre galt.

Man durfte sich maximal einen Kilometer von seiner Wohnung entfernen, und das nur für eine Stunde, um kurz Sport zu betreiben, sich die Beine zu vertreten oder Lebensmittel einzukaufen. Es galt ein absolutes Kontaktverbot. Alle Angestellten, die daheim arbeiten konnten, mussten auf Home-Office umsteigen, und die anderen, deren Anwesenheit am Arbeitsplatz unbedingt nötig war, sollten nun Masken oder Gesichtsvisiere tragen, um sich zu schützen.

Nadia fuhr auf: »Der spinnt doch!«

Laura sah sie von der Seite an: »Das war zu erwarten. Mehrere Länder haben bereits Ausgangssperren wegen Corona. In Norditalien sind sie bei über fünfhundert Toten täglich. Und in Paris steigt die Zahl der Toten auch sehr rasant an.«

»Ja, vielleicht, aber andere Länder hatten nicht gerade am Vortag Gemeinderatswahlen, und dort hat man ihnen auch nicht gesagt, dass Masken nichts bringen. Außerdem gibt es keine Masken zu kaufen. Bei uns wollten einige Polizisten welche für den Einsatz in der Vorstadt, aber die Apotheken haben keine! Die Regierung ist wirklich komplett konfus.«

»Wahrscheinlich mit der Situation überfordert …«, meinte Laura.

»Und warum muss er eine solche martialische Inszenierung machen? Wir haben keinen Krieg. Mensch, ein Krieg ist was anderes!«

Das war auch Lauras Meinung. Doch sie konnte sich trotzdem nicht über den französischen Präsidenten aufregen. Die Situation war ernst, und er tat, was er konnte.

»Nun, *Chérie*, für dich gilt die Ausgangssperre sicher nicht. Du wirst normal weiterarbeiten«, beschwichtigte sie ihre Freundin.

Nadia seufzte tief. »Ja, ich befürchte sogar mit Überstunden! Und eher mehr als normal!«

»Du Arme!«

Laura drückte Nadias Hand. Die Situation war beängstigend, auch wenn sie in Südfrankreich noch nicht besonders viele Fälle hatten. Doch im Nordosten Frankreichs, in Paris und vor allem im Norden Italiens war es bereits schlimm genug, dass die Spitäler zunehmend in Bedrängnis gerieten.

»Und testen will er wohl nicht, um diejenigen, die infiziert sind, zumindest in Quarantäne zu schicken?«, zeterte Nadia weiter. »Haben wohl auch keine Tests …«

So aufgebracht hatte Laura ihre Lebensgefährtin selten gesehen.

Sie selbst war neugierig, wie sie nun arbeiten würden. Denn sie sollten ja kaum mehr hinausgehen und recherchieren. Nun, ihr Vorgesetzter würde ihnen sicher bei der Redaktionssitzung über Zoom mehr dazu erklären. Diejenigen, die über die Situation in Marseille berichteten, mussten wohl oder übel vor Ort gehen. Doch die anderen würden ihre Recherchen im Internet und am Telefon machen. Es störte Laura nicht, daheim mehr oder weniger eingesperrt zu sein. Sie mochte ihre Wohnung gern und hatte immer etwas zu tun. Um Frischluft zu tanken, hatte sie auch einen recht geräumigen Balkon und konnte sich in die Sonne setzen. Doch die Situation war ganz und gar unvorhergesehen. Es war ein komisches Gefühl, die Freunde plötzlich nicht mehr treffen zu dürfen, nicht einfach so einen Kaffee trinken gehen oder einkaufen zu können. Nur die Lebensmittelgeschäfte sollten geöffnet bleiben. Und dann dachte sie auch an die Krankheit. Sie wusste über die Symptome Bescheid – Husten, Fieber, Gliederschmerzen, wie bei einer Grippe. Manche Menschen hatten kaum Symptome und bei anderen endete die Erkrankung tödlich, weil sie Atemprobleme bekamen. Einige mussten intubiert werden. Anscheinend waren auch jüngere Menschen davon betroffen, weshalb nun die Regierung diesen kompletten Lockdown beschlossen hatte. Viele Angestellte würden in Kurzarbeit gehen, viele Selbstständige Beihilfen erhalten. Die Gesellschaft wurde in zwei Teile geteilt: Diejenigen, die daheim eingesperrt waren, dort ein wenig Home-Office machten und Däumchen drehten, und diejenigen, die doppelt arbeiten mussten, wie Ärzte, Krankenpfleger, Sicherheitskräfte und Angestellte von Lebensmittelgeschäften. Die Landesgrenzen wurden geschlossen, der Reiseverkehr fast vollkommen eingestellt.

Es war für Laura wie ein seltsamer Traum. Ein Albtraum, denn das schöne, bunte, geschäftige Marseille, das sie kannte, war nun plötzlich stillgelegt. Und alle diese Leute, die Geschäfte, Cafés, Bars und Hotels besaßen oder im Tourismus arbeiteten, wovon sollten sie leben? Die Situation war dieselbe in ganz Frankreich und in großen Teilen Europas! Es war unglaublich, dass so etwas im einundzwanzigsten Jahrhundert geschehen konnte. Niemand hätte Derartiges je erwartet. Aber einige Wissenschaftler hatten anscheinend vor Jahren schon vorhergesagt, dass eines Tages eine Pandemie die Welt stilllegen würde.

Laura hatte bereits an diesem Tag im Home-Office zu arbeiten begonnen. Sie hatte es genossen, daheimbleiben zu können, war etwas später aufgestanden, hatte sich viel Tee gekocht und in ihrer Wohnküche einen gemütlichen Arbeitsplatz geschaffen. Um elf hatte die Videokonferenz stattgefunden. In der Redaktion befanden sich nur François, ihr Vorgesetzter, und zwei oder drei Sekretärinnen. François hatte den Journalisten ihre Arbeit zugeteilt und Laura hatte die drei Artikel schnell fertiggestellt. Sie hatte dafür nicht aus dem Haus gehen müssen, sondern ihre Recherchen im Internet gemacht. Sie hatte für Nadia, die müde und genervt nach Hause gekommen war, gekocht und sich auf einen gemütlichen Abend gefreut.

Nadia schien jedoch nicht gemütlich drauf zu sein. Sie machte sich Sorgen, wegen der Aufgaben, die ihr nun zugeteilt wurden und auch wegen der illegalen Ermittlung, die sie in Carry-le-Rouet gestartet hatte. Der Englischlehrer war von Naomi, der schrecklichsten aller Schülerinnen, der Tochter von Nadias höchstem Vorgesetzten, der sexuellen Belästigung bezichtigt und suspendiert worden. Und

Nadia glaubte, es sei ihre Schuld, weil sie ihn gebeten hatte, Christine zum Bahnhof zu bringen, um sie der Clique zu entreißen. Loïc war anscheinend von der Clique fotografiert worden, als Christine in sein Auto gestiegen war.

Nadia fühlte sich gewiss von allen Seiten bedrängt und Laura beneidete sie nicht. Sie persönlich profitierte von einer idealen Situation. Sie arbeitete im Home-Office, konnte aber aufgrund ihrer Pressekarte dennoch jederzeit hinaus. Es reichte, zu sagen, sie mache eine Reportage und müsse hierhin oder dorthin. Vielleicht konnte sie Nadia damit nützlich sein.

POLIZEIARBEIT

Fiona konnte kaum glauben, was geschah. Nun herrschte plötzlich eine vollkommene Ausgangssperre, alles war geschlossen, anscheinend bedrohte das tödliche Virus sie alle.

Ihre neuen Nachbarinnen waren bereits zu Freundinnen geworden und Fiona hatte mit Sandy am Vorabend Macrons Rede im Fernsehen angehört. Die beiden Krankenschwestern hatten ihr genau erklärt, welches die Risiken waren, wenn eine Erkrankung schlimm verlief. Sie hatten auch gemeint, dass man noch nicht genug über das Virus wisse, doch dass man in ihrem Krankenhaus bereits über ein Medikament verfüge, das, früh genug verabreicht, und in Kombination mit Antibiotika, den Verlauf der Krankheit milderte. In diesem Krankenhaus war ein sehr wichtiger Forscher, der Oberarzt der Infektiologie. Er hatte auch begonnen, alle Menschen zu testen, die es wünschten, und so schon unzählige Einwohner Marseilles in Quarantäne geschickt.

Auch wenn Fiona im Prinzip vor der Krankheit Angst hatte, dachte sie bei sich, dass die Situation ihr eigentlich gelegen kam, denn Brice würde es in Anbetracht des Lockdowns nicht schaffen, nach Marseille zu kommen, um sie zu bedrohen. Er schrieb ihr manchmal SMS und versuchte sie anzurufen. Fiona hatte jedoch vor kurzem seine Nummer blockiert. Sie wollte sich trotz allem keine neue Telefonnummer zulegen müssen, weil das mit vielen Scherereien verbunden war. Auf jeden Fall war sie froh, dass Brice wie alle anderen eingesperrt sein würde. Doch andererseits fand sie es schade, ihre neuen Freunde nicht treffen und auch nicht mehr die wundervolle Küste von Marseille erkunden zu können.

Allerdings würden Fiona und ihre Kollegen ohnehin arbeiten müssen – in dieser Krisensituation wurde gewiss jeder Polizist gebraucht – und Nadia und Florian würde sie deshalb regelmäßig sehen.

Als Fiona an diesem Morgen ins Kommissariat kam, herrschte dort bereits Krisenstimmung. Der Commissaire Divisionnaire, der anscheinend der Vater der Schülerin war, die das Mobbing gegen Emeline Bernier angestiftet hatte, wollte alle Kommissare, Commandants, Capitaines und Lieutenants sprechen, ungeachtet des Versammlungsverbotes. Es waren gewiss mehr als dreißig. Fiona, Florian, Stéphane und Kenny tranken Kaffee und warteten auf weitere Anweisungen. Bald kam Nadia in den Raum.

»Nun, Leute, es ist offiziell. Wir lassen alle unsere Ermittlungen fallen. Sogar die Kerle, die gestern in la Busserine festgenommen wurden, werden erstmals laufen gelassen. Und gegen unsere Rumänen wird nicht weiter vorgegangen. Zum Glück haben wir die meisten schon eingelocht. Die Gerichte fahren alles auf Notbetrieb herunter. Und wir stehen voll auf der Matte. Wir müssen zusehen, dass der Lockdown beachtet wird. Wir, die Lieutenants und Capitaines, müssen mehrere Truppen beaufsichtigen, und ihr dürft irgendwo Wache stehen und Leute kontrollieren.«

»*Putain*, mach keine Witze!« Kenny starrte Nadia entsetzt an.

Sie wandte sich ihm schulterzuckend zu und seufzte.

»Und«, fuhr sie fort, »das Allerlustigste ist, dass wir jetzt einen Einsatzplan kriegen. Es ist im Moment vorbei mit unseren mehr oder weniger geregelten Arbeitszeiten. Es gibt Nachtdienste und Wochenenddienste. Der Plan wird gerade von den Kommissaren und ihren Sekretärinnen ausgearbeitet.«

Die Kollegen sahen Nadia erschrocken an.

»Wir brauchen sehr viele Einsatzkräfte«, meinte sie. »Aber wir haben Glück. Mein Sektor sind anscheinend die Strände und die Corniche. Also könnt ihr euch den schönsten Platz aussuchen.«

»Warum die Strände?«, fragte Stéphane.

»Die Strände«, erklärte Nadia, »sollen geschlossen werden. Sie sind nicht mehr zugänglich.«

»Was? Warum darf man nicht mehr in die Natur gehen?«, begehrte Kenny auf.

»Am Wochenende haben die Leute bewiesen, dass sie sich trotz der Schließung der Cafés, Bars und Restaurants zusammenrotten. Zu hunderten hatten sie an den Stränden gesessen. Und nun darf eben keiner mehr hin. Auch der Nationalpark der Calanques ist gesperrt«, meinte Nadia und warf Fiona einen wehmütigen Blick zu. Fiona wusste, dass sie an das Klettern dachte.

»Aber erinnert euch, man darf ohnehin nicht mehr über einen Kilometer von zuhause weg. Und alle, die das nicht beachten, kriegen Strafen.«

»*Merde!* Und wir sollen die Leute bestrafen?«, fragte Florian.

»Ich befürchte, ja …«

»Aber das ist nicht unser Bereich. Wir sind die PJ, die Kriminalpolizei! Haben mit dem Ganzen nichts zu tun.«

»Das ist dem Staat egal. Es wird Personal gebraucht, deshalb werden wir von unseren Ermittlungen abgezogen.«

»Verdammt, was für ein Loser-Szenario.«

»Für euch geht es noch«, meinte Nadia. »Aber ich werde wirklich ganz unmögliche Arbeitszeiten kriegen. Denn ich soll die ganzen Truppen überwachen und einteilen. In Zusammenarbeit mit einem anderen Teamleiter. Und soll kräftig Überstunden machen.«

Sie seufzte erneut.

Eine Stunde später bekamen sie bereits die Bestätigung, dass sie sich um das Stadtviertel Prado am Meer und die *Corniche*, die Küstenstraße, kümmern sollten. Mit ihnen arbeiteten CRS und uniformierte Polizisten. Nadia sollte mit ihrem älteren Kollegen, dem Capitaine Luc Garnier, im Zweierteam unterwegs sein.

»Aber Uniform brauchen wir keine, oder?«, fragte Florian sarkastisch.

Nadia schüttelte den Kopf. »Nur eine Gelbweste und die Armschleife, auf der *Polizei* steht.«

Am selben Nachmittag begannen Fiona, Kenny, Stéphane und Florian bereits, die *Corniche* zu überwachen. Nadia und ihr Kollege Luc fuhren von einem Ort zum anderen und sahen zu, dass alles funktionierte. Sie hatten wesentlich mehr Freiheit als die Brigadiers, CRS und die uniformierten Polizisten, mussten jedoch mehr Stunden arbeiten. Fiona fand es nicht schlecht, auf der Esplanade an der *Corniche* zu stehen, die ihr eine schöne Aussicht auf die kleine Insel gewährte, auf der sich das berühmte *Château d'If* erhob. Die *Porte d'Orient*, die direkt am Meer erbaut worden war, stellte ein Denkmal dar, das zu Ehren der Orientarmee errichtet worden war, ein Bogen mit einer Statue in der Mitte, zu deren Füßen Fiona und ihre

Kollegen sich aufhielten. Auf der anderen Seite der Straße sah man hinunter ins *Vallon des Auffes*, einen kleinen Fischerhafen und Jachthafen, in dem bunte *Cabanons* standen, ehemalige Fischerhütten, die heute Wochenendhäuser waren. Es gab dort einige gute Fischrestaurants, die nun allesamt geschlossen waren.

Das *Vallon des Auffes* war die malerischste Bucht der Stadt. Oberhalb standen zwar zwei große Wohnblocks, die das Gesamtbild etwas störten, doch unten, wo die Schiffe ankerten, schien man sich wirklich in einem winzigen Hafen zu befinden. Eine Brücke mit drei Bögen, über welche die Küstenstraße, die *Corniche John Fitzgerald Kennedy* führte, überquerte das *Vallon des Auffes*, dahinter befand sich das Meer.

Fiona und ihre Kollegen machten eine gerechte Einteilung. Sie wechselten stündlich, jeder arbeitete einmal mit jedem. Zwei von ihnen durften jeweils ein wenig herumspazieren, um zu sehen, ob nicht irgendwelche Leute illegal auf die Steine am Meer oder die paar kleinen Strände gingen, die beiden anderen standen auf der Straße und kontrollierten zusammen mit mehreren CRS Passanten und Autos. Es hatte an diesem Tag bereits einige Konflikte gegeben, weil die Leute von weither gekommen waren oder hinter dem *Vallon des Auffes* auf die Steine ans Meer gelangen wollten. Fiona und ihre Kollegen schrieben mehrere Strafzettel und wurden hin und wieder beschimpft. Doch das angenehme Wetter, die schöne Gegend und die netten Kollegen, die allesamt sehr charmant mit ihr waren, erleichterten Fiona den Arbeitstag und das Schimpfen der Leute hörte sie kaum. Florian erklärte ihr die Geschichte der Frioul-Inseln.

»Die berühmteste Insel ist die vorderste, If«, erklärte er. »Hinter der kleinen Insel von If siehst du die beiden großen Inseln Ratonneau und Pomègues, die durch einen Damm miteinander verbunden sind. Auf Ratonneau befindet sich ein Feriendorf mit einem Jachthafen, Port du Frioul. Im Winter ist es ausgestorben, im Sommer proppenvoll. Aber die Touristen wollen hier vor allem das *Château d'If* besuchen. Es wurde durch den Roman *Der Graf von Monte Christo* von Alexandre Dumas bekannt. Der Held der Geschichte, Edmont Dantes, landet durch eine Verschwörung von Neidern im Gefängnis auf If, schafft es aber, von der Insel zu fliehen und sich an seinen Feinden zu rächen.«

»Ach«, warf Fiona ein, »das ist wohl Marseille. Verschwörungen hat es hier schon immer gegeben.«

»Allerdings«, stimmte Florian ihr zu. »Alexandre Dumas hat mit seinem Roman das *Château d'If* zum berühmtesten Gefängnis Frankreichs gemacht. Ursprünglich war das im sechzehnten Jahrhundert erbaute Schloss von If eine Festung, die sehr bald in ein Gefängnis umfunktioniert wurde. Und heute ist es ein Museum.«

Fiona genoss es beinahe, mit Blick auf das Meer auf der Esplanade zu stehen oder die *Corniche* entlangzuspazieren. Es handelte sich um ein angenehmes Stadtviertel, in dem sie beim Kontrollieren wenige Risiken eingingen. Es kam an diesem Tag nur einmal zu einem Zwischenfall. Ein junger Mann, der wohl ein Student war, weil er in Luminy, ganz im Osten Marseilles lebte, wo sich die Universität befand, stürzte sich auf Stéphane, der ihm einen Strafzettel ausstellen wollte, wurde aber sofort von Kenny und einem CRS gepackt und beruhigt. Seine beiden Kameraden standen stocksteif und mit offenem Mund daneben und reagierten nicht.

»Wenn Sie sich nicht sofort einkriegen, dann kommt es zu einer Anzeige«, sagte Kenny und drückte den Studenten ihre Strafzettel in die Hand. Ansonsten geschah an diesem Nachmittag nichts weiter.

Am Abend gegen sieben wurden sie von einem anderen Polizeiauto abgelöst.

Nadia kam und erklärte ihnen, dass sie sich am selben Abend noch kurz im Kommissariat mit den Kollegen treffen und am folgenden Tag ihre Dienstpläne bekommen würden.

»Ihr werdet wahrscheinlich nicht immer alle vier zusammenarbeiten, sondern wir werden mit Lucs Team vermischt sein und haben auch einige Leute von der *Stup* dabei, die von ihren Ermittlungen abgezogen wurden.«

Kenny und Stéphane motzten, Florian grinste Fiona an.

»Das hat Luc sicher so eingefädelt, damit er dich auch manchmal sehen kann«, raunte er Fiona zu. »Aber er unterschätzt André, den Casanova. Bin ich froh, dass ich unter der Haube bin!«

»Nun, ich hätte dich wahrscheinlich ohnehin nicht interessiert«, mutmaßte Fiona.

»Nein, ich habe lieber Jungs, aber sollte ich eines Tages hetero werden, dann würdest natürlich du an erster Stelle stehen!«

»Danke, Florian! *Mon Dieu*, was für ein Kompliment!« Sie lachte.

Im Kommissariat angekommen machten sie ein Briefing mit Luc und seinen Leuten.

»Wir sind jetzt sozusagen ein Team«, meinte Luc.

»Und Luc ist der Boss«, fügte Nadia hinzu. Sie schien erleichtert, diese Situation nicht allein managen zu müssen.

»Nein, Nadia, ich bin damit nicht einverstanden. Wir sind beide der Boss«, sagte Luc. »Wir haben denselben Dienstgrad.«

»Nein, Luc, du bist Capitaine. Und du hast die Erfahrung.«

»Nicht wirklich. Für das, was wir tun, gibt es keine Erfahrung. Außer, wenn man bereits bei der Gendarmerie gearbeitet hat. Also gut, Leute, wir haben es mit einer vollkommen neuen Situation zu tun. Wir müssen die Arbeit von Gendarmen oder Stadtpolizisten machen, Straßen und Kreuzungen bewachen, Leute kontrollieren und Strafzettel schreiben. Für die Zeit des Lockdowns. Es tut mir leid, aber jeder muss nun einmal mithelfen, um dieses Virus zu besiegen. Die Leute sollen eingesperrt bleiben. Und unser Beitrag dazu ist das. Dabei haben wir es diese Woche gut, müssen nicht in die Vorstädte und überwachen die angenehmsten Stadtviertel. Meer, Sonne wenig Verkehr, wenig Verschmutzung … Morgen gibt es den Dienstplan, leider haben wir auch manchmal Nachtdienste. Allerdings geht es in der Nacht nicht darum, irgendwo zu stehen oder zu patrouillieren, das übernehmen die CRS und die Gendarmen, sondern ihr werdet zu zweit hier im Kommissariat sein und Telefondienst machen. Okay?«

André meldete sich. »Dürfen wir uns aussuchen, mit wem und wann wir arbeiten?«

Luc lachte. »Nein, allerdings nicht. Es ist schon so schwierig genug. Wir versuchen, euch nicht mehr als einmal jede fünfte Nacht einzuteilen. Und danach habt ihr vierundzwanzig Stunden frei. Eigentlich macht die Einteilung der Kommissar, also dürfen wir ihn nicht stören, er ist ohnehin bereits durch den Wind. Denkt daran, wir haben Lockdown. Es gibt keine Freizeitaktivitäten mehr. Und wir vertragen uns doch alle gut, also ist es egal, mit wem wir arbeiten, nicht wahr, André?«

André verzog unwillig das Gesicht, und Fiona bemühte sich, unbeteiligt zu schauen. Sie wusste, dass sowohl André als auch Luc vollkommen auf sie abfuhren. Bestimmt würde Luc versuchen, häufig mit ihr zu arbeiten, was André, Stéphane und Kenny sehr grämen würde. Allerdings fand sie Luc ziemlich freundlich, er war fast wie Pierre, der Staatsanwalt, höflich-beiläufig und nicht so anhänglich wie ihre jüngeren Kollegen. Er hatte nicht diesen Blick eines treuen Hundes, der gestreichelt werden wollte, und diese Art, ihr ständig Komplimente zu machen. Stattdessen wusste er immer etwas Interessantes zu erzählen. Der Mann hatte Erfahrung, das hatte sie bereits bemerkt.

»Etwas noch«, meinte einer von Lucs Männern, dessen Namen Fiona nicht behalten hatte. »Wir bräuchten Masken. Es ist nicht normal, dass wir keine Masken haben. Oder zumindest Visiere.«

Luc schüttelte den Kopf. »Nicht erlaubt«, erklärte er. »Die Entscheidung kommt von ganz oben. Paris.«

»Diese Schweinehunde«, begannen alle sich aufzuregen. »Wollen die, dass wir krank werden?«

»Leute«, sagte Luc, »wir arbeiten im Freien. Und wir halten uns die Menschen auf Distanz. Es ist nicht angenehm, mit Maske oder Visier in der Sonne zu stehen oder herumzugehen. Wir brauchen dieses Zeug nicht wirklich.«

Nadia zwinkerte Fiona zu und machte eine Handbewegung.

Luc sprach noch über die Mittagspause, über die Möglichkeiten, sich an der *Corniche* und am Prado Sandwiches zu kaufen, und ermahnte seine Mitarbeiter, immer mindestens zu zweit zu arbeiten, niemals allein zu patrouillieren. Er warnte sie, einige Leute seien aggressiv, sie würden weitere Strafen wegen Widerstandes gegen die Staatsgewalt erhalten, doch man hatte nicht die Möglichkeit, ihnen sofort Untersuchungshaft zu spendieren. Diese wurde nur für schlimme Kriminalfälle angewandt. Denn das Ziel war ja, dass ein jeder schleunigst nach Hause ging. Er sprach auch über die Obdachlosen, um die sich eigentlich ein Verein kümmern sollte. Sollte ihnen ein Obdachloser unterkommen, dann sollten sie diesen Verein kontaktieren. Obwohl natürlich an der *Corniche* und am Prado so gut wie keine Bettler zu finden waren.

Dann sagte Nadia noch ein paar Sätze und ermunterte das Team.

»Es wird anstrengend«, meinte sie, »aber versucht, in der Zeit, in der ihr freihabt, zuhause auszuspannen. Und wir sind ein Team. Wenn jemand den Dienst tauschen muss, weil er müde ist, darf er das. Wir helfen uns gegenseitig aus. Einverstanden?«

Sie fixierte dabei André und Damien. Fiona wusste, dass es sich bei den beiden um die Kollegen handelte, die Nadia verlassen hatten, um mit Luc und Franck zu arbeiten. Und nun kamen sie vom Regen in die Traufe, wurden von ihr befehligt! Allerdings war Luc auch immer dabei, was Nadia die Arbeit erleichterte.

Als die Konferenz beendet wurde, war es schon acht und die meisten verließen den Saal, um endlich heimzugehen. Fiona wartete mit Florian auf Nadia, die noch mit Luc sprach. Sie wollten wissen, ob sie Carry-le-Rouet betreffend irgendetwas tun sollten. Da platzte Rachid von der *Stup* in den Raum.

»Luc, hast du schon gehört? Welche *Merde*! Die beiden Kunden, die wir gestern verhaftet haben, Omar Kaslibi und Amir Moammar, haben sie einfach laufen lassen. Keine Vorladung beim Staatsanwalt, kein Richter, nichts! Einfach heimgeschickt!« Seine Stimme überschlug sich beinahe.

Luc sah ihn ruhig an. »Natürlich. Sie haben es uns erklärt. Die Gerichte schließen und die Staatsanwälte und Richter kümmern sich hauptsächlich um Dinge, die den Lockdown und die Corona-Situation betreffen.«

Wütend entgegnete Rachid: »Und das findest du normal? Solche gemeingefährlichen Typen laufen lassen? Die wegen Mordverdachts verhaftet wurden? Warum behält man die nicht im Gefängnis? Diese beiden werden uns noch Probleme bereiten, das sag ich dir!«

»Ich weiß«, sagte Luc müde, »aber das kommt von oben. Vom Commissaire Divisionnaire.«

»*Putain*, dieser Blödmann!«, fluchte Rachid. »Werden alle, die gestern verhaftet wurden, freigelassen?«

»Anscheinend. Wir dürfen die Gefängnisse nicht mehr belasten. Die Situation wird so schon sehr schwierig mit den ganzen Infektionen. Man denkt daran, Gefangene, die bald ihre Zeit abgesessen haben, freizulassen. Doch sie sind alle unter Überwachung.«

»Überwachung, was du nicht sagst!« Wütend hieb Rachid auf den Tisch und stürmte hinaus.

Luc hob beide Arme und grinste Nadia und Fiona müde an.

»Da kann man nichts machen. Nun, ich gehe auch. Bis morgen!«, rief er. »Schönen Abend!«

Damit verließ er den Raum.

»Komisch, dass der Commissaire Divisionnaire diese Vorstadtjungen laufen lässt, obwohl die Beweise sie klar anklagen«, bemerkte Fiona. »Er scheint im Allgemeinen nicht sehr zuverlässig zu sein.«

Nadia schnaubte nur. »Ich kenne ihn nicht wirklich, denn es haben nur die Kommissare direkt mit ihm zu tun, aber wenn man sieht, was seine Tochter macht und dass er das vertuscht, kann man sich vorstellen, welche Moral dieser Mann hat!«

»Allerdings kommt wahrscheinlich auch diese Weisung, alle Leute freizulassen, die gestern und heute festgenommen wurden, von ganz oben«, mutmaßte Florian. »Paris.«

Nadia, Florian und Fiona gingen zusammen zum Parkplatz.

»Im Moment können wir nichts für Emelines Familie, Christine, den Englischlehrer und gegen die Clique machen«, erklärte Nadia. »Wir müssen warten, bis sich diese neue Situation einspielt. Und dann kann ich Laura und Pierre einteilen, damit sie ein wenig recherchieren. Pierre wird auch nicht besonders viel zu tun haben in der nächsten Zeit. Er arbeitet im Home-Office.«

»Ah, das wird ihm nicht gefallen, ganz allein daheim«, meinte Florian mit einem vielsagenden Blick.

»Nun, das kann man nicht ändern. Doch er kann hinaus. Wie Laura. Er ist befugt, durch die Stadt zu fahren und Marseille sogar zu verlassen.«

»Der Einzige, der wirklich daheim gefangen ist, ist Jérémie«, meinte Florian. »Doch er hat viel zu tun.«

Jérémie war Grafiker in einer Modefirma. Er war anscheinend erfolgreich und kreativ, es war laut Florian kein Problem für ihn, zuhause zu sitzen, weil er immer irgendwelchen künstlerischen Aktivitäten nachging und sehr gern malte und zeichnete.

»Außerdem habt ihr ja eine schöne Wohnung mit Terrasse«, bemerkte Nadia.

»Oh, ja«, meinte Florian, »wir sind wirklich dankbar dafür. Vor allem jetzt, wo das Wetter so schön, doch Jérémie zuhause gefangen ist. Ich darf ja netterweise am Meer patrouillieren und die Strände bewachen.« Er grinste schief.

Nadia wandte sich an Fiona. »Ich denke, Luc hat den Kommissar und seine Sekretärinnen bearbeitet, damit du morgen mit ihm Nachtdienst machen kannst.«

Fiona seufzte. »Ich habe es mir beinahe erwartet.«

»Er ist kein übler Typ. Und er ist professionell. Wird dir nicht zu nahe kommen. André ist wesentlich anstrengender und Luc will ihn von dir fernhalten.«

Fiona meinte: »Am liebsten bin ich mit euch beiden unterwegs.«

»Natürlich«, erwiderte Nadia. »Keine Sorge, ich kenne Roseline, Blachets Sekretärin, sehr gut und habe auch ein Wort mitzureden.«

Dann verabschiedeten sie sich voneinander. Alle waren müde.

Fiona fuhr durch die dunkle Stadt bis zu ihrem Wohnheim. Marseille wirkte ausgestorben. Es waren kaum Autos unterwegs. Ein seltsames Gefühl überkam sie. Alle Menschen waren in ihren Wohnungen eingesperrt. Doch sie konnte frei herumfahren. Die Stadt gehörte ihr. Und vor allem die Strände, das Meer, die Felsen am Wasser, diese Landschaften hatte sie sich zu eigen gemacht. Marseille war auch ohne Menschen wunderschön. Oder wirkte es vor allem so ausgestorben besonders attraktiv? Fiona wusste es nicht, weil sie das Stadtviertel, das sie überwachten, vor dem Lockdown nicht gekannt hatte.

Sie wurde von der *Police Municipale* kurz vor ihrem Wohnhaus kontrolliert.

Sie gab ihnen ihren Ausweis.

»Ich bin eine Kollegin. Ich mache dasselbe wie ihr«, erklärte sie. Die Polizisten winkten sie durch und sie wünschten sich gegenseitig alles Gute. Fiona fand ihre Situation seltsam. Sie mochte diese Arbeit, die sie noch nie gemacht hatte. Doch die Kollegen schienen ziemlich sauer. Es gefiel ihnen nicht, Menschen kontrollieren und bestrafen zu müssen. Und für sie war die Arbeit in der Sonne, der Blick aufs Meer und das hübsche Stadtviertel nichts Besonderes.

Das Einzige, was die Jungs motivierte, war, dass sie, Fiona, dabei war und sie hin und wieder ein wenig mit ihr flirten konnten.

Als sie daheim ankam, war sie von der frischen Luft und vom vielen Herumgehen und -stehen erschöpft. Ihre beiden Nachbarinnen schienen noch Dienst zu haben. Kein Laut drang aus ihren Wohnungen. Fiona atmete tief durch. Was für eine seltsame Zeit!

DER STEIN

Christine schaffte es in dieser ersten Woche der Ausgangssperre nach und nach, sich zu entspannen. Am Montagmorgen hatte sie mit Entsetzen erfahren, dass Monsieur Moltet suspendiert worden war. Seine Kollegen würden nun seine Klassen mitbetreuen und ihnen ihr Programm schicken. Christine wusste ganz genau, was geschehen war. Moltet war von Naomi bezichtigt worden, ihr zu nahe gerückt zu sein, genau wie der damalige Physik- und Chemielehrer Monsieur Merle. Und die Direktorin hatte nicht einmal versucht, mehr herauszufinden, sondern Moltet sofort suspendiert.

Christine hatte ihm eine SMS geschrieben, er hatte kurz geantwortet, dass Madame Aubertin ihm einen Rechtsanwalt suchen würde und dass er selbst auch Nathan Merle, der im Herbst entlassen worden war, ausfindig gemacht hatte. Christine wusste, dass Madame Aubertin einen Staranwalt kannte, den die Mutter zusammen mit Emelines Eltern anheuern wollte. Der Vater war noch immer dagegen, doch Christine war sicher, dass die Mutter nicht nachgeben würde. Sie fand es eine Bosheit, was Emeline und Christine geschehen war, und war schockiert darüber, dass Emeline ihr Leben hatte lassen müssen, weil die Schulleitung sie nicht vor ihren boshaften Mitschülern geschützt hatte. Sie wollte die Schule sowie die Täter zur Verantwortung ziehen.

Der Vater wollte von der Sache nichts mehr wissen, er meinte, er habe so schon genügend Schwierigkeiten. Er arbeitete in einer Chemiefabrik in Fos sur Mer als Produktionsleiter und hatte wegen der COVID-Situation sehr schwierige Auflagen. Er verbrachte viel mehr Zeit als sonst in der Arbeit, um die Einteilung zu machen und Maßnahmen durchzuführen, die die Angestellten vor einer Ansteckung schützen sollten.

Die Mutter ging nicht mehr zur Arbeit, sie war wie Emeline und deren Geschwister im Home-Office. Sie arbeitete als Export-Assistentin bei einem Pharma-Konzern in Martigues und konnte ihre gesamte Arbeit zuhause erledigen. Allerdings hatte sie Stress mit Christines jüngerer Schwester, die nicht gut allein mit ihren Schulaufgaben zurechtkam. Christine half der zwölfjährigen Marianne jeden Tag mindestens eine Stunde und überwachte auch die Arbeit ihres kleinen Bruders Olivier, der erstaunlich selbstständig war. Sie selbst kam mit ihren Schulaufgaben im Home-Office bestens voran und fand, dass sie auf diese Art viel mehr lernte als in der Schule mit den Lehrern und den Mitschülern.

Es war Donnerstagabend, der Vater war noch nicht von der Arbeit zurück, sie hatten gerade gegessen und Christine saß in ihrem Zimmer am Computer. Sie wollte eine Arbeit, die sie am nächsten Tag der Französischlehrerin schicken sollte, noch einmal durchlesen und eventuell korrigieren.

Draußen war es bereits dunkel.

Es geschah urplötzlich.

Das Glas ihres Fensters zersplitterte, ein ziemlich großer Stein flog in ihr Zimmer und landete neben ihrem Bett. Zugleich hörte Christine, dass vor dem Haus ein Motorrad anfuhr. Sie schrie laut auf und sprang in Panik Richtung Tür. Ihr Herz klopfte zum Zerbersten. Im nächsten Moment stürzte die Mutter ins Zimmer.

»*Chérie*, was …?« Sie sah mit offenem Mund zum zersplitterten Fenster und zu den Glasscherben, die im ganzen Zimmer verteilt waren.

»Fehlt dir auch nichts, *Chérie* …?«, schluchzte sie.

Christine schüttelte den Kopf.

»Jemand … hat einen Stein hereingeworfen«, gelang es ihr zu stammeln. Sie zeigte auf den Boden.

»Mon Dieu«, stotterte die Mutter und legte einen Arm um Christine. »Hat es mit der Schule zu tun?«

Christine hob nur die Schultern.

Naomi hatte ihr am Vortag geschrieben: *Du wirst einige Warnungen kriegen. Wenn du sprichst, dann gibt es keine Warnung mehr. Dann stirbst du direkt.* Christine hatte die SMS nicht den Eltern gezeigt, damit diese nicht in Panik verfallen würden, sondern sie sofort an die Polizistin Nadia Aubertin weitergeleitet. Diese hatte sich bedankt, sie war dabei, den Anwalt zu bearbeiten, damit er sie, Emelines Eltern und Monsieur Moltet vertreten würde. Und vielleicht sogar die Inspektorin selbst und ihre Kollegen, wenn die Vorgesetzten herausfanden, dass sie sich noch immer mit Emelines Fall befassten und sie suspendierten oder zwangsversetzten.

»Wir beginnen, immer mehr Beweise gegen deine Mitschüler zu finden«, hatte sie gemeint. »Allerdings kannst du dir vorstellen, dass der Augenblick nicht der Günstigste ist. Die Gerichte sind geschlossen, die Anwälte in Panik, alle Angestellten im Home-Office. Und die Presse interessiert sich nur für Corona.«

Christine mochte diese Frau. Sie war jung, sportlich, hübsch und unerschrocken. Genau so stellte man sich eine moderne Heldin vor. Madame Aubertin hatte Christine erklärt, dass sie nun mit ihrem Team den Lockdown überwachen musste. Sie war mit ihren Kollegen für die gesperrten Strände, die *Corniche* in Marseille und das Prado-Stadtviertel zuständig; gab Acht, dass niemand weiter als einen Kilometer von seinem Haus wegging und den Stränden fernblieb. Christine wusste nicht, ob man in Carry-le-Rouet noch zum Meer durfte. Es interessierte sie nicht, sie wollte nirgendwohin. Bisher hatte sie sich in ihrem Haus in Sicherheit gefühlt.

Doch jetzt? War die Clique wirklich hinter ihr her? Oder war es einfach nur ein dummer Streich irgendwelcher Lausbuben aus Carry?

Mit zitternden Händen rief die Mutter die Gendarmen, die nach wenigen Minuten bei ihnen waren. Sie stellten fest, was geschehen war, baten die Mutter trotz allem in der *Brigade*, der Wachstelle, vorbeizukommen, um Anzeige zu erstatten, und fragten Christine: »Sie sind sich also sicher, dass Sie ein Motorrad gehört haben?«

Christine bejahte. Sie spürte, dass sie noch immer am ganzen Leib zitterte.

»Hm … wir haben gerade vorher erfahren, dass ein Motorrad mit zwei Personen den Hafen entlanggefahren ist, und derjenige, der hinten saß, Steine in parkende Autos geworfen hat. Wir haben vier Autos, deren Scheiben zertrümmert wurden. Und eine Windschutzscheibe. Seltsam, dass so etwas passieren kann, wo wir doch fast überall stehen.«

»Es gibt genügend kleine Straßen und Wege, die man mit dem Motorrad nehmen kann«, knurrte sein Kollege. »Wir können nicht überall sein. Doch vielleicht ist das Motorrad am Hafen von einer Kamera gefilmt worden. Wir sehen nach und sagen Ihnen Bescheid.«

Christine erzählte den Gendarmen von ihren Problemen in der Schule und den Drohungen der Mitschüler. Die beiden hörten ungläubig zu. Doch Christine verschwieg, dass Lieutenant Aubertin inoffiziell ermittelte, und auch die Mutter erwähnte es nicht.

Die beiden sahen einander bedeutungsschwer an.

»Das wundert mich nicht«, meinte der eine mit seinem breiten Marseiller Akzent. »Die Polizei in Marseille ist ein korrupter Haufen. Bei uns gibt es das nicht, denn wir sind von der Armee abhängig. Aber wenn auch der Staatsanwalt mitmischt, dann dürfen nicht einmal wir ermitteln. Melden Sie sich trotzdem bei uns, wenn Sie einen Beweis dafür finden, dass die Sache damit zusammenhängt. Denn das Ganze ist in unserem Gebiet geschehen. Allerdings kann es wie gesagt etwas vollkommen anderes sein, weil wir ja auch schon die Beschädigung der Autos am Jachthafen hatten.«

Als die beiden gegangen waren, machte die Mutter sich daran, die Scherben aufzukehren, und sagte Christine, sie solle im Arbeitszimmer auf dem Sofa schlafen und ihr Bettzeug dorthin bringen.

Christine sah auf ihr Telefon. Keine SMS von Naomi oder der Clique. Vielleicht hatten sie nichts damit zu tun. Aber warum sonst sollte jemand einen Stein ausgerechnet in ihr Fenster werfen? Doch die Antwort war einfach. Das Fenster ihres Zimmers ging direkt auf die kleine Straße hinaus, die auf der Seite des Hauses entlangführte, während die Eltern und die Schwestern auf der Gartenseite schliefen. Es war sicher sehr einladend, jemandem, der gerade am Computer arbeitete, einen Stein ins Zimmer zu werfen. Vielleicht waren es wirklich irgendwelche Rowdies gewesen, die gerade zufällig mit dem Motorrad vorbeigekommen waren.

NADIAS KREUZWEG

Nadia fühlte sich aufs Äußerste gestresst. Ihre Arbeitszeiten waren schwierig, die Arbeit anstrengend. Sie war meistens mit Luc unterwegs, manchmal mit Philippe, und hatte alle vier Tage Nachtdienst zu versehen. In der Nacht blieb sie im Kommissariat, um zu koordinieren. Sie war die Anlaufstelle für Probleme, meistens in Zusammenarbeit mit einem der Brigadiers. Tagsüber musste sie nicht, wie die Brigadiers, patrouillieren oder irgendwo Wache stehen, doch sie koordinierte mit Luc die gesamte Überwachung des Stadtviertels am Meer und wurde gerufen, wenn es Probleme gab. Meistens fuhren sie von einem Wachposten zum anderen, teilweise hatten sie auch Stadtpolizisten und CRS, die unter ihrer Aufsicht arbeiteten.

Die Franzosen durften eine Stunde pro Tag hinaus. Sie mussten eine Ausgangserlaubnis ausfüllen, wo sie unter mehreren Gründen auswählten, warum sie aus dem Haus gingen, den betreffenden Grund ankreuzen und anführen, wann sie das Haus verlassen hatten. Zusätzlich mussten sie ihre Adresse angeben und einen Personalausweis vorweisen können. Hatten sie die betreffenden Papiere nicht, war der Grund für den Ausgang fadenscheinig, oder waren sie viel zu weit von zuhause unterwegs, mussten sie hundertfünfunddreißig Euro Strafe bezahlen. Sollten sie die Polizei aggressiv angreifen, dann kam es zu einer Anzeige. Nadia wusste, dass andere Länder wie Italien oder Spanien einen noch strengeren Lockdown hatten, die Bewohner durften nicht einmal hinaus, um spazieren zu gehen oder Sport zu treiben, doch in Ländern wie Großbritannien oder Deutschland war man ein wenig cooler, in London waren sogar die Parks noch geöffnet.

Die Situation spitzte sich zunehmend zu, in Italien hatte es in den vorhergehenden vierundzwanzig Stunden an die achthundert

Tote gegeben, in Frankreich über fünfhundert, allerdings hauptsächlich in der Region von Paris und in Elsass-Lothringen. Es gab nun in Frankreich etwas weniger als fünfzehntausend Kranke, offiziell, doch da man nicht besonders viel testete, konnte diese Zahl sehr leicht hinfällig sein.

In Deutschland wurde viel mehr getestet und die Kranken wurden in strenge Quarantäne geschickt, auch ihre Kontakte wurden ausgeforscht, damit jeder, der mit einem Infizierten in Kontakt gekommen war, ebenfalls getestet oder in Quarantäne geschickt werden konnte.

Bisher kannte Nadia niemanden, der an COVID erkrankt war. Es gab für die Polizisten noch immer keine Masken. Manche Passanten hatten welche, jedoch längst nicht alle. Denn die Apotheken verkauften keine, es herrschte ein Riesenmangel, sogar in den Spitälern. Die Bevölkerung war sauer auf die Regierung, weil die Gefahr zu wenig ernst genommen worden war. Es mangelte an Masken, Tests und Intensivbetten, und das Ergebnis war, dass man nun ganz Frankreich einsperren musste! Nadia wusste, dass der Lockdown für viele Menschen schwierig war, vor allem in der Großstadt. Die Wohnungen waren teilweise sehr klein und man lebte auf engstem Raum miteinander. Die meisten besaßen weder Garten noch Balkon.

Nadias Team musste ein ruhiges und relativ reiches Stadtviertel überwachen, doch es gab trotzdem Leute, die Nadias Kollegen aggressiv angriffen. Meistens wollten Hundebesitzer an die Strände, was untersagt war. Damien und Kenny waren von einem Kampfhund, einem Staffordshire-Terrier, angegriffen worden, den ein aufgebrachter Besitzer, ein junger muskulöser Mann mit Tattoos auf seinem kahlen Schädel, auf sie gehetzt hatte. Zum Glück hatte Damien den Hund rechtzeitig mit seinem Elektroschocker abwehren können und die beiden Brigadiers waren mit dem Schrecken davongekommen. Das Tier war in ein Tierheim gebracht worden und der Mann hatte eine Anzeige bekommen und würde nach dem Lockdown eine Gerichtsverhandlung kriegen. Seinen Hund würde er nicht mehr zurückbekommen, doch es war in Frankreich leicht, sich einen neuen Kampfhund zu beschaffen. Damien, dessen Leidenschaft Hunde waren, hatte so viel Mitleid mit dem Tier, dass er es beinahe adoptiert hätte. Doch Nadia hatte ihm das ausgeredet.

Er war Vater eines sechs Monate alten Babys und besaß bereits zwei Hunde, einen aus dem Tierheim und einen anderen, den er adoptiert hatte, weil sein Besitzer, ein Trüffelbauer, ermordet worden war. Damien glaubte an das Gute im Hund, doch einen Kampfhund zu adoptieren, der noch dazu einem aggressiven Mann gehört hatte, schien Nadia trotz allem ein ziemlich verfängliches Unternehmen.

Ein anderes Mal waren Florian und Stéphane beim Patrouillieren am Abend von Jugendlichen aus der Vorstadt bedroht worden und hatten die CRS rufen müssen. Die Jugendlichen hatten am Strand ein Feuer machen wollen, hatten auf die Tatsache, dass die Strände gesperrt waren, sehr aggressiv reagiert und waren allesamt ins Kommissariat zu Luc und André gebracht worden, um eingeschüchtert zu werden. Doch man hatte sie dann mit einer Strafe wieder laufen lassen müssen. Mit einer Strafe, die sie niemals bezahlen würden!

André und sein Kollege Jean hatten einen Konflikt mit einem Ehepaar um die fünfzig gehabt, das zu seinem Schiff wollte. Doch es war verboten, mit dem Schiff auf das Meer hinauszufahren, außer, wenn man Fischer war. Die beiden hatten Jean und André angebrüllt und der Mann war auf sie losgegangen. Sie hatten ihm Handschellen verpasst, ihn einige Stunden in ein Polizeiauto gesetzt und ihn dann mit einer saftigen Strafe freigelassen. Beleidigungen hatte es für das gesamte Team genug gegeben. Die Leute verstanden nicht, warum sie ihrer Freiheit beraubt wurden. Vor allem sahen sie nicht ein, warum es verboten war, in die Natur zu gehen, und warum die Strände gesperrt waren. So ganz konnte es Nadia auch nicht begreifen, doch sie wusste, dass Orte verboten waren, wo Menschenansammlungen entstehen konnten, und am Strand rottete man sich gern zusammen.

Die Polizisten mussten sehr pädagogisch vorgehen, um es den Leuten zu erklären. Die meisten hassten die Polizei dafür, dass sie bestimmte Dinge nicht tun konnten, dabei verrichteten die Ordnungshüter nur ihre Arbeit!

Nadia erfuhr erstmals, wie der Alltag der Gendarmen und Stadtpolizisten war. Sie war bisher immer Ermittlerin gewesen und hatte niemals kontrollieren und strafen müssen. Die Leute waren der Polizei gegenüber sehr aggressiv und man konnte verstehen, dass manche Kollegen aus der Haut fuhren und ebenfalls gewalttätig wurden.

Allerdings wusste Nadia, dass es Polizisten gab, die eine sehr rassistische Einstellung hatten und bei Vernehmungen vor allem Schwarze und Nordafrikaner schikanierten. Es gab auch sexistische Ordnungshüter, die Frauen gern zu nahe rückten. Leider hatte die Polizei im Allgemeinen keinen guten Ruf, und nun wusste Nadia, warum. Sie hatte bisher immer die nobelste Arbeit gemacht, ermittelt, befragt, nach Bösewichten gesucht. Sie war natürlich auch Risiken eingegangen, war aber niemals als *die Böse* angesehen worden, die Menschen auf der Straße kontrolliert und bestraft. Sie hatte eher die Rolle einer Beschützerin innegehabt. Obwohl sie die gegenwärtige Situation nicht im Geringsten genoss, musste sie zugeben, dass es keinem von ihnen schadete, sich vorübergehend in die Lage ihrer uniformierten Kollegen zu versetzen.

Am Vorabend hatte Christine Perrins Mutter Nadia vollkommen verstört angerufen. In Christines Zimmer war ein Stein geworfen worden, das Fenster war zersplittert und Christine hatte sich zu Tode erschrocken. Natürlich hatte Christine sofort wieder an ihre Klassenkameraden gedacht und auch Nadia hatte den Verdacht, dass die Sache damit zusammenhing, doch die Mutter hatte ihr an diesem Morgen wieder geschrieben.

Mittlerweile hatten die Gendarmen mehr über die beiden Übeltäter herausgefunden, die auf einem Motorrad unterwegs gewesen waren. Die Überwachungskamera einer Bank nicht weit vom Hafen von Carry hatte ein Nummernschild von dem vorbeifahrenden Motorrad gefilmt. Man vermutete Jugendliche aus der Vorstadt, denn das Motorrad war nicht weit von der *Cité la Busserine* gestohlen gemeldet worden. Nadia war sich sicher, dass Christines Mutter über diese Nachricht erleichtert war. Christines Fenster war eingeschlagen worden, weil es sich so schön angeboten hatte, nicht, weil jemand sie bedrohen wollte.

Nadia kam mit ihrer Sache nicht mehr voran. Sie hatte keine Zeit mehr, in Carry-le-Rouet oder l'Estaque herumzuschnüffeln, und auch Laura war mit Arbeit vollkommen eingedeckt, musste manchmal in die Stadt, saß jedoch viele Stunden an ihrem Computer. Nur Pierre hatte etwas Zeit, viele seiner *Kunden* waren freigelassen worden, anderen hatte man die Gerichtsverhandlung verschoben. Er behandelte hauptsächlich Fälle, die mit der Nichtbeachtung des

Lockdowns zu tun hatten oder Fälle schwerer Körperverletzung. Bei Gericht herrschte Minimalbetrieb. Pierre hatte deshalb die Möglichkeit, herumzustöbern. Er hatte sich mit Loïc Moltet und seinem Kollegen Nathan Merle in Verbindung gesetzt, die beide von Naomi beschuldigt worden waren, sie sexuell belästigt zu haben. Loïc war erst suspendiert, Nathan Merle fünf Monate zuvor aus dem Schuldienst entlassen worden. Er arbeitete nun in einem Labor einer Chemiefabrik und war sehr glücklich darüber, weil er dort fast das Doppelte verdiente und sich nicht mehr mit jugendlichen Rotznasen herumplagen musste, wie er sarkastisch meinte. Allerdings wollte er rehabilitiert werden und der Schule sowie Naomi einen Prozess anhängen.

Nadia wartete nun darauf, dass Castini sie zurückrief. Sie hatte ihm alle Elemente geschickt, die sich in ihrem Besitz befanden, mit einer genauen Erklärung. Und Mathieu, mit dem Nadia am Wochenende telefoniert hatte, hatte Castini am Vorabend angerufen, um ihn zu bitten, Nadia zu helfen. Als Nadia mit Laura beim Abendessen saß und marinierte Hühnerfilets mit Reis und einem Glas Roséwein genoss, läutete ihr Telefon.

»Es ist Castini!«, rief Nadia und sah die Freundin schuldbewusst an.

»Du musst antworten«, meinte Laura, ohne zu zögern. »Und schalt auf Lautsprecher, damit ich mithören kann!«

Mit einer entschlossenen Geste schob sie ihren Teller zur Seite und stand auf, um ihr Telefon zum Aufnehmen, einen Block und einen Stift zu holen, ganz die Journalistin. Nadia atmete tief durch und hob ab.

»*Madame le Lieutenant!*«, tönte Castinis mächtige Stimme durch das Telefon.

»Ich sehe, Sie sind eine wahre Powerfrau. Trotz Lockdown und langen Dienstzeiten gehen Sie illegalen Ermittlungen nach und schreiben mir seitenlange Erklärungen. Und Ihr lieber Freund, der Kommissar Dubois, der mich extra anruft … ich hoffe, ihn bald wieder in Marseille zu sehen, bei dem Gesindel, das wir hier in den höheren Polizeietagen haben! Wenn das alles stimmt, was Sie schreiben, *Lieutenant*, dann beginnt dieser Fall mich zu interessieren. Er ist ein Fall für Castini!«

Nadia atmete erleichtert auf. »Danke, *Maître*«, sagte sie. »Haben Sie jetzt Zeit, sich damit zu befassen?«

»Allerdings, *ma chère.* Die Gerichte sind geschlossen, es wird alles verschoben, ich kann Arbeit gebrauchen. Auch wenn meine Angestellten in Kurzarbeit sind. Und soweit ich verstanden habe, wollen Sie, dass ich vier Parteien vertrete.«

»Vier Parteien mindestens. Die Eltern des Opfers, Emeline, ihre beste Freundin Christine, die beiden Lehrer und wahrscheinlich auch mich und Pierre Frigeri.«

»Pierre Frigeri! Dass dieser arrogante Lümmel mich bekniet, damit ich ihn vertrete, das ist eine riesige Genugtuung. Hatte in den vergangenen Jahren nur Probleme mit ihm. Hat von hoch oben auf mich herabgesehen, dieser Grünschnabel.«

»Das schien nur so. Er schätzt Sie. Er weiß, dass Sie der Beste sind.«

»Ich bin nicht der Beste, *Lieutenant*, es gibt keinen Besten. Ich bin nur einer der Bekanntesten.«

»Keine falsche Bescheidenheit, *Maître*.« Nadia wusste genau, wie man mit Leuten wie Castini sprechen musste, um ihrem Ego zu schmeicheln.

»Auf jeden Fall haben Sie gesehen, der Fall ist sehr brisant. Die Tochter des Commissaire Divisionnaire Manson, der Sohn des Procureurs Adriani, die Tochter eines regionalen Abgeordneten und die Tochter Ihrer Konkurrentin Marie Levèbre sind darin verwickelt. Und die Direktion der Schule Saint Christophe, die ja ein ziemliches Ansehen genießt.«

»Natürlich«, gluckste Castini. »Das ist es ja, was mir an der Sache gefällt. Die Herausforderung. Aber …« Er hielt inne. »… ich brauche natürlich handfeste Beweise für die Schuld dieser Jugendlichen. Sonst gehe ich so ein Risiko nicht ein. Und ich muss Ihnen auch sagen, dass ich im Moment auf der anderen Seite des Meeres bin.«

»Wie bitte?«, frage Nadia erschrocken.

»Auf Korsika. Ich habe hier eine Zweitresidenz, ein Häuschen am Meer, ganz einsam, ohne Lockdown, darf dort in die Natur. Mit meiner Familie habe ich beschlossen, mich bis zum Ende der Ausgangssperre hier aufzuhalten. Denn in Marseille besitze ich zwar eine schöne Wohnung, aber keinen Garten. Und hier die ganze Natur!«

»Gut für Sie, *Maître*. Aber nicht praktisch für uns.«

»Nein, *Lieutenant*, das ist es nicht. Deshalb kann ich den Fall nur annehmen, wenn Sie mir aktiv helfen, ermitteln, meine Befehle vor Ort ausführen. Das wird sich natürlich im Preis günstig für Sie auswirken, weil Sie einen Teil meiner Arbeit übernehmen. Und wir sehen uns jeden Tag über den Bildschirm. Aber Sie müssen mir die nötigen Beweise finden und die nötigen Ermittlungen durchführen. Das können Sie doch, oder?«

Nadia schluckte. »Ja … ich habe Leute, die mir helfen. Wir sind ein Team.«

»Sehr gut, *Lieutenant*. Ich formuliere die Anklage, die betreffenden Personen sollen schon mit mir Kontakt aufnehmen. Allerdings wird es in Anbetracht der derzeitigen Situation etwas dauern, bis unser Verfahren eingeleitet wird. Aber das können Sie sich ja selbst ausrechnen!«

»Klar«, erwiderte Nadia.

Sie frohlockte. Endlich hatte sie gute Nachrichten für die Berniers!

Eine von Castini erhobene Anklage wirkte sicher wie ein Donnerschlag und konnte vielleicht sogar die Presse in Corona-Zeiten interessieren!

»Natürlich freut es mich auch, dieser blöden Levèbre eines auszuwischen. Sie ist die Rechtsanwältin des korrupten und snobistischen Marseille! Und sie glaubt wirklich, etwas Besseres zu sein als wir alle, weil ihr Mann ein Immobilien-Imperium besitzt. *Lieutenant*, ich sehe mir den ganzen Fall genau an, spreche mit den Betroffenen und melde mich bald bei Ihnen. Und keine Sorge, *Lieutenant*, ich vertrete Sie gern wieder, wenn Sie Schwierigkeiten kriegen!«

Castini lachte und verabschiedete sich. Er wolle noch seinen Abendspaziergang am Strand machen. Nadia legte auf und sah Laura an.

Deren Augen glänzten, auf ihrem Gesicht lag ein triumphierendes Lächeln. »Super! Er ist bereit, sie alle zu vertreten!«

»Ja«, Nadia seufzte, »und du wirst wahrscheinlich zur Polizistin werden. Wenn es Dinge herauszufinden gibt, dann muss ich dich vor Ort schicken, weil mir die Zeit fehlen wird. Aber ich lasse dich von Florian oder Fiona begleiten. Als Schutz.«

»Aber immer gern …«, meinte Laura. »Ich recherchiere und ermittle sehr gern. Das weißt du.«

Nadia nickte. Doch sie wusste, sie musste Laura stets zur Vorsicht ermahnen. Sie hatte Angst um sie, weil Laura trotz allem keine Polizistin war.

Bald aßen sie weiter, Laura hatte das Hühnchen und den Reis wieder aufgewärmt, in den Roséwein hatten sie Eiswürfel gegeben.

Nach dem Essen wollte Nadia alle Beteiligten anrufen und ihnen von Castinis Unterstützung erzählen. Allerdings hatten sie über Castinis Honorar nicht gesprochen. Er würde ihnen seine gesalzenen Preise sicher bald mitteilen.

Doch alle waren bereit, eine bedeutende Geldsumme hinzulegen, weil für sie sehr viel auf dem Spiel stand. Als Nadia dabei war, den Abwasch zu machen, rief Pierre an.

Laura hob ab. Sie stellte sofort auf Lautsprecher.

»Pierre, wir haben gute Nachrichten!«, rief sie. »Castini ist bereit, uns zu helfen!«

»Sehr gut«, erwiderte Pierre, »und ich habe auch Neuigkeiten. Gestern Abend fand in l'Estaque ein Mord statt. Im Villenviertel. Ken Bianucci, ein Neunzehnjähriger, wurde vor seinem Haus erschossen. Eine Kugel in den Kopf von zwei Typen auf einem vorbeirasenden Motorrad. Die Eltern sagten aus, dass er einen Anruf bekommen habe, vor das Haus geeilt und dort erschossen worden sei. Der Vater habe ein Motorrad am Ende der Straße verschwinden sehen.«

»Okay«, sagte Laura. »Du sollst also in diesem Fall ermitteln.«

»Ja. Mit dem Kommissar Goldstein von der *Stup.* Und mit dem Capitaine Franck Rimier. Denn es handelt sich um eine Drogensache. Ken dealte. Aber ich habe etwas herausgefunden. Ratet mal, in welche Schule er ging?«

»Saint Christophe?«, fragte Laura atemlos. Nadia hielt inne. Sie trocknete sich die Hände ab, um zu Laura zu gehen, die im Wohnzimmer telefonierte.

»Ganz genau. Er war in Arthur Adrianis Klasse. Und Loïc Moltet, der Englischlehrer, hat mir einige Informationen über ihn geliefert. Die Clique und Arthurs Freunde kauften ihm anscheinend manchmal Drogen ab. Er war der *Bad Boy* der Schule. Alle wussten mehr oder weniger, dass er dealte, und die Direktorin hatte ihn schon verwarnt, ihn von der Schule zu verweisen. Er war dabei, die Abiturklasse zu wiederholen und war ein Jahr älter als die anderen.«

»Pierre, ich frage Florian, ob er diesen Typen auf Instagram kennengelernt hat«, meinte Nadia.

»Ach ja, und sein Handy fehlte!«

»Aber … wie haben sie das geschafft? Sie haben ihn doch im Vorbeifahren erschossen?«

»Wahrscheinlich blieben sie stehen und liefen das Telefon holen. Vielleicht, weil sich dort Daten befinden, die wir nicht haben dürfen.«

»Ja, aber diese Daten hatte er sicher auch auf seinem Computer?«

»Ganz genau. Und da muss ich dir noch etwas erzählen. Ken hatte seinen Computer im Tiefparterre in seinem Zimmer. Dort wurde am Abend zuvor, als die Familie oben beim Essen war, eingebrochen. Sie haben es nicht bemerkt. Es war nur der Computer weg.«

»Sag Franck, er soll überprüfen lassen, ob Ken seine Daten in einer Cloud gespeichert hat! Oder ob die Familie sonst irgendein Speichersystem hat.«

»Goldstein hat schon einen Informatiker hingeschickt. Wenn etwas vertuscht wird, dann ist Goldstein vorn dabei. Weißt du, wer er ist?«

»Nein«, erwiderte Nadia erstaunt.

»Goldstein ist der Schwager meines Vorgesetzten. Arthurs Onkel.«

Nadia erstarrte. »Ach, nein! Deshalb hat die *Stup* diesen Fall bekommen!«

»Ja. Und sie haben es so inszeniert, dass es nach Drogenmord aussieht. Aber ich vermute, dass mein Vorgesetzter und der Commissaire Divisionnaire dahinterstecken!«

Nadia war schockiert. Nun begannen sie sogar zu töten!

»Wir müssen herausfinden, um welches Motorrad es sich dabei handelt. Ich kontaktiere die Gendarmen, vielleicht haben irgendwelche Überwachungskameras etwas gefilmt! Ich werde auch vor Ort fahren und mir das alles ansehen. Am Abend des Mordes war ich nicht dort. Kannst du mit mir kommen?«

Nadia seufzte. »Ich habe morgen bis spät am Abend Dienst. Und ich kann nicht einfach so weg. Aber Fiona und Florian haben frei. Einer von ihnen oder beide können mit dir fahren.«

»Gern. Ich rufe sie beide an. Ich bin doch froh, meine Freunde sehen zu können. Schade, dieser Lockdown. Ich mag Fiona sehr.«

Laura warf Nadia einen bedeutungsschweren Blick zu.

»Sie läuft dir nicht weg, Pierre. Der Lockdown wird nicht ewig dauern. Und denk daran, du musst dir mit ihr Zeit lassen.«

»Ich weiß, aber sie ist ständig mit den Jungs vom Kommissariat unterwegs. Die gemeinsame Arbeit verbindet sicher. Und da gibt es gewiss schönere Typen als mich.«

»Die Jungs nerven Fiona. Und Luc, der sie etwas gekonnter anbaggert, ist keine besondere Schönheit und fünfzehn Jahre älter als sie. Außerdem raucht er wie ein Schlot, was Fiona gar nicht gefällt!«

»Okay, mal sehen. Im Moment soll man ja zu seinen Mitmenschen die Distanz wahren.« Pierre seufzte tief.

»Ganz genau, *Chéri*. Bitte, sei vorsichtig und zeig vor allem nicht, dass du darüber auf dem Laufenden bist, wer dieser Tote ist. Und auch kein Wort davon zu Franck oder Rachid! Ich vertraue ihnen zwar, aber möchte sie da beide nicht reinziehen.«

L'ESTAQUE

Pierre und Fiona fuhren aus der Stadt hinaus in Richtung l'Estaque. Florian war zuhause geblieben, er war müde.

»Außerdem fährt er ohnehin lieber mit dir allein«, hatte er augenzwinkernd gemeint, als sie über Skype telefoniert hatten. »Wie alle.«

Fiona hatte geseufzt. Sie hatte einen Nachtdienst mit Luc hinter sich. Luc hatte es so eingeteilt, dass Fiona mit ihm im Kommissariat arbeitete. Das war relativ einfach gewesen, sie hatten im Open Space gesessen und die Anrufe von Wachposten angenommen, die hereinkamen. Sie telefonierten mit den verschiedenen Überwachungsteams in ganz Marseille, um zu sehen, ob alles in Ordnung war und ob die Kollegen Verstärkung brauchten. Manchmal schickten sie auch die CRS oder die Gendarmen irgendwohin, wo Not am Mann war. Wenn jemand wirkliche Probleme bereitete, verbrachte er die Nacht bei ihnen in einer Zelle. Schwierigkeiten gab es meistens in den *Quartiers Nord.* Doch die vorhergehende Nacht war sehr ruhig gewesen. Was Luc Zeit gelassen hatte, Fiona zu erklären, dass sie ihm wirklich gefalle und dass er hoffe, dass sich zwischen ihnen etwas entwickeln würde. Er habe nun seit fünf Jahren keine Beziehung mehr gehabt, doch nun wolle er mit ihr etwas Ernstes beginnen. Sie sei zwar wesentlich jünger als er, doch er hoffe, sie empfinde trotzdem etwas für ihn. Er war sehr ehrlich und zugleich cool gewesen. Fiona hatte die Art, wie er mit ihr gesprochen hatte, bewundert, auch wenn sie für ihn absolut nichts empfand. Sie hatte Lust gehabt, bei seinen Worten im Boden zu versinken. Sie mochte ihn, aber als Freund und Vorgesetzten. Sie hatte ihm vorsichtig erklärt, dass sie gerade eine sehr schwierige Beziehung hinter sich hatte und sich im Moment auf keinen Mann einlassen wollte. Dass sie ihn zwar mochte, ihn aber noch nicht so gut kannte, dass er ihr Zeit lassen sollte.

»Natürlich, *Chérie*«, hatte er gemeint, »wir haben Zeit, einander in den kommenden Monaten gut kennenzulernen.«

Fiona hatte geschluckt. Sie wollte keine Beziehung mehr. Keinen Sex. Keine Zärtlichkeit. Nur Freundschaft.

Luc hatte ihr die Antwort nicht übelgenommen, er war freundlich geblieben, bis um acht Uhr morgens, als sie vom Kommissar Blachet abgelöst worden waren. Luc hatte es nicht persönlich genommen, dass sie nichts von ihm wollte. Vielleicht sind ältere Männer diesbezüglich cooler, dachte Fiona. Auf jeden Fall hatte Luc ihr den treuen Hundeblick erspart, den sie bei den anderen Kollegen wahrnahm.

Nun saß sie mit Pierre, dem sehr professionellen Staatsanwalt, in dessen Auto. Er erzählte über den Mord, über das, was Franck Rimier von der *Stup* herausgefunden hatte, über seinen eigenen Verdacht und darüber, dass der Commissaire Divisionnaire die Sache anscheinend gut im Griff hatte.

»Er hat seine korrupten Geschäfte bestens organisiert«, bemerkte Pierre bitter.

Er erzählte ein wenig von seiner Arbeit. Er hatte nicht besonders viel zu tun, weil die meisten Gerichtsverhandlungen und Anklagen verschoben worden waren. Die Staatsanwaltschaft bearbeitete nur Notfälle, so wie diesen Mord. Pro Woche verbrachte Pierre zwei Tage im Justizpalast und arbeitete die restliche Zeit im Home-Office.

»Es ist komisch, plötzlich Zeit für sich zu haben«, meinte er, »ausgerechnet in dem Moment, in dem man nicht hinaus kann, um Sport zu betreiben, und in dem man seine Freunde nicht treffen darf. Aber ich habe wieder begonnen zu lesen. So wie in meiner Studienzeit. Dabei entspanne ich mich.«

»Ja, das stimmt, der Lockdown ist für viele eine sehr ungewohnte Situation«, meinte Fiona. »Ich leide nicht darunter, weil ich viel zu tun habe und von der Arbeit sehr müde bin.«

»Ist sicher anstrengend, das Herumstehen und Patrouillieren«, meinte er. »Vor allem ist das nicht euer Beruf. Ihr seid Ermittler!«

Fiona zuckte mit den Schultern: »Jeder muss dort Hand anlegen, wo es nötig ist«, meinte sie. »Ewig wird es nicht dauern. Und ich finde es nicht so schlecht. Mir gefällt es. Wir haben das angenehmste Stadtviertel am Meer, wir wechseln immer ab, die einen stehen, die anderen bewegen sich fort, und ich entdecke sehr schöne Orte am Meer, die wahrscheinlich mit viel Verkehr und Passanten nicht so sehenswert wären.«

»Du hast recht«, meinte Pierre, »vor allem das Prado-Viertel ist ohne Verkehr sehr angenehm. Es ist mein Stadtviertel. Ich gehe trotz allem jeden Tag ein wenig joggen. Und das Laufen ist viel einfacher ohne die Abgase. Vielleicht hat das Innehalten auch etwas Gutes, vor allem für die Umwelt.«

Bald kamen sie ins Dörfchen l'Estaque. Pierre verlangsamte den Wagen vor einem großen Gebäude.

»Das ist das Lycée Saint Christophe«, erklärte er. »Der Ort, wo alles begonnen hat. Wir dürfen natürlich nicht hin. Eine katholische Privatschule! Die Eltern schicken ihre Kinder dorthin, damit sie keinen schlechten Umgang haben. Und was finden wir dort? Die diabolische Clique und einen Drogendealer. Und die Direktion schützt diese Typen, weil sie Kinder von einflussreichen Marseiller Bürgern sind. *Mon Dieu*, wie scheinheilig!«

Er schüttelte den Kopf.

Bald kamen sie auf die andere Seite von l'Estaque, wo die Kalkfelsen der Côte Bleue begannen. In dieser Zone befanden sich die Jachthäfen und Bootsverleihe. Das Navi führte sie auf kleinen, verschlungenen Straßen nach oben. Bald kamen sie in ein schickes Villenviertel, das relativ ruhig und sehr schön auf einer Anhöhe gelegen war, von der aus man die gesamte Bucht von Marseille sowie einen Teil der Côte Bleue überblickte.

»Unser Opfer wohnte hier«, meinte Pierre. »Und die Täter sind hier entlanggefahren. Es gibt keine andere Straße.« Er zeigte auf einen Mast, der sich am Anfang der Straße befand, die das Viertel mit den schönen großen Häusern durchquerte.

»Eine Kamera«, erklärte er.

Fiona sah nach oben.

Wahrscheinlich hatte Franck auch schon daran gedacht, die Aufnahmen zu überprüfen.

Sie kamen zu dem Haus, in dem die Familie des Jungen wohnte. Alles war still. Fiona dachte an die Eltern, die soeben ihren neunzehnjährigen Sohn verloren hatten. Er war ein Bandit und Dealer gewesen, aber trotzdem ihr Sohn.

»Fiona?«, fragte Pierre. »Was meinst du, sollen wir läuten und mit ihnen sprechen? Nach der Clique fragen? Und das Risiko eingehen, von unseren Vorgesetzten geschnappt zu werden?«

Fiona zuckte mit den Schultern. »Ich würde es versuchen. Wenn du willst, kann ich es allein machen.«

»Nein, wir gehen beide!«

Sie stiegen aus und läuteten.

Eine vollkommen verweinte Frau in teuren Kleidern öffnete ihnen.

Pierre ergriff das Wort: »Guten Tag, *Madame*. Zuerst einmal möchten wir Ihnen unser aufrichtiges Beileid aussprechen. Ich bin der Staatsanwalt Pierre Frigeri, der bezüglich des Todes Ihres Sohnes ermittelt. Und ich war vorgestern Abend nicht hier. Deshalb wollte ich mir den Tatort genau ansehen. *Madame* hier ist von der Kriminalabteilung der PJ.«

»Ja ... wir hatten schon Leute von der *Stup* hier. Eine typische Hinrichtung, haben sie gemeint. Wie sie in den Vorstädten stattfindet. Unser Sohn hat gedealt. Wir ahnten es. Er war immer schon schwierig. Wir haben ihn in diese Privatschule gegeben, doch anscheinend hat er dort unter anderem dem Sohn des Staatsanwaltes und der Tochter des Direktors der PJ Drogen verkauft. Ach ...« Sie brach ab und hielt sich die Hand vor den Mund. »Sie ... das ist nicht Ihr Sohn, oder? Sie sind zu jung dafür!«

Pierre schüttelte den Kopf.

»Ich habe keine Kinder. Es handelte sich wohl um den Sohn meines Vorgesetzten.«

»Ken brauchte nicht zu dealen, er bekam alles, was er sich wünschte. Doch er wollte immer mehr und mehr Geld, war vom Geld besessen. Wie konnte das alles nur so enden?«

Sie schluchzte.

Hinter ihr erschien ein Mann, der um einiges älter schien als sie.

»*Bonjour ...*« Er nickte ihnen ernst zu.

Pierre stellte sich vor. »Ich versuche immer, mir die Tatorte persönlich anzusehen. Häufig werde ich hinzugerufen, doch derzeit, mit der Ausgangssperre, ist alles ein wenig anders. Doch ich versichere Ihnen, dass wir ermitteln, trotz des Lockdowns, und dass die Täter bestraft werden.«

Der Mann nickte nur.

Er erklärte ihnen mit tonloser Stimme, dass sein Sohn einen Anruf bekommen habe und vor das Haus gegangen sei. Freunde sollten ihm anscheinend etwas bringen.

»Ich befürchtete, dass er sich Marihuana oder Haschisch bestellt hatte. Zwei Minuten, nachdem er das Haus verlassen hatte, hörte ich einen Schuss, dann sah ich ihn dort links vor dem Gartentor liegen. Mein Nachbar hatte den Schuss ebenfalls gehört und war vor die Tür gestürzt. Mein Sohn war in den Kopf getroffen worden und auf der Stelle tot gewesen. Dort vorn sahen wir ein Motorrad abbiegen … und verschwinden. Zwei Personen saßen darauf. Die Gendarmen waren hier, dann die *Stup,* aber bisher hat niemand etwas herausgefunden.« Kens Vater wischte sich mit dem Ärmel die Tränen aus dem Gesicht.

»*Monsieur*, am Eingang des Viertels ist eine Kamera montiert. Wer hat Zugang zu diesen Aufnahmen? Die Gendarmen?«

Monsieur Bianucci schüttelte den Kopf. »Es handelt sich um eine private Überwachungsgesellschaft. Alle Bewohner des Viertels zahlen mit, weil wir schon Einbrüche hatten. Wir haben mehrere Kameras. Überall um unser Viertel. Aber es nützt trotzdem nichts!«

Resigniert hob er die Hände.

»Und die Gendarmen und die *Stup* haben sie noch nicht angefordert?«

Der Mann schüttelte den Kopf. »Nein!«

»Nun«, meinte Pierre »wenn es möglich ist, würde ich die Aufnahmen bitte gern direkt bekommen, um keine Zeit zu verlieren.«

»Sicher«, antwortete der Mann.

Pierre gab ihm seine Karte. »Schicken Sie sie mir bitte per E-Mail! Vielleicht erkennt man auf dem Motorrad ein Nummernschild.«

»Ich werde den Sicherheitsdienst sofort kontaktieren«, sagte Kens Vater mit rauer Stimme.

»Anscheinend wurde ja auch am Tag vor der Ermordung Ihres Sohnes bei Ihnen eingebrochen, nicht wahr? Und sein Computer wurde entwendet? Deshalb brauche ich auch die Aufnahmen vom Vorabend seines Todes.«

Der Mann nickte. »Glauben Sie … dass es etwas damit zu tun hat?«

»Ich denke, ja. Denn die Daten auf dem Computer haben die Mörder vielleicht verraten. Hatten Sie ein System, das die Daten speichert?«

»Ich selbst, ja. Aber keine Ahnung, ob Ken davon Gebrauch machte. Doch Ihre Kollegen von der *Stup* haben schon seine ganzen Passwörter geknackt und nach Informationen gesucht.«

»Natürlich.« Pierre lächelte Fiona grimmig zu. »Noch etwas. Hatte Ihr Sohn Probleme in der Schule?«

»Probleme in der Schule?«, fragte die Mutter. »Ständig. Mit den Lehrern, der C.P.E., der Direktion. Wir hatten Angst, dass er der Schule verwiesen würde. Er war faul, störte den Unterricht, dealte vor der Schule …« Sie seufzte tief.

»Und mit den Kameraden?«, fragte Fiona.

»Es war wohl eher so, dass die Kameraden ein Problem mit ihm hatten«, erklärte der Vater. »Er hat sie wahrscheinlich terrorisiert. Er war ein Jahr älter als sie, hatte Bekanntschaften in der Vorstadt. Alles war ihm recht, den Kindern der reichen Leute das Geld aus der Tasche zu ziehen …«

Fiona sah sich die stattliche Fassade der Villa an, vor der sie standen, und die großzügige Einfahrt und dachte, so viel ärmer als seine Mitschüler war Ken sicher nicht! Der Junge schien tatsächlich vom Geld besessen gewesen zu sein.

»Hatte er Freunde in seiner Klasse?«, fragte Pierre.

»Freunde in der Klasse, nein. Aber wir wissen es nicht genau. Er lud kaum Jugendliche hierher ein. Viel lieber hing er irgendwo herum. Mit Leuten, die nicht von der Schule waren. Die anderen Schüler waren hauptsächlich seine Kunden, denen er irgendwelche illegalen Substanzen andrehte.«

»Arthur, Ugo, Charly und Kevin aus seiner Klasse und Naomi, Mathilde, Vanessa, Léane, Mégane, sagen Ihnen diese Namen etwas?«

Die beiden schüttelten den Kopf.

»Nicht wirklich.«

»Es handelt sich um eine Clique, die anscheinend eine Mitschülerin mobbte, die vor einigen Tagen Selbstmord beging. Sie haben gewiss davon gehört. Und jetzt haben wir hier einen Mord. Hat wahrscheinlich nichts miteinander zu tun, aber wir müssen es trotzdem hinterfragen.«

Das Paar sah Pierre verdutzt an. »Ach so? Und das in der Schule?«

Wahrscheinlich hatte weder ihr Sohn ihnen von Emeline Berniers Selbstmord erzählt, noch hatten sie in der Zeitung davon gelesen.

Pierre nickte. »Wir glauben nicht, dass es Ihr Sohn war, der die Schülerin mobbte. Eher andere Jungen aus seiner Klasse mit Mädchen aus ihrer Klasse.«

»Und was soll das mit seinem Tod zu tun haben?«, fragten die Eltern.

»Eben«, meinte Pierre schnell. »Wahrscheinlich nichts. Vor allem, wenn Ihr Sohn dealte. Vergessen Sie es einfach!«

Er sah Fiona an, und sie wusste, dass er wie sie befürchtete, dass Kens Vater der *Stup* gegenüber Pierres Besuch bei ihnen erwähnen würde.

Pierre erklärte den beiden noch, dass die Justiz im Moment etwas verlangsamt arbeitete, aber dass solche Fälle auf jeden Fall geklärt wurden. Ein Mord wurde trotz der Pandemie nicht auf die leichte Schulter genommen!

Als sie sich verabschiedet hatten und ins Auto stiegen, meinte Pierre: »*Mon Dieu*, diese armen Leute! Ihr Sohn wurde getötet, aber sie wissen genau, dass er ein Bandit war. Und jetzt fragen sie sich, was sie falsch gemacht haben. Es ist nicht einfach, Eltern zu sein.«

»Sicher nicht«, erwiderte Fiona. Sie dachte an ihre damaligen Bedenken, mit Brice ein Kind zu haben. Sie hätte ihm, bevor er gewalttätig wurde, gern die Freude gemacht, auch wenn sie selbst nicht unbedingt ein Kind gewollt hatte, vor allem wegen ihres Berufes. Nun war sie erleichtert, nicht Mutter zu sein und es wahrscheinlich nie werden zu können. Sie fuhren aus dem Stadtviertel hinaus. Fiona bemerkte, dass Pierre nicht den Weg nahm, den sie gekommen waren. Er bog nach rechts ab, wo die Straße in die Hügel hinaufführte.

»Wo willst du hin?«, fragte sie. »Doch nicht nach Carry?«

»Nein«, erwiderte er. »Aber ich möchte sehen, ob man hier oben abzweigen kann. Ich würde gern verstehen, wie es die beiden mit dem Motorrad geschafft haben, den Polizeikontrollen zu entgehen.«

»Vielleicht wurden sie kontrolliert. Und haben auf ihre Bestätigung geschrieben: *Mal schnell jemanden abknallen.*«

»Oder: *Fahrt zur Arbeit*?«

»Glaubst du, dass es jemand ist, der angeheuert wurde?«

Pierre zuckte mit den Schultern. »Vielleicht. Denn diese Art zu töten ist die Art der Vorstädte. Der Drogendealer.«

»Und was ist mit den Kugeln? Woher kommen die?«

»Unbekannte Waffe. Ein Kleinkaliber. Keine Waffe, die bei uns schon mal aufgetaucht ist.«

»Vielleicht hatte er wirklich Probleme mit dem Drogennetzwerk.«

»Vielleicht. Wenn ja, dann wird Franck es herausfinden.«

Sie waren ganz oben angekommen, von wo man einen Blick auf das Meer hatte. Es war eine Sackgasse. Vor ihnen befand sich ein Parkplatz mit Bänken, der natürlich menschenleer war, ein Wanderweg ging in die Hügel, die spärlich mit Kiefern bewachsen waren.

»Komm, steigen wir kurz aus«, meinte Pierre.

»Darf man das?«, fragte sie.

»Wir schon. Wir haben unsere Ausweise. Wir ermitteln. Wir brauchen nicht einmal eine Bestätigung!«

»Dafür arbeiten wir hart.«

»Du, nicht ich. Ich werde dann hart arbeiten, wenn der Lockdown vorbei ist. Aber es ist schön, so allein zu sein. Hier kann man zum Küstenwanderweg gelangen. Doch im Moment ist das Spazierengehen hier verboten.«

Er zeigte auf eine Absperrung.

»Wieso sperren sie das? Frische Luft und Sonne sind doch gut für das Immunsystem?«

»Ja, aber es sollen keine Unfälle passieren, weil unsere Krankenversorgung ohnehin schon überlastet ist. Und dann gibt es immer die verantwortungslosen Leute, die in riesigen Gruppen aufbrechen. Das ist wie bei den Stränden.«

Er seufzte. »Schade für uns.«

»Nein«, meinte sie, »wir sind frei. Wir können den Weg ohnehin nehmen. Wir sind Ermittler.«

»Ja, illegale Ermittler.«

Sie setzten sich auf eine Bank und redeten über den Fall, über Ken, seine Eltern, Emeline und das Mobbing.

»Und was ist dein Problem, Fiona?«, fragte Pierre sie plötzlich.

»Wie bitte?«

Fiona war verwirrt.

»Du bist jung, hübsch, intelligent, mutig, aber du wirkst so, als wärst du vor irgendetwas auf der Flucht. Dabei glaube ich nicht, dass es unsere Vorgesetzten und meine illegale Ermittlung sind, die dir Sorgen bereiten. Aber du hattest ein Problem, bevor du hierherkamst, stimmt's? Wenn du es erzählen willst, kannst du. Viele Polizisten erleben schwere Dinge und lassen sich versetzen. Wir arbeiten miteinander, du kannst mir vertrauen!«

Fiona senkte den Kopf. Sie spürte, wie befangen Pierres Frage sie machte.

»Ich … es hat nichts mit meiner Arbeit zu tun. Es war mein Freund. Er war gewalttätig und ich habe ihn mit meiner Dienstwaffe bedroht, bevor ich ihn verlassen habe. Es war vor zwei Monaten. Es ist noch alles sehr präsent.«

Fiona ging nicht ins Detail. Sie konnte einem Mann gegenüber nicht beschreiben, was Brice ihr angetan hatte.

»Ach, Fiona. Das tut mir leid.«

Wahrscheinlich wusste er bereits Bescheid, weil Nadia es ihm gegenüber erwähnt hatte. Und nun wollte er sie zum Erzählen bringen.

»Es war … ich bin selbst schuld. Es begann vor zwei Jahren und ich hätte ihn damals verlassen sollen. Ich habe es nicht getan. Erst, als es unerträglich wurde. Ich habe mir zu viel gefallen lassen. Obwohl ich Polizistin bin!«

»Hattet ihr schon lange zusammengelebt?«

»Ja. Fünf Jahre. Er wollte ein Kind. Doch ich … konnte nicht. Obwohl die Ärzte sagten, alles sei normal. Auch die Hormontherapien und die künstliche Befruchtung funktionierten nicht. Ich wurde ganz einfach nicht schwanger. Und er hat mich dafür bestraft.«

»Das ist unmenschlich«, stieß Pierre hervor. »Was für ein Schwein!«

»Ja, das war er. Und ich fürchte mich noch immer vor ihm. Ich habe Angst, dass er hier auftaucht. Er hat die Trennung nicht akzeptiert. Manchmal versucht er mich anzurufen.«

»Nun, im Moment bist du vor ihm sicher. Der Lockdown wird ihn davon abhalten, das Land zu durchqueren.«

»Ja, das habe ich mir auch gedacht, als ich gehört habe, dass alles gesperrt wird.«

»Außerdem sind wir hier, um ihn würdig zu empfangen, wenn er wirklich kommt«, meinte Pierre beschwichtigend.

Fiona seufzte. »Das hat Nadia auch schon gesagt.«

Sie saßen noch eine Weile auf der Bank und sahen auf das Meer hinunter.

»Wirklich schön. So ruhig werden wir das Mittelmeer sicher nie mehr sehen« meinte Pierre. »Alle Schiffe und Fähren ankern in den Häfen und nur kleine Fischerboote sind unterwegs. Anscheinend kommen die Delfine und andere Fische wieder zurück an die Küsten. Die Natur holt sich ihren Platz zurück. Leider glaube ich nicht, dass die Menschen daraus lernen werden.«

»Ich befürchte auch, dass sie das nicht werden. Man spricht von der Welt danach und der neuen Normalität. Ich denke, dass die Menschen wie vorher sein werden, nur ein wenig schlimmer. Wegen der Krise. Man sieht ja, wie sehr sie sich aufregen, nur weil sie nicht zum Strand gehen können. Sie sind so verwöhnt. Jeder hat genug zu essen, seinen Computer mit Internet, sein warmes Bett. Einen Krieg hat noch keiner mitgemacht.«

»Stimmt. Und trotzdem ist der Lockdown für viele nicht einfach. Denk an jene, die als Familien in winzigen Wohnungen leben!«

»Klar. Und andere, die vereinsamen. Stell dir vor, all diese alten Leute, die ihre Familien nicht mehr sehen dürfen und noch dazu Angst vor dem Virus haben!«

»Es ist eine verrückte Zeit.«

»Ja, das ist es. Und trotzdem bin ich so glücklich wie seit Jahren nicht mehr. Weil ich den Schritt von Brice weg gemacht habe. Und an einem Ort bin, wo es mir gefällt. Wo ich nach knappen zwei Wochen schon Freunde habe.«

»Und eine illegale Ermittlung«, grinste er. »Das hattest du in Lille nie!«

EMELINES ZEICHNUNGEN

Laura und Fiona fuhren im Auto aus der Stadt hinaus Richtung Westen. Es ging nach Carry-le-Rouet, wo Laura mit Emelines Eltern sprechen wollte. Sie musste auch das Zimmer des jungen Mädchens noch einmal durchsuchen. Das hatte der Anwalt Castini, der nun Tag und Nacht zwischen Spaziergängen am Strand und Wanderungen auf Korsikas Hügelland für ihren Fall arbeitete, ihnen aufgetragen. Da sie Journalistin und Fiona Polizistin war, wurden sie bei allen Kontrollpunkten durchgelassen. Die Ausgangssperre galt für sie nicht.

»Es ist seltsam, durch Marseille zu fahren, wenn alles so leer ist«, meinte Fiona.

Laura nickte. Sie fand ihren Stadtteil im Lockdown wunderschön. Allerdings erschienen die Innenstadt, die Viertel um die *Canebière,* Marseilles ehemalige Prachtstraße, und um den Bahnhof Saint Charles ohne Menschen und ohne offene Geschäfte ihr wirklich hässlich. Man sah, wie verkommen diese Stadtviertel zum Teil waren. Die Graffitis wirkten noch grausamer, die abgefuckten Häuser noch schäbiger, die Straßen noch schmutziger als sonst. Während der Hafen und die Stadtviertel am Meer ohne Menschen und Verkehr friedlich erschienen, präsentierte sich die Innenstadt ohne das tägliche Gewimmel an Autos und Menschen unendlich trist.

Laura hatte darüber einen Artikel geschrieben, den François begutachtet hatte. »Zu bürgermeisterfeindlich«, hatte er gemeint.

Laura hatte ihm über den Bildschirm grimmig zugelächelt. Sie wusste Bescheid. Auch François waren als Chefredakteur die Hände gebunden, er musste schreiben, was sein Vorgesetzter, der Zeitungsdirektor, ihm befahl. Die Kandidatin der Bürgermeisterpartei, eine wichtige Politikerin, die zugleich auch Präsidentin des *Conseil Départemental*, des Bezirksrates, und der *Métropole Aix-Marseille* war, einer Vereinigung der beiden Städte und umgebender Gemeinden, hatte der *Provence* im Jahr zuvor über eine Million Euro gestiftet. Die Zeitung hatte sich gerechtfertigt und behauptet, es habe sich bei dieser Summe nur um den Ankauf von Werbeflächen gehandelt. Aber Laura und ihre Kollegen wussten ganz genau, dass die *Provence* von der Bürgermeisterpartei gekauft worden war und diese seither nicht mehr kritisierte. Anscheinend sollte der zweite Wahldurchgang nun erst im Juni oder sogar im Herbst stattfinden. Und der rechtskonservative Bürgermeister war noch immer an der Macht. Laura seufzte tief, wenn sie an die Politik dachte.

François hatte außerdem wieder abgelehnt, dass Laura und Daniel über Emeline schrieben. Castini war nun dabei, die Anklage zu formulieren. Doch François wollte davon nichts wissen.

»Wenn dir ein wirklicher Durchbruch gelingt«, meinte er, »wenn du wirklich weißt, dass Emeline vor ihrem Tod etwas Schlimmes, etwas Kriminelles geschehen ist, dann schreiben wir darüber. Aber vorher nicht!«

Laura berichtete Fiona darüber.

»Nun«, seufzte diese, »zumindest bedroht er dich nicht, dich zu entlassen oder zu versetzen.«

Laura lachte. »Ich wurde bereits versetzt. Ich habe in Arles angefangen und dann um Versetzung angesucht.«

»Ach so? War Arles nicht so angenehm?«

»Nein. Arles ist meine Heimatstadt. Ich habe dort bei meinen Eltern gewohnt. Ich wollte frei sein, in einer größeren Stadt leben. Marseille schien mir ideal.«

Sie hatte keine Lust, mit Fiona über Benoît Bacou und ihre Vergewaltigung zu sprechen.

Bald kamen sie nach Carry-le-Rouet. Das Meer glitzerte ihnen tiefblau entgegen. Unter ihnen lag die Ortschaft.

»Eigentlich gemein«, bemerkte Laura, »jetzt, wo wir eingesperrt sind, ist das schönste Wetter.«

»Nun, ich bin froh«, erwiderte Fiona. »Ich bin den ganzen Tag draußen, um Leute zu kontrollieren. Das ist bei schönem Wetter angenehmer.«

»Allerdings hättet ihr bei Regen oder grauem Himmel weniger Schwierigkeiten mit aggressiven Leuten«, warf Laura ein, »denn keiner würde an den Strand gehen wollen.«

Sie hatte bemerkt, dass Nadia sehr müde war. Nach einer knappen Woche ging ihr diese Arbeit bereits an die Substanz. Die Einteilungen, die Konflikte mit Passanten, die vielen Kollegen, die sie managen musste, und die unregelmäßigen Arbeitszeiten machten ihr zu schaffen. So erschöpft wie in dieser Zeit hatte Laura Nadia selten gesehen, auch nicht, wenn sie mit Mathieu wichtige Ermittlungen am Laufen gehabt hatte. Und Laura spürte, dass die Verantwortung schwer wog. Nadia fragte sich, ob es eine gute Idee gewesen war, Lieutenant zu werden.

»Wie findest du die derzeitigen Arbeitsbedingungen?«, erkundigte sich Laura vorsichtig bei Fiona.

Diese zuckte mit den Schultern. »Okay. Für mich ist es nicht so anstrengend und ich bin gern draußen, vor allem in dieser Stadt, die ich noch nicht kenne. Die Kollegen sind nett, die Atmosphäre bei der Arbeit angenehm. Dank Nadia natürlich.«

»Und die Leute, die euch beleidigen?«

»Es ist nicht immer einfach. Aber ich nehme es nicht persönlich. Ich kann verstehen, dass manche Leute sehr frustriert sind und ihren Frust an uns, der Exekutive, auslassen. Aber wahrscheinlich hätte ich die Situation in Lille nicht auf dieselbe Weise genossen. Marseille ist ganz neu für mich, da ist so eine Situation wesentlich leichter zu akzeptieren. Auf jeden Fall bin ich froh, draußen zu sein und nicht ganz allein daheim herumzusitzen.«

»Das kann ich verstehen«, meinte Laura.

Bei den Berniers herrschte Totenstille. Die zwei blonden, bildhübschen Jungen, die Laura bereits bei Emelines Begräbnis gesehen hatte und die wohl ihre Brüder waren, spielten im Garten Ball, aber nicht wie Kinder sonst spielen. Sie riefen sich nichts zu, lachten nicht, redeten nicht miteinander. Laura schien, als würde es sich um zwei Roboter handeln. Sie konnte sich vorstellen, wie sehr diese Zwillinge unter dem Tod ihrer Schwester und der Trauer der Eltern litten. Emelines Vater empfing die beiden jungen Frauen.

»*Monsieur*, wir würden gern Emelines Zimmer durchsuchen. Sehen, ob sie irgendetwas aufgeschrieben hat, in ihren Computer schauen. Ihr Rechtsanwalt, der, wie Sie wissen, derzeit auf Korsika ist, hat uns damit beauftragt. Ist das möglich?«, fragte Laura.

»Natürlich«, meinte er. »Allerdings habe ich ihr Zimmer mit meiner Frau schon durchgekämmt. Ich habe Ihnen ein paar Dinge herausgesucht. Vor allem Zeichnungen. Emeline hatte kein Tagebuch. Aber sie zeichnete jeden Tag. Sie war sehr begabt. Manche Bilder sind schockierend, vor allem, wenn man weiß, was dann geschehen ist!«

»Und ihr Computer?«, fragte Laura. »Hat sie ihn mit einem Passwort geschützt?«

Der Vater schüttelte den Kopf. »Ich habe ihn durchgesehen. Allerdings komme ich nicht in ihr Instagram-Konto hinein. Doch Christine hat mir gesagt, es sei nichts Besonderes dort. Und in ihrem Telefon anscheinend ebenfalls nicht.«

»Haben Sie ihr Telefon?«

Der Vater nickte.

»Gut«, meinte Laura. »Wenn ich es mitnehmen kann ...«

»Natürlich«, erwiderte er. »Alles, was Sie wollen.«

Die beiden jungen Frauen gingen in das Zimmer des Mädchens.

Fiona sah Laura bange an. In diesem Raum herrschte eine Stimmung, die ihnen beiden ins Herz schnitt. Emeline war sehr ordentlich gewesen, alles war schön aufgeräumt und an den Wänden befanden sich überall Zeichnungen und Malereien.

Es konnte natürlich sein, dass die Mutter Emelines Zimmer nach deren Tod saubergemacht hatte. Doch die Wanddekoration stammte von Emeline selbst. Ein riesiges Bild mit einem wunderschönen Baum befand sich oberhalb des Bettes. Auf der Längsseite des Bettes hatte Emeline kleinere Bilder aufgehängt. Porträts von ihren Brüdern und ihren Eltern, von einem Cockerspaniel und einer alten Frau, wahrscheinlich der Großmutter. Bunte Bilder von einer Küste. Man erkannte die Côte Bleue.

»Hat sie das alles selbst gezeichnet und gemalt?«, fragte Fiona erstaunt.

»Anscheinend«, antwortete Laura.

»*Mon Dieu,* sie war wirklich begabt. Eine Künstlerin.«

»Ja, das war sie. Auch deshalb waren die Mitschülerinnen neidisch. Außerdem hatte sie super Noten.«

»Klar. Und manche halten es nicht aus, zu sehen, wie intelligent andere sind!«

Sie machten sich daran, die Schubladen zu durchforsten. Laura war dabei mulmig zumute. Sie mochte es nicht, in der Intimsphäre anderer Menschen herumzustöbern, auch wenn diese schon tot waren. Doch sie sagte sich, dass die Polizisten und die Eltern Emelines Zimmer ohnehin bereits durchsucht hatten. Auf dem Schreibtisch hatten die Eltern für die Ermittler einige Dokumente bereitgelegt.

Emeline hatte kein Tagebuch geführt, doch sie hatte jeden Tag etwas in einen Block skizziert. Mit dem Datum.

Am Samstag vor ihrem Tod waren es Muscheln und Steine gewesen.

Am Sonntag zwei Jungen, die miteinander an einem Strand Ball spielten. Ihre Brüder.

Am Montag Gesichter mit grausamen Fratzen. Laura erkannte, dass es sich um Emelines Mitschüler handelte.

Beim nächsten Bild zuckte Laura zusammen. Fiona neben ihr stieß einen leisen Schrei aus. Emeline hatte sich selbst skizziert, auf der Magnolie hängend, einen Strick um den Hals.

»Meinst du …?«, begann Fiona mit dünner Stimme, »meinst du, sie hat das schon lange geplant?«

»Keine Ahnung!«

Laura überlegte. Hatte Emeline die Zeichnung am Morgen angefertigt oder nach der Schule, als sie nach Hause gekommen war? Kurz vor ihrem Tod?

Laura fotografierte die Bilder. Sie blätterte auch ein wenig weiter zurück. Auf vielen Seiten sah sie Szenen, in denen Personen ein Mädchen schlugen oder auf den Boden drückten. Sie wusste, dass dieses Mädchen Emeline war, auch wenn einige der Bilder sehr abstrakt waren.

Sie sah ein Mädchen mit verzerrtem Gesicht Papier zerreißen und erkannte Naomis Züge. Sie hatte die Anführerin der Clique auf einem Foto gesehen. Emeline hatte wirklich sehr gut skizzieren können. Laura kamen beinahe die Tränen, wenn sie daran dachte, was für eine brillante Karriere Emeline vor sich gehabt hätte.

Emeline erinnerte Laura an Jérémie, der ein sehr begabter Maler war, manchmal Ausstellungen organisierte, sein tägliches Brot jedoch damit verdiente, auf dem Computer Kataloge und Skizzen zu entwerfen. Jérémie war in seiner Arbeit glücklich.

»Ich liebe es zu kreieren«, hatte er Laura erklärt. »Sobald ich etwas Grafisches schaffen kann, bin ich glücklich, ob es nun mit dem Pinsel oder auf dem Bildschirm ist!«

»Man sieht, dass Emeline gemobbt und gequält wurde«, murmelte Fiona. »Diese Bilder sind tatsächlich schockierend.«

»Am schlimmsten ist die Magnolie«, meinte Laura.

Emeline hatte auch eine Mappe voller schöner Landschaftsbilder im A3-Format angefertigt. Zumeist Aquarelle.

»Wow, das hat was von Cézanne«, sagte Laura voller Bewunderung.

Die meisten Gegenstände in Emelines Zimmer hatten mit Malerei zu tun. Auch die meisten Bücher erzählten über berühmte Maler. Van Gogh, Cézanne, Matisse, Chagall, anscheinend waren sie Emelines große Vorbilder gewesen und das Leben dieser Männer hatte sie brennend interessiert. Auf dem Bücherregal lagen auch der Katalog des Musée d'Orsay und die Tickets. Emeline hatte dieses Museum anscheinend im vergangenen Herbst mit ihrer Familie besucht. Laura lächelte. Das Musée d'Orsay war ihr liebstes Museum in Paris gewesen. Es beherbergte eine der weltweit größten Sammlungen impressionistischer Werke.

Pinsel aller Größen, Stifte, Blätter, Leinwände, das alles fanden sie in Emelines Kästen. Schön geordnet. Laura öffnete eine Schachtel, in der Emeline Malfarben verstaut hatte. Bei genauerem Hinsehen bemerkte sie, dass sich unter den Farbtiegeln Zettel befanden.

Neugierig zog sie sie unter dem Malzubehör hervor. Sie erstarrte. Das hätte sie wahrhaftig nicht erwartet! Es handelte sich um Droh- und Beleidigungsbriefe, die von der Clique und den Jungen der Terminale A verfasst worden waren.

Du bist eine Lesbenhure. Doch ich werde dir zeigen, wie gefickt wird. Du musst das auch mal lernen. Wenn du mich nicht freiwillig triffst, dann zwinge ich dich.
Arthur

Als sie diesen Zettel las, schluchzte Laura auf. Sie dachte an ihre eigene Vergewaltigung.

»Was ist los, Laura?«, fragte Fiona, sichtlich erschrocken.

Laura hielt ihr den Zettel hin. Fiona schien nicht schockiert. Im Gegenteil.

»Genau das ist es, was Pierre und der Anwalt brauchen!«, frohlockte sie.

»Wie fürchterlich! Warum hat sie es nicht ihren Eltern gezeigt?«

Fiona zuckte mit den Schultern.

»Wenn man bedroht wird, kann man nicht immer logisch und vernünftig reagieren, denke ich.«

Andere Briefe waren von Mädchen.

Du bist das hässlichste Mädchen der Welt und du weißt es. Hör auf, dich mit deinen dummen Zeichnungen und Malereien zu brüsten, und ändere besser deinen Look!

Naomi und Mathilde

Wenn ich dir etwas erklären soll, bezüglich der Jungs, dann mache ich das gerne. Bleib keine Lesbe! Du bist zwar stockhässlich, doch du kannst trotzdem einen Jungen finden.

Léane, das Sex-Girl

»Sex-Girl?«, fragte Fiona ungläubig. »Mit fünfzehn?«

»Ja, anscheinend.« Laura seufzte.

»Und warum behandeln sie sie wie eine Lesbe? Hatte sie eine Beziehung mit Christine?«

»Nein, hatte sie nicht. Die beiden waren beste Freundinnen. Aber sie waren nie mit Jungen unterwegs, deshalb wurden sie von der Clique bezichtigt, Lesben zu sein.«

Sie dachte daran, welch ein Riesenglück sie selbst hatte. Sie war nun seit zwei Jahren mit Nadia zusammen. Noch nie hatte irgendwer sie beleidigt oder diskriminiert, weil sie eine Lesbe war. Und weder ihre Familie noch ihre Freunde oder die Arbeitskollegen waren deshalb ihr gegenüber befangen. Ihre Beziehung zu Nadia war für Lauras Umfeld die normalste Sache der Welt.

Aber Emelines und Christines Klassenkameraden war alles recht gewesen, um die beiden zu beschimpfen. Und was funktionierte besser, als sie kurzerhand als Lesben abzustempeln?

Lesben, Streberinnen, altmodische Weiber, Langweilerinnen … das waren die beiden Mädchen für die Clique gewesen.

Laura nahm die Briefe an sich.

Sie wollte sie Emelines Eltern zeigen.

Sie fanden nichts Besonderes mehr, nur alte Familienbilder, Fotos von früheren Freundinnen, alte Schulhefte und einen Karton voller Schulbücher und -mappen. Aus den Heften und Blättern des Mädchens konnte Laura schließen, dass Emeline eine sehr gut organisierte, gewissenhafte Schülerin gewesen war. Auch ihre Handschrift war sehr sauber gewesen.

Nach zwei Stunden beschlossen Fiona und Laura aufzubrechen.

»Ich würde sagen, wir haben gute Arbeit geleistet«, meinte Fiona. »Wir haben einen weiteren Beweis dafür, dass die Clique und vor allem Arthur, der Sohn des Procureurs, Emeline bedrohten.«

»Ja. Aber das wird Castini noch nicht reichen. Denn die Jugendlichen sprechen oft so. Vor allem die Platzhirsche. Das beweist uns gar nichts.«

Laura seufzte. »Und trotzdem. Die Zeichnungen, die Skizzen … wir haben Beweise dafür, dass Emeline gemobbt wurde. Und Castini kann der Clique daraus einen Strick drehen.«

»Allerdings! Aber die Sache ist noch tiefgründiger. Und eines Tages werden wir den Beweis dafür finden.«

»Hoffen wir!«

Emelines Vater bot den beiden jungen Frauen einen Kaffee an. Sie lehnten dankend ab. In Corona-Zeiten war es keine gute Idee, in fremden Häusern etwas zu trinken.

Sie zeigten ihm die Briefe. Er las sie und zuckte zusammen.

»Warum hat Emeline uns nicht um Hilfe gebeten?«, schluchzte er. »Wir hätten sie sofort aus der Schule genommen!«

»Wenn man als Jugendlicher gemobbt wird«, meinte Fiona, »dann will man oft die Eltern nicht damit belasten. Und man schämt sich auch. Weil man sich nicht wehren kann. Man will die Sache selbst regeln. Wir wissen, dass Christine zur Direktorin gegangen ist, um sich zu beschweren. Und diese hat überhaupt nicht reagiert.«

Der Mann ballte die Fäuste.

»Diese Schweinehunde. Diese elendigen Schweinehunde. Wir werden sie bezahlen lassen!«

»Ja, *Monsieur*, das werden wir. Dürfen wir Emelines Telefon und ihren Laptop mitnehmen?«

»Natürlich!« Der Vater reichte ihnen einen Zettel mit dem Code.

Laura sah ihn fragend an.

»Emeline hat ihr Telefon mit einem Code geschützt. Aber wir sind leicht hineingekommen. Denn bei dem Code handelte es sich um das Geburtsdatum ihrer Brüder. Sie hat sie geliebt. Sie waren alles für sie …«

Seine Stimme versagte.

Laura dachte an die Bilder, die sie von den beiden hübschen blonden Jungen gesehen hatte. Emeline hatte viele Porträts von ihnen gemalt und sie häufig skizziert. Sie musste an diesem verhängnisvollen Dienstag zutiefst verzweifelt gewesen sein, um sich für immer von ihnen zu trennen.

Als die beiden jungen Frauen wieder zurück nach Marseille fuhren, meinte Laura: »Eigentlich seltsam. Emeline hatte Eltern und Brüder, die sie liebten, eine beste Freundin, war eine gute Schülerin. Man kann kaum verstehen, wieso sie nicht ein wenig lauter um Hilfe gerufen hat.«

Fiona schwieg. Dann begann sie: »Weißt du, Laura, wenn jemand dich terrorisiert, dann bist du am Anfang wie erstarrt. Du kannst nicht reagieren. Und vor allem denkst du dir, das ist nicht möglich, dass ich in dieser Situation bin und mich überhaupt nicht wehren kann. Du willst niemanden in diese Sache hineinziehen. Du denkst dir, es wird irgendwann einfach aufhören. Doch dass diejenigen, die dich quälen, immer weiter gehen, das kannst du kaum glauben …« Fiona verstummte.

Laura sah sie flüchtig von der Seite an. »Sprichst du aus Erfahrung, Fiona?«

Fiona zuckte mit den Achseln. »Auf eine gewisse Weise, ja. Ich wurde als Schülerin nie gemobbt. Aber ich hatte einen gewalttätigen Lebensgefährten. Das weißt du sicher schon.«

Laura nickte. »Nadia hat es erwähnt.«

Fiona seufzte tief.

»Ich bin Polizistin. Ich hätte mich wehren können. Anzeige erstatten und meine Vorgesetzte alarmieren. Doch ich habe es nicht getan. Ich schämte mich, fand mich so unendlich schwach. Und hoffte, es würde sich von selbst alles einrenken. Doch es renkte sich nichts ein. Es wurde alles schlimmer.«

Sie waren wieder in der Stadt angekommen. Es war sehr wenig Verkehr. Laura fuhr trotzdem langsam.

»Hat er … dich geschlagen?«, fragte sie.

Fiona schüttelte den Kopf. »Nie. Es war noch schlimmer. Er war beim Sex gewalttätig. Und manchmal nahm er mich einfach so, ohne mein Einverständnis. Vergewaltigte mich ganz plötzlich.«

Laura zuckte zusammen. Tränen schossen in ihre Augen. Sie dachte wieder an Benoît Bacou, der sie zuerst verführt, dann jedoch sexuell misshandelt und beinahe getötet hatte. Sie fuhr auf die Seite und hielt an.

»Entschuldigung Fiona«, sagte sie mit zitternder Stimme. »Aber ich … so eine Erzählung geht mir immer sehr nahe. Ich bin ebenfalls vergewaltigt worden.«

»Ach …?« Fiona schien sehr überrascht. Nadia hatte ihr wohl nichts davon erzählt.

»Von einem … Unbekannten. Einem Typen, den ich hätte interviewen sollen. Sein Bruder war verdächtig, in der Camargue drei Mädchen vergewaltigt und getötet zu haben. Der Typ war gut aussehend und charmant. Hat mich verführt und ist urplötzlich unheimlich gewalttätig geworden. Er hat versucht, mich zu erwürgen. Nadias damaliger Vorgesetzter und die Gendarmen von Arles haben mich im letzten Moment gerettet. Er war der Mörder, nach dem die Gendarmen schon seit fünfzehn Monaten gesucht hatten. Und niemand hatte es bemerkt …«

»*Mon Dieu* …« Fiona schien sprachlos. »Laura, das wusste ich nicht. Das tut mir leid für dich.«

Laura versuchte zu lächeln. »Ja, aber damals habe ich Nadia kennengelernt. Ich war im Krankenhaus und sie blieb tagelang an meinem Bett sitzen. Und wir haben uns schon damals ineinander verliebt. Doch erst ein halbes Jahr danach wurden wir ein Paar.«

»Warst du vorher mit Männern zusammen?«, fragte Fiona.

Laura nickte. »Frauen haben mich nicht im Geringsten interessiert. Doch als ich Nadia kennenlernte, veränderte sich alles. Und vor allem hatte ich Angst vor den Männern. Mit Nadia fühlte ich mich in Sicherheit.«

»Ich … kann auch nicht mehr mit Männern. Aber ich weiß genau, dass ich für Frauen nichts übrighabe. Und ich frage mich, ob ich verdammt dazu bin, allein zu bleiben«, sagte Fiona leise.

Laura schüttelte den Kopf. »Nein, Fiona. Das mit deinem Lebensgefährten ist noch sehr frisch, oder?«

Fiona nickte. »Ich habe ihn im Januar verlassen. Nachdem er mich gemeinsam mit einem Freund vergewaltigen wollte. Ich habe die beiden mit meiner Dienstwaffe bedroht und auf ein Fenster geschossen, als er die Drohung nicht ernst genommen hat. Und jetzt … er hat mir alles geraubt. Ich werde mich auf keinen Mann mehr einlassen können.«

»Das glaube ich nicht, Fiona. Irgendwann triffst du jemanden, dem du wirklich vertraust. Mit dem du dich wohlfühlst. Ob Mann oder Frau. Und dann denkst du nicht mehr an das Ganze. Daran, was er dir angetan hat, an die Schmerzen und an das, wovor du Angst hast. Dann willst du dieser Person einfach nur nahe sein. Aber natürlich wirst du Zeit brauchen, bis das geschieht.«

Fiona zuckte entmutigt mit den Schultern. Dann wandte sie sich Laura zu.

»Und du? Bist du darüber hinweggekommen?«

Laura schüttelte den Kopf.

»Noch nicht. Ich mache eine Therapie. Es ist knappe drei Jahre her, aber es ist in meinen Gedanken noch allgegenwärtig. Er hätte mich beinahe umgebracht. Als die Gendarmen mich retteten, schwebte ich zwischen Leben und Tod. Und vor allem … ich möchte gern ein Kind, aber es ist unmöglich. Er hat meinen Körper zerstört.« Ihre Stimme versagte.

Fiona nahm Lauras Hand. »Ich kann auch keine Kinder kriegen. Brice, mein Lebensgefährte, wollte welche, aber es hat nicht funktioniert. Wir haben alles Mögliche probiert. Und von dem Tag an, als ich ihm sagte, dass ich keine weitere künstliche Befruchtung probieren wolle, ist er gewalttätig geworden …«

Laura drückte die Hand ihrer Freundin. Sie spürte die heißen Tränen auf ihren Wangen. Fiona hatte gelitten wie sie. Und sie hatte dasselbe Problem wie Laura. Niemals würde sie Mutter werden.

Laura wollte ein Kind, sie wollte es sosehr. Sie hätte es geliebt, ein Kind zu tragen, zu gebären, zu stillen. Benoît Bacou hatte sie dessen beraubt. Doch er war tot. Im Moment war er sicher schon zum Skelett verwest. Und keiner außer ihr selbst konnte für das zur Verantwortung gezogen werden, was damals geschehen war!

DAS MOBILTELEFON

Castini befahl Nadia, alle möglichen Schulkameraden von Emeline und Christine zu vernehmen. Es handelte sich dabei nicht um diejenigen, die Mitglied der Clique waren, denn diesen durften sie sich nicht nähern, sondern um andere. Mitläufer und Opfer sollten vernommen werden. Vielleicht würde irgendeiner von ihnen sprechen und Auskunft über den fatalen Dienstag geben. Nadia war mit ihren Überstunden sehr beschäftigt und schickte Laura, Fiona, Florian und Pierre los.

Sie hatte sich mit Florian Emelines Computer und ihr Mobiltelefon angesehen, aber hatte nichts gefunden. Emeline war nicht über SMS oder E-Mail bedroht worden. Sie hatten ihr Drohbriefe auf Fresszettel geschrieben und sie auf Instagram beleidigt, das war alles, was Nadia bisher herausgefunden hatte. Auf dem Computer befanden sich viele Familien- und Naturfotos. Emeline hatte nicht nur gut malen können, sondern war auch eine begabte Fotografin gewesen. Nadias Herz blutete, wenn sie diese Fotos sah, die das Leben eines ausgeglichenen fünfzehnjährigen Mädchens zeigten. Es schien klar, dass Emeline ein Opfer war. Emeline hatte sich anscheinend für Jungen überhaupt nicht interessiert, wahrscheinlich war sie deshalb von den Klassenkameraden als Lesbe bezeichnet worden. Wie Christine. Doch Christine hatte Nadia klar gesagt, dass sie beide bisher weder mit Jungen noch mit Mädchen sexuelle Beziehungen gehabt hatten.

Die Klassenkameraden erzählten Nadias Kollegen nicht besonders viel. Bezüglich des Dienstags sagten alle nur, dass sie schon weg gewesen waren, als die Clique Emeline in den Umkleideraum gesperrt hatte. Und, dass sie die Jungen der Terminale A nicht gesehen hatten.

Allerdings schien von den Mitläufern und Opfern niemand Naomi und ihre Clique zu schätzen. Alle gaben zu, dass sie vor diesen Mädchen Angst hatten und spürten, dass diese Schülerinnen machen durften, was sie wollten und trotzdem nie wirklich bestraft wurden. Nadia seufzte. Was sie gegen die Clique in der Hand hatten, war immer noch zu wenig, damit Castini effizient arbeiten konnte.

Doch an einem Dienstagabend schien es urplötzlich einen Durchbruch zu geben. Pierre rief Nadia, die im Kommissariat mit Stéphane Nachtdienst hatte, aufgeregt an.

»Nadia, wir haben dank der Videoüberwachung von Kens Villenviertel etwas herausgefunden. Das Motorrad der Jungen, die Ken erschossen haben, ist dasselbe wie das Motorrad, das am Hafen von Carry gefilmt wurde, als die Autos beschädigt wurden …«

Nadia erstarrte. *»Mon Dieu«*, flüsterte sie. »Das heißt … Christines Zimmerfenster und Kens Tod haben höchstwahrscheinlich etwas miteinander zu tun?«

»Ganz genau«, erklärte Pierre. »Und noch etwas: Die Spur führt eindeutig in die *Cité la Busserine*. Seltsam, nicht?«

Nadia hielt inne. La Busserine war die Vorstadt, in der sie vor dem Lockdown fünfzehn Personen verhaftet hatten, die dann wieder freigelassen worden waren. War das nur ein Zufall?

»Das Motorrad«, meinte Pierre, »wurde in der Nähe der *Cité* gestohlen und am Eingang der *Cité* gefilmt. Ich habe es geschafft, von Franck die nötigen Informationen zu bekommen. Er ermittelt in der Vorstadt la Busserine. Womit er nicht gut vorankommt, weil dort die Situation derzeit sehr explosiv ist.«

Nadia seufzte. Sie wusste, dass einige ihrer Kollegen in den vergangenen Tagen ernste Probleme in den *Quartiers Nord* gehabt hatten. Es war in diesen Vierteln beinahe unmöglich, den Lockdown durchzusetzen. Ganz einfach, weil die Wohnungen zu klein waren. Die Familien lebten oft zu zehnt in zwei Räumen. Außerdem brach mit der Ausgangssperre der Drogenhandel zusammen, was die Dealer nicht akzeptieren wollten. Und die Polizisten waren in den Vorstädten ohnehin keine gern gesehenen Gäste. Nadia wusste, dass das Risiko für sie bestand, in der darauffolgenden Woche ebenfalls in so ein Stadtviertel aufbrechen zu müssen. Denn es wurde gewechselt, damit nicht immer dieselben Teams die schwierigen Viertel überwachen sollten. Was die Pandemie betraf, so spitzte sich die Situation immer mehr zu. Nun waren vor allem Großbritannien, wo der Lockdown aufgrund der anfänglich *coolen* Haltung des Premierministers zu spät begonnen hatte, und Spanien ebenfalls sehr stark betroffen. Man hoffte, dass man in Italien auf dem Plateau, dem Höchststand der Infiziertenzahl, angekommen sei, und vermutete, dass auch in Frankreich die Höchstzahl der Opfer bald erreicht sein würde. In Marseille gab es einen Arzt im IHU, einen Forscher, der die Patienten mit Chloroquine und Antibiotika behandelte und behauptete, sehr gute Ergebnisse zu erzielen. Doch national wurde die Methode angezweifelt, weil er anscheinend nie wirkliche klinische Versuche gemacht habe. Fiona, deren Nachbarinnen im IHU arbeiteten, hatte erzählt, dass Patienten aus ganz Frankreich in diese Marseiller Klinik kamen, um sich dort behandeln zu lassen.

Es war wieder einmal ein warmer Nachmittag gewesen und die Sonne war gerade untergegangen. Bald würden sie abgelöst werden. Nadia und Luc standen am Ende der Corniche, nicht weit vom Anfang des Stadtviertels Prado, und sprachen mit Florian und Fiona. Einige Meter von ihnen befand sich eine Gruppe CRS. Nadia sah, dass Luc ganz offen mit Fiona flirtete, obwohl sie ihm bei ihrem gemeinsamen Nachtdienst mehr oder weniger alle Hoffnungen zunichtegemacht hatte. Ein junger Mann mit Kopfhörern und Kapuze näherte sich zu Fuß.

»Ausgangsbescheinigung, bitte«, sagte Florian. Mit einer mürrischen Geste reichte der Junge ihnen den Zettel und einen Personalausweis.

»Nadia …« Florian winkte sie zu sich. Luc beachtete sie alle nicht, er war dabei, Fiona zu bereden. Florian zeigte auf den Namen des Jungen und die Adresse.

»Er wohnt auf der Avenue du Prado, weiter nördlich. Ist doch etwas weit entfernt, nicht wahr?«

Dabei sah er sie fragend an. Nadia verstand nicht, was Florian wollte. Er wusste doch selbst Bescheid!

Sie wandte sich an den Jungen. »Zeit heimzugehen, *Monsieur*. Es wird bald dunkel und Sie sind zu weit von daheim weg.«

»Na und«, maulte der Junge. »Ist mein Stadtviertel. Hier ist es nicht gefährlich.«

»Sie sind mehr als einen Kilometer von Ihrer Adresse weg. Wir hatten gestern Probleme«, sagte Florian. »Es sind Leute überfallen worden. Also wagen Sie es besser nicht, den Strand entlangzugehen. Ist außerdem verboten.«

Nadia horchte erstaunt auf. Was erzählte Florian da?

»Wie können Leute überfallen werden, wenn ihr überall rumsteht?«, murrte der Jugendliche.

»Überall sind wir nicht«, erwiderte Florian. »Aber wenn wir Sie noch einmal so weit von zuhause erwischen, gibt es eine Strafe. Das ist die derzeitige Verordnung. Und jetzt gehen Sie schnurstracks heim!«

Der Junge maulte etwas von *nicht einmal mehr spazieren gehen* und wandte sich ab.

Florian zog Nadia auf die Seite. Zum Glück war Luc vollkommen von Fiona vereinnahmt.

»Das war Ugo Mallet«, flüsterte er. »Einer von Arthurs Freunden. Wir brauchen sein Handy! Vielleicht finden wir einen Film.«

Nadia erstarrte. Nun erinnerte sie sich wieder an den Namen des Jungen.

Sie reagierte schnell und wandte sich an ihren älteren Kollegen: »Luc, bleib bitte kurz mit Fiona hier zum Kontrollieren. Ich gehe mit Florian. Der Junge hat uns gesagt, dass Leute dort vorn sind, wo der Strand beginnt. Wir gehen schnell nachsehen …«

Eigentlich war es Lucs Job, mit Nadia zu gehen, doch es machte ihm nichts aus, bei Fiona zu bleiben. Ganz im Gegenteil! Nadia atmete auf.

Sie zwinkerte Fiona zu, die sie verdattert und etwas verzweifelt ansah, und verfolgte den Jungen mit Florian.

»Er geht dort vorn sicher zum Strand hinunter«, mutmaßte Florian, als sie am Badepark Prado ankamen, wo die breiten Sandstrände begannen. »Und ich schleiche ihm hinterher und nehme ihm sein Handy ab! Du gehst weiter die Straße entlang, ich komme zu dir, sobald ich es habe, und dort vorn werden wir Ugo dann nach dem Überfall empfangen!«

Florian gab Fiona seine Jacke, setzte sich eine Sonnenbrille auf, nahm die Maske, die Jérémies Kollegin ihm genäht hatte, und hastete dem Jungen hinterher. Dieser ging tatsächlich in Richtung

Strand und zwängte sich zwischen den Absperrungen durch, die die Stadtverwaltung aufgestellt hatte. Die Kollegen standen zweihundert Meter weiter östlich, mit Blick auf die Strände, doch Florian würde Ugo dort überfallen, wo sie ihn noch nicht sehen konnten.

Nadia spazierte die Küstenstraße entlang weiter. Es begann bereits zu dämmern, man sah den Strand nicht mehr gut, was für Florian von Vorteil war. Sie ging langsam hin und her und wurde schon ungeduldig, als Florian atemlos ankam.

»Geschafft!«

Er gab ihr ein iPhone, das Nadia schnell in ihrer Jackentasche verschwinden ließ, zog sich hastig seine Jacke an und verstaute Maske und Sonnenbrille in seiner Jackentasche.

»Und nun gehen wir ganz scheinheilig hier entlang«, sagte er, immer noch etwas außer Atem.

»Bravo, Florian, super Arbeit!«

Nadia bewunderte Florians Scharfsinn und sein entschlossenes Handeln. Ihr selbst wäre dieser Ugo Mallet durch die Lappen gegangen!

Sie trafen bald schon auf die Kollegen, die etwas weiter hinten standen, André, Rémy und zwei Stadtpolizisten. Sie sahen, dass Ugo Mallet sich bereits wild gestikulierend mit ihnen unterhielt.

»Nadia, Gott sei Dank!«, rief André. »Der Junge ist am Strand überfallen worden. Ein Typ wollte ihn vergewaltigen, er konnte sich losreißen, doch der Kerl hat sein Handy genommen, ein iPhone.«

Nadia wandte sich Ugo zu.

»Ach, so was! Wir haben Sie doch vorher gerade kontrolliert! Und haben Ihnen verboten, zum Strand zu gehen. Aber Sie wissen wohl immer alles besser, nicht wahr? Wir können Ihnen eine Strafe anhängen.«

»*Putain*, dann machen Sie das doch! Mir ist das egal! Ich habe das neueste iPhone verloren! Und ein Typ wollte mich vergewaltigen! Hat an meiner Hose gerissen …«

Ugo klang hysterisch und Nadia sah, dass er zitterte.

»Jetzt mal mit der Ruhe«, mischte sich Florian ein. »Wie hat er ausgesehen?«

»Er war etwas größer als ich und sehr muskulös. Er hatte ein schwarzes T-Shirt an, Sonnenbrille auf und trug eine Maske. Sein Gesicht konnte ich natürlich nicht sehen.«

»Schuhe?«, fragte Nadia.

»Keine Ahnung. *Putain*, ich habe nicht darauf geachtet! Ich war in Panik …«

Erleichtert atmete Nadia auf. Florian hatte zwar schwarze Allerweltsturnschuhe, doch Ugo hätte seine Jeans und Schuhe dennoch wiedererkennen können.

»Was ist geschehen? Haben Sie sich gewehrt?«, fragte sie weiter.

»Ja! Ich habe vor allem geschrien. Und da hat der Typ in meine Jackentasche gegriffen, hat mir das Handy rausgenommen und ist in die Richtung abgehauen, aus der er gekommen ist. Es war die Richtung, aus der Sie kamen. Haben Sie niemanden gesehen?«

»Nein«, sagte Florian. »Aber es dämmert schon. Und wir waren einige hundert Meter hinter Ihnen.«

Nadia meinte streng: »Ich hatte Sie gewarnt. Die Strände sind gesperrt, doch es gibt Gesindel, das sich dort herumtreibt. Ich hatte gestern schon jemanden, der am Strand von einer Person dieser Art verfolgt wurde. Er ist weggelaufen. Sie können zum Kommissariat kommen und Anzeige erstatten.«

»Können Sie mein Telefon orten?«

»Vielleicht. Fragen Sie die Kollegen im Kommissariat danach. Komm, Florian, wir gehen zum Strand und versuchen den Übeltäter zu erwischen. Ihr, André, bleibt bitte wachsam!«

Das Telefon brannte in ihrer Jackentasche. Sie hatte Angst, dass es läuten würde, und stürzte mit Florian davon.

»Mon Dieu«, seufzte er, als sie den Strand entlang gingen. »Jetzt bin ich selbst ein Krimineller.«

»Der Zweck heiligt die Mittel«, erwiderte Nadia. »Aber hast du ihn wirklich sexuell belästigt?«

»Ja, damit er nicht gleich nach seinem Telefon griff, als ich ihn packte! Ist ja heute ein geläufiger Reflex. Ich habe ihm die Hand zwischen die Beine gelegt und an seiner Hose gerissen. Und als er zu schreien und wild um sich zu schlagen begann, habe ich schnell das Telefon aus seiner Jackentasche gezogen und bin weggelaufen.«

»Bravo! Am besten ist, wir nehmen einstweilen die SIM-Karte heraus, damit man das Telefon nicht orten kann. Mach es dann, wenn du mit Fiona im Auto sitzt. Und ich überlege mir eine Erklärung für Luc!«

Florian nickte. »Ich kümmere mich heute noch um das Telefon, vielleicht muss uns aber Jérémies Kollege mit dem Code helfen.«

Als sie wieder bei Luc und Fiona ankamen, meinte Luc: »Ihr wart aber eine Weile weg! Probleme am Strand?«

Nadia nickte. »Ich kann mir das Ganze nicht erklären. Der Junge sagte uns, es seien Leute am Strand, wir sind ihm gefolgt, aber anstatt die Straße entlangzugehen, spazierte er zum Strand, wo er überfallen wurde. Sein Telefon wurde ihm geraubt. Wir waren zu weit hinten. Andere Menschen haben wir keine angetroffen.«

»Ach! Das geschieht ihm recht!« Luc war nicht beeindruckt. »Wie dumm ist dieser Kerl eigentlich? Er sieht Leute am Strand, verpetzt sie, aber geht selber den Strand entlang, ganz allein.«

»Er wurde anscheinend nur von einem Typen überfallen, der ihn vergewaltigen wollte.«

»Ach ja?« Luc seufzte tief. »Das ist ernster als nur Diebstahl. Gib es den Kollegen durch, die für den Nachtdienst kommen, mit der genauen Beschreibung des Täters. Allerdings sagen wir den Leuten immer, sie sollen den Stränden fernbleiben, vor allem am Abend! *Putain!*«

Bevor Nadia mit Luc ins Auto stieg, gab sie Florian verstohlen das Telefon.

»Und?«, fragte sie Luc scheinheilig, als sie mit ihm Richtung Kommissariat fuhr. »Bringst du mit Fiona was weiter?«

Er seufzte. »Ich denke nicht, dass sie mich will. Ich bin wohl zu alt für sie. Sie wird sich einen Burschen ihres Alters suchen. Aber ich bin trotzdem gern mit ihr zusammen.«

»Deshalb habe ich Florian mitgenommen und dich mit ihr allein gelassen«, erwiderte Nadia.

»Du bist eine Perle, Nadia«, seufzte Luc.

Sie sah ihn von der Seite an. Der Arme! Luc war seit sieben Jahren geschieden und lebte allein. Er hatte zwei Jungen, die elf und dreizehn Jahre alt waren und bei ihrer Mutter lebten. Luc kümmerte sich jedes zweite Wochenende um sie. Er war mit Mathieu gut befreundet gewesen, deshalb wusste Nadia einiges über sein Privatleben. Wenn Mathieu und Luc miteinander weggegangen waren, hatte Luc zuweilen kurze Abenteuer mit Frauen gehabt. Doch nun schien er eine wirkliche Beziehung zu suchen. Und das mit einer Frau, die fast fünfzehn Jahre jünger als er und bildhübsch war!

Nadia jedenfalls beglückwünschte sich, Luc so erfolgreich ausgetrickst zu haben. Er war derart auf Fiona fixiert gewesen, dass er die Sache mit dem Überfall auf den jungen Burschen und die Tatsache, dass Florian und Nadia sich ganz in der Nähe befunden hatten, überhaupt nicht hinterfragt hatte.

Sie war relativ stolz auf ihre Aktion, auch wenn sie ein schlechtes Gewissen verspürte. Nun verhielten sie und ihre Kollegen sich wie Banditen. Aber hatten sie eine andere Wahl? Wenn sie herausfinden wollten, was an dem Dienstag von Emelines Tod wirklich geschehen war, dann mussten sie zu solchen Mitteln greifen. Das Mobiltelefon eines Verdächtigen war in der Tat eine sehr wichtige Informationsquelle.

Florian meldete sich am folgenden Tag. Er war vollkommen aufgeregt.

»Wir haben es geschafft, ins Telefon hineinzukommen. Und wir haben ein Video gefunden! Emeline wurde wirklich vergewaltigt. Und Ugo hat es anscheinend gefilmt. Wirklich ekelhaft! Man kann verstehen, warum sie sich das Leben genommen hat!«

DER FILM

Christine fürchtete sich noch immer. Sie hatte sich nun das Büro des Vaters als Zimmer genommen. Das Fenster ihres eigenen Zimmers war zwar ersetzt worden, doch sie wollte sich nicht mehr in diesem Raum aufhalten, der direkt auf die Straße hinausging. In den letzten Tagen hatte es keine Neuigkeiten von Naomi und der Clique mehr gegeben, doch sie traute dem Frieden nicht. Vor allem würde nun der Anwalt Castini seine Anklage formulieren. Die Mutter war mit ihm in Kontakt. Sie skypten häufig mit Emelines Eltern. Castini fand die Sache auf jeden Fall sehr seltsam. Irgendetwas war an dem verhängnisvollen Dienstag geschehen, und er musste herausfinden, was es war. Christine wusste es, doch sie befürchtete, dass ihre Zeugenaussage nicht reichen würde. Aber sie wusste über die Filme Bescheid. Sie hatte die Mitschüler tuscheln gehört. Und nun war auch noch Ken Bianucci erschossen worden! Wahrscheinlich steckte die Clique dahinter, vor allem Naomis Vater, der Polizeipräsident, der das Ganze als eine Drogensache verkleidet hatte. Vielleicht hatte Ken sprechen wollen. Zwar nicht aus demselben Grund wie sie, aber wenn sie erzählte, würde sie enden wie er.

In der Nacht hatte Christine einen Traum. Emeline zeichnete. Sie zeichnete sich selbst, wie sie von der Clique attackiert wurde, und Christine, die dabei war, davonzurennen. Hunderte Zeichnungen sah Christine im Schlaf, eine noch erschreckender als die andere.

Sie fuhr auf und konnte die ganze Nacht nicht mehr schlafen. Am nächsten Tag hatte sie Schwierigkeiten, ihre Arbeit am Computer zu verrichten.

Am frühen Nachmittag läutete es an der Tür. Christines Schwester öffnete.

»Christine«, rief sie, »da sind zwei Frauen, die dich sprechen wollen!«

Christine erschrak. Sie ging langsam hinunter und sah Lieutenant Aubertin mit der blonden Journalistin vor der Tür stehen. Letztere hatte Christine bei Emelines Begräbnis mit der Mutter ihrer früheren Schulfreundin Jeanne, die Bürgermeisterin von Carry werden wollte, sprechen sehen, sie arbeitete anscheinend für die Zeitung *La Provence.* Nun trugen die beiden Damen bunte Masken als Mund- und Nasenschutz.

»Hallo, Christine«, sagte Nadia Aubertin. »Wenn du willst, setzen wir uns vor das Haus. Wir gehen wegen Corona nicht mehr in die Häuser. Aber wir müssen dir dringend etwas zeigen. Und dann auch mit deiner Mutter sprechen.«

Die Mutter war im Moment beschäftigt, sie hatte eine Videokonferenz mit ihrem Boss. Christine war froh darüber, sie wollte mit *Madame le Lieutenant* allein sprechen. Christine führte die beiden Frauen hinter das Haus und sie setzten sich an den Tisch, der auf der Terrasse stand. Nadia Aubertin sah das Mädchen ernst an.

»Christine, wir sind auf einen Film gestoßen. Und wir haben etwas Tragisches herausgefunden. Emeline wurde von einem Jungen der Terminale A mithilfe der Clique vergewaltigt, bevor sie eingesperrt wurde. Wusstest du davon?«

Die beiden Frauen sahen Christine forschend an. Sie brach in Tränen aus.

Die beiden sagten nichts, warteten nur ab. Christine fühlte sich so schäbig, so feige. Sie hätte ihnen schon lange sagen sollen, was geschehen war! Sie war zwar nicht dabei gewesen, aber sie hatte es gewusst. Wie alle anderen.

Die blonde Frau nahm ihr Mobiltelefon und hielt es Christine unter die Nase.

»Da, schau dir an, was geschehen ist!«

Der Film war wohl von einem der Jungen gemacht worden. Im Bild sah man Naomi und Mathilde, die Emeline packten, hinter ihnen Vanessa und Mégane. Vor ihr Arthur, der sich die Hose öffnete, neben ihm Léane und Arthurs Freund Kevin. Emeline schrie und wand sich.

»Nun, Emeline, so schlimm ist es nicht«, lachte Arthur. »Jede muss mal einen Schwanz versuchen! Zieht sie aus, Mädels!«

Sie zerrten Emeline auf den Boden, Léane riss an Emelines T-Shirt, Kevin zog ihr die Turnhose und die Unterhose hinunter.

»*Putain!*«, rief Arthur. »Welch ein Busch! Was sie oben hat, hat sie auch unten! Und Lesben rasieren sich wohl nicht die Möse. Keine Ahnung, ob ich da einen hochkriege!« Hinter ihm hörte man Gelächter.

Christine wurde vom Schluchzen geschüttelt. Es war noch grauenhafter, als sie es sich vorgestellt hatte. Sie hatten Emeline nicht nur vergewaltigt, sondern auch gedemütigt. Derjenige, der filmte, kam näher, und machte eine Großaufnahme von Emelines nacktem Oberkörper, dann von ihrem Unterkörper. Léane und Kevin griffen Emeline immer wieder zwischen die Beine. Christine hielt sich die Hand vor das Gesicht. Sie wollte diesen Film nicht weiter ansehen! Emeline schluchzte, Mathilde presste ihr ein T-Shirt vor den Mund, damit sie nicht schrie. Anscheinend waren einige Jungen der Abiturklasse anwesend, denn im Film hörte man Gemurmel und Gekicher.

Naomi und Mathilde hielten Emelines Arme, Léane und Kevin jeweils ein Bein. Es sah so aus wie in mittelalterlichen Filmen, in denen die Menschen bei lebendigem Leib auseinandergerissen wurden. Dann kam Arthur und legte sich auf sie.

Er bewegte sich heftig, es dauerte nicht lange, man sah sein weißes und muskulöses Hinterteil auf und ab wackeln. Plötzlich riss der Film ab. Christine weinte.

»Du wusstest es, nicht wahr?«, fragte Nadia Aubertin. »Und du wurdest mit dem Tod bedroht, damit du nichts sagen würdest. Warst du dabei?«

Christine schüttelte den Kopf. Es gelang ihr, zu schluchzen:

»Nein. Sie haben uns hinausgejagt. Sie haben zu uns Mädchen gesagt: *Verschwindet, sofort, wir haben hier mit Emeline etwas zu regeln.* Und alle sind hinausgegangen. Ich wusste nicht, was ich tun sollte. Ich hätte Monsieur Bertin holen sollen, der sich um Miranda kümmerte, oder die Direktorin, aber … ich habe es nicht gewagt. Ich bin gegangen. In die Geschichtsstunde. Und Emeline wusste, dass ich sie im Stich gelassen habe.«

Christine begann wieder zu weinen. Wäre sie nur so mutig, wie Lieutenant Aubertin und diese Journalistin, die der Sache nachgingen, ohne die Erlaubnis dafür zu haben!

»Christine …«

Madame Aubertin legte ihr eine Hand auf den Arm. »Es ist nicht deine Schuld. Du kannst nichts dafür. Du wusstest, dass die Clique straffrei davonkommt. Du konntest nicht wirklich etwas tun. Denn auch wenn Monsieur Bertin gekommen wäre, hätten sie ihn wahrscheinlich erpresst. Aber nun haben wir den Film. Und es ist klar, was geschehen ist. Maître Castini hat ihn bereits bekommen. Nun können sie uns nicht mehr entwischen. Arthur, Naomi und Mathilde gehören zu den Hauptschuldigen. Und wir versuchen natürlich zu beweisen, dass sie oder irgendjemand, der von ihnen angeheuert wurde, auch Ken erschossen hat. Kannst du dir vorstellen, warum?«

Christine zuckte mit den Schultern. »Ken hatte keinen guten Ruf in der Schule. Er dealte und erpresste die Schüler. Sogar die Jungs der Terminale und die Clique fürchteten sich vor ihm. Er war wohl dabei, als die Sache stattfand und hat gefilmt. Und er wollte vielleicht seine Mitschüler erpressen, wegen des Films. Um Geld zu bekommen. Er selbst ist ja nicht zu sehen.«

»Ja, wir haben auch diesen Verdacht.«

»Wo … wo wurde der Film gefunden?«, stammelte Christine.

Die beiden Frauen wechselten einen Blick.

»Nun …«, sagte Nadia. »Ken oder irgendjemand anderer scheint ihn anscheinend ins Internet gegeben zu haben. Auf einer Amateur-Pornoseite hat einer von Lauras Journalistenkollegen ihn gefunden. Ganz durch Zufall. Siehst du, es hat ihnen nichts genützt, Ken getötet zu haben, denn er war schneller.«

Christine war sprachlos.

»Und Christine, du weißt wahrscheinlich, dass dasselbe Motorrad, das bei Ken gefilmt wurde, jenes war, das am Tag, an dem dein Fenster eingeschlagen worden war, auch am Hafen von Carry gefilmt worden ist.«

Christine begann zu zittern. »Ich habe Angst«, flüsterte sie.

»Christine«, sagte Nadia, »du wirst jetzt nicht mehr in Gefahr sein. Denn der Film wurde gefunden. Du bist zwar eine Zeugin, aber keine unentbehrliche! Egal, was du sagst, sie stecken ohnehin in der Patsche. Und Arthur noch mehr als die anderen, weil er es war, der Emeline vergewaltigt hat und er außerdem schon achtzehn ist!

Wir wollen jetzt noch herausfinden, was mit Ken geschehen ist, und dann die Missetäter und ihre Eltern mit ihren Taten konfrontieren. Wir dürfen nur nicht zu schnell reagieren, denn derzeit sind die Gerichte geschlossen, die Presse interessiert sich nur für Corona und Maître Castini befindet sich auf Korsika. Wenn die Sache wie eine Bombe wirken soll, müssen wir noch einige Zeit warten.«

»Und glauben Sie, dass ich nicht mehr bedroht werde?«

Nadia schüttelte den Kopf.

»Du schreibst Naomi, dass dich das Ganze nicht mehr interessiert und du nicht gegen sie aussagen wirst. Dann werden sie von dir ablassen. Und du kehrst ja nicht mehr in diese Schule zurück, oder?«

Christine schüttelte den Kopf.

Kurz darauf gingen die beiden Frauen. Der Rechtsanwalt würde Christines Mutter, die noch immer mit ihrem Boss beschäftigt war, später anrufen und sie über das Video informieren. Genauso wie Emelines Eltern. Christine weinte den ganzen Nachmittag. Am liebsten wäre sie auch gestorben. Dieser Film war das Schlimmste gewesen, was sie je gesehen hatte!

LA CÔTE BLEUE

Fiona und Nadia hatten gemeinsam Nachtdienst. Das traf sich gut, so konnten sie mit Pierre über Zoom telefonieren. Pierre war sehr aufgebracht, er hätte am liebsten seinen Vorgesetzten sofort mit dem Video konfrontiert, doch er sah auch ein, dass Warten angesagt war. Nun, wo die Corona-Situation sich aufs Äußerste zugespitzt hatte und es auch in Marseille mehr Fälle gab, war es besser, die Konfrontation hinauszuschieben. Außerdem hatte Franck noch nicht herausgefunden, wer in der Vorstadt den Mord an Ken begangen hatte. Sein Vorgesetzter, der Kommissar Goldstein, hatte die Sache auf Eis gelegt, weil es nun einfach wichtiger war, die Ausgangssperre zu überwachen. Ob sie die Übeltäter jetzt fassten oder später, spielte keine besondere Rolle mehr!

Nadia und Pierre hatten darüber zwar ihre eigene Meinung, aber sie beschlossen, es für sich zu behalten.

Das Video hatte Fiona zutiefst schockiert. Sie hatte daran gedacht, wie Brices Freunde sie festgehalten hatten, damit Brice sie vergewaltigen konnte. Und wie James gefilmt hatte. Sie hatte es nicht geschafft, den Film von Emelines Vergewaltigung bis zum Ende anzusehen, und hatte sich nachher mehrmals übergeben.

Noch bevor die beiden Frauen Pierre anrufen konnten, platzte der Kommissar in den Open Space.

»Nadia«, begann er, »was war da los, mit diesem Jungen, der vorgestern am Strand überfallen wurde? Ihr wart doch ganz in der Nähe.«

»Ja«, erklärte Nadia, »natürlich. Wir haben ihn gewarnt, nicht zum Strand zu gehen. Er sagte uns, am Strand seien Menschen, und motzte, warum wir die nicht belästigen. Dann ist er weggegangen. Wir sind Richtung Strand marschiert, haben dort niemanden angetroffen und haben ihn mit André, René und zwei CRS gesehen, die den Strand überwachten. Anscheinend ist er nur wenige hundert Meter von uns überfallen worden. Am Strand. Und sein Mobiltelefon ist verschwunden. Habt ihr es geortet?«

Der Kommissar schnaubte. »Nein, natürlich hat der Dieb sofort die SIM-Karte entfernt. Später haben wir es geschafft, das Telefon kurz im Stadtviertel von Longchamp zu orten, doch dann war es wieder weg. Aber ich verstehe nicht … bei dem Jungen handelte es sich um einen von denen, die das *Lycée Saint Christophe* besuchen.«

Er sah Nadia scharf an.

»Ja, ganz genau. Das habe ich mir auch schon gedacht. Wie bei Ken, der erschossen wurde. Findest du das nicht komisch? Beide Schüler waren in derselben Schule wie das Mädchen, das sich umgebracht hat. Vielleicht sollten wir uns den Fall doch mal ansehen.«

»Nein, Nadia, das sollen wir nicht! Wie oft muss ich es noch sagen?«

Fiona sah, dass Nadia sich aufrichtete. »Christian«, meinte sie, »ich schätze dich sehr, deshalb will ich ehrlich zu dir sein. Es ist dort in l'Estaque etwas ganz und gar faul. Und ich persönlich befürchte, dass unsere Vorgesetzten in eine ganz dreckige Sache verwickelt sind, die nicht unentdeckt bleiben wird. Und du hast heute noch die Möglichkeit, die richtige Seite zu wählen, nach der Gerechtigkeit zu suchen. Wenn du es nicht machst, wird es dir am Ende auf den Kopf fallen, denn die Familien organisieren sich. Emelines Familie und Christines Familie wollen die Schule verklagen.«

Der Kommissar lachte. »Als ob die eine Chance gegen unsere Vorgesetzten hätten! Noch einmal Nadia. Halt dich da raus. Sonst suspendiere ich dich. Außerdem vermute ich, dass du mit dem Verschwinden des Telefons etwas zu tun hast.«

Fiona zuckte zusammen, doch sie sah, dass Nadia ihren Vorgesetzten in gespielter Naivität ansah.

»Aber warum sollte ich ein iPhone stehlen? Ich habe selbst eines!«

Der Kommissar sah ihr grimmig in die Augen. »Nun, vielleicht versuchst du an Daten heranzukommen, an Filme?«

»Welche Filme, Christophe? Ich brauche keine Filme. Es gibt anscheinend keine Filme. Weil nichts geschehen ist.«

Fiona sah, dass der Kommissar die Zähne zusammenbiss.

»So, Nadia«, sagte er nach einigen Sekunden. »Ab übermorgen seid ihr, Luc und du, für Marseille Nord zuständig. Da könnt ihr dann Telefone klauen, wenn ihr wollt!«

Nadia schluckte. »Christophe, das ist unfair. Luc hat mit dem Ganzen nichts zu tun. Schick mich, aber lass ihn am Meer!«

»Nun«, meinte der Kommissar ungerührt, »ihr wart jetzt beinahe drei Wochen am Meer, es gilt eure Kollegen abzulösen, jeder muss einmal in schlechtere Stadtviertel. Auch der Capitaine Garnier und euer allzu effizientes Team. Und Nadia, wehe, ich finde heraus, dass du dich in die Sache mit Ken einmischst. Dann bist du suspendiert und aus dem Polizeidienst entlassen!«

Wütend fegte der Kommissar zur Tür hinaus.

Fiona sah Nadia zitternd an. »Und jetzt?«

Nadia zuckte nur mit den Schultern. »Und jetzt … nichts. Ich mache nichts mehr. Ich schicke andere. Leider müssen wir bald alle in die Vorstädte, wo die Ausgangssperre ohnehin nicht akzeptiert wird!« Sie seufzte.

Fiona und Nadia riefen Pierre später von der Toilette aus über Zoom an, weil sie befürchteten, dass ihr Open Space vom Kommissar überwacht wurde.

»Wo seid ihr?«, fragte er erstaunt und lachte, als Nadia erklärte, sie hätten sich in den Toiletten des Kommissariats eingesperrt.

Doch dann meinte er: »Ja, der Kommissar wird euch sicher nicht so leicht in Ruhe lassen. Die *Quartiers Nord* sind natürlich eure Strafe. Was mich betrifft, so warte ich im Moment, was Franck herausfindet. Aber es scheint nicht viel Neues zu geben. Wahrscheinlich hat Goldstein Franck gesagt, er soll die Ermittlung sein lassen. Und jemand scheint uns verpetzt zu haben. Weil mein Vorgesetzter gefragt hat, warum wir die Schüler des *Lycée Saint Christophe* befragen. Ich habe gemeint, das sei nur wegen Ken gewesen, wegen der Drogensache. Keine Ahnung, ob er mir geglaubt hat.«

»Nun, im Moment haben wir schon einige Indizien. Der Film ist ja wirklich schockierend!«

»Hast du dir die anderen Filme von Ugos Handy auch angesehen?«, fragte Pierre und verzog das Gesicht.

»Noch nicht«, meinte Nadia. »Er soll ja auch seine eigenen Sexfilme gedreht haben.«

»Ja, ganz genau. Und der Star der meisten Filme ist die Tochter der Rechtsanwältin Lefèbre. Léane. Vollkommen schamlos. Ehrlich vulgär. Richtige Sexfilme, die sie anscheinend auch in Gruppen produziert haben. Mit ihren Telefonen. Was mir zeigt, dass der Sex für sie etwas ganz Alltägliches war, was sie in Gruppen machten. Sie haben ihn banalisiert. Was auch erklären kann, warum sie Emeline so etwas Grausames angetan haben. Weil sie es miteinander genauso machten. Sie waren oft zu dritt auf einem Mädchen.«

Fiona schüttelte sich. Sie hasste den Gedanken daran, denn das erinnerte sie immer wieder an Brices Forderung, vor seinen Freunden Sex zu haben.

»Was ist das bloß für eine Generation?«, seufzte Nadia.

»Sie sind nicht alle so«, meinte Pierre. »Nur diese Gruppe. Denk an Emeline und Christine.«

»Die waren noch Kinder, haben sich für Jungen gar nicht interessiert. Und wurden daher als Lesben beschimpft.«

Als Pierre aufgelegt hatte, klickte Nadia die Filme an, die Florian ihr geschickt hatte. Tatsächlich war Ugo splitternackt mit Léane zu sehen. In der Tat schien die Tochter der Rechtsanwältin Levèbre ziemlich freizügig zu sein. In einem Video wurde sie wie Emeline von vier Jungen gehalten, während ein fünfter sie bearbeitete. Doch dabei lachte und stöhnte sie.

Nadia schüttelte den Kopf. »Was kann daran nur unterhaltsam sein? Wenn einem alle zusehen?«

Fiona zuckte mit den Schultern. »Manche brauchen das.«

»Dieser Ugo hatte das auch sehr gern«, meinte Nadia. »Schau mal, wie viele Nacktfotos er von sich selbst geschossen hat. *Mon Dieu …*«

»Vielleicht ist ihm deshalb nicht ganz recht, dass jemand sein Telefon hat. Nicht nur, weil es sich um das neueste iPhone handelt.«

»Gewiss. Und vielleicht können wir ihnen allen eines auswischen. Vielleicht kann Jérémies Freund ihre Fotos auf irgendwelche Amateur-Pornoseiten geben. Anonym. Denn sie sind alle dabei. Naomi mit Arthur, Mathilde und Léane mit Ugo und mit den anderen Jungen. Das wäre doch schon eine kleine Bestrafung! Anfangs wollte ich das Telefon zurückgeben. Sagen, die Kollegen haben es irgendwo gefunden. Doch das ist mir zu riskant. Wir behalten es. Es war gewiss versichert.«

»Und sonst ist es auch egal. Denk daran, dass es sich beim Besitzer des Telefons um jemanden handelt, der eine Vergewaltigung gefilmt hat!«

Nadia und Fiona kehrten zurück in den Open Space. In dieser Nacht gab es Unruhen in den *Quartiers Nord* und sie telefonierten und koordinierten ständig. Die CRS und die Feuerwehr mussten eingeschaltet werden, es gab einige Verletzte, zum Glück keine unter den Polizisten. Die Nacht ging im Handumdrehen vorbei und Fiona war froh, im Kommissariat und nicht irgendwo draußen zu sein. Nadia hatte ihr erklärt, dass in den Vorstädten die Arbeit anders ablaufen würde als bisher. Sie würden in diese Viertel gehen und schauen, ob die Leute brav zuhause blieben. Wenn nicht, würden sie sie in ihre Wohnungen schicken, wohl wissend, dass sie dort nicht bleiben würden! Sie würden meistens alle zusammen unterwegs sein. Das würde Luc und die Jungs sicher motivieren, weil sie Fiona ständig bei sich haben würden. Sie würden einander überbieten wollen. Fiona seufzte. Die Kollegen erinnerten sie an die fünf Jagdhunde ihrer Tante in der Dordogne, die immer sehr anhänglich waren, wenn sie dorthin kam, und sie keinen Augenblick aus den Augen ließen, was Fiona jedes Mal sehr gestresst hatte.

»Keine Kontrollpunkte?«, fragte Fiona.

Nadia schüttelte den Kopf. »Nicht in den *Cités*. Vielleicht ein wenig außerhalb. Wir sprechen uns morgen mit den Kollegen ab, die derzeit dort sind. Rachid von der *Stup* ist unser Spezialist für diese Stadtviertel, er kennt sie in- und auswendig.«

Am nächsten Tag hatte Fiona frei und schlief einige Stunden. Ihr Telefon läutete, als sie gerade aufgestanden war.

Es war Pierre. »Ich fahre zu Kens Eltern«, erklärte er. »Könntest du mit mir kommen?«

»Okay«, antwortete Fiona. Sie fragte sich, warum er nicht Nadia mitnahm, doch sie selbst war ja auch beim ersten Mal dabei gewesen. Sie fühlte sich noch müde, weil sie nur drei Stunden geschlafen hatte, doch das Beste war in diesem Fall frische Luft. Am Abend sollte sie zur gewohnten Uhrzeit ins Bett gehen, weil sie am nächsten Morgen wieder arbeitete.

Als sie in Pierres Auto stieg, vergaß sie ihre Müdigkeit. Sie freute sich, ihn zu sehen. Pierre meinte, er wolle Kens Eltern mit dem Film konfrontieren und ihnen mitteilen, dass er befürchtete, dass Kens Tod damit zusammenhing. Vielleicht sollten sie sich ebenfalls schon einen Rechtsanwalt suchen.

»Ich habe dich gefragt mitzukommen, weil sie uns beide schon kennen. Das ist besser, als mit Nadia oder Laura hinzufahren.«

Fiona nickte. Sie war gern mit Pierre unterwegs. Sie hatten einige Tage vorher zusammen Emelines Schulkameraden befragt, danach hatten sie ein wenig am Meer gesessen und geredet. Mit Pierre fühlte sie sich sicher, er baggerte sie nicht an. Doch Nadia hatte Fiona anvertraut, dass sie auch Pierre sehr gefiel. Fiona hatte innerlich geseufzt. Warum konnte es nicht mehr Männer wie Florian geben? Die einfach nur ihre Freunde sein wollten?

Kens Eltern waren zuhause. Der Vater arbeitete von dort aus, die Mutter hatte einen zweiwöchigen Urlaub genommen. Kens ältere Brüder, die beide zur Beerdigung gekommen waren, blieben nun bei den Eltern.

Kens Vater erzählte, dass das Begräbnis wegen Corona klein gehalten werden musste und dass ihnen das eigentlich recht gewesen sei. Die Presse hatte sich ferngehalten. Es hatten die *Provence* und die *Marseillaise* nur einen kurzen Bericht zu Kens Erschießung in der Rubrik Lokalnachrichten geschrieben. Man meinte, es handle sich um einen Drogenkrieg, hatten sie verlauten lassen.

Pierre erzählte Kens Eltern vorsichtig von Emelines Vergewaltigung. Sie vermuteten, dass Ken dabei gewesen war und gefilmt hatte. Und sie befürchteten, dass er deshalb umgebracht worden war. Weil er hatte sprechen oder den Film irgendwie vermarkten wollen.

Die Eltern und der ältere Bruder starrten Pierre ungläubig an.

»Eine Gruppenvergewaltigung?«, fragte die Mutter. »In der Schule? Ja, wo sind denn die Lehrer?«

»Kens Turnlehrerin war anscheinend nicht mehr da, weil sie in eine andere Schule musste. Und Emelines Turnlehrer war mit einer verletzten Schülerin beschäftigt.«

»Aber haben Sie mit den anderen Schülern gesprochen?«

Pierre schüttelte den Kopf. »Mit denjenigen, die dabei waren, dürfen wir nicht sprechen. Weil es sich wahrscheinlich um die Kinder von wichtigen Marseiller Bürgern handelt. Der Sohn meines Vorgesetzten und die Tochter des Direktors der PJ waren vorn dabei und sind im Film gut zu sehen. Und unsere Vorgesetzten haben uns verboten, diesbezüglich zu ermitteln. Nun denken wir, dass vielleicht diese Leute Ken zum Schweigen gebracht haben, indem sie ihn getötet haben. Dass sie jemanden aus der Vorstadt angeheuert haben. Der Capitaine Rimier hat Ihnen sicher schon mitgeteilt, dass eine Spur in die Vorstadt la Busserine führt. In die Drogenszene. Dank der Aufnahmen Ihrer Überwachungskameras haben wir das herausgefunden. Da Ihr Sohn auch gedealt hat, war es leicht, diese Erschießung als Drogenmord zu verkleiden. Aber es kann sein, dass das Ganze mit der Vergewaltigung seiner Mitschülerin zu tun hat.«

Kens Mutter schluchzte. »Aber das ist unglaublich!«

»Allerdings. Vielleicht sollten Sie sich einen Anwalt nehmen und Anklage gegen die Schule und gegen diejenigen erheben, die im Film zu sehen sind. Ich schicke Ihnen den Film. Ken ist nicht zu sehen und kann nur damit in Verbindung gebracht werden, wenn Zeugen sprechen. Und bitte, sehr wichtig, im Moment bleibt das alles unter uns. Der Capitaine Rimier weiß nicht Bescheid. Sein Vorgesetzter möchte, dass er wegen der Ausgangssperre die Ermittlung abbricht. Doch wir beide und drei andere Personen, wir ermitteln weiter.«

Die Eltern sahen Pierre vollkommen verdattert an. Sie schienen die Informationen, die er ihnen an den Kopf geworfen hatte, noch nicht verdaut zu haben.

»Bitte kein Wort zu irgendjemandem«, sagte Pierre noch einmal, bevor er sich verabschiedete.

»Ich weiß nicht, ob es richtig war, sie einzuweihen«, gestand er Fiona, als sie im Auto saßen. »Bald wird das Ganze ohnehin explodieren, wenn Castinis Klage bei Gericht eintrifft. Aber im Moment möchte ich noch ein paar Tage Zeit haben, um zu sehen, wie diese Sache mit der Vorstadt zusammenhängt.«

»Ja, ganz klar«, meinte Fiona. »Aber nun haben wir doch wirklich einen Beweis.«

»Sie werden weiterhin versuchen zu bestechen und einzuschüchtern. Doch mittlerweile sind schon zu viele Personen beteiligt. Wenn Kens Eltern sich einen Rechtsanwalt nehmen, dann ist der Fall nicht nur bei Castini. Und ich habe meinem ehemaligen Vorgesetzten in Paris davon erzählt, der sehr viele Leute in hohen Etagen kennt …«

»Laura will einen Artikel schreiben, den sie ihrem Chefredakteur anbietet. Damit die Leute einmal etwas anderes lesen als über Chloroquine, COVID und Ausgangssperre.«

»Ja, ich werde sie anrufen. Auch hier müssen wir den richtigen Zeitpunkt finden. Die Bombe muss im richtigen Moment platzen.«

Wie beim vorigen Mal setzten sie sich nicht weit von Carry-le-Rouet auf die Steine direkt ans Meer.

Bald kamen zwei Gendarmen.

»Hundertfünfunddreißig Euro«, sagte der eine, »für jeden von Ihnen. Der Zugang zum Meer ist gesperrt. Auch für Liebespaare.« Er zückte seinen Block mit den Strafzetteln.

»Ach, Entschuldigung«, Pierre erhob sich. »Wir sind Ermittler.« Er zog seinen Ausweis aus der Jackentasche. »Ich bin der Staatsanwalt und *Madame* ist von der PJ. Wir suchen hier am Strand nach Drogen, die ein Dealer, der unweit von hier erschossen wurde, versteckt haben soll. Eine SMS eines seiner Freunde zeigt diese Felsküste an. Wir haben leider nichts gefunden und uns kurz hingesetzt, um zu telefonieren … aber wir werden wohl bis zur Dämmerung weitersuchen müssen.«

»Ach so! *Pardon!* Na dann, alles Gute *Monsieur le Procureur!*«

Die beiden Gendarmen verabschiedeten sich recht hastig. Wahrscheinlich hatten sie Angst, bei der Suche helfen zu müssen.

Fiona prustete los. »Also, du … Drogen hier am Strand versteckt!«

Pierre lachte. »Siehst du, wir nützen unseren Status schamlos aus. Aber wir verdienen es auch. Du könntest dich zuhause ausruhen und ich habe noch bis spätabends Arbeit, weil wir morgen zehn Kunden vor Gericht stellen. Wegen eurer nächtlichen Unruhen. Immer dasselbe. Gewalt gegen die Polizei. Aber wir sollen die Leute nach Möglichkeit nicht einlochen. Keine Ahnung, was wir tun sollen. Der Richter wird verrückt! Er hat gestern geknurrt: *Wenn wir sie doch bloß einfach alle abknallen könnten!*«

»Oh!« Fiona hielt sich in gespieltem Entsetzen die Hand vor den Mund. Diese Art zu sprechen kannte sie sehr gut. Viele ihrer Kollegen in Lille hatten genug von den Vorstadtgangstern gehabt, die im Gefängnis ein- und ausgingen wie in einem Hotel und der Gesellschaft eine schöne Stange Geld kosteten.

»Am nächsten Wochenende ist schon Ostern«, bemerkte Pierre.

»Ostern im Lockdown«, meinte Fiona. »Am Ostermontag soll entschieden werden, wie es weitergeht. Doch anscheinend wird die Ausgangssperre nicht gelockert. Allerdings hat die Regierung jetzt plötzlich ihre Meinung geändert. Wir haben Masken bekommen! Eine pro Tag. Wir müssen sie nicht tragen, aber wir sollen. Es wird uns geraten, es zu tun.«

»Ja, bei Gericht genauso. Masken oder Visiere.« Pierre seufzte. »Schwierig, damit zu sprechen. Aber die Verhandlungen finden ohnehin ohne Publikum statt. Alle wichtigen Prozesse sind verschoben.«

»Hast du gesehen? Aus Paris und Ostfrankreich werden die Kranken sogar im TGV in andere Regionen gebracht? Und es wird mordsmäßig darüber berichtet!«

»Ja. Allerdings muss man sagen, dass hier im Süden die Spitäler noch nicht überlastet sind.«

»Das stimmt. Meine beiden Nachbarinnen sind Krankenschwestern im IHU. Sie sagen, dass es noch Betten gibt. Auch wenn das IHU aufgrund des Arztes, der die Infektiologie führt und in den Medien sehr präsent ist, ziemlich bekannt ist.«

»Allerdings. Er spaltet Frankreich. Weil die Ärztekammer seine Therapie nicht anerkennen will. Doch er meint, er habe bisher gute Ergebnisse erzielt. Aber wir wissen es nicht. Es ist nicht unser Bereich. Wir haben schon in unserer Sparte genügend Probleme. Und ich wage es nicht, über irgendwelche medizinischen Lösungen zu urteilen«, meinte Pierre.

Fiona lachte. »Die Leute haben hier alle eine Meinung. Die einen finden ihn schrecklich, die anderen cool. Er ist ja auch etwas ungewöhnlich, mit seinen langen Haaren.« Tatsächlich sah der Professor wie ein alter Hippie aus, doch es war eine erwiesene Sache, dass es sich um einen sehr erfahrenen Forscher handelte.

»Wenn die Menschen sich doch bloß auf das Wesentliche konzentrieren könnten, so wie wir«, seufzte Fiona.

»Wir sind mit unserer Teamarbeit super vorangekommen. Vor allem ist Nadia und Florian mit dem Überfall auf Ugo der Durchbruch gelungen.«

»Ja, zum Glück. Ich glaube immer mehr, dass die Eltern der Übeltäter mit ihren korrupten Aktionen nicht mehr durchkommen werden. Der Film klagt die Jugendlichen ganz klar an.«

»Allerdings. Aber diese Jugendlichen sind doch wirklich pervers. Hast du die anderen Filme gesehen, die sie miteinander gemacht haben?«

»Ja. Jeder mit jedem. Aber das ist nicht strafbar. Das dürfen sie. Nur zwingen dürfen sie keinen.«

»Klar. Aber Sex bedeutet für diese Jugendlichen nichts mehr. Es ist etwas Banales, was man mit jedem machen kann. Eine Art Sport.«

»Allerdings.«

»Ich kann mir das nicht vorstellen. Ich bin sehr altmodisch. Sehr von der romantischen Art. Ich habe auch für Abenteuer nichts übrig. Ich will eine Frau finden, mit der ich mein Leben verbringen werde. Und du?«

»Nun, nach dem, was ich erlebt habe, bin ich eher von der abstinenten Art. Keine Lust auf Sex mehr. Mein Freund war ein wenig wie diese Jugendlichen. Er wollte es mit mir vor seinen Freunden machen. Mich hat das sehr schockiert. Er hat mir die Lust auf eine neuerliche Beziehung komplett genommen!«

Fiona verstummte. Pierre schwieg.

»Das tut mir leid für dich«, meinte er schließlich. »Im Moment musst du dir Zeit lassen. Vielleicht ändert sich das eines Tages wieder. Denn im Endeffekt ist niemand dafür geschaffen, abstinent zu leben und allein zu bleiben. Jeder braucht Zärtlichkeit, meinst du nicht?«

Fiona zuckte mit den Schultern. Für sie hatten Sex und Zärtlichkeit nichts mehr miteinander zu tun. Aber ihr ging dieses Gespräch eindeutig zu weit. Sie wollte es nicht fortführen, deshalb erhob sie sich.

»Und wie wäre es, wenn wir auf der Suche nach der Droge ein wenig wandern würden?«, fragte sie Pierre.

»Gute Idee«, meinte er lachend. »Vielleicht werden wir sogar fündig!«

Sie gingen mutterseelenallein die sonnenüberfluteten Steinplatten entlang. Kein Mensch war zu sehen und es war sehr ruhig. Man hörte nur hin und wieder Schreie von Möwen und das regelmäßige Schlagen der Wellen gegen die Kalkplatten. Das spiegelglatte Meer glitzerte in der Sonne des Spätnachmittages. Die Luft war warm, doch es wehte eine leichte Brise. Fiona konnte kaum glauben, dass erst Anfang April war.

Plötzlich berührte Pierre ihre Hand. Sie zuckte zusammen. Der Hautkontakt erschreckte sie zutiefst. Er zeigte auf das Meer.

»Delfine«, raunte er. »Ganz nahe!«

Fiona blinzelte. Nun konnte auch sie die Delfine sehen, die anmutig nur einige Meter von ihnen entfernt immer wieder aus dem Meer sprangen. Das Wasser glitzerte silbern.

Sie blieben stehen und sahen eine Weile zu.

»Wunderschön«, flüsterte Fiona.

»Siehst du, die Tiere kommen zurück, weil die Menschen nicht hier sind. Und wir sind privilegiert, können leere Strände entlangwandern …«

»… auf der Suche nach Drogen.«

Als sie nach einer zweistündigen Wanderung zu Pierres Auto zurückkamen, legte sich die Dämmerung über das Meer. Fiona fühlte sich glücklich. Und das, obwohl sie objektiv gesehen mehr Scherereien als genug hatte. Die Menschheit war von einer Pandemie bedroht, die Wirtschaft vom kompletten Zusammensturz. Marseille von korrupten Politikern, Polizisten und Mitgliedern der Magistratur. Und sie selbst musste nun an die zehn Tage in irgendwelchen mörderischen Vorstädten verbringen und würde vielleicht strafversetzt werden. Doch seltsamerweise fühlte sie sich an diesem Abend so glücklich wie schon seit über zehn Jahren nicht mehr.

DER BOMBENANSCHLAG

Laura saß im Wohnzimmer und arbeitete an ihrem Artikel. Sobald Pierre ihr grünes Licht gab, würde sie François einen fertigen Artikel über die Ereignisse um Emelines Selbstmord und den Mord an Ken anbieten.

François hatte ihr an diesem Morgen aufgetragen, ins IHU zu fahren und dort Krankenschwestern und Forscher zu interviewen. Den Arzt, dessen umstrittene Therapie derzeit in aller Munde war, würde sie wahrscheinlich nicht erwischen, doch sie sollte einen Artikel über das IHU, den Professor, seine Arbeit und deren Auswirkungen schreiben. Laura beschloss, das am Nachmittag zu tun. Sie fand es nicht unbedingt angebracht, dorthin zu gehen, wo das Virus so präsent war, aber sie musste die Aufgaben, die François ihr zuteilte, nun einmal verrichten. Zum Glück gab es mittlerweile überall Masken zu kaufen und eine Freundin hatte ihr auch eine hübsche Stoffmaske genäht, die Laura jedes Mal trug, wenn sie das Haus verließ.

Gegen elf rief ihr Boss an.

»Laura, ein Notfall! Ich brauche noch einen Artikel. Du musst die Polizei in Ajaccio kontaktieren. Brand in einem Ferienhaus auf Korsika. Anscheinend kriminell. Und das Opfer ist ein Anwalt aus Marseille. Castini, den du ja kennst. Keine Ahnung in welchen korrupten Sachen der unterwegs war. Auf jeden Fall haben ihm zwei maskierte Täter eine Brandbombe in sein Haus geworfen. Die ganze Bude ist verbrannt.«

Laura erstarrte. »Und er und seine Familie? Tot?«, stammelte sie.

»Nein, sie hatten Glück. Haben am Strand Aperitif getrunken, als es geschah. Es war ein lauer Abend und sie saßen bei Anbruch der Nacht am Meer, ein wenig unterhalb ihres Hauses. Haben das Haus vor ihren Augen verbrennen sehen. Ich will einen Artikel darüber, Laura! Das IHU kann warten!«

Laura sah auf ihre zitternden Hände. Sie spürte, wie schnell ihr Herz schlug. Castini hatte den Film von Emelines Vergewaltigung bekommen. Er würde gegen die Clique und die Jungen der Abiturklasse und ihre Eltern Anklage erheben. Hatte man ihn eingeschüchtert? Oder gar versucht, ihn zu eliminieren? Sollte sie François darüber berichten? Über alles?

Doch Laura beschloss, zuerst Castini und die Polizei auf Korsika zu erreichen.

Sie rief Nadia an. Diese hob nicht ab. Laura wusste, dass Nadia an diesem Tag mit ihrer Überwachung der *Quartiers Nord* begann.

Sie hinterließ eine Nachricht. Dann rief sie Pierre an. Dieser antwortete sofort.

Sie erzählte ihm, was geschehen war.

Pierre war einige Sekunden lang sprachlos.

»Was?«, rief er schließlich. »Jemand hat versucht, Castini zu töten? Für mich ist das kein Zufall mehr! Zuerst Ken, dann Castini. Alle, die mit dem Fall zu tun haben, bekommen Probleme. Und jetzt möchte man das natürlich auf die Korsen abwälzen, die die Franzosen hassen. Das ist einfach, weil Castini ja im vergangenen Jahr auch Prozesse auf Korsika hatte. Er hat dort irgendwelche Geschäftsleute verteidigt. Aber ich befürchte, der Anschlag hat mit unserem Fall zu tun.«

»Pass auf, Pierre«, sagte Laura, »dein Vorgesetzter hat anscheinend einen sehr langen Arm. Vielleicht sollten wir jetzt in der Presse darüber berichten, um uns zu schützen.«

»Vielleicht«, meinte Pierre, »aber Laura, ich brauche noch etwas Zeit. Das mit der Vorstadt ist noch nicht geklärt, und ich will wissen, wer die beiden Typen waren, die Ken erschossen haben.«

»In Ordnung, Pierre. Aber bitte sei vorsichtig.«

»Das bin ich. Keine Sorge. Ich riskiere nicht den Tod, nur die Versetzung in den Norden von Paris.«

»Auch schlimm genug. Du willst doch hierbleiben?«

»Natürlich. Jetzt mehr denn je.«

»Jetzt mehr denn je? Warum das?«

»Ach, vergiss es!«

Laura konnte sich auf seine Erwiderung keinen Reim machen, sie schloss daraus nur, dass Pierre sich einmal mehr verliebt hatte, und fragte sich, ob es wohl mit Fiona zu tun hatte. Denn außer ihr traf er derzeit keine Frauen. Er ging kaum ins Gerichtsgebäude, sondern arbeitete daheim. Nun, er hatte wirklich das Glück, sich immer in die falschen Mädels zu verlieben! Soviel Laura verstanden hatte, wollte Fiona im Moment wirklich keine Beziehung.

Laura rief die Polizei in Ajaccio an. Dort erklärte ihr ein Lieutenant, zwei maskierte Terroristen hätten Brandbomben in das Haus des Rechtsanwalts geworfen. Die Ermittlung habe soeben begonnen. Man vermutete irgendeine der Terrorverbindungen, die für die Unabhängigkeit Korsikas kämpften, doch es konnte auch jemand anderer sein, der sich wegen eines vergangenen Falles an Castini rächen wollte. Bei dem Anschlag sei das Ferienhaus vollkommen zerstört worden, doch kein Mensch sei zu Schaden gekommen. Sogar der Hund und die Katze hatten sich zur Zeit des Anschlags im Garten befunden und schleunigst das Weite gesucht. Laura wollte auch Castini selbst erreichen. Sie hatte seine Nummer. Doch der Rechtsanwalt meldete sich nicht. Der Mann war gewiss ziemlich verängstigt, auch wenn es sich bei Castini um einen Draufgänger handelte, der sich nicht so leicht einschüchtern ließ. Laura sprach ihm eine Nachricht auf die Mailbox und bat um Rückruf.

Sie begann an ihrem Artikel zu arbeiten, als Nadia sie anrief.

Sie schien vollkommen schockiert. »Castini ist beinahe getötet worden«, sagte sie, und Laura hörte, wie ihre Stimme zitterte, »und das Ganze ist meine Schuld! Weil ich ihm diesen Fall sozusagen aufgezwungen habe. Es hat ganz gewiss damit zu tun. Adriani und Manson gehen über Leichen, um ihre Kinder zu schützen!«

Laura konnte nachvollziehen, wie schuldbewusst Nadia war. Sie fühlte sich für Castinis Schicksal verantwortlich. Laura versuchte ihre Freundin zu beschwichtigen, ihr zu erklären, dass ein Rechtsanwalt immer ein Risiko einging, wenn er derart wichtige Personen anklagte und dass Castini trotz allem selbst gewählt hatte, den Fall Emeline Bernier zu übernehmen. Doch Nadia war für Lauras Argumente an diesem Morgen nicht empfänglich. Sie befand sich in den *Quartiers Nord* und war äußerst gestresst. Laura verabschiedete sich bald von Nadia und legte seufzend auf.

Das Telefon läutete, als sie sich wieder ihrem Artikel zuwandte. Es war der Anwalt Castini. Er rief sie also wirklich zurück!

»Sie sind Nadias Lebensgefährtin? Die blonde Journalistin der *Provence*?«, fragte er. Laura und Castini hatten einander schon mehrmals bei Gericht gesehen.

»Ja, *Maître*, und es tut mir aufrichtig leid, was Ihnen passiert ist.«

»Meine Freunde haben es mir vorhergesagt«, meinte Castini düster. »Ich hatte ja schon Leute auf Korsika verteidigt und bin teilweise gegen korrupte korsische Organisationen vorgegangen. Leute wie mich will man hier nicht. Ich hätte mir ein Haus auf Sardinien kaufen sollen!«

»Nadia und Monsieur Frigeri vermuten, dass es wegen unseres Falles geschehen ist.«

Der Rechtsanwalt blieb einen Moment lang stumm, dann lachte er bitter.

»Nein, es ist nicht wegen dieses Falles. Korsika will unabhängig sein, die Korsen hassen uns Festlandfranzosen, ich bin nicht der Erste und nicht der Letzte, dessen Haus in die Luft gejagt wird.«

»*Maître*, soviel ich verstanden habe, hatten Sie riesiges Glück. Denn man wollte anscheinend das Haus mit Ihnen und Ihrer Familie drinnen hochgehen lassen.«

Castini räusperte sich. »Nun, ich weiß nicht. Wir wurden vielleicht beobachtet, als wir zum Strand gingen. So genau kann man es nicht sagen. Aber ich habe keine Ahnung, ob die Polizei hier korrekt arbeiten wird. Ich weiß, dass ich mein Haus in Flammen habe aufgehen und zwei maskierte Männer auf dem Motorrad flüchten sehen. Es ging alles blitzschnell. Ich auf jeden Fall werde Korsika verlassen und mich nach Saint Tropez begeben, wo ein guter Freund mir bis zum Ende des Lockdowns seine Villa leiht. Zum Trost.«

»Maître Castini, im Moment hätten wir gern, dass Sie niemandem sagen, wo Sie sich aufhalten.«

»Nein, das werde ich nicht. Ich brauche meine Ruhe. Und meine Familie ebenfalls.«

»Haben Sie viele Dateien und Papiere verloren?«

Er lachte grimmig. »Nein, habe ich nicht. Denn ich scanne alles und gebe es in meine Cloud oder in meine Dateien, die ich mit meiner Kanzlei teile. Und meine Kinder machen es für ihr Studium zum Glück genauso. Eine effiziente Art zu arbeiten, um immer und überall auf seine Papiere zugreifen zu können. Mein Handy habe ich berufsbedingt immer bei mir. Keiner von uns hat Daten verloren. Allerdings ist der Rest zu Asche verbrannt. Unser Haus, unsere Möbel, unsere Kleider und Bücher. Das ist wirklich ein schlimmes Gefühl, denn dieses Häuschen haben wir selbst renoviert, mein Sohn, meine Tochter und ich, und meine Frau hat es eingerichtet. Wir alle haben sehr viel Liebe hineingesteckt. Meine Frau und die Kinder sind vollkommen deprimiert. Doch die Versicherung wird zahlen und wir werden uns nun wohl auf Sardinien niederlassen, wo wir dann auch unser Schiff hinbringen. Die Italiener werden uns hoffentlich netter empfangen! Wir wollen mit Korsika nichts mehr zu tun haben.«

»Verständlich ... *Maître*, was soll ich über Sie berichten?«

Er schien zu überlegen. »Nun, Sie können über meine derzeitigen Fälle schreiben, Sie können Carry-le-Rouet gern erwähnen, aber erklären Sie auch, dass ich in den letzten Jahren Prozesse gegen Korsen hatte. Allerdings hatte ich auch Korsen verteidigt, und das mit Erfolg. Sie kennen mich ja. Ich arbeite für jeden, der mir verteidigungswürdig erscheint. Ich habe keine fixen Prinzipien. Auch wenn ich davon Abstand nehme, Kinderschänder, Vergewaltiger und Mörder zu verteidigen, und versuche, nicht für das korrupte und snobistische Marseille zu arbeiten. Ich schreibe Ihnen dann gleich eine kurze E-Mail mit Informationen zu meinen letzten Fällen. Die können Sie verwenden. Allerdings bitte ich Sie um etwas Geduld, da mein Laptop ja verkohlt ist und ich mein Telefon benützen muss.«

»Werden Sie Nadias Fall trotzdem weiterbearbeiten oder würden Sie ihn lieber abgeben?«

»Aber nein, natürlich werde ich weitermachen. Jetzt erst recht! Der Fall scheint explosiv. Castini gibt nicht einfach auf, nur weil man ihm auf Korsika eine Bombe in sein Haus geworfen hat. Außerdem glaube ich, wie schon gesagt, dass das eine mit dem anderen überhaupt nichts zu tun hat. Mit den Korsen war noch nie gut Kirschen essen, und ich muss heute zugeben, dass ich die Situation herausgefordert habe. In meiner Stellung hätte ich mir besser woanders ein Haus zulegen sollen. In Italien oder Spanien, wo mich niemand kennt. Leute wie ich sind hier nicht beliebt.«

Laura war zwar überhaupt nicht seiner Meinung, aber sie sagte es ihm nicht. Sie glaubte wie Pierre und Nadia, dass deren Vorgesetzte Castini hatten eliminieren wollen. Es war nicht um eine Einschüchterung gegangen, sondern darum, ihn ganz einfach von der Erdoberfläche verschwinden zu lassen, damit die Anklage, die sie sosehr fürchteten, nicht erhoben oder von einem Anwalt bearbeitet wurde, der in Marseille kein Gewicht hatte. Denn Castini war ein sehr bekannter Anwalt, der mit seiner Anklage bei den Medien in ganz Frankreich Aufsehen erregen würde. Sie schluckte. Nun hatte sie Angst um Nadia. Denn wenn sie recht hatte, dann waren diese Leute bereit, über Leichen zu gehen. Sie hätten keine Skrupel gehabt, sogar Castinis Frau und Kinder in die Luft zu jagen. Wie würde das Ganze enden?

AUSGANGSSPERRE IN DEN *CITÉS*

»Haut ab! Wir kriegen kein Corona. Das ist eine Krankheit für Weiße! Für Weiße, die nicht mehr hinaus in die Sonne gehen!«

Die Jugendlichen näherten sich drohend den zehn Polizisten, die einige Meter vor ihnen standen.

Luc sah Nadia an und schüttelte seufzend den Kopf.

»*Putain!* Eine Krankheit für Weiße! Was man nicht alles hören muss …«

»Also bezeichnen sich die Nordafrikaner nicht als Weiße«, bemerkte Florian.

André sah ihn an. »Natürlich nicht. Und wir sie auch nicht. Wir nennen sie *die Grauen.* Zwischen Schwarz und Weiß.«

»Messieurs«, begann Luc, »wisst ihr, wo das Virus herkommt?«

»Ja, von irgend so 'nem Typen, der ein drachenähnliches Ding gegessen hat.«

»Ja. In China. Wo die Menschen gelb sind. Das Virus macht nicht vor einer Hautfarbe halt. Und wenn ihr die Ausgangssperre nicht akzeptiert, dann gefährdet ihr eure Großeltern und vielleicht sogar eure Eltern. Denn man weiß nun, dass die Erkrankung mit zunehmendem Alter gefährlicher wird.«

»Lass das mal unser Problem sein. Wir wollen hier normal leben, und ihr, die Bullen, seid nicht willkommen.«

»Das wissen wir«, entgegnete Luc. »Aber das Gesetz gilt in ganz Frankreich, und wir sind hier immer noch in Frankreich.«

»Auch wenn es nicht so aussieht«, murmelte er, so, dass es nur für seine Kollegen hörbar war.

»Wir tun, was wir wollen.«

»Nein, tut ihr nicht. Denn wenn das Virus nicht ausgerottet wird, dann müssen wir alle ewig eingesperrt bleiben.«

»Dann sollen sie doch machen, was der eine Langhaarguru dort unten im Krankenhaus sagt. Dann geht alles gut. *Chef, tranquille!*«

»Geht jetzt in eure Wohnungen, sonst nehmen wir euch für vierundzwanzig Stunden mit ins Kommissariat«, sagte Luc.

Murrend verzogen sich die jungen Leute.

»Es nützt ohnehin nichts«, meinte Damien. »Sobald wir weg sind, sind sie wieder draußen. Und wie sollen sie auch eingesperrt bleiben? Die meisten Wohnungen sind hoffnungslos überfüllt.«

»Ja. Aber wir müssen unsere Arbeit trotzdem machen. Der Lockdown muss respektiert werden«, meinte Nadia, obwohl sie selbst nicht daran glaubte.

Nadia hatte selten zuvor so viel Stress empfunden wie an diesem Morgen.

Ihr schien, dass an diesem Tag alles schiefging. Laura hatte ihr mitgeteilt, dass Castini mit seiner Familie nur knapp einem Anschlag auf Korsika entgangen war. Und Nadias Instinkt sagte ihr, dass dieser Anschlag mit den korsischen Unabhängigkeitskämpfern nichts zu tun hatte. Sie rächten sich an Staatsanwälten, Richtern, Polizeikommissaren und Gendarmerie-Kommandanten, nicht an einem Anwalt, der vielleicht ein paar Unternehmer auf Korsika verteidigt hatte. Nadia fragte sich, woher ihre und Pierres Vorgesetzten gewusst hatten, dass Castini im Namen der Familie Bernier Anklage erheben würde, denn sie hatten davon noch nichts verlauten lassen. Castini hatte die Anklage noch nicht eingereicht, und auch sie selbst hatte ihrem Kommissar gegenüber nichts davon erwähnt, als sie ihm drei Tage zuvor ins Gewissen geredet hatte. Letzteres hätte sie nicht tun sollen, denn nun hatte sie die Bescherung: Luc und sie waren in die schlimmsten Stadtviertel beordert worden, die existierten. Die CRS begleiteten sie zwar oder befanden sich ganz in ihrer Nähe, doch den Lockdown in diesen Stadtvierteln zu überwachen war eine wahre Sisyphusarbeit, und der Kommissar wusste es.

Am Vorabend waren zwei Polizisten von Rachids Team leicht verletzt worden. Jugendliche hatten in der *Cité du Parc Corot,* einer der berüchtigtsten Vorstädte, Steine auf die Polizisten geworfen. Rachid war wie immer beleidigt und als Verräter beschimpft worden. Er war in den *Quartiers Nord* groß geworden, mit dem sehnlichen Wunsch, es zu schaffen. Er hatte ein Jurastudium absolviert, die Prüfung zum

Lieutenant geschafft, und Nadia wusste, dass er im folgenden Jahr die Aufnahmeprüfung zum Kommissar machen würde, wie Mathieu es im Vorjahr getan hatte. Sein Vorgesetzter, der Kommissar Goldstein, hatte ihn zur Überwachung des Lockdowns in die *Quartiers Nord* geschickt, weil Rachid vielleicht zu den Menschen dort einen besseren Draht hatte. Doch das war nicht der Fall. Die Jugendlichen hassten es, von ihm, einem Nordafrikaner wie sie, maßgeregelt zu werden. Einer der verletzten Brigadiers war ebenfalls marokkanischer Abstammung, war aber auf dem Land, weit von Marseille, aufgewachsen. Immer mehr Nordafrikaner traten in die Polizei ein, was die Kommissare und Polizeidirektoren sehr schätzten. Denn deren große Befürchtung war, dass die bürgerkriegsähnliche Situation, die in den Vorstädten herrschte, zu einem Rassenproblem ausarten würde: Die armen Nordafrikaner und Afrikaner, die von den bösen Franzosen unterdrückt werden. Oder die kriminellen Nordafrikaner und Afrikaner, die die braven Franzosen in Schach halten müssen.

Man erwog auf Staatsebene sogar, für Nord- und Schwarzafrikaner weniger strenge Bedingungen bei gewissen Aufnahmeprüfungen herrschen zu lassen, weil man sie dringend brauchte. Vor allem benötigte man in der Polizei Menschen, die Arabisch verstanden.

Nun auf jeden Fall durfte Rachid ein wenig an den Prado, wo er sicher auch einige Leute der *Quartiers t*reffen würde, die ihn als Verräter beschimpften, weil er ihnen den Weg zum Strand versperrte.

»Okay«, meinte Luc. »Wir haben dort hinten, wo man zur *Cité* abbiegt, CRS und Stadtpolizisten, die den Kreisverkehr überwachen. Mehr können wir nicht tun. Wir müssen jetzt nach la Castellane.«

Nadia zuckte zusammen. La Castellane war die Vorstadt, die sie am meisten hasste, weil sie dort zwei Jahre zuvor von dem Drogendealer Touffiq Absala bedroht, sexuell belästigt und beinahe getötet worden war. Seither hatte sie diese Vorstadt nie mehr betreten. Doch ewig würde sie diesem unheilvollen Ort wohl nicht fernbleiben können.

Sie fuhren eine Viertelstunde durch die ruhigen Straßen zur Vorstadt.

»La Castellane ist uns auch in Lille ein Begriff«, meinte Fiona.

»Klar. Es ist die berüchtigtste Vorstadt, die wir haben. Auch wenn man sie vor ein paar Jahren durch Abreißen des größten Wohnblocks saniert hat. Aber viel hat das nicht geholfen. Derzeit wird ein weiteres überaltertes Gebäude abgetragen. Man hofft, dass der Drogenhandel dadurch unterbunden wird, aber wir alle wissen, dass das Problem viel zu tief sitzt. Auf jeden Fall scheinst du das Ganze cool zu nehmen«, erwiderte Nadia.

»Nun, wenn ich ganz allein wäre, hätte ich vielleicht Angst, aber mit Luc und dir fühle ich mich sicher.«

»Nun ja, Luc würde dich als Allererste schützen. Er würde vielleicht sogar sein Leben für dich geben.« Nadia lachte. Florian grinste. Kenny, der auf dem Rücksitz neben Florian saß, schnaubte genervt. Lucs und Andrés Anwesenheit störte Kenny und Stéphane enorm. Sie fanden, dass die beiden ihre Kollegin zu sehr anbaggerten.

»Ach ja? Und was macht ihr?«, hatte Florian sie stirnrunzelnd gefragt.

»Wir sind von ihrem Team. Wir haben ein Anrecht darauf.«

»Keiner hat ein Anrecht. Und letztendlich entscheidet sie selbst, mit wem sie zusammen sein will. Wenn sie überhaupt einen Mann möchte ...«

»Aber sie wird wohl nicht auch noch zur Lesbierin werden!«, hatte Kenny mutlos gemeint.

»Im Moment nicht, aber wer weiß«, hatte Florian grinsend entgegnet und Nadia zugezwinkert. Kenny hatte Nadia mit einem schiefen Blick bedacht, und sie hatte schnell beteuert:

»Sicher nicht mit mir. Ich bin verlobt, glücklich und treu!«

Sie kamen in la Castellane an. Die *Cité,* die Anlage mit den riesigen Wohnblocks, zählte über viertausend Einwohner. Das höchste Gebäude, *tour K* genannt, war dabei, abgetragen zu werden, und sollte innerhalb weniger Monate verschwinden.

Am Eingang saß diesmal kein Wachposten. Normalerweise wurde die Einfahrt in die *Cités* von irgendwelchen Jugendlichen bewacht, die darüber entschieden, wer in ihrem Stadtviertel ein- und ausfuhr. Doch wahrscheinlich war es durch die Ausgangssperre sehr ruhig und die Bewachung wurde im Moment nicht als nötig befunden. Die Wohnblocks der *Cité l*agen ruhig vor ihnen. Beinahe unbewohnt sahen sie aus. Dabei waren die Wohnungen voller Menschen.

Vor den Gebäuden lungerten junge Burschen herum, hauptsächlich Schwarze und Nordafrikaner.

»Wir steigen am besten gar nicht aus«, meinte Nadia. »Mal sehen, was Luc im Auto vor uns macht.«

Luc schien das Fenster heruntergekurbelt zu haben und mit den Typen zu sprechen.

Sie begannen zu schreien: »Mann, lass uns doch in Ruhe! Wenn wir krank werden wollen, dann dürfen wir das. Diese *Merde* von Präsident, der uns einsperren will! Macron verrecke! Und ihr Bullen ebenfalls!«

Luc drohte anscheinend mit den CRS, denn die Jugendlichen gingen murrend weg. Als sie weiterfuhren, trafen sie auf eine Menschenansammlung. Genauer gesagt waren es mehr als hundert Leute, die Schlange standen. Ein gemeinnütziger Verein gab Pakete mit Nudeln, Reis und Konserven aus. Sehr viele Menschen hatten seit Beginn des Lockdowns nicht mehr genug zum Leben. Die Schlange war elend lang und bestand aus Frauen mit Hijabs und alten Leuten. Überall rannten Kinder herum.

»Putain de merde«, knurrte Kenny. »Wofür kommen wir hierher und schicken die Jugendlichen da vorn weg, wenn hier eine Versammlung stattfindet?«

Nadia seufzte. »Der Lockdown ist ein Luxus, Kenny. Man muss ihn sich leisten können.«

»Das wissen wir«, erwiderte Florian. »Wir haben diesen Luxus nicht. Der Lockdown der anderen ist unser Kreuzweg. Passt hervorragend, weil heute ja Karfreitag ist!«

Nadia musste wider Willen lachen.

Luc war ausgestiegen und ging mit seinem Kollegen René auf die Leute zu, die die Nahrungsmittel ausgaben.

Nadia folgte ihm mit Fiona, Florian und Kenny blieben bei den Autos stehen. Sie trugen alle ihre Masken.

Luc wandte sich an die Personen, die den Menschen die Säcke aushändigten: »Police Judiciaire, Capitaine Garnier und Lieutenant Aubertin. Wir sollen nach dem Rechten sehen und uns um den Lockdown kümmern. Aber was Sie hier veranstalten, ist äußerst gefährlich. Noch dazu haben die Leute keine Masken. Es besteht ein Kontaktverbot und hier stehen mehr als hundert Personen an!«

Die Frau, die sich ganz vorn befand, eine hübsche Dunkelhaarige mit leuchtend grünen Augen, deren Mund und Nase von einer bunten Maske verdeckt waren, sah ihn ungerührt an. »Ja, aber ob sie nun verhungern oder COVID bekommen, spielt auch keine Rolle mehr, oder?«

Luc seufzte. »*Madame*, ich verstehe es ja. Und ich finde das, was Sie tun, absolut bemerkenswert und auch nötig. Nur sollte man es vielleicht mit weniger Risiko organisieren. Jemand sollte kontrollieren, ob die Leute nicht zu eng zusammen stehen bleiben. Oder vielleicht könnte man den Leuten die Nahrung in die Wohnungen liefern?«

»Ja, theoretisch wäre es möglich«, meinte der Mann neben ihr. »Aber sehen Sie mal. Wir sind nur zu viert! Wie sollen wir das schaffen? Doch wenn Sie wollen, können Sie hier austeilen helfen. Dann ist die Sache sofort erledigt und die Leute können zurück in ihre Wohnungen!«

Luc sah Nadia fragend an.

»Ich denke, dass wir es tun sollten«, meinte sie, »auch wenn es nicht wirklich unser Job ist. Aber es ist die beste Art, uns hier nützlich zu machen.«

»Du hast recht. Warum nicht einmal zur Abwechslung die Rolle des guten Polizisten spielen?«, pflichtete Fiona ihr bei.

Sie holten die Kollegen aus den Autos. Einige meckerten, es sei nicht ihre Aufgabe, Arabern Säcke mit Essen auszuhändigen. Luc bedachte sie mit einem eisigen Blick, sie fügten sich, und bald waren alle eifrig bei der Arbeit. Die Einwohner der *Cité* sahen die Männer und Frauen mit den Armschleifen, auf denen *Polizei* stand, anfangs argwöhnisch an, aber bedankten sich sehr bald. Vor allem die älteren Leute waren sehr höflich und schienen wirklich glücklich über die Lebensmittel. Nadia sah, dass es sich um arme Menschen handelte, die die Nahrung nötig brauchten.

Bald war der kleine Lastwagen leer und es befanden sich fast keine Menschen mehr auf dem Platz. Nadia ließ ihren Blick über die Fenster des Wohnblocks gleiten und seufzte. Wie sehr mussten diese Frauen und alten Leute leiden! Es hatte im Leben wahrhaftig nicht jeder dieselben Ausgangsbedingungen. Die *Cité* wirkte trotz des schönen Wetters unendlich trist, und man sah, wie schäbig alles war.

»Vielen Dank«, sagte die Frau mit den grünen Augen zu Luc und nahm ihre Maske ab. Sie war um die vierzig und sehr hübsch, hatte einen sinnlichen Mund, eine kleine Nase und hohe Wangenknochen.

Fiona stieß Nadia an. »Die macht mir Konkurrenz«, raunte sie.

»Sei froh!«, erwiderte Nadia.

»Bin ich!«

»Ich danke Ihnen«, erwiderte Luc. »Wir sollen hier in den Vorstädten die Ausgangssperre durchsetzen, aber es hat keinen Sinn. Dank Ihnen haben wir nun etwas Sinnvolles getan und unser Image aufgewertet. Eigentlich sind wir die Kriminalpolizei, doch wir sind von unseren Ermittlungen abgezogen worden und müssen nun wie die Gendarmerie und die Stadtpolizei den Lockdown überwachen.«

Der Mann seufzte. »Es ist schlimm. Vor allem diese Stadtviertel sind gefährdet. Viele dieser Menschen haben ihre Arbeit verloren und bekommen kein Arbeitslosengeld, weil sie irgendwo schwarz geputzt oder auf einem Bau gearbeitet haben. Andere bekommen Arbeitslosengeld, aber können davon nicht leben. Unser Verein versucht den Menschen zu helfen, die unter der Armutsgrenze leben. Konkret mit Essen, Kleidung, Nachhilfestunden für die Schüler. Und nun teilen wir eben Grundnahrungsmittel aus. Doch es ist nur ein Tropfen auf dem heißen Stein.«

»Sind Sie der Vereinsobmann?«

»Meine Frau.« Der Mann zeigte auf die Dame, die sich im Hintergrund gehalten und mit einem jungen Mädchen die Nahrungsmittel in die Säcke gepackt hatte, die ausgeteilt worden waren.

»Wir arbeiten hier als Familie. Meine Schwester und meine Tochter helfen mit. Ehrenamtlich. Aber wir sind im Verein mehr als dreißig Leute. Zwei andere Teams teilen in anderen Stadtvierteln Lebensmittel aus. «

»Bravo«, sagte Luc. »Wenn wir wieder einmal helfen können, melden Sie sich.«

»Ja, Sie können heute Nachmittag gleich dort hinten zur *Cité la Bricarde* kommen, dort machen wir dasselbe. Wir beginnen um zwei«, sagte die Frau mit den grünen Augen.

»Gut. Wir werden da sein«, versprach Luc.

Dann fragte er: »Haben Sie nie Probleme? Mit den Drogenhändlern?«

Die Frau schüttelte den Kopf. »Nie. Wir kommen, um zu helfen.«

»Die Feuerwehr und der Notarzt kommen auch, um zu helfen. Und die Jugendlichen werfen Steine auf sie.«

»Das ist der Hass auf den Staat. Aus reiner Dummheit attackieren sie alle, die in Uniformen erscheinen. Wir sind normale Leute, die Essen bringen. So blöd sind die Drogenhändler nun doch nicht. Sie heißen uns nicht wirklich willkommen, aber wir ignorieren einander.«

Als die Polizisten zurück zu den Autos gingen, standen die Jugendlichen wieder dort.

»He, du!«, rief einer Nadia zu. »Du bist doch die mit dem Judo-Trick! Die Touffiq beinahe umgebracht hätte! Wegen dir sitzt er im Knast. Wir haben hier dein Bild an der Wand und schießen mit Darts darauf.«

Er machte mit dem Daumen das Zeichen des durchschnittenen Halses.

Nadia zuckte innerlich zusammen. Doch sie trat einen Schritt auf den Jungen zu, Florian und Fiona an ihrer Seite.

»Willst du auch versuchen, dich mit mir zu messen?«

Der Junge war für einen Moment sprachlos, dann stieß er hervor:

»Mann, haut bloß ab, ihr blöden Bullen! Wir legen euch um. Sehr bald legen wir einen oder mehrere von euch um.«

»Ja. Und wir legen einige von euch um«, meinte Luc ungerührt. »Auge um Auge, Zahn um Zahn. Für jeden toten Bullen wird ein Drogenring zerstört. Denkt daran! Im Moment könnt ihr in Ruhe dealen. Aber nur, wenn ihr friedlich bleibt.« Er legte die Hand in Militärweise an den Kopf und wandte sich zum Gehen.

»Fick dich doch selber in den Arsch!«, riefen die Jugendlichen. »Blödes Bullenschwein!«

Nadia war froh, der *Cité* zu entfliehen. Diese jungen Menschen konnten ganz plötzlich Steine auf sie werfen oder eine Waffe zücken. Die Tatsache, dass sie gerade geholfen hatten, mehrere Familien der *Cité* zu ernähren, spielte für sie absolut keine Rolle.

Doch andererseits spürte Nadia Erleichterung. Sie hatte nun in dieser Vorstadt, die ihr in den vergangenen zwei Jahren regelmäßig in ihren Albträumen erschienen war, eine positive Erfahrung gemacht, dank dieses Vereins. Und am Nachmittag würden sie wieder helfen. Was viel sinnvoller war, als nur hinzugehen, sich mit den Jugendlichen zu messen, und Menschen, die in überfüllten Wohnungen lebten und nur kurz Luft schnappen wollten, heimzuschicken.

Das Problem war trotz allem nicht gelöst, es würde weitere Zusammenstöße in gewissen Vorstädten geben, doch es war ein gutes Gefühl, in dieser chaotischen und schwierigen Zeit etwas zu tun, was Sinn machte.

DER BRAND

Es war Ostersamstag. Normalerweise ging Loïc zu Ostern zur Messe. Amélie färbte Eier, sie versteckten füreinander Schokolade im Garten und freuten sich über den Frühling. Doch in diesem Jahr war alles anders. Trotz des wundervollen Wetters und der Ruhe, die der Lockdown in Loïcs Stadtviertel zur Folge hatte, schien ein Geruch der Verwesung über der Stadt zu liegen. Noch nie hatte Loïc so eine schlimme Zeit durchgemacht. Es regnete für ihn nur schlechte Nachrichten. Seine Eltern, die in der Bretagne lebten, waren an COVID erkrankt und er konnte nicht zu ihnen. Sie lagen beide im Krankenhaus, sein Vater sogar auf der Intensivstation. Zum Glück lebte Loïcs Schwester in der Gegend, doch im Prinzip half das auch nicht besonders viel. Sie durfte die Eltern nicht besuchen und sie selbst war in Quarantäne, weil sie positiv auf das Virus getestet worden war. Noch dazu hatte Loïc von der Direktion der Diözese, der Verwaltung der katholischen Privatschulen, eine Nachricht erhalten, dass ein Disziplinarverfahren eingeleitet wurde. Er würde mit Ende der Ausgangssperre ein Gespräch mit der Direktion der Diözese haben, in dem er auch seine Sicht der Dinge erklären konnte. Das war natürlich zu erwarten gewesen. Er würde irgendwann die Möglichkeit bekommen, sich zu verteidigen, blieb aber bis auf Weiteres suspendiert.

Nun hatte Loïc ohnehin schon finanzielle Probleme und musste aus seinen Ersparnissen schöpfen, die er eigentlich als Anzahlung für einen Hauskauf hatte verwenden wollen. Zu allem Überfluss war sein Auto kaputtgegangen. Es war schon alt gewesen, hatte aber bisher immer gut standgehalten. Doch nun war es plötzlich eines Morgens, als Loïc zum Einkaufen hatte fahren wollen, nicht mehr gestartet.

Im Moment gestaltete es sich wegen des Lockdowns nicht so einfach, ein Auto abschleppen zu lassen, außerdem würden die Reparaturen teuer werden. Und natürlich hatte Loïc von dem Anschlag auf seinen Rechtsanwalt gehört, mit dem er in den vergangenen Tagen mehrmals in Kontakt gewesen war.

Castini hatte ihnen allen eine E-Mail geschrieben, er würde natürlich ganz normal weiterarbeiten und sie wie versprochen verteidigen. Er würde allerdings als Vorsichtsmaßnahme den Ort, wo er den Rest des Lockdowns zu verbringen gedachte, niemandem mehr mitteilen. Allerdings glaubte er persönlich nicht wirklich, dass es mit Emelines Fall zu tun hatte, sondern dass die Korsen ihm als Festland-Franzosen eines hatten auswischen wollen.

Doch Loïc hatte trotz allem das Gefühl, dass der Anschlag auf Castini mit dem Fall Emeline Bernier zusammenhing. Er selbst hatte von Naomi Manson eine Droh-SMS bekommen, in der sie ihm riet, nicht gegen sie Anklage wegen Verleumdung zu erheben. Er würde das bereuen.

Auch Nathan hatte eine Nachricht von ihr bekommen und war vollkommen aus dem Häuschen. Er war dabei, zu überlegen, ob er nicht die Anklage fallen lassen würde. Doch Loïc hatte ihn beschworen, das nicht zu tun.

Es war einfach eine unmögliche Zeit. Loïc wollte Marseille verlassen, aber er war blockiert. Ohne Auto war das Reisen im Lockdown äußerst beschwerlich, es fuhren ja kaum öffentliche Verkehrsmittel. Und wohin hätte er während der Pandemie mit einem sechs Monate alten Kind schon gehen sollen? Amélie machte gute Miene zum bösen Spiel und versuchte Loïc aufzuheitern. Doch er fühlte, dass auch sie sehr besorgt war. Sie bot Loïc an, Marseille nach dem Lockdown zu verlassen, woandershin zu ziehen. Ja, das wollte Loïc auch, doch sein Disziplinarverfahren würde ihm seine Arbeit in ganz Frankreich unmöglich machen. Wahrscheinlich würde er nicht einmal mehr für eine öffentliche Schule arbeiten können und nur mehr in Vereinen und privaten Sprachschulen Englisch unterrichten können. Und das wegen einer kriminellen Lügnerin, deren Vater der Leiter der Marseiller Kriminalpolizei war!

Sie saßen am Samstagabend vor dem Fernseher und tranken eine Flasche Rotwein, um sich zu entspannen. Loïc fühlte sich so niedergeschlagen wie selten zuvor. Er wusste, dass ihm schwere Wochen bevorstanden. Und er fühlte sich nicht mehr sicher. Gegen zehn ließ der Wein ihn in eine dumpfe Müdigkeit verfallen.

»Ich gehe schlafen«, meinte bald auch Amélie.

Schwerfällig erhob sie sich und schleppte sich die Treppe hinauf.

Loïc folgte ihr. Er duschte, putzte sich die Zähne. Als er ins Zimmer kam, schlief Amélie bereits. Loïc legte sich neben sie, berührte ihren Arm und schlief ein. Mitten in der Nacht schreckte er auf. Er hatte das Gefühl, dass etwas ganz und gar nicht stimmte. Was war das für ein Geruch? Er knipste das Licht an. Sein Kopf schmerzte vom Rotwein und er spürte, dass er alles verschwommen sah. Amélie neben ihm grunzte. Loïc brauchte eine Weile, bis er begriff, was los war. Es war Rauch! Es brannte! Er schüttelte Amélie.

»Amélie, lauf hinaus, es brennt!«, brüllte er. Sie schreckte auf, Loïc überließ sie sich selbst und stürzte ins Kinderzimmer. David schlief tief, in seinem Zimmer war der Rauch viel dichter. Nun packte Loïc seinen Sohn, wickelte ihn in seine Decke und lief aus dem Zimmer. Als er bei der Treppe ankam, erstarrte er. Die Flammen schlugen im Flur hoch, er konnte nicht hinunter.

Er stürzte zurück in Davids Zimmer und öffnete das Fenster. Nun musste er springen. Er zögerte keinen Augenblick. Seinen Sohn fest im Arm sprang er die vier Meter in den Garten. Seine Beine knickten unter ihm weg und er spürte vor allem im rechten Knie einen stechenden Schmerz. David begann zu schreien. Loïc hoffte, ihm nicht wehgetan zu haben.

Er versuchte aufzustehen. Er war in Panik. Vielleicht würde das Haus gleich über ihm zusammenstürzen. Doch seine Beine versagten. Er hatte sich wohl etwas gebrochen.

Wo war Amélie? Loïc hoffte, dass sie auch gesprungen war. Doch im Schein der Flammen konnte er sie nicht sehen.

Er begann um Hilfe zu rufen. Der Nachbar, ein junger Mann, dessen Garten an Loïcs grenzte, und nur durch einen Maschendrahtzaun getrennt war, stürzte aus seinem Haus.

»Loïc … um Gottes willen!«

»Es brennt! Ich bin gesprungen, aber ich kann nicht mehr aufstehen! Amélie ist noch drinnen, obwohl ich sie aufgeweckt habe!« Loïcs Worte überschlugen sich beinahe.

»Mon Dieu …«

Der Nachbar kam blitzschnell auf Loïcs Seite und zog ihn vom Haus weg. Loïc stöhnte und drückte sein schreiendes Baby an sich. »Amélie!«, schluchzte er.

Nun kamen andere Nachbarn angelaufen.

»Ruft die Feuerwehr!«, brüllte der junge Mann. »Die Frau ist noch im Haus!«

Er stürzte von Loïc weg in seine eigene Garage und kam mit einer Leiter.

»Welches Zimmer?«, schrie er.

»Links oben«, schluchzte Loïc. Er konnte nicht glauben, dass das, was er gerade erlebte, die Wirklichkeit war. Die anderen Nachbarn halfen dem jungen Mann die Leiter anzulehnen, der größte von ihnen, ein Tormann beim Fußballclub des Stadtviertels, stieg hinauf. Er schwang sich in Davids Zimmer, dessen Fenster offen war, und verschwand.

Loïc versuchte sich aufzurichten, doch es war nicht möglich. Er drückte den schreienden David an sich und schluchzte in dessen feine, seidene Haare.

Der Nachbar erschien am anderen Fenster.

»Sie liegt bewusstlos am Boden!«, schrie er, »und hier ist immer mehr Rauch. Ich muss sie heraushieven.«

Die drei Männer im Garten schrien: »Lass sie herunterfallen! Wir versuchen sie aufzufangen! Und dann spring!«

Loïc zitterte vor Angst. Er hatte keine Ahnung, ob Amélie noch lebte.

Nun erschien der Mann mit Amélie am Fenster. Sie hing leblos in seinen Armen.

»Wie … was soll ich machen?«, rief er.

»Wirf!«, schrien die anderen. »Schnell, mach schon! Und dann spring selbst.«

Hinter dem Mann sah Loïc Flammen. Er schrie auf. Das Haus würde zusammenstürzen. Er sah Amélie wie eine schlaffe Puppe nach unten fallen, die Nachbarn schafften es tatsächlich, sie zu dritt aufzufangen. Nun sprang der Nachbar. Er landete viel sanfter als Loïc vorher. Er war Sportler, ein sehr schlanker und muskulöser Mann. Die anderen Männer zerrten ihn und Amélie nach hinten, genau in dem Moment, in dem das Haus zusammenstürzte. Loïc spürte, dass er hochgehoben wurde. Nun war die gesamte Nachbarschaft da und mehrere Personen trugen ihn aus seinem kleinen Garten auf die Straße. Er sah, dass sie auch Amélie und den anderen Nachbarn, der von einem der Männer gestützt wurde, auf die Straße gebracht hatten. David brüllte noch immer, Amélie wurde von einem der Nachbarn, der Arzt war, versorgt. Er machte eine Herzmassage und Mund-zu-Mund-Beatmung. Doch sie rührte sich nicht. Loïc spürte den stechenden Schmerz im rechten Knie. Er schrie auf und weinte. Das Schlimmste war, dass Amélie vielleicht tot war. Er konnte nicht aufhören zu schluchzen. Zwei Nachbarinnen kümmerten sich um ihn, gaben ihm Wasser, dann war plötzlich die Feuerwehr da. Jemand nahm ihm David ab, er wurde in ein Auto verfrachtet, hörte hektische Stimmen, wollte sich aufrichten, doch ein Sanitäter drückte ihn nach unten.

»Mein Sohn … meine Frau«, ächzte Loïc.

»Ihr Sohn ist hier im Wagen und bleibt bei Ihnen. Ihre Frau wird von einem anderen Wagen ins Krankenhaus gebracht.«

Loïc spürte, dass er eine Spritze bekam, er wurde müde und verwirrt, fühlte das schmerzende Bein kaum mehr.

Im Krankenhaus wurde er in ein Zimmer geschoben. Er dämmerte vor sich hin. Seine Gedanken waren vernebelt. Warum hatte sein Haus Feuer gefangen? Hatten sie vergessen, irgendein Gerät abzuschalten? War ein Gerät defekt? Wo war David? Und was war mit Amélie los? Lebte sie noch?

OSTERSONNTAG

Als Nadia an diesem Sonntag erwachte, wusste sie im ersten Moment nicht, wo sie war. Sie hatte bis spätabends gearbeitet und war todmüde ins Bett gefallen.

Laura lag nicht neben ihr, sie befand sich bereits in der Küche und es roch verlockend.

Nadia lächelte. Laura hatte ihr wohl Pancakes gemacht, weil sie gesehen hatte, wie müde und entmutigt Nadia war. Nun hatte Nadia zum Glück den ganzen Tag frei und dann Nachtdienst im Kommissariat. Was hieß, dass sie bis Dienstag nicht mehr in die Vorstädte musste. Es war zwar am Samstag alles gut gegangen, doch Nadia hatte diese Anspannung gespürt, die sie nicht losließ, wenn sie in diesen Stadtvierteln unterwegs war. Außerdem hatte Luc am Samstag freigehabt und sie war die Hauptverantwortliche für ein Team von fünfzehn Personen gewesen. Vierzehn Männer und Fiona. Sie war froh gewesen, als sie am Vorabend nach diesem langen und anstrengenden Tag nach Hause gekommen war.

Nadia stand auf. Es war bereits zehn Uhr, aber an diesem Ostersonntag würden sie wegen des Lockdowns ohnehin nirgendwohin gehen können. Fiona hatte ihr allerdings erzählt, dass sie und Pierre sich in Carry-le-Rouet zweimal ans Meer gesetzt und einmal bei einer Kontrolle den Gendarmen gesagt hatten, sie suchten nach Drogen. Sie hatten an diesem Nachmittag sogar Delfine beobachtet! Aber am Ostersonntag war es wohl keine so gute Idee, die Gendarmen anzulügen.

Nadia hatte bei sich gedacht, dass Pierre sich ganz schön ins Zeug legte. Spaziergänge am Strand, Delfine, Gespräche in der Sonne …

Doch auch er würde bei Fiona im Moment abblitzen, trotz all seiner Bemühungen. Allerdings waren die beiden ein gutes Team und kamen bei ihren Befragungen nicht schlecht voran. Laura hatte mit ihnen lange über Zoom telefoniert und nun einen Artikel geschrieben, den sie ihrem Chefredakteur am Dienstag oder Mittwoch anbieten wollte. Sie hatte von Emelines Tod berichtet, von der Vergewaltigung durch die Mitschüler, vom Anschlag auf Castini, von der Ermordung Kens und von der Tatsache, dass Emelines Eltern und Christines Familie Anklage gegen die Schule und die betreffenden Schüler erheben wollten.

Nadia glaubte zwar nicht, dass Lauras Vorgesetzter den Artikel so akzeptieren würde, doch sie würden versuchen, ihn über Mathieus und Pierres Beziehungen in Paris auch anderen Zeitungen anzubieten.

Nadia wusch sich das Gesicht mit kaltem Wasser und ging in die Küche.

Laura saß am Tisch und starrte gebannt auf ihr iPad.

»Salut, *Chérie.*« Nadia küsste sie in den Nacken.

Laura reagierte nicht.

»Nadia, wir haben ein neues Problem!«

Sie hielt ihr das iPad unter die Nase.

»Was?«

Nadia sah ein Bild, ein Haus in Flammen. Sie begann zu lesen.

BRAND IN EINEM EINFAMILIENHAUS

Im 16. Bezirk, Montée du Pichou, ist in der vorhergehenden Nacht ein Feuer ausgebrochen. Der Vater konnte seinen sechs Monate alten Sohn retten, die Mutter wurde von einem tapferen Nachbarn aus dem Schlafzimmer evakuiert, schwebt aber noch immer in Lebensgefahr …

»Ja … und?«, fragte Nadia.

»Ich habe gerade mit Daniel gesprochen, der heute Dienst hat. Diese Familie, das ist Loïc Moltet, unser Englischlehrer. Dan hat es mir bestätigt.«

Nadia spürte, wie der Raum sich um sie zu drehen begann.

Schnell setzte sie sich hin. »Das darf doch nicht wahr sein!«, stöhnte sie.

Laura nickte. »Loïc hat sich beim Sprung aus dem Fenster beide Beine gebrochen, und muss am rechten Knie operiert werden. Prothese. Das Knie ist zersplittert. Sein Baby hat gar nichts, es geht ihm gut, doch Loïcs Frau liegt im Koma. Rauchgasvergiftung, sie wird intubiert. Daniel wollte schon ins Krankenhaus, darf aber wegen COVID nicht. Allerdings können wir später mit Loïc telefonieren. Die Gendarmerie war dort und hat vermutet, dass es sich bei dem Brand um einen Defekt eines Kabels handelt. Vor der Haustür befindet sich eine uralte Lampe, die anscheinend Feuer gefangen hat.«

Nadia begehrte auf. »Das glaubt wohl keiner! Zuerst Castini, und jetzt Loïc.«

Sie sprang auf. »Christine! Ich muss Christine anrufen. Sie muss mit ihrer Familie weg aus Carry-le-Rouet!«

»Aber wo soll sie hin?«, fragte Laura ratlos.

»Irgendwohin, wo keiner sie vermutet. Es gibt sicher Ferienwohnungen zu mieten, trotz der COVID-Geschichte. Am besten privat. Kennst du niemanden in der Gegend von Arles?«

»Doch«, meinte Laura. »Meine Tante hat dieses Häuschen in der Camargue, bei Salin de Giraud. Und mir scheint, es hat auch eine Heizung. Sie leiht es uns sicher!«

»Super, Laura!«

»Ich rufe sie schnell an. Oder willst du zuerst frühstücken?«

Nadia schüttelte den Kopf. »Nein, die Pancakes können warten!«

Laura telefonierte mit der Tante, die ihr das Häuschen gerne lieh. Die Mieter, die zu Ostern hätten kommen sollen, waren natürlich nicht aufgetaucht und das Haus stand schon zu lange leer. Laura hatte erklärt, es sei für Freunde, die ein Problem mit ihrer Heizung hatten. Die Tante war bereit, es bis zum Ende des Lockdowns für einen günstigen Tarif herzugeben.

Dann versuchte Nadia, Christines Mutter zu erreichen. Doch diese antwortete nicht. Sie rief auch Christine an, das Telefon war aber auf Anrufbeantworter gestellt.

Nadia wurde sehr unruhig. Und wenn Christine und ihrer Familie in der Nacht ebenfalls etwas zugestoßen war? Sie beschloss, im Moment zu warten und gegen Mittag zu Christine aufzubrechen, falls diese bis dahin noch kein Lebenszeichen von sich gegeben hatte.

Nadia meldete sich bei ihren Freunden, um sie zu einer Videokonferenz zu zitieren. Florian arbeitete an diesem Sonntag. Er war mit Luc und seinen Männern in irgendwelchen Stadtvierteln schlechten Rufes unterwegs. Allerdings halfen sie an diesem Tag wieder dem Verein *Marseille Meilleure.*

Luc schien regelrecht besessen davon, in den Vorstädten beim Austeilen der Lebensmittel zu helfen, und tyrannisierte sein Team damit. Nadia wusste, dass er auf diese Weise das Gefühl bekam, nicht unnötig in diese Viertel zu gehen. Er kam dabei auch mit einigen älteren Leuten ins Gespräch und konnte trotzdem einen Blick auf die jungen Burschen werfen, wie es ihm aufgetragen worden war. Obwohl er und seine Kollegen von diesen weiterhin großzügig beleidigt und beschimpft wurden, war die Situation nicht mehr ganz dieselbe. Denn sie alle wussten, dass die Polizei beim Verteilen der Lebensmittel half. Vor allem vermuteten Nadia und Fiona jedoch, dass Marie, die Schwägerin der Vereinsobfrau, es Luc sehr angetan hatte. Und auch sie schien sich sehr für ihn zu interessieren.

»Er beachtet mich kaum mehr«, hatte Fiona bemerkt. »Jetzt, wo er diese Dame kennengelernt hat.«

»Nun, du hast ihn abblitzen lassen«, hatte Nadia erwidert. »Und du hast ja noch genug andere. Die mit dem treuen Hundeblick und deinen *Monsieur Romantique*, der dich an Strände führt und dir Delfine zeigt.«

»Pierre ist ein richtiger Freund«, erklärte Fiona, »der mich respektiert. Und die anderen sind Hündchen.«

Sie hatten gelacht, aber Nadia hatte bei sich gedacht, wie gern sie Fiona und Pierre als Paar gesehen hätte, weil sie beide sehr mochte.

Nadia genoss die Pancakes, die Laura ihr liebevoll zubereitet hatte, mit Ahornsirup und *Crème de Marron*, einer Kastaniencreme-Spezialität aus der südfranzösischen Ardèche. Gegen halb zwölf riefen die Freunde einander an. Daniel erklärte, was geschehen war, und Fiona schrie auf.

Pierre hatte es die Stimme verschlagen.

»Ihr könnt euch nicht vorstellen, wie leid es mir tut«, sagte er schließlich. »Und ich bin an dem Ganzen schuld, weil ich alle da hineingezogen habe.«

Laura schüttelte den Kopf. »Nein Pierre, so darfst du nicht denken. Im Gegenteil. Es handelt sich um widerliche, fürchterliche Leute, die über Leichen gehen. Wirklich über Leichen. Um eure Vorgesetzten! Zum Glück hast du Wind von der Sache bekommen!«

»Ja, aber dieser arme Loïc Moltet. Und wenn seine Frau nun stirbt?«

»Dann haben sie einen zweiten Mord auf dem Gewissen. Eigentlich einen dritten!«

»Aber das geht nun etwas weit«, meinte Daniel. »Sie werden unvorsichtig. Vor allem haben sie zweimal Feuer gelegt.«

»Sie haben es beim ersten Mal auf die Korsen abgewälzt, bei Castini, und bei Loïc auf eine defekte Lampe. Niemand hat bei Loïc Moltet jemanden gesehen«, sagte Laura, »aber welch ein seltsamer Zufall, dass gleich zwei Personen, die mit der Sache Emeline Bernier etwas zu tun haben, Probleme mit Bränden bekommen!«

»Wir werden Christines Familie zwingen, für die nächsten Wochen in die Camargue zu ziehen. Denn sicher hat man auch auf diese Familie einen Anschlag geplant«, erklärte Nadia.

»Und ich würde auch Monsieur Merle raten, aus seiner Wohnung wegzugehen«, meinte Daniel. »Und vielleicht sogar euch allen.«

»Wir sind nicht offiziell dabei, sie wissen nicht, was wir machen«, beschwichtigte Nadia ihn.

»Außer, wenn euer Kommissar dich verdächtigt«, konterte Daniel.

»Das tut er tatsächlich«, erklärte Nadia. »Ich habe ihn schon mehr oder weniger mit dem konfrontiert, was wir in den letzten Tagen herausgefunden haben. Und er hat mich bereits bestraft. Ich bin diese und nächste Woche in den *Quartiers Nord* zum Patrouillieren eingeteilt. Und er bedroht mich mit einer Suspendierung. Aber ich denke nicht, dass sie sich an uns so vergreifen wie an den Zeugen.«

»Es kann trotzdem gefährlich werden«, meinte Pierre. »Denn sie selbst legen ja nicht Hand an. Sie haben in der Vorstadt Leute gefunden, deren Job das ist! Und können uns sehr leicht von diesen Typen eliminieren lassen. Unter einem ganz anderen Vorwand. Seid vorsichtig!«

Nadia hörte, dass Laura neben ihr schluckte. »Ich glaube, Pierre, ich sollte versuchen, meinen Artikel diese Woche in die Zeitung zu geben«, meinte sie.

»Ja, vielleicht ist es das Beste. Ich würde dich nur bitten, nicht über den Verdacht zu schreiben, dass irgendwelche Vorstadtgangster darin verwickelt sind, weil ich selbst in der Vorstadt ermitteln will. Sehr diskret.«

Nadia fuhr auf. »In der Vorstadt kann man nicht diskret ermitteln, Pierre. Du gehst hin und jeder weiß, dass du da bist. Pierre, versprich mir, dass du nicht allein hinfährst. Fiona, Florian oder ich müssen dabei sein. Okay?«

»Gut«, meinte Pierre. »Allerdings kann ich ein Ding allein machen. Ich habe eine Drohne, die ich hinschicken werde. Wir sind uns ja ziemlich sicher, dass es sich um la Busserine handelt, oder? Ich möchte die Ganoven von oben filmen. Ich kann schon gut damit umgehen, habe in den vergangenen Tagen viel geübt. Ich schicke euch dann Bilder von meinem Prado-Stadtviertel und von euren Kollegen, die ich gefilmt habe, ohne dass sie es bemerkt hätten.«

Nadia seufzte. Sie hatte für solche hochtechnologischen Lösungen nicht viel übrig. Außerdem waren die Gesetze für die Anwendung von Drohnen im Stadtgebiet sehr streng. Allerdings wusste Pierre wahrscheinlich, was erlaubt war und was nicht, und es war ohne Gefahr für ihn, von weitem zu filmen, wenn er nur diese Stadtviertel nicht betrat.

»Gut, Pierre, aber wenn die Drohne dort abstürzt, dann hast du sie verloren. Du kannst sie auf keinen Fall zurückholen. Das musst du wissen.«

»Dieses Risiko gehe ich ein! Ich verspreche dir, dass ich mich nicht in Gefahr begebe und nur mit einem von euch nach la Busserine gehe.«

Nadia seufzte. Sie machte sich Sorgen um Pierre. Er war kein Polizist, der wusste, wie man beschattete, besaß auch keine Waffe und hatte keine Ahnung davon, wie man sich verteidigte. Doch er war hochmotiviert, hatte aufgrund der geschlossenen Gerichte und der Tatsache, dass er nur zweimal in der Woche in den Justizpalast musste, weitaus mehr Zeit als sie und würde sich wahrscheinlich in Gefahr begeben, ohne es zu wissen. Und sie und ihre Kollegen hatten keine Zeit, ihm rund um die Uhr zu assistieren.

»Wer im Kommissariat weiß noch von der Sache?«, fragte Daniel.

»Niemand«, erwiderte Nadia. »Im Moment nur wir drei. Ich will meine Kollegen nicht in Gefahr bringen. Luc und Franck sind sehr kompetente Ermittler mit dem Dienstgrad Capitaine, die mir vielleicht helfen würden, aber ich finde es zu riskant, für sie und für uns. Wenn es gar nicht mehr anders geht, weihe ich sie ein.«

»Nun, Franck findet es sehr seltsam, dass er bezüglich Ken einfach nicht mehr weiterermitteln soll«, meinte Pierre. »Er ist mit den Eltern in Kontakt und kann die Sache nur schwer ertragen. Genauso wie sein Kollege Rachid, der selbst aus den *Quartiers Nord* stammt und nicht versteht, wieso man dort plötzlich seit der Gesundheitskrise so viel Milde walten lässt.«

»Klar«, meinte Daniel, »aber das ist normal. Die Gefängnisse sind überfüllt und von der Epidemie bedroht. Man lässt im Moment sogar Gefangene frei, die nur mehr ein Jahr abzusitzen hätten, um die Gefängnisse zu entlasten. Da kann man nicht neue Leute einlochen. Und sobald man in den Vorstädten mit einer Ermittlung beginnt, hat man nicht nur einen oder zwei Schuldige, sondern eine ganze Bande. Ihr müsst die Arbeit eben nach dem Lockdown machen.«

»Ja, und wann wird das sein, nach dem Lockdown?« Fiona seufzte.

»Morgen Abend werden wir mehr erfahren«, meinte Laura. »Unser Präsident wird wieder einmal sprechen. Anscheinend haben wir jetzt in Paris die Höchstzahlen der Infektion erreicht. Das *Plateau*. Nun sollten die Zahlen der Neuinfizierten, der Krankenhausaufenthalte und der Toten einige Tage lang gleich bleiben und dann sinken. Aber ich befürchte, wir werden noch mindestens zwei Wochen Lockdown haben. Wenn nicht mehr …«

»Bei uns im Kommissariat gibt es bereits drei Fälle von Corona«, erklärte Fiona. »Zwei Polizisten, die mit Rachid gearbeitet haben, und einen im Team von Philippe. Sie haben sich alle testen lassen, aber es sind nur die drei in Quarantäne. Im Moment hat keiner von ihnen schwere Symptome, nur Husten und ein wenig Fieber.«

Nadia dachte an ihre wohltätige Arbeit in den Vorstädten. Natürlich gingen sie dadurch ein höheres Risiko ein, infiziert zu werden, weil sie viele Menschen trafen und diesen auch nahekamen. Die Masken, die sie nun immer trugen, schützten sie zwar, aber sie konnten sich trotz allem bereits infiziert haben. Die beiden kranken Polizisten aus Rachids Team hatten in der vorhergehenden Woche ebenfalls in den Vorstädten gearbeitet, der dritte Infizierte war mit einer Krankenschwester verheiratet, die nun auch in Quarantäne war.

»Es wird in Frankreich viel zu wenig getestet«, meinte Daniel. »Nur das IHU führt Massentests durch. Ihr habt sicher Lauras Artikel gelesen und das Foto mit der Schlange davor gesehen. Die Deutschen machen es viel besser. Bei ihnen gehen auch alle Kontaktpersonen der Infizierten in Quarantäne.«

»Die Deutschen machen immer alles besser«, meinte Pierre. »Wenn ich die Sprache nicht so verkorkst finden würde, dann wäre ich vielleicht schon nach Deutschland oder Skandinavien aufgebrochen, wo alles straff organisiert ist. Und wo Korruption bestraft wird.«

»Ja, Pierre, aber denk an die Sonne. An die Spaziergänge am Meer. Die sind in Deutschland sicher nicht so schön …« Nadia zwinkerte Pierre zu. Der seufzte.

»Klar. Wir werden es überleben, alles. Aber Frankreich ist und bleibt chaotisch! Das könnt ihr mir nicht ausreden.«

Bald verabschiedeten sich die Freunde. Pierre wollte auch Nathan Merle kontaktieren und ihm vorschlagen, Marseille zu verlassen. Laura konnte für ihn eventuell eine weitere Unterkunft in der Camargue auftreiben.

Als sie auflegten, versuchte Nadia erneut, Christine und ihre Familie zu erreichen.

Ohne Erfolg. Sie spürte, wie sich ihr Magen vor Angst zusammenzog.

Kurz entschlossen nahm sie ihre Dienstpistole und wandte sich an Laura. »Ich muss nach Carry-le-Rouet fahren, um zu sehen, was da los ist. Fährst du mit mir?«

DER BESUCH

Christine hatte sich von den Eltern breitschlagen lassen, am späten Vormittag einen Osterspaziergang in den Hügeln zu machen. Sie hatte zwar nicht die geringste Lust darauf, anscheinend war es auch verboten, sich mehr als einen Kilometer vom Haus zu entfernen, doch ihre Mutter wollte unbedingt hinaus.

»Morgen wird das Wetter schlecht«, prophezeite sie. »Dann müssen wir ohnehin im Haus sitzen.«

Christine sah, wie nervös die Mutter war. Die Tatsache, dass der Rechtsanwalt Castini einem Anschlag nur knapp entronnen war, verängstigte sie genauso wie Christine. Und dann noch ihr Home-Office und die Schulbetreuung der jüngeren Geschwister! Die Nerven der Mutter waren auf das Äußerste angespannt.

Der Vater hatte in seiner Arbeit Probleme, war nur selten zuhause und wollte von der Sache mit Castini nichts wissen. Im Moment herrschte zwischen den Eltern ein Waffenstillstand, doch Christine wusste, dass der Vater die Schule und die Clique nicht verklagen wollte, weil es sich seiner Meinung nach nicht lohnte und ihnen nur Scherereien einbringen würde. Aber die Mutter setzte sich ganz einfach über ihn hinweg und blieb weiterhin mit Castini und Emelines Eltern in Kontakt.

Christine hatte immer wieder Albträume, in denen die Clique sie bis nach Hause verfolgte. Sie träumte, entführt und wie Emeline vergewaltigt zu werden. Oder dass jemand in ihr Haus eindrang und vor ihren Augen ihre ganze Familie erschoss. Sie konnte sich einfach nicht beruhigen, es war auf keinen Fall vorbei, sie war noch immer in Gefahr.

Die Spazierwege auf den Anhöhen von Carry-le-Rouet waren nicht gesperrt, nur der *sentier côtier,* der Küstenwanderweg durfte nicht betreten werden. Christine und ihre Familie trafen in den Hügeln nur wenige Menschen.

Der Vater, der sonst nicht gern wanderte, bestand darauf, die komplette Runde zu gehen, die etwa fünf Kilometer lang war.

»Es ist nicht erlaubt«, meinte Christine schwach, aber er winkte ab.

»Ach was! Hier ist doch kein Mensch unterwegs. Und die Gendarmen stehen vorn am Meer, nicht hier hinten in der Einöde.«

In der Tat trafen sie nur dreimal auf andere Menschen, ein älteres Ehepaar und zwei Hundebesitzer.

»Wollt ihr noch immer einen Hund?«, fragte Christines Vater, als sie einem jungen Mann zusahen, der seinem Schäferhund Stöcke zuwarf, die dieser in der Luft auffing.

»Oh, ja!«, riefen die Geschwister.

Christine sah ihn ungläubig an. Schon seit Jahren verlangten sie und ihre Geschwister nach einem Haustier, doch die Eltern wollten nicht, wegen der Arbeit und wegen des Drecks.

»Gut, wir sehen uns das an, wenn die Ausgangssperre vorbei ist«, meinte der Vater. »Vielleicht finden wir ja im Tierheim etwas Geeignetes!«

Die Mutter bedachte ihn mit einem bösen Blick. »So was entscheidet man zu zweit«, meinte sie, woraufhin der Vater ruhig erwiderte: »Dir deinen Rechtsanwalt, mir meinen Hund!«

Sie sah ihn kopfschüttelnd an, aber ließ das Thema fallen.

Christine dachte bei sich, dass sie im Moment gern einen Kampfhund gehabt hätte, um sich zu schützen. Dieser würde Alarm schlagen, wenn jemand versuchte, ins Haus einzudringen oder Feuer zu legen. Sie dachte an Emeline, deren Großmutter einen hübschen Cockerspaniel besaß, den Emeline immer wieder skizziert und gemalt hatte. Christine seufzte. Emeline fehlte ihr sehr, es war so unendlich schwierig, keine wirkliche Freundin mehr zu haben.

Christine hatte Bekannte in Carry-le-Rouet, Mädchen, die mit Emeline und ihr in die Schule gegangen waren. Manchmal hatten sie und Emeline mit ihnen etwas unternommen. Sie waren auch bei Emelines Begräbnis anwesend gewesen. Doch Christine war ihnen nicht besonders nahe, und wenn sie eine von ihnen anrief, wusste sie nicht, worüber sie mit ihnen sprechen sollte. Sie hatte keine zweite Freundin wie Emeline. Sie dachte an den Spott der anderen, der sie beide als Lesben abgetan hatte. Vielleicht wären sie es geworden, irgendwann, mit der Zeit? Doch Christine glaubte nicht ganz daran. Sie erinnerte sich an Raphael, in den sie mit dreizehn sehr verliebt gewesen war. Er war ein Junge in der Klasse über ihr gewesen, mit schönen schwarzen Haaren und strahlend blauen Augen. Christine war nie über das Stadium der Schwärmerei hinausgekommen, sie war zu schüchtern gewesen, ihn anzusprechen, und Raphael war mit seinen Eltern nach Montpellier gezogen. Dann war da im Jahr zuvor kurze Zeit Dan aus ihrer Klasse gewesen, mit dem sie ein wenig angebändelt hatte. Vor allem er war sehr interessiert an ihr gewesen. Doch wieder hatte Christine das schüchterne Mädchen gespielt und bald war Dan mit einem anderen Mädchen ihrer Klasse *zusammen gewesen*.

Was Emeline betraf, so hatten Jungen diese überhaupt nie interessiert. Sie hatte über Jungen-und-Mädchen-Geschichten überhaupt nicht sprechen wollen. Aber Christine glaubte deshalb nicht, dass sie eine Lesbe gewesen war. Sie war diesbezüglich einfach ein wenig hinten gewesen. Emeline hatte so viele andere Interessen gehabt, dass ihr für Schwärmereien keine Zeit geblieben war. Doch irgendwann hätte auch sie sich in einen Jungen verliebt.

Als sie sich nach einem fast zweistündigen Spaziergang dem Haus näherten, stand ein Auto davor, das Christine kannte.

Der Vater runzelte die Stirn. »Wir haben Besuch?«

»Die Polizistin«, erklärte die Mutter, die das Auto von Lieutenant Aubertin auch erkannt hatte.

»Siehst du«, sagte der Vater vorwurfsvoll zur Mutter, »was du dir eingebrockt hast. Jetzt kommt die Polizei sogar am Ostersonntag während der Ausgangssperre zu uns.«

Die Mutter antwortete ihm nicht. Als die Familie sich dem Auto näherte, stiegen Madame Aubertin und die blonde Journalistin aus. Christine fragte sich, was die beiden wohl miteinander zu schaffen hatten. Warum kam die Polizistin immer von einer Journalistin begleitet zu ihnen?

»Guten Tag«, sagte Nadia Aubertin ernst und Christines Herz zog sich zusammen. Es sah nach schlechten Nachrichten aus.

»Wir müssen mit Ihnen reden. Es ist dringend. Und am Telefon konnten wir Sie nicht erreichen.«

»Ach … ich habe mein Telefon zuhause gelassen. Und Christine ihres wohl auch!«, sagte die Mutter.

Christine hatte ihr Telefon an diesem Morgen nicht einmal eingeschaltet. Nie im Traum hätte sie erwartet, dass die Polizei sie ausgerechnet am Ostersonntag sprechen wollte.

Die Mutter bat die beiden jungen Frauen auf die Terrasse, der Vater ging mit den jüngeren Geschwistern ins Haus. Als sie saßen, begann Madame Aubertin zu erzählen, und Christine spürte, dass sie immer stärker zu zittern begann. Die Mutter schien wie erstarrt.

Was für eine grässliche Geschichte! Ein Brand bei Monsieur Moltet, er selbst verletzt und seine Frau schwebte noch immer zwischen Leben und Tod!

»Sie ist noch nicht aus dem Koma erwacht«, meinte Madame Aubertin, »und Moltet ist natürlich verzweifelt. Er wurde am Knie operiert, wir haben eben mit ihm gesprochen. Es geht ihm physisch nicht schlecht, aber psychisch ist er natürlich sehr mitgenommen. Doch er will nicht aufgeben. Jetzt erst recht nicht!«

»Glauben Sie … glauben Sie wirklich, dass es kein Unfall oder Defekt war?«, fragte Christine mit dünner Stimme.

»Wenn nicht das mit Ken und mit Castini gewesen wäre, dann könnte es leicht als Unfall durchgehen. Aber jetzt bin ich mir sicher, dass unsere korrupten Vorgesetzten etwas damit zu tun haben. Denn drei solche Unglücksfälle, das scheint mir nun doch ein unglaubwürdiger Zufall! Dabei handelt es sich jedes Mal um Personen, die etwas über Emeline wissen oder versuchen, mehr herauszufinden …«

Christines Mutter schluchzte. »Und wir … wir sind auch in Gefahr! Ich habe Angst!«

Madame le Lieutenant sah sie ernst an. »Genau deshalb sind wir beide hier. Um Sie zu warnen. Sie müssen weg von Ihrem Haus. Um auf Nummer sicher zu gehen. Holen Sie Ihren Mann!«

Die Mutter erhob sich mit zitternden Knien und ging schwankend ins Haus. Sie verhielt sich so, als hätte sie zu viel getrunken. Vollkommen unsicher wirkte sie.

Der Vater trat mit grimmigem Gesicht auf die Terrasse. Nadia wiederholte, was sie ihnen bereits gesagt hatte.

Der Vater brauste auf. »Da hast du es! Weil du dich überall einmischen musst!« Er zeigte mit einem zitternden Finger auf die

Mutter. »Diese Sache mit dem Anwalt, auf den ein Anschlag verübt wurde! Und nun sind wir in Gefahr!«

Die Polizistin schüttelte den Kopf. »Nein, *Monsieur*, es ist nicht, weil Sie sich einen Anwalt nehmen. Im Gegenteil. Diese Tatsache schützt Sie. Es ist vielmehr, weil Christine weiß, was Emeline geschehen ist. Sie wissen sicher, dass sie vergewaltigt und ein Film gemacht wurde, den wir in unserem Besitz haben. Und weil die anderen wissen, dass Christine es weiß, sind Sie alle in Gefahr!«

»Sie haben den Film? Dann tun Sie doch etwas! Und zwar schnell!«

Die Mutter sah den Vater ungläubig an.

Die Polizistin seufzte. »Ich habe es versucht, aber es handelt sich bei den Schuldigen um die Kinder meiner höchsten Vorgesetzten. Und diese gehen über Leichen, damit kein Verfahren eingeleitet wird. Obwohl ich sagen muss, dass wir jetzt fast alle Elemente haben, um die Täter zu überführen. Aber Sie wissen, dass die derzeitige Situation sehr schwierig ist und wir deshalb nicht sofort handeln können. Wir müssen das Ganze erst einfädeln. Denn es geht darum, unsere Vorgesetzten zu umgehen. Die Presse und die Politiker interessieren sich im Moment nur für Corona, die Gerichte sind geschlossen, wir Polizisten müssen die Stadt bewachen, damit der Lockdown beachtet wird. Und leider muss ich Ihnen raten, Ihr Haus ab sofort zu verlassen. Gehen Sie, sagen Sie keinem, wo Sie sind, und lassen Sie eine Kamera installieren, die das gesamte Grundstück überwacht.«

Der Vater sah die junge Frau starr an. »*Madame*, so einfach ist das nicht. Wir haben Ausgangssperre, meine Frau und die Kinder arbeiten von zuhause aus am Computer und ich muss jeden Tag nach Fos sur Mer zur Arbeit. Außerdem sind derzeit alle Hotels geschlossen und Ferienhäuser gibt es kaum zu mieten.«

Nun ergriff die blonde Frau das Wort.

»Wir haben alles für Sie organisiert. Meine Tante hat ein Haus in Salin de Giraud. Es ist sehr geräumig, jedes Kind hätte sein eigenes Zimmer und das WLAN funktioniert dort ganz fantastisch. Sie vermietet es häufig an Businessleute, die dort mehrere Monate lang bleiben und auch im Haus am Computer arbeiten. Mit der Fähre können Sie jeden Tag über die Rhône nach Fos fahren. Der Strand von Salin de Giraud befindet sich ganz in der Nähe. Der Ort ist klein, dort wird die Ausgangssperre nicht so streng kontrolliert und man kann Rad fahren. Das Haus besitzt fünf Fahrräder. Meine Tante hatte es eigentlich zu Ostern vermietet, aber die Leute durften nicht kommen. Nun würde sie es Ihnen billig zur Verfügung stellen. Zwanzig Euro pro Nacht, um die Betriebskosten zu decken, und hundert Euro Endreinigung, wegen der Corona-Desinfektion.«

Der Vater starrte die Frau grimmig an. Christine sah, dass er mit dem Ganzen überhaupt nicht einverstanden war. Doch die Mutter erhob sich.

»Das machen wir. Wir haben keine Wahl und es handelt sich um eine gute Lösung. Vielen Dank Ihnen beiden.«

»Sie … Sie sollten sofort fahren. Wir würden Sie begleiten. Falls Sie kontrolliert werden.«

Die Mutter nickte. »Gut. Wir packen.«

Sie ging ins Haus. Der Vater folgte ihr. Sie begannen im Haus zu streiten.

Christine sah die beiden Frauen entschuldigend an.

»Keine Sorge«, meinte *Madame le Lieutenant.* »Das kommt für euch unvorhergesehen. Aber es ist das Beste. Denn du hast natürlich verstanden, dass wir euch nicht bewachen lassen können. Mein Team steht mir nicht zur Verfügung.« Sie seufzte.

Christine nickte. »Ich bin froh, von hier wegzukommen. Ich habe Angst. Und es tut mir so leid, was Monsieur Moltet passiert ist. Es ist wegen mir. Weil er mich zum Bahnhof gebracht hat und von Naomi verpetzt wurde. Ich hoffe, seine Frau stirbt nicht.«

»Das hoffen wir alle«, sagte Madame Aubertin. »Aber es ist nicht deine Schuld. Moltet war von Anfang an in Gefahr, weil er sprechen wollte. Und nun bringen wir alle Zeugen in Sicherheit, um zur Gegenwehr schreiten zu können! Pack deine Sachen. Nimm auch gute Schuhe mit, nicht weit von eurem Haus befindet sich ein breiter Strand und Dämme, auf denen man sehr schön wandern und Rad fahren kann.«

Als Christine ins Haus kam, sah sie, dass ihre Mutter und die Geschwister bereits eifrig packten. Der Vater stritt nicht mehr mit der Mutter, sondern telefonierte mit irgendjemandem wegen der Installierung von Kameras. Er schien den Plan der Polizistin also zu akzeptieren.

»In einer halben Stunde fahren wir«, meinte die Mutter. »Wir wollen die beiden Damen nicht zu lange warten lassen. Papa kommt abends nach. Er darf ja als Produktionsmanager in der Region herumfahren.«

Sie trat auf die Terrasse, um den beiden Frauen etwas zu trinken anzubieten.

Christine ging in ihr früheres Zimmer, um zu packen. Endlich war ihr nun leichter zumute. Die Angst ließ sie erstmals wieder aus den Klauen.

Während des Packens warf sie einen Blick aus ihrem Zimmerfenster auf die Straße. Die Polizistin stand vor ihrem Auto und telefonierte. Die blonde Frau kam aus dem Garten. Die Polizistin legte auf, steckte das Telefon in die Jackentasche und umarmte und küsste sie. Die blonde Journalistin war also die Freundin von Nadia Aubertin! Beim Anblick der beiden traten Christine Tränen in die Augen. *Das hätten Emeline und ich später einmal sein können*, sagte sie sich, doch dann erschrak sie wegen ihrer Gedanken. Sie hatte doch niemals eine Lesbe werden wollen! Aber die Erinnerung an Emeline war so bitter-süß, dass in ihrem Kopf und ihrem Herz alles verschwamm und sie die Freundin nun zu lieben glaubte.

AMÉLIE

Loïc war verzweifelt. Er konnte nicht aufstehen, seine beiden Beine waren eingegipst. Wegen des Corona-Virus konnte keiner ihn besuchen kommen, er sprach lediglich manchmal mit seiner Schwester, Nathan, Lieutenant Aubertin, dem Staatsanwalt Frigeri oder dem Anwalt Castini über Skype. Amélies Zustand war noch immer unverändert, sie lag im Koma, war intubiert, und keiner wusste, ob sie jemals wieder erwachen würde.

Zum Glück hatte Loïc seinen Sohn David bei sich. Er gab ihm das Fläschchen, hielt ihn in den Armen, und in der Nacht schlief der Kleine an seiner Seite. Nachdem David in der Kinderklinik gründlich untersucht worden war und keine Verletzungen festgestellt werden konnten, war er zu Loïc gebracht worden. Die Krankenpfleger hatten gemeint, das sei möglich, weil er sich auf der Unfallchirurgie befand, wo es im Prinzip keine ansteckenden Krankheiten gab. David war unkompliziert und die Krankenschwestern liebten es, sich mit ihm abzugeben. Das Personal war sehr einfühlsam, alle kümmerten sich rührend um die beiden.

Loïc wusste nicht, wie es weitergehen würde, wenn er aus dem Krankenhaus entlassen wurde, denn er konnte nicht aufstehen, sich nicht um David kümmern. Er hatte kein Haus, besaß gar nichts mehr. Er hatte bei dem Brand alles verloren. Alles, außer seinem Sohn und seinem Leben. Und bis jetzt hatten Aubertin, Frigeri und ihr Team noch nichts gefunden, was auf einen kriminellen Brand schließen lassen könnte. Die Gendarmen, die die Sache vor Ort untersucht hatten, hatten ganz klar behauptet, es handle sich wahrscheinlich um eine defekte und gesetzeswidrige Installation bei der Lampe vor dem Haus, die die Haustür beleuchtete. Loïc könne gegen seinen Vermieter Klage erheben. Der Experte der Versicherung wurde erwartet, um sich die Ruine des Hauses anzusehen. Frigeri und Aubertin waren sich ziemlich sicher, dass dieselben Personen dahintersteckten, die auch schon Ken hatten töten und den Anschlag auf Castini hatten verüben lassen. Sie selbst hatten sich wohl nicht die Hände schmutzig gemacht, sondern irgendwelche Banditen, die sie kannten, damit beauftragt. Was sie gemacht hatten, war sehr schwer nachweisbar, doch Castini, Frigeri und Aubertin waren trotzdem dabei, zum Angriff überzugehen.

Aubertin und Frigeri hatten ihre Zeugen in Sicherheit gebracht.

Nathan Merle hatte mit seiner Freundin Marseille verlassen und lebte im Moment in Salon de Provence bei Freunden, die ihm dort eine Ferienwohnung liehen. Er fuhr trotzdem jeden Tag zur Arbeit, hatte jedoch auch das Auto gewechselt, falls ihm vor seiner Fabrik jemand auflauern sollte. Er hatte mit seinem Schwager den Wagen getauscht und war so schwerer auffindbar. Christine und ihre Familie wohnten anscheinend vorübergehend irgendwo in der Camargue, wo ihnen Nadia Aubertins Lebensgefährtin ein Ferienhaus vermittelt hatte. Loïc war heilfroh, dass Christine sich in Sicherheit befand. Er hatte Nadia Aubertin gefragt, ob sie auch Emelines Eltern riet, von Carry-le-Rouet wegzugehen, doch anscheinend schienen diese nicht in Gefahr zu sein.

»Sie haben ihren Teil leider schon erhalten«, hatte die Inspektorin geseufzt, »und wissen nichts, was die Übeltäter belasten könnte.«

Castini würde nun Anfang der Woche die Klage gegen die Schule und die kriminellen Jugendlichen einreichen. Doch er hatte Loïc gesagt, er brauche Beweise, bevor er den Staatsanwalt und den Polizeidirektor des Bombenanschlages und der Brandstiftung anklagen konnte. Das gälte sowohl für sein eigenes Ferienhäuschen, als auch für Loïcs Haus. Castini gab vor, nicht glauben zu wollen, dass sie beide Opfer der Clique und ihrer korrupten Familien geworden waren. Wahrscheinlich musste er sich das selbst einreden, um weiterarbeiten zu können, doch tief in sich wusste der Anwalt gewiss, dass es kein Zufall war, dass Loïc und er selbst ihre Häuser bei einem Brand verloren hatten. Allerdings war da die Sache mit dem Film, und Emelines Eltern konnte Castini auf jeden Fall mitteilen, dass die Anklage wirkungsvoll sein würde. Nun wartete der Anwalt jedoch darauf, dass Aubertin, Frigeri und ihr Team weitere Beweise fanden.

Loïc hatte Angst um diese jungen Leute. Wenn schon er einem Anschlag ausgesetzt worden war, was konnte dann erst ihnen passieren? Doch Madame Aubertin behauptete, vollkommen heimlich zu ermitteln und deshalb nicht in Gefahr zu sein. Loïc wunderte sich über diese junge Frau, die erst vor kurzem Lieutenant geworden war und so einen unglaublichen Mut bewies. Natürlich wurde sie von Kollegen und vom Substitut du Procureur unterstützt, aber sie ging trotz allem ein hohes Risiko ein.

Loïc verbrachte viel Zeit damit, zu beten. Er betete vor allem für Amélie. Dafür, dass sie es schaffen würde. Er konnte nicht zu ihr, alle Abteilungen waren wegen des Virus strengstens abgeriegelt und Amélie lag auf der Intensivstation, die ohnehin im Moment durch COVID sehr belastet war. Wie gern hätte er ihr Gesicht gestreichelt, mit ihr gesprochen, ihr gesagt, wie sehr er hoffte, dass sie aufwachen würde! Sie war wie die COVID-Opfer intubiert, jedoch nicht aus demselben Grund.

Wieder und wieder fragte Loïc sich, was geschehen war und ob er richtig gehandelt hatte. Er erinnerte sich daran, Amélie geweckt zu haben, sie war aufgefahren und er war in Davids Zimmer gestürzt. Er hätte sich versichern müssen, dass Amélie es geschafft hatte, ihr Schlafzimmer zu verlassen, bevor er mit David im Arm aus dem Fenster gesprungen war! Er hatte seine Frau im Stich gelassen, weil er nur daran gedacht hatte, seinen Sohn zu retten. Andererseits fragte er sich immer wieder, warum Amélie es nicht in Betracht gezogen hatte, wie er aus dem Fenster zu springen. Der Nachbar, der sie gerettet und sich beim Sprung nur einen Knöchel verstaucht hatte, hatte sie bewusstlos neben dem Bett am Boden liegend gefunden. Loïc war sich sicher, dass Amélie wach gewesen war, als er in Davids Zimmer gerannt war. Aber was war dann geschehen? Hatte Amélie den Ernst der Lage nicht erfasst? War der Raum schon so voller Rauch gewesen, dass sie aus dem Bett gestiegen war und das Bewusstsein verloren hatte? Oder war sie so in Panik gewesen, dass sie niemals daran gedacht hatte, das Fenster zu öffnen?

Loïc wusste es nicht, weil er zur selben Zeit mit David aus dem Fenster gesprungen war. Auf jeden Fall hatte er seinen Nachbarn angerufen, den sportlichen Torwart, und ihm gedankt. Dieser Nachbar, den Loïc kaum kannte, hatte sein eigenes Leben riskiert, um

Amélie zu retten. Wäre er eine Sekunde später gesprungen, wäre er unter den brennenden Trümmern des Hauses begraben worden.

Doch der Mann hatte nur traurig gemeint: »Machen Sie sich um mich keine Sorgen. Ich habe einen verstauchten Knöchel mit einer Schiene, das ist alles. Aber wenn Ihre Frau nicht überlebt, werde ich das nicht wegstecken können.«

Loïc war bei diesen Worten in Tränen ausgebrochen. Er selbst würde es sich nicht verzeihen können! Er hatte nicht getan, was nötig gewesen wäre. Er hätte sein Kind und seine Frau retten müssen, während er angenommen hatte, seine Frau könne sich selbst retten und nur David aus dem brennenden Haus gebracht hatte! Wie sollte er das später seinem Sohn erklären, wenn dieser ohne Mutter aufwachsen musste? Es hat gebrannt, ich habe dich gerettet, aber deine Mutter ihrem Schicksal überlassen?

Loïc fühlte sich unendlich schuldig. Die Ärzte hatten ihm bezüglich Amélie nichts mitgeteilt. Keine Prognose, ob sie überleben oder sterben würde. Nur, dass es sich um eine sehr ernste Rauchgasvergiftung handelte.

Loïc nahm David in den Arm und wiegte ihn sanft hin und her. Das Baby war ruhig und schien die Nähe seines Vaters zu genießen. Er war von seiner Mutter noch gestillt worden, hatte aber dazu Brei bekommen. Nun fehlte ihm die Mutter gewiss, doch David schien trotz allem nicht allzu verzweifelt, weinte nicht besonders oft.

»Du bist alles, was mir bleibt«, flüsterte Loïc in das Haar seines Sohnes, »und ich werde dich beschützen wie mein Leben.«

In diesem Moment kam die Krankenschwester in sein Zimmer.

»Monsieur Moltet, wir haben endlich gute Neuigkeiten für Sie. Ihre Frau ist aufgewacht und bei Bewusstsein. Es scheint soweit alles in Ordnung zu sein, das Koma hat ihre Sinne nicht beeinträchtigt. Sie hat bereits mit uns gesprochen. Die schlechte Nachricht ist leider, dass Sie sie erst in einer Woche sehen dürfen. Sie ist noch zu schwach und Corona verpflichtet. Aber bereits morgen können Sie mit ihr über Video sprechen.«

Loïc sah die Frau an und brach bei ihren Worten in Tränen der Erleichterung aus.

INFIZIERT

Laura war erleichtert. Nun war Loïc Moltets Frau außer Lebensgefahr. Sie würde zwar noch mindestens zwei Wochen im Krankenhaus verbringen müssen, aber innerhalb von einigen Wochen wieder vollkommen gesund werden. Sie hatte drei Tage im Koma gelegen und die Ärzte waren überhaupt nicht sicher gewesen, dass sie es schaffen würde, doch nun schien ihre Genesung schnell voranzugehen. Moltet schien unglaublich erleichtert und glücklich, auch wenn er alles verloren hatte. Pierre und Nadia suchten nun nach Beweisen dafür, dass das Feuer kriminell gewesen war. Aber leider schien es solche nicht zu geben. Nadia war froh, dass Christine Perrin und Nathan Merle ihre jeweiligen Häuser verlassen hatten, sie wähnte sie nun in Sicherheit. Christines Mutter hatte Laura angerufen und sich bedankt. Das Ferienhaus war sehr komfortabel, sie selbst konnte dort gut arbeiten und die Kinder genossen die Osterferien im riesigen Garten des Hauses, wo sie Tischtennis und Federball spielten. Sie fuhren auch mit dem Rad bis zum Strand, der nicht gesperrt und noch dazu beinahe menschenleer war, und sahen jeden Tag unendlich viele Flamingos in den Tümpeln neben der Straße und in den Salinen.

Nathan Merle befand sich in Salon de Provence, wo er einige Wochen bleiben würde.

Pierre machte in der Vorstadt la Busserine weiter. Das Experiment mit seiner Drohne hatte nicht besonders viel ergeben und nun wollte er in die besagte Vorstadt aufbrechen oder zumindest einige Leute beschatten, die er in Verdacht hatte. Fiona war bereit, ihn zu begleiten. Im Gegensatz zu Pierre wusste sie, wie man in einer Vorstadt ermittelte. Laura und Nadia hatten bei der ganzen Sache kein gutes Gefühl, aber sie mussten vorankommen und Nadia selbst war zu sehr eingespannt. Sie erzählte Laura, dass ihr Kollege Luc sich in der Tat sehr für den Verein *Marseille Meilleure* zu interessieren schien und darauf bestand, dass sie weiterhin beim Austeilen der Nahrungsmittel mithalfen. Nadia hatte Laura erzählt, dass es ihm vor allem die Schwägerin der Vereinsobfrau, Marie, angetan hatte. Laura hatte Marie interviewt und über den Verein einen Artikel geschrieben, der von François freudig angenommen worden war.

»Bravo, Laura, es freut mich, wenn ihr Initiativen ergreift!«, hatte er gesagt. Laura hatte es sich verkniffen, ihn darauf hinzuweisen, dass sie bezüglich Emeline Berniers Tod ebenfalls schon Initiativen ergriffen hatte, doch dass diese nicht erwünscht gewesen waren. Nun plante Laura, François den komplett fertigen Artikel anzubieten. Aber für den nächsten Tag war die Zeitung schon mehr als voll. Es gab genügend zu berichten, sie würde wohl auf das Ende der Woche warten müssen.

Laura war der Meinung, dass es besser gewesen wäre, nur die betroffenen Regionen abzuriegeln, wie es in anderen Ländern gemacht wurde, aber Frankreich war nun einmal ein zentralistisches Land, in dem alles in Paris und nach den Pariser Bedingungen entschieden wurde.

Es hatte nun vereinzelt junge Leute gegeben, die an der Krankheit gestorben waren, in Frankreich war das jüngste Corona-Opfer siebzehn, in Großbritannien neun. Die Situation spitzte sich überall zu. Spanien und Großbritannien waren stark betroffen, Spanien hatte einen sehr strengen Lockdown und der britische Premierminister lag selbst auf der Intensivstation in einem Londoner Krankenhaus. In den USA wurde die Situation immer ernster, vor allem im Staat New York. Der amerikanische Präsident war anscheinend nicht Herr der Lage, aber was hatte man schon anderes erwartet? Der französische Präsident Macron hatte bei seiner Rede im Fernsehen zugegeben, Fehler gemacht und die Situation am Anfang nicht richtig eingeschätzt zu haben. Er hatte nun den Professor des IHU Marseille getroffen, dessen Therapie nicht staatlich anerkannt war, jedoch in seinem Krankenhaus Erfolge gezeigt hatte. Frankreich war weiterhin gespalten, einige Personen schworen auf die Therapie dieses Professors, andere sagten, sie sei nutzlos, und schlimmer, gefährlich. Laura fand vor allem in Marseille sehr lustig, dass jeder über die Sache seine

Meinung kundtat, obwohl er von medizinischen Zusammenhängen keine Ahnung hatte. Die meisten fachsimpelten, aber wussten nicht einmal, worum es ging. Viele Marseiller behaupteten, dass die Therapie in Paris nur deshalb abgelehnt wurde, weil sie aus Marseille kam. Das Ganze sei eine Rache am OM. Der Marseiller Fußballclub OM und der Pariser PSG waren Rivalen und die jeweiligen Fans Erzfeinde. Natürlich hatte die ganze Sache mit Fußball überhaupt nichts zu tun, die Menschen in Marseille erfanden nur immer gern sehr weit her gegriffene Geschichten.

Laura machten die vier verbleibenden Wochen Lockdown vor allem wegen Nadia Sorgen. Nadia fühlte sich jetzt schon am Ende ihrer Kräfte, die Arbeit in den Vorstädten machte sie fertig. Sie befürchtete, dass ihr Kommissar, der ihr misstraute, sie weiterhin in die nördlichen Stadtviertel schicken würde, um sie zu bestrafen, aber auch, um sie zu beschäftigen, damit sie unschädlich sein würde. Er hatte anscheinend keine Ahnung, dass Nadia mit ihrer illegalen Ermittlung nicht allein war.

Als Nadia am Mittwochabend heimkam, bemerkte Laura, dass sie hustete und seltsam glasige Augen hatte.

Sofort meldete sich Besorgnis in ihr.

»Bist du krank, Nadia?«

Sie legte der Freundin die Hand auf die Stirn und erschrak.

»*Mon Dieu*, du bist ja ganz heiß! Geh ins Bett!«

Nadia schleppte sich ins Bett und Laura machte ihr heißen Tee. Nadia hustete stark. Laura hatte nicht viel Zweifel über die Diagnose. Gewiss hatte Nadia irgendwo in einer Vorstadt das Virus aufgefangen, trotz der Tatsache, dass sie in den letzten Tagen immer die Maske getragen hatte! Oder sie selbst hatte sich im IHU infiziert und Nadia angesteckt? Nadias Kollegen mussten sich alle testen lassen und Laura genauso.

»Laura, bleib mir besser fern«, krächzte Nadia.

Laura winkte ab. »Es ist ohnehin schon zu spät. Wahrscheinlich bin ich ebenfalls infiziert! Morgen bleibst du auf jeden Fall zuhause.«

Nadia nickte nur. Sie döste vor sich hin. Laura ging immer wieder zu ihr, um zu sehen, wie sie sich fühlte. Schließlich nahm sie den Fiebermesser und presste ihn auf Nadias Stirn. Sie erschrak. Fast vierzig!

Das war sehr hohes Fieber. Laura verabreichte Nadia Paracetamol, das fiebersenkend wirkte. Nadia wurde ruhiger, doch Laura hörte sie immer wieder husten. Ein Husten, der sehr tief aus der Brust kam und gefährlich klang. Laura wusste, dass sie am nächsten Tag den Arzt holen oder Nadia ins Krankenhaus oder ein COVID-Behandlungszentrum bringen musste.

Die Nacht verging schleichend langsam. Laura schlief schlecht, sie spürte, dass Nadia sich neben ihr hin- und herwarf.

»Hast du Atemprobleme?«, fragte sie die Freundin und spürte Panik in sich aufsteigen.

»Nein«, krächzte Nadia. »Nur fürchterliches Kopfweh und Gliederschmerzen. Wie damals, als ich diese verfluchte Grippe hatte.«

Früh am nächsten Morgen rief Laura ihren Hausarzt an, der noch vor Mittag kam. Für ihn schien die Sache ziemlich klar.

»Im Moment ist eine Einweisung ins Krankenhaus nicht nötig«, meinte er. »Geben Sie ihr fiebersenkende Mittel und sie soll viel trinken. Gehen Sie sich testen lassen. Und Sie müssen sie gut beobachten. Sollte sie Atembeschwerden bekommen, müssen Sie reagieren und die Rettung kontaktieren.«

Laura wusste, dass sie das nicht tun würde. Sie würde Nadia viel eher ins Auto verfrachten und direkt zum IHU rasen. Denn die SAMU, die Notfallhilfsdienste, waren ziemlich überlastet. Bis sie kamen, konnte man leicht ersticken.

Lauras Herz zog sich zusammen. Sicher, Nadia war jung und kräftig, doch den einen oder anderen jungen Menschen erwischte es trotzdem. Und das Fieber war sehr hoch, nicht einmal das Paracetamol half wirklich. Laura erinnerte sich an alles, was sie über das Intubieren gelesen hatte. Die Krankheit, und vor allem die Therapie, hinterließ häufig Schäden. Die Leute, die intubiert worden waren, hatten manchmal lebenslängliche Lungenprobleme. Laura hasste es, Nadia so leiden zu sehen. Sie machte ihr Wadenwickel, flößte ihr Tee ein, hielt sie in den Armen und spürte die Hitze, die von Nadias schmalem Körper ausging. Nadia war sehr tapfer, doch das Fieber und die Gelenkschmerzen machten ihr zu schaffen, genauso wie die Hustenanfälle.

Laura rief Fiona und Florian an und befahl ihnen, sich testen zu lassen und es auch den anderen Kollegen mitzuteilen. Die beiden waren ratlos. Nun mussten sie ihrem Kommissar Bescheid sagen und würden in Quarantäne bleiben müssen, bis sie das Testergebnis hatten. Und Blachet würde das wahrscheinlich sogar recht sein, weil sich so niemand mehr um den Fall Bernier kümmern konnte! Allerdings brauchte Blachet seine Teams trotzdem und würde wahrscheinlich bis zum Testergebnis nur diejenigen in Quarantäne schicken, die mit Nadia im Auto gefahren waren oder mit ihr Nachtdienst gemacht hatten.

Es war in Frankreich schwierig, sich testen zu lassen, aber in Marseille war die Situation zum Glück besser als anderswo. Laura wusste, dass im IHU jeder getestet wurde, der es wünschte. Das IHU hatte in mehreren Stadtvierteln Testzentren eingerichtet, deshalb würde es Laura erspart bleiben, die ganze Stadt durchqueren zu müssen, um sich testen zu lassen. Sie selbst würde bis zum Testergebnis nicht hinausgehen.

Pierre bot ihr an, für sie einkaufen zu gehen, aber Laura brauchte im Moment noch nichts, denn sie hatte gerade am Vortag eingekauft. Nadia aß nichts und sie selbst würde sich mit einfachen Dingen begnügen. Doch wahrscheinlich würde sie Pierre um Medikamente bitten. Sie selbst spürte überhaupt keine Symptome, aber das konnte noch kommen. Sie beschloss, ihrem Vorgesetzten Bescheid zu sagen, dass sie im Moment in Quarantäne war, aber im Home-Office weiterzuarbeiten wünschte.

Pierre war nun einverstanden, dass sie François den Artikel über Emeline, Castini, Moltet und Ken anbieten sollte, er hatte sie nur gebeten, nichts über die Vorstadt la Busserine zu schreiben, in der er in den kommenden Tagen ermitteln würde.

»Wir fallen leider aus«, hatte Laura ihm gesagt, »nun hängt alles von dir ab.«

»Keine Sorge, Fiona hilft mir und auch Florian kann ich einteilen.«

»Und ich Daniel, wenn nötig. Sag mir Bescheid! Ich bin in Form und kann alle Dinge übernehmen, die von zuhause aus gemacht werden müssen!«

Dann ging Laura ans Werk. Sie schrieb François, anstatt ihn anzurufen, sagte ihm wegen ihrer Quarantäne Bescheid und bot ihm den Artikel an.

Eine halbe Stunde später meldete er sich bei ihr.

»Laura! Das tut mir leid für Nadia! Ich hoffe, sie übersteht es ohne Krankenhausaufenthalt! Und ich hoffe, dass du nicht infiziert bist oder nur milde Symptome haben wirst!«

»Ja, ich auch. Ich bin jetzt mindestens drei Tage eingesperrt, François, werde aber trotzdem arbeiten. Ich will arbeiten.«

»Gut. Dann gebe ich dir, was möglich ist. Artikel, die keine Recherche außerhalb des Hauses erfordern. Danke für deinen Artikel. Ich muss sagen, dass er sehr relevant ist. Die Geschichte ist seltsam. Allerdings werde ich einiges ändern müssen. Ich kann den Leiter der PJ und den obersten Staatsanwalt nicht direkt anklagen. Aber indirekt. Wir können uns wundern, warum alle diese Personen, die mit der Sache Emeline Bernier zu tun gehabt hatten, plötzlich Probleme bekommen. Der eine wird erschossen, dem anderen verbrennt das Haus und auf den Anwalt dieser Leute wird ein Mordanschlag verübt. Ich erwähne auch den Film, den es über Emelines Vergewaltigung geben soll, nicht aber, wer die Eltern dieser Jugendlichen sind. Das kommt später!«

»Gut, François. Danke, dass du diesen Artikel druckst.«

»Nun, mir scheint, die Zeit ist gekommen, darüber zu schreiben. Und ihr habt handfeste Beweise für alles, was du vermutet hast. Die Sache ist ja wirklich beängstigend. Und wenn es so ist, wie du glaubst, dass der Procureur und der Leiter der PJ irgendwelche Banditen damit beauftragt haben, diesen Personen zu schaden, dann bekommen wir bald einen Riesenskandal. Allerdings brauchen wir dafür noch Beweise.«

»Wir suchen«, meinte Laura. »Das heißt, es gibt Leute, die suchen. Ich bin ja in Quarantäne.«

»Zum Glück, Laura«, sagte François, »ich hätte keine Lust, dass du dich in Gefahr begibst. Journalisten bekommen oft Probleme, wenn sie recherchieren und auf eigene Faust ermitteln. Lass das besser Spezialisten machen!«

»Natürlich, François.«

Keiner wusste besser als Laura, wie gefährlich die Arbeit werden konnte, wenn man auf eigene Faust im falschen Milieu ermittelte oder an die falschen Personen geriet.

GEFAHR

Es regnete in Strömen. Seit Anfang des Lockdowns war das Wetter schön gewesen, nur an zwei Tagen hatte es ein wenig getröpfelt. Doch nun schüttete es. Fiona und Pierre beschlossen, in die Vorstadt la Busserine aufzubrechen. Fiona hatte am Morgen ihr negatives Testergebnis erhalten und konnte nun nach drei Tagen zuhause wieder hinaus. Auch Florian und die anderen Kollegen waren negativ, der Kommissar hatte Lucs und Nadias gesamtes Team bis zum Testergebnis suspendiert, um kein Risiko einzugehen, doch er erwartete die meisten ab Montag wieder bei der Arbeit. Fiona allerdings hatte am nächsten Tag noch frei, weshalb sie mit Pierre bis spät am Abend die Einfahrt zur Vorstadt beobachten würde. Aufgrund des Regens würden nicht so viele Leute herumlungern und sie konnten unbemerkt nicht weit vom Eingang der *Cité* stehen bleiben und sehen, wer kam und ging. Wenn irgendwelche Dealer krumme Aktionen drehen wollten, dann war dieser Tag, an dem die Sicht sehr eingeschränkt war und wegen des Regens nur wenige Leute nach draußen gingen, am geeignetsten dafür.

Fiona freute sich, Pierre zu treffen. Sie war gern mit ihm unterwegs. Er war nun so etwas wie ihr bester Freund geworden, fast wie Florian. Sie vertraute ihm, wusste, dass er sie nicht anbaggern würde, und redete gern mit ihm. Seit vier Uhr nachmittags saßen sie im Auto und bewachten den Eingang der *Cité*.

Es wurde Abend und begann zu dämmern. Sie sprachen über vieles. Über die gegenwärtige Situation, ihre illegale Ermittlung, die Politik, Marseille, ihre verschiedenen jeweiligen Erfahrungen im Beruf und über ihre Kindheit und Jugend. Nun war Pierre derjenige, den Fiona von allen Leuten, die sie bisher in Marseille getroffen hatte, am besten kannte. Doch sie vermied es, ihm weitere Details über ihre Beziehung zu Brice zu liefern. Brice war tabu. Sie hatte Nadia und Laura davon erzählt, aber wollte keinem Mann schildern, was Brice ihr angetan hatte. Pierre allerdings erzählte ihr an diesem späten Nachmittag von seinen Frauengeschichten.

Er war während seiner Studienzeit mit einer Kollegin gegangen, die dann in die ENA aufgenommen worden war, die absolute französische Eliteschule, die auch alle französischen Präsidenten absolviert hatten, und ihn einige Monate danach verlassen hatte.

»Sie ist heute Politikerin und lebt mit einem hochrangigen Beamten zusammen«, erklärte er. »Aber wir waren zu jung, hätten uns ohnehin in verschiedene Richtungen entwickelt.«

Seitdem hatte Pierre keine richtige Beziehung mehr gehabt.

»Hier in Marseille hatte ich zweimal Freundinnen«, erklärte er, »aber es waren nur sehr kurze Beziehungen. Eine davon, eine Klavierlehrerin, hat mich nach zwei Monaten verlassen, weil ich zu wenig Zeit für sie hatte. Die andere habe ich verlassen, weil ich merkte, dass wir nicht zusammenpassten. Sie war eine Striptease-Tänzerin und ich konnte mich nicht mit ihren *Kunden* abfinden, den Männern, mit denen sie manchmal die Nacht verbrachte. Außerdem gefiel es mir nicht, dass andere Leute sie nackt sahen, und ich mochte das Milieu nicht, in dem sie arbeitete. Wir verstanden uns gut, sie war eine sehr intelligente und hübsche Frau, doch keinem von uns beiden gefiel das Umfeld des anderen. Wir waren zu verschieden, lebten in zu unterschiedlichen Welten. Und haben uns nach drei Wochen getrennt.« Er seufzte. »Das konnte nicht gut gehen.«

»Wo hast du sie kennengelernt?«, wagte Fiona zu fragen.

»In einer Bar, die ich mit Florian, Jérémie, Nadia und Laura besucht habe. Eine Homo-Bar. Sie kam oft dorthin, um nach der Arbeit etwas zu trinken, manchmal mit Kolleginnen. Keiner kannte sie dort und sie wurde in Ruhe gelassen. Wir kamen ins Gespräch, trafen einander am folgenden Abend wieder und verbrachten die Nacht miteinander. Ich habe bemerkt, dass die anderen sehr erstaunt waren, dass ich mit dieser Frau eine Beziehung begonnen habe. Nadia hat sich natürlich von Anfang an gefragt, ob das gut gehen würde. Sie kennt mich mittlerweile und weiß, dass ich ziemlich konservative Ansichten habe, vor allem was eine Paarbeziehung angeht. Ich bin romantisch, treu und sexuell nicht besonders freizügig.

Und Véronique war sehr freizügig. Sie mochte mich, doch Sex und Liebe waren bei ihr zwei Paar Schuhe. Sex war ihre Erwerbstätigkeit. Ich bat sie, den Beruf zu wechseln, ich hätte ihr bei Gericht einen Bürojob vermitteln können, doch das interessierte sie nicht. Dafür verdiente sie viel zu gut.«

»Ach!«

»Es ist nicht einfach, jemanden zu finden, mit dem man das ganze Leben verbringen kann.«

»Nein, in der Tat nicht. Aber vielleicht braucht man nicht unbedingt so jemanden? Glaubst du, dass man unbedingt als Paar leben muss, um glücklich zu sein?«

»Nun … ich schon.« Er sah sie mit einem seltsamen Blick an, der bei Fiona alle Alarmglocken schrillen ließ. In diesem Blick war etwas von der hundehaften Anbetung zu sehen, die Fiona bei so vielen Männern wahrnahm. Das Tragische war, dass sie Pierre sehr mochte und dass er ihr gefiel, aber sie wollte im Moment keine Beziehung. Sie musste abblocken, bevor es zu spät war. Sie arbeiteten zu gut zusammen. Und ihre Freundschaft durften sie auf keinen Fall zerstören!

Fiona wurde davon befreit, etwas erwidern zu müssen, denn in diesem Moment rollte ein BMW langsam aus der *Cité*. Trotz des Regens und der beginnenden Dämmerung sah Fiona den Beifahrer, und sie wusste, dass sein Gesicht ihr etwas sagte.

»Pierre«, meinte sie, »ich kenne den Typen. Ich glaube, er war bereits bei uns im Kommissariat, bevor sie ihn freigelassen haben. Vielleicht sollten wir dem Wagen folgen!«

Pierre zuckte mit den Schultern. »Okay, wenn du meinst, Boss. Immer zu Diensten!«

Er fuhr los. Sie hatten trotz des Regens keine Probleme, dem Auto unbemerkt auf den Fersen zu bleiben. Es war sehr wenig Verkehr und sie konnten genügend Abstand lassen. Sie hofften, keine Kontrollpunkte zu passieren, doch der Regen schien sogar die Polizisten vertrieben zu haben. Der Wagen fuhr Richtung A55, was nicht erstaunlich war. Wenn man aus der Stadt hinaus Richtung Fos sur Mer, Martigues und Marignane wollte, nahm man diese Autobahn.

Doch der Wagen fuhr bei Saint Antoine ab. Pierre folgte in einiger Entfernung. Seltsamerweise fuhr das Auto nicht in die Richtung der

Vorstädte, sondern nahm mehrere Kreisverkehre und verschlungene Straßen Richtung l'Estaque. Plötzlich hatten sie es verloren.

Pierre fluchte. Fiona überlegte. Wenn man dort oben herumfuhr, dann kam man sicher nicht in die *Cités* von Saint Antoine, viel eher in die schmucken Vorstadtviertel mit den kleinen Häusern oberhalb von l'Estaque.

»Pierre, hier oben wohnte Loïc, der Lehrer, dessen Haus angezündet wurde. Komisch, nicht?« Sie beschloss, zu überprüfen, ob das Auto nicht dorthin gefahren war.

Sie suchte Loïcs Adresse und gab sie in ihr Handy ein. Nun deutete sie Pierre den Weg. Bald schon kamen sie in eine kleine Straße. Der Wagen, den sie vorher verfolgt hatten, stand dort, hundert Meter weiter vorn. Fiona holte tief Luft und nahm Pierres Arm.

»Vielleicht sollten wir hier parken und uns anschleichen, um zu sehen, was sie dort in der Ruine von Moltets Haus machen.«

Pierre nickte und hielt am Anfang der Straße auf einem Gehsteig.

Fiona nahm die Pistole aus ihrer Handtasche, Pierres Augen weiteten sich erstaunt.

»Natürlich, Pierre«, sagte sie. »Wir sind nicht hier, um Tourismus zu betreiben. Die beiden Kunden können gefährlich werden.«

Es regnete noch immer relativ stark. Leise gingen sie die hundert Meter weiter vor bis zu dem Auto. Hinter der Hecke, wo sich die verbrannte Ruine von Moltets Haus befand, hörten sie erstickte Stimmen. Die beiden Männer sprachen auf Arabisch. Pierre hatte sein Handy in der Hand. Er betätigte die Aufnahmefunktion.

»Wir müssen näher ran«, meinte er.

Sie schlichen sich in den Garten. Die beiden Gestalten waren nun in der Dämmerung mitten in den Trümmern des verbrannten Hauses zu sehen. Was suchten sie nur? Man konnte sie gut hören, doch leider sprachen sie nicht auf Französisch. Fiona bedeutete Pierre, sich hinter Büschen zu ducken, die mitten im Garten standen. Er versuchte auch zu filmen, aber es war dafür wahrscheinlich schon zu dunkel. Fiona und Pierre sahen hinter den Büschen hervor, irgendwann wandten die beiden dunklen Schatten sich zum Gehen. Da sah Fiona, dass der eine den anderen anstieß und irgendetwas sagte. Der andere fuhr herum und zückte eine Pistole. Instinktiv warf Fiona sich auf Pierre und drückte ihn zu Boden. Sie fiel auf ihn. Ein

Schuss ertönte. Sie hob ihre Pistole und zielte durch das Buschwerk auf die Gestalt, die sich ihnen näherte. Sie schoss. Die beiden ergriffen die Flucht. Sie hörte das Auto mit quietschenden Reifen anfahren. Fionas Herz klopfte bis zum Hals, ihre Hand, die noch immer die Pistole hielt, zitterte. Pierre rührte sich nicht. Fiona erschrak. War er getroffen worden? Langsam wälzte sie sich von ihm. Sie war komplett durchnässt.

»Pierre? Pierre? Geht es dir gut?«

Sie legte eine Hand auf seine Wange. Endlich bewegte er sich.

»Ja … *Mon Dieu* … was war denn das?«

»Das war eine Schießerei«, erklärte Fiona nüchtern. »Bist du getroffen worden?«

»Nein, nein, ich denke nicht.«

Fiona bemerkte, wie sehr er zitterte. Wahrscheinlich war es seine erste Schießerei gewesen!

Nun hörten sie Stimmen auf der Straße. »Jemand hat geschossen. Zweimal. Und dann ist ein Auto losgefahren und davongerast!«

Natürlich liefen nun die Nachbarn auf der Straße zusammen. *Es wäre besser, wenn sie uns nicht sehen würden*, dachte Fiona. Wieder legte sie sich auf Pierre und hielt ihm den Mund zu.

»Pssst«, flüsterte sie ihm ins Ohr. »Wir bleiben hier liegen und machen uns dann auf der anderen Seite des verbrannten Hauses davon.«

Er schien vollkommen erstarrt. Fiona war auf solche Situationen trainiert. Pierre hatte natürlich keine Ahnung, wie man in solchen Fällen reagierte, er war ein Staatsanwalt.

Die Nachbarn diskutierten aufgeregt einige Meter von der Hecke entfernt. Einer meinte, die Schüsse seien aus dem Garten gekommen. Aus den Trümmern des verbrannten Hauses. Der andere widersprach, nein, es war eine Schießerei auf der Straße gewesen. Fiona dankte dem Himmel, dass Pierres Auto ziemlich weit entfernt stand und kein Aufsehen erregte.

Sie nahm ihre Hand von Pierres Gesicht und flüsterte ihm zu:

»Wir stehen auf und schleichen uns nach hinten. Von dort versuchen wir in einen der anderen Gärten zu gelangen. Die Polizei wird sicher bald kommen.«

Sie half ihm, aufzustehen.

Es regnete wieder in Strömen, was Fiona und Pierre natürlich nützte. Keiner hörte sie, die Nachbarn standen noch immer auf der anderen Seite der Hecke und diskutierten aufgeregt miteinander. Es galt, eine Hecke zu überspringen, um in den Nachbargarten zu kommen, was ihnen beiden leicht gelang. Ein Hund bellte im Haus wie verrückt, doch niemand trat vor die Tür, um nachzusehen, was los war, als Fiona und Pierre durch den Garten, der sich hinter Moltets verbranntem Haus befand, auf die Straße gingen, die parallel zu der verlief, in der Loïc Moltet gewohnt hatte. Sie liefen die Straße entlang und blieben dann atemlos stehen.

Nun spürte Fiona, dass auch sie zitterte. Ob es vor Kälte war – sie war vollkommen durchnässt – oder vor Schreck, wusste sie nicht. Sie hatte bis zum letzten Moment die Nerven bewahrt. Doch ganz plötzlich konnte sie zusammenbrechen. Sie wusste das aus Erfahrung.

»Komm!« Sie nahm Pierres Hand. Er verflocht seine Finger in ihre und sie hatte Lust, in seine Arme zu sinken. Doch sie mussten so schnell wie möglich aus dem Stadtviertel weg, und sie zerrte ihn mit sich.

»Schnell, Pierre, laufen wir zurück zu deinem Auto!«

Sie ließ seine Hand los und lief voraus, er blieb ihr auf den Fersen. Zum Glück hatte er den Autoschlüssel bereit. Sie sprangen ins Auto, Pierre startete, rollte rückwärts bis zur Hauptstraße und fuhr mit quietschenden Reifen los. Nachbarn, die das Auto hatten starten hören, winkten ihnen hinterher, doch aufgrund des starken Regens und der Dämmerung hatten sie trotz der Straßenbeleuchtung die Autonummer sicher nicht erkennen können. Pierre raste durch die Straßen, dann über die Autobahn.

»Mann, das war knapp, Fiona«, keuchte er. »Du hast mir das Leben gerettet. Wenn du nicht so schnell reagiert hättest, wären wir abgeknallt worden.«

Fiona wusste nicht genau, was geschehen war. Doch wenn sie ihre Dienstwaffe nicht mitgehabt hätte, dann wären sie jetzt vielleicht tot.

Ein Schuss war in ihre Richtung gegangen, sie selbst hatte einen Schuss abgefeuert. Ihr Angreifer war nur ungefähr zehn Meter von ihnen entfernt gewesen. Sie hatte ihn nicht getroffen. Wäre das der Fall gewesen, hätte er nicht zum Auto fliehen können!

»Schon wieder habe ich meine Dienstwaffe außerhalb der Arbeit verwendet«, knirschte sie.

»Zum Glück hattest du sie mit. *Mon Dieu*, was waren das wohl für Typen?«, fragte Pierre atemlos. »Und was wollten die in der Dämmerung in den Ruinen des verbrannten Hauses?«

Plötzlich schlug bei Fiona die Erinnerung ein. »Pierre, ich bin mir sicher, zu wissen, wer diese Typen sind. Bei den beiden handelt es sich um die Hauptverdächtigen für vier Hinrichtungen, die wir in der Vorstadt verhaftet haben, aber sie sind nie zu dir und zum Untersuchungsrichter gebracht worden. Omar Kaslibi und Amir Moammar. Wir mussten sie laufen lassen. Angeblich wegen des Lockdowns. Aber unsere Chefs haben sie wahrscheinlich für Missionen eingeteilt!«

Pierre war sprachlos. Dass sein Vorgesetzter einen Mordverdächtigen damit beauftragen konnte, Menschen für ihn zu töten, schien ihn sichtlich zu schockieren, obwohl er es schon geahnt hatte.

»Nun«, sagte er schließlich, »mir scheint, wir haben jetzt alle Elemente, die wir brauchen. Handfeste Beweise.«

Er fuhr durch das Euromed-Viertel auf Fionas Wohnanlage zu. Es regnete noch immer in Strömen. Kein Mensch war an diesem Abend im Euromed-Viertel unterwegs.

Und nun spürte Fiona Panik in sich aufsteigen. Sie wollte nicht heim. Sie wollte nicht einsam in ihrer Wohnung sitzen müssen. Sandy und Rosie waren sicher nicht da, und wenn sie nicht Dienst hatten, waren sie gewiss sehr müde. Fiona hatte Angst vor dem Alleinsein nach diesem einschneidenden Erlebnis. Sie war dem Tod knapp entronnen!

Pierre hielt vor ihrem Wohnhaus an.

»Danke, Fiona«, sagte er mit rauer Stimme, »du hast mir das Leben gerettet. *Mon Dieu*, was für ein Mann bin ich, den eine Frau schützen muss!«

Fiona zwang sich, zu lächeln. »Ich bin Polizistin. Ich bin auf solche Situationen trainiert worden. Ich weiß ganz genau, was man in solchen Fällen machen muss.«

»Du hast wirklich die Nerven bewahrt.«

»Deshalb hat ja Nadia gesagt, du sollst nicht allein gehen, sondern Florian oder mich mitnehmen. Florian hätte dich genauso geschützt.«

»Ich hätte es nicht so toll gefunden, wenn er sich auf mich geworfen hätte«, meinte Pierre. Fiona vermied seinen Blick. Wahrscheinlich hatte er es trotz allem genossen, dass sie auf ihm gelegen war und ihr Gesicht sich nur wenige Zentimeter von seinem befunden hatte.

»Du hättest keine Zeit gehabt, es irgendwie zu finden, denn er hätte es getan, um dich vor den Schüssen zu retten!«, belehrte sie ihn.

»Natürlich«, seufzte Pierre. »Was willst du jetzt tun? Heimgehen? Allein?«

Fiona schüttelte den Kopf. »Ich … will nicht allein daheim sein.«

Er sah sie an. »Willst du zu mir kommen?«

Sie zuckte mit den Schultern. »Vielleicht.«

»Wenn du zu mir kommst, dann kommst du als Freundin. Du schuldest mir nichts.« Sie hörte, dass Pierres Stimme zitterte.

»Ich weiß, Pierre. Sonst würde ich nicht mit zu dir kommen wollen.«

Er nickte und fuhr los. Geschmeidig und leise glitt der Wagen durch die dunklen menschenleeren Straßen, die nass glänzten. Es regnete nun etwas weniger stark. Sie wurden nicht weit von Pierres Wohnung von CRS kontrolliert und zeigten ihre Dienstausweise. Pierre lebte ganz in der Nähe des Meeres, in einer schönen Wohnanlage, die an den Parc Borely, einen großen Stadtpark, grenzte, der wegen des Lockdowns geschlossen war. Er fuhr direkt in die Tiefgarage. Als sie im Aufzug standen, bemerkte Fiona, wie kalt ihr war. Doch im nächsten Moment wurde ihr siedend heiß, weil sie daran dachte, dass sie nicht einmal trockene Kleidung hatte. Nun war sie bei Pierre zuhause. Und er war nicht irgendwer, er war ein Staatsanwalt. Und sie eine einfache Polizistin. Was war das nur für eine unmögliche Situation, in die sie sich gebracht hatte?

PIERRE

Sie saßen im Wohnzimmer. Fiona fühlte sich etwas entspannter. Sie hatte heiß geduscht und ihre nassen Kleider ausgezogen. Pierre hatte ihr einen Bademantel gegeben, der zwar etwas groß für sie war, sie aber wärmte. Außerdem war die Temperatur in seiner Wohnung sehr angenehm. Pierre hatte ebenfalls geduscht und trug eine Sporthose und ein weißes T-Shirt. Sie saßen zwei Meter voneinander auf der Couch, tranken Rotwein und aßen kleine Brötchen mit *Tapenade*, der typisch provenzalischen Olivenpaste.

Fiona hatte zwar beteuert, keinen Hunger zu haben und zum Wein nur irgendetwas knabbern zu wollen, doch Pierre schien sich von seinem Schock erholt zu haben, er war nun ganz der Gentleman, der wollte, dass sich sein Gast wohlfühlte. Fiona zwang sich, nicht daran zu denken, wie dieser Abend wohl enden würde. Sie war bei Pierre zuhause, ihre nasse Kleidung hing in seinem Badezimmer und sie hatte unter dem Bademantel nichts an.

Sie würde heute wahrscheinlich nicht mehr wegkönnen. Taxis gab es derzeit kaum, Busse fuhren im Lockdown so spät nicht mehr und ihr Auto stand auf ihrem Parkplatz in einem anderen Stadtteil. *Er ist ein Freund*, sagte sie sich, *ein guter Freund, und du kannst ganz einfach auf seiner Couch übernachten.* Doch sie spürte eine gewisse Atmosphäre. Sie war dabei, sich in ihn zu verlieben, und das versetzte sie in Panik. Verdammt, er war der Staatsanwalt, kein Kumpel oder Arbeitskollege! Und sie konnte nicht … obwohl sich nun natürlich einiges zwischen ihnen verändert hatte. Sie hatten ein traumatisches Erlebnis gehabt und waren knapp dem Tod entgangen. Fiona war über sich selbst erstaunt, weil sie so schnell reagiert hatte. Das hätte sie sich trotz ihres Trainings und ihrer Erfahrung niemals zugetraut.

Sie hörten sich die Aufnahme an, die eine relativ gute Qualität hatte. Allerdings konnten sie es nicht wirklich beurteilen, weil keiner von ihnen auch nur ein Wort Arabisch verstand. Doch man sah im Film sogar die zwei Gestalten in der Dämmerung in den Trümmern des verbrannten Hauses herumsuchen.

»Wir werden uns morgen sofort an Castini wenden. Und auch Laura Bescheid sagen. Die arme Nadia liegt ja krank im Bett«, meinte Pierre.

Fiona nickte. »Ich hoffe, dass es ihr bald besser geht und vor allem, dass sich ihr Zustand nicht verschlechtert.«

Laura hatte Fiona am selben Morgen angerufen, um ihr mitzuteilen, dass sie selbst auch positiv auf das Virus getestet worden war, aber im Moment keine Symptome verspürte. Das war gewesen, bevor Fiona ihr eigenes Ergebnis mitgeteilt bekommen hatte, und sie hatte nach Lauras Anruf befürchtet, auch angesteckt worden zu sein. Aber zum Glück war das nicht der Fall!

»Stell dir vor, Florian und ich wären jetzt noch zehn Tage in Quarantäne«, sagte sie zu Pierre.

»Dann wäre ich tot. Was hätte ich ohne dich getan?«

»Wahrscheinlich gar nichts. Ich hätte ohne dich auch nichts getan. Wir sind ein Team!«

Fiona lächelte ihm zu, und er sah sie mit einem zärtlichen Blick an, der wieder Panik in ihr weckte. Schnell wandte sie ihre Augen ab und wechselte das Thema.

»Was machen wir mit dem Arabisch?«, fragte sie. »Wir haben keine Ahnung, was der Film wert ist und wie gut man das Gespräch versteht.«

Pierre überlegte. »Entweder lassen wir das Castini regeln. Oder wir fragen Rachid oder Momo. Aber wenn wir das tun, dann ziehen wir sie in die Sache hinein. Und Rachid schien mir so schon aufgebracht genug. Er wird sich komplett auf unsere Seite schlagen und wenn es schiefgeht, ebenfalls bestraft werden. Dann ist seine Karriere im Eimer.«

»Aber Pierre, im Moment haben wir doch so viele Beweise gegen deinen und meinen Chef, dass eigentlich nichts mehr schiefgehen kann?«

Pierre lachte bitter. »Im Prinzip nicht. Aber bei diesen Leuten weiß man das nie. Sie haben einen sehr langen Arm. Und zwar ein jeder von ihnen!«

»Hast du Angst, Pierre?«

Er zuckte mit den Schultern. »Vorher hatte ich keine Angst. Ich befürchte keine Versetzung nach Paris. Aber das, was heute passiert ist, wird mir noch eine Weile zu denken geben.«

»Keine Sorge, mir auch.«

»Aber du warst total souverän. Während ich mich wie ein kleiner verängstigter Junge benommen habe.«

»Nein, das hast du nicht. Du warst einfach nur überrumpelt.«

»Ja, das ist wohl das richtige Wort.«

»Ich habe solche Situationen schon erlebt. Als Polizist kommt es vor, dass man in Schießereien gerät. Das erste Mal ist immer sehr schockierend. Aber ich muss dir anvertrauen, dass es nie angenehm ist. Denn in solchen Fällen wird uns bewusst, wie schnell wir sterben können.«

Er nickte und schwieg.

Fiona beschloss, das Thema zu wechseln. Über etwas Positives zu sprechen.

»Du hast es schön hier, Pierre. Eine geräumige Wohnung.«

»Ja«, meinte er. »Nicht ganz billig, die Miete, aber es ist angenehm, an einem Ort zu wohnen, wo man sich wohlfühlt. Eigentlich war ich nie viel daheim, aber jetzt, mit der Ausgangssperre, bin ich froh, eine Wohnung zu haben, die groß genug ist und deren Balkon auf den Parc Borely hinaussieht. Besonders schön derzeit, weil der Park gesperrt ist! Natur pur!«

»Ja«, erwiderte Fiona, »ich werde mir dann in zwei Monaten eine Wohnung suchen. Wenn ich nicht zwangsversetzt werde. Vielleicht auch irgendwo hier in Meeresnähe. Oder weiter hinten, wo Nadia und Laura wohnen.«

»Ja, aber bedenke, dass du dort hinten weit vom Schuss bist. Hier hast du mehr öffentliche Verkehrsmittel und weniger Staus. Aber hinten bist du natürlich den Calanques und der Natur näher.«

»Mal sehen. Im Moment geht es darum, diesen Lockdown gut zu überstehen und den Fall zu lösen. Besser gesagt, die Übeltäter zu belasten. Weiter denke ich gar nicht! Keine Ahnung, wie meine Zukunft aussehen wird!«

»Wie wünschst du dir deine Zukunft denn?«, fragte er.

»Ich weiß es nicht«, antwortete sie.

Sie wusste es wirklich nicht. Eigentlich hatte sie nie gewusst, wie sie leben wollte. Ihre Beziehung mit Brice hatte sie ziemlich durcheinandergebracht.

Sie überlegte.

»Ich will so weiterarbeiten wie bisher, ohne Lockdown natürlich, hier in Marseille sein, mit euch, meinen Freunden, und ein einfaches Leben. Und du?«

Er schwieg einen Moment und senkte den Kopf. »Meine ideale Zukunft?«

»Ja. Deine ideale Zukunft.« Fiona lachte.

»Ich … habe keine Ahnung, ob ich dir das sagen kann.«

»Ach? Du hast ehrgeizige Pläne?«

Er schüttelte den Kopf. »Nein, Fiona. Ich will nicht schnell Karriere machen. Vielleicht später einmal. Ich spreche eher über den privaten Bereich. Aber … seit ein paar Tagen weiß ich, dass meine ideale Zukunft mit dir wäre. Ich habe mich in dich verliebt. Aber ich weiß, was du erlebt hast und dass du so etwas nicht willst. *Merde*, ich hätte es nicht sagen sollen und nun habe ich es doch getan.«

Er wich ihrem Blick aus. Fiona spürte, dass ihr Tränen in die Augen stiegen. Sie wusste nicht, was mit ihr los war. Sie hatte sich nicht mehr unter Kontrolle. Alle ihre guten Vorsätze waren mit einem Mal wie weggewischt. Sie tat genau das, was sie sich eigentlich verboten hatte! Sie rückte näher zu ihm und strich mit ihrer Hand über seine Wange.

»Ich liebe dich auch, Pierre«, flüsterte sie. »Ich habe Angst vor einer Beziehung. Aber deshalb liebe ich dich nicht weniger.«

Er zog sie an sich. »Du bist mit mir in Sicherheit«, flüsterte er ihr ins Ohr, »und ich mit dir noch viel mehr.«

Dann fanden sich ihre Lippen und sie begannen einander sanft zu küssen. Die Stimme in Fionas Kopf, die sie in den letzten Stunden beschworen hatte, sich nur ja nicht auf ihn einzulassen, schwieg. Stattdessen breitete sich in ihr die Gewissheit aus, dass sie genau das Richtige tat. Sie setzte sich auf ihn und öffnete den Bademantel. Seine Hände glitten sanft über ihren Körper. Er war viel zärtlicher als Brice es je gewesen war. Mit ihm konnte sie sich fallen lassen.

»Gehen wir ins Schlafzimmer?«, flüsterte er ihr ins Ohr.

Fiona nickte nur. Er zog sie mit sich, öffnete die Tür seines Schlafzimmers und schob sie sanft aufs Bett.

Dann zog er sich aus und legte sich neben sie. Sie drückte ihn fest an sich. Sie fühlte sich glücklich und in Sicherheit. Sie hatte keine Angst, dass er ihr wehtun könnte, wie Brice es jedes Mal getan hatte.

Fiona hätte es nicht für möglich gehalten, aber sie wagte es, sich vollkommen gehen zu lassen, und schaffte es, wieder Lust zu empfinden. Wenig später lagen sie atemlos nebeneinander und sahen einander in die Augen.

»Danke, Pierre. Du hast mich von meinen Dämonen befreit. Mir gezeigt, wie schön die Liebe sein kann.«

»Du bereust es nicht?«

»Absolut nicht! Ich bin noch nie im Leben so glücklich gewesen.«

»Ich auch nicht. Ich hätte nie gedacht, dass eine so schöne Frau wie du sich in mich verlieben könnte!«

»Übertreib nicht, *Chéri*. Du bist ja auch sehr attraktiv.«

»Ich finde mich nicht besonders attraktiv. Mein Gesicht, meine Nase …«

»Sie hat nichts Besonderes, deine Nase. Mich auf jeden Fall hat sie niemals gestört. Das redest du dir wohl selbst ein!«

»Na ja, als Kind wurde ich deshalb immer verspottet. Das bleibt!«

»Als Kind wird man ständig wegen irgendetwas von den anderen verspottet. Du gefällst mir auf jeden Fall so wie du bist. Außerdem geht es mir genau wie dir. Ich hätte nie gedacht, dass ich, eine einfache Polizistin, einmal mit einem Staatsanwalt zusammen sein würde. In Lille haben die uns komplett ignoriert.«

Er lachte. »Meine Kollegen ignorieren die Polizisten auch. Nur die Kommissare beachten sie. Aber ich war sehr bald nach meiner Ankunft hier in Marseille mit Mathieu befreundet. Und mit Nadia und Florian. Natürlich habe ich nicht mit allen Abteilungen ein so gutes Verhältnis wie mit euch. Aber ich versuche auf jeden Fall, auch mit den Lieutenants und Brigadiers eine gute Beziehung zu unterhalten. Denn ich brauche euch alle. Wir arbeiten im Team. Am Anfang war mir das nicht bewusst. Aber jeder muss nun einmal seinen Beruf erlernen. Und was dich betrifft, du wirst sicher einmal Karriere machen, wie Nadia.«

Fiona flüsterte: »Vielleicht. Keine Ahnung. Im Moment will ich dort sein, wo du bist.«

»Ich auch. Ich möchte mit dir leben. Mit dir was Dauerhaftes schaffen. Obwohl unsere Beziehung gerade erst begonnen hat, weiß ich das.«

Fiona schluckte. »Ich auch. Aber, Pierre, ich … ich kann keine Kinder kriegen.«

»Ich weiß. Aber mir ist das egal. Ich muss dir ganz ehrlich sagen, dass ich glaube, dass ich keine Kinder möchte. Die derzeitige Situation gibt zu denken. Dieses Virus, der Lockdown, die Umweltverschmutzung, die Klimaerwärmung. Und dann diese Geschichte mit Emeline. Diese Jugendlichen, die einander so schreckliche Dinge antun. Außerdem können wir, wenn wir mutig sind, ein Kind adoptieren. Oder einen Hund oder eine Katze, wenn wir weniger mutig sind.«

Fiona lachte. »Ja, ich hätte auch gern einen Hund. Aber nur mit einem eigenen Garten!«

»Das ist alles machbar. Aber im Moment reichst du mir vollkommen. Ich bin so froh, nicht mehr allein zu sein.«

Er nahm ihre Hand und verflocht seine Finger in ihre.

»Ich auch!«

Sie dachte, wie plötzlich es geschehen war. Oder hatte es sich schon angebahnt? Dieses Glücksgefühl, jedes Mal, wenn sie mit Pierre Zeit verbracht hatte, und die Gewissheit, dass sie ihm vertrauen konnte.

FRAGEN

Der Gutachter der Versicherung, der Loïcs Haus untersucht hatte, war ratlos. Es war ein uraltes Kabel gefunden worden, das anscheinend die Lampe vor dem Haus mit dem Stromnetz verbunden hatte. Dieses war durchgebrannt und hatte den Brand ausgelöst. Doch der Gutachter konnte sich nicht erklären, wie dieses Kabel hatte verwendet werden können. Der Hausbesitzer, der natürlich komplett verzweifelt war, hatte beteuert, dieses Kabel nie gesehen zu haben. Er hatte seinen Elektriker kontaktiert, der sehr verärgert gewesen war, weil man ihn verdächtigte, ein Kabel aus einem anderen Zeitalter für eine Lampe eingesetzt zu haben, die die ganze Nacht brennen sollte. Irgendjemand log oder konnte sich an seine Taten nicht mehr erinnern. Keiner schien sich erklären zu können, woher dieses Kabel kam, das mitten in den Trümmern gefunden wurde. Die Versicherung auf jeden Fall wollte im Moment nichts bezahlen, die ganze Sache war blockiert. Der Besitzer hatte Angst, angeklagt zu werden. Loïc dachte sich seinen Teil. Vielleicht war der Brand tatsächlich kriminell gewesen und das Kabel hatte überhaupt nichts damit zu tun!

Er fühlte sich wie in einem seltsamen Traum. Er hatte Glück im Unglück gehabt, hatte alles verloren, doch seiner Frau ging es mit jedem Tag besser. Amélie erholte sich zunehmend, musste aber noch etwa zehn Tage im Krankenhaus bleiben. Loïc selbst war in ein Zentrum gebracht worden, in dem Unfallopfer mit komplizierten Brüchen betreut wurden. Er durfte noch immer nicht viel herumgehen, humpelte lediglich auf die Toilette und ins Badezimmer. Sein Sohn war bei ihm und die Pflegerinnen kümmerten sich rührend um David. Loïc telefonierte jeden Tag mit Amélie und zeigte ihr David per Videochat.

Loïcs Eltern ging es mittlerweile auch besser, sie waren nicht mehr in Lebensgefahr, seine Schwester war überhaupt nicht krank geworden.

Daher war Loïc trotz all seiner traumatischen Erlebnisse der vorhergehenden Wochen dem Schicksal unendlich dankbar.

Amélie stellte ihm bald die Frage, die Loïc sosehr bedrängte: »*Trésor*, glaubst du, dass es wegen deines Falles mit Naomi Manson geschehen ist? Wegen Castini?«

»Es kann sein«, gab Loïc zu.

Amélie atmete tief durch. »*Mon Dieu*, Loïc, die wollten uns töten! Ich wäre beinahe gestorben.«

»Was ist geschehen, Amélie? Warum bist du nicht zum Fenster hinausgesprungen?«

»Ich … keine Ahnung. Du hast mich geweckt, ich bin aufgesprungen und plötzlich wurde mir schlecht. Vielleicht der Rotwein vom Abend, ich habe doch relativ viel getrunken. Oder die Tatsache, dass schon so viel Rauch im Zimmer war? Auf jeden Fall wurde ich urplötzlich bewusstlos.«

Loïc schluchzte. »Es tut mir so leid, Amélie. Ich hätte zurückkommen sollen, um zu sehen, wie es dir geht. Aber ich war in Panik. Der Treppenflur brannte und ich bin mit David im Arm aus dem Fenster seines Zimmers gesprungen. Ich war mir sicher, dass du es auch geschafft hast. Der Nachbar von gegenüber, der große sportliche, hat dich gerettet. Er hat sich leicht verletzt, sich beim Sprung den Knöchel verstaucht.«

»*Mon Dieu*, Loïc, in was sind wir da hineingeraten?«

»Es tut mir so leid, Amélie. Ich hätte mich raushalten, mich für den Fall Emeline Bernier nicht interessieren sollen.«

»Nein, Loïc. Diese Leute zählen darauf, dass keiner sich dafür interessiert. Es ist nicht deine Schuld. Wir haben es mit gewissenslosen und kriminellen Typen zu tun!«

»Ja, aber es zu beweisen wird schwierig.« Loïc hatte keine Ahnung, wie die Sache ausgehen würde. Er hatte bei dem Brand alles verloren und die Versicherung würde bezahlen müssen. Allerdings war es nicht ausgeschlossen, dass entweder der Besitzer eine gesetzeswidrige Lichtinstallation hatte einbauen lassen oder dass tatsächlich jemand den Brand gelegt hatte.

Loïc hatte am Vortag mit der blonden Journalistin gesprochen, die einen guten Artikel über die ganze Sache geschrieben hatte, in dem sie sich fragte, warum all jenen, die mit der Sache Emeline Bernier etwas zu tun gehabt hatten, Unheil geschah. Sie klagte niemanden direkt an, aber stellte Fragen, die die Betroffenen sicher in große Verlegenheit brachten. Loïc hatte sie angerufen und erfahren, dass sie die Lebensgefährtin von Lieutenant Aubertin war. Sie hatte Loïc mitgeteilt, dass Nadia Aubertin leider an COVID-19 erkrankt war und das Bett hütete. Doch sie schwebte nicht in Lebensgefahr. Sie selbst war auch positiv getestet worden, hatte jedoch kaum Symptome.

»Allerdings ist das Virus nicht zu unterschätzen«, hatte sie ihm gesagt. »Nadia geht es wirklich schlecht.«

Loïc wusste es natürlich schon von seinen Eltern, doch Nadia Aubertin war jünger als er selbst, erst um die dreißig!

Er hoffte, die junge Polizistin würde bald wieder auf den Beinen sein. Ihr Kommissar war sicher sehr zufrieden, weil sie von dem Virus einstweilen aus dem Weg geräumt worden war.

Loïc hatte auch den Anruf eines Nachbarn bekommen, der behauptet hatte, einige Abende zuvor, als es sehr stark geregnet hatte, seien auf seinem Grundstück zwei Schüsse gefallen. Alle Nachbarn seien daraufhin vor seinem Haus zusammengelaufen. Die Gendarmerie war gekommen und hatte nichts gefunden, weder Kugeln noch andere Beweise dafür, dass irgendjemand in sein Grundstück eingedrungen war. Doch durch den starken Regen sei um die Ruine herum alles schlammig gewesen, was die Suche erschwert hatte. Von den Übeltätern war keine Spur gefunden worden, und einige Nachbarn hatten geglaubt, die Schießerei habe auf der Straße stattgefunden. Niemand war gesehen worden, nur ein Auto, das weiter hinten geparkt hatte und einige Minuten nach der Schießerei hastig rückwärts aus der Straße gefahren war. Die Gendarmen hatten nicht gewusst, was sie von der Erzählung der Nachbarn halten sollten, doch sie hatten es auf jeden Fall seltsam gefunden, dass Schüsse dort gefallen waren, wo einige Nächte zuvor ein Haus abgebrannt war. Sie würden der Sache nachgehen und ermitteln. Loïc fand die gesamte Geschichte sehr dubios, er konnte sich einfach keinen Reim darauf machen.

Am Nachmittag bekam er einen Anruf von Castini. Das Krankenhaus hatte Loïc ein iPad zur Verfügung gestellt, um seine administrativen Probleme zu lösen. Castini rief ihn über Skype an.

»Monsieur Moltet. Wir haben Neuigkeiten. Sehr einschneidende Neuigkeiten, die wir höchst vertraulich behandeln müssen. Wir können damit noch nicht an die Öffentlichkeit, aber ich muss sie Ihnen mitteilen.«

Loïc hielt den Atem an.

»Unser Freund, der Staatsanwalt Frigeri, war mit einem Brigadier in der Vorstadt la Busserine unterwegs, wo sie einen Typen verfolgt haben, den sie bereits kannten. Und dieser Typ fuhr mit einem anderen Übeltäter zu Ihrem Haus. Oder vielmehr zur Ruine Ihres Hauses. Dort haben der Staatsanwalt und die Polizistin es geschafft, das Gespräch der beiden aufzunehmen. Und nun wissen wir mehr. Es handelte sich tatsächlich um Brandstiftung. Die beiden sprachen über einen Kanister, der eventuell vergessen wurde. Sie sprachen auch über ein Kabel, das sie am richtigen Ort hinterlegen mussten. Doch dann gab es leider eine Schießerei mit unseren beiden Freunden. Anscheinend wurde keiner verletzt, alle sind abgehauen und die Polizei hat keine Spuren gefunden. Bitte, die Schießerei ist inoffiziell. Sie hat nie stattgefunden! Denn die Frau von der PJ, die mit Frigeri unterwegs war, hat ihre Dienstpistole außerhalb des Dienstes verwendet. *Mon Dieu*, was für ein Fall! Und was mich betrifft, so wird der Verdacht immer stärker, dass auch ich Opfer eines Auftrags wurde. Und das müssen wir nachweisen! Mein Haus und Ihres. Wird nicht so einfach werden.«

Loïc war sprachlos. Er zitterte am ganzen Leib. Der Brand war also tatsächlich gelegt worden! Und der Staatsanwalt und eine Polizistin waren beinahe erschossen worden! Welche Risiken gingen diese Leute für ihn ein? Für ihn, für Christine, für Ken und Emeline? Für die Gerechtigkeit?

»Monsieur Moltet, Sie wissen, dass wir es mit gefährlichen Leuten zu tun haben. Mit Leuten, die sehr viel Macht besitzen. Deshalb kein Wort zu irgendjemandem. Behalten Sie es für sich! Sagen Sie es Ihrer Frau erst, wenn sie wieder auf den Beinen ist und vor Ihnen steht!«

Loïc nickte nur.

»Monsieur Moltet, Sie müssen mir jetzt vertrauen. Ich habe alle Beweise in der Hand und nun muss der Skandal inszeniert werden. Ich habe die Anklage eingereicht, doch im Moment arbeitet das Gericht noch immer nicht und der Staatsanwalt will sie sicher verschwinden lassen. Aber er wird es nicht schaffen. Denn in Paris wird gemeldet, was hier geschehen ist. Wir haben bereits mit Leuten vom Justizministerium Kontakt aufgenommen.«

DIE KRANKHEIT BESIEGEN

Tage und Nächte flossen ineinander. Nadia wurde vom Fieber gepeinigt, es schien sie nicht aus seinen Klauen lassen zu wollen. Der Arzt kam noch einmal, meinte, das Fieber sei relativ normal, die Lungen nicht gefährdet, eine Einweisung ins Krankenhaus nicht nötig. Das beschwichtigte Nadia, die sich noch nie im Leben so elend gefühlt hatte, wie in diesen Tagen. Sie litt immer wieder an Hustenanfällen und die Gliederschmerzen waren fürchterlich. Einige Jahre zuvor, als sie noch in der Ausbildung gewesen war, hatte sie sich einmal eine Grippe eingefangen, die ihr genauso sehr zugesetzt hatte wie diese Krankheit, aber abgesehen davon war Nadia noch nie wirklich krank gewesen. Es verunsicherte sie zutiefst, dass sie sich nun in diesem Zustand befand. Laura kümmerte sich rund um die Uhr um sie. Sie brachte ihr zu trinken, verabreichte ihr Medikamente, kochte Suppen und machte Wadenwickel. Nach einigen Tagen ging es Nadia endlich etwas besser.

Laura war sichtlich erleichtert. Sie hustete ebenfalls und schien etwas fiebrig, doch die Symptome schienen bei ihr relativ mild auszufallen. Trotzdem war sie erschöpft. Sie hatte sich so aufopfernd um Nadia gekümmert und noch dazu versucht, zu arbeiten und den Fall Emeline Bernier weiterzuverfolgen. Sobald es Nadia besser ging, fragte sie Laura, was es Neues gab. Laura erzählte ihr, dass Fiona und Pierre einige Tage vorher herausgefunden hatten, wer die Übeltäter waren, die Loïcs Haus angezündet und wahrscheinlich auch Ken erschossen und Christines Fenster eingeschlagen hatten. Nadia fuhr erschrocken auf und begann wieder zu husten.

Es handelte sich tatsächlich um die beiden Typen, die sie mit Luc und Rachid festgenommen hatte und die Blachet und Goldstein hatten laufen lassen: Omar Kaslibi und Amir Moammar!

»Das ist … das ist unglaublich!«, japste sie. »Die beiden standen ja schon unter Mordverdacht und man hat sie einfach laufen lassen. Wegen der Ausgangssperre und der Schließung der Gerichte. Und jetzt ist klar, dass Manson und Adriani sie eingeteilt haben. Aber wie haben Fiona und Pierre entdeckt, dass sie es waren?«

»Nun, du weißt ja, sie sind mehrmals zur *Cité la Busserine* gefahren, um dort diskret zu beobachten, wer kam und ging. Fiona hat diese Typen im Auto die Vorstadt verlassen sehen und sie mit Pierre verfolgt. Sie sind zu Loïcs Haus gefahren. Und dann haben sie sie in den Trümmern herumstochern sehen, mit dem Telefon gefilmt und ein Gespräch aufgenommen. Castini hat die Aufnahme entschlüsselt. Die beiden haben auf Arabisch gesprochen, aber Castini hat eine zweisprachige Mitarbeiterin, deren Mutter Nordafrikanerin ist.«

Nadia war starr vor Erstaunen. Fiona und Pierre hatten wirklich gute Arbeit geleistet!

»Und … was hat das Video ergeben?«, fragte sie.

»Nun, die beiden sollten sich in die Ruine der Villa schleichen und dort ein defektes Kabel zwischen die Trümmer klemmen, das Teil der angeblich schlechten Installation gewesen war, die das Feuer ausgelöst hat. Denn der Begutachter der Versicherung sollte in den nächsten Tagen kommen. Sie haben eine Weile herumgemurkst, weil es schon halbdunkel war und Pierre hat es geschafft, ihre Kommentare aufzunehmen.«

»*Mon Dieu*, das ist gefährlich. Wenn die ihn gesehen hätten!«

»Es schüttete und sie haben ihn und Fiona weder gesehen noch gehört. Anscheinend haben sie auch über Benzin gesprochen und einen Kanister, den sie vergessen hatten. Wir haben den Beweis, dass sie das Feuer gelegt haben.«

»Super! Sollen wir es Loïc sagen?«

»Castini hat das bereits übernommen. Er bereitet nun ganz gezielt die Anklage vor, mit den neuen Beweisen, die er besitzt. Er hat nun alles, was er braucht.«

»Jetzt müssen wir uns nur überlegen, wie wir die beiden Kerle schnappen und ausfragen. Unsere Vorgesetzten wollen sie ja gewiss schützen! Sie haben sicher keine Ahnung, dass ihr Gespräch, das sie vorsorglich auf Arabisch geführt haben, aufgenommen und übersetzt wurde!«

»Zum Glück haben Pierre und Fiona daran gedacht, ein Telefon dafür zu verwenden«, sagte Laura, »denn ansonsten hätte es nicht viel gebracht, die beiden Übeltäter zu beschatten!«

Nadia musste Laura recht geben. Sie dachte in diesem Moment an ihre Mutter, die auch Nordafrikanerin war. Deshalb hatte Nadia diese dunklen Haare, die dunklen Augen und einen Vornamen, der aus dem Arabischen stammte. Doch die Mutter hatte, als sie Nadias Vater heiratete, ihrer Familie und ihrer Herkunft vollkommen den Rücken gekehrt. Sie sprach nie mehr Arabisch und hatte ihren drei Kindern auch die Sprache nicht beigebracht. Nadia fand Letzteres schade, weil Arabisch bei der Polizei sehr nützlich gewesen wäre. Allerdings war sie erleichtert, dass die Mutter mit den Moslems nichts mehr am Hut hatte, Atheistin und sehr modern war. Sonst wäre die Tatsache, dass Nadia eine Lesbe war, für die Eltern viel dramatischer gewesen. Nadia hatte schon als Jugendliche begonnen, sich wie ein Junge anzuziehen und zu frisieren, und die Eltern hatten natürlich bemerkt, was mit ihr los war. Doch sie hatten nie darüber gesprochen und Nadia hatte ihnen nie eine Freundin vorgestellt. Bis sie zwei Jahre zuvor Laura kennengelernt hatte. Laura hatte darauf bestanden, Nadias Eltern im Sommer in der Normandie zu besuchen, und die beiden Mädchen hatten einige Tage bei ihnen verbracht. Nadia hatte sich Sorgen über die Reaktion der Eltern gemacht, doch ihr Aufenthalt zuhause war erstaunlich angenehm gewesen. Die Eltern hatten Laura sofort ins Herz geschlossen und waren sogar im Herbst darauf nach Marseille gekommen, um Nadia und Laura zu besuchen. Diese hatten Neujahr des Vorjahres und die letzten Weihnachtstage mit Nadias Familie verbracht. Sie hatten sich vorgenommen, immer abwechselnd Nadias und Lauras Familie zu Weihnachten zu besuchen. Das alles wäre nicht geschehen, wenn die Mutter den Kontakt zu ihrer muslimischen und sehr konservativen Familie aufrechterhalten hätte. Sie war von ihren Eltern weggejagt worden, weil sie sich in einen Mann verliebt hatte, der kein Moslem war, und hatte beschlossen, die Religion ein für alle Mal fallen zu lassen. Die Mutter, eine schüchterne, aber entschlossene Frau, hatte schon als junges Mädchen beschlossen, dass sie wie eine Europäerin leben wollte. Sie wollte nicht unter der Tyrannei der Männer, der Last der Religion und der Überwachung der Älteren der Familie leiden müssen. Nadia konnte das sehr gut verstehen. Und trotzdem bereute sie es manchmal, so wenig von der Kultur ihrer Mutter zu wissen und diese Seite der Familie nicht zu kennen.

Nadia lenkte ihre Gedanken wieder auf ihre illegale Ermittlung.

»Und, *Chérie*, was hat dein Artikel ergeben?«

»Nun, mein Artikel hat relativ gut gewirkt, es gab Leserbriefe im Internet und Anrufe in der Redaktion. Daniel ist von François beauftragt worden, der Sache nachzugehen und noch einen Artikel für Anfang der Woche zu schreiben. Und Castini wird sich nun auch an andere Zeitungen wenden. Es wird ein Riesengemetzel geben. Ich denke, nun können sie niemanden mehr töten oder bedrohen, weil ihre Kinder schon im Rampenlicht stehen.«

»Hoffen wir es.« Nadia seufzte. Sie fühlte sich schon wieder zu müde, um zu sprechen oder zu überlegen.

»Dein Kommissar hat dir geschrieben. Bis zum elften Mai will er dich nicht in der Arbeit sehen. Luc hat dein Team übernommen, doch sie sind aus den nördlichen Vorstädten abgezogen worden, was Luc sehr leidtut. Er fährt oft in seiner Freizeit hin, um seiner Flamme mit ihrem Verein zu helfen. Und er scheint Fiona nun vollkommen in Ruhe zu lassen.«

Nadia nickte nur. Sie vermisste ihre Kollegen. Aber sie fühlte sich so schrecklich angeschlagen. Noch nie im Leben hatte sie sich so alt und müde gefühlt. Nun versäumte sie es, mit Pierre diesen brisanten Fall zu lösen, was sie sehr bedauerte! Allerdings war das vielleicht gar nicht so schlecht, denn der Kommissar verdächtigte Florian und Fiona sicher nicht, mit Pierre in Kontakt geblieben zu sein. Im Moment lag alles bei Castini, der Anklage erheben würde. Niemand konnte Castini mehr etwas anhaben, vor allem würde er bis zum Ende der Ausgangssperre in der Gegend von Saint Tropez bleiben, in einem Haus, dessen Lage allen unbekannt war.

Als Nadia von einem langen Nachmittagsschlaf erwachte, erzählte Laura ihr, dass die Polizei auf Korsika etwas herausgefunden hatte, was Castini ein wenig verunsicherte. Wieder hatte eine Kamera zwei Personen gefilmt, die an dem besagten Abend auf einem Motorrad aus Ajaccio hinausgefahren waren, auf der winzigen Straße, die dorthin führte, wo sich Castinis Haus befunden hatte. Das Motorrad trug ein Kennzeichen aus Marseille und war auf einen Mann zugelassen, der erst vor kurzem aus dem Gefängnis *Les Baumettes* entlassen worden war und nun auf Korsika lebte. Er hatte mit dem korsischen Milieu nie etwas zu tun gehabt, sehr wohl aber hatte er die Staatsanwaltschaft von Marseille gekannt, die ihn fünf Jahre zuvor wegen Einbrüchen und Raubüberfällen eingelocht hatte.

»Siehst du, Nadia«, meinte Laura, »wir haben nun für alle, wirklich *alle* Dinge, die irgendwelchen mit dem Fall befassten Personen geschehen sind, Hinweise dafür, dass es sich um Aufträge handelte. Und wenn wir die Leute unter Druck setzen, dann sprechen sie vielleicht.«

Nadia überlegte. »Das stimmt«, meinte sie, »sie werden höchstwahrscheinlich sprechen. Aber wie sollen wir es organisieren, sie zu erwischen? Wenn die höchsten Polizeibeamten und der höchste Staatsanwalt sie schützen und vielleicht sogar verstecken?«

Laura seufzte. »Wie können dein Kommissar und der Kommissar der *Stup* solche Typen nur weiterhin draußen herumlaufen lassen, wenn sie wissen, dass diese schon mindestens vier Personen getötet haben?«

Nadia sah sie lange an. »Der Zweck heiligt die Mittel. Und unsere Vorgesetzten sind genauso schlimme Kriminelle wie diese Leute.«

Laura zuckte verunsichert mit den Schultern.

Dann sah sie Nadia zärtlich an und nahm sie in die Arme. »Ich bin froh, dass es dir wieder besser geht. Ist wohl eine unangenehme Sache, dieses Virus!«

Nadia nickte. »Aber dich scheint es nicht so hart getroffen zu haben.«

»Das kann noch kommen. Allerdings weißt du, dass ich eine der Zähsten bin. Ich habe Benoît Bacou überlebt. Was soll mir da ein Virus aus China anhaben?«

Nadia nickte. »Allerdings. Aber ich bin etwas schockiert. Ich hielt mich für sehr gesund und durchtrainiert. Warum habe ich so starke Symptome bekommen?«

»Ich befürchte, das waren keine starken Symptome, die du hattest, nur mittelstarke. Du hattest keine Atemnot und musstest nicht intubiert werden. Es ist tatsächlich eine schlimme Krankheit.«

Nadia dachte bei sich, dass sie nun verstand, warum die gesamte Bevölkerung eingesperrt worden war. Sie hatte es anfangs nicht akzeptieren wollen, dass nicht nur die Alten, Schwachen und Kränklichen in Quarantäne gehen sollten. Doch nun konnte sie sich durchaus vorstellen, dass auch jüngere Menschen Opfer des Virus sein konnten. Und natürlich waren viele Krankenhäuser hoffnungslos überfüllt, auch wenn im Süden die Situation noch nicht so dramatisch war wie in anderen französischen Regionen.

»Nun, der amerikanische Präsident schlägt vor, Desinfektionsmittel zu trinken«, erklärte Laura, »was mehrere Amerikaner bereits befolgt haben.«

»Mon Dieu«, seufzte Nadia, »mit einem solchen Blödmann ist es um die Welt nicht gut bestellt.«

»Natürlich nicht. Und außerdem klagt er die WHO an, China geschützt und das Virus kleingeredet zu haben.«

»Die WHO hat schon im Januar vor einer Pandemie gewarnt. Aber es ist gewiss, dass die Zahlen, die wir von China bekamen, nicht die richtigen sind. In Wuhan hat es bestimmt mehr als nur dreitausend Tote gegeben. Diese dreckige Diktatur hat einiges verheimlicht und so stand der Pandemie nichts im Weg. Wenn die chinesische Regierung transparent gewesen wäre, wäre das alles nicht so gekommen!«

Wieder fühlte Nadia, wie die Müdigkeit sie übermannte. Sie fragte sich mit Bangen, ob sie jemals wieder zu der Frau werden würde, die sie gewesen war. Zu der sportlichen drahtigen, widerstandsfähigen Person, die drei Stunden hatte laufen und klettern können.

»Sicher wirst du das«, beschwichtigte Laura, als sie es zögernd erwähnte. »Du hast dich ja damals von deiner Grippe auch wieder erholt. Wenn du allerdings intubiert worden wärst, dann hättest du bleibende Schäden davontragen können. Aber so nicht.«

»Es wird ein Vorher und ein Nachher geben. Und das nicht nur für mich. Die ganze Gesellschaft leidet. Die einen erkranken, die anderen werden arbeitslos, wieder andere verlieren ihre Unternehmen.«

»Klar«, meinte Laura, »das Nachher können wir konstruktiv gestalten, umweltbewusster und weniger profitorientiert.«

Nadia lachte bitter. »Ich glaube nicht an die Lernfähigkeit unserer Gesellschaft. Es wird alles weitergehen wie vorher, nur leider wird es den Menschen wegen der Wirtschaftskrise weniger gut gehen. Und viele werden das Vertrauen in die Zukunft verloren haben.«

»Und du, Nadia? Hast du es verloren?«

Nadia zuckte mit den Schultern. »Ich weiß es nicht. Aber ich finde die Welt derzeit wirklich ekelhaft. Dieser schreckliche Fall mit Emeline und unseren Vorgesetzten, diese Pandemie, die Krise, die daraus entstehen wird …«

Laura sah sie bange an. »Aber du hast mich. Wir haben gute Freunde und leben in einer wundervollen Region. Willst du kein Kind mehr?«

Nadia seufzte. Nun waren sie wieder beim Thema.

»Doch Laura, wir können ein Kind haben. Vor allem, wenn wir adoptieren, tun wir etwas Gutes. Aber ich möchte kein Kind in diese Welt setzen. Bitte verlange das nicht von mir. Ich will und kann es nicht.«

Laura nickte langsam. »Ich weiß, *Chérie*, und ich verlange es nicht von dir. Aber vielleicht könnten wir etwas wirklich Gutes tun und ein Pflegekind aus einer schwierigen Familie aufnehmen? Ich wollte immer ein Baby, aber ich bin auch bereit, ein Kind zu adoptieren, das schon älter ist und dem wir wirklich helfen können.«

Nadia zuckte wieder mit den Schultern. »Wie du willst, *Chérie*. Lass mich zuerst gesund werden, diesen Fall mit meinen Vorgesetzten gut überstehen und die Pandemie vorbeigehen. Und dann kümmern wir uns ganz gezielt darum. Einverstanden?«

Sie spürte, wie sie wieder müde wurde, wenn sie daran dachte, was noch alles bevorstand. Nun hatte sie zwei Wochen, um sich vollkommen zu erholen, bevor sie sich wieder ins Geschehen stürzte.

LUCIE

Lucie war zutiefst schockiert. Alles, was sie erfahren hatte, hatte ihre Trauer in eine unbändige Wut verwandelt. Emeline war überhaupt nicht depressiv gewesen. Ihr Tod war verursacht worden. Vor Emelines Tod hatten einige Mitschüler sie zutiefst gedemütigt und ihr das Schlimmste zugefügt, was ein junges Mädchen erfahren konnte: eine Vergewaltigung.

Castini hatte Lucie und Nicolas über den Film erzählt, den die Jungen gemacht hatten und der wahrscheinlich für Kens Tod verantwortlich war, weil Ken Arthur und die Clique damit hatte erpressen wollen. Seltsamerweise hatte er den Film irgendwie ins Internet gegeben, weil ihn dort eine der Personen, die mit Nadia Aubertin arbeiteten, gefunden hatte. Castini schien nicht ganz genau zu wissen, woher der Film kam, er meinte nur, jeder der Jugendlichen hätte ihn auf irgendeine Porno-Webseite stellen können. Sehr zu seiner Freude hatte Castini erfahren, dass andere Pornofilme von diesen Jugendlichen überall im Internet aufgetaucht waren. Vor allem die Tochter seiner großen Rivalin und Feindin Marie Lefèbre, Léane, war in diesen Videos sehr präsent. Sie war eine begnadete Pornodarstellerin, die ihren nackten Körper mit Freude zeigte. Anscheinend wollte sie Porno-Schauspielerin werden und wurde von ihren Klassenkameraden als das *Sex-Girl* bezeichnet. Sie war bereits mit jedem Klassenkameraden von Arthur, dem Sohn des Procureurs, beim Sex gefilmt worden, und teilweise auch mit Mädchen.

Marie Lefèbre, der Commissaire Divisionnaire und der Procureur waren natürlich über diese Filme schockiert und versuchten sie von den Internetseiten zu bekommen. Sie verklagten sogar die Anbieter, denen das ziemlich egal war. Denn die Filme waren anonym gepostet worden. Man konnte die Adressen nicht zurückverfolgen. Lucie lachte bitter, wenn sie daran dachte, dass diese Leute zwar keine Probleme damit hatten, dass ihre Kinder eine Mitschülerin demütigten und vergewaltigten, es aber skandalös fanden, dass irgendjemand ihre privaten Sexfilme ohne ihre Zustimmung ins Internet gegeben hatte.

Castini hatte es abgelehnt, dass Emelines Eltern den Film von der Vergewaltigung ihrer Tochter sehen sollten. Doch Lucie wusste, dass sie ihn bei der Gerichtsverhandlung ohnehin zeigen würden. Sie war zutiefst schockiert darüber, dass der erste Staatsanwalt und der Polizeidirektor Leute hatten ermorden lassen, nur um die Schandtat ihrer Kinder zu vertuschen. Es war ganz einfach unmöglich, das alles zu akzeptieren! Castini meinte, es würde einen Riesenskandal geben. »Einen Skandal, der der Stadt Marseille würdig ist und die Menschen erstmals die Pandemie, die Ausgangssperre und die Wahlen vergessen lassen wird«, versprach er.

Doch der Skandal könne erst zu Ende der Ausgangssperre inszeniert werden. Wenn sie die Bombe zu früh platzen ließen, würde der Schuss ins Leere gehen. Denn im Moment waren die Gerichte noch geschlossen und jeder dachte nur daran, diesen Lockdown zu Ende zu bringen und der Krankheit zu entwischen. Die Polizisten der PJ und der Staatsanwalt hatten gut ermittelt und anscheinend sogar handfeste Beweise dafür, dass Vorstadtgangster, die kürzlich von der PJ verhaftet und sofort wieder freigelassen worden waren, das Feuer beim Englischlehrer Moltet gelegt hatten.

»Wir haben Kontakte in Paris, im Justizministerium, und werden dort melden, was hier passiert ist«, berichtete Castini weiter. »Ich bin dabei, alle Unterlagen zusammenzutragen und zu präsentieren. Es wird ein Riesending, Madame Bernier. Doch ich muss Sie warnen. Es wird nicht einfach für Sie werden. Sie müssen stark sein, der Presse die Stirn bieten. Den Prozess überstehen. Ich werde schließlich auch Kens Eltern vertreten, obwohl Ken natürlich mit Emeline nichts gemein hatte. Emeline war ein Opferlamm, das von ihren Kameraden im Namen der Bosheit geschlachtet wurde. Ken hat diese Kameraden erpresst, soviel wir wissen, aber diesen Tod hat er trotzdem nicht verdient! Ich vertrete sozusagen fünf Parteien mit den beiden Lehrern und vielleicht sogar mehr, falls die Polizistin und der junge Staatsanwalt Probleme bekommen.«

»*Maître*«, wagte Lucie einzuwenden, »wir haben nie über Ihre Tarife gesprochen. Sie haben uns noch gar nichts verrechnet.«

»Die Tarife sind das geringste Übel! Ich werde Ihnen nicht viel dafür verrechnen. Denn für mich ist das alles eine Image-Sache. Ich habe einen gewissen Ruf. Man sagt, ich sei ein Anwalt nach amerikanischer Art, der für seine Mandanten alles und jeden verklagt. Doch ich habe Prinzipien. Korruption hasse ich wie die Pest. Wie Corona, würde man heute sagen. Und Korruption vonseiten hoher Beamter ist mein Horror! Deshalb, Madame, bezahlen Sie im Moment nur zweitausend Euro pro Familie.«

Lucie schluckte. »Danke, *Maître*. Das ist wirklich sehr großzügig.« Sie wusste, dass Castini ständig an dem Fall arbeitete und deshalb sogar sein Haus verloren hatte. Zweitausend Euro waren eine symbolische Summe, kaum der Rede wert für einen so wichtigen Fall. Allerdings waren sie mehrere und Castini kam wahrscheinlich trotzdem auf seine Rechnung. Vor allem, wenn er den Fall gewann und damit riesiges Aufsehen erregte.

»Vielen Dank, *Maître*, dass Sie uns übernommen haben. Denn am Anfang war das für einen Staranwalt wie Sie ein sehr nichtiger Fall.«

»Ich denke, Sie sollten nicht mir danken, sondern den jungen Leuten, die sich für Sie eingesetzt haben. Madame Aubertin und Monsieur Frigeri. Diesen Frigeri hatte ich ja ganz falsch eingeschätzt, ahnte nicht im Geringsten, dass er ein Held ist. Er war bisher ein lästiger Besserwisser, aber wenn sich so einer in korrupte Vorgesetzte verbeißt, ist er sehr effizient!«

»Nun, er ist der Bekannte von Freunden, die sich wegen Emelines Tod an ihn gewandt haben. Und er hat sich dafür entschieden, das Risiko einzugehen und uns zu helfen, obwohl er keinen Vorteil davon hatte!«

»Ja, weil er für die Gerechtigkeit und gegen die Korruption ist. Und er hat es sehr schlau gemacht. Sein Vorgesetzter hat keine Ahnung davon, was er anstellt. Wird ein schlimmes Erwachen für ihn werden.«

Castini gluckste ins Telefon.

»Ich freue mich schon auf den elften Mai, wenn ich zu Adriani gehen und ihm verkünden werde, was ich gegen ihn in der Hand habe.«

»Seien Sie bloß vorsichtig, *Maître*, dass die Sie nicht noch einmal töten wollen!«

»Aber nein! Einmal reicht. Zweimal, das ist dann schon nicht mehr professionell. Außerdem weiß keiner, wo ich derzeit bin. Ich bin sehr präsent, aber zugleich abgetaucht. Home-Office! Ideal.«

Lucie bedankte sich noch einmal bei Castini. Dieser beschwor sie, im Moment Geduld zu haben, aber versprach, sie auf dem Laufenden zu halten.

Als Castini aufgelegt hatte, schluchzte Lucie. Oh, ja, es half ihr, sich so abzureagieren. Diesen Leuten das Handwerk zu legen. Diese Jugendlichen würden bezahlen. Genauso wie ihre Eltern, die versucht hatten, die Schandtaten ihrer Kinder zu vertuschen und dabei über Leichen gingen. Es war ihnen sogar gelungen, einen neunzehnjährigen Schüler abknallen und die Frau des Englischlehrers ins Koma befördern zu lassen!

Wenn Lucie nicht an die Rache dachte, dann vergingen ihre Tage grau in grau. Sie war von der Arbeit freigestellt und auf Kurzarbeit gemeldet. Sie musste nichts tun, aber bekam Arbeitslosengeld. Das Einzige, was sie zum Weiterleben motivierte, waren ihre beiden Söhne. Die Zwillinge litten unter dem Verlust ihrer Schwester und unter der Trauer der Eltern. Noch dazu mussten sie zuhause selbstständig für die Schule arbeiten, weil Lucie ihnen nur sehr wenig half. Durch die Ausgangssperre konnten sie ihre Freunde nicht besuchen, die sie aufgeheitert hätten, und waren in der düsteren Atmosphäre des Hauses und des Gartens gefangen. Lucie hasste dieses Haus, das sie früher sosehr geliebt hatte, und verabscheute den Garten und vor allem die Magnolie, auf die sie so stolz gewesen war.

Sie wollte nach dem Lockdown fort. Fort aus diesem Haus, aus diesem Ort, aus dieser Region. Seltsamerweise war ihr Mann damit einverstanden. Es galt, die Flucht zu ergreifen. Nun, zuallererst würde der Prozess stattfinden. Lucie wusste nicht, was sie erwartete. Sie wollte, dass das ganze Land erfuhr, welches Unrecht Emeline angetan worden war und dass die Schuldigen bestraft wurden. Sie dachte nicht an Geld, eine Abfindung oder einen Buchvertrag, wie so viele Opfer das heute taten. Nur an Gerechtigkeit. Der Prozess würde hart werden, Castini hatte sie gewarnt. Doch er gehörte zur Trauerarbeit dazu. Und Lucie war bereit. Sie hoffte, dass Christine und andere Opfer fähig dazu sein würden auszusagen. Lucie fühlte sich nicht allein. Um sie waren Menschen, denen ihr Problem so wichtig war, dass sie dafür sogar ihr Leben aufs Spiel gesetzt hatten. Diese Tatsache half ihr, an die Menschheit und die Zukunft zu glauben.

FIONAS NEUES LEBEN

Fiona schwebte auf einer rosaroten Wolke. Sie hatte ihre Wohnung mehr oder weniger verlassen und war nun ständig bei Pierre. Dieser half dem Anwalt Castini, die Anklage vorzubereiten, hatte aber ansonsten nicht allzu viel zu tun und verfügte über Zeit, um Fiona zu verwöhnen. Wenn sie arbeitete, kochte er ihr am Abend etwas, dazu tranken sie ein gutes Glas Wein, dann liebten sie sich lange, und am Morgen war es wunderbar, in seinen Armen zu erwachen.

Er bereitete ihr Frühstück, das er ihr häufig im Bett servierte. Wenn Fiona nicht arbeitete, gingen sie joggen, doch stets mieden sie die Kreisverkehre, an denen ihre Kollegen standen. Fiona wollte nicht, dass das gesamte Kommissariat sofort erfuhr, dass sie mit dem Staatsanwalt liiert war. Nach der Ausgangssperre würden die Kollegen ohnehin bald auf dem Laufenden sein, doch im Moment hatte sie nur Florian davon erzählt, der sich tierisch gefreut hatte, denn Pierre war ein guter Freund, dem er schon lange Glück in der Liebe wünschte. Auch Nadia und Laura wollte Fiona es bald mitteilen.

Nadia war dabei, sich langsam zu erholen, Fiona war erschrocken darüber, wie schmal und blass ihre Vorgesetzte aussah. Wenn sie miteinander über Skype sprachen, spürte Fiona, wie müde Nadia noch immer wirkte. Ihre Gespräche fielen stets sehr kurz aus. Laura hatte das Virus nur gestreift, wie diese sagte. Beide mussten jedoch bis zum fünften Mai eingesperrt bleiben, sie durften erst hinaus, wenn sie mit Sicherheit nicht mehr ansteckend waren.

Fionas Arbeitsbedingungen waren Anfang Mai viel lockerer geworden. Die Ausgangssperre war zwar noch in Kraft, die Kontrollen waren aber im Hinblick auf das baldige Ende des Lockdowns viel weniger streng. Die Zahlen der Ansteckungen, der Spitalseinweisungen und der Toten waren in den vergangenen Tagen bedeutend gesunken, und für den elften Mai war das Ende der Ausgangssperre vorgesehen. Fiona und ihre Kollegen patrouillierten zwar noch und bewachten die Strände, die natürlich mit den steigenden Temperaturen bei den Bewohnern von Marseille immer begehrter wurden, doch so viele Kontrollen wie am Anfang wurden an den Kreisverkehren nicht mehr gemacht. Sie arbeiteten nun wieder am Meer, diesmal ganz hinten, an der Pointe Rouge und bei Montredon, im Stadtviertel, in dem Laura und Nadia lebten. Und bald würden die Capitaines, Lieutenants und ihre Teams ihre Ermittlungen wieder aufnehmen können.

Pierre, Fiona und Florian waren auf der Suche nach den beiden Männern aus der Vorstadt, die auch Rachid und Franck interessierten, weil sie anscheinend in Kens Ermordung verwickelt gewesen waren. Doch seltsamerweise schienen die beiden wie vom Erdboden verschluckt zu sein. Fiona hatte es geschafft, Luc einzuteilen. Er hatte sich über Marie nach den beiden erkundigt. Maries Schwägerin kannte ihre Familien, die sehr besorgt waren, weil die beiden anscheinend nun schon seit Tagen untergetaucht waren. Natürlich wussten Amir Moammars und Omar Kaslibis Verwandte, dass die beiden kriminell waren und in der Vorstadt den Drogenhandel organisierten, und waren wahrscheinlich darauf vorbereitet gewesen, dass sie eines Tages verschwinden würden.

»Wundert dich das?«, fragte Pierre Fiona. »Unsere Vorgesetzten haben ihnen sicher geholfen, das Weite zu suchen, damit wir sie nicht erwischen und im Zuge des Prozesses ausfragen.«

Das war eigentlich zu erwarten gewesen. Doch nun fehlten ihnen wichtige Zeugen, die die korrupten Beamten hätten belasten können. Fiona seufzte.

»Wir müssen noch ein wenig Geduld haben, *Chérie*«, meinte Pierre. »Castini ist dabei, die Klagen vorzubereiten. Und die Presse nimmt den Faden auf.«

In der Tat schien die *Provence* sich nun für die Sache zu interessieren. Lauras Artikel war dafür wohl ausschlaggebend gewesen. Daniel hatte die Weisung erhalten, einen Artikel über die Schule *Saint Christophe* zu schreiben. Und Laura sollte Leute interviewen, die Emeline gekannt hatten. Da die *Provence* sich für die Sache interessierte, begann auch die *Marseillaise* zu recherchieren. Die beiden

Zeitungen schienen nun gegen Ende der Ausgangssperre motiviert zu sein, wieder andere Themen als den umstrittenen Professor und sein Medikament, die Ausgangssperre, die COVID-Statistiken, die Wirtschaftskrise und die internationale COVID-Lage zu bearbeiten. Die Schlinge um den Hals der Schuldigen und Mitschuldigen wurde immer enger. Bald würde schwarz auf weiß in der Zeitung stehen, dass der Sohn des Staatsanwaltes und die Töchter des Polizeipräsidenten und eines wichtigen regionalen Politikers einer Gruppenvergewaltigung verdächtigt wurden. In zehn Tagen würde die Ausgangssperre zu Ende sein und langsam würde das öffentliche Leben wieder anlaufen. Und dann konnten auch die Schuldigen überführt werden. Es würde nicht Schlag auf Schlag gehen, denn die Mühlen der Verwaltung mahlten langsam, doch sicher würde die Öffentlichkeit auf das aufmerksam werden, was der Procureur und der Leiter der PJ in den vorhergehenden Wochen getrieben hatten.

Und da sich das Mühlwerk in Bewegung gesetzt hatte, war es nun für die beiden zu spät, Menschen zu eliminieren oder zu suspendieren. Das war genau das gewesen, was Laura gewollt hatte: Darüber schreiben, um die Sache öffentlich zu machen und so geschützt zu sein. Fiona spürte noch immer dieses Gefühl der Unwirklichkeit. Sie konnte kaum glauben, dass das, was sie derzeit durchlief, ihr Leben war. Diese seltsame Zeit mit dem Lockdown, ihre Arbeit mit Patrouillieren, Kontrollieren und Strafen, ihre Beziehung zu Pierre …

Die Kollegen baggerten sie weiterhin an. André, Kenny und Stéphane überboten sich gegenseitig, und Fiona fühlte sich, als würde eine Meute Jagdhunde ihr ständig hinterherhecheln. Luc war nach wie vor freundlich und arbeitete gern mit ihr, doch es war offensichtlich, dass er nicht mehr um ihre Gunst buhlte. Er erzählte in der Arbeit nichts, doch Fiona und Florian vermuteten, dass er das Herz und das Bett der hübschen Marie erobert hatte. Anscheinend half er dem Verein *Marseille Meilleure* ebenfalls während seiner Freizeit und hatte auch seinen Kollegen Philippe, Michel, Rachid und Franck geraten, mit dem Verein zu arbeiten, als diese in die *Quartiers Nord* beordert worden waren. Doch Franck hatte ihm den Vogel gezeigt.

»Ich mache das gewiss nicht«, hatte er gesagt, und Fiona und Florian, die danebengestanden waren, kopfschüttelnd angesehen.

»Ich bin Capitaine der *Stup*. Wir sind die Bösesten der Bösen und können keine Lebensmittelpakete verteilen.«

»Ja, Franck, aber im Moment ist alles vermischt. Wir sind da, um den Lockdown zu überwachen.«

»Wir nicht«, hatte Franck entgegnet, »wir sind noch immer die Drogenbrigade, haben ganz offiziell unsere Aufgaben beibehalten und sollen vor allem den Handel unterbinden. Und da müssen wir hart durchgreifen. Wir können uns nicht mit den Leuten aus der Vorstadt anfreunden. Tut mir leid, Luc. Aber es freut mich, dass du plötzlich so sozial geworden bist!«

Franck hatte Luc angegrinst. Gewiss hatten die anderen Kollegen ihm schon verraten, dass Luc sich in eine *Socialo* verliebt hatte, die vielleicht sogar eine *Coco* war, eine Kommunistin. Marie war eine Grundschullehrerin, die in ihrer Freizeit im Verein ihrer Schwägerin aktiv mithalf. Ob Luc auf Dauer mit so einer Frau zusammen sein konnte, blieb dahingestellt, sie war nämlich wirklich sehr sozial eingestellt. Und Luc, als Capitaine der PJ, machte sich über die Vorstädte und ihre Einwohner keine Illusionen. Wahrscheinlich würde es ihn über kurz oder lang nerven, dass Marie diese Leute sosehr unterstützte und ständig verteidigte. Fiona selbst gefiel Maries Einstellung.

»Es sind nicht die Vorstädte, die kriminell sind«, hatte Marie ihnen erklärt, »sondern die jungen Männer, die sich auf den Drogenhandel spezialisiert haben. Sie bluten die Vorstädte aus und alle Infrastrukturen verschwinden. Die Frauen und die Alten können nichts dafür. Sie sind die Opfer, denen wir zu helfen versuchen. Die Dealer werden von uns nicht unterstützt. Genauso wenig wie die radikalisierten Muslime.«

Auf jeden Fall war Fiona froh, dass mindestens Luc nicht mehr so anhänglich war, denn die anderen reichten ihr durchaus. Vor allem der blonde Casanova André war nicht zu überbieten. Er versuchte alles Mögliche, um Fiona zu verführen, doch sie lehnte stets lächelnd ab. Da immer noch Ausgangssperre herrschte, war es nicht besonders schwierig, Andrés Angebote auszuschlagen.

»Ich habe über zwei Jahre mit ihm gearbeitet«, meinte Florian, »und habe ihn durchschaut. Was er liebt, ist der Flirt, das Werben. Wenn er dann eine Frau endlich für sich gewonnen hat, interessiert er sich schon nicht mehr für sie.«

»Nun, mir ist er ohnehin egal«, meinte Fiona. »Ich bin unter der Haube.«

»Ja, ich freue mich sehr für dich. Und für Pierre. Ich finde, ihr passt super zusammen.«

»Nun ja, er ist ein Staatsanwalt und ich bin nur ein einfacher Brigadier.«

»Och, und was soll daran anstößig sein? Er war schon bei unserem ersten Picknick ganz hingerissen von dir. Aber ich habe ihm geraten, sich dir als Freund zu nähern. Siehst du, mein Rat hat gewirkt.«

»Vollkommen. Natürlich haben auch die Dinge, die wir gemeinsam erlebt haben, uns zusammengeschweißt. Vor allem dieser schreckliche Abend im Regen.«

»Was ist eigentlich genau passiert? Ihr verschweigt es allen. Ich verstehe, dass ihr Nadia im Moment verschonen wollt, aber mir könnt ihr es doch erzählen!«

Fiona zögerte ein wenig, aber dann schilderte sie Florian, was bei Moltet geschehen war. Seine Augen weiteten sich erstaunt.

»*Mon Dieu*, Fiona, da hast du aber gut reagiert. Die hätten euch abknallen können!«

»Wir hatten auch Glück. Stell dir vor, wenn sie weiter geschossen hätten, anstatt abzuhauen. Dann hätte es Tote gegeben. Entweder sie oder uns.«

»Ihr seid knapp dem Tod entronnen.«

»Ja, genau. Und es war der Abend, an dem wir dann ein Paar wurden. Dieses Erlebnis hat bei mir wahrscheinlich etwas verändert.«

»Und das ist auch gut so. Nun bist du dabei, deine Vergangenheit hinter dir zu lassen.«

Fiona schluckte. Brice hinter sich zu lassen war schwierig gewesen. Sie wusste nicht warum, aber sie fürchtete sich noch immer vor ihm. Viel mehr als vor den Vorstadtgangstern, die auf sie geschossen hatten. Auch wenn er mehr als tausend Kilometer entfernt war. Sie hatte mit Pierre ausgiebig über das Problem Brice gesprochen. Doch das hatte ihr die Angst vor ihm trotzdem nicht genommen. Brice hatte sie wieder angerufen. Mit einer neuen Nummer. Sie hatte abgehoben, weil sie gedacht hatte, es sei einer ihrer Kollegen. Und er hatte ihr gesagt, dass er sie noch immer liebe, dass er sie wieder zurückhaben wolle, dass er sie holen kommen würde.

Sie hatte ihm gesagt: »Zu spät, ich habe jemand anderen«, und hatte aufgelegt.

Nun hatte sie Angst, dass Brice in Marseille auftauchen würde. Trotz des Lockdowns.

DIE LEICHE VON CALLELONGUE

Fiona und Luc hatten Nachtdienst. Es war ruhig und Fiona kämpfte gegen den Schlaf. Auch Luc schien müde.

»Mann, wenn nichts los ist, dann geht die Zeit nicht vorbei«, meinte er.

Fiona zuckte mit den Schultern.

»Es wird wohl im Moment der Lockdown nicht mehr so genau überwacht. Und die Leute bleiben trotzdem brav daheim.«

»Ach«, meinte Luc, »es ist fast vorbei. Wir wissen, dass ab dem elften Mai die totale Ausgangssperre vorüber ist und dass die Zahl der Krankenhauseinweisungen und der Toten täglich sinkt. Was sollen wir da die Menschen, die jetzt dann genug von der Ausgangssperre haben, noch quälen?«

»Sicher«, meinte Fiona. »Und es wird Zeit, uns um unsere Ermittlungen zu kümmern.«

Luc schnaubte. »Super. Nachdem uns unsere Vorgesetzten durch ihre irrsinnigen Entscheidungen unsere Arbeit in la Busserine zunichtegemacht haben und die beiden Hauptschuldigen spurlos verschwunden sind! Natürlich, der Lockdown, Corona, aber diese beiden Kerle hatten schon mindestens vier Morde begangen, und sie einfach laufen zu lassen, war ein Fehler. Franck und Rachid sind unendlich wütend, weil sie fühlen, dass man sie verarscht, doch unsere Kommissare scheinen das alles ganz normal zu finden. Ich frage mich, was unsere Vorgesetzten im Kopf haben. Und in diesem chaotischen Klima sollen wir unsere Ermittlungen wieder aufnehmen? Sehr motivierend, würde ich sagen!«

Fiona sah ihn von der Seite an. Sie beschloss, sich ihm teilweise anzuvertrauen. »Luc, es ist viel schlimmer, als du denkst. Wir glauben, dass diese beiden Gangster von unseren Vorgesetzten eingeteilt wurden, um Leute zu eliminieren, die denen im Weg waren. Wegen des Selbstmords der Schülerin Emeline Bernier.«

Luc starrte sie an. »Ach … und du bist also auf dem Laufenden?«

»Es ist Nadia. Und das Ganze geht von Pierre aus. Er hat herausgefunden, dass der Sohn seines Vorgesetzten und die Tochter des Commissaire Divisionnaire in die Sache mit dem Selbstmord verwickelt waren. Weil sie Emeline einer Gruppenvergewaltigung unterzogen haben. Und Nadia hat beschlossen, gegen den Willen eures Kommissars zu ermitteln. Florian und ich haben ihr geholfen. Und wir sind auf sehr brisante Dinge gestoßen.«

»*Mon Dieu*, ich hätte es mir denken sollen, dass Nadia darin verwickelt ist. Denn der Artikel in der *Provence* stammt von ihrer Lebensgefährtin, die ich kenne. Aber Pierre Frigeri … ich weiß nicht, was ich darüber denken soll. Er riskiert Kopf und Kragen. Dabei schien er mir sehr karrierebewusst. Sehr überlegt. Vertraust du ihm?«

Fiona spürte, wie sie errötete. Sie konnte Luc trotz allem nicht über Pierre und sich selbst erzählen. Wo sie ihm drei Wochen zuvor gerade erst mitgeteilt hatte, dass sie keine Beziehung mehr wollte!

»Ja«, meinte Fiona, »und vor allem Nadia vertraut ihm.«

»Ich weiß, dass Nadias früherer Vorgesetzter Mathieu, einer meiner besten Freunde, mit Pierre auch sehr befreundet war. Aber ich bin mit ihm nie so richtig warm geworden, obwohl er nach anfänglichen Schwierigkeiten sehr korrekt mit mir war. Ich befürchte, dass er ein persönliches Ziel mit dieser Ermittlung gegen seinen Vorgesetzten verfolgt. Pierre macht nichts, ohne einen Gewinn dabei zu haben.«

Fiona zuckte mit den Schultern. »Das kann ich nicht beurteilen, Luc. Aber ich kann dir sagen, dass diese Sache, die *Maître* Castini nun bearbeitet, eine Riesenschweinerei ist.«

»Nun, unsere Vorgesetzten haben viel Macht. Aber ich persönlich möchte nicht Castini am Hals haben. Er gibt niemals auf. Er weiß genau, wie man Skandale inszeniert. Und er hat viele nützliche Verbindungen.«

Hoffen wir es, dachte Fiona.

»Auf jeden Fall«, sagte sie, »haben auch Rachid und Franck bemerkt, dass irgendetwas nicht stimmt. Es wird offensichtlich und so einfach kann sich unsere Direktion nicht rausreden.«

»Ja. Nicht wirklich motivierend, das Ganze. Mann oh Mann, was für eine schwierige Zeit«, seufzte Luc.

Bald schon dösten beide vor sich hin. Luc hing in seinem Bürosessel, den Kopf nach hinten. Fiona saß am Schreibtisch, den Kopf auf den verschränkten Armen. Sie schlief eine Stunde.

Dann läutete das Telefon. Luc reagierte als Erster, hob ab und schaltete auf Lautsprecher. Eine tiefe Stimme mit einem typischen Marseiller Akzent.

»*Bonjour*, hier spricht der Adjutant Marre von der Gendarmerie Maritime. Es wurde vor einer halben Stunde von Fischern eine Leiche im Meer entdeckt. Am Rande der Insel Maïre. Ein Nordafrikaner. Einschussloch mitten auf der Stirn. Wir waren in der Gegend und konnten sofort hinfahren.«

Luc sah Fiona erstaunt an. »Na, so was! Einige haben während der Ausgangssperre trotzdem Gelegenheit zu morden!«

»Was sollen wir jetzt tun, *Capitaine*?«, fragte der Gendarm am Telefon.

»Nun, ich glaube, ich sollte kommen. Und die Gerichtsmedizin. Wo ist er jetzt?«

»Wir haben ihn in den Hafen von Callelongue gebracht. Es nützte nichts, ihn an der Insel zu lassen. Er ist wohl dorthin geschwemmt worden.«

»Gut. Ich komme sofort. Mal sehen, ob wir den Kerl kennen.«

Er legte auf und wandte sich an Fiona. »Kommst du mit?«

»Aber … wir sollten eigentlich hier bleiben!«

»Wir haben eine Leiche! Da dürfen wir wohl raus. Das kommt nun doch nicht jede Nacht vor! Ich rufe Philippe an, der am Morgen am Alten Hafen beginnen soll, und befehle ihm, mit einem Brigadier hierherzukommen.«

Als Philippe und sein Kollege im Kommissariat eintrafen, war es fünf Uhr morgens. Sie sollten nun den Telefondienst übernehmen. Luc hatte dem Kommissar Blachet eine Nachricht hinterlassen und einen Gerichtsmediziner kontaktiert, der ebenfalls nach Callelongue kommen würde, um die Leiche zu untersuchen. Luc und Fiona rasten durch die Stadt Richtung Süden. Am Rand des Nationalparks der Calanques, ganz am Ende von Marseille, befand sich der winzige Fischerhafen Callelongue in einer hübschen kleinen Calanque. Dort endete die Straße und man musste zu Fuß durch den Nationalpark der Calanques weiter, um in die anderen Felsbuchten zu gelangen. Tagsüber brauchte man vom Stadtzentrum aus nach Callelongue fast eine Stunde, doch bei Nacht mit Blaulicht und Geschwindigkeitsüberschreitungen würden Luc und Fiona weitaus weniger lang unterwegs sein.

»Mal was anderes«, meinte Luc. »Unsere langweilige Nacht ist auf angenehme Weise unterbrochen worden. Sonnenaufgang am Meer.«

»Nun, angenehm …«, erwiderte Fiona sarkastisch. »Sonnenaufgang mit Wasserleiche! Und wahrscheinlich mit einer ermordeten Wasserleiche.«

»Ja, es sieht sehr interessant aus.« Luc schien sich zu freuen, einmal wieder *normal* arbeiten zu können, sich mit Morden zu befassen, anstatt mit Leuten streiten zu müssen, die die Ausgangssperre nicht beachteten.

Sie fuhren die Straße entlang, die von Montredon, dem südlichsten Stadtviertel Marseilles, ins Fischerdorf Les Goudes und dann von dort weiter nach Callelongue führte. Niemand kam ihnen entgegen. Fiona bemerkte, dass es windig war. Die Luft war kühl, und sie war froh, ihren Anorak anzuhaben.

»Ist das der Mistral?«, fragte sie.

Der Capitaine nickte. »Ein relativ schwacher Mistral. Böen mit nur fünfzig Stundenkilometern. Aber er wird wahrscheinlich morgen oder übermorgen anschwellen.«

In der winzigen Felsbucht von Callelongue angekommen sahen sie im spärlichen Licht der Hafenbeleuchtung fünf Menschen am Pier stehen.

Luc und Fiona banden sich ihre Gesichtsmasken um, verließen ihr Auto und stiegen die Stufen hinunter in die Calanque, wo einige Boote ankerten.

Ein Mann mit Maske eilte auf sie zu. Luc schien ihn zu kennen.

»Bonjour, Capitaine, bonjour, Madame!« Er winkte Luc und Fiona zu. Man schüttelte sich in Corona-Zeiten nicht mehr die Hände.

»Ich bin der Adjutant Marre der Gendarmerie Maritime. Da es sich wahrscheinlich um Mord handelt, habe ich mir erlaubt, Sie zu verständigen. Das ist mein Kollege, der Gendarm Foch. Und hier haben wir die drei Fischer, die den Mann gefunden haben.«

Die drei älteren Männer, die keine Masken trugen, nickten den Polizisten zu.

»Wo genau haben Sie ihn gefunden?«, fragte Luc.

Der Älteste ergriff das Wort. Auch er hatte einen sehr starken südlichen Akzent. »Nun, dort vorn, Richtung les Goudes, befindet sich eine Insel. Maïre. Ein Felsmassiv, das achtzig Meter von der Küste aus dem Meer ragt. Wir fahren zum Fischen meistens hinter diese Insel, weil der Fisch dort draußen besser ist. Wir fahren an der Insel entlang, weil sich dort alle möglichen Meerestiere aufhalten. Und wir beleuchten die Küste. Und da trieb er, in einer Steinbucht. Ist wohl vom Meer dorthin geschwemmt worden.«

»Wo ist er?«

Der Gendarm zeigte mit dem Finger hinter die Fischer. Dort lag einige Meter weiter hinten eine Form am Boden. Sie gingen die paar Schritte bis zu dem Toten. Der Gendarm beleuchtete ihn mit seiner riesigen Lampe.

»Es scheint ein Nordafrikaner zu sein«, meinte er. »Die Hautfarbe. Aber wir haben nichts. Keinen Namen, keine Papiere … nichts!«

Die Lampe leuchtete hell auf das Gesicht des Toten. Fiona erstarrte. Diese kurz geschorenen Haare, das etwas längliche Gesicht. Sogar in ihren Albträumen erschien er ihr, denn dieser junge Mann hatte zehn Tage zuvor im Garten des verbrannten Hauses auf sie geschossen! Und vorher hatte sie ihn in seinem Auto ganz deutlich gesehen. Sie zuckte zurück.

Luc sah sie langsam an.

»Du erkennst ihn auch wieder, nicht wahr? Rachids *Freund*. Der Rachid damit bedroht hat, ihn abzuknallen. Omar Kaslibi. Den unsere Vorgesetzten laufen ließen. Über den wir gerade vorher gesprochen haben. Nun, jetzt hat sich die Sache ja erledigt!«

Fiona schüttelte verzweifelt den Kopf. Es hatte sich nichts erledigt. Die beiden Männer, deren Geständnis und Aussagen sie gegen ihre Vorgesetzten gebraucht hätten, waren nun tot. Ganz sicher trieb auch der zweite Übeltäter irgendwo im Meer. Als Luc sich mit den Gendarmen unterhielt, rief Fiona Pierre an. Er meldete sich tatsächlich, schien hellwach und erschrocken zu sein.

»*Chérie*, was ist los?«, fragte er atemlos.

»Wir haben eine Leiche in Callelongue. Omar Kaslibi. Der bei Loïc Moltet auf uns geschossen hat. Wenn du kannst, komm hierher!«

Pierre schien nicht besonders erstaunt. »Ich komme!«, rief er und legte auf. Fiona ging wieder zu Luc.

Bald kam der Gerichtsmediziner. Er war ein ziemlich alter Mann, der jedoch trotz der frühen Morgenstunde unter seiner Maske eine gewisse Frische und Energie ausstrahlte.

»Capitaine Luc Garnier!«, rief er. »Welche Ehre! Endlich haben wir wieder Kunden. Dieser Lockdown war ja wirklich nicht gut für unser Geschäft!«

»Hallo Luis, es freut mich, dass du ihn untersuchst. Er war anscheinend ein treuer Kunde!«

Er schilderte dem Gerichtsmediziner in knappen Worten den Tathergang, ohne jedoch die Ungereimtheiten mit seinen Vorgesetzten zu erwähnen. Aber er beschwerte sich darüber, dass man Kaslibi kurz vor dem Lockdown hatte laufen lassen müssen.

»Nun, jetzt gehört er mir. Es gibt wohl eine Gerechtigkeit«, meinte der Gerichtsmediziner ungerührt und beugte sich über die Leiche.

Luc erklärte Fiona, dass es sich um den ältesten Gerichtsmediziner der Stadt handelte, der eigentlich lange in Pension sein sollte, sich aber nicht überwinden konnte, zu gehen. Seine Kompetenz und Leidenschaft waren allerseits bekannt. Die Kommissare und Ermittlungsleiter der PJ prophezeiten, dass er in einigen Jahren bei der Arbeit sterben würde. Luis Fernandez war bekannt für seinen deftigen, makabren Humor. Er begann, den Toten sorgfältig zu untersuchen.

»Nun, die Obduktion wird mehr ergeben, aber er liegt schon einige Tage im Meer. Erschossen und entsorgt.« Fernandez zeigte auf die Einschussstelle am Kopf des jungen Mannes mitten auf der Stirn.

»Der Mann hatte wohl Probleme mit Schusswaffen. Er hat eine ziemlich schlimme Verletzung am Bein, die auch auf einen Einschuss hindeutet. Dieser ist aber älter, eine Woche, würde ich sagen.« Der Arzt hob die Hose des Toten und zeigte auf den Unterschenkel, wo man eine hässliche Wunde sah. »Entzündet. Wahrscheinlich nicht zum Arzt gegangen. Wurde nicht oder schlecht behandelt«, murmelte Fernandez. »Schießerei. Er wollte kein Aufsehen erregen, versuchte sich selbst zu heilen, einige Tage danach erneut Schießerei, diesmal ins Hirn, bumm, tot.«

»Ist die Kugel noch drinnen im Unterschenkel?«, wollte Luc wissen.

»Eher nicht, es sieht so aus, als hätte er selbst oder ein Laie sie ihm herausoperiert«, meinte Fernandez und verzog das Gesicht, »aber ich sehe dann in meinem Kämmerchen genauer nach!«

Fiona erinnerte sich an den Schusswechsel. Und wenn sie es war, die diesen Mann verletzt hatte? Und wenn die Kugel gefunden wurde?

Sie war froh, dass Pierre in Kürze kommen würde, denn ihr war nicht mehr wohl zumute.

Der Gerichtsmediziner meinte: »Nun gut, ich obduziere ihn und kann euch vielleicht schon zum Mittag mehr mitteilen.«

Er nahm seine Maske ab. »Ekelhaft, diese Dinger. Bei meinen Kunden brauche ich das nicht mehr. Ich gefährde nur mich selbst!«

In diesem Moment sah Fiona Pierre über den Pier kommen.

Endlich! Am liebsten wäre sie ihm in die Arme gefallen.

Luc starrte ihn überrascht an. »Was machst du denn so früh hier?«

»Bonjour, Monsieur le Procureur!«, rief Luis Fernandez.

»Nein, erinnern Sie sich, ich bin leider nur der Substitut«, knirschte Pierre.

Der Alte winkte ab. »Sie haben noch Zeit. Eines Tages werden Sie es sicher sein!«

»Ich habe Pierre angerufen, weil er diesen Typen schon seit Tagen sucht. Mit Franck Rimier von der *Stup*«, erklärte Fiona, ohne Luc anzusehen.

»Ich wollte ihn erwischen und verhören«, stieß Pierre hervor.

»Nun, dafür ist es jetzt leider zu spät«, meinte Fernandez. »Erwischt haben Sie ihn, aber verhören ist unnütz. Der wird Ihnen nicht mehr viel sagen.« Er lachte laut.

»Ganz genau«, erwiderte Pierre. »Und für mich ist das kein Zufall.«

»Dieser Mann hatte gewiss unzählige Feinde. Er hat nicht nur im Kopf ein Einschussloch, sondern auch am Unterschenkel. Ich gebe euch Bescheid, wenn ich mehr weiß. Lasst ihn von einem Leichentransport in die Gerichtsmedizin bringen, denn ich lehne es ab, ihn in meinem Wagen dorthin zu transportieren! Ich wünsche den Herren und der Dame noch einen schönen Tag!«

Lachend ging der Alte zu seinem Auto.

»Ist ja eine Nummer, dieser Typ!« Luc schüttelte den Kopf. »Und noch immer da. Ich habe ihn kontaktiert, weil ich wusste, dass er abheben würde.«

»Er wird wohl bis zu seinem Tod arbeiten«, meinte Pierre.

Die Gendarmen telefonierten, um den Leichenwagen herbeizubestellen.

»Nun, Pierre …?« Luc sah den Staatsanwalt herausfordernd an. »Was hat es mit diesem Typen auf sich? Wir hatten ihn ja schon verhaftet und mussten ihn wieder gehen lassen. Und du scheinst mehr zu wissen als alle anderen?«

»Allerdings, Luc. Es ist eine lange und komplizierte Geschichte. Und ich bin eigentlich nicht befugt, in diesem Fall zu ermitteln. Aber da es sich anscheinend um Ken Bianuccis Mörder handelt, darf ich hier sein. Das, was ich dir erzähle, bleibt komplett unter uns. Nur Nadia, Fiona und Florian sind auf dem Laufenden.«

Sie setzten sich auf Steine in der Nähe der Schiffe, an einen relativ windstillen Ort, und Pierre schilderte Luc, was bisher geschehen war. Allerdings verschwieg er ihm ihr unliebsames Erlebnis mit Omar Kaslibi und Amir Moammar im Garten von Loïc Moltets verbranntem Haus.

Luc schnappte nach Luft.

»Aber das ist … das ist doch skandalös!«

»Klar. Und gerade deshalb möchte ich es aufdecken.«

»Hätte ich nicht von dir gedacht, Pierre. Ich dachte immer, du tust nur das, was dir nützt.«

»Manchmal irrt man sich, seine Mitmenschen betreffend. Und vielleicht nützt es mir ja, wenn die Sache aufgedeckt wird«, meinte Pierre. »Aber im Moment sind mir die Hände ziemlich gebunden. Zum Glück haben wir Castini!«

»Allerdings. Und sag mir noch, warum du sogar am frühen Morgen Anrufe beantwortest?«

»Ach, eine Gewohnheit. Mein Telefon war eingeschaltet, wegen der Situation mit meinen Eltern. Du weißt ja. Sie sind nicht mehr die Jüngsten. Und die Gesundheitskrise …«

»Pierre, wenn ich euch helfen kann, dann mache ich das. Und ich bin mir sicher, dass auch Franck und Rachid auf eurer Seite sind.«

»Natürlich, danke. Aber ich möchte euch nicht alle da hineinziehen. Es kann noch ungemütlich werden. Mit eurem Boss, der Nadia ganz klar verboten hat, sich um den Fall Emeline Bernier zu kümmern, und sie mit einer Suspendierung bedroht hat.«

»Unglaublich. Ich hielt ihn für einen korrekten Typen.«

»Nun, er ist wahrscheinlich nur feige, wird von oben unter Druck gesetzt.«

»Wie Goldstein.«

»Nun, Goldstein ist der Schwager meines Vorgesetzten, der ihm hilft, das Verbrechen des Sohnes zu vertuschen.«

Luc sah Pierre entsetzt an. »Welche Schande!«, stieß er hervor.

»Castini bereitet sich vor, die Bombe bald platzen zu lassen«, meinte Pierre. »Und wir haben viele Beweise gegen die Jugendlichen. Es fehlen uns allerdings noch Beweise gegen die korrupten Eltern, die sogar Menschen ermorden ließen! Dieser Typ ist ganz offensichtlich eines ihrer Opfer!«

»Unglaublich …«

Luc schien wie vor den Kopf gestoßen.

Die beiden Männer der Gendarmerie Maritime gesellten sich bald zu ihnen und boten an, von der Bucht ein wenig nach oben zu steigen, um die Sonne über dem offenen Meer aufgehen zu sehen. Fiona und ihre Kollegen begaben sich vom Hafen hinauf auf die Anhöhe, die sich direkt oberhalb der Calanque von Callelongue mit Blick auf das Felsmassiv Maïre erhob. Der Wind peitschte ihnen dort oben erbarmungslos entgegen.

Trotz der Kälte, die sie nach mehr als einer Stunde im Freien am ganzen Körper spürte, genoss Fiona das Naturschauspiel. Für einige Minuten war das Meer in ein orange-rosarotes Licht getaucht. Der zerklüftete Felsen der Insel Maïre schien wie ein dunkles Geisterschiff über dem Wasser zu schweben. Fiona bedauerte es, dass sie nicht Pierres Hand nehmen oder sich an ihn kuscheln konnte. Er hätte sie gewärmt und der Nordwind wäre ihr nicht so unangenehm erschienen. Doch die Tatsache, dass sie beide ein Paar waren, mussten sie bis zum Ende des Lockdowns vor Luc verstecken, obwohl

Fiona sich sicher war, dass der Capitaine sich sie betreffend keine Hoffnungen mehr machte.

»Schön«, meinte Luc und zog eine Zigarette aus der Jackentasche. Er hielt ihnen das Paket höflichkeitshalber hin, bevor er sie anzündete, doch alle lehnten dankend ab. Bald gingen sie zu ihren Autos. Die Gendarmen würden auf den Leichenwagen warten und dann mit dem Motorboot ihre Patrouille fortsetzen.

Ein wenig beneidete Fiona sie, denn sie würden diesen Morgen auf dem menschenleeren Meer genießen können. Die Buchten östlich von Callelongue strahlten an diesem klaren Frühlingsmorgen im Lockdown gewiss eine besondere Ruhe aus. Andererseits war es auf dem Meer bei Mistral sicher eiskalt. Fiona spürte, wie der Wind durch ihren Anorak drang und die Kälte bis in ihre Knochen kroch. Außerdem machte dieser Wind sie unendlich nervös, weil sie sich so fühlte, als würde sie ständig geschubst werden. Die Luft schien keine Sekunde still zu stehen. Fiona würde noch eine halbe Stunde im Kommissariat verbringen und dann zu Pierre fahren.

»Bis dann«, sagte Pierre zu Fiona, die ihn warnend ansah.

»Nein, sicher nicht«, entgegnete Luc. »Wir haben jetzt Dienstschluss und ich gehe schlafen. Wenn du zu Fernandez in die Gerichtsmedizin fahren willst, dann mach es, aber ich bin heute nicht mehr zu sprechen!«

»Okay, ich kümmere mich darum«, antwortete Pierre gleichmütig, grinste Fiona an und stieg in sein Auto.

DIE HINRICHTUNG

Nadia spürte, wie ihre Energie langsam wieder zurückkam. Sie war in diesen Tagen vor dem Ende des Lockdowns unendlich aufgeregt. Anscheinend hatte Castini genügend Beweise gegen die Clique, Arthur und seine Freunde. Er würde ebenfalls versuchen, ihre Eltern zu belangen, die mehrere Menschen auf kriminelle Weise aus dem Weg geräumt hatten. Der letzte Paukenschlag war das Auffinden von Omar Kaslibis Leiche im Meer gewesen. Kaslibi und sein Komplize wurden verdächtigt, in den Monaten vor Kaslibis Tod vier Menschen in der Vorstadt hingerichtet, Ken erschossen, in Carry-le-Rouet mehrere Sachbeschädigungen durchgeführt und den Brand gelegt zu haben, bei dem Amélie Moltet beinahe ums Leben gekommen wäre.

Allerdings wusste man nicht, wo sich der Komplize befand. Wenn Kaslibi ermordet worden war, hatte Moammar wahrscheinlich dasselbe Schicksal ereilt, doch viele ins Meer geworfene Leichen blieben für immer verschwunden.

Laura schien wieder komplett in Form zu sein, sie hatte in der Tat nur sehr milde Symptome gehabt. Für beide war die Quarantäne beendet, doch Nadia würde erst am elften Mai wieder arbeiten. Laura beschloss, einkaufen zu gehen.

»Wie schön, wieder selber einzukaufen!«

»Nun, die Jungs haben das ja sehr gut gemacht«, meinte Nadia. »Auch Pierre. Hat uns super Dinge gekauft. Es scheint fast so, als hätte eine Frau für uns eingekauft.«

»Pierre hat keine Frau, aber gewiss einen weiblichen Anteil. Den Hausverstand einer Frau, der nun hervorkommt, da er im Lockdown ist und Zeit hat. Er scheint auch gebacken zu haben. Der Kuchen, den er uns gebracht hat, war wirklich lecker.«

»So ist das mit der Ausgangssperre. Die Leute entdecken ungeahnte Fähigkeiten. Ihm war wohl sehr langweilig!«

Nadia lachte. Wenn sie jemandem das Backen nicht zugetraut hätte, dann war das Pierre Frigeri. Er war zwar ein sehr pingeliger junger Mann, dessen Wohnung stets picobello war, doch backen hatte er nie gemocht. Er kochte nicht schlecht, aber es war auch nicht unbedingt seine Leidenschaft. Laura ging aus dem Haus. Nadia wollte erst am nächsten Tag hinaus. Sie verspürte keine Lust, spazieren zu gehen. Es reichte ihr, auf dem Balkon zu sitzen. Die Kollegen hatte sie ohnehin ein wenig über den Bildschirm gesehen und mit Florian und Fiona sprach sie sich regelmäßig ab.

Nun rief Florian Nadia über den Computer an.

»Florian, hallo! Ich bin offiziell nicht mehr ansteckend! Laura ist gerade hinausgegangen, um einzukaufen.«

»Ach, gut, Nadia. Ich rufe dich an, weil ich Mega-Neuigkeiten habe! Im Kommissariat ist die Hölle los. Der Kommissar Goldstein wurde heute sehr früh am Morgen nicht weit vom Kommissariat erschossen. In seinem Auto vor einer Ampel. Eine Hinrichtung! Die Spur führt in die Vorstadt, und nun wird ermittelt. Franck, Luc und Rachid müssen ran, wir sollen mit Philippe weiter die Strände bewachen.«

Nadia erstarrte. »Der Kommissar Goldstein?«, fragte sie ungläubig.

»Allerdings. Und wir befürchten natürlich, dass es mit Omars Tod und Amirs Verschwinden zu tun hat. Es sieht sehr nach Racheaktion aus. Doch nun ist hier die Panik ausgebrochen. Alle haben Angst und wir sollen mit kugelsicherer Weste patrouillieren. Da hätte uns gerade noch gefehlt! Mit dieser Schutzweste fühle ich mich wie ein runder Käfer!«

»Wer ermittelt in dem Fall? Welcher Staatsanwalt?«

»Es ist Adriani selber. Goldsteins Schwager. Meiner Meinung nach stecken sie alle knietief in der Scheiße. Sie brauchen nicht einmal mehr einen Castini, um die Sache aufzudecken, denn langsam werden ihre schmutzigen Taten nach und nach bekannt werden!«

»Nun«, Nadia seufzte, »wenn es um die Vorstadt geht, ist es immer leicht, alles auf die Dealer abzuwälzen. Es gab schon einige Kommissare, die von Drogengangstern ermordet wurden.«

Florian pflichtete ihr bei. »Blachet kümmert sich nun um die Ermittlung und versucht sie zu steuern. Er glaubt, seine Capitaines und Lieutenants seien Marionetten, mit denen er spielen kann, wie er will! *Mon Dieu*, wenn doch nur Mathieu unser Vorgesetzter wäre!«

Auch Nadia dachte in diesen Tagen oft an Mathieu. Er fehlte ihr. Doch er hatte seine Ausbildung zum Kommissar vor kurzem erst begonnen und würde dann wahrscheinlich nach Paris versetzt werden. Im Moment mussten sie ohne ihn auskommen.

»Auf jeden Fall tut es mir für Goldstein leid. Er hatte zwei kleine Kinder«, sagte sie.

»Er war korrupt. Und er hat Menschen hinrichten lassen.«

»Was hätte er anderes tun können, als seinen Schwager zu unterstützen?«, fragte Nadia. »Er ist ein Opfer.«

»Aber wahrscheinlich auch ein Täter. Derjenige, der die beiden Vorstadttypen eliminiert oder ihre Erschießung organisiert hat. Die Kugel stammt von einem unbekannten Kaliber und hat uns nicht mehr mitgeteilt. Goldstein hat das Ganze professionell geplant. Sicher hat er es für seinen Schwager nicht ganz umsonst gemacht. Doch nun hat er bezahlt.«

Nadia seufzte. Es war immer schlimm, wenn im Kommissariat jemand schwer verletzt oder getötet wurde. Und diesmal war es ein Kommissar, ein Mann aus den höheren Führungsebenen! Auch wenn dieser korrupt gewesen war, so tat Nadia dessen Familie unendlich leid. Die Stimmung im Kommissariat musste fürchterlich sein. Da waren diejenigen, die genau wussten, warum der Kommissar gestorben war, diejenigen, die es ahnten, und diejenigen, die keine Ahnung hatten und nun glaubten, ebenfalls in Gefahr zu sein.

Nadia beschloss, ihren Vorgesetzten anzurufen, doch sie konnte ihn nicht erreichen, weder über Zoom oder Skype, noch über seine Telefonnummer.

Sie rief Pierre an. Dieser war völlig aufgekratzt.

»Mensch, Nadia, was für eine Sache! Goldsteins Tod hängt hundertprozentig mit Emelines Vergewaltigung und Kens und Kaslibis Ermordung zusammen!«

»Klar. Doch sie werden versuchen, es zu vertuschen.«

»Das können sie probieren. Aber es hilft ihnen nicht mehr viel. Denn nun stellen sich alle Fragen. Und Castini attackiert. Er hat genügend Beweise. Nun, ich werde dir zu Ende des Lockdowns alles erklären.«

»Ich bin gesund. Du kannst es mir sofort erklären.«

»Vielleicht. Aber ich möchte nicht, dass du dir Sorgen machst.«

»Hast du dich in Gefahr begeben, Pierre?«, fragte Nadia streng.

»Ein wenig. Aber ich wurde ja beschützt. Auf jeden Fall weißt du, dass Fiona und ich es geschafft haben, ein Gespräch aufzunehmen, in dem Kaslibi und Moammar in Moltets Ruinen herumstochern und von der Brandlegung sprechen.«

»*Mon Dieu*, Pierre! Wenn die euch gesehen hätten …!«

»Keine Sorge, *Chérie*, es hat alles wunderbar geklappt. Dank Fionas Anwesenheit.«

»Nun, ihr seid ein gutes Team, nicht wahr?«

»Ja, wir sind ein super Team. Und, Nadia, im Moment weiß es nur Florian, aber wir sind seit zehn Tagen zusammen.«

»Was?« Nadia konnte es kaum glauben. Dass Pierre Fionas Herz erobert hatte, schien ihr eine unglaubliche Leistung. »Sie sagte, sie wolle keine Beziehung. Aber sie hat wahrscheinlich trotzdem auf den Richtigen gewartet. Und der warst du! Auf jeden Fall freue ich mich für euch!«

Nadia dachte, dass sie sich genau das gewünscht hatte, was nun eingetroffen war.

»Ja, ich bin glücklich. Sie ist so liebenswürdig, so aufmerksam, so mutig, noch dazu kann sie super kochen und Kuchen backen.«

»Ach ja, der Kuchen, das war sie?«

»Klar. Trotz Lockdown habe ich noch nicht zu backen angefangen. Aber ich stand daneben und habe assistiert, um es eines Tages zu lernen!«

Nadia lachte. »Gut für dich, Pierre. Ist sie meistens bei dir?«

»Sie wohnt sozusagen bei mir, geht nur selten in ihre Wohnung. Sie könnte sie aufgeben, will sie aber noch ein wenig behalten. Aus emanzipatorischen Gründen wahrscheinlich!«

»Wow, Pierre. Nun, wir feiern das ab dem elften Mai, wenn wir uns wieder sehen dürfen!«

In diesem Moment kam Laura atemlos zur Tür hereingeplatzt.

»Nadia«, japste sie, »du kannst dir nicht vorstellen, was geschehen ist …«

»Ich bin mit Pierre am Telefon.«

Nadia deutete auf den Bildschirm, wo Pierre Laura zuwinkte.

»Also wisst ihr es schon, wegen Goldstein?«

Pierre nickte. »Allerdings. Aber ich werde dazu aufgefordert, mich rauszuhalten«, sagte er. »Mein Vorgesetzter ermittelt höchstpersönlich. Und mir misstraut er. Nun, er hat recht!«

Laura beugte sich zum Bildschirm. »Ich soll darüber schreiben. Ich soll mit Daniel ins Kommissariat gehen und dort alle ein wenig befragen.«

»Super! Wenn du etwas Neues erfährst, dann ruf mich so bald wie möglich an! Für Castini ist jede Information wertvoll.«

Als Pierre aufgelegt hatte, sah Nadia Laura an.

»Na so was. Dieser Fall nimmt Ausmaße an, die man sich nicht vorstellen kann!«

»Vier Tote mit Emeline«, meinte Laura, »darunter ein ermordeter Kommissar. Ein verschwundener Verbrecher, der wahrscheinlich auch tot ist, eine Schwerverletzte, zwei zerstörte Häuser und Drohungen! Das Positive ist, dass der Fall François jetzt plötzlich brennend interessiert und dass Daniel und ich recherchieren dürfen.«

»Es gibt noch eine Neuigkeit, *Chérie*«, sagte Nadia. »Eine positive. Pierre hat mir soeben gesagt, dass Fiona und er ein Paar sind.«

»Ach!« Laura sah Nadia erstaunt an. »Das hätte ich nicht erwartet. Einerseits waren ja Pierres Gefühle für Fiona ganz klar, doch für mich sah es so aus, als wolle sie im Moment wirklich keine Beziehung.«

»Nun, wenn eine Frau die richtige Person trifft, vergisst sie wohl alle Vorbehalte.«

»Genau das habe ich ihr damals gesagt, als sie mir über die Probleme mit ihrem Exfreund erzählt hat. Aber sie schien mir verzweifelt.«

»Nun, es ging dann recht schnell. Die illegale Ermittlung hat wohl geholfen.«

»Ja. Und hoffen wir, dass sie allen geholfen hat.«

Als Laura arbeiten ging, überdachte Nadia die Situation. In sechs Tagen würde auch sie sich wieder ins Kommissariat begeben. Es war äußerst seltsam. Nach ihrer Krankheit fühlte sie sich, als wäre sie um Jahrzehnte gealtert. Dann war da diese *neue Normalität,* über die alle sprachen, die Zeit nach dem Lockdown, in der sie frei, aber doch nicht frei waren. Man durfte sich noch immer nicht mit mehr als zehn Personen versammeln, die Bars und Restaurants blieben nach wie vor geschlossen, man sollte Masken tragen und seinen Mitmenschen weiterhin fernbleiben. Man durfte sich wieder frei bewegen, aber noch nicht reisen. Es war nicht erlaubt, sich ohne einen triftigen Grund weiter als hundert Kilometer von seinem Wohnort wegzubegeben. Der Präsident hatte gemeint, die Schulen würden nach und nach wieder öffnen, doch die Anwesenheit war für die Schüler auf freiwilliger Basis, wer wollte, konnte zuhause im Home-Office weiterlernen. Auch alle Unternehmen, die die Möglichkeit dazu hatten, sollten vorerst ihre Angestellten weiterhin von zuhause arbeiten lassen. Die Grenzen würden noch mindestens einen Monat lang geschlossen bleiben. Die Pandemie war natürlich noch nicht besiegt und konnte jederzeit wieder aufflammen. Es war in der Tat eine seltsame Zeit.

Und nicht zuletzt war die Situation im Kommissariat eine sehr schwierige. Ein Kommissar war ermordet worden. Doch er war alles andere als sauber gewesen. Anscheinend hatten mehrere höhere Beamte den Commissaire Divisionnaire Manson bei seinen korrupten Aktionen unterstützt. Im Kommissariat brodelte es ganz gewiss. Und wenn Castini seine *Bombe* platzen lassen würde, dann würde der Kessel überkochen. In der Tat eine aufregende Situation.

DER EINBRECHER

Pierre und Fiona saßen beim Frühstück. Fiona trank einen Kaffee und aß eine Scheibe Vollkornbrot. Es war das offizielle Ende der Ausgangssperre. Sie würde heute endlich wieder im Kommissariat arbeiten. Es hatte ihr gefehlt, das Büro. Um keinen Preis hätte sie Stadtpolizist oder Gendarm sein wollen, trotz der sonnigen Tage am Meer. Die Ermittlungen waren trotz einiger riskanter Situationen weitaus weniger ermüdend als dieses Herumstehen und Patrouillieren. Sie hatte den richtigen Beruf ergriffen. Fiona räumte den Frühstückstisch ab und nahm ihre Handtasche.

»*Chérie*, heute geht es los. Es ist der elfte Mai. Wir gehen zum Angriff über«, sagte Pierre und stellte seine Kaffeetasse in den Geschirrspüler. »Heute beginnt die offizielle Fehde zwischen Georges Adriani und mir.« Er seufzte.

»Ja, auch wir werden vonseiten unseres Kommissars einiges zu hören bekommen«, meinte Fiona bange. »Wir halten einander auf jeden Fall auf dem Laufenden!«

Sie küsste ihn auf den Mund, rief »Bis später!«, und verließ die Wohnung. Ihr Auto stand vor dem Wohnblock, sie stieg ein und fuhr los. Es war offensichtlich, dass der Lockdown zu Ende war. Viele Menschen gingen wieder normal zur Arbeit, es herrschte wesentlich mehr Verkehr als in den letzten Tagen. Trotzdem kam Fiona ziemlich bald im Euromed-Viertel an. Sie wollte sich in ihrer Wohnung umziehen, weil es sehr warm zu werden versprach. Außerdem brauchte sie T-Shirts und weniger warme Hosen und wollte die Masken holen, die Sandy ihr vom Krankenhaus mitgebracht und in ihren Briefkasten geworfen hatte.

Sie parkte vor dem Gebäude, öffnete ihren Briefkasten, in dem das Paket mit den Masken lag, und nahm die Treppen in den vierten

Stock. Es war sehr ruhig. Fiona dachte daran, dass sie Sandy und Rosie lange nicht mehr gesehen hatte. Normal, seit ihrer ersten Nacht mit Pierre, mehr als zwei Wochen zuvor, hatte Fiona nicht mehr in ihrer Wohnung geschlafen. Als sie sich ihrer Garçonnière näherte, stutzte sie. Die Tür war angelehnt. Dabei wusste sie, dass sie sie abgesperrt hatte. War jemand bei ihr eingebrochen? Schnell nahm Fiona ihre Pistole und das Telefon aus ihrer Handtasche. Zum Glück hatte sie die Tasche nicht im Auto gelassen!

Sie stieß die Tür auf und zeigte mit der Pistole in den Raum. Sie zuckte zusammen. Vor ihr saß Brice. Langsam erhob er sich.

»Komm nicht näher!«, schrie Fiona. »Komm bloß nicht näher! Ich schieße. Du weißt, dass ich jederzeit schießen kann.«

Er grinste grausam.

»Natürlich. Aber wenn du es noch einmal tust, bist du sicher entlassen.«

»Was machst du hier, Brice?«

»Was ich hier mache? Dich zurückholen. Du gehörst mir, Fiona, und du weißt es. Du kannst ohne mich nicht leben.«

Fionas Hand, die die Pistole hielt, zitterte.

»Ich brauche dich nicht, Brice. Ich habe jemand anderen. Ich wohne nicht mehr hier, sondern bei ihm.«

Brice erhob sich. »Du wirst ihn nicht lange haben, denn ich werde ihn umbringen. Du gehörst mir.«

»Ich gehöre niemandem, weder dir noch ihm, und du hast hier nichts zu suchen, Brice! Entweder du gehst sofort, oder ich rufe meine Kollegen an und du wirst verhaftet.« Fiona bemühte sich krampfhaft, das Zittern ihrer Stimme zu unterdrücken.

»Ach, wie niedlich, wieder einmal die Kollegen, wie in Lille! Ich akzeptiere es nicht, dass du mit einem anderen Mann zusammen bist. Ich werde euch nie in Ruhe lassen. Und ich werde nicht gehen. Ich will dich jetzt ficken. Sofort!«

Fionas Hand zitterte stärker. Sie wusste, dass Brice sich plötzlich auf sie werfen konnte. Sie musste ihm ins Knie schießen. Abdrücken, sobald er näherkam.

»Ich schieße, Brice. Und keiner wird dir glauben. Weil du hier bei mir eingebrochen bist. Wenn ich dich töte, dann gilt das als Notwehr. Ich will dich nie mehr sehen, Brice. Ich hasse dich. Und ich werde alles tun, damit du mir fernbleibst. Ich werde dir einen Prozess anhängen.«

Sie musste Brice irgendwie unschädlich machen, ohne ihn tödlich zu verletzen. Wie konnte sie das nur schaffen?

ENDE DES LOCKDOWNS

Nadia freute sich, als sie am Morgen auf ihr Motorrad stieg. Das Leben begann wieder. Ihr Leben. Und es begann deftig.

Laura und Daniel hatten mehrere explosive Artikel verfasst, in denen sie für die Beteiligten sehr unangenehme Fragen stellten. Die *Marseillaise,* die der *Provence* in nichts nachstehen wollte, hatte sofort nachgezogen. Weder Manson noch Adriani hatten öffentlich auf die Artikel reagiert. Castini würde an diesem Morgen den Procureur in Pierres Anwesenheit direkt mit seinen Beweisen für dessen Schandtaten konfrontieren.

Pierre und Castini hatten über Bekannte in Paris erreicht, dass eine Untersuchung über die Arbeitsmethoden der Staatsanwaltschaft Marseille und des Kommissariats eingeleitet wurde, und mit Ende des Lockdowns sollte sich auch ein Untersuchungsrichter um Emelines Vergewaltigung kümmern.

Die berühmte *Bombe* sollte an diesem Morgen platzen. Nadia hatte keine Neuigkeiten von ihrem Vorgesetzten, dem Kommissar Blachet, der keinen ihrer Anrufe beantwortet hatte. Sie brauchte ihn nicht. Aber vielleicht benötigte er ihre Hilfe. Als sie im Kommissariat ankam, war es dort noch ziemlich ruhig. Am Eingang klebte ein großes Foto des Kommissars Goldstein. Nadia hatte ihn kaum gekannt, sie hatte nur gewusst, dass er ein Jahr zuvor aus Paris nach Marseille gekommen war und in Marseille sehr viele Beziehungen gehabt hatte. Leider nicht die besten, wie sie nun traurig feststellen musste. Goldstein war das Opfer der Schandtaten seines Neffen, dessen Clique, seines korrupten Schwagers und seines Vorgesetzten, des Commissaire Divisionnaire Manson, geworden.

»Hallo Nadia«, rief Roseline, Blachets Sekretärin, die in ihrem Büro saß, dessen Tür geöffnet war. Sie trug eine Maske. »Wie geht es dir?«

»Es geht. Ich bin genesen und nicht mehr ansteckend. Aber, Roseline, es ist eine dreckige Krankheit. Eine ganz schlimme Krankheit. Ich war noch nie in meinem Leben so schlecht in Form.«

Roseline nickte. »Ich habe es gehört. Auch Alexandre von Philippes Team ging es nicht gut. Und sein Vater ist vor zwei Wochen an COVID gestorben. Die beiden anderen, Martin und Robert, hatten mildere Symptome. Aber zum Glück musstest du nicht ins Krankenhaus. Vier Infizierte im Kommissariat. Zum Glück kann man sich in Marseille überall testen lassen. Was wäre das sonst für ein Chaos geworden! Die Polizisten wären alle in Quarantäne gewesen …«

Nadia zuckte mit den Schultern. Wären sie nicht Polizisten, sondern in einer anderen, für den Lockdown nicht so wichtigen Firma beschäftigt gewesen, wären sie in Quarantäne mit Home-Office geschickt worden. Doch so hatte man sie, wie die Krankenpfleger, lieber testen lassen, damit sie weiterarbeiten konnten. Nadia begab sich in ihre Abteilung, wo noch alles ruhig war. Sie schluckte. Der Kommissar hatte sie in den letzten Tagen ganz einfach ignoriert. Gewiss steckte er bis zum Hals in Problemen und machte wahrscheinlich sie dafür verantwortlich. Natürlich hatte sie Loïc Moltet angestachelt, Christine ermutigt und Castini angeheuert. Doch sie konnte nichts dafür, dass Ken seine Mitschüler mit dem Film hatte erpressen wollen. Deshalb war die Tatsache, dass die beiden Vorstadt-Killer losgeschickt worden waren, nicht die Schuld ihrer Ermittlung.

Bald kam Florian. »Seltsam, wieder ganz normal zu arbeiten«, meinte er. »Dafür aber mit Maske. Schau mal, meine schöne Blumenmaske. Ich liebe es, mich zu outen.«

»Ja, passt wirklich hervorragend, Florian. Du bist genauso bunt unterwegs wie Laura!«

Nadias Handy läutete. Es war Fiona. Wahrscheinlich steckte sie im Stau, ihr neuer Wohnsitz war doch viel weiter vom Kommissariat entfernt als ihr ehemaliger.

»Ja, Fiona?«

»Nadia, komm bitte schnell zu mir! Brice ist hier, in meiner Wohnung, ich bedrohe ihn mit meiner Pistole, aber ich will nicht schießen … ich bin im vierten Stock, Nummer 412!« Fiona klang vollkommen panisch.

Nadia sprang auf. Fionas Ex! Das war ja zu erwarten gewesen.

»Schnell!«, rief sie Florian zu. »Wir haben einen Notfall! Fiona! Der Psychopath aus Lille ist hier. Hat keine Zeit verloren.«

Sie rannten durch den Gang, Stéphane kam ihnen entgegen.

»Wir müssen zu einem Notfall!«, rief Nadia. »Überwache inzwischen das Telefon.«

»Nein! Ich komme mit!«

Stéphane mochte es nicht, wenn er ausgeschlossen wurde, er heftete sich an die Fersen der Kollegen.

Die drei rasten in Florians Auto zu Fionas Adresse, durch das Blaulicht wurden sie überall durchgelassen.

»Was ist bei Fiona los?«, fragte Stéphane erstaunt.

»Ihr Ex ist aufgetaucht und bedroht sie«, sagte Nadia.

»Ach, nein! Deshalb ist sie immer so abweisend. Weil sie schlechte Männererfahrungen gemacht hat.«

Nadia drehte sich um und sah ihn an. »Sie ist abweisend, weil ihr der Armen wie eine Meute Jagdhunde hinterherhechelt. Das ist Stress, vor allem bei der Arbeit.«

»Sie gefällt uns eben«, rechtfertigte sich Stéphane, »und wir haben sonst niemanden.«

Nadia konnte nicht antworten, denn sie waren angekommen, sprangen aus dem Auto und rannten ins Wohnheim. Dadurch, dass gerade ein älterer Herr aus dem Gebäude kam, brauchten sie nicht zu läuten.

Sie quetschten sich an ihm vorbei. Er wollte ihnen hinterherschimpfen, doch Nadia rief: »Polizei!«

Sie hatten in der Eile ihre Masken und Armschleifen vergessen.

Als sie in Fionas Wohnung ankamen, sahen sie ihre Kollegin mit dem Rücken zu ihnen stehen und einen jungen, muskulösen Mann drei Meter von ihr entfernt, der sie wild gestikulierend beschimpfte und beleidigte. Florian hechtete an Fiona vorbei und warf sich auf ihn. Der Mann wollte sich wehren, doch Nadia wälzte ihn sofort auf den Bauch und bog ihm die Arme auf den Rücken.

Stéphane ging zu Fiona und nahm ihr die Pistole aus der Hand. Sie begann heftig zu schluchzen. Stéphane legte einen Arm um ihre Schulter.

»Beruhige dich! Es ist vorbei. Wir haben ihn.«

Fiona ließ sich in seine Arme fallen, er strich über ihren Rücken. Nadia und Florian zerrten Brice auf die Beine. Stéphane schob Fiona sanft dem Ausgang zu, die anderen folgten mit Brice, der sich loszureißen versuchte. Als sie fast beim Aufzug waren, schaffte Brice es plötzlich, Nadia seinen Arm zu entziehen. Er schubste Florian von sich, warf sich auf Fiona und Stéphane und boxte Stéphane mit voller Wucht ins Gesicht. Stéphane schrie auf, aus seiner Nase quoll Blut und tropfte auf den Boden vor dem Aufzug.

Florian versetzte Brice einen Schlag auf den Kopf, Nadia und er bogen ihm wieder die Arme nach hinten. Fiona setzte sich mit Stéphane auf den Boden. In diesem Moment öffnete sich die Tür des Aufzuges und eine junge Frau trat heraus.

»Oh, *mon Dieu*, was ist denn hier los, Fiona?« Sie bückte sich sofort, um Stéphanes Nase zu begutachten.

»Nasenbeinbruch«, war ihr Urteil. »Gehen Sie sofort ins Krankenhaus. Warten Sie, ich hole Ihnen etwas, um die Blutung zu stillen.«

»Das ist meine Nachbarin Sandy. Sie ist Krankenschwester«, sagte Fiona schwach.

»Das merkt man«, meinte Florian, der Brice mit eisernem Griff den Arm auf den Rücken bog.

Brice bewegte sich nun nicht mehr. Er starrte Stéphane grimmig an.

»Du hättest meine Freundin nicht ficken sollen«, stieß er hervor.

Stéphane sah ihn aus seinem blutigen Gesicht verzweifelt an. »Aber … ich habe nicht …«

Nadia seufzte tief. »Es tut mir leid, Stéphane, der Typ ist nicht mehr zurechnungsfähig. Er hat geglaubt, dass du Fionas Freund bist. Deshalb hat er sich auf dich gestürzt.«

Fiona stand auf. »Du Monster!«, brüllte sie Brice an. »Du Blödmann, du elendiger! Du hast einen Polizisten verletzt. Und wir werden dich ins Gefängnis werfen. Stéphane ist ein Kollege und Kumpel, sonst nichts!«

Nun schien Fionas Ex ziemlich nervös zu werden.

»Aber Fiona, du hast mir doch gesagt, dass du jemand anderen hast.«

»Habe ich. Aber es ist nicht er!«

»Also bin ich für jemand anderen zusammengeschlagen worden«, knirschte Stéphane. »Das ist wirklich super. Aber ich werde dich verklagen, du Arsch. Und du wirst bezahlen!«

Sandy war wieder da. Sie legte Stéphane Eis auf die Nase, wischte ihn mit einem feuchten Tuch ab und steckte ihm blutstillende Watte in die Nase.

»Was machen wir jetzt mit ihm?«, fragte Fiona schwach. »Es tut mir ja so leid, Stéphane.«

Stéphane knurrte nur.

»Wir müssen zuerst den Verrückten in eine Zelle sperren. Und uns dann um Stéphane kümmern«, meinte Nadia.

»Hör mal, Fiona«, sagte die Krankenschwester. »Am besten ist, ihr lasst ihn hier bei mir. Ich mach das schon sauber, keine Sorge. Ich kümmere mich um ihn und bringe ihn in die Notaufnahme. Dort ist es derzeit ruhig, weil alle wegen Corona Angst haben.«

»Danke, Sandy, dabei bist du sicher müde«, meinte Fiona.

Die junge Frau zuckte mit den Schultern. »Eine Stunde mehr oder weniger fällt auch nicht mehr ins Gewicht.«

Nadia nahm die dunklen Ringe unter ihren Augen wahr.

»Danke, Sandy, du bist ein Schatz!«

»Bringt ihr nur den Verrückten weg! Rasch!«, meinte Sandy und zeigte Brice den Stinkefinger. »Sie sind wirklich ein Barbar.«

Brice wollte wieder ausholen, doch Nadia rammte ihm das Knie in die Hoden und er heulte auf.

Florian sah Brice an. »Pass auf, das war schon immer Nadias Spezialität.«

»Du Lesbensau«, knirschte Brice und Nadia lachte.

»Bin froh, eine Lesbe zu sein, bei solchen Männern wie dir!«

Sie zerrten ihn in den Aufzug, Fiona folgte ihnen.

»Du fährst, Fiona!« Florian gab ihr seinen Schlüssel. »Wir halten ihn fest.«

»Schon gut«, meinte Brice, »ich bewege mich nicht mehr.«

»Non, non, non«, sagte Florian bestimmt. »Du hast deine Aggressionen nicht im Griff. Dir kann man nicht vertrauen.«

»Ich finde ihn und ich töte ihn«, murmelte Brice immer wieder, als sie im Auto zum Kommissariat fuhren.

»Das nützt dir nichts, Brice« unterbrach ihn Fiona mit eisiger Stimme. »Ich will dich nicht mehr, egal, ob er nun da ist oder nicht.«

»Wie heißt er? Wo wohnt er? Wo arbeitet er?«

»Schnauze!«, fuhr Florian ihn an.

Sie verfrachteten Brice in eine Zelle im Kommissariat, wo sie ihn erstmal schmoren lassen würden.

Fiona sah auf ihre Hände, die voll mit Stéphanes Blut waren.

»Der arme Stéphane«, schluchzte sie. »Es tut mir ja so leid!«

»Dein Ex hat keine Zeit verloren und ist trotz der Hundert-Kilometer-Sperre sofort gekommen«, meinte Florian.

»Er ist verrückt«, flüsterte Fiona. »Vollkommen verrückt. Und wir müssen ihn einlochen.«

Nadia legte ihr beruhigend eine Hand auf den Arm. Sie sah, wie sehr Fiona zitterte. Fiona ging ins Bad, um sich die Hände zu waschen. Nadia und Florian begaben sich in ihre Abteilung. Der Kommissar war nun da und gab Kenny Anweisungen. Er sah nicht besonders gut aus. Und er schien sehr sauer zu sein.

»Wo wart ihr, Nadia?«, herrschte er sie an.

»Wir haben jemanden verhaftet. Fionas Ex ist gekommen, hat sie bedroht und Stéphane zusammengeschlagen. Wir haben ihn hier in einer Zelle. Er soll heute sofort dem Staatsanwalt und dem Untersuchungsrichter vorgeführt werden.«

Der Kommissar sah Nadia grimmig an. »Und du glaubst wirklich, dass es sich lohnt, mit solchen Dingen Zeit zu verlieren?«, fuhr er sie an. »Du hast dein Team nicht im Griff und du machst nur, was du willst. Dieser Typ wird niemandem vorgeführt, sondern wir lassen ihn frei! Wir haben heute genug anderes zu tun! Und ich werde dich versetzen lassen. Ich will dich nicht mehr in meiner Abteilung. Du bist nicht zu managen!«

Nadia zuckte innerlich zusammen, sah ihn jedoch ruhig an.

»Du weißt, dass du verloren bist, Christian«, sagte sie. »Du hast mit den korrupten Typen gearbeitet und nun wird alles aufgedeckt. Du kannst mich hinversetzen lassen, wo du willst, doch deine Anfragen werden kein Gewicht mehr haben. Du kannst froh sein, wenn du selbst *nur* versetzt und nicht gefeuert oder eingekerkert wirst. Und was den Typen betrifft, den wir gefangen genommen haben, lass ihn frei! Aber erkläre Stéphane, warum. Er hat einen Nasenbeinbruch.«

Fiona kam in den Raum. »Nun, *Mademoiselle*«, meinte Blachet herablassend. »Sie sollten Ihre Männergeschichten besser im Griff haben. Sie geben sich anscheinend immer mit den Falschen ab. Und Ihre Abteilung leidet darunter.«

Fiona sah ihn erschrocken an.

»Wir wissen alles, was ihr macht. Vor allem ihr drei.«

Er zeigte auf Nadia, Florian und Fiona.

»Und der Herr Substitut wird bald nicht mehr hier sein. Er wird euch nichts mehr nützen. Aber da ihr drei Marseille auch verlassen werdet, ist das ohnehin egal!«

Nadia wurde wütend. »Ja, koste deine Macht noch aus, Christian, solange du kannst. Denn deine Tage hier im Kommissariat sind gezählt. Und außerdem, *Monsieur le Commissaire*, waren wir nie so naiv, zu glauben, dass du uns einfach so von heute auf morgen wegversetzen kannst.«

»Was du nicht sagst! Du aufmüpfiges Ding. Wenn Frigeri und du nicht einfach auf eigene Faust gearbeitet hättet, wäre es nie so weit gekommen. Wir haben einen toten Kommissar, *Madame le Lieutenant*! Und das ist deine Schuld!«

»Meine Schuld?«, brüllte Nadia. »Wer hat die beiden Vorstadtgangster einfach laufen lassen und dann bei ihnen Ermordungen bestellt? Und wer hat die beiden eliminiert? Doch nicht ich!«

Der Streit zwischen dem Kommissar und Nadia hatte die Kollegen angelockt. Luc, Rachid, Franck, einige Brigadiers und zwei Sekretärinnen kamen in den Open Space, um zu sehen, was los war.

Luc und Rachid stellten sich bedrohlich vor den Kommissar und sahen ihn finster an.

»Was soll das, Christian?«, fragte Luc. »Meinst du, du kannst uns alle für blöd verkaufen? Nur, weil du in der Hierarchie höher stehst als wir? Wir lassen uns für solche Dinge nicht einteilen. Wir haben die beiden Übeltäter verhaftet und hatten handfeste Beweise für ihre Schuld an vier Morden. Und ihr, Goldstein und du, habt sie laufen lassen, damit der Commissaire Divisionnaire sie für irgendwelche dreckigen Zwecke einsetzt. Und jetzt ist Goldstein tot und du und Manson, ihr werdet der Sache wahrscheinlich nicht so einfach entkommen.«

»Außerdem seid ihr in der Vorstadt auf der schwarzen Liste«, fuhr Rachid fort. »Goldstein ist schon tot, aber du und Manson, ihr könnt auch noch belangt werden. Und das geht ruckzuck. Da wird weder Warnung noch Nachricht hinterlassen. Und ich weiß ganz genau, dass Goldstein es war, der Omar Kaslibi und seinen Komplizen entsorgt hat. Ich habe Zeugen dafür, weil ich immer noch Kontakte in den Vorstädten habe. Es ist bekannt, was passiert ist.«

Nadia sah von einem zum anderen. Was nun geschah, war heftiger als alles, was sie sich je vorgestellt hatte! Blachet wurde von seinem gesamten Team zur Schnecke gemacht.

Sie sah, dass der Kommissar vollkommen weiß im Gesicht wurde.

»Vergesst nicht, wer ich bin und wer ihr seid«, presste er hervor. »Ich bin euer Vorgesetzter und ihr habt nicht gegen mich zu ermitteln. Ich habe das alles getan, weil ich meinen Vorgesetzten gefolgt bin, und ich erwarte von euch dasselbe. Mischt euch in die Sache nicht mehr ein, sonst werdet ihr suspendiert. Ich werde euch alle versetzen lassen.«

»Das fällt auf, Christian, wenn du gleich zwei Lieutenants und einen Capitaine suspendieren lässt. Und du kannst uns nicht einfach versetzen lassen, das weißt du ganz genau«, sagte Luc ungerührt. »Und nein, wir folgen unserer Hierarchie nicht blind. Das ist vielleicht der Unterschied zwischen unserer und deiner Generation.«

Nadia konnte sich ein Hüsteln nicht verkneifen. Der Kommissar war gerade einmal zehn Jahre älter als Luc.

»Ja, ihr folgt lieber diesem jungen Schnösel, der sich für was Besseres hält. Dem großen Retter der Menschheit! Dem Substitut, der unbedingt schnell aufsteigen will und über Leichen geht. Nur zu, ihr werdet schon sehen, wo euch das hinführt!«

Der Kommissar fegte aus dem Raum. Alle Anwesenden sahen einander betreten an.

»Nun, weit wird er damit nicht kommen«, sagte Luc, doch richtig überzeugt klang er nicht.

»Sicher nicht. Wenn ihm kein Disziplinarverfahren angehängt wird, dann kümmert sich die Vorstadt um ihn«, ließ Rachid sich jedoch mit eisiger Stimme vernehmen. Nadia hörte, dass er es todernst meinte.

»Bis später«, sagten Rachid und Franck und verließen den Raum. Luc drückte beschwichtigend Nadias Schulter, die Kollegen begaben sich wieder in ihre Abteilungen. Nadia ging in ihr Büro und schaltete mit zitternden Händen ihren Computer ein. Was würde nun geschehen? Sie musste nicht lange warten. Bereits drei Minuten später stand der Kommissar Blachet wieder in ihrem Türrahmen.

Diesmal mit Gesichtsmaske. Hinter ihm befand sich sein Vorgesetzter, der Commissaire Divisionnaire Alexandre Manson, Leiter der PJ, ebenfalls mit Maske. Die beiden traten in ihr Büro. Manson ergriff das Wort.

»*Madame*, Sie sind ab heute offiziell aus dem Polizeidienst entlassen. Wir leiten ein Disziplinarverfahren gegen Sie ein. Sie haben Ihre Vorgesetzten missachtet und ein schlimmes Chaos ausgelöst. Der Kommissar Goldstein wurde wegen Ihrer Aktionen ermordet. Wahrscheinlich werden Sie auch eine Anklage bekommen.«

KONFRONTATION

Fiona war verzweifelt. Brice hatte tatsächlich keine Zeit verloren und war zu Ende des Lockdowns sofort in Marseille aufgetaucht. Und nun wollte der Kommissar ihn einfach laufen lassen! Außerdem hatte ihr Vorgesetzter Nadia, den Lieutenant Rachid Fandouli, die beiden Capitaines Franck Rimier und Luc Garnier sowie Florian und sie selbst offen bedroht. Auch wenn sie sich alle gegen ihn stellten, so war er dennoch ihr Vorgesetzter und hatte einen längeren Arm als sie alle zusammen.

Florian versuchte Fiona zu beschwichtigen, doch sie sah, dass auch er sehr verunsichert war. Kenny sah verständnislos von einem zum anderen, er hatte von alldem, was geschehen war, nicht die leiseste Ahnung.

Fiona zuckte zusammen, als sie Nadia vom Kommissar und einem anderen Mann gefolgt in den Open Space treten sah. Beide Männer trugen Masken, ihre Augen wirkten kalt. Nadias Gesicht war bleich, sie sah ihre Kollegen nicht an.

»Der Commissaire Divisionnaire Manson …«, murmelte Florian erschrocken. Fiona zuckte zusammen.

»Bon, Mesdames et Messieurs«, sagte der Kommissar Blachet kalt. »Eure Vorgesetzte ist nun ihrer Funktionen enthoben. Und ihr beide«, er zeigte auf Florian und Fiona, »werdet in den nächsten Wochen ebenfalls ein Disziplinarverfahren bekommen. Weil ich will, dass ihr versetzt werdet. Genauso wie der Capitaine Garnier und der Lieutenant Fandouli!«

»Euer neuer Vorgesetzter ist im Moment der Lieutenant Philippe Manhes«, fuhr der Leiter der PJ fort. »Der Einzige hier, der sich nicht in diese dreckige Kampagne des Substituts gegen uns beide und den Kommissar Goldstein eingemischt hat.«

Fiona spürte, wie ihr Tränen in die Augen schossen. Nun war es also soweit! Sie hatten so etwas befürchtet, aber immer noch gehofft, dass ihre Vorgesetzten vorher geschnappt würden. Sie spürte, wie die Panik sich ihrer bemächtigte. Brice würde freigelassen werden, er würde ihr und Pierre irgendwo auflauern, versuchen, sie zu töten. Nadia würde nicht mehr arbeiten dürfen, und sie alle riskierten eine Versetzung nach Paris! Nicht einmal Castini konnte sie davor bewahren.

Allerdings bemerkte Fiona, dass Florian keineswegs aus der Fassung gebracht schien. Er sah den Kommissar und dessen Vorgesetzten nur interessiert an.

»Ich verstehe nicht«, sagte er langsam. »Was genau wird uns vorgeworfen? Warum soll Nadia suspendiert und warum sollen wir alle wegversetzt werden?«

Der Commissaire Divisionnaire wandte sich ungeduldig an ihn.

»Sie spielen hervorragend den scheinheiligen Typen. Aber damit kommen Sie bei uns nicht durch. Sie haben gewusst, dass Ihr Lieutenant sich Ihren Vorgesetzten widersetzt und haben trotzdem mit ihr heimlich ermittelt.«

»Ja. In meiner Freizeit. Das ist mein Recht.«

Nadia sah Florian warnend an, doch er beachtete sie nicht.

»Ich habe meine Arbeit trotzdem so verrichtet, wie man mir es befohlen hat, war immer vor Ort, sogar in den *Quartiers Nord*. Dasselbe gilt für Madame Brante.«

»Sie haben für den Substitut Frigeri gearbeitet, der versucht, uns durch eine gemeine Verleumdungskampagne anzuschwärzen. Sie sind ihm in die Falle gegangen. Und nun werden Sie dafür bezahlen. Alle beide«, stieß Manson hervor. Er schien Fiona sehr aufgebracht, es sah so aus, als würde er unter seiner Maske kaum mehr Luft bekommen.

»Okay«, ließ Nadia sich vernehmen. »Ich gehe schon mal. Sie brauchen mich ja nicht mehr. Regeln Sie das alles mit meinen Kollegen!«

Sie wandte sich der Tür zu. Doch in diesem Moment traten Luc, Franck und Rachid, die nun auch ihre Masken trugen, mit drei maskierten Herren in den Open Space. Fiona wusste, dass einer der drei der *Directeur Interrégional* war, der höchste Vorgesetzte der regionalen PJ. Er war für die PJ in den beiden Regionen Occitanie und Sud zuständig und einer der höchsten Polizeibeamten Frankreichs. Fiona hatte ihn bereits auf einem Foto gesehen und erkannte ihn aufgrund seiner dichten silbergrauen Haare wieder.

»Bonjour«, begann einer der Herren. »IGPN, die Inspektion der Polizei. Kommissar Blachet und Commissaire Divisionnaire Manson, Sie kommen mit uns. Wir leiten eine Untersuchung zu den jüngsten Ereignissen hier im Kommissariat ein. Und wir müssen uns im Laufe der kommenden Tage mit einer jeden der hier im Raum anwesenden Personen unterhalten.« Er ließ seinen Blick vom einen zum anderen schweifen, wie um seine Worte noch einmal zu unterstreichen.

Der Herr mit den silbergrauen Haaren wandte sich an Luc. »*Capitaine*, bis ein neuer Kommissar hier eintrifft, sind Sie verantwortlich für die Abteilung des Kommissars Blachet. Ich werde Sie heute Nachmittag treffen, sobald ich kann. Und sorgen Sie dafür, dass bei Zusammenkünften und wenn sie ihren Schreibtisch verlassen, alle ihre Gesichtsmasken tragen.«

»Und ich?«, fragte Nadia. »Ich wurde soeben von den beiden aus dem Polizeidienst entlassen. Was soll ich jetzt tun?«

»Die beiden haben sich geirrt. Sie sind selbst entlassen«, erwiderte der Herr mit den silbergrauen Haaren grimmig. »Sie gehen schleunigst zurück in Ihr Büro. Es wird heute noch sehr viel Arbeit für Sie geben. Und die Herren von der IGPN werden Sie wie gesagt später noch sprechen wollen. *Capitaine*, ich zähle auf Sie!«

Mit einem letzten Blick auf Luc drehte er sich um. Die beiden Männer der IGPN folgten ihm, Manson und Blachet, die kein Wort mehr von sich gaben, zwischen sich.

Luc schüttelte den Kopf. Er schien vollkommen schockiert.

»Na so was, das ging aber jetzt schnell. Und ich … verantwortlich?«

»Natürlich, Luc«, meinte Nadia. »Du bist derjenige mit dem höchsten Dienstgrad und der meisten Erfahrung.«

Luc seufzte. »*Mon Dieu*, das hätte mir noch gefehlt!«

»Diese Schweinehunde. Diese elenden Schweinehunde. Sie haben Blut an den Händen«, stieß Rachid hervor.

»Ja, aber sie sind dabei, ihre Strafe zu bekommen«, sagte Nadia ruhig und sah langsam in die Runde. Auch Fiona spürte, wie die Aufregung des Morgens langsam verebbte.

Luc klatschte in die Hände. »So, Leute, jetzt wird gearbeitet. Wir tun so, als wäre es ein ganz normaler Tag! Als hätten wir nicht gerade zwei Monate Lockdown gehabt und als wären vor wenigen Sekunden nicht zwei Führungskräfte dieses Kommissariats von der IGPN abgeholt worden. Wir machen einfach mit unseren Geschäften weiter. Wenn ihr eure Schreibtische verlasst, vergesst bitte nicht die Masken! Außer, wenn ihr Kaffee trinkt oder raucht.«

Franck wandte sich an Rachid: »Komm, wir gehen wieder in unsere Abteilung zurück!« Mit einem letzten grimmigen Blick in die Runde folgte Rachid seinem ranghöheren Kollegen.

»Luc, bezüglich der Geschäfte«, begann Nadia. »Wir haben gerade einen Typen festgenommen. Fionas Ex, der bei ihr eingebrochen, sie bedroht und Stéphane die Nase gebrochen hat. Können wir ihn gleich dem Staatsanwalt und dem Untersuchungsrichter vorführen? Er ist anscheinend gefährlich!«

»Klar«, meinte Luc, »mach mal. Was will er denn?«

»Er will Fiona, die sich im Januar von ihm getrennt hat, für sich beanspruchen und etwaige Rivalen eliminieren. Deshalb hat er Stéphane zusammengeschlagen.«

»Ach«, meinte Luc. »Dann will ich ja mal froh sein, dass ich das Rennen um Fiona aufgegeben habe. Sie hat wohl nicht übertrieben, als sie meinte, sie habe eine sehr schwierige Beziehung hinter sich!«

Er sah Fiona neugierig an und sie spürte, wie ihr heiß im Gesicht wurde. Das hätte ihr noch gefehlt! Nun erfuhr wahrscheinlich das gesamte Kommissariat über ihre Probleme mit Brice. Doch wenn sie dafür in Sicherheit war, wollte sie das gern hinnehmen.

»Sie hat absolut nicht übertrieben. Der Typ ist komplett verrückt«, meinte Nadia nüchtern.

»Nun, wenn du es schaffst, Pierre für die Sache zu interessieren, dann kümmere dich gleich darum. Aber meiner Meinung nach hat *Monsieur le Substitut* heute anderes zu tun.«

Nadia sah Fiona an. »Er wird sich dafür interessieren, da bin ich ziemlich sicher«, meinte sie und wandte sich zum Telefon, um Pierre zu kontaktieren.

DIE NEUE NORMALITÄT

Pierre kam gegen Mittag.

»Es ist vollbracht«, erzählte er. »Mein Chef und eure Vorgesetzten sind ihrer Ämter enthoben und die Untersuchung startet sofort. Ich bin nicht dabei, ich helfe nur Castini und dem Procureur von Aix-en-Provence, der diese Untersuchung mit dem Richter Perrier leiten soll. Maître Castini war sehr effizient heute Morgen. Castini und ich sind zu Georges gegangen, der etwas gestresst schien, uns aber gezwungen freundlich empfing. Und Castini begann sofort mit seiner Rede. Er meinte, *schrecklich, was derzeit passiert, dieses Virus, man fragt sich, wie es nur so weit kommen konnte. Irgendetwas ist entgleist, weil etwas vertuscht wurde, und zwar in China. Das Regime hat alles getan, um die Sache nicht rechtzeitig aufzudecken und nun haben wir in Europa an die hunderttausend Tote und eine noch nie dagewesene Wirtschaftskrise.*

Nun, Maître Castini?, fragte Georges ihn spöttisch. *Haben Sie vor, den chinesischen Staat zu verklagen?*

Castini zuckte nur mit den Schultern. *Ich täte es gern. Aber es bringt nichts. Ich konzentriere mich lieber darauf, hier in Frankreich Missstände aufzudecken und zu reagieren, wenn Verbrechen vertuscht werden.*

Dann konfrontierte er Adriani direkt mit all den Beweisen, die wir gegen ihn und seinen Sohn sowie Manson und dessen Tochter haben, und erklärte, dass die Klage im Namen der Familie Bernier bereits eingereicht worden war. Adriani lachte anfangs hämisch und meinte, Castini würde gegen ihn überhaupt keine Chance haben, doch als Castini erwähnte, dass Paris bereits über alles auf dem Laufenden sei, begann Adriani, mich zu beschimpfen und zu beleidigen, bevor er in Panik aus seinem Büro stürzte.

Es wird ein langwieriger Prozess werden, meinte Castini, *und ich hoffe, wir können alles beweisen. Den Angriff auf mich und auf den Englischlehrer, den Mord am Mitschüler und an den beiden Vorstadtdealern. Aber im Moment scheint alles den richtigen Weg zu gehen. Sehen Sie, junger Freund, wir mussten nur das Ende des Lockdowns abwarten. Mit Geduld gewinnt man … aber ich muss sagen, dass Sie, Nadia und ihr Team ausgezeichnet gearbeitet haben.*

Ich hätte niemals gedacht, dass Castini mich eines Tages loben würde. Wir hatten eigentlich immer eine recht schwierige Beziehung, und das seit dem Fall Ricci vor zwei Jahren.«

»Super, Pierre. Du hast es geschafft«, sagte Nadia.

»Nein, Nadia. *WIR* haben es geschafft. Euch vielen Dank für eure Hilfe.«

»Nichts zu danken, Pierre, aber du musst jetzt gleich durchstarten. Wir haben heute Morgen eine Verhaftung durchgeführt. Gefährlicher Typ, der sofort vor Gericht gestellt werden sollte. Hat Stéphane die Nase gebrochen.«

»Ja? Und hat es mit unserem Fall zu tun?«

»Nein, Pierre. Das ist ein zusätzliches Problem.«

Pierre schnaubte unwillig.

»Ein Typ, der das ganze Land durchquert hat, um in Marseille Unheil zu stiften«, sagte Nadia. »Trotz der Hundert-Kilometer-Sperre.«

»Okay … worum geht es denn?«

»Fionas Ex«, seufzte Nadia, »der denjenigen umbringen will, der nun mit Fiona zusammen ist, und deshalb nach Marseille gekommen ist.«

Pierre sah Fiona erschrocken an. »Hat er dir … etwas getan?«

Sie schüttelte den Kopf. »Ich habe ihn einmal mehr mit meiner Pistole bedroht. Aber er hat Stéphane zusammengeschlagen, weil er geglaubt hat, Stéphane sei mein neuer Freund.«

Pierre sah sie grimmig an. »Nun, wir stecken ihn sofort in den Knast. Fiona, du musst gegen ihn Anzeige erstatten, wegen Einbruch und Drohung, und Stéphane natürlich wegen Körperverletzung. Und ich bearbeite den Untersuchungsrichter, damit wir ihn einkerkern können. Wo ist er denn?«

»In einer Zelle bei uns hier.«

»Nun, ich werde mit ihm sprechen!«

»Pass auf, Pierre!«, flehte Fiona. Nadia sah, dass sie traumatisiert war. Sie konnte es gut verstehen.

»Er ist hinter Gittern, oder nicht? Und ich erwarte ihn mit Handschellen vor Gericht! Sofortige Vorladung …«

»Ich komme mit euch«, meinte Nadia. »Willst du hierbleiben, Fiona?«

Fiona schüttelte den Kopf.

Nadia wandte sich an Kenny und Florian. »Ihr seht hier bitte nach dem Rechten!« Kenny war wohl vollkommen verdattert über die Ereignisse der vorhergehenden Stunden. Ihm schien bewusst zu werden, dass er einiges versäumt hatte und hinten und vorn nicht mehr durchblickte.

»Bitte, Florian, erzähle Kenny alles!«, befahl Nadia. »Ich denke, wir schulden ihm und Stéphane einige Erklärungen.«

Als sie bei Brices Zelle ankamen, saß dieser unbeweglich da und starrte sie an. Nadia fragte sich, was er erwartet hatte, als er einfach bei Fiona aufgekreuzt war? War sein Bedürfnis, ihr zu schaden und sie zu terrorisieren so groß, dass er jeglichen Verstand ausgeschaltet hatte? Oder war er ganz einfach verrückt?

»Bonjour, Monsieur Campeau«, sagte Pierre. »Ich bin der Staatsanwalt. Derjenige, der Sie noch heute vor Gericht zerren wird. Und ich würde mich gern mit Ihnen unterhalten.«

Brice knurrte nur.

»Monsieur Campeau, Sie sind mehrerer Delikte angeklagt. Erstens haben Sie die Hundert-Kilometer-Sperre nicht eingehalten. Sie dürften nicht hier in Marseille sein. Dann sind Sie in die Wohnung Ihrer Exfreundin eingebrochen, haben Ihre Exfreundin bedroht und einem Polizisten der PJ die Nase gebrochen. Ferner haben Sie gedroht, dass Sie irgendwen umbringen wollen, Sie wissen aber nicht wen, stimmt's?«

Nun sprang Brice auf. »Ich werde ihn finden, diesen Hurensohn, und ihn umbringen. Er hat kein Recht auf Fiona!«

Nadia sah, dass Fiona zusammenzuckte, Pierre jedoch nur spöttisch lächelte.

»Und wie wollen Sie ihn finden? Haben Sie einen Namen und eine Adresse?«

Brice sah den Staatsanwalt aus zusammengekniffenen Augen an. »Das lassen Sie nur meine Sorge sein.«

»Leider nicht, Monsieur, denn Sie kommen hierher nach Marseille, brechen bei Ihrer Exfreundin ein, bedrohen sie, schlagen einen Polizisten zusammen und sagen mir, dass Sie einen Mord begehen wollen. Leider, Monsieur, werden wir Sie einsperren müssen. Denn wie Sie wissen, haben wir in Marseille schon genügend Sorgen und brauchen nicht noch einen weiteren Kriminellen aus Nordfrankreich. Sie werden noch heute dem Richter vorgeführt.«

»Sie Blödmann, Sie!«, brüllte Brice. »Glauben, Sie seien so klug. Ich will einen Anwalt!«

»Sie kriegen einen Anwalt, doch glauben Sie nicht, dass dieser Sie retten kann. Sie sind schon zu weit gegangen.«

»Das wirst du bereuen«, zischte Brice Fiona zu. »Eines Tages komme ich aus dem Gefängnis und dann töte ich dich.«

Fiona zuckte zusammen, doch Nadia meinte eiskalt:

»Ich glaube eher, dass wir Sie töten. Fiona ist Polizistin und hätte Sie schon längst abknallen können. Dass Sie noch leben, ist reine Wohltätigkeit ihrerseits.«

»Halt doch das Maul, du Lesbenhure!«, rief Brice und zeigte Nadia den Stinkefinger.

»Es hat keinen Sinn, weiter mit diesem Ausgeflippten zu reden«, seufzte Pierre.

»Wir sehen uns dann bei Gericht!«, rief er Brice zu und wandte sich zum Gehen. Fiona und Nadia folgten ihm.

»Es tut mir wirklich leid«, schluchzte Fiona, »er ist durchgedreht.«

»Nein, *Chérie*, mir tut es für dich leid.« Pierre legte ihr den Arm um die Schultern. »Ich hoffe, er war nicht immer so.«

Fiona schüttelte den Kopf. »Nein. Er hatte immer schon etwas Unbeständiges, das es ihm zu beherrschen gelang, aber jetzt ist er ausgeflippt. Er ist besessen von mir. Er liebt mich nicht, sondern will mich besitzen. Ich hoffe, du schaffst es, ihn einzusperren.«

»Ich hoffe auch«, knirschte Pierre. »Ausgerechnet heute, wo bei Gericht ohnehin schon die Hölle los ist und der Procureur verhaftet wurde, muss dieser Typ aufkreuzen! Welch ein Beginn der Neuen Normalität!«

Es war in der Tat ein stressiger Tag. Das Telefon läutete durchgehend und im gesamten Kommissariat herrschte eine unglaubliche Geschäftigkeit. Die Ermittler der Kriminalabteilung arbeiteten mit ihren Teams nun unter Lucs Führung für den Fall Emeline Bernier.

Anscheinend hatte der Commissaire Divisionnaire Manson im Kommissariat zwei Kommissare rekrutiert, die ihm helfen sollten, die Sache zu vertuschen: Goldstein, den Leiter der *Stup,* der nun tot war, und Blachet, den Leiter der *Crim,* auf den eine Gerichtsverhandlung wartete. Er war suspendiert und würde vielleicht sogar im Gefängnis landen. Goldstein war mit dem Procureur verwandt, weswegen er sich als der ideale Partner erwiesen hatte, und Blachet war von den beiden wahrscheinlich bestochen worden.

Die anderen Kommissare waren ruhiggestellt worden, man hatte ihnen gesagt, es sei unnötig, sich um die Sache zu kümmern, was wegen des Lockdowns nicht besonders schwierig gewesen war. Nun jedoch war der interregionale Direktor der PJ selbst in Schwierigkeiten, weil er gewisse Fragen, die er hätte stellen sollen, nicht gestellt hatte. Seine Rolle war unklar. Was die Staatsanwaltschaft betraf, so riskierten zwei weitere Staatsanwälte, ein Substitut und Adrianis Stellvertreterin, ein Disziplinarverfahren. Was mit Pierre geschehen sollte, der die Sache offiziell aufgedeckt hatte, wusste keiner, doch wahrscheinlich würde er mit einer Promotion belohnt werden.

Stéphane kam am Nachmittag ins Kommissariat, er hatte eine Schiene und einen riesigen Verband an der Nase. Er würde nun eine Woche in Krankenstand sein.

Nadia erzählte ihm alles, was geschehen war. Er war wie Kenny ziemlich verdattert. Nadia war bewusst, dass die beiden es ihr übelnehmen konnten, dass sie ihre geheime Ermittlung ohne sie durchgeführt hatte.

»Wir wollten euch da nicht reinziehen«, erklärte sie den beiden. »Florian und Fiona waren dabei, als Pierre uns über die Sache erzählte, aber auch sie wollte ich am Anfang raushalten. Keiner wusste darüber Bescheid. Auch Luc nicht. Luc ist übrigens jetzt unser Vorgesetzter, bis ein neuer Kommissar kommt.«

»Dieser Schweinehund«, knirschte Stéphane. »Seinetwegen wurde ich zusammengeschlagen. An seiner Stelle.«

Nadia sah, dass Fiona zusammenzuckte. »Nein, Stéphane. Ich habe keine Beziehung mit Luc. Mein Exfreund ist verrückt, und weil du mich umarmt hast, glaubte er, ich sei mit dir zusammen.«

»Aber du hast einen Freund, oder?«

»Ja. Aber er arbeitet nicht hier im Kommissariat.«

Stéphane zuckte mit den Schultern. »Ist ohnehin besser, Fiona. Man soll bei der Arbeit nicht, sagt Nadia immer. Und ich werde von deiner netten Nachbarin betreut. Sie kommt heute Abend zu mir, schauen, wie es mir geht.«

Fiona lächelte. »Sandy ist eine Perle.«

»Und sie ist noch frei!«

»Ja, Stéphane, aber du hast einen Riesenverband im Gesicht. Ich würde an deiner Stelle ein wenig mit dem Anbaggern warten!«, spottete Kenny.

»Im Moment würde ich dir raten, in der totalen *Friendzone* zu bleiben«, meinte Florian und Nadia lachte. Das war der Rat, den er jedem Kollegen bezüglich Frauen gab.

»*Mon Dieu*, sprich doch Französisch!«, Stéphane sah ihn widerwillig an.

»Ein guter Freund sein«, sagte Florian. »Einfach ein Freund.«

»Hast im Moment eh keine Wahl«, lachte Kenny. »Mit diesem Ding im Gesicht kannst du nicht mal küssen!«

Luc kam in den Raum. »Stéphane, du darfst dann gleich heim, doch Pierre braucht dich vor Gericht. Für die Anklage, als Zeuge und Opfer. Brice Campeau wird in einer halben Stunde vor Gericht gestellt. Sofortige Vorladung. Und du, Fiona, musst auch hingehen. Aber Florian und Nadia kommen sicher mit euch, um Brice zu belasten.«

Nadia wusste, dass der Moment, in dem sie vor Gericht gegen ihren Exfreund aussagen musste, für Fiona schrecklich sein würde. Doch sie hatte leider keine andere Möglichkeit. Nadia würde sie so gut wie möglich unterstützen.

DIE CLIQUE

Die gesamte Clique und Arthur mit seinen drei Freunden waren nun verhaftet worden und befanden sich im Kommissariat. Andere Mitschüler wie Christine waren herbei bestellt worden, um gegen die fünf Mädchen und vier Jungen auszusagen.

Es handelte sich zwar zum Großteil um Minderjährige, doch es würde trotzdem zu Strafen kommen, vor allem für Arthur, der Emeline vergewaltigt hatte, und Kevin, Naomi, Léane und Mathilde, die sie dabei festgehalten hatten. Wahrscheinlich würden diese verwöhnten Gören in eine Jugenderziehungsanstalt eingewiesen werden, und Arthur, der schon achtzehn war, mehrere Jahre im Gefängnis schmoren müssen.

Die Jugendlichen wurden im Kommissariat von Nadia und Luc einzeln befragt. Sie schienen nicht ganz glauben zu wollen, was ihnen geschah. Naomi und Arthur, deren Väter bereits verhaftet worden waren, reagierten noch verdutzter als alle anderen. Léanes Mutter, die Anwältin, stand den Jugendlichen bei den Befragungen bei. Einige wurden von ihren Eltern begleitet, wie Naomi, deren Mutter blass und stumm neben ihrer Tochter und der Anwältin saß.

Naomi weinte, was Nadia große Genugtuung verschaffte.

»Naomi, du weißt, dass du etwas Kriminelles getan hast, nicht wahr?«, sagte Nadia zu dem Mädchen, das sie gemeinsam mit Luc vernahm. »Du hast die Vergewaltigung einer Mitschülerin angezettelt und diese Mitschülerin hat sich dann umgebracht. Du kannst im Gefängnis landen, auch wenn du erst fünfzehn bist. Und außerdem haben deine Aktionen Dinge ausgelöst, die deinem Vater seine Arbeit kosten und ihn wahrscheinlich ebenfalls ins Gefängnis bringen.«

»Jetzt mal cool …«, fuhr die Anwältin Lefèbre dazwischen, doch Nadia funkelte sie zornig an.

»Nein, nicht cool. Dieses Mädchen und Ihre Tochter haben die Vergewaltigung einer Mitschülerin organisiert! Und diese hat sich nur wenige Stunden nach der Gruppenvergewaltigung umgebracht. Glauben Sie, dass die Eltern cool sein wollen? Außerdem sind noch vier weitere Menschen gestorben, weil Sie und diese hohen Beamten das alles vertuschen wollten. Passen Sie auf, dass Sie nicht selbst belangt werden. Castini wird Sie sicher auch anklagen. Und was uns betrifft, Sie können hier sitzen, aber ich will Sie nicht mehr hören.«

»Wofür halten Sie sich eigentlich?«, brauste die Frau auf.

»Für die Person, die das alles aufgedeckt hat. Für die einzige Polizistin, die Emeline und ihre Familie ernst genommen hat. Pech für Sie!« Nadia spürte, wie wütend sie war.

Luc ging dazwischen: »Maître Lefèbre, machen Sie es sich und Ihrer Mandantin nicht so schwer. Sie wissen, dass wir unumstößliche Beweise gegen sie haben, weil die Vergewaltigung gefilmt wurde. Daher sollten Sie Ihren Mandanten und Ihrer Tochter erklären, dass vielleicht eine reumütige Einstellung besser wäre.«

Die Frau blickte ihn finster an. Gewiss würde sie in den kommenden Tagen ebenfalls Schwierigkeiten mit der Justiz bekommen, genauso wie Mathildes im Regionalrat sitzender Vater.

»Nun, Naomi, wir wissen alles, was ihr getan habt. Wir haben Eintragungen auf Instagram, Beleidigungsbriefe, Zeugenaussagen und den Film der Vergewaltigung. Ihr habt Emeline monatelang gemobbt. Und ich würde gern wissen, warum ihr das gemacht habt? Warum Emeline? Und warum musstet ihr so bösartig sein?«

Naomi brach in Tränen aus. »Es … ich konnte die guten Schüler nicht leiden. Wegen meines Vaters. Er machte mir Druck und ich bekam niemals gute Noten. Und Emeline … sie hatte alles. Sie hatte in allen Fächern gute Noten, konnte super malen, außerdem war sie komisch. Was die anderen über sie dachten, war ihr egal. Sie versuchte gar nicht, sich uns anzupassen, das zu tun, was ich wollte.«

»Warum, *Mademoiselle*, sollten alle Leute das tun, was Sie wollen?«, fragte Luc scharf.

Naomi, die sich beruhigt hatte, zuckte mit den Schultern. »Ich bin daran gewöhnt«, meinte sie, mit einem Blick auf ihre Mutter, die nur kurz und resigniert die Schultern hob.

Luc sah sie eindringlich an. »Ja, leider. Doch sehen Sie, wo Sie das heute hingeführt hat! Ihr Vater ist knietief in einen Skandal verstrickt, wegen Ihnen, vier Personen sind ermordet worden und eine Schülerin hat sich umgebracht.«

»Sie hätte sich deshalb nicht umbringen müssen«, sagte Naomi trotzig. »Wir ficken uns alle gegenseitig. Oftmals zu mehreren. Ich wurde auch schon festgehalten und von Arthur genommen.«

Die Mutter hielt sich entsetzt eine Hand vor den Mund, sie schien von den Sexspielen ihrer Tochter und derer Freunde keine Ahnung zu haben.

»Nun, *Mademoiselle*, ich habe alle Ihre Filme gesehen. Sie gehen ja derzeit überall im Internet um. Aber meistens schienen Sie ziemlich glücklich. Sie taten es freiwillig. Das ist beim Sex ausschlaggebend. Das Prinzip der Freiwilligkeit. Wird jemand gezwungen, so handelt es sich um eine Vergewaltigung. Und Vergewaltigung ist eine Straftat. Auch wenn der Angreifer minderjährig ist.«

Nadia ergriff das Wort.

»Und du, deine beiden Freundinnen und Arthurs Freund Kevin habt zusammen mit Arthur Emeline vergewaltigt. Er hat es getan, doch ihr habt sie festgehalten und ihm geholfen. Ihr seid genauso schuldig wie er. Außerdem, Naomi, verklagen zwei Lehrer dich der Verleumdung. Zwei Lehrer sind wegen dir suspendiert worden. Eigentlich, Naomi, bist du das Schulmonster. Das Monster, das alle terrorisiert hat, um seine sadistischen Triebe auszuleben. Und das es sich leisten konnte, weil sein Vater der Leiter der PJ war. Unser oberster Chef. Welche Schande!«

»Ich erlaube Ihnen nicht …«, begann die Rechtsanwältin, doch Luc gebot ihr mit einer Geste Einhalt.

»Sie, Naomi, sind die Hauptschuldige. Ihre Freundinnen waren Mitläuferinnen, die Sie geschickt gelenkt haben. Ist es nicht so?«, fragte er.

Die Rechtsanwältin sah interessiert auf. Nadia und Luc hatten richtig spekuliert. Die Frau witterte eine Möglichkeit, die Schuld ihrer Tochter auf jemand anderen abzuwälzen. Sie war zwar eine sehr ehrgeizige Anwältin, doch nun kämpfte ein jeder für sich und das Schicksal ihrer Tochter war ihr wichtiger als die Verteidigung der Clique. Sie würde Naomi und Arthur gewiss fallen lassen.

Als die Rechtsanwältin wenig später neben Arthur saß, war sie stumm wie ein Karpfen. Arthur spielte den coolen Typen. Wahrscheinlich war ihm in seiner jugendlichen Dummheit noch nicht bewusst, welchen Sturm seine Tat ausgelöst hatte und welche Folgen sein Vater zu tragen hatte.

»Arthur, du hast Emeline vergewaltigt. Warum hast du das gemacht?«, fragte Nadia.

Der Junge seufzte nur. »Mann, es war ein Spiel! Wir haben schon mehrere Mädchen als Gruppe genommen. Und keine hat sich je beschwert.«

»Ja, das weiß ich. Naomi und ihre Freundinnen. Aber diese Mädchen machten das freiwillig. Emeline wollte nicht. Deshalb war es ganz klar eine Vergewaltigung. Außerdem hast du ihr einen Drohbrief geschrieben.«

Nadia zeigte ihm die Fotografie des Zettels, den Laura damals in Emelines Malkasten gefunden hatte.

»Das ist doch deine Schrift, Arthur, oder?«

»*Putain*, ja, aber das war alles nur Spaß. Ich habe nicht überlegt.«

»Nicht überlegt? Und nun ist eine Schülerin tot!«

»Wir wussten doch nicht, dass sie es so ernst nehmen würde!«

»Arthur, ihr habt sie gewaltsam festgehalten, dann habt ihr sie gegen ihren Willen entkleidet, sie gedemütigt, über ihre Schamhaare gespottet, sie gefilmt, und du hast sie vergewaltigt. Und du meinst, sie hätte es nicht ernst genommen? Du machst wohl Witze! Du wirst als Vergewaltiger vor Gericht gestellt werden. Du bist der Haupttäter, weil du es warst, der seinen Schwanz in sie hineingesteckt hat! Du und niemand anderer! Außerdem wirst du des Mordes an Ken angeklagt, der euch gewiss mit dem Film erpressen wollte. Und wenn es jemand anderer war, der Ken getötet hat, dann solltest du uns das besser mitteilen. Denn sonst musst du dafür bezahlen!«

»Aber ich war das nicht! Es waren die Vorstadttypen. Naomis Vater und mein Onkel haben sie angeheuert. Sie sind verhaftet und dann freigelassen worden, dafür bekamen sie die Mission, Ken zu töten. Mein Vater und ich, wir wussten davon gar nichts, Ehrenwort!«

Nadia war sehr zufrieden. Die Jugendlichen begannen einander und die Eltern der anderen zu beschuldigen, und die Erwachsenen würden nachziehen. Die Clique war zerschlagen, und sehr bald würde auch der Zusammenhalt der korrupten Beamten flöten gehen, aus dem ganz einfachen Grund, weil jeder seine eigene Haut retten wollte, indem er die anderen anschwärzte. Die Anwältin schien Nadia besonders abwesend, sie ließ die Jugendlichen sich selbst verteidigen. Erst als Nadia mit ihrer Tochter sprach, erwachte sie und war erneut sehr präsent.

»Léane, *Monsieur le Capitaine* und *Madame le Lieutenant*«, sagte sie, »ist sehr unreif. Sie lässt sich von den anderen verleiten. Sie ist kein bösartiges Mädchen, aber sie hat einen immensen Geltungsdrang. Deshalb hat sie sich ja auch beim Sex mit fast allen Jungen der Terminale A filmen lassen.«

»Nein, Mama«, meinte Léane trotzig. »Ich habe keinen Geltungsdrang. Ich mag Sex. Und ich mag es, dabei beobachtet zu werden. Ich will Pornodarstellerin werden. Und du wirst mich nicht daran hindern!«

Die Mutter warf ihr einen finsteren Blick zu.

Nadia sagte: »Nun, Léane, das ist dein gutes Recht. Aber was hast du dir wohl dabei gedacht, als du Emeline zusammen mit Mathilde und Naomi festgehalten hast, damit Arthur sie vergewaltigen konnte?«

Léane seufzte. »Es tut mir wirklich leid. Ich habe nicht nachgedacht. Ich war geil. Ich hatte Lust, es einmal mit einem anderen Mädchen zu versuchen, mit einer, die wir noch nie gefilmt hatten. Emeline machte mich an. Ich mag nämlich nicht nur Jungen. Ich bin bi. Doch Emeline hatte für mich nichts übrig. Und als Naomi meinte, wir würden Emeline ausziehen und Arthur würde sie ficken, da wurde ich schon ganz feucht …«

»Léane, jetzt reicht's!«, schrie die Mutter. »Wie kannst du nur so obszön reden. Wir sind hier bei der Polizei, nicht in einem Pornostudio!«

Die Frau wurde hochrot im Gesicht.

Léane sah ihre Mutter verächtlich an. »Du warst schon immer verklemmt. Du hast mich nicht einmal richtig aufgeklärt. Ich wusste gar nichts. Euer Freund, der Doktor Marcoul, hat mir alles erklärt. Wie ich beim Sex Spaß haben kann. Er hat mir vieles gezeigt. Und ich wurde zum besten Sex-Girl der Schule.«

Die Mutter japste nach Luft. »Eric?«

»Ja, Eric. Mensch, der ist heiß.«

»Ich werde ihn verklagen! Er hat dich verführt! Vergewaltigt! Beim Arztbesuch! Wann war das?« Die Frau war sehr aufgebracht.

»Vor einem Jahr. Zum Glück hat er das getan, sonst würde ich heute so wie du sein. Vater fickt dich nicht mehr, du willst keinen anderen Mann, keine Frauen, du hast keinen Sex, nicht einmal selber besorgst du dir es und bist extrem verbittert!«

Ehe Nadia und Luc reagieren konnten, holte die Mutter aus und verpasste Léane eine Ohrfeige. Léane hielt sich die Wange und sah sie trotzig an.

»*Maître*, bitte, wir sind hier im Kommissariat. Bitte werden Sie Ihrer Tochter gegenüber nicht tätlich«, sagte Luc.

Doch Nadia merkte, wie unterhaltsam er das Gespräch zwischen Mutter und Tochter fand. Sie ergriff das Wort.

»Außerdem, *Maître*, hat das nichts mit unserer Sache zu tun. Wir wollen wissen, warum Léane mitgemacht hat, als Emeline vergewaltigt wurde und was sie über Kens Tod und Monsieur Moltets Suspendierung weiß. Bitte, Léane, sprich weiter. Also, dich hat Emeline angetörnt und deshalb hast du bei ihrer Vergewaltigung mitgemacht.«

»Ganz genau. Ich … ich wusste nicht, dass sie es nicht mochte. Ich habe nicht überlegt. Sie war eine Lesbe. Einen Schwanz in sich zu spüren war sicher schlimm für sie.«

»Hör mal, Léane«, begann Nadia, »Emeline war keine Lesbe. Sie war fünfzehn, aber hatte keinen Doktor Marcoul kennengelernt. Sie war auch noch nie mit einem Jungen zusammen gewesen. Sie war sexuell noch nicht reif und es interessierte sie nicht! Aber die Vergewaltigung war sehr schlimm für sie, und du, Léane, befindest dich unter den Haupttätern, weil man dich im Film gut sehen kann. Du hast ihr Bein gehalten und ihr zwischen die Beine gegriffen.«

»Ja. Ich wollte ihr helfen. Damit es nicht so weh tut. Ich bin ja eine Spezialistin.«

Nadia sah, dass Luc sich das Lachen kaum mehr verkneifen konnte und die Mutter immer zorniger wurde.

»Nun«, stieß die Frau hervor, »Sie haben gesehen, dass meine Tochter nicht alle Tassen im Schrank hat, dass sie unter einer sexuellen Störung leidet. Einer Besessenheit. Schon allein diese obszönen

Wörter, die sie verwendet … wie kann eine Fünfzehnjährige aus einer guten Familie so sprechen? Aber ich verstehe nun alles. Im Falle meiner Tochter gibt es einen Schuldigen dafür. Und den werde ich belangen! Dieser Scheißkerl. Was hat er nur aus meiner Tochter gemacht?«

Sie begann zu schluchzen. Nadia zuckte mit den Schultern. Der Doktor Marcoul, der Léane im Alter von vierzehn Jahren verführt hatte, war die Geringste ihrer Sorgen, auch wenn sie die Bestürzung der Mutter durchaus verstehen konnte. Sie wandte sich wieder an Léane.

»Was weißt du über Kens Tod und über die Sache mit Moltet?«

»Ken wollte uns erpressen. Er wollte Geld, ansonsten würde er das Video von der Vergewaltigung ins Internet geben. Und ich wusste, dass er es ohnehin machen würde. Außerdem würde es sowieso jemand tun. Entweder Ugo, Chris oder er. Sie hatten alle drei gefilmt und den Film bereits anderen Jungs geschickt. Ich fand es nicht angebracht zu zahlen, weil es nichts bringen würde. Und ich hatte recht. Der Film wurde im Internet gefunden, nicht wahr?«

Nadia nickte. »Ganz genau. Jemand war vorwitzig genug, ihn auf eine Amateurfilm-Pornoseite zu geben, und einer der Journalisten, mit denen wir regelmäßig arbeiten, hat ihn gefunden. Außerdem hat Ugo sich am Strand sein Telefon entwenden lassen. Auf dem alle eure tollen Filme waren. Und diese sind drei Tage später ebenfalls auf Amateur-Pornoseiten erschienen.«

»Ja, ich finde das toll für meine Karriere«, sagte Léane, aber verstummte, als ihre Mutter mit der Faust auf den Tisch hieb. Luc warf der Frau einen strafenden Blick zu, er wollte mit der Befragung vorankommen.

»Okay, Léane, aber weißt du, wer Ken getötet hat?«

Sie schüttelte den Kopf.

»Keine Ahnung. Ken hatte viele Feinde. Er war extrem geldgierig und erpresste gern. Deshalb hat es keinen wirklich gewundert, als er erschossen wurde.«

»Und Loïc Moltet, Léane? Wusstest du, dass Naomi ihn des sexuellen Übergriffs bezichtigt hat?«

»Ja, aber ich fand das blöd. Dieser Typ ist so was von prüde. So was von langweilig. Sind sie alle, die Lehrer dort. Wegen des dummen katholischen Zeugs. Ich habe Moltet einmal nach der Englischstunde aufgesucht. Ich hatte einen weiten Rock ohne Unterhose an und habe ihn gehoben, um ihm zu zeigen, was darunter war. Aber das interessierte ihn nicht. Er ist zornig geworden, hat mir eine Strafaufgabe gegeben und gemeint, ich solle sofort aufhören, sonst würde er der Direktorin Bescheid sagen.«

»Deshalb wusstest du, Léane, dass Moltet Naomi nichts angetan hat.«

»Natürlich nicht! Sie hat immer irgendwelche Leute ungerechtfertigt angeschwärzt, wenn ihr das passte. Weil sie ihr lästig wurden. Und weil ihr Vater immer sofort reagierte.«

»Okay, Léane. Aber du hast Naomi nicht ins Gewissen geredet.«

»Nein, Naomi wurde sehr zornig, wenn man ihr widersprach, und drohte mit ihrem Vater, dem Polizeichef. Ich hatte oft Angst vor ihr.«

Nadia sah Léanes Mutter an. »Nun, *Maître*, Sie müssen es sich gut überlegen, ob Sie Naomi und Arthur weiterhin vertreten wollen. Denn es scheint sich bei den beiden um die Anzettler zu handeln.«

»Das werde ich«, sagte die Frau mit rauer Stimme. Sie hatte ihre Überlegenheit der vorherigen Gespräche vollkommen verloren. Nun war sie nur mehr eine ratlose Mutter, der bewusst wird, dass sie ihre Tochter betreffend einiges übersehen hat.

Als die beiden gegangen waren, lachte Luc los.

»Also, dieses Mädchen, das ist ja … unglaublich! Das Sex-Girl! Diese Art zu sprechen, diese obszönen Ausdrücke! Und die Mutter … vollkommen bestürzt!«

»Na ja, so ganz ohne ist das nicht, dieser Freund der Familie, der seine Position als Arzt missbraucht hat, um das Mädchen zu verführen und ihre sexuelle Erziehung zu übernehmen. Léane ist erst fünfzehn!«, erwiderte Nadia.

Es ging mit den Befragungen weiter. Auch Mathildes Eltern, die mit Mathilde gekommen waren, distanzierten sich vom Commissaire Divisionnaire und vom Procureur. Der Herr Politiker behauptete, über Adrianis und Mansons Aktionen nicht auf dem Laufenden zu sein. Nadia redete auch Mathilde ins Gewissen, außerdem wollte Miranda, die Mathilde am Tag von Emelines Vergewaltigung verletzt hatte, Mathilde nun ebenfalls wegen Körperverletzung verklagen. Mathilde, die anscheinend nach Naomi das bösartigste

Mädchen der Clique gewesen war, wirkte nun besonders kleinlaut und schüchtern.

Vanessa und Mégane, die bei der Clique dabei waren, aber am Tag von Emelines Vergewaltigung nicht aktiv Hand angelegt hatten und im Film nur kurz zu sehen waren, sagten aus, dass sie von Naomi und Mathilde von Anfang an eingeschüchtert worden waren. Ja, sie gaben zu, mit Emeline und Christine ekelhaft gewesen zu sein. Sie hatten nicht überlegt, hatten Angst vor Naomi und Mathilde gehabt und es war ihnen vor allem auch ums Dazugehören gegangen. Doch nun waren sie bereit, gegen all jene auszusagen, die bei Emelines Vergewaltigung aktiv mitgemacht hatten. Naomi und Mathilde hatten das Ganze angezettelt und Emeline gepackt. Ugo, Ken und Chris hatten gefilmt. Léane hatte eines von Emelines Beinen gehalten, Kevin das andere. Abwechselnd hatten sie ihr zwischen die Beine gegriffen, während Arthur seine Hose geöffnet hatte. Zwei weitere Jungen der Abiturklasse, Mike und Gabriel, hatten wie sie zugesehen, alle anderen Schüler waren hinausgejagt worden. Nein, ihnen habe das Spektakel, das Emelines Vergewaltigung geboten hatte, nicht gefallen. Aber sie hatten nichts tun können, ansonsten wären sie die nächsten Opfer von Arthurs und Naomis Clique geworden. Ja, sie hatten auch immer wieder Sexszenen mit Arthur, Ugo und einigen anderen Jungen gefilmt, vor allem, wenn sie getrunken hatten, aber sie hätten nie gedacht, dass diese Filme im Internet landen würden. Nein, Loïc Moltet und Nathan Merle hatten nie Schülerinnen sexuell belästigt. Jeder hatte das gewusst, doch die anderen Schüler hatten es nie gewagt, Naomi zu widersprechen.

Die Jungen sagten Ähnliches aus. Arthur habe sie mehr oder weniger gezwungen, bei der Vergewaltigung anwesend zu sein und zu filmen. Kevin meinte, Arthur hätte gewollt, dass auch er Emeline vergewaltigen solle, doch Kevin habe das abgelehnt. Man sah im Film sehr gut, dass Kevin Emeline wie Léane zwischen die Beine gegriffen hatte, und das schien ihn sehr angetörnt zu haben. Doch Kevin behauptete, von Arthur dazu gezwungen worden zu sein.

Nadia glaubte keinem der Jugendlichen. Sie wusste, dass alle freiwillig dabei gewesen waren, die Situation aufregend gefunden hatten und sich so leicht nicht würden herausreden können. Allerdings würden die Strafen für jene, die nicht selbst Hand angelegt hatten, relativ milde ausfallen.

Christine und einige andere Schüler erzählten nun, da die Clique ergriffen war, im Detail, was diese Mädchen, häufig zusammen mit Arthur und seinen Freunden, einigen Schülern angetan hatten. Sie hatten mehrere Schüler gemobbt und gequält, sie geschlagen, sie verspottet, sie beim Umkleiden fotografiert, auf Instagram und anderen Social Medias präsentiert, ihnen Gegenstände konfisziert, ihnen die Taschen ausgeleert, ihnen Hefte zerrissen … Die Liste der Quälereien schien Nadia endlos lang. Doch anscheinend waren sie nur bei Emeline bis zur Gruppenvergewaltigung gegangen.

Als Nadia und Luc am späten Nachmittag die Verhöre abschlossen, war Nadia müde, aber zufrieden. Sie hatten gute Vorarbeit für den Staatsanwalt und den Untersuchungsrichter geleistet. Die Clique war zerschlagen, sie waren untereinander nicht mehr solidarisch, jeder versuchte, Arthur und Naomi zu belasten, die wiederum versuchten, die Eltern des jeweils anderen zu beschuldigen.

Für Castini und den Procureur würde es ein Leichtes sein, die Clique anzuklagen. Doch würde man genau nachweisen können, wer den Mord an Ken, die Bombe in Castinis Haus und den Brand bei Moltet in Auftrag gegeben hatte? Und wer die beiden Vorstadtdealer erschossen hatte? Einer von ihnen war und blieb verschwunden. Nadia vermutete jedoch, dass er irgendwo nicht weit von Callelongue im Meer lag.

Später wurde Nadia auch von den Herren der IGPN befragt und erzählte alles genauso, wie es gewesen war, der Reihe nach. Sie ließ nur den Diebstahl von Ugos Handy durch Florian und Pierres und Fionas Schießerei mit den beiden Dealern weg, um sich selbst und ihrem Team keine unnötigen Probleme zu bereiten.

Die beiden Männer gaben keinen Kommentar von sich. Sie hörten sich Nadias Erklärungen an, stellten einige Fragen, notierten sich vieles, bedankten sich nach einer Stunde bei ihr und meinten, sie könne nun gehen. Man würde sie eventuell später noch einmal kontaktieren.

Als Nadia den Raum verließ, atmete sie tief durch. Sie hatten es geschafft. Es würde ein Riesenprozess werden. Die Schuldigen standen im Rampenlicht.

MONSIEUR LE PROCUREUR

Brice saß einstweilen im Gefängnis.

Doch dort würde er nicht ewig bleiben. Der Richter hatte verfügt, dass er sich Fiona nicht mehr nähern durfte. Fiona war erleichtert, im Moment hatte sie nichts zu befürchten. Vor Gericht hatte sie genau erzählen müssen, was Brice ihr angetan hatte, bevor sie nach Marseille gekommen war. Es war nicht so schwierig gewesen, wie erwartet. Sie hatte gewusst, warum sie es tat. Sie wollte, dass er weggesperrt wurde.

Pierre hatte Brice richtiggehend niedergemetzelt, Fiona hatte gesehen, dass der Richter etwas erstaunt über den Einsatz des Staatsanwaltes gewesen war. Doch da Brice einen Polizisten verletzt hatte, wollte auch der Richter keine Milde walten lassen und hatte Brice zu einer sofortigen sechsmonatigen Haftstrafe und einer Zahlung von dreitausend Euro Schmerzensgeld an Stéphane verurteilt. Stéphane schien sich recht schnell zu erholen. Dadurch, dass er sofort in die Unfallchirurgie gegangen war, hatte man die Nase schienen können und die Schwellung ging zurück. Außerdem hatte er sich mit Sandy angefreundet, die ihn am vorhergehenden Abend bei ihm zuhause besucht hatte.

»Er ist ja wirklich süß, dein Kollege«, hatte Sandy gemeint, als sie Fiona am Morgen getroffen hatte. »Auch mit einer gebrochenen Nase ist er noch ein hübsches Kerlchen.«

»Ja, und er ist frei«, hatte Fiona ihr mitgeteilt.

»Fiona, ich wohne nicht hier. Ich soll hier noch drei Wochen arbeiten und dann wieder zurück in die Südalpen, wo ich freiberuflich tätig sein werde.«

»Und könntest du dir nicht vorstellen, das hier zu machen? Hierzubleiben?«

»Nun, irgendwie gefällt mir die Großstadt. Jetzt beginnen wir, abends ein wenig hinauszugehen und Spaziergänge zu machen. Es ist schön, jeden Tag das Meer zu sehen. Aber andererseits haben wir dort oben bei uns eine heile Welt. Berge, winzige Orte, alles ist sehr ländlich, ohne Verschmutzung und Kriminalität. Die alten Leute werden dort auf dem Land noch gut betreut, keiner ist einsam und es gibt wenig Armut. Aber es ist noch zu früh, mir solche Fragen zu stellen. Dein Kollege soll sich im Moment auskurieren.«

Fiona dachte an Kenny, der gespottet hatte, Stéphane könne in seiner derzeitigen Verfassung nicht einmal küssen, und musste grinsen.

»Was ist mit deinem Exfreund, Fiona?«, hatte Sandy gefragt und Fiona hatte ihr wohl oder übel ihre Probleme mit Brice darlegen müssen. Dazu hatte sie Sandy und Rosie zu sich gebeten und eine Flasche Chardonnay geöffnet.

»Dieses Schwein!«, hatten die beiden sich ereifert.

Fiona hatte ihnen auch von Pierre erzählt, von ihren gemeinsamen Aktionen und vom Ausgang ihres Falles, über den die beiden in den regionalen Nachrichten nichts gehört hatten, weil sie selten Zeit hatten fernzusehen und die Zeitung zu lesen. Beide freuten sich für Fiona, dass sie nun einen neuen Freund hatte, und waren beeindruckt von der Tatsache, dass es sich um einen Staatsanwalt handelte.

Fiona war spätabends zu Pierre gegangen, der nun sehr viel zu tun hatte. Alles, was während des Lockdowns liegen geblieben war, musste jetzt bearbeitet werden. In wenigen Tagen sollten alle Gerichte wieder öffnen.

Außerdem war sein Vorgesetzter verhaftet worden und es ging im Justizpalast von Marseille etwas chaotisch zu, weil noch kein neuer Procureur ernannt worden war.

Natürlich bekam Pierre wegen des Falles Emeline Bernier genügend Beachtung vonseiten der Medien. Als Fiona und Florian am Morgen in ihrem Büro saßen und am Computer arbeiteten, trat Luc in den Open Space.

»Ich habe Neuigkeiten, die euch wahrscheinlich freuen werden. Euer Freund kriegt eine Mega-Promotion. Er wird der neue Procureur von Marseille. Und eure Vorgesetzte bekommt eine Prämie und das zweitgrößte Team der Abteilung, obwohl sie erst seit kurzem als Lieutenant tätig ist. Als Belohnung für die illegale Ermittlung.«

Florian sah Fiona erstaunt an. »Wow …«, ließ er sich vernehmen, »das freut uns. Aber ich weiß nicht, ob es den beiden Betroffenen gefällt. Zu viel Beachtung, zu viel Verantwortung.«

»Das musste ihnen wohl bewusst sein, als sie die Ermittlung begannen. Bei einem Misserfolg die Strafe, bei einem Erfolg die Promotion. Ich allerdings gönne es Nadia. Sie ist sehr kompetent, ich habe während des Lockdowns gern mit ihr gearbeitet. Was mit dem Herrn Staatsanwalt geschieht, ist mir ziemlich egal. Ich habe ihn nie besonders gemocht, doch ich muss sagen, Hut ab. Er ist sehr mutig. Aber natürlich weiß ich, dass ihr beide ihnen sehr geholfen habt.«

Fiona war wie erstarrt. Pierre, der Substitut du Procureur, war nun Monsieur le Procureur, der höchste Staatsanwalt. Trotz seines jungen Alters. Sie fragte sich, was das für ihre Beziehung bedeuten würde. Ob Pierre trotzdem mit ihr, einer einfachen Polizistin, zusammenbleiben wollte oder ob er mondän werden würde. Aber tief in sich kannte sie die Antwort. Pierre würde zwar viel Verantwortung tragen, aber seine Freunde und seinen Lebensstil beibehalten. Und sie wusste, dass sie selbst ihm sehr wichtig war.

»Nun ja«, meinte Florian, »wir sind ein paar Risiken eingegangen und haben einige krumme Dinger gedreht, um an Informationen und Beweise heranzukommen.«

»War wohl nicht anders möglich«, meinte Luc. »Die korrupte Arbeitsweise unserer Vorgesetzten hat euch gezwungen, illegale Ermittlungsmethoden anzuwenden.«

»Und du, Luc? Wirst du unser Vorgesetzter bleiben?«

»Im Moment, ja. Aber bald kommt ein Kommissar. Zum Glück! Denn ich habe keine Lust, allzu lange den Boss zu spielen.«

Fiona ahnte jedoch, dass Luc ein guter Abteilungsleiter sein würde. Auf jeden Fall fand sie ihn weitaus kompetenter als diesen seltsamen Kommissar Blachet, der bei ihr einen sehr schlechten Eindruck hinterlassen hatte.

Fiona und ihre Kollegen hatten am Nachmittag viel zu tun. Sie befragten mehrere von Emelines Schulkollegen zu den Ereignissen um Emelines Tod und sprachen noch einmal mit allen Lehrern des *Lycées*. Alle Mitschüler der Clique gaben schuldbewusst zu, von der

Vergewaltigung gewusst zu haben, aber es aus Angst vor der Clique nicht gewagt zu haben, einem Erwachsenen davon zu erzählen. Doch über Kens Erpressung, Monsieur Moltets Suspendierung und den Bedrohungen Christines waren sie nicht auf dem Laufenden gewesen.

Auch die Direktorin, ihre Sekretärin und die C.P.E. wurden von Luc und Nadia befragt, hatten ihnen aber nicht besonders viel mitzuteilen. Sie gaben lediglich zu, sehr nachlässig gewesen zu sein und einiges übersehen zu haben. Doch es lag auf der Hand, dass sie bestochen worden waren. Die Eltern der Übeltäter hatten ihnen bei der Restaurierung der Schule, bei denen die Eltern um Spenden gebeten worden waren, Schecks mit satten vierstelligen Summen ausgestellt und die Direktorin hatte in ihrer Schuld gestanden.

Der Procureur Guillaume Masteix lobte Nadia und ihr Team für die gute Arbeit. Für ihn war die Schwierigkeit nun natürlich, zu beweisen, dass Adriani und Manson Leute hatten umbringen lassen.

Nadia kam am Ende des Nachmittags mit roten Wangen in den Open Space.

»Um Himmels willen, Pierre und ich wollen diese Promotionen gar nicht! Wir wollen normal weiterarbeiten und nicht diese Verantwortung! Ich soll nun vier neue Leute in mein Team bekommen. Ich habe angefragt, dass mindestens eine Frau dabei ist.«

»Sehr gut«, meinte Kenny, »denn ich bin noch immer allein.«

»Nun, Kenny, meine Freundin Sandy hat eine Freundin, die dir Stéphane vielleicht vorstellt«, meinte Fiona. »Es ist doch besser, nicht mit Leuten anzubändeln, die mit dir arbeiten.«

»Ja, anscheinend hast du dir auch einen Freund außerhalb gesucht«, meinte Kenny vorwurfsvoll.

»Natürlich«, erwiderte Fiona.

»Und sicher ist er reicher als wir und hat einen besseren Job.«

»Ja, er hat einen sehr guten Job.«

Nadia zwinkerte Fiona zu.

»Allerdings«, sagte sie ernst, »möchte ich mich bei euch allen bedanken. Hauptsächlich bei Florian und Fiona, die mir bei dieser illegalen Ermittlung sehr geholfen haben und hohe Risiken eingegangen sind. Aber auch bei dir, Kenny, und bei Stéphane. Ihr habt während des Lockdowns super gearbeitet und daher den Kommissar zufriedengestellt, was uns ermöglicht hat, unsere illegale Ermittlung weiterzuführen. Ich konnte nicht das gesamte Team einweihen, ich wollte anfangs allein arbeiten, doch Florian und Fiona haben zufällig davon Wind bekommen und sich mir fast aufgedrängt. Doch es war riskant und ich wollte euch beide, Kenny, sowie Luc und die Leute der *Stup* da raushalten.«

Kenny zuckte mit den Schultern. »Ist schon gut«, meinte er.

Er schien nicht beleidigt zu sein, weil seine Vorgesetzte so wichtige Dinge vor ihm verheimlicht hatte.

Pierre kam am Ende des Tages ins Kommissariat. Alle gratulierten ihm. Verstohlen drückte er Fionas Hand, dann meinte er: »Eigentlich wollte ich das nicht. Der Lockdown hat mir gezeigt, wie angenehm es ist, wenn man Zeit für sich hat. Und nun … so viel Verantwortung. Mit diesen Leuten unter mir, die älter sind als ich.«

»Mir scheint, du hast es verdient. Du hattest den Mut, dich deinem korrupten Boss zu widersetzen«, sagte Luc.

»Nun«, meinte Pierre. »Es ist nicht nur mein Werk. Nadia, Laura, Fiona und Florian haben mir sehr aktiv geholfen.«

Er zwinkerte Fiona zu, was Luc nicht entging. Er sah erstaunt von einem zum anderen, doch Fiona ignorierte ihn. Auch Pierre verhielt sich ganz beiläufig.

Später am Abend lag Fiona in Pierres Armen.

»Du freust dich doch über diese Promotion, oder nicht?«, fragte sie.

»Nicht wirklich«, erwiderte er. »Ich wollte mein Leben etwas ruhiger gestalten, mit dir und den Tieren oder den Kindern, die wir adoptieren.«

»Nun ja, so viel weniger Freizeit hast du in Zukunft sicher nicht, du hast ja ohnehin schon ständig gearbeitet. Doch du verdienst wesentlich mehr. Was kein Nachteil ist.«

»Klar«, meinte Pierre. »Aber die Verantwortung macht mir zu schaffen. Ich werde einige Leute unter mir haben, für die ich verantwortlich bin.«

»Du wirst dich schnell daran gewöhnen. Du bist sehr kompetent und das ist keinem entgangen. Deshalb hast du die Promotion erhalten. Und auch, weil du dein Leben riskiert hast.«

»Ja, aber ich war nicht der Einzige. Auch Florian und du seid Risiken eingegangen. Und ihr bekommt keine Promotion.«

»Vielleicht doch. Nadia wird sich sicher erkenntlich zeigen. Wir sollen beide im kommenden Jahr zum Brigadier-Chef befördert werden. Was wir nur wollen, wenn wir weiterhin mit Nadia arbeiten dürfen.«

»Du solltest es machen wie sie. Die Prüfung zum Lieutenant.«

»Keine Lust. Ich möchte nicht wegversetzt werden. Ich kann nicht mehr ohne dich leben.«

»Du hast recht. Ich auch nicht.«

Sie küssten einander und Fiona sagte sich zum tausendsten Mal, wie wohl sie sich mit Pierre fühlte.

TRAUERARBEIT

Lucie trat aus dem Gerichtsgebäude von Aix-en-Provence und atmete tief durch. Die Gerichtsverhandlung würde nach den Sommerferien in Aix-en-Provence stattfinden und es würde ein Riesenprozess werden. Im Mittelpunkt stand Emelines Vergewaltigung und ihr Selbstmord, der mehrere Morde und Vergeltungsaktionen nach sich gezogen hatte. Der Procureur Masteix hatte eine kolossale Arbeit. Er verklagte Emelines Mitschüler, die Clique und Arthurs Freunde, sowie die Schulleitung, die Direktorin und die C.P.E. Doch er ermittelte auch gegen den Commissaire Divisionnaire Manson, den Kommissar Blachet und den ehemaligen Procureur Adriani. Die Polizei führte unter dem Capitaine Franck Rimier ihre Ermittlung in der Vorstadt la Busserine bezüglich des Todes des Kommissars Goldstein durch.

Auch der Mann, der auf Korsika die Bombe in Castinis Ferienhaus geworfen hatte, wurde aktiv gesucht. Er schien allerdings verschwunden zu sein. Ob er untergetaucht war oder wie die Vorstadtgangster tot im Mittelmeer lag, wusste man im Moment noch nicht. Und über die Identität seines Komplizen war niemandem etwas bekannt.

Die Verwaltung der katholischen Privatschulen hatte sehr rasch reagiert. Es galt, den guten Ruf der Schule Saint Christophe zu retten. Man hatte die gesamte Clique sowie Arthur und seine drei Freunde der Schule verwiesen. Die Direktorin, ihre Sekretärin und die C.P.E. waren entlassen worden. Und Loïc Moltet wurde nicht nur wieder integriert und ihm sein Gehalt für März und April ausbezahlt, sondern es war ihm auch angeboten worden, ihm für ein ganzes Jahr eine möblierte Wohnung neben der Schule unentgeltlich zur Verfügung zu stellen. Die Diözese hatte Emelines Eltern und Christines Eltern geschrieben, wie leid ihnen die ganze Sache tat, und dass sie sich absolut von der Direktorin und ihrer C.P.E.

distanzierten, die nie mehr für eine katholische Privatschule arbeiten würden. Die Schule würde das Schmerzensgeld, zu dem sie eventuell verurteilt würde, natürlich bezahlen.

Lucie war erleichtert, vonseiten der Schule endlich eine Entschuldigung bekommen zu haben. Nun hatte sie gerade mit Nicolas, der schleunigst wieder zur Arbeit gefahren war, die Anhörung beim Procureur Masteix hinter sich. Sie hatten ihm genau dieselben Informationen gegeben wie Castini. Und auch Christine und andere Mitschüler hatten Castini sowie Masteix im Detail erzählt, was seit Anfang dieses Schuljahres geschehen war. Es ging tatsächlich um Mobbing mehrerer Schüler und bei Emeline um eine Gruppenvergewaltigung, die zum Selbstmord geführt hatte. Die Jugendlichen riskierten die Erziehungsanstalt oder das Gefängnis, ihre Väter eine lebenslange Haftstrafe. Lucie hatte soeben gelesen, dass Mathildes Vater, der Regionalpolitiker, den *Conseil Régional* verlassen hatte, und auch Léanes Mutter, die Anwältin Lefèbre, vom Procureur angeklagt wurde und ein einstweiliges Berufsverbot bekam. Sie durfte nicht einmal mehr ihre Tochter verteidigen.

Die Mitglieder der Clique versuchten nun alles auf Arthur und Naomi abzuschieben, was nicht klappte, weil einige von ihnen ebenfalls aktiv bei Emelines Vergewaltigung mitgemacht hatten und das im Film genau zu erkennen war.

Lucie hatte den Film schließlich gesehen, es war fürchterlich gewesen, sie hatte die ganze Nacht vor Wut und Schmerz geheult. Und trotzdem wusste sie, dass sie Glück hatten, dass diese Aufnahme existierte, denn so gab es einen handfesten Beweis für die Schuld einer jeden Person, die beteiligt gewesen war.

»Es lebe die heutige Zeit«, hatte Christines Mutter gemeint, »diese Dummköpfe machen Blödsinn und filmen noch dazu, damit man dann alles ganz genau beweisen kann. Das wäre in unserer Jugend unmöglich gewesen.«

Lucie pflichtete ihr bei. Die Telefone und Kameras hatten in diesem Fall einige Täter überführt! Die moderne Technik ermöglichte es Übeltätern nicht mehr so leicht, unentdeckt zu bleiben.

»Und noch dazu stellen sie den Film ins Internet! Damit ja jeder von ihrer Schandtat erfährt«, hatte Claudine Perrin mit vor Wut zitternder Stimme gesagt.

Lucie erzählte ihr nicht von der Bemerkung Madame Aubertins. Diese hatte ihr anvertraut, dass sie und ihr Kollege ein Mobiltelefon entwendet hatten, um an den Film heranzukommen. Doch das war streng geheim, und bei Gericht galt die Version des Films, den ein Kollege eines Journalistenkollegen auf einer Amateur-Pornoseite aufgestöbert hatte, der aber dann sofort wieder von dieser Seite verschwunden war.

»Kollegen von Kollegen, das ist immer eine gute Erklärung!«, hatte Nadia Aubertin gemeint.

Lucie ging den *Cours Mirabeau* entlang, die Prachtstraße von Aix-en-Provence. Es handelte sich um einen lauschigen Boulevard mit Platanen, auf dem alle hundert Meter Brunnen standen. Aix-en-Provence war die Stadt der Brunnen und der malerischen Plätze, eine sehr romantische, charmante und saubere Stadt. Im Gegensatz zu Marseille, das sie hasste, liebte Lucie Aix-en-Provence. Es herrschte an diesem Mittwoch auf dem *Cours Mirabeau* ein geschäftiges Treiben.

Die meisten Cafés waren zwar noch geschlossen, doch einige Geschäfte, die sich auf Take-Away spezialisiert hatten, boten weit voneinander entfernte Tische und Stühle an, auf die man sich setzen konnte. Das ärgerte natürlich die Besitzer traditioneller Cafés, die noch nicht arbeiten durften, und es kam zu einigen Anzeigen.

Dieser Tag war für die meisten Menschen wie ein Frühlingserwachen. Die Leute schienen sich zu freuen, nun wieder hinauszudürfen, und waren glücklich, einfach nur durch die Stadt zu spazieren. Lucie jedoch war davon ausgeschlossen. Wenn es nach ihr gegangen wäre, hätte der Lockdown ewig andauern können. Nun, da Emeline tot war, wollte sie nicht mehr hinaus in die Stadt, sie wollte keine Leute mehr sehen, kein Leben. Die Atmosphäre des Lockdowns, in der alle einander misstrauisch hinter Masken angesehen hatten, war ihr nur zu recht gewesen. Sie hatte während der Ausgangssperre Zeit gehabt, sich daran zu gewöhnen, dass ihre Tochter tot war. Doch konnte man sich an den Tod seines Kindes jemals gewöhnen?

Lucie dachte an alles, was nicht sein würde, und Tränen stiegen wieder in ihre Augen. Emeline würde niemals einen Freund oder eine Freundin haben und die Liebe kennenlernen. Sie würde niemals reisen, wie sie es sich gewünscht hatte, den Grand Canyon sehen, San

Francisco, Vietnam, die Bucht von Halong. Lucie bereute es, diese Orte nicht mit ihr besucht zu haben. Doch sie hatte warten wollen, bis die Zwillinge ein wenig älter waren. Sie hatten schöne Reisen miteinander gemacht, Griechenland, Südspanien, Irland, Marokko und sogar die Provinz Québec in Kanada besucht. Emeline war gern gereist und hatte überall skizziert und gemalt. Ihr Traum war es gewesen, den Grand Canyon mit seinen Farbschattierungen vor Ort zu malen.

Emeline würde kein Abitur machen und nicht entscheiden müssen, ob sie sich als Grafikerin ausbilden lassen oder viel eher versuchen sollte, eine Kunsthochschule zu absolvieren und dann Karriere als Museumsleiterin zu machen. Sie hatte viel darüber nachgedacht und ihre Eltern hatten ihr immer gesagt, dass ihr noch Zeit blieb, sich zu entscheiden. Doch die Zeit war ihr gestohlen worden. Und auch wenn Castini und der Procureur Masteix die Höchststrafe für ihre Peiniger erreichten, so würde Emeline trotzdem tot bleiben. Keiner konnte Lucie über den Verlust ihrer Tochter hinweghelfen. Lucie war eine traurige Frau, ein verwaister Elternteil, bis zum Ende ihrer Tage. Sie fühlte sich schuldig, weil sie nicht bemerkt hatte, wie schlimm die Schule für Emeline geworden war, wie sehr sie gelitten hatte. Und weil sie nicht für ihre Tochter da gewesen war, als diese sie gebraucht hätte.

Wenn Lucie an dem verhängnisvollen Dienstag zuhause gewesen wäre, als Emeline heimgekommen war, hätte ihre Tochter sich vielleicht nicht an der Magnolie erhängt! Sie hätte sich ihr anvertraut und Lucie hätte sie retten können. Lucie dachte an das Gespräch mit dem Trainer ihrer Söhne. Zehn Minuten hatte er mit ihr über Corona gesprochen. Vielleicht waren es diese zehn Minuten gewesen, die Lucie gefehlt hatten? Aber es hatte keinen Sinn, darüber zu spekulieren, sie würde nie erfahren, wann genau Emeline sich erhängt hatte und ob sie sich nicht auf eine andere Weise umgebracht hätte, wenn Lucie im Haus gewesen wäre.

Lucie kam an die *Rotonde,* den zentralen Platz der Stadt Aix-en-Provence, einen Kreisverkehr, um den eine breite Fußgängerzone geschaffen worden war und in dessen Mitte ein riesiger, im neunzehnten Jahrhundert erbauter Brunnen mit prunkvollen Statuen stand. Auf der anderen Seite der *Rotonde* befand sich das ganz neue

Stadtviertel Sextius-Mirabeau, welches erst einige Jahre zuvor entstanden war. Lucies Auto stand hinter diesem modernen Stadtviertel in einer Tiefgarage. Sie durchquerte die Fußgängerzone, die von Allerweltsgeschäften verunstaltet wurde. Die teuren Boutiquen fand man in der Altstadt, nördlich des *Cours Mirabeau*.

Lucies Telefon läutete. Es war Madame Aubertin.

»Wie hat es mit dem Procureur Masteix geklappt, Madame Bernier?«

»Es war in Ordnung. Wir haben alles erzählt, doch wir hatten weitaus weniger Informationen als die Mitschüler. Ich wollte mich noch einmal bei Ihnen bedanken. Dank Ihnen und Ihrem Freund findet jetzt ein Prozess statt. Allerdings ist es wirklich traurig, dass diese Leute Menschen ermorden ließen, nur, um die Schandtaten ihrer Kinder zu vertuschen.«

»Ja, das ist es. Es kann einem den Glauben an die Menschheit nehmen. Stellen Sie sich vor, wie uns zumute war, als wir erfuhren, was unsere Vorgesetzten trieben!«

»Ich allerdings weiß nun, dass es sehr korrupte Menschen gibt, die ihre Macht missbrauchen. Doch ich weiß auch, dass es Leute wie Sie gibt, die uns den Glauben an die Menschheit wieder zurückgeben.«

Lucie fühlte, wie dankbar sie dieser jungen Frau war. Ohne sie und ihren Freund, den Substitut, den Lucie nicht persönlich kannte, doch der nun anscheinend zum neuen Procureur von Marseille ernannt worden war, hätten die Schuldigen an Emelines Tod weiterhin in dieser korrupten Schule ihr Unwesen getrieben.

Als die Polizistin sich verabschiedet hatte, ging Lucie weiter.

Sie sah das Geschäft *Nature et Découverte,* das spezielle Deko-Gegenstände verkaufte, aber auch Gartenzubehör und seltene Objekte wie Kaleidoskope. Es war eines von Emelines Lieblingsgeschäften gewesen. Ein junges Mädchen mit blonden Locken ging vorbei. Im ersten Moment glaubte Lucie, es sei Emeline. Doch dann fiel ihr wie so oft schlagartig ein, dass Emeline nicht mehr lebte. Es war unmöglich, das zu akzeptieren. Es würde niemals einfacher werden. Lucie blieb stehen. Sie fühlte sich, als würde ein Messer in ihre Brust bohren. Die Tränen hatten wieder ganz plötzlich zu rinnen begonnen. Sie hielt sich an einer Mauer fest.

Eine ältere Frau blieb stehen und fragte besorgt: »*Ça va, Madame?* Brauchen Sie Hilfe?«

Doch Lucie schüttelte den Kopf. »*Ça va.* Sie können mir leider nicht helfen, *Madame*, danke«, flüsterte sie mit erstickter Stimme.

Die Dame sah sie besorgt an, da ließ Lucie die Mauer los und ging schnell weiter.

Sie wollte nun nach Hause zu Nicolas und den Zwillingen. Auf sie musste sie sich jetzt konzentrieren. Sie brauchten sie. Sie brauchten einander. Sie würden versuchen, miteinander die kommenden Jahre so gut wie möglich zu bewältigen.

– E N D E –

DANKE!

Das erste Buch ist immer etwas Besonderes. Lang und steinig ist der Weg zur Veröffentlichung in einem Verlag und jede Hilfe ist dabei willkommen.

Vielen Dank meinen Agenten Klaus und Michaela Gröner von der Agentur *erzähl:perspektive*, die an mein Manuskript geglaubt und es sofort an den Luzifer Verlag weitergeleitet haben.

Steffen Janssen, meinem Verleger und Lektor, möchte ich für seine Aufgeschlossenheit, seine Geduld und seine effiziente Arbeitsweise besonders danken. Auch den Grafiker des Verlages, Michael Schubert, möchte ich an dieser Stelle dankend erwähnen.

Es ist mir wichtig, die Freunde und Familienmitglieder nicht zu vergessen, die sich Zeit nahmen, meine Manuskripte zu lesen. Besonders Birthe, Johanna und Stefan haben mich in meinem Selbstwert als Autorin bestätigt und mir durch verschiedene Bemerkungen wichtige Impulse für meine Texte gegeben.

Ein besonderer Dank kommt meinem Vater zu, der als ehemaliger Deutschlehrer und Schulbuchautor ein kritisches Auge auf meine Texte warf, meine Manuskripte korrigierte und auch die eine oder andere Idee, Person oder Handlung hinterfragte. Manchmal habe ich auf ihn gehört, andere Male bin ich meiner eigenen Überzeugung gefolgt.

Und natürlich danke ich meinem Mann und meinen Kindern, die meiner schriftstellerischen Tätigkeit stets mit Wohlwollen gegenüberstanden und Verständnis dafür hatten, wenn ich mich mit meinem Laptop irgendwo verkroch.

Meine Tochter Caroline, die mir bezüglich Fotos und Kurzfilme für die Webseite, Instagram und Facebook hilft, möchte ich auch erwähnen. Und natürlich alle, die Werbung für mein Buch machen: Meine Familie in Österreich, allen voran meine Mutter, aber auch Freunde und Bekannte, die mit anderen über mein Buch sprechen, und diejenigen, die mich im Internet, auf Facebook oder Instagram unterstützen!

Merci!

Anna-Maria Aurel

LUZIFER
VERLAG